W0272586

Birgit Bauer

Im Federhaus der Zeit

ROMAN

Deutsche Verlags-Anstalt
München

Bibliografische Information Der Deutschen Bibliothek
Die Deutsche Bibliothek verzeichnet diese Publikation
in der Deutschen Nationalbibliografie; detaillierte
bibliografische Daten sind im Internet über
http://dnb.de abrufbar.

© 2003 Deutsche Verlags-Anstalt, München
Alle Rechte vorbehalten
Gestaltung und Satz: BK-Verlagsservice, München
Gesetzt aus der Stempel Garamond
Druck und Bindearbeit: Clausen & Bosse, Leck
Diese Ausgabe wurde auf chlor- und säurefrei gebleichtem,
alterungsbeständigem Papier gedruckt.
Printed in Germany
ISBN 3-421-05699-4

WILL LISA lieber einen Hühnerzüchter als Vater oder einen Klempner, fragst du, dich zu ihr ans Fußende des Bettes setzend.

Es ist halb drei in der Nacht.

Eben noch wollte Lisa das Herz aus dem Brustkorb springen. Angst. Angst vor den Schritten, die im erleuchteten Spalt zwischen Tür und Fußboden als dunkle Schatten hinter der geschlossenen Zimmertür vorübergingen. Nun kichert Lisa in der Dunkelheit. Sie zieht die Knie an den Bauch und die Bettdecke an das Kinn und fragt dich, macht es einen Unterschied?

Der Hühnerzüchter besitzt ein großes Haus mit einem Garten, einen Sohn und eine Scheune in der Hühner wohnen.

Und der Klempner?

Der repariert Wasserrohre und Wasserhähne und verstopfte Toiletten.

Besitzt der Klempner auch ein Haus und einen Sohn?

Nein. Er wohnt in einer Wohnung.

Lisa will den Hühnerzüchter.

Wieso?

Dann hat sie einen Bruder, mit dem sie gemeinsam den Hühnern die Eier unter dem Hintern stehlen kann.

Lisa ist neun Jahre alt. Sie weiß nicht, daß der Hühnerzüchter nur ein Bekannter ist und du den Klempner heiraten wirst. Lisa kennt weder den einen noch den anderen. Dich kennt sie, seit zwei Jahren. Seit einer Woche lebt Lisa mit dir in dieser Wohnung. Zwei Zimmer. Jedes Zimmer besitzt ein Waschbecken mit einem Spiegel an der Wand. Die Toilette befindet sich im Treppenhaus, auf der Zwischenetage. Ein kalter und feuchter Ort, den nie ein Sonnenstrahl erhellt, trotz des eisernen Sprossenfensters. Die Feuchtigkeit läßt die Farbe Blasen werfen, von den Wänden blättern und in Spinnennetze fallen. Die Spinnweben sind überall. In den Ecken, an der Decke, auf dem Fußboden, am Fenster. Die Toilette ist das Reich der Spinnen. Dick und fett sitzen sie bewegungslos im Zentrum oder am Rand der Netze und lauern auf Beute. Lisa ist ihre Beute. Lisa aber lernt, an sich zu halten, bis die Blase schmerzt. Den Toilettenschlüssel in der Hand, hält sie an der Wohnungstür inne, derweil sie in Gedanken bereits die Toilette betritt. Nicht immer gelingt es ihr, die Angst vor den Spinnen zu überwinden. Dann schiebt sie einen Stuhl vor das Waschbecken, stellt sich auf die Sitzfläche und pinkelt ins Waschbecken. Wenn sie den Schlüpfer hochzieht, stößt sie manchmal mit dem Kopf an die Dachschräge.

Das und von ihrer Angst erzählt sie dir nicht. Sie lernt mit der Angst zu leben. Nichts bedeutet diese Angst, nun da sie ein eigenes Bett besitzt. Das steht dem Waschbecken gegenüber längs an der Wand. Wann Lisa zuletzt allein in einem Bett schlief, das erinnert Lisa nicht. Das Alleineschlafen ist sie nicht mehr gewöhnt. An das Alleinsein hingegen hat sie sich gewöhnt.

Lisa ist oft allein. Tagsüber arbeitest du, und an manchen Abenden, wenn du nicht zu müde bist, treibt es dich aus der Wohnung. In deinem Leben soll es noch etwas anderes geben als Arbeit und Muttersein. Du willst leben. Dein Leben leben. Dich amüsieren. Das fällt dir nicht leicht. Du bist mißtrauisch, auf der Hut vor den Männern, und besonders wachsam, wenn es heißt, ein Freund möchte dich kennenlernen. Mit Angaben zu deiner Person hältst du dich bedeckt. Du weißt nie, wer deine Bekanntschaft sucht. Die Annäherungstaktiken variieren und sind sich doch ähnlich. Liebesgeflüster. Versprechungen.

Andere kommen gleich zur Sache und lassen dich wissen, daß sie nur eins von dir wollen. Dann zittert dein Magen unter der Wut, die du in dich hineinfrißt und an der du zu ersticken drohst. Aber du bist nicht nur schön. Du bist auch klug. Und du bist kein junges Mädchen mehr. Du hast dazugelernt. Du findest stets einen Weg, dich aus der Affäre zu ziehen. Du glaubtest, es wäre ein Spiel, das du beherrschst, bis du zu spüren bekamst, das ist ein Spiel, dessen Regeln Männer bestimmen und das du nur verlieren kannst, selbst wenn du dich auf der Seite der Sieger wähnst. Es ist ein Spiel um Macht, um Benutzen, Ausnutzen, Manipulieren, Abhängigkeiten erzeugen. Jedes Mittel ist recht. Gibst du deiner Sehnsucht nach, ist es leicht, dich zu manipulieren, zu kontrollieren, dich dahin zu dirigieren, wo man dich haben will. Zuckerbrot und Peitsche. Du willst keine Fehler mehr machen. An die Liebe glaubst du nicht mehr. Die Sehnsucht danach trägst du immer noch in dir. Du willst endlich eine Familie. Mit dem Klempner wird das möglich sein. Er ist eine treue Seele, zuverlässig und ehrlich. Mit ihm zusammen zu sein bedeutet für dich keine Gefahr. Mit ihm wirst du deinen Traum von einer Familie leben können, wirst endlich zur Ruhe kommen. Du bist dreißig Jahre. Ein Alter, in dem jede anständige Frau verheiratet sein sollte, auch zum zweiten oder dritten Mal. Hauptsache, verheiratet. Wenn du nicht alleine bleiben willst, wird es Zeit.

Bis zu deiner Rückkehr liegt Lisa wach. Sie spürt den Geräuschen nach und gibt sich erst zufrieden, wenn sie weiß, was die Geräusche verursacht. Sie wartet. Wartet und hofft auf das Geräusch, wenn sich der Schlüssel im Türschloß dreht, die Wohnungstür sich öffnet und du die Wohnung betrittst. Erst wenn du da bist, kann Lisa einschlafen. Dann fühlt sie sich geborgen. In Sicherheit. Dann schläft sie und träumt von einem Haus mit Garten, von Hühnern und einem Bruder, mit dem sie Hühnereier aus den Nestern holt. Dann kann der Wind heulend unter die Dachpfannen fahren, können Einbrecher oder Geister an der Wohnungstür scharren, kratzen. Die Russen könnten in Westdeutschland einmarschieren, die Chinesen die Atombombe über Washington abwerfen oder die Amerikaner die Neutronenbombe über Vietnam. Die Welt könnte untergehen. Das wäre Lisa egal. Ihr kann kein Leid geschehen, niemand kann ihr Schaden zufügen, wenn du bei ihr bist. Du wirst sie beschützen. Du bist ihre Mutter.

Du bist eines von fünfundvierzig Kindern. Du sitzt auf einer Holzbank vor einem langen Holztisch. Du weißt nicht, wo du bist. Du kennst weder den Namen des Dorfes noch den der nächstgrößeren Stadt. Aber du weißt, woher du kommst. Aus H. Du bist fünf Jahre? Oder erst vier? Du fühlst dich uralt. Die Farbe deiner Haare ist rot. Dein Kopf gleicht dem Rücken eines Igels. Eine Tante hat dir den Kopf rasiert, wegen der Läuse. Du legst die Hand an die Haarstoppeln, das kitzelt in der Handfläche und auf der Kopfhaut. Du träumst von Haaren bis zum Po. Das ist dein Traum. Den erzählst du niemandem. Du spürst Feuchtigkeit an den aufgestützten Unterarmen. Der Geruch des Desinfektionsmittels reizt die Nasenschleimhaut. Eines der älteren Mädchen muß den Tisch gereinigt haben, bevor ihr den Speisesaal betreten habt. Du hörst das Kichern und Albern der Kinder um dich herum, siehst deine und ihre Fußspuren im Sand, den eine von euch auf dem Steinfußboden verstreut hat, um die Nässe und den Schmutz von euren Schuhen zu binden. Über der Zimmertür hängt die gerahmte Fotografie eines Mannes in Uniform. Du kennst ihn.

Man hat euch in die erste Reihe befohlen und nebeneinander in Reih und Glied gestellt. Hinter euch steht das Volk. Vor euch die Tribüne, mit dem von Fahnenmasten und Lautsprechern flankierten Rednerpult.

Der Himmel ist blau. Die Sonne scheint. Bombenwetter.

Ihr haltet Fähnchen in den Händen. Die sollt ihr schwenken, sobald der Wagen vom Reichskanzler auf dem Platz eintrifft. Doch der Kanzler kommt zu Fuß.

Heil, mein Führer, ruft das Volk. Ihr schwenkt die Fähnchen und jubelt: Heil, heil!

Der Führer spricht mit Martha, der Heimleiterin, streicht einem Mädchen über die Haarstoppeln, tätschelt einer anderen die Wange. Die Stimme des Volkes erhebt sich. Umfängt euch. Trägt euch hinauf zum wolkenlosen Blau. Du bekommst eine Gänsehaut. Martha legt die Fingerspitzen vor den Mund. Bewunderung läßt ihre Augen strahlen. Verehrung und Hingabe machen ihre Gesichtszüge weich. Sie ist einer Ohnmacht nahe: mein Führer.

Du vergißt das Fähnchen zu schwenken. Starrst den Führer an. Er nimmt dich auf den Arm, trägt dich mit sich zum Rednerpult.

Der Führer begrüßt sein Volk. »Daß ich euch gefunden habe, das ist Deutschlands Glück ...«

Das Volk jubelt.

Der Führer drückt dich. Er küßt dir die Wange. Du riechst seinen Schweiß, das Leder seiner Jacke. Du begreifst nicht. Du ahnst, die anderen Kinder beneiden dich. Auch Martha beneidet dich. Das macht dich stolz. In diesem Augenblick bist du etwas Besonderes.

Martha steht unter dem Bild des Führers. Sie trägt ein graues Kleid mit einem hochgeschlossenen Kragen. Mit dem Fleischklopfer schlägt sie auf den Boden eines Suppentopfes. Plöng. Plöng. Plöng.

Das Stimmengemurmel reißt ab. Stille.

Martha ruft die Namen der Kinder auf, auch deinen.

Du erhebst dich von der Bank, streckst den Finger in die Luft: Anwesend! Du fällst zurück auf die Holzbank und schaust auf den geschlossenen Vorhang aus grobem Nessel. Hinter dem Vorhang stehen die Eisenspinde und die Etagenbetten. Im Spind wirst du deine wenigen Sachen einräumen, und in einem der unteren Betten wirst du schlafen. Später.

Du wirst den Sand vom Boden fegen und neuen streuen, um

den Steinboden vor dem Schmutz eurer Schuhe zu schonen. Du wirst bei der Heuernte helfen, Kühe eintreiben und mit der Sichel Gänseblätter für die Gänse, Disteln und Brennesseln für die Schweine und Karnickel schneiden, bis man dich wieder in einen Lastwagen mit Holzbänken befiehlt, der dich und die anderen an einen anderen Ort bringen wird. In ein Haus ähnlich diesem, wo du nun sitzt. Du kennst sie gut, diese Häuser. Du hast bereits viele dieser Häuser gesehen. Die Häuser gleichen sich. Nur wirst du größer, und die Räume erscheinen dir kleiner. Einige Kinder kennst du bereits aus den anderen Häusern. Die meisten der Kinder kennst du nicht. Auch nicht die Tanten, die euch betreuen. Die Tanten wechseln. Nur Martha bleibt.

Du bist nicht glücklich, aber froh, hier zu sein. Jedes Haus ist besser als das, wo du zuletzt gewesen bist. Auch in diesem Haus wirst du dich bemühen, brav zu sein. Nicht aufzufallen. Das zu tun, was man von dir verlangt.

Den Blechteller in der einen Hand und den Blechlöffel in der anderen, stehst du an für eine Kelle Kürbissuppe. Du schiebst den Blechlöffel in den Mund, hältst den Blechteller beidhändig an seinem Rand, trägst ihn vorsichtigen Schrittes zum Tisch, an deinen Platz. Nichts von der Suppe darf verschüttgehen. Du hast Hunger.

Martha ruft dich beim Namen. Ihre Stimme schneidet dir ins Trommelfell. Sie richtet den Fleischklopfer auf dich: Wir fangen alle gemeinsam mit dem Essen an.

Der Blechlöffel fällt dir vom Mund und aus der Hand. Platsch. Die Suppe spritzt. Dein Gesicht nimmt die Farbe deiner Haarstoppeln an. Du hast von der Suppe gelöffelt, bevor ihr gemeinsam die Danksagung an den Führer gesprochen habt.

In die Ecke, befiehlt Martha.

Der Blick auf den Winkel schmerzt deine Augen. Du hast Mühe, den Blick zu halten, und beginnst zu schielen. Dein Magen knurrt. Deine Augen füllen sich mit Tränen. Bloß nicht weinen. Keine Tränen. Nicht eine. Hinter deinem Rücken hörst du das Schmatzen und Schlürfen der anderen, das Schaben der Löffel, um die Reste der Suppe vom Tellerboden zu kratzen.

Die Köchin trägt den Suppentopf aus dem Saal. Später sollst du zu ihr in die Küche kommen, flüstert sie dir im Vorübergehen zu.

Hinter deinem Rücken hörst du die Schritte von Martha. Der Sand knirscht unter den Sohlen ihrer Schuhe. Martha geht um den Tisch und verteilt Äpfel. Gleich wird sie neben dir stehen und dir einen Apfel unter die Nase halten. Einen roten Apfel, glänzend poliert. Vor deinen Augen beißt Martha in den Apfel. Das Fruchtfleisch kracht. Du riechst die Fruchtsäure. Das Wasser läuft dir im Mund zusammen. Wann es das nächste Mal einen Apfel zum Nachttisch geben wird, weißt du nicht, aber du erinnerst, wann du das letzte Mal einen Apfel gegessen hast, als in H. die Tannenbäume vom nächtlichen Himmel fielen.

Du bist achtundzwanzig Jahre. Du arbeitest als Serviererin in einem Restaurant auf Sylt und wohnst in einer Laube, im Garten hinter dem Lokal. Deine Haare sind rot und lang. Daß sie lang sind, ist nicht zu erkennen. Mit Haarnadeln und Taft hast du sie zu einer Hochfrisur aufgesteckt. Du bist eine schöne Frau. Männer begehren dich. Deine Röcke sind eng und schwarz, reichen dir bis über die Knie. Deine Blusen sind weiß. Das Leben der anderen ist bunt. Deines nicht. Glaubst du.

Es ist Nacht. Soeben hast du die Tür des Ausflugslokals hinter dem letzten Gast verschlossen. Du schlüpfst aus den Schuhen und läufst barfuß über das Gras zu deiner Laube. Das Gras ist kühl und kitzelt unter den Fußsohlen. Du füllst warmes Wasser in eine Emailleschüssel und stellst deine Füße hinein. Einmal in der Woche mußt du die Hornhaut von den Fußsohlen schaben. Das erleichtert das Gehen der Wege, die du läufst, während der Saison. Wintersaison. Sommersaison.

Der Weg, der vor dir liegt, ist steil und steinig. Na und. Über Steine gehen heißt das Ziel sicher erreichen. Nur die winzigen Steine sind gefährlich. Die sitzen locker im Erdreich, geben keinen Halt, lassen einen stolpern. Jedenfalls dich.

Du bemühst dich nach vorn und niemals zurückzuschauen. Der Weg, der hinter dir liegt, den willst du vergessen. Manchmal gelingt es dir, das Vergessen. Doch sogar diesmal, als du glaubtest, mit dem letzten Hakenschlag deinem Leben eine neue Richtung gegeben zu haben, entkommen zu sein, erkennst du, daß auch der Name deines geschiedenen Mannes dich nicht schützt. Die Vergangenheit holt dich ein, heftet sich an deine Fersen, ist allgegenwärtig.

IN DER Nacht wird die Tür eingetreten. Männer in schwarzen Mänteln aus Leder zerren dich und deine Mutter aus den Betten, durchwühlen Schränke und Schubladen, stoßen euch aus dem Zimmer, die Treppe hinunter, hinaus in die Nacht. Schneeflocken tanzen. Die Angst läßt dich erstarren. Der Reif deines Atems gibt dir Gewißheit, daß du noch lebst und dein Herz unter dem Nachthemd noch schlägt.

Auch das Herz deiner Mutter schlägt. Sie sucht dich mit den Augen. Du sollst keine Angst haben. Sie kommt wieder. Hörst du? Sie kommt wieder. Das ist ein Versprechen. Weine nicht, bitte, weine nicht, ruft deine Mutter, derweil sie in den einen Wagen und du in den anderen gestoßen wirst.

Auf den Rücksitz. Für deine Tränen bekommst du eine Ohrfeige. Du schwörst, nie wieder zu weinen.

Der Wagen fährt durch die Nacht, aus der Stadt über das Land, läßt Wiesen, Äcker, Wälder und Dörfer vorüberfliegen, bis er vor einem Gasthof hält. Aussteigen, wird dir befohlen. Raus aus dem Wagen. Barfuß durch den Schnee. Eine Frau im Morgenmantel öffnet die Tür, nimmt dich bei der Hand und führt dich in einen Saal. Dort stehen Jungen und Mädchen in Nachtgewändern auf nackten Füßen um einen Stuhl. Auf dem Stuhl sitzt Martha. Über ihren Schenkeln liegt bäuchlings ein nackter Junge.

Martha hält den Kopf des Jungen nach unten gedrückt und schlägt mit einem Handbesen auf seinen entblößten Hintern. Auf und nieder schnellt der Handbesen. Die Haut vom Hintern färbt sich rot, wie das Gesicht von Martha. Auf ihrer Stirn bilden sich Schweißtropfen, und der Speichel läßt ihre ungeschminkten Lippen glänzen. Sie schreit: Dir werde ich es zeigen, mit dem Schniedel zu spielen.

Der Handbesen zerbricht. Martha schlägt mit der flachen Hand. Auf und nieder schnellt ihre Hand. Sie stößt den Jungen von ihren Schenkeln. Der Junge fällt auf den Steinboden. Er wimmert. Blut sickert aus einer Platzwunde über dem Auge. Martha packt den Jungen beim Arm, schleift ihn über den Steinboden zum Waschraum, zerrt ihn auf eine Holzbank, schnallt ihn darauf fest.

Drei Lederriemen schnüren dem Jungen das Blut in den Waden, am Bauch und an den Oberarmen ab. An den Fenstern blühen Eisblumen. Du, die anderen Kinder und der Junge, ihr zittert.

Am nächsten Morgen ist der Junge verschwunden.

Da, wo man deine Mutter hinbrachte, sei sie gestorben. Ein Grab kann man dir nicht nennen. Und dein Vater? Gefallen. Ruhmreich für die Ehre des Vaterlandes. Unbekannter Held. Seine Gebeine? Verscharrt, irgendwo. Das ist das, was du weißt.

Du wurdest schuldig geschieden. Du zahlst die Kosten der Scheidung in Raten. Noch wenige Monate, dann sind die Prozeß- und Anwaltskosten getilgt. Dann bist du wirklich geschieden und könntest deinen Freund heiraten.

Er liebt dich. Er verehrt dich. Und er begehrt dich. Die Befriedigung deiner Lust ist vorrangig. Er ist ein guter Liebhaber. Er will dich heiraten. Das wünschst auch du. Er wäre ein guter Ehemann. Er verfolgt kein Ziel, welches nicht auch das deine wäre. Das hast du geprüft. Er hat eine führende Position in einem aufstrebenden Unternehmen und die finanziellen Mittel, um eine Familie mehr als ausreichend zu ernähren.

Aber eine neue Ehe? Diesen Fehler begehst du kein weiteres Mal. Eine Antwort, die du ihm unmöglich auf seinen Antrag geben kannst. Welche Antwort kannst du ihm geben? Nur die eine, die du nicht geben kannst. Warum mußte er dir diese Frage stellen? Sein Antrag bedeutet das Ende eurer Verbindung. Du suchst nach einer Antwort, die zumindest dieses Ende hinauszögert: Du willst es dir überlegen.

Du kokettierst.

Er versteht dich nicht.

Du kannst es ihm nicht erklären. Du verstehst es selber nicht. Dir bleibt nur, die restliche Zeit bis zum Ende zu genießen. Danach kannst du davon träumen, wie es hätte sein können, mit ihm und dir, als Mann und Frau. Wenigstens in deinen Träumen ist die Liebe unsterblich. Warum kann dein Traum nicht Wirklichkeit werden? Der Alptraum deines Lebens muß doch einmal ein Ende haben. Vielleicht solltest du an deinen Traum glauben. An irgend etwas solltest du glauben. Schließlich trägst du Verantwortung für eine Tochter, die dich nicht kennt. Du besitzt keine Familie, keine Freunde, nicht einmal eine Freundin. Du lebst mal im Süden der Bundesrepublik. Und mal im Norden. Manchmal auch im Westen. Den Osten meidest du. Gemeldet bist du nirgendwo. Jeder ist dein Feind. Dein größter Feind bis du. Du vertraust niemandem. Nicht einmal dir selbst. Wie auch. Du weißt nicht, wer du bist. Du bist eine von vielen und unter anderen. Es ist verlockend, hin und wieder etwas Besonderes zu sein, dich hervorzutun vor anderen. Du möchtest weinen. Jetzt bist du dafür zu alt. Niemand ist da, dich in den Armen zu wiegen: Weine, weine, meine Kleine.

Denkst du an deine Tochter, wünschst du, sie wäre nie geboren. Das wäre besser gewesen, für sie, auch für dich. Du warst jung, gierig nach Zuneigung, Zuwendung, nach Liebe und auf das

Leben. Ein Leben ohne Fliegeralarm, Hunger, Angst, Frostbeulen, Schutt und Asche, Zerstörung, Gewalt, Vergewaltigungen, Tod. Noch heute erstarrst du innerlich bei dem Geräusch eines überfliegenden Flugzeuges. Dann sitzt du wieder an der Seite der Mutter im Keller auf deinem dir zugewiesenen Platz, hörst das Dröhnen der Bomben, das Heulen der Querschläger, siehst die Nachbarn mit gefalteten Händen, Gebete murmelnd zu Boden blicken.

Die Einwilligung zur Adoption unterschreibst du nicht. Deine Hand ist wie gelähmt, sobald das Formular vor dir und der Stift in deiner Hand liegt. Deine Tochter soll es doch einmal besser haben als du, oder?

Nein, du unterschreibst nicht. Niemals, auch wenn du weißt, sie könnte es woanders besser haben als im Heim oder bei dir. Jedesmal ziehst du die Einwilligung zurück. Du bist ihre Mutter. Wenn du unterschreibst, verlierst du sie. Du wirst nicht wissen, wer ihre Eltern sein werden, wo sie aufwachsen wird. Niemand wird dir garantieren können, daß sie nicht nach drüben kommt. Du traust den Worten der Beamtin nicht. Du traust überhaupt keiner Behörde.

Am Wochenende, beschließt du, wirst du deine Tochter besuchen. Du bist neugierig. Wann hast du sie das letzte Mal gesehen? Du erinnerst die Anzahl der Jahre nicht. Aber du hast Päckchen geschickt. Zu Weihnachten. Manchmal auch zu ihrem Geburtstag. Vergessen hast du ihren Geburtstag nie. Du fürchtest dich, ihr gegenüberzutreten. Ihr ins Gesicht zu schauen. Ihr in die Augen zu blicken. Aber du willst sie sehen. Die Heimleitung ist informiert und einverstanden. Du bittest deinen Freund, dich zu begleiten. Seine Anwesenheit soll dich vor ihren möglichen Fragen beschützen.

Ihr fahrt mit dem Schiff über die Nordsee und mit dem Wagen über Landstraßen und Autobahnen. Dein Freund schenkt dir ein Schmuckstück. Einen Paradiesvogel, fünfhundertfünfundachtziger Gold, mit Rubinen, Diamanten und Saphiren besetzt. Ein Vermögen. Du bist es ihm wert. Du läßt deine Schönheit mit denen der Steine um die Wette strahlen, als er dich nach dem Essen über die Tanzfläche führt und später zum Bett. Ihr küßt euch den Schweiß von der Haut, und er dringt in dich ein. Du empfängst ihn, ohne zu empfangen. Du genießt die körperliche Liebe. Du lachst. Du nimmst die Pille. Wenigstens vor den Folgen der körperlichen Liebe kannst du dich schützen.

Du bist sprachlos. Starrst Lisa an. Sie ist dem Vater aus dem Gesicht geschnitten. Dem Säufer, dem Hurenbock, der dich belogen, betrogen und ausgenutzt hat und nicht die Courage besaß, dir zu sagen, daß er verheiratet ist. Du hast dir eingeredet, ihn zu lieben, bis er Lisa das Messer an die Kehle setzte, dem brabbelnden, sabbernden, kackenden Kleinkind die Kehle durchschneiden wollte, weil er ihr Schreien nicht ertrug. Du hast Lisa beschützt. Dafür sitzt er im Gefängnis, du mal hier, mal dort und Lisa im Heim. Das Jugendamt hat dir das Sorgerecht entzogen. Du hast um Lisa gekämpft. Vergeblich. Dann hast du sie entführt.

Drei Monate hier. Vier Monate dort. Ein Leben auf dem Sprung. Ihr habt in Pensionen oder zur Untermiete gewohnt. In geräumigen Zimmern habt ihr gemeinsam im Ehebett geschlafen oder in winzigen Dachkammern euch ein schmales Bett geteilt. Bis zu jener Nacht. Du hast im Erdgeschoß, im Festsaal, der Gesellschaft den Champagner serviert. Es war eine gute Arbeit. Der Champagner war lecker. Und plötzlich steht Lisa weinend im Festsaal zwischen den Tanzenden: »Mutti, ich fürchte mich.«

Am nächsten Morgen sind zwei Polizisten in der Kammer und eine Dame vom Jugendamt. Sie nehmen nicht einmal die Kleider mit, die du für Lisa gekauft hast. Du wirfst ihnen die Sachen nach, nur um sie später von den Stufen aufzulesen und in den Müll zu werfen.

Lisa ist groß für ihr Alter. Sie trägt eine braune Wollstrumpfhose unter einem karierten Faltenrock und einen gestreiften Pullover. Die rotbraunen Schuhe sind ihr zu klein. Das siehst du sofort. Die aschblonden Haare sind kurzgeschnitten, erinnern an den Rücken eines Igels. Du weißt, wegen der Läuse. Sie hat blaue Augen wie du. Eine Stupsnase und einen viel zu großen Mund. Die Form ihres Gesichtes ist rund. Die Stirn hoch. Eine senkrechte Narbe reicht von der Mitte der Stirn bis in den Haaransatz.

Du gehst in die Hocke und breitest die Arme aus.

Lisa tritt einen Schritt zurück.

Schwester Ursula legt ihr die Hände auf die Schultern und erklärt, das ist deine Mutter.

Lisa reicht dir die Hand und knickst. Guten Tag.

Du bist irritiert. Was hast du erwartet?

Ob du wiederkommen wirst, will Lisa wissen.

Ja.

Versprichst du das?

Du schwörst. Gibt Lisa dir zum Abschied einen Kuß?

Lisa verweigert dir den Kuß. Aber sie reicht dir die Hand. Ehrenwort?

Ehrenwort.

Lisa ist ein verstörtes Mädchen, sagt dein Freund.

Lisa ist deine Tochter. Sie muß sich an dich gewöhnen, dir vertrauen.

Er nickt und legt seine Hand auf deinen Schenkel. Zum letzten Mal.

Das ist deine Entscheidung.

Er will dich. Er will dich nicht verstehen.

Du willst erklären. Du kannst es nicht.

LISA GEFÄLLT. Von den kinderlosen Ehepaaren, die manchmal kommen, um Kinder anzuschauen, wird sie oft auf einen

Besuch eingeladen. Für ein Wochenende oder für die Dauer der Schulferien. Nach diesen Besuchen wird sie nie wieder eingeladen. Ein Jammer. So ein hübsches Kind.

Lisa spürt, die kinderlosen Paare erwarten etwas von ihr. Sie weiß nur nicht, was. Zurück ins Heim will Lisa nicht. Deshalb will sie nichts falsch machen. Sie steht stumm neben dem Weihnachtsbaum oder dem Osternest und lächelt, wenn sie spürt, daß sie lächeln soll. Sie will gefallen und bleiben. Sie will nicht zurück ins Heim. Jedes kinderlose Paar ist ihr recht. Und weil Lisa nicht jedes von Schwester Ursula eingebleute Verbot erinnert, worüber sie reden darf und worüber nicht, schweigt sie und lächelt.

Sie ist ein merkwürdiges Mädchen. Introvertiert. Unberechenbar. Nachdenklich, ohne zu denken. Eine Träumerin. Das Fragenstellen hat man ihr abgewöhnt. Ungerechtigkeit im Namen von Gerechtigkeit zu ertragen, hat man ihr eingebleut. Sie funktioniert, wie es gewünscht wird. Dabei ist sie hellwach. Sie schaut und hört und fühlt die Farben. Bestrafungen erträgt sie, ohne eine Miene zu verziehen. Eine zufällige zärtliche Berührung bereitet ihr körperlich Schmerzen. Dann stellt sich eine Gänsehaut ein, und die Haut brennt, daß ihr die Tränen in die Augen treten. Sie träumt von Löwen und davon, eine Primaballerina zu sein. Dabei weiß sie, sie ist die Erbse unter der Matratze der Prinzessin.

Sie besitzt nichts Eigenes. Auch nicht die Holzkläpperchen, die du ihr zu Weihnachten geschickt hast. Die Kläpperchen klappern an Annas Füßen. Lisa kann Anna nicht ausstehen. Lisa hat vergessen, daß Anna ihre Freundin war, bevor Schwester Ursula sie bat, die Kläpperchen Anna zu schenken.

Schwester Ursula läßt Lisa dafür büßen, daß sie unehelich geboren wurde und du ihre Mutter bist. Du bist keine richtige Mutter. Du riechst nach Zigaretten, nach Männern, und du bist evangelisch, sagt Schwester Ursula jedesmal, wenn ein Päckchen von dir eintrifft. In Schwester Ursulas Gegenwart darf Lisa die Päckchen öffnen und deren Inhalte bewundern. Das ist alles, was sie von deinen Päckchen behält. Die Bewunderung und das Gefühl, daß es außerhalb dieser Mauern jemanden gibt, der manchmal an sie denkt. Sie besitzt weder eine Erinnerung an dich, an den Vater noch an das, was geschah, das sie verdammt, an diesem katholischen Ort zu sein. Sie hat gelernt, den Inhalt deiner Päckchen mit einem Lächeln zu verschenken. Gezwungenermaßen. Sie profitiert von ihrer unfreiwilligen Großzügigkeit, ohne zu wissen, wieso. Ein Überlebensinstinkt.

Die leeren Päckchen darf Lisa behalten. Die stapelt sie in ihrem Spind. Manchmal, wenn sie Schwester Ursula und Tante Johanna beschäftigt weiß, sitzt sie im Schneidersitz vor dem Spind und studiert die Absenderangaben. Deinen Namen kann sie bereits lesen. Der ändert sich nicht. Daß dein Nachname ein anderer ist als ihrer, das hat Schwester Ursula ihr erklärt. Aber mit jedem Päckchen wechseln die Namen der Straßen und Städte. Marion muß ihr die Namen der Städte vorlesen und auf der Landkarte zeigen, damit Lisa weiß, wo du bist.

Die Wut darüber, daß sie deine Geschenke nicht behalten darf, frißt sie in sich hinein, wiederkäut sie, bis sie sie nicht noch einmal hinunterschlucken kann. Tage später oder erst Wochen danach wirft sie sich auf den Boden, brüllt wie eine Löwin und trommelt sich die Fäuste blau und manchmal auch blutig. Da helfen nur hölzerne Kleiderbügel, um ihre Raserei zu beenden. Wie viele Kleiderbügel auf ihrem Rücken bereits zersplittert sind, weiß Lisa nicht. So weit kann sie noch nicht zählen. Wenn Schwester Ursula oder Tante Johanna sie fragen, warum sie sich auf den Boden wirft, zuckt Lisa mit den Achseln. Sie schweigt. Sie schützt ihre Verletzungen, indem sie schweigt. Sie entblößt sich nicht, zeigt keine Schwäche. Sie lacht. Das macht sie unangreifbar. Da kann Tante Johanna sie noch so oft mit dem Kopf gegen die spitzen Rippen der Heizkörper schleudern.

Im Hof steht eine Hundehütte. Der Schäferhund bellt, fletscht die Zähne, knurrt. Er springt auf die Hinterbeine. Er zerrt an der Kette, rennt hin und her und vor und zurück und dreht sich im Kreis, sobald jemand den Hof betritt. Es ist euch Kindern verboten, in die Nähe des Hundes zu gehen. Der Hund ist bissig.

Du ignorierst das Verbot und näherst dich dem Hund. Schritt um Schritt. Jeden Tag um einen weiteren Schritt. Du gehst in die Hocke, neigst den Kopf, schaust ihn an, sprichst zu ihm. Der Hund legt den Kopf schief, stellt die Ohren spitz, schaut dich an, hechelt und jault. Du gibst dem Hund einen Namen: Ajax, lieber Ajax. Du streichelst sein Fell. Drückst dein Gesicht an seinen Hals. Du riechst das Tier und spürst das Blut durch seine Adern pulsieren. Der Hund leckt deine Hände, wedelt mit dem Schweif. Er springt an dir hoch, stemmt seine Pfoten gegen deine Schultern, fährt mit der Zunge über dein Gesicht. Du lachst. Ajax singt.

Komm sofort da weg, befiehlt Martha.

Ajax fletscht die Zähne und knurrt.

Du kraulst ihm das Fell. Du darfst das. Du bist seine Freundin. Er ist dein Beschützer. Martha würde er in Stücke reißen, wenn die Kette nicht wäre. Martha weiß das. Das ist dein Triumph. Den wirst du ihr büßen. Dir ist es das wert.

Marthas Schläge sind bald vergessen, und das morgendliche Einsammeln der Eier empfindest du nicht als Strafe. Sobald du den Hühnerstall betrittst, rennen die Hühner gackernd und flügelschlagend durch den Stall. Du wirfst dich rücklings ins Heu, greifst nach einem Strohhalm, schiebst ihn in den Mund und zerkaust ihn zu Brei. Du wartest. Du mußt die Eier nicht suchen. Sobald das Federvieh sich beruhigt und auf den Gelegen niedergelassen hat, spuckst du den Strohhalmbrei aus und sammelst die Eier ein. Das Körbchen mit den Eiern bringst du der Köchin. Dafür bekommst du ein Bonbon, manchmal auch einen Pudding. Das ist euer Geheimnis. Die Köchin zupft dir das Stroh vom Kleid und schickt dich zum Frühstück in den Saal.

Nach dem Frühstück tretet ihr in Zweierreihen an. In dunkelblauen Kleidern, deren Rocksaum eure Knie umspielen, lauft ihr in Holzschuhen über die Dorfstraße zur Schule, vorbei an Gartenzäunen, hinter denen die Häuser unbeschädigt vor dem Himmel stehen. Im Dorf ist die Welt heil. Im Dorf gibt es keinen Krieg. Nur ein Denkmal erinnert an die im Ersten Weltkrieg Gefallenen. Am Tag scheint im Dorf die Sonne, und in der Nacht leuchten Mond und Sterne. Auf das Dorf fallen nachts keine »Christbäume«, denen Bomben folgen. Der Stoff eurer Kleider kratzt. Ihr schwitzt. Die Dorfkinder am Straßenrand bestaunen euch. Sie können sich an euren Anblick nicht gewöhnen. Ihnen und euch ist es verboten, miteinander zu sprechen. Ihr tut es trotzdem und erfahrt kaum mehr, als ihr bereits wißt.

Du gehst in die erste Klasse der Volksschule. Im Schulzimmer aber sitzt du gemeinsam mit Schülern aus der dritten und vierten Klasse. Die älteren Buben träumen von Ruhm und Ehre im Einsatz an der Front. Die älteren Mädchen von zahlreichen Kindern für den Führer und dem Mutterschaftsorden. Du träumst von Haaren bis zum Po. Neben der Tafel steht eine Holzkiste. Dahinein legt jeder die eine Eierkohle, die im Winter jedes Kind mit in die Schule bringen muß, zum Heizen. Dein Pult ist aus Holz. Vor dir haben zahllose Schüler ihre Namen im Holz hinterlassen.

Die Lehrerin ist jung und freundlich. Dir schenkt sie ein Lächeln. Für dieses Lächeln liebst du sie. Wenn sie euch aufträgt abzuschreiben, was an der Tafel steht, schreibst du es in Schönschrift auf deine Schiefertafel. Du willst ihr Lächeln nicht enttäuschen. Am Ende der Unterrichtszeit sammelt die Lehrerin die Schulbücher wieder ein. Ihr erhebt euch von den Bänken, um mit der Lehrerin das Deutschlandlied zu singen.

Das Radio überträgt eine Rede von Erziehungsminister Hans Schemm, daß Frauen als untergeordnete Wesen geschaffen worden seien. Er beendet die Rede mit der Frage: »Was sind alle modernen Rechte der Frau vom Stimmrecht bis zum Männerberuf gegen das heiligste Recht der Mütter auf Sorge, Arbeit, Opfer und Liebe für das Kind. Das allein ist der Himmel, der auch dem und der Ärmsten auf Erden bereitet ist.«

Man wird es in dich »hineinhämmern« und »hineinbrennen«, daß du als Frau in allen Bereichen außer dem Haushalt grundsätzlich untergeordnet seist, daß dein Körper dem Volk gehöre und es deine Aufgabe sei, »wieder Männer zur Welt zu bringen«. Daß du dieses Ideal verinnerlichst, dafür streut Martha die Saat. Sie lehrt dich »zu schweigen, auch wenn du zu Unrecht getadelt wirst«.

Und die Lehrerin versichert dir, es ist nicht weiter schlimm, wenn die Zahlen nicht in deinen Kopf wollen. Rechnen muß ein Mädchen nicht können. Es genügt, daß du ein Bild beschreiben kannst.

Ein Pferdekarren rollt über einen Feldweg. Hinter dem Karren liegt ein Dorf. Links vom Dorf wächst ein Wald, und rechts ist ein Acker. Im Himmel fliegen dunkle Wolken. Der Maler muß traurig gewesen sein, als er das Bild malte, beschreibst du.

Ein älteres Mädchen aus dem Heim betritt das Schulzimmer. Sie bittet die Lehrerin, die Störung zu verzeihen, und sucht dich mit den Augen. Du sollst sofort ins Heim kommen. Deine Mutter ist da. Deine Mutter will dich mit nach Hause nehmen.

Du fühlst Hitze und Kälte. Du frierst und schwitzt. Dein Herzschlag setzt aus. Dein Atem steht still. Du zitterst. Du springst auf. Der Stuhl kippt. Du läßt ihn liegen. Rennst aus dem Klassenzimmer, der Schule, die Dorfstraße entlang. Du stolperst, fällst, schlägst dir die Knie auf. Du spürst keinen Schmerz, auch nicht das Blut, das über die Schienbeine rinnt. Du stürmst über den Hof, an Ajax vorbei, der jault, in das Büro von Martha.

Eine schöne Frau, die schönste auf der Welt, legt ihre Handtasche in den Schoß und lächelt dich an. Du vergißt, die Tür zu schließen, stehst stumm im Büro von Martha und strahlst, derweil der Boden unter deinen Füßen nachgibt. Du greifst nach der Türklinke, um nicht umzufallen.

Vom Schreibtisch fragt Martha: »Wieso bist du nicht in der Schule?«

Dorthin schickt Martha dich zurück. Mit einem Lächeln. Das Mädchen muß den Namen falsch verstanden haben. Die schöne Frau, sie ist nicht deine Mutter.

Im Radio singen die Beatles »Mother's little helper«. Der Koch schreckt die gekochten Eier unter dem Wasserstrahl ab. Der Lehrling garniert die Fischgerichte mit Zitronenscheiben und Petersilie. Du zündest dir eine Zigarette an, inhalierst den Rauch bis in die Spitzen der Lungenflügel und bläst ihn durch die Nase wieder aus. Du drückst die Zigarette im Aschenbecher aus, verläßt mit sechs Fischgerichten die Küche. Jeder Gast will Fisch. Du kannst keinen Fisch mehr sehen. Allein vom bloßen Anblick wird dir übel. Riechen tust du den Fisch nicht mehr. Du hast dir angewöhnt, bei der Arbeit nicht durch die Nase zu atmen. Es ist heiß. Deine Beine sind geschwollen. Deine Füße schwitzen in den Nylonstrümpfen. Jeder Schritt schmerzt. Du riechst deinen Schweiß. Der Stoff deiner Bluse ist unter den Achseln schweißgetränkt.

Nach Feierabend, spät in der Nacht, wirst du die Bluse einweichen und hoffen, daß der vom Schweiß hart gewordene Stoff wieder geschmeidig und das Waschpulver die Schweißränder bleichen wird. Du besitzt nur zwei Blusen und nicht das Geld, um dir eine dritte Bluse zu kaufen. Du bist müde. Seit Wochen hattest du keinen freien Tag. Du wünschst, ein Eis schleckend auf einer Luftmatratze auf dem Meer zu treiben. Durchhalten. Bald ist die Saison vorbei. Dann kannst du die Beine hochlegen und jeden Sonntag deine Tochter besuchen.

Das Telefon schrillt.

Du weißt doch, daß private Anrufe während der Arbeitszeiten unerwünscht sind, erinnert dich dein Arbeitgeber, dir den Hörer reichend.

Lisa liegt im Krankenhaus. Nichts Ernstes. Aber eine Weile wird sie dort bleiben müssen. Was deiner Tochter fehlt, kann oder will die Heimleitung dir nicht sagen. Du vermutest die Folgen einer zu heftigen Bestrafung. Auf die Beantwortung deiner Frage zu insistieren fehlt dir der Mut. Dein Besuch? Die Heimleitung ist nicht sicher, ob das gut wäre.

Du hast Angst. Es ist mitten in der Nacht. Du mußt kacken, und die Toilette ist auf dem Hof. Im Flur neben dem Eingang zum Schlafsaal stehen drei Eimer zum Urinieren. Es ist euch verboten, in die Eimer zu kacken. Aber du mußt. Mit deinem Taschentuch wischst du dir den Hintern ab.

So eine Sauerei, brüllt Martha morgens um sechs. Wer war das?

Du schweigst.

Raus aus den Betten. Aufstellen in Reih und Glied.

Die Jungs ziehen die Hosen runter, die Mädchen die Nachthemden hoch. Die Oberkörper fallen im rechten Winkel vor, die auf die Oberschenkel gestützten Hände halten das Gewicht.

Den Siebenstriemer in der Hand, schreitet Martha an euren vorgestreckten Hintern vorbei die Reihe ab. Wortlos reißt sie euch die Pobacken auseinander. Ihr Schweigen läßt euch zittern. Bei einem der Jungen findet Martha, wonach sie sucht. Sie befiehlt ihm, dem Schwein, sich auf den Holzstuhl zu knien und den Oberkörper über die Stuhllehne zu beugen. In dieser Stellung bietet sein Hintern ein treffsicheres Ziel. Der Siebenstriemer zischt durch die Luft. Du wirfst dich zwischen Martha und den Hintern des Jungen.

Du willst es gewesen sein? Lügnerin!

Der Siebenstriemer trifft auf den Hintern des Jungen. Und Marthas Stoß schmeißt dich nach hinten. Du stolperst rückwärts und schlägst mit dem Kopf gegen einen Bettpfosten, bevor du zu Boden fällst. Martha kümmert das nicht. Der Siebenstriemer zischt durch die Luft. Auf und ab, auf den Hintern. Und aus der Wunde an deinem Kopf tropft das Blut auf den Fußboden.

Nein. Am Wochenende kannst du kein Frei nehmen. Unmöglich, wie stellst du dir das vor? Dein Arbeitgeber läßt dich stehen, bevor du erklären kannst. Die nächste Saison wirst du überall arbeiten, nur nicht bei ihm. Das schwörst du, derweil du die Bestellungen der Gäste notierst.

Du bist unkonzentriert, bringst die Gerichte an die falschen Tische, verrechnest dich beim Abkassieren, gibst das Wechselgeld falsch heraus, zu deinen Ungunsten. Du machst dir Sorgen, und du hast ein schlechtes Gewissen. Du hast Lisa nicht besucht. Dabei hattest du es versprochen, dein Ehrenwort gegeben. Du hast nicht einmal im Heim angerufen, um abzusagen.

Lisa steht am Bett von Marion, der Saalältesten, und will wissen, wie viele Stunden es noch bis Sonntag sind. Achtzehn, gähnt Marion nach einem Blick auf den Wecker. Sie zieht die Bettdecke über den Kopf und schickt Lisa zurück ins Bett. Sonst gibt's Ärger mit Johanna.

Auf nackten Füßen läuft Lisa durch den Schlafsaal. Tapp, tapp, an den schlafenden Mädchen vorbei, zurück zum Bett. Tapp. Sie hüpft unter das Plumeau, zieht es bis unters Kinn und schaut zur Wand. Da hängt Jesus am Kreuz. Lisa zählt bis achtzehn, um dann erneut bei eins zu beginnen. Sie zählt, zählt und wackelt mit den Zehen, bis Tante Johanna den Schlafsaal betritt. Lisa zieht die Arme unter der Bettdecke hervor, preßt sie eng an die Körperseiten, liegt steif im Bett. Es ist verboten, die Arme unter der Bettdecke zu haben. Die Mädchen könnten sich unzüchtig berühren. Lisa weiß nicht, wieso sie sich mit den Händen zwischen den Beinen berühren sollte, außer wenn sie sich kratzen muß. Lisa lauscht den sich nähernden Schritten. Sie kann Tante Johanna nicht leiden. Sie fürchtet Tante Johanna.

Johanna ist vorher Putzfrau gewesen, sagen die älteren Mädchen. Dann hat Johanna geheiratet und Kinder bekommen. Seitdem paßt Johanna auf die Mädchen auf. Erzieht sie. In den Schulferien bringt Johanna ihre zwei Buben mit ins Heim. Schwester Ursula will das nicht. Johanna tut es trotzdem. Deshalb hat Schwester Ursula sich einmal mit Johanna gestritten. Beim Mittagessen vor den Mädchen und den beiden Buben. Bei dem Streit ist Schwester Ursula in Tränen ausgebrochen und aus dem Speisesaal gelaufen. Am nächsten Tag hat Johanna die beiden Buben wieder mitgebracht. Die Buben sind doof. Die ärgern die Mädchen. Sagen unanständige Dinge und verpetzen die Mädchen, wenn die sie dafür verhauen. Die beiden Buben dürfen alles, kriegen alles, haben immer recht. Dafür sorgt Johanna. Sie ist die gemeinste Frau auf der Welt, sagen die älteren Mädchen. Die müssen es wissen. Die sind schon immer im Heim.

Tante Johanna klatscht in die Hände und befiehlt: Aufwachen!

Vierzehn Mädchen richten die Oberkörper auf, sitzen kerzengerade im Bett, falten die Hände zum Gebet und blicken zu Jesus am Kreuz. Auch Lisa.

O Gott, du hast in dieser Nacht so väterlich gewacht, ich lob' und preise dich dafür und dank für alles Gute dir. Bewahre mich auch diesen Tag, vor Sünde, Tod und jeder Plag; und was ich denke, red und tu, das segne, bester Vater, du. Beschütze auch, ich bitte dich, o heiliger Engel Gottes, mich. Maria, bitt' an Gottes Thron für mich bei Jesus, deinem Sohn, der hochgelobt sei allezeit von nun an bis in Ewigkeit. Amen.

Aufstehen, waschen, Zähne putzen, befiehlt Tante Johanna und klatscht in die Hände. Drei Mal.

Fünfzehn Mädchen springen aus den Betten, schlüpfen in die Hausschuhe, formieren sich im Mittelgang zur Zweierreihe und verlassen im Gleichschritt den Schlafsaal, folgen Tante Johanna, die vorneweg mit der Trillerpfeife den Rhythmus der Schritte zum Waschraum angibt. Am Ende der Reihe marschiert Lisa neben Heidi, der Negerin, dem schwarzen Teufel, dem Bastard, wie Schwester Ursula sie nennt. Wenn Lisa wütend auf Heidi ist, nennt auch sie Heidi einen Bastard.

Eine Holzbank steht an der Wand. Die zwei winzigen Fenster knapp unter der Zimmerdecke sind unerreichbar, selbst wenn die Mädchen sich auf die Holzbank stellen würden. Gegenüber der Wand mit den Fenstern eine Wand aus vier Türen. Die zwei in der Mitte führen zu den Toiletten. Da rauchen die großen Mädchen heimlich. Die Zigarettenkippen spülen sie mit der Klospülung weg. Tante Johanna weiß das. Die riecht das. Sie hat noch nie eines der Mädchen beim Rauchen erwischt. Das macht Tante Johanna wütend. Die Türen neben den Toilettentüren führen zu den Badezimmern. Ein Badezimmer ist den Mädchen vorbehalten, die Busen und Haare unter den Achseln und zwischen den Beinen haben. Das andere Badezimmer ist für die kleinen Mädchen.

Die Mädchen drängeln sich auf die Holzbank, rücken zusammen. Der Platz reicht nicht für alle. Die letzten Mädchen müssen stehend warten, bis sie mit der Morgenwäsche an der Reihe sind. Heidi und Lisa stehen mit dem Rücken an der Wand.

Lisa zählt zu den kleinen Mädchen. Sie muß das Nachthemd ausziehen. Heidi zählt zu den großen Mädchen. Ihr ist es, wie den großen Mädchen, unter Strafe verboten, sich vor den Kleinen zu entblößen. Dabei ist Heidi nur ein Jahr älter als Lisa. Heidi ist anders, sagen Tante Johanna und Schwester Ursula. Deshalb darf Heidi sich vor den anderen Mädchen nicht nackt zeigen.

Lisa hängt das Nachthemd an den Kleiderhaken, verschränkt die Arme vor dem Brustkorb und wartet, wartet, bis sie an der Reihe ist. Wartet, daß Tante Johanna ihr das Gesicht, den Hals, die Ohren und den Oberkörper wäscht, mit kaltem Wasser und dem einen Waschlappen, mit dem sie alle kleinen Mädchen wäscht.

Die Tür zum Badezimmer der großen Mädchen ist verschlossen. Die Tür zum Badezimmer der Kleinen steht offen. Lisa sieht die zitternden Mädchen, die Schnuten, die sie ziehen, sobald Tante Johanna den klitschnassen Waschlappen über die Gesichter reibt und das kalte Wasser in Rinnsalen über Hälse und Oberkörper rinnt, und die Kopfnüsse, die Tante Johanna verteilt, wenn eines der Mädchen prustet oder sich über das kalte Wasser beschwert. Lisa bekommt jedesmal eine Kopfnuß. Egal, ob sie eine Schnute zieht, über das kalte Wasser stöhnt oder die Prozedur stillschweigend über sich ergehen läßt.

Lisa wünscht, gleich Heidi, ein schwarzer Teufel zu sein oder groß zu sein, Busen zu haben, Haare unter den Achseln und zwischen den Beinen. Dann dürfte sie allein ins Badezimmer und die Tür hinter sich schließen. Sie besäße einen eigenen Waschlappen, ein eigenes Handtuch und würde jeden zweiten Tag neue Unterwäsche erhalten, nicht nur einmal in der Woche. Sie dürfte einen Bikini tragen und nicht dieses blöde Spielhöschen, wenn sie im Sommer im Klostergarten im Planschbecken planscht. Und freitags, am Badetag, dürfte sie alleine in der Wanne baden, in frischem, sauberem Wasser liegen, so lange, wie sie wollte. Dann müßte sie nicht als letzte, gemeinsam mit Anna, in dieser lauwarmen Brühe sitzen, in der bereits acht Mädchen vor ihr gesessen haben und wo die Seifenreste auf der Wasseroberfläche schwimmen und einen dunklen Rand auf dem weißen Emaille der Wanne hinterlassen. Sie würde mit einem anderen Mädchen in einem Zweibettzimmer schlafen und ihre Sachen in einen richtigen Kleiderschrank hängen. Sie könnte jeden Morgen neu entscheiden, was sie anzöge, und müßte nicht sieben Tage hintereinander die gleichen Sachen tragen, die Tante Johanna oder Schwester Ursula ihr nach dem Baden zum Anziehen reichen.

Dafür müßte Lisa morgens früher aufstehen. Sie müßte ihr Bett selber machen und das Zimmer putzen. Sie müßte vor dem Frühstück in das angrenzende Altersheim gehen, die Nachttöpfe der Omas entleeren. Die Omas waschen und ankleiden. Ihnen das Frühstück servieren und sie bei Bedarf füttern. Sie müßte die Bettwäsche wechseln und die Betten neu beziehen. In der hauseigenen Wäscherei müßte sie Kissenbezüge und Bettlaken, Tischdecken und Gardinen, Blusen und Röcke, Kittelschürzen und Leibchen und die Gewänder der Nonnen waschen und stärken und plätten. Sie müßte mit der Hand nähen und stopfen und den Namen des Heims in die Wäschestücke sticken. Sie müßte Zimmer und Säle, Treppen und Flure fegen und feudeln und auf Knien das Bohnerwachs auf den Linoleumboden auftragen, um den Fußboden danach zum Glänzen zu bringen. Und gnade Gott, wäre ein Streifen zu sehen. Im Klostergarten müßte sie Gemüse und Obst ernten und Unkraut jäten. In der Küche Kartoffeln und Zwiebeln schälen. Salat waschen, Gemüse putzen und schneiden und Erbsen aus den Schoten pulen. Teller, Töpfe, Pfannen und Geschirr spülen und abtrocknen und in die Schränke stellen. Tisch decken und Essen austeilen.

Davon weiß Lisa nichts. Für diese Arbeiten ist Lisa noch zu klein. Lisa wird in die zweite Klasse gehen, nach den Sommerferien.

Wieso trägt Lisa nicht die Pudelmütze, die du ihr zusammen mit der Schultüte zur Einschulung geschickt hast? Hat Lisa das Päckchen nicht erhalten?

Die Pudelmütze trägt Lisa ein einziges Mal, im Beisein von Tante Johanna. In deren Anwesenheit darf Lisa die Süßigkeiten aus der Schultüte hervorholen, die du zu der Mütze für sie beigefügt hast und die sie augenblicklich vernaschen, in sich hineinstopfen will, um die Süßigkeiten mit keinem anderen Mädchen teilen zu müssen.

Dummerchen, lacht Tante Johanna. Lisa soll die Süßigkeiten zurück in die Schultüte tun. Tante Johanna wird sie für Lisa im obersten Fach des Wandschranks aufbewahren. Da langt kein Mädchen hin. Und den Schlüssel trägt Tante Johanna stets am Körper. Lisa braucht Tante Johanna nur zu fragen, wenn sie aus der Schultüte naschen will. Dann steigt Tante Johanna auf die Leiter und läßt den Schlüsselbund rasseln, mit dem sie den Schrank aufschließt, um Lisa mit einem Lächeln die Schultüte zu reichen.

Die Schultüte ist leer!

Wie das geschehen konnte, ist Tante Johanna ein Rätsel. Aber daß die Pudelmütze im Fach von Heidi liegt, weiß Tante Johanna zu erklären. Heidi hat keine Eltern, niemand kommt Heidi besuchen oder schickt ihr ein Päckchen. Das muß Lisa verstehen.

LISA RENNT über den Hof zum Gitter, das den Hof der Mädchen vom Hof der Omas trennt. Manchmal vergißt eine der Nonnen, die im angrenzenden Altersheim die Omas betreuen, das Tor zu verschließen. Das Tor ist verschlossen. Lisa stellt sich auf die unterste Quersprosse, steckt den Kopf durch die Gitterstreben und läßt den Blick schweifen, über die Wiese mit den fünf Bäumen, umringt von Blumenrabatten und einem Kiesweg, an dessen äußerem Rand im Abstand von wenigen Metern die Sitzbänke für die Omas stehen. Eine Oase inmitten wuchtiger Mauern. Zur einen Seite flankiert vom Seitenschiff der Kirche mit den bunt verglasten Kirchenfenstern und der Pforte aus Holz. Im rechten Winkel angrenzend der Gebäudetrakt der Nonnen, mit der Küche und der Wäscherei im Souterrain und dem Altenheim im obersten Stockwerk. Gegenüber dem Seitenschiff das Hauptgebäude mit dem Verwaltungstrakt und den Zwei-Bett-Zimmern für die großen Mädchen im Dachgeschoß. Daran anschließend der Gebäudeflügel, der den kleinen Mädchen vorbehalten ist. Lisas Welt.

Der Pfarrer, in schwarzer Soutane, überquert in Begleitung zweier Meßdiener den Hof der Omas. Die Meßdiener schwenken die Rauchfässer. Lisa ahnt, eine Oma liegt im Sterben, und der Pfarrer geht, das Totengebet an ihrem Bett zu sprechen. Lisa mag den Geruch von Myrrhe und Weihrauch. Warum kann die Oma nicht am Nachmittag sterben? Dann wäre der

Pfarrer beschäftigt, und die Beichte würde ausfallen. Was soll Lisa beichten? Daß sie beim Beten freiwillig unandächtig gewesen ist, weil sie immerzu an Sonntag denkt? Daß sie faul und träge oder frech war? Hat sie die Todsünde begangen?

In ihrem Rücken spielen die Mädchen »Wer hat Angst vorm schwarzen Mann?«.

Lisa.

Im vergangenem Winter hat Lisa noch mitgespielt. Der schwarze Mann hat Lisa gefangen, ihr mit Wollschals die Hände auf den Rücken gebunden und sie an Fußgelenken und Knien gefesselt. Bei dem Versuch, sich aus seiner Gefangenschaft zu befreien, ist sie auf dem unter Schnee verborgenen Glatteis ausgerutscht und der Länge nach hingefallen, mit dem Gesicht in den Schnee. Blutstropfen im Schnee. Schneeweißchen und Rosenrot.

Tante Johanna hat Lisa im Badezimmer auf den Schemel gestellt, damit Lisa das Unglück im Spiegel betrachten kann. Lisa sieht die aufgeplatzte Unterlippe, die Lücke in den Schneidezähnen und die Schadenfreude von Tante Johanna. Da hat Lisa die Tränen nicht mehr zurückhalten können. Seitdem spielt Lisa dieses Spiel nicht mehr.

Gott sei mit dir, mein Kind, grüßt der Pfarrer im Vorübergehen.

Lisa knickst, schlägt das Kreuz und läuft fort, rennt über den von Mauern umgrenzten Hof und hüpft die Stufen zum Eingang hinauf. Keines der Mädchen beachtet sie. Die Mädchen sind in die Angst vor dem schwarzen Mann vertieft, laufen Rollschuhe, bauen Sandburgen im Sandkasten, hüpfen Gummitwist und springen Seil.

Lisa stemmt sich gegen die Tür aus massivem Holz und schlüpft ins Haus. Sie will in die Küche. Sie durchquert den Verwaltungstrakt, rennt an geschlossenen Türen vorüber, hinter denen Schreibmaschinen klappern und Stimmen murmeln. Ihre Schritte quietschen auf dem Linoleum. Sie stößt die Flügeltür auf, springt die Stufen zum Souterrain hinab, durchquert einen weiteren Flur und erreicht den Eingang zur Küche. Durch die geschlossene Tür dringt weder das Klappern von Töpfen und Deckeln noch das Klirren von Porzellan, Gläsern oder Besteck. Sie stemmt die Tür auf. Die Küche ist riesig und glänzt vor Sauberkeit. Nichts weist darauf hin, daß an diesem Ort gegart und eingemacht, täglich für Kinder, Omas und Nonnen gekocht und gebacken, Frühstück, Mittagessen, Kuchenzeit und Abendessen zu- und vorbereitet wird. Nur die Armada Puddingschälchen, die in Zehnerreihen auf der Anrichte unter den Fenstern steht, und Schwester Malwine, die Küchennonne in weißer Tracht, die auf einer Anrichte neben dem Herd leere Gemüsekisten stapelt.

Wie viele Stunden sind es noch, bis Sonntag ist, will Lisa von Schwester Malwine wissen.

Wieso will Lisa das wissen?

Weil Sonntag die Mutti kommt!

Fünfzehn Stunden noch, dann ist Mitternacht, sagt Schwester Malwine.

Das ist eine Ewigkeit.

Die schnell vergeht, versichert Schwester Malwine.

Lisa bezweifelt das.

Hat Schwester Malwine Lisa jemals belogen?

Lisa kann sich nicht erinnern.

Schwester Malwine reicht Lisa einen Schokoladenpudding.

Der Pudding ist noch warm. So mag Lisa ihn am liebsten. Die fünfzehn Stunden, der Sonntag und die Mutti sind vergessen. Lisa schmatzt und schlürft und schleckt die Puddingschale aus.

Wenn Tante Johanna das sähe. Die sieht es aber nicht, und Schwester Malwine wird es Tante Johanna nicht erzählen. Einen Deuvel wird Schwester Malwine tun. Schwester Malwine und Tante Johanna sind sich spinnefeind. Das ist zwar eine Sünde, aber deshalb geht Schwester Malwine jeden Tag beichten und tut den Mädchen viel Gutes. Bei Schwester Malwine darf Lisa Töpfe auslecken, den Zeigefinger in Teigschüssel und Marmeladengläser stecken, Backobst naschen und Schokoladenstreusel auf der Zunge zergehen lassen.

Aber nun muß Schwester Malwine zum Markt. Sie legt den Einkaufszettel in die oberste Gemüsekiste, steckt Lisa ein Bonbon in die Kitteltasche und schickt sie zurück auf den Hof, sonst werden die Mädchen Lisa noch vermissen.

Lisa will mit auf den Markt. Da ist sie noch nie gewesen. Schwester Malwine soll sie mitnehmen, bettelt Lisa.

Nur, wenn Lisa den anderen Mädchen davon nichts erzählt.

Lisa tanzt händeklatschend durch die Küche. Sie ahnt, Schwester Malwine wird ihretwegen mit Tante Johanna Streit bekommen. Aber Schwester Malwine, die Gutmütige, die Sanfte, die Freundliche, wird den Streit gewinnen. Und Lisa wird die Strafe überleben.

Den Blick zum Himmel gerichtet, durchquert Lisa an der Hand von Schwester Malwine den Hof der Omas. Nur dieses eine Mal, bittet sie den lieben Gott, soll er machen, daß die anderen Mädchen sie jetzt sehen. Die Omas auf den Bänken wackeln mit den Köpfen und wünschen einen schönen Tag. Und der liebe Gott schert sich einen Teufel um ihre Bitte. Nicht ein Mädchen steht auf der anderen Seite des Gitters. Der liebe Gott erhört nie ihre Bitten. Egal, worum Lisa ihn bittet. Der liebe Gott ist gemein. Er mag Lisa nicht. Er kann sie nicht ausstehen. Der liebe Gott mag überhaupt keine Kinder. Die Bitten der anderen Mädchen erhört er auch nie.

Schwester Malwine schiebt Lisa durch die winzige Eisenpforte hinaus auf den Kirchplatz. Dort soll Lisa warten. Schwester Malwine geht, den Volkswagen aus der Garage holen.

Auf dem Kirchplatz scheint die Sonne wärmer. Auf dem Kirchplatz gibt es keine Schatten. Keine Mauer und kein Gebäudetrakt, die den Platz begrenzen, nur das flache Gebäude an einer Seite, das dem Pfarrer und den Nonnen als Garage dient. An der anderen Seite die wildgewachsene Wiesenböschung aus Brennesseln und Sauerampfer, Butterblumen und Gänseblümchen, die hinab zum Fluß führt. Die Straße, vom Stadtzentrum kommend, endet auf dem Kirchplatz als Sackgasse. Auch die Tauben werfen keine Schatten. Bei geschlossenen Lidern, hinter denen die Augäpfel rollen, dösen sie auf den Treppenstufen, die hinauf zum Kirchenportal führen. Der Fuß, den Lisa auf die Stufe setzt, wirft auch keinen Schatten. Aber das Geräusch erschreckt die Tauben. Die Lider klappen zurück, die Körper werden schlank. Mißtrauen blinzelt Lisa entgegen.

Kscht, Kscht, stürmt Lisa mit geweiteten Armen die Stufen hinauf. Kscht, Kscht. Die Tauben kacken auf die Stufen, spreizen die Flügel, gleiten als dunkle Schatten über Lisa hinweg. Den Kopf in den Nacken gelegt, mit geweiteten Armen vor dem Kirchenportal stehend, folgt ihr Blick dem Flug der Tauben. Lisa liebt das Geräusch schlagender Taubenflügel. Sehnsucht weitet ihren Brustkorb. Sie seufzt vor Glück. Ruckediku, ruckediku, Blut ist im Schuh. Lisa hat die Tauben erschreckt. Das Glück ist fort. Ob der liebe Gott nun böse auf sie ist?

Schwester Malwine befreit Lisa von Schuld.

Lisa lacht. Sie imaginiert sich in ein Hochzeitskleid mit einer Schleppe, die dreimal so lang, wie sie groß ist. Ein Hochzeitskleid, wie es die Bräute tragen, die als Jungfrauen die Kirche betreten, um sie als verheiratete Frauen wieder zu verlassen, zum Anbeten schön. Lisa rafft das imaginäre Hochzeitskleid, hüpft die Stufen hinab, verliert den imaginären gläsernen Schuh und springt auf den Beifahrersitz.

Ruckediku, ruckediku, Blut ist im Schuh. Brum. Brum. Brum.

Auf dem Rücksitz klappern die leeren Gemüsekisten, und auf dem Armaturenbrett flattert der Einkaufszettel. Schwester Malwine schaltet in den nächsten Gang und das Radio ein. »Mother's little helper.« Schwester Malwine kennt jedes Wort, jede Zäsur. Schwester Malwine hat eine schöne Stimme, deshalb singt sie auch im Kirchenchor. Schwester Malwine ist kurzsichtig und trägt beim Fahren eine Brille.

Das dunkel gefaßte Brillengestell paßt nicht zu ihrem rosigen Gesicht. Das darf Lisa Schwester Malwine sagen. Dafür darf Schwester Malwine die Lücke in den Schneidezähnen sehen. Mit Schwester Malwine kann Lisa lachen. Reden kann Lisa auch mit ihr. Schwester Malwine darf sie Fragen stellen. Ob Schwester Malwine den weißen Schleier auch nachts trägt? Wie die Farbe ihrer Haare ist? Ob sie unter dem Schleier die Haare kurz oder lang trägt? Schwester Malwine macht sich weder über die Lücke in den Schneidezähnen lustig, noch weist sie Lisa wegen ihrer Neugier zurecht wie Tante Johanna: Was Lisa doch für dumme Fragen stellt. Schwester Malwine bleibt Lisa niemals eine Antwort schuldig: Nachts schläft sie ohne den Schleier. Die Farbe ihrer Haare ist rot, und das Haar trägt sie kurz, wegen der Läuse und weil das kurze Haare besser unter den Schleier paßt und weil sie im Sommer unter dem Schleier am Kopf weniger schwitzt.

Lisa findet kurze Haare doof. Wenn sie erwachsen ist, will sie Haare haben bis zum Po. Allerdings bezweifelt Lisa, daß ihre Haare jemals diese Länge erreichen werden. Ihre Haare wachsen viel langsamer als ihr Körper. Und sobald ein Haarzipfel ans Ohr heranreicht, greift Tante Johanna bereits zur Schere. Britta kriegt nie die Haare geschnitten. Die Haare von Britta reichen bereits bis an die Schulter. Warum kriegt jedes Mädchen Läuse, nur Britta nicht?

Weil Britta kein Wildfang ist. Britta hockt mit einem Buch in der Ecke, statt auf dem Hof Rollschuh zu laufen oder Seil zu springen. Und wenn Britta nie an die frische Luft geht, kann sie auch keine Läuse bekommen.

Wenn das so ist, will Lisa auch nicht mehr an die frische Luft gehen.

Darüber wird Schwester Malwine traurig sein. Wer soll sie dann zum Markt begleiten? Wer wird ihr im Sommer helfen, im Klostergarten die Gemüsebeete zu gießen und die Erdbeeren zu ernten? Und wer wird ihr auf dem Friedhof zur Hand gehen, die Gräber der Ordensschwestern zu pflegen?

Es ist eine schwere Sünde, etwas zu tun, von dem man weiß, daß es jemand anderen traurig macht, sagt Schwester Ursula.

Dann muß es eine Todsünde sein, Schwester Malwine traurig zu machen. Nach der Mutti ist Schwester Malwine die schönste und klügste und lustigste Frau auf der ganzen Welt. Und Schwester Malwine ist Lisas Schutzengel. Schwester Malwine beschützt Lisa, wenn Tante Johanna durchdreht und zuschlägt, daß ein Kleiderbügel nach dem anderen auf dem Rücken von Lisa zerbricht. Dann kommt Schwester Malwine gelaufen, haut Tante Johanna den Kleiderbügel aus der Hand: Was Johanna sich erlaubt, ob sie Lisa totprügeln will? Das geht Schwester Malwine einen feuchten Kehricht an. Sie soll sich gefälligst um ihre Küchenkräuter scheren. Die Erziehung der Mädchen obliegt nicht ihrer Kompetenz. Das sieht Schwester Malwine anders. Sie befiehlt Lisa in die Küche, wo sie bleiben muß, bis der Dienst von Tante Johanna beendet ist, sie endlich zu ihren Buben verschwindet.

Nein, Lisa will nicht, daß Schwester Malwine wegen ihr traurig ist. Wenn sie groß ist, kann sie die Haare immer noch wachsen lassen. Bestimmt wachsen die Haare dann auch viel schneller, weil der Körper ja nicht mehr wachsen muß.

Schwester Malwine jubelt. Sie drückt auf die Hupe und singt, Mother's little helper.

Lisa lacht. Ob sie Schwester Malwine verraten soll, was die Mädchen über sie und Schwester Ursula tuscheln? Lisa mag nicht glauben, daß Schwester Malwine und Schwester Ursula sich heimlich im Kartoffelkeller treffen, um sich zu küssen. Mit Zungenschlag, erzählen die Mädchen. Dabei dürfen Nonnen sich gar nicht küssen. Das ist verboten. Ob Schwester Malwine das wirklich tut? Bestimmt sind das Lügen. Gemeine, hinterhältige Lügen. Und wenn es die Wahrheit ist? Unmöglich. Schwester Ursula ist groß und dünn und hat dunkle Augen und ist im Charakter sehr ernst. Schwester Malwine ist klein und rund und hat blaue Augen und ist immer gut gelaunt. Schwester Ursula und Schwester Malwine passen gar nicht zusammen. Außerdem: Frauen und Männer, die küssen sich. Das müssen die, wegen der Babys. Marion und Franz küssen sich auch, heimlich in der Vorratskammer. Wie Franz ins Heim kommt, verrät Marion nicht. Franz auch nicht. Männer küssen sich auch. Manchmal. Der Pfarrer hat einmal einen Bischof geküßt. Das ist normal. Das gehört sich so, das muß so sein, hat Schwester Malwine erklärt. Frauen küssen sich nur auf die Wangen, nie auf den Mund. Nonnen küssen sich überhaupt nicht. Die sind mit Gott verheiratet. Die küssen das Kreuz und machen einen Kniefall vor dem Pfarrer. Lügen, Lügen, Lügen, alles Lügen. Alle lügen, sagt die Mutti. Lügt die Mutti auch? Manchmal bestimmt. Lisa lügt ja auch. Sie lügt, wenn die Lüge sie vor einer Bestrafung bewahrt: einen halben Tag in der Ecke stehen mit dem Gesicht zur Wand. Danach nimmt sie heimlich Brittas Schielbrille, um den Blick zu korrigieren. Den eigenen Urin trinken. Danach hängt Lisa über der Kloschüssel, kotzt, bis der Magen schmerzt. Einhundert Kniebeugen. Spätestens nach der sechzigsten Kniebeuge fällt Lisa in Ohnmacht. Memme, lacht Tante Johanna ihr ins Gesicht, sobald die Ohrfeigen, die sie Lisa verabreicht, sie wieder zur Besinnung bringen.

Brum. Brum. Die Kisten klappern. Die Sonne scheint. Der Himmel ist blau. Sonntag ist weit weg.

In der Kreisstadt soll eine Großkundgebung stattfinden. In euren besten Kleidern sollt ihr in der ersten Reihe stehen, vor den Veteranen.

Martha befiehlt euch auf zwei Lastkraftwagen. Die Jüngeren auf die hinteren Bänke, in die Nähe des Fahrerhauses. Die Älteren auf die vorderen Bänke bei der Laderampe. Unter euch sitzt Martha und stimmt Lieder an. Martha dirigiert, und ihr singt: »Wir sind die Moorsoldaten und ziehen mit dem Spaten ins Moor, ins Moor, ins Moor.«

Bei der Ankunft in der Kreisstadt befiehlt Martha, keiner tanzt aus der Reihe. Auch du nicht, ob du das verstanden hast.

Es wird das letzte Mal sein, daß Martha dir auf den Kopf haut. Auf eine solche Gelegenheit hast du gewartet. Nichts und niemand wird dich von deinem Entschluß abbringen wegzulaufen. Du willst nicht länger die Diebin, die Lügnerin, das Letzte sein. Du willst nach Halle, zu deiner Mutter. Du wirst sie finden. Du mußt sie finden. Im Heim willst du nicht länger sein. Niemand kennt deine Absicht, außer Ajax. Du hast ihm dein Geheimnis ins Ohr geflüstert, ihm versprochen, ihn zu holen, sobald du deine Mutter gefunden hast.

Du nutzt die Menschenansammlung, tanzt aus der Reihe, unter die Menschen und rennst. Rennst, bis dir die Lungen und Leisten schmerzen, du die Hände auf die Oberschenkel stützen mußt und gegen den Asphalt hechelst. Der Schweiß sammelt sich an den Augenbrauen, rinnt zur Nasenspitze, tropft auf den Boden. In deinen Ohren rauscht das Blut. Du hörst dein Herz schlagen und eine Männerstimme sagen, daß er die Ladung Kohlen noch heute nach Halle fahren wird. Du springst auf die Ladefläche des Lasters, krabbelst über die Kohlensäcke, verschwindest in der Tiefe der Ladefläche, versteckst dich. Der Motor brummt. Die Kohlensäcke vibrieren.

Die Fahrt dauert. Du wirst müde. Du zwickst dich in die Arme, kneifst dir in die Waden. Du darfst nicht einschlafen. Bei der Ankunft in Halle darf der Fahrer dich nicht entdecken.

Du erschrickst, als der Fahrer dich aus dem Schlaf rüttelt. Du verstehst seine Fragen nicht. Wo bist du? Wer ist er? Was will er von dir?

Er will dir von der Ladefläche helfen und dir mit einem Taschentuch den Kohlenstaub aus dem Gesicht wischen. Wer bist du? Woher kommst du? Wohin willst du?

Du schweigst.

Was soll er mit dir machen?

Du zuckst mit den Achseln.

Er wird die Kohlensäcke abladen und dich zur Gendarmerie bringen müssen. Wirst du solange warten?

Du nickst.

Warten wirst du nicht. Du weißt, die Tschakos werden dich zurück zu Martha bringen. Sobald der Fahrer mit einem Sack

Kohlen auf dem Rücken im Keller eines Hauses verschwunden ist, schleichst du davon. Du gehst. Schaust dich um. Du läufst. Schaust zurück. Du rennst. Rennst durch die Stadt.

Händelhaus. Sohlquelle. Salzwerk. Zuckerraffinerie. Braunkohlebergwerk. Dort das Moritzburger Schloß. Da die Leopoldina, die Akademie der Naturforscher. Drüben die Pfännerschaft der Halloren. Du schaust nach vorn, nach rechts und nach links. Die Häuser fliegen an deinem Blick vorüber. Du weißt weder den Straßennamen noch die Hausnummer. Du suchst, suchst mit der Erinnerung, die Straße, das Haus, wo dein Zuhause war. In deiner Phantasie stürmst du bereits die Stufen hinauf, stößt die Wohnungstür auf und fliegst der Mutter in die Arme. Endlich hast du sie gefunden. Du rennst, schaust mit den Augen und der Erinnerung und findest es nicht, das Haus. So viele Straßen. So viele Häuser. So viele Menschen. Frauen. Frauen. Alte Männer. Kaum Kinder. Und die Erinnerung läßt dich nicht innehalten und frohlocken: Hier, hier, da ist es, dein Zuhause.

Da stehst du auf dem Marktplatz mit dem roten Turm und der Marienkirche und weißt nicht weiter, weißt nicht, in welche Richtung dich wenden, was tun. Irgendwo muß dein Zuhause doch sein. Eine Straßenbahn bimmelt. Eine Frau spricht dich an. Wo kommst du her, so schmutzig, wie du bist? Hast du dich verlaufen? Du gibst keine Antwort, hastest weiter, einem Tschako aus dem Weg. Du rennst und weinst. Rufst nach der Mutter. Rennst und rennst, bis zum Ufer der Saale. Hockst dich ins Gras, wäschst dir die Hände, das Gesicht, ziehst Schuhe und Socken aus und läßt die Füße im Wasser baumeln.

Die Socken stopfst du in die Taschen deines Kleides, und die Schuhe wirfst du über die Schulter, nachdem du die Schnürsenkel miteinander verknotet hast, dann läufst du weiter, am Ufer der Saale entlang. Das Gras kitzelt unter deinen Fußsohlen. Grashüpfer springen aus dem Grün, flüchten vor deinen nackten Füßen. Schmetterlinge tanzen. Es ist nicht dein erster Ausreißversuch. Irgendwo wirst du ankommen, wo du bleiben kannst. Für eine Nacht. Für zwei Tage. Oder für länger.

Du kletterst über Zäune, und nimmst Reißaus vor den Kühen, rennst bis vor einen Stall. Da stehst du neben einem frisch aufgeschütteten Misthaufen, beobachtest Hühner, Enten und Gänse, die sich von Tauben und Spatzen das Futter vor den Schnäbeln wegpicken lassen. Dein Magen knurrt. Durst hast du auch.

Ob es an diesem Ort für dich auch etwas zu picken gibt? Der Geruch frisch gemolkener Milch steigt dir in die Nase, verdrängt den Gestank vom Misthaufen. Der Speichel läuft dir im Mund zusammen. Aber die Zwanzig-Liter-Kannen vor dem Stall rührst du nicht an. Du bist keine Diebin. Du hockst dich ins Gras, lehnst dich an einen Baum und wartest. Jemand wird kommen und dich bemerken. Du hörst Schweine grunzen und Pferde wiehern und den Klang menschlicher Stimmen. Bienen und Hummeln torkeln von Mohnblumen zu Kornblumen. Mücken schwärmen, und über dir in der Baumkrone rauschen und wispern die Blätter, als wäre das gesamte Blattwerk ein einziger lebender Organismus. Der Krieg ist weit weg. Vielleicht gibt es den Krieg gar nicht mehr.

Du seufzt.

»Da hat es aber jemand schwer.«

Du schleichst um den Baumstamm und entdeckst einen Angler, der einen Flußkarpfen vom Angelköder befreit, um ihn in den im Wasser liegenden Käscher zu setzen. Bei deinem Anblick lächelt der Angler. Sein Lächeln glättet die Falten um seinen Mund. »Na, wen haben wir denn da? Wo kommst du her? Hast du dich verlaufen?«

Du schweigst.

Der Angler fordert dich auf, ihm Gesellschaft zu leisten, dich neben ihn zu setzen. Da sitzt ihr nebeneinander, schaut auf den Fluß und schweigt, bis dein Magen wieder knurrt und er dich fragt, ob du Hunger hast.

Du nickst.

Er bietet dir seine Hand und schlägt dir vor, ihn ins Haus zu begleiten, um gemeinsam einen Blick in die Speisekammer zu werfen. Es tut dir gut, an die Hand genommen zu werden. Du klammerst dich an seine Hand, läßt sie auch dann nicht los, als du neben ihm in der Küche stehst.

Aber mit einer Hand kann er weder das Brot noch den Schinken schneiden. Zwar könntest du mit deiner freien Hand den Laib Brot halten, während er mit seiner freien Hand davon eine Scheibe für dich abschneidet, aber es besteht die Gefahr, daß er dir dabei mindestens eine, wenn nicht gar zwei Fingerkuppen abschneidet. Und das würde ihm leid und dir weh tun.

Lachend gibst du seine Hand frei. Ob das sein Hof ist, willst du wissen. Ob er alleine lebt. Ob er viele Tiere hat. Was für Tiere er hat. Ob er schon mal im Heu geschlafen hat. Wie die Milch aus der Kuh kommt. Ob die Gänse und Enten geschlachtet werden. Und ob du bleiben kannst.

So viele Fragen. Er beantwortet sie dir, so gut er kann, gemeinsam mit seinem Sohn und seiner Schwiegertochter, die nacheinander die Küche betreten. Und während du kräftig zulangst, obwohl du keinen Hunger mehr hast, dein Bauch bereits kugelrund ist, du aber nicht weißt, wann es das nächste Mal solch leckere Sachen zu essen gibt, erfährst du, daß der Angler nur noch auf dem Hof hilft, den sein Sohn an seiner Stelle nun verwaltet. Die Schwiegertochter verspricht dir, dich nach dem Abendbrot auf dem Hof herumzuführen, dir alles zu zeigen, die Schweine, die Pferde, die Karnickel und auch die Ziegen. Ob du allerdings bleiben kannst, kann niemand von ihnen sagen. Sie kennen ja nicht einmal deinen Namen, und wo du herkommst, wissen sie auch nicht.

Da, wo du weg bist, willst du nicht mehr hin. Du willst zu deiner Mutter. Die Tränen schießen dir aus den Augen. Du redest drauflos. Nennst deinen und die Namen von anderen, erzählst, wie es dir einfällt, du dich erinnerst, erzählst von dem Versprechen deiner Mutter wiederzukommen, beschreibst die Häuser, in denen du seitdem gewesen bist, berichtest von den grün getarnten Lastkraftwagen mit den angeschraubten Sitzbänken, die euch in diese Häuser bringen, manchmal mitten in der Nacht, von den Toiletten auf den Höfen und den Waschküchen in den Kellern, die euch als Badezimmer dienen. Von der Prügel, den Demütigungen, den Essensentzügen, dem für Wochen erteilten Verbot an die anderen Kinder, auch nur ein Wort mit dir zu reden, von den Kindern, die verschwanden oder an den ihnen zugefügten Verletzungen verstarben, von dem Doktor, der einem Jungen im Speisesaal den Bauch aufschnitt, um seinen Blinddarm zu entfernen. Von deinen Fluchtversuchen, von denen einer bei einem Schuster endete, weil die Brandsohlen deiner Schuhe durchgelaufen, deine Füße mit Blasen übersät waren und du nicht weiterlaufen konntest. Erzählst von Ajax, der jeden beißt, nur dich nicht. Und du erzählst von Martha, die dir das Fingernägelkauen austreiben will, indem sie dir am Badetag die abgeschnittenen Fuß- und Fingernägel der anderen Kinder in den Mund stopft und dich erst aus ihrer Obhut entläßt, sobald du den Mund öffnest und sie mit dem Finger vor und hinter deine Zahnreihen gefahren ist, um sich zu vergewissern, daß du die Nägel auch wirklich hinuntergeschluckt hast. Martha, die dich bestimmt totschlagen wird, wenn man dich zurückschickt. Deine Tränen wollen nicht versiegen. Dein Körper bebt. Dein Gesicht glüht, und deine Nase läuft. Du heulst Rotz und Wasser und bist nicht zu beruhigen. Die Verzweiflung macht dich zittern. Das Versprechen, daß du die Nacht über bleiben kannst, läßt deine Tränen nicht versiegen. Du schluchzt. Du willst bleiben, willst nicht fort. Willst nirgendwo anders mehr hin. Willst endlich ein Zuhause. Eine Mutter. Einen Vater. Eine Familie. Willst wissen, wo du hingehörst.

Du darfst bleiben ...

Du jubelst.

... bis eine Pflegefamilie für dich gefunden ist, fügt der Angler hinzu.

Mit den ersten Sonnenstrahlen ist er am Morgen zu Fuß in die Stadt gelaufen, zum Amt, dort hat er deine Sache vorgetragen, hat sich für dich eingesetzt. Einmal im Monat wird eine

Fürsorgerin auf den Hof kommen, um nach dir zu schauen, ob du gut versorgt bist, es dir an nichts mangelt und ob du brav und hilfsbereit bist, das tust, was man dir aufträgt zu tun, nicht lügst und nicht böse bist.

Du versprichst, schwörst, lieb und brav zu sein, alles zu tun, was man dir sagt, und auf dem Hof zu helfen, wo und was du kannst. Zum Abschluß deiner zahlreichen Versprechen äußerst du laut den Wunsch, daß nie eine Familie für dich gefunden wird, daß keine Familie dich leiden mag und jedes Paar, das kommt, um dich anzuschauen, dich frech und häßlich findet.

Du bist glücklich. Du fühlst dich wohl. Du hast ein eigenes Zimmer mit einem Schrank, einer Kommode und einem Teppichläufer vor dem Bett, in dem deine Füße versinken, wenn du darauf stehst. Du wäschst und badest dich in einem richtigen Badezimmer. Und in der Schule bist nicht du diejenige, die jemand anderen um etwas beneidet. Die anderen beneiden dich, wegen deiner Schulbrote. Kein anderes Kind hat mit selbstgeschlagener Butter bestrichene Brote. Brote, die mit Schinken, Leber- oder anderer Wurst belegt sind. Bei euch in der Vorratskammer gibt es ausreichend davon. Du kannst es dir leisten, großzügig und freigiebig zu sein, deine dicken Wurstbrote zu tauschen gegen ein dünnes Brot mit Rübenkraut, Geleemarmelade oder einfach nur mit Zucker bestreut.

Die Schwiegertochter hört das nicht gerne. Hätten die anderen Kinder die dicken Wurstbrote und du die dünnen, würden sie ihre Brote nicht gegen deine dünnen Brote tauschen. Sie ermahnt dich, deine Schulbrote selber zu essen und unterscheiden zu lernen, wer wirklich dein Freund ist. Das verstehst du nicht. Aber du weißt, sie meint es gut mit dir. Die Schulbrote sind das einzige, für das sie dich rügt. Ansonsten ist sie mit dir zufrieden. Sie läßt dir jede erdenkliche Freiheit. Und du enttäuschst sie nicht.

Das sagt sie auch der Fürsorgerin. Du bist ein liebenswerter Wildfang. Läufst am liebsten in Turnhose und Blüschen durch das Haus, durch die Ställe, über die Felder und Wiesen und treibst ausgerissene Ziegen und Gänse zurück zum Hof. Die von der Fürsorgerin mitgebrachten Kleider ziehst du nicht an. Da mußt du acht geben, daß der Stoff nicht schmutzig wird oder reißt. Du hilfst bei der Heuernte. Lernst die Sichel schwingen und daß Kühe gemolken werden müssen, damit die Milch kommt.

Zwei Wochen braucht es, bis du die Angst vor den Kühen überwindest und du weißt, wie du die Zitzen fassen, ziehen und kneten mußt. In dieser Zeit schlägt dir manch ein Kuhschwanz um die Ohren, trifft dich manche Haxe am Bauch, an den Schenkeln, wirft dich in den Mist und einmal auch in die Jauchegrube. Da gackern die Hühner, schnattern die Enten, meckern die Ziegen, selbst die Schweine lachen, und der Angler haut sich vergnügt auf die Schenkel. Nur die Schwiegertochter schimpft. Da hilft kein Wasser, keine Seife. Alles Schrubben ist vergebens. Noch Tage danach stinkst du, daß die Kühe die Köpfe schütteln, sobald du den Stall betrittst, und selbst die Karpfen in der Saale verschmähen den Köder, nehmen Reißaus, sobald du dem Opa beim Angeln Gesellschaft leistest.

Bald wird die Zeit vorbei sein, wo ihr gemeinsam Wasserflöhe und Fische fangen könnt. Der Winter naht. Morgens stehen die Felder und Wiesen in Nebel gehüllt, und während des Tages leuchtet das Blattwerk der Bäume in den Farben des Feuers. Deine Mutter hast du vergessen. Martha auch. Deine Haare wachsen, reichen dir fast an das Kinn. Deine Fingernägel müssen einmal in der Woche geschnitten werden. Die Schwiegertochter zeigt dir, wie du die Schere ansetzen mußt. Und der Wintermantel, den die Fürsorgerin für dich bringt, ist dir in den Schultern zu eng und an den Armen zu kurz. Einen größeren hat sie nicht. Die Zeiten sind hart. Die Leute überlegen sich dreimal, ob sie die Kleider der Fürsorge überlassen. Sie jedenfalls ist froh über jedes Kleidungsstück, mag es auch noch so oft geflickt, gestopft, ausgebessert, erweitert und verlängert worden sein.

Die Schwiegertochter will versuchen, dir den Mantel passend zu machen. Irgendwo wird sich ein festes Stück Stoff finden lassen. Notfalls müssen die Arme durch Strickbünde verlängert werden.

Der Opa erklärt, daß du in dem Mantel nicht vor die Tür gehen kannst. Da frierst du dir die Hände und den Hals ab und den Arsch auch. Er gibt der Schwiegertochter seine Kleidermarken und schickt euch in die Stadt. Dort sollt ihr einen Mantel kaufen. Einen schönen warmen Mantel, mit großen Taschen, wo du die Hände hineinstecken kannst. Er besitzt genügend warme Sachen, und wachsen tut er schließlich auch nicht mehr. Aber du. Du schießt in die Höhe wie im Frühjahr das Kraut aus der Erde. Der Winter wird hart. Irgendwie hat er da so eine Ahnung.

Den Mantel darfst du dir selber aussuchen. Du wählst einen braunen Kapuzenmantel mit aufgesetzten Taschen. Zwei Nummern größer, sagt die Schwiegertochter zur Ladenbesitzerin, und dir versichert sie, da wächst du schnell hinein. Die Ärmel kannst du solange aufschlagen. Du strahlst und behältst den Mantel gleich an. Dein erster eigener Mantel.

Zurück aus der Stadt, sitzt die Fürsorgerin mit einem Ehepaar in der Küche. Du weißt, warum das Paar da sitzt und dir zulächelt. Du verweigerst ihnen die Hand. Machst nicht mal einen Knicks. Und »Guten Tag« sagst du auch nicht. Du willst nicht gefallen. Das gefällt dem fremden Paar.

Die Fürsorgerin erzählt, daß du einen älteren Bruder haben wirst. Und das fremde Paar verspricht, daß es dir an nichts fehlen wird, sie ein Kino besitzen und du Filme schauen kannst, sooft du willst.

Du magst das fremde Paar nicht, und den Bruder, der nicht dein Bruder ist, den kannst du schon jetzt nicht leiden, obwohl du ihn noch gar nicht kennst. Du willst nicht weg. Du weißt, du wirst dich fügen müssen. Du ringst dem fremden Paar das Versprechen ab, daß du, wann immer du möchtest, zum Hof gehen kannst, um den Opa, seinen Sohn und die Schwiegertochter zu besuchen. Das Paar erklärt sich einverstanden. Der Hof liegt ja nicht weit entfernt. Ihr Versprechen bedeutet für dich zwar einen Sieg, aber der ist nur ein schwacher Trost.

Gleich mitnehmen kann das fremde Paar dich nicht. Man muß erst ein Bett sowie einige andere Dinge organisieren. Am Wochenende werden sie dich holen. So wird es ausgemacht.

SIE IST die letzte und das Letzte, sagt Tante Johanna, als Lisa den Speisesaal betritt.

Die anderen Mädchen sitzen in Vierergruppen an den Tischen. Kerzengerade, die Füße um die Stuhlbeine geschlungen, die Hände auf den Tischen neben den Tellern, zu Fäusten geballt. Die Mädchen warten auf Lisa. Die Schüsseln mit den Kartoffeln, dem Gemüse und dem Fleisch stehen auf den Tischen. Die Mädchen starren Lisa an. Es ist mucksmäuschenstill. Es riecht nach Essen. Lisas Magen knurrt. Die Mädchen können es hören. Auch Tante Johanna. Die sitzt auf der Eckbank und blättert in einer Illustrierten, tut, als würde sie Lisa nicht beachten.

Lisa weiß, Tante Johanna tut nur so. Lisa schaut zu Britta, die heute neben Tante Johanna auf der Eckbank sitzen darf. Britta, die ewig Kränkelnde, die Schielende, die eine Brille trägt, an der ein Augenglas zugeklebt ist. Britta, das Wunderkind, das Genie, die Intelligenzbestie. Britta, die als einzige das Gymnasium besuchen darf, Klavierunterricht bekommt und deren Haare nie geschnitten werden. Jedes Mädchen will sein wie Britta. Britta, dieser kleine in sich versunkene Engel, immer freundlich, immer sanft, immer lächelnd. Auch jetzt lächelt Britta. Britta ist der Liebling von Tante Johanna. Britta, die niemand leiden kann, um deren Freundschaft jedes Mädchen buhlt. Britta, die alles hört, alles sieht, alles weiß und kein Geheimnis verrät. Britta, die Spionin unter den Mädchen. Das weiß nur Tante Johanna.

Sie hat sich noch die Hände gewaschen, rechtfertigt Lisa ihr zu spätes Erscheinen. Sie nähert sich der Eckbank mit ausgestreckten Armen, um Tante Johanna die Hände zu zeigen. Die Hände sind noch naß, aber die Fingernägel haben blaue Ränder. Lisa erwartet ein Donnerwetter und den Schmerz an den Ohren, wenn Tante Johanna daran zieht.

Lisa soll sich setzen, befiehlt Tante Johanna, ohne den Blick von der Illustrierten zu heben.

Lisa rührt sich nicht. Sie begreift nicht. Warum schimpft Tante Johanna nicht? Warum will Tante Johanna nicht wissen, wo Lisa gewesen ist, warum sie zu spät zum Essen erscheint, wo Lisa doch genau weiß, daß alle mit dem Essen warten müssen, bis auch die letzte am Tisch sitzt. Lisa ist verunsichert. Was soll sie tun, wie sich verhalten? Sie hat Angst, das zu tun, was Tante Johanna befiehlt.

Lisa soll sich auf ihren Platz setzen, wiederholt Tante Johanna. Die erhobene Hand ist eine unmißverständliche Geste. Lisa gehorcht.

Komm, Herr Jesus, sei unser Gast und segne, was du uns bescheret hast. Amen.

Tante Johanna klatscht in die Hände und befiehlt den Mädchen, mit der Mahlzeit zu beginnen.

Die Schüsseln klappern. Die Mädchen plappern. Marion will wissen, wo Lisa gewesen ist.

Lisa grinst, ohne die Zähne zu entblößen. Vor Heidi will Lisa die Zahnlücke nicht zeigen. Raffzahn, Raffzahn, wird Heidi sonst hänseln. Heidi darf auch nicht wissen, wo Lisa gewesen ist. Marion kann sie es zuflüstern, daß sie mit Malwine auf dem Markt war, wo es schon Körbe voller Brombeeren gab, und daß sie sich bis eben noch unten am Fluß den Bauch mit wilden Brombeeren vollgeschlagen hat. Marion ist ihre Freundin. Ihr kann Lisa trauen. Marion wird es nicht weitererzählen. Wenn jemand fragt, wird Marion lügen oder grinsen. Ihre Zähne sind makellos. Marion kann zubeißen.

Was gibt es da zu flüstern?

Die Kopfnuß schmerzt. Lisa schießen die Tränen in die Augen. Nur nicht weinen. Nicht vor Tante Johanna, nicht vor Heidi, der Negerin.

Heidi läßt Lisa nicht aus den Augen. Sie wartet auf die Tränen von Lisa und auf die Antwort.

Lisa bittet Marion stumm um Hilfe.

»Sie hat versprochen, sich nie wieder unerlaubt zu entfernen.«

Tante Johanna weiß, daß Marion lügt.

Marion grinst und hält dem Blick von Tante Johanna stand. Marion kann das. Marion ist bereits fünfzehn Jahre und zu lange schon an diesem Ort. Aber bald ist Marion fort. An ihrem sechzehnten Geburtstag wird sie das Heim verlassen, um den Franz zu heiraten. Das will der Franz. Marion will das auch. Marion wird sonst noch wahnsinnig im Heim oder die Mörderin von Tante Johanna. Marion hat Tante Johanna einmal verhauen. Franz hat ihr dabei geholfen. Seitdem wagt Tante Johanna es nicht mehr, Marion anzufassen.

Im Vorratskeller rauchen Franz und Marion Zigaretten, trinken Rotwein, küssen sich und lachen. Lisa darf bei diesem heimlichen Treffen dabeisein. Und weil weder Schwester Ursula noch Tante Johanna jemals den Wunsch von Lisa erfüllen, sie im Karneval als Prinzessin zu verkleiden, ernennen Marion und Franz sie zu ihrer Prinzessin, der sie ewige Treue schwören. Lisa dankt es ihren Untertanen mit Schokoladenbonbons.

Franz schaltet das Kofferradio ein und eröffnet mit Marion zu »One, two, three o'clock« den Karnevalsball zu Ehren der Prinzessin. Lisa will auch Rock 'n' Roll tanzen. Der Franz küßt die Marion auf den Mund und bittet Lisa, die Prinzessin, die Hoheit, mit einer Verbeugung um den nächsten Tanz. Der Franz wirft Lisa um seine Hüften, zieht sie zwischen seinen Beinen hinauf zur Schulter, um sich Lisa, wie einen Schal, um die Schultern zu wickeln. Da passiert es. Der Arm von Lisa springt aus der Gelenkkapsel. Lisa lacht. Aber der Schmerz bleibt, läßt nicht nach. Lisa schreit, und die Tränen laufen.

Franz muß sich verstecken, sagt Marion und rennt Hilfe holen. Ausgerechnet Tante Johanna muß sie in die Arme laufen. Die riecht die Zigaretten, sieht das Kofferradio, den Rotwein und die vor Schmerzen wimmernde Lisa. Tante Johanna gibt Marion eine Ohrfeige. Marion schlägt zurück: Johanna soll verdammt noch mal Lisa helfen.

Tante Johanna steht wie gelähmt, bekommt rote Flecken im Gesicht, am Hals und an den Armen. Ihre Hand knallt auf Marions Wange. Da springt der Franz aus seinem Versteck. Johanna sieht ihn und prügelt Marion mit den Fäusten: Flittchen. Elendes Flittchen. Hure. Dreckstück.

Franz haut Tante Johanna eine runter. Da ist Tante Johanna still. Sie reibt sich die Wange, starrt den Franz offenen Mundes an.

Jemandem wie ihr sollte es verboten werden, in die Nähe von Kindern zu kommen. Eingesperrt gehört sie, brüllt der Franz mit Lisa auf dem Arm, auf dem Weg ins Krankenhaus.

Tante Johanna kann sich nicht erinnern, Marion gefragt zu haben. Und Marion kann sich nicht erinnern, daß Tante Johanna ihre Frage an ein bestimmtes Mädchen richtete, oder sollte Marion den Namen etwa überhört haben? Die Hand von Tante Johanna schnellt in die Höhe, schwebt drohend vor Marion. Schlag doch, höhnt der Blick von Marion.

Die Tür springt auf. Schwester Ursula betritt mit einem Mädchen den Speisesaal. Tante Johanna läßt die Hand sinken. Die Mädchen vergessen den Hunger, starren auf das Mädchen in Schwester Ursulas Begleitung.

»Das ist Elfriede. Elfriede ist sieben Jahre alt und wird ab heute bei uns leben«, verkündet Schwester Ursula, die Hände auf Elfriedes Schultern plazierend.

Heidi nutzt die Gelegenheit, um die Gabel in die Fleischschüssel zu stoßen. Sie beansprucht auch das letzte Stück Fleisch für sich.

Elfriede hat ihre Eltern bei einem Autounfall verloren, und Schwester Ursula wünscht, daß die Mädchen Elfriede aufmerksam und freundlich behandeln und mit ihr Freundschaft schließen. »Hat Heidi das auch verstanden?« Der Ton von Schwester Ursulas Stimme ist scharf.

Heidi läßt die Gabel fallen, ja, sie hat das verstanden.

Tante Johanna reicht Elfriede die Hand. »Wir kennen uns ja bereits.«

Elfriede macht einen Knicks und errötet. Die Blicke der Mädchen sind ihr unangenehm. Und die Mädchen können nicht anders, als Elfriede anzustarren. Elfriede hat blonde Haare bis zum Po.

Tante Johanna führt Elfriede an den Tisch von Lisa, Marion und Heidi. Schwester Ursula klatscht in die Hände und befiehlt den Mädchen, mit der Mahlzeit zu beginnen, bevor das Essen kalt wird.

Elfriede wird sehen, sie und die Mädchen werden sich gut verstehen, sagt Tante Johanna, ihr über den Kopf streichend.

Da sitzt Elfriede zwischen Heidi und Marion und kann die Tränen nicht länger zurückhalten.

Marion wird Elfriede nach dem Essen alles zeigen, wo sie spielen und ihre Schularbeiten machen kann. Wo das Badezimmer ist und der Schlafsaal. Elfriede wird sich bald eingelebt haben und sich sehr wohl fühlen, sagt Schwester Ursula. Sie wischt Elfriede die Tränen von den Wangen und befiehlt Marion, im Speisesaal für Ruhe und Ordnung zu sorgen. Sie und Tante Johanna haben noch etwas zu besprechen.

Kaum hat sich die Tür des Speisesaals hinter Schwester Ursula und Tante Johanna geschlossen, springen die Mädchen von den Stühlen und laufen zu Elfriede. Jede will das Haar von Elfriede anfassen. Elfriede duckt und windet sich unter den Händen der Mädchen, will flüchten, runter vom Stuhl, weg von den Mädchen. Die Mädchen verhindern das, stehen gedrängt um Elfriede, lösen die Haarspange und greifen ihr ins volle, lange, blonde Haar, zupfen, zerren, reißen und ziehen daran und bemerken in ihrer Bewunderung nicht, daß sie Elfriede weh tun.

Marion klatscht in die Hände: Jede sofort auf ihren Platz, sonst muß sie Tante Johanna erzählen, daß die Mädchen Elfriede geärgert haben.

Die Drohung wirkt. Besteck klappert. Porzellan schellt. Die Mädchen kichern, schwatzen und schmatzen und schlürfen. Nur der Teller vor Elfriede bleibt leer.

Marion deutet auf die Schüsseln und fordert Elfriede auf, von den Kartoffeln und Bohnen so viel zu nehmen, wie sie mag. Elfriede kann doch schon mit Messer und Gabel essen, oder?

Klar kann Elfriede das. Elfriede langt zu. Schon liegen Kartoffeln und Bohnen auf dem Teller. Nur das Fleisch fehlt noch. Elfriede beugt sich über den Tisch und stößt die Gabel in das letzte Stück Fleisch.

»Wie viele Jahre hat es gedauert, bis die Haare so lang geworden sind«, will Lisa von Elfriede wissen.

Elfriede weiß das nicht. Sie glaubt, die Haare waren schon immer so lang, antwortet sie, den Teller an die Fleischschüssel schiebend. Doch bevor sie das Stück Fleisch aus der Schüssel hieven kann, stößt Heidi ihre Gabel in das Fleisch. Das Stück gehört ihr, und wenn Elfriede es haben will, muß sie ihre Haare an Heidi verschenken.

Elfriede erschrickt. Auch Lisa und Marion erschrecken. Heidi spinnt.

Heidi grinst. Sie bohrt die Gabel tiefer in das Fleischstück. Ihr Blick fordert Elfriede heraus. Lisa und Marion schweigen. Das ist eine Sache zwischen Heidi und Elfriede. Da dürfen sie sich nicht einmischen.

Elfriede begreift. Sie ist nicht bereit, Heidi das Fleischstück kampflos zu überlassen.

Im Speisesaal ist es plötzlich still. Die Mädchen wissen, worum es geht. Elfriede muß sich bewähren. Muß ihren Platz erkämpfen, verteidigen, behaupten. Hackordnung. Niemandem wird etwas geschenkt, auch kein Stück Fleisch.

Elfriede bohrt auch ihre Gabel tiefer ins Fleisch, verteidigt es gegen Heidis Anspruch. Die Soße schwappt über den Tisch.

Mit Widerstand hat Heidi nicht gerechnet. Jetzt erst recht ist Elfriede ihre Feindin. Heidi holt aus und tritt Elfriede gegen das Schienbein.

Elfriede tritt zurück.

Heidi brüllt. Die Gabel läßt sie nicht los. Das Fleisch gehört ihr. Sie zerrt und zieht, bis das Fleisch in zwei Hälften reißt. Die Soße schwappt auf den Tisch.

»So eine Schweinerei«, schimpft Marion.

Elfriede grinst. Ein halber Sieg. Sie legt die Fleischhälfte auf ihren Teller und setzt das Messer an.

Heidi springt vom Stuhl und spuckt auf das Fleisch von Elfriede.

Elfriede läßt Messer und Gabel fallen, lehnt sich zurück in den Stuhl. Ekel.

Heidi stößt die Gabel in Elfriedes Fleischstück und stopft es sich in den Mund. Sie kaut und schmatzt und triumphiert und läßt die Fäuste auf ihren Brustkorb trommeln.

»Affe«, zischt Marion.

Heidi grinst, reißt den Mund auf und läßt Elfriede den Fleischbrei in ihrem Mund sehen. Möchte Elfriede davon probieren?

Elfriede faßt sich mit einer Hand an den Magen, und die andere legt sie vor den Mund. Sie würgt.

Heidi läßt Elfriede nicht aus den Augen.

Einige Mädchen kichern über ihren Tellern.

Nicht kotzen, fleht Lisa, sonst müssen alle sitzen bleiben, bis Elfriede die Kotze aufgegessen hat.

Elfriede glaubt das nicht.

Die Mädchen nicken. Marion schwört, wenn es sein muß, bis zum Abend und auch die ganze Nacht. Sie beschimpft Heidi als eine blöde Kuh und bittet Elfriede, sich nicht über Heidis Benehmen zu ärgern. Elfriede muß nämlich wissen, Heidi ist ein bißchen plemplem.

»Und Marion ist ein Flittchen«, brüllt Heidi, Messer und Gabel auf den Tisch werfend.

Marion lehnt sich in die Stuhllehne und schiebt sich eine Bohne in den Mund. Und Heidi? Weiß Heidi, was sie ist? Heidi ist ein Bastard.

Heidi holt mit dem Fuß aus.

Marion hat das erwartet, sie bringt ihre Beine in Sicherheit.

Heidi tritt gegen ein Stuhlbein. Aua.

Lisa kichert. Sie zerlegt ihr Fleischstück in zwei Hälften und bietet Elfriede eine Hälfte an.

»Flittchen, Flittchen«, singt Heidi, derweil sie das Besteck im Rhythmus ihres Sprechgesangs auf den Tellerrand schlägt. »Flittchen, Flittchen.«

Der Bastard soll die Klappe halten, sonst wird Marion der Johanna erzählen, was der Bastard nachts im Schlafsaal treibt.

Nein, das wird Marion nicht.

Wird sie doch.

Wird sie nicht.

Und ob, grinst Marion. Will der Bastard es darauf ankommen lassen?

»Petze«, schreit Heidi, knallt das Besteck auf den Tisch und rülpst.

Nach dem Mittagsschlaf schleicht Lisa durch das Haus. Der Pfarrer wartet, wartet in der Kirche, daß Lisa und die anderen Mädchen zur Beichte kommen.

Ist Lisa ungehorsam gewesen? War sie verträglich? War sie neidisch? Zornig? Launisch? Rücksichtslos? War sie schamhaft? Keusch? Sittsam? Hat sie ihren Körper unschamhaft berührt? Lisa weiß es nicht. Sie kaut an den Fingernägeln. Die Augen! Im Waschraum ist ein Spiegel. Das Weiß der Augäpfel wird ihr das Ausmaß ihrer Sünden verraten. Sie rennt.

Vor dem Spiegel drängeln sich die Mädchen, stehen an, um das Weiß der Augäpfel zu begutachten. Es wird dauern, bis Lisa an der Reihe ist, den Schemel zu erklettern, um einen Blick in den Spiegel zu tun. So lange kann Lisa nicht warten. Sie will sofort die Farbe ihrer Augäpfel wissen. Mit geweiteten Augen stellt sie sich vor Britta. Britta soll sagen, sind die Augäpfel weiß?

»Schwarz. Pechschwarz«, sagt Britta, ohne eine Miene zu verziehen.

»Britta lügt«, schreit Lisa. Sie stößt Britta weg, drängelt sich an den Mädchen vorbei, schubst eins vom Schemel und schaut in den Spiegel. Die Mädchen schimpfen, versuchen Lisa vom Schemel zu zerren, kneifen sie in die Waden, boxen ihr auf den Rücken.

Lisa kümmert das nicht. Sie steht auf Zehenspitzen, die Hände gegen die Wand gestützt, und starrt in den Spiegel. Ist das Weiß der Augäpfel nicht ein bißchen dunkler als letzte Woche? Lisa ist sich nicht sicher. Sie schließt die Augen, um sie gleich darauf wieder aufzureißen. Das Weiß der Augäpfel ist ein bißchen grauer als letzten Samstag. Oder? Sie läßt die Augäpfel rollen. Bestimmt ist das Weiß grauer. Ein ganze Woche ohne Sünde? Das gibt es nicht. Das geht nicht. Das kann nicht sein. Das darf nicht sein. Irgendeine Sünde muß sie doch begangen haben. Bestimmt hat sie gelogen oder angegeben. Vielleicht war sie schadenfroh, und sie hat es einfach nur vergessen.

Mit vereinten Kräften stoßen die Mädchen Lisa vom Schemel. Britta stellt Lisa ein Bein. Lisa stolpert. Das muß Britta beichten, ruft Lisa, aus dem Waschraum, über den Hof zur Kirche rennend.

Was soll sie nur beichten? Etwas wird ihr schon einfallen. Bisher ist ihr immer etwas eingefallen. Ob Tante Johanna und Schwester Ursula auch zur Beichte gehen? Was hat Lisa bloß letzten Samstag gebeichtet? Daß sie Anna in die Brennesseln gestoßen hat, wieder und wieder, bis Anna geheult hat und ihre Haut an Beinen, Armen und im Gesicht so rot war wie die Lederriemen der Holzkläpperchen, die sie Anna schenken mußte. Zur Reue, Sühne und Buße wurde Lisa vom Pfarrer aufgetragen, zehnmal das Vaterunser und einmal den ganzen Rosenkranz zu beten. Auf Knien. Aber in der Beichte hat sie verschwiegen, daß es ihr Spaß gemacht hat, Anna in die Brennesseln zu stoßen. Sollte sie das beichten?

Ob Anna gebeichtet hat, daß sie Lisa in den Kohlehaufen gestoßen hat, wieder und wieder, bis Lisas Haut an Beinen, Armen und im Gesicht aufgeschrammt war und Lisas Knie ganz doll geblutet haben? Bestimmt hat Anna das gebeichtet.

Doch was hat Lisa in dieser Woche Schlechtes getan? Sie hat Tante Johanna verflucht und Schwester Ursula gleich mit, hat gewünscht, daß beide auf der Stelle tot umfallen. Kann sie das beichten? Was, wenn der Pfarrer das weitererzählt? Dann gnade Gott vor Tante Johannas und Schwester Ursulas Vergeltung. Nein, das kann Lisa nicht beichten. Aber was soll sie dann beichten?

Wenn sie keine Sünden vorzuweisen hat, wird der Pfarrer ihr wieder Fragen stellen: Hat Lisa sich unzüchtig berührt? Hat sie unzüchtige Gedanken gehabt? Lisa mag diese Fragen nicht. Und überhaupt, Lisa versteht diese Fragen nicht. Lisa ist sieben Jahre alt. Sowieso mag Lisa das Beichten nicht. Beichten ist doof. Vor jeder Beichte hat Lisa Angst. Wer in der Beichte eine Sünde verschweigt oder lügt, wird beim nächsten Gewitter vom Blitz erschlagen. Lisa hat schon so oft in der Beichte gelogen und ist noch nie vom Blitz getroffen worden. Aber die Angst bleibt. Gott rächt ihre Lügen auf seine Art. Er erfüllt ihre Wünsche nicht und macht, daß Lisa sich bei Gewitter fürchterlich fürchtet. Das ist Gottes Strafe.

Lisa blickt auf das Kreuz über dem prunkvollen Altar. Der Heiland ist ans Kreuz genagelt. Zu seinen blutenden Füßen die Dreifaltigkeit in einem goldenen Schrein. Abseits vom Altar steht die Statue der heiligen Jungfrau Maria. Sie hält die Hände zum Gebet gefaltet und das Haupt geneigt. Eine Glasträne glitzert in einem ihrer Augen.

O heilige Jungfrau voller Gnaden.

Lisa kann die Jungfrau Maria gut leiden. Maria kann sie trauen. Maria macht ihr keine Angst. Maria könnte sie fast alles erzählen, wenn Maria nicht so geschwätzig wäre und Jesus alles weitererzählte. Marion sagt, Maria ist eine alte Klatschtante der übelsten Sorte. Aber Maria ist auch sanft, milde und verständnisvoll, nachsichtig und gütig und legt für alle Sünder ein gutes Wort bei Jesus ein.

Von Jesus fühlt Lisa sich bedroht. Ihm kann sie nichts recht machen. Vor ihm fühlt sie sich schuldig, selbst wenn sie Gutes tut. Jesus ist nie zufrieden. Jesus sieht alle Sünden, hört alle Lügen, kennt alle Gedanken. Aber niemals sieht, hört und weiß Jesus das Gute. Dafür ist Jesus blind und taub. Jesus kennt keinen Spaß, keine Witze und keine Gnade, nur Strafe. Jesus ist grausam und böse. Lisa glaubt, Jesus macht es Spaß, Kindern angst zu machen. Jesus ist rachsüchtig und nachtragend und ungerecht. Wäre er das nicht, dann müßten Lisa und die anderen Mädchen nur die guten Taten in der Beichte erzählen. Davon ist Lisa fest überzeugt.

Manchmal tut ihr Jesus richtig leid. Dann betet sie für Jesus, daß er einen anderen Vater bekommt. Einen, der nicht so grausam zu ihm ist. Dann würde Jesus bestimmt öfter ein Auge zudrücken. Marion sagt, Jesus ist eine arme Sau, der Angst vor dem Leben, vor den Menschen und besonders viel Angst vor den Frauen hat.

Lisa schlägt das Kreuz, knickst vor Jesus am Kreuz, betritt den Beichtstuhl, kniet nieder und senkt den Blick auf die zum Gebet gefalteten Hände: Sie hat gelogen, Heidi verhauen und schlecht über andere Mädchen geredet, besonders über Britta. Sie hat verbotene Früchte genascht und Wasser aus der Leitung getrunken. Sie hat Elfriede, die Neue, um ihre langen Haare beneidet, und beim Tischgebet war sie unaufmerksam, hat an die Mutti gedacht. Sie hat ihre Lehrerin belogen und Tante Johanna und Schwester Ursula viel Kummer bereitet. Mehr fällt Lisa nicht ein.

Sie hört den Staub auf das Chorgestühl fallen. Der Pfarrer schweigt. Jesus auch. Lisa tun die Knie weh. Sie wartet. Wartet, daß das Kirchendach sich auftut und Jesus den Zeigefinger auf sie richtet: Lügnerin.

Das Kirchendach bleibt heil, und der Pfarrer ist mit Lisas Beichte zufrieden. Er entläßt sie aus dem Beichtstuhl mit den Ermahnungen, stets artig zu sein und dreimal das »Gegrüßet seist du Maria voller Gnaden« zu beten, über ihre Sünden nachzudenken und sie aus tiefstem Herzen zu bereuen.

In der ersten Reihe des Chorgestühls kniet Lisa nieder. Sie

bittet die Jungfrau Maria, ihr alle Sünden zu vergeben, und freut sich auf die Mutti.

Jungfrau Maria voller Gnaden, du bist gebenedeit unter den Weibern, und gebenedeit ist die Frucht deines Leibes ...

Wenn das Wetter schön ist, kann Lisa mit der Mutti spazierengehen. Vielleicht gehen sie Eis essen oder wieder in das Café, wo Lisa die fremde Frau am Nachbartisch fragte, wieso sie soviel Kuchen ißt, wo sie doch schon so dick ist. Noch besser wäre ein Besuch im Zoo. Da würde Lisa die Mutti wieder bitten, sie fotografieren zu lassen, damit sie noch einmal das Löwenbaby im Arm halten kann. Wenn sie nur wüßte, wie die Mutti darauf kommt, daß sie gesagt haben soll, daß sie nicht mehr will, daß die Mutti sie besuchen kommt, weil die Mutti jedesmal von einem anderen Mann begleitet wird. Hat die Mutti sich das ausgedacht, oder hat Schwester Ursula das wirklich gesagt? Lisa hat das nie gesagt, weder zu Schwester Ursula noch zu Tante Johanna. Wieso sollte sie so etwas sagen? Die Mutti ist doch nur ein einziges Mal in Begleitung eines Mannes gekommen, um sie zu besuchen. Sie mußte der Mutti schwören, daß sie das nicht gesagt hat.

... Heilige Maria, Mutter Gottes, bitte für uns Sünder jetzt und in der Stunde unseres Todes, und bitte mach, daß die Sonne am Besuchstag scheint und der Mutti nichts Schlimmes passiert. Amen.

Der Spiegel zeigt: Die Augäpfel sind weiß. Nun kann Lisa den Speisesaal durchqueren, um im Spielsaal die Rollschuhe aus dem Schrank zu holen und hinaus auf den Hof zu laufen, zur Sonne, zu den Mädchen, zum Spielen.

Im Speisesaal aber bleibt Lisa stehen. Die Tische sind bereits für das Abendbrot gedeckt. Elfriede sitzt auf einem Stuhl und lächelt. Hinter Elfriede steht Tante Johanna und bürstet ihr das lange, blonde, lockige Haar.

Wo ist Lisa gewesen, will Tante Johanna wissen.

In der Kirche, beim Pfarrer, beichten.

Und warum ist Lisa zu spät zum Mittagessen erschienen?

Weil sie noch die Hände waschen mußte.

Aber wo war Lisa am Vormittag? Alle haben Lisa vermißt und sich ihretwegen große Sorgen gemacht.

Lisa sieht giftgrüne Pfeile durch den Speisesaal fliegen. Sie schweigt. Die Schuhe drücken. Die Zehen tun ihr weh. Die Schuhe sind zu klein. Und die Süße in Tante Johannas Stimme ist faul. Da gärt etwas, verheißt nichts Gutes. Lisa spürt das körperlich. Elfriede nicht. Sie kennt Tante Johanna noch nicht. Der Blick von Elfriede ist unbedarft.

Lisa war bei Schwester Malwine in der Küche und hat geholfen, Gemüsekisten zu tragen.

In der Küche?

Und auf dem Markt.

Tante Johanna richtet den Blick auf Lisa. Wenn Lisa das nächste Mal mit Schwester Malwine zum Markt fahren will, soll Lisa es ihr oder Schwester Ursula sagen.

Ja, Tante Johanna.

Tante Johanna lächelt. Was soll sie jetzt mit Lisa machen?

Bestrafen, antwortet Lisa, zum Wandschrank gehend, den gepolsterten Kleiderbügel zu holen.

Eine Bestrafung hätte Lisa verdient, sagt Tante Johanna, das Haar von Elfriede zu einem Pferdeschwanz bürstend. Den Kleiderbügel, den Lisa ihr entgegenhält, beachtet Tante Johanna nicht. Sie wickelt den Pferdeschwanz zu einem Knoten. Schau, Lisa, wie schön die Haare von Elfriede sind und was man damit alles machen kann. Tante Johanna läßt den Haarknoten los. Das Haar fällt wie ein Schleier über Elfriedes Rücken. Tante Johanna setzt erneut die Bürste an. Bürstet das Haar von Elfriedes Stirn straff nach hinten, teilt es in drei Strähnen und flechtet einen Zopf.

Es tut ihr leid. Sie wird es bestimmt nie wieder tun, wimmert Lisa, sich an den Rock von Tante Johanna klammernd. Der Kleiderbügel fällt zu Boden.

Elfriede sitzt steif. Ohne zu wissen, was da hinter ihrem

Rücken vor sich geht, ahnt sie, irgendwie hat es auch mit ihr zu tun.

Tante Johanna bindet einen Gummi um das Zopfende und streicht Lisa über den Kopf, Dummerchen. Heute hat sie keine Lust, Lisa zu bestrafen. Hier, sagt sie, Lisa soll das Ende von Elfriedes Zopf halten.

Lisa zieht den Rotz in der Nase hoch und lächelt. Sie ist noch einmal davongekommen. Sie hält das Ende des Zopfes und wischt mit dem Unterarm die Tränen aus dem Gesicht. Da sieht sie die Schere in Tante Johannas Hand. Die Schere ist groß und scharf. Schnipp, schnapp. Elfriedes Zopf ist ab.

Hinter ihrem Nacken greifen Elfriedes Hände ins Leere: »Meine Haare! Wo sind meine Haare? Mamiiiii«, brüllt Elfriede. Der Schrei von Elfriede will kein Ende finden. Der Speisesaal ist für ihren Schrei zu klein. Auf dem Hof verstummen die Mädchen, vergessen das Spiel, stehen erstarrt und kriegen eine Gänsehaut.

Lisa steht versteinert mit dem Zopf in der Hand. Sie kriegt den Mund nicht zu und bringt das Entsetzen nicht hervor.

Tante Johanna nimmt Lisa den Zopf aus der Hand. Das wird eine hübsche Perücke geben.

BEI DEN Kinobesitzern mangelt es dir an nichts. Trotzdem fühlst du dich nicht wohl.

Das Haus besitzt viele Zimmer, und jedes Zimmer ist mit Teppichen ausgelegt. Die Speisekammer ist voll. Schinken und Speckseiten hängen von der Decke. Tonkrüge mit Sauerkraut stehen in den Ecken. Die Regale sind angefüllt mit Einweckgläsern, und in den Körben lagern Kartoffeln und Zwiebeln, Birnen und Äpfel.

Du darfst mit den Puppen aus der Puppenstube spielen, wenn du nichts kaputtmachst, die winzigen Teller nicht zerbrichst, die Möbel nicht verstellst, den Faltenwurf der Gardinen nicht in Unordnung bringst, die Wanne nicht mit Wasser füllst und die Bilder an den Wänden hängen- und die Teppiche auf dem Boden liegenläßt, die Puppen hübsch anziehst und ihnen die Haare bürstest.

Du rührst die Puppenstube nicht an und auch manch anderes nicht im Haus der Kinobesitzer. Du befolgst die Verbote. Du betrittst das Schlafzimmer nicht, und das Wohnzimmer, wo der Flügel steht, das betrittst du nur, wenn du Klavierunterricht hast.

Das Klavierspielen liegt dir nicht. Du übst die Tonleiter rauf und runter. Deine Finger verkrampfen, deine Beine schlafen ein. In Gedanken bist du auf dem Hof, bei den Kühen, Pferden und Schweinen. Die Mißtöne, die deine Fingerübungen erzeugen, schmerzen deine Ohren, bereiten dir Kopfschmerzen. Die Klavierlehrerin legt die Stirn in Falten, schüttelt den Kopf. »Mein Gott, Kind, so schwer kann das doch nicht sein.« Regen trommelt gegen das Fensterglas. Und das Metronom schlägt den Takt. Die wollene Strumpfhose kratzt. Und der gestärkte Kragen vom Kleid beengt dich am Hals. Du glaubst ersticken zu müssen. Deine Hosen und Blusen hat man dir genommen. Dafür hat die Hausschneiderin dir Kleider genäht. Kleider mit Spitzen und Rüschen, wie es sich für ein Mädchen geziemt.

Den Kapuzenmantel hast du verteidigt, unter Tränen und mit Klammern, mit Bissen und Fausthieben. Man hat dir den Mantel gelassen, wenn auch ungern. Schließlich führt man dich gerne vor. Nachmittags bei Kaffee und Kuchen.

Da sitzt du in deinen neuen Kleidern, die Beine eng aneinandergepresst, auf dem Sofa im Wohnzimmer, unter fremden Leuten, und mußt darauf achten, daß du nicht mit vollem Mund sprichst und auch nur dann, wenn du gefragt wirst, daß kein Krümel dir das Kleid beschmutzt, während man dir sagt, welch ein Glück es für dich ist, in diesem Haus zu leben, und daß du dankbar sein mußt, einen so netten Jungen wie den Reinhold zum Bruder zu haben.

Du Bastard. Keine sechs Wochen wirst du bleiben. Dafür wird er sorgen, droht der Reinhold am ersten Abend, nachdem die

Mutter ihm die Ohren langgezogen hat, weil sie, angelockt durch dein Geschrei, in eurem Zimmer erscheint und den Reinhold dabei erwischt, wie er aus deinem Bett springt.

Fummeln will der Reinhold. Gucken, was an deinem Körper anders ist als bei ihm. Jeden Abend treibt er dieses Spiel. Du wehrst dich. Boxt und trittst ihn, da, wo es ihm richtig weh tut. Und Reinhold hält sein Wort.

In der Speisekammer fehlt ein Speckstreifen. Die Kaffeekanne geht zu Bruch. Eine Perlenkette wird unter deinem Kopfkissen gefunden. Gestohlen aus der Schmuckschatulle im Schlafzimmer. Und in deinem Kaffee- und Kuchenkleid ist ein Winkelriß.

Du ungezogenes, undankbares Ding. Du Lügnerin. Du Diebin. Die Flausen wird man dir austreiben. Du kennst diese Worte. Diese Worte begleiten dich bereits dein Leben lang. Die Wort kümmern dich nicht, redest du dir ein. Wütend bist du nur über die Strafe: Es wird dir verboten, zum Hof zu gehen.

Da gibt es sowieso nichts mehr zu sehen. Den Hof gibt es nicht mehr. Ausgebombt. Alle tot, grinst der Reinhold.

Lügner!

Bereits aus der Ferne siehst du die Wahrheit. Ein Teil vom Schweinestall steht noch. Die restlichen Gebäude liegen in Trümmern. Du stolperst über die Trümmer. Du rufst nach der Schwiegertochter, dem Sohn. Den Angler triffst du mit dem Koffer in der Hand am Ufer der Saale. Er nimmt Abschied vom Fluß, von den Karpfen. Die Angeln hat er zum Nachbarhof gebracht. Da, wo er hingehen wird, braucht er die Angeln nicht mehr. Noch am Abend wird er den Zug nach Danzig besteigen, zu seinem jüngsten Sohn fahren.

Er soll dich mitnehmen.

Das kann er nicht. Sein Jüngster wohnt in der Stadt. Die Wohnung ist zu klein. Der Opa läßt den Blick über die Trümmer schweifen. Der Hof war sein Leben. Sein Vater war bereits auf dem Hof als Verwalter tätig. Er lehrte ihn, den Hof zu führen, wie er es später seinen Sohn lehrte. Einen Stein will er mitnehmen zur Erinnerung. Dir wird er schreiben, verspricht er und nimmt dich in den Arm. Da steht ihr zwischen den Trümmern und weint.

Dafür, daß du dich dem Verbot widersetzt hast, wirst du vom Abendessen ausgeschlossen. Was kümmert es dich. Die Schwiegertochter und ihr Mann sind tot. Und der Opa ist fort. Du hast das Taschentuch noch geschwenkt, als der Zug schon lang nicht mehr zu sehen war.

Du verweigerst das Frühstück, das Mittagessen, das Leben. Wenn die Sirenen Fliegeralarm melden, willst du nicht in den Keller. Da schleift man dich hin, mit Gewalt. In manchen Nächten bis zu achtmal. In anderen Nächten hören die Sirenen gar nicht auf zu heulen. Und seit kurzem heulen die Sirenen auch am Morgen und am Nachmittag, wenn du in der Schule bist.

Da hockst du im Keller der Schule, im Kreis zusammen mit den anderen Kindern und der Lehrerin, die so jung ist, daß sie für eine von den älteren Schülerinnen gehalten werden könnte. Du hörst das Pfeifen der Bomben, wenn sie vom Himmel fallen, das Krachen, sobald die Bomben einschlagen. Ihr haltet euch bei den Händen und singt: O du lieber Augustin, alles ist hin. Ein anderes Lied fällt der jungen Lehrerin nicht ein.

Sie kann ihre Angst nicht verbergen und schreit und weint wie jede von euch, als die Bomben auf die Schule fallen. Panik. Ihr kreischt, weint, wimmert, haltet euch in den Armen, krümmt euch auf den Bänken, die Arme über den Köpfen verschränkt, werft euch zu Boden, flüchtet in die Ecken und rennt ziellos umher. Die Lehrerin weint. Sie hat Mühe, sich und euch zu beruhigen, euch zusammenzuhalten.

Die Schule ist zerstört. Keinem von euch ist etwas geschehen. Niemand ist verletzt. Jedenfalls nicht sichtbar. Ihr hattet Glück.

Nach der Entwarnung schickt die Lehrerin euch nach Hause. Auf dem direktesten Weg. Wo ist der? Stockdunkel ist der Abend. Nirgends leuchtet eine Straßenlaterne. Dunkel ist es auch hinter den Fenstern. Hier und da siehst du den flakkernden Schein einer Kerze.

Menschen eilen durch die Straßen. Tragen das Wenige, das sie retten konnten, unter den Armen, auf dem Rücken oder ziehen es in Bollerwagen durch die Straßen zur nächsten Notunterkunft. Brandgeruch liegt in der Luft. Namen von Angehörigen werden gerufen. Alt und jung rutschen auf Knien zwischen den Trümmern der Häuser, graben mit den Händen nach Überlebenden, Toten, Verletzten, nach etwas, das sie noch retten können. Ganze Straßenzüge sind weggebombt. Auch die Straße, in der du wohnst.

Auf allen vieren kriechst du über die von Hand gemalte Ankündigung der neuesten Frontaufnahmen der Wochenschau. Schaust einem Soldaten in die gemalten siegessicheren Augen, dem der Bombenhagel das Lachen weggefetzt hat, während deine Hände wahllos Trümmer zur Seite räumen. Du weißt nicht, warum du das tust. Es gibt nichts, woran dein Herz hängt. Den Kapuzenmantel trägst du auf dem Leib. Du gräbst, spürst weder die Kälte noch den Schmerz, wenn die Haut deiner Hände aufschrammt, ein Nagel dir ins Fleisch fährt. Dein Herz schlägt bis zum Hals. Dein Atem rasselt, als würdest du rennen. Du wirfst eine nun armlose Puppe aus dem Puppenhaus zur einen Seite und eine Taste vom Flügel zur anderen. Du greifst in Sauerkraut, Teppiche, Kleider, Daunen, Mauerstücke, Scherben und Haare.

Du ziehst und brüllst. Schreist wie am Spieß und kannst den Kopf von Reinhold nicht loslassen. Ein Mann versperrt dir mit seinem Körper den Blick auf den Kopf, spricht beruhigend auf dich ein, während ein anderer dir beinah die Finger brechen muß, um deine zur Klaue erstarrte Hand aus Reinholds Haar zu lösen.

Der Mann führt dich zu einer Gruppe Frauen und Kinder. Dort sollst du warten, dich nicht von der Stelle rühren. Er kann nicht bei dir bleiben, er muß zurück zum Suchtrupp. Später wird jemand kommen, um dich und die anderen abzuholen. Du nickst, schniefst und weinst und zitterst. Eine Frau putzt dir mit einem gebrauchten Taschentuch die Nase, wischt dir die Tränen weg. Kinder rufen nach der Mutter, dem Bruder, der Schwester, dem Opa. Alte Leute stehen mit Koffern und Handtaschen, blicken hilflos ins Leere.

Ein Lastkraftwagen sammelt euch auf, fährt euch zu einer unbeschädigten Turnhalle. Eure Personalien werden aufgenommen. Ihr bekommt Decken für die Nacht, belegte Brote gegen den Hunger und Tee, um euren Durst zu stillen. Die Nacht ist ruhig. Die nächsten zwei Tage auch. Kein Fliegeralarm. Keine Schule. Organisiertes Chaos. Aufräumtrupps. Agonie. Am dritten Tag wirst du gemeinsam mit vier anderen Mädchen, deren Eltern beim Bombenhagel umkamen, von zwei Tanten abgeholt. Du weißt, wo sie euch hinbringen. Du hoffst, daß es nicht der Ort sein wird, an dem Martha befiehlt.

Im Schlafsaal gebärden sich die Mädchen wie toll. Auch Lisa. Gemeinsam mit Elfriede und Anna liefert sie sich eine erbitterte Kissenschlacht, derweil die anderen Mädchen Fangen oder Verstecken spielen oder die Zigarrenkisten und Spanschachteln mit den geheimen Schätzen aus den Verstecken hervorholen. Murmeln, Legosteine, Glanzbilder, Brausetüten und Kaugummikugeln werden untereinander getauscht. Und auf dem Boden, zwischen und unter den Betten werden Lokomotiven und Autos aus Holz durch bunte Städte und Dörfer aus Holzklötzchen bewegt. Da werden Figuren, Bäume, Kirchen, Rathäuser und Tiere umgefahren und in neuer Formation wieder aufgestellt. Es wird gelacht und vor Vergnügen gekreischt, wenn die Sprungfedern der Betten unter der Wucht der Trampolinsprünge quietschen.

Marion liegt als einzige im Bett, bäuchlings auf dem Plumeau, mit abgewinkelten Beinen. Die Fußsohlen zeigen zur Zimmerdecke. Marion liest Robinson Crusoe. Sie begleitet Robinson dabei, wie er sein Haus in eine Festung verwandelt, und behält gleichzeitig den Zeiger der Uhr im Blick. Bevor

Tante Johanna zum letzten Kontrollgang kommt, müssen die Mädchen zur Ruhe kommen. Fünf Minuten gibt Marion den Mädchen noch. Dann müssen die Schätze wieder in den Kisten und Schachteln verschwinden, und der Fußboden muß ohne einen verräterischen Streifen sein.

Da müssen die Mädchen wienern. Das ist ein Spaß. Die jüngsten Mädchen hocken im Schneidersitz auf den Kopfkissen, derweil zwei ältere Mädchen jeweils ein Kissen an den Zipfeln fassen und über den Fußoden ziehen, über den Hauptgang, quer durch den Saal, vor und zurück, über die kurzen Gänge zwischen den Betten. Unterdessen hält Britta auf dem Flur Wache. Sie muß die Mädchen warnen, sobald Tante Johanna, unten im Erdgeschoß, die Treppe betritt.

Von einer Sekunde auf die andere ist der Spaß vorbei. Die Mädchen springen in die Betten, ziehen die Plumeaus ans Kinn, pressen die Arme, über den Plumeaus, seitlich an die Körper, schließen die Augen, tun, als würden sie bereits seit Stunden schlafen. Marion löscht das Deckenlicht, und Tante Johanna betritt den Schlafsaal. Sie schaltet die Taschenlampe ein, durchquert den Hauptgang und geht von Bett zu Bett, leuchtet jedem Mädchen mit der Taschenlampe in das Gesicht. Wehe die Augenlider zittern oder zucken ein einziges Mal.

Die Mädchen atmen ruhig und entspannt. Hier und da murmelt oder stöhnt ein Mädchen im hellwachen Schlaf. Elfriede murmelt. Ihr fehlt es noch an Übung. Lisa betet zur Jungfrau Maria voller Gnaden, daß Elfriede nicht mit den Augenlidern zittert, und falls doch, daß Tante Johanna, dieses eine Mal, Gnade vor Recht ergehen läßt, weil Elfriede neu ist. Maria hilft. Der Strahl der Taschenlampe scheint Lisa ins Gesicht. Sie zuckt nicht mit der Wimper. Jahrelange Übung. Sie schmatzt und lächelt sogar. Das macht sie im Schlaf.

Nur Anna kann die Augenlider nicht ruhig halten. Tante Johanna schaut sich das eine Weile an. Dann schlägt sie das Plumeau zurück. Anna reißt die Augen auf und die Arme hoch, um den Kopf vor den Hieben zu schützen. Tante

Johanna schlägt Anna nicht. Tante Johanna zieht Anna an den Ohren aus dem Bett, befiehlt ihr, in der Ecke zu stehen. Eine halbe Stunde. Danach wird Anna schlafen wie ein Murmeltier. Bis zum Ablauf der halben Stunde, auf die Sekunde genau, wird Tante Johanna im Schlafsaal der Mädchen auf dem einzigen Stuhl sitzen und Jerry Cotton lesen.

Aber was ist das? Der Strahl der Taschenlampe gleitet über den Fußboden. Tante Johanna schaltet die Deckenbeleuchtung ein. Sie brüllt, wie kommen die Streifen auf den Fußboden?

Die Mädchen schnellen aus der Horizontale, sitzen kerzengerade in den Betten, sind hellwach, sie schweigen. Tante Johannas Sohlen quietschen auf dem Linoleum. Sie schaut jedem Mädchen ins Gesicht. Die Mädchen senken die Blicke. Sie wissen, was sie erwartet, und schweigen.

»Raus aus den Betten, aufstellen«, befiehlt Tante Johanna.

Wie die Orgelpfeifen stehen die Mädchen nebeneinander vor Tante Johanna. Auch Anna.

Tante Johanna schreitet die Orgelpfeifen ab. »Das ist die letzte Chance. Möchte niemand antworten?«

Keines der Mädchen ergreift diese Chance. Auch Britta nicht. In dieser Situation ist Tante Johanna auch ihre Feindin. Britta knickt in den Knien ein, gräbt die Hände ins Nachthemd und wimmert: »Bitte nicht, Tante Johanna.«

Tante Johanna ignoriert das Bitte. Sie setzt sich auf den Stuhl, schlägt die Beine übereinander und kommandiert: »Eins ...«

Die Mädchen strecken die Arme vor, gehen in die Knie, richten sich auf, gehen in die Knie.

»... Zwei. Drei ...«

Die Gesichter röten sich.

»... Vierundzwanzig. Fünfundzwanzig ...«

Die Oberschenkelmuskulatur brennt.

»... Sechsundfünfzig. Siebenundfünfzig ...«

Die ausgestreckten Arme zittern. Die Mägen rebellieren. Die Mädchen keuchen. Vier Mädchen fallen in Ohnmacht. Britta ist die erste.

Tante Johanna kümmert das nicht. Sie läßt die Mädchen liegen, wie sie gefallen sind. »... Achtundsiebzig. Neunundsiebzig ...«

Die Mädchen keuchen. Gehen in die Knie, richten sich auf, gehen in die Knie, richten sich auf.

»... Einhundert.« Bevor Tante Johanna das Deckenlicht löscht und die Mädchen in die Kissen fallen, tragen sie die Bewußtlosen zu Bett. Sie sind stolz, nicht vor Tante Johanna zu Boden gegangen zu sein. Auch Lisa ist stolz. Ihre Beine sind wie Pudding. Die Kniegelenke schmerzen. Die Nacken- und Rückenmuskulatur brennt. Ihr schwindelt. Galle steigt hoch. Ihr ist zum Kotzen. Aber sie ist nicht zu Boden gegangen. Zum erstenmal hat sie durchgehalten. Und die Mädchen, die umgefallen sind, werden auch lernen durchzuhalten, auszuhalten, um sich, wenn nötig, auch beim einhundertundeinten Mal wieder aufzurichten.

Von Erwachsenen umgeben, steht Lisa in einem hell erleuchteten Saal. Die Erwachsenen beachten sie nicht. Irgendwo hinter den festlich gekleideten Körpern spielt eine Kapelle. Eine Frauenstimme singt: Hast du dort oben viel Englein bei dir, schick auch eins davon zu mir ...

Lisa weiß nicht, wie sie an diesen Ort gelangt ist und was sie dort soll.

Lisa muß jemanden finden, artikuliert ein großer Mund mit grell geschminkten Lippen, über gelben Biberzähnen, mit einer Zunge aus Tentakeln, die nach Lisa züngeln, sich in voller Länge entrollen, um Lisa zu umschlingen. Lisa flüchtet, rennt gegen kühle Stoffe, die sich wie eine zweite Haut an ihren Körper schmiegen. Sie greift in rauschenden Tüll und glänzenden Taft, knautscht aufgebauschte Seide, streift mit den Fingern über schwebende Gaze und schaut in grotesk verzerrte Gesichter, deren ausgetrocknete Haut Risse bildet, abbröckelt und neue Gesichter erscheinen läßt, die von den eigenen, sich vergrößernden Mündern verschluckt werden, aus denen sich Zungen schieben, die hinter ihrem Rücken einen Reigen schunkeln. Sie erreicht eine Veranda, wo sie vor einem Bataillon Blumen stehenbleibt, von der jede einzelne Blume ebenso groß ist wie Lisa. Sonnenblumen, Coreopsis, Mohn und Clematis fassen sich bei den Blättern, knicksen vor Lisa, wiegen die Blütenköpfe zum zarten Läuten der Glockenblumen, tanzen einen Jig, schweben durch den Garten und wie ein Vorhang zur Seite, geben den Blick frei auf einen Strand aus weißem Sand.

Da will Lisa hin. Am Horizont glitzert das Meer, tanzen Myriaden funkelnder Sterne auf den Wellenkämmen, und im nassen Sand leuchten phosphorn die Spuren nackter Füße. Zeig dich, Schutzengel, lacht Lisa. Sie dreht sich im Kreis, um die eigene Achse, und im Sand potenzieren sich die phosphorn leuchtenden Spuren ihrer Füße, während der Wind die von Stimmen unterlegte Musik an ihr Ohr trägt und eine Stimme in unmittelbarer Nähe eindringlich flüstert: Schlag mich.

Zerplatzt ist der Traum. Lisa liegt hellwach, sieht das Weiß von Heidis Augen, und das Silber der Gürtelschnalle in der Dunkelheit aufblitzen.

Mit dem Gürtel in der Hand sitzt Heidi auf dem Bett von Britta. Kein Mädchen weiß, woher Heidi den Gürtel hat und wo sie ihn versteckt hält. Schlag mich, wiederholt Heidi. Sie zieht das Nachthemd aus und präsentiert Britta den entblößten Rücken.

Britta will nicht. Sie will schlafen. Heidi soll sie in Ruhe lassen, soll ins Bett gehen.

»Schlag mich«, fordert Heidi und zwingt Britta den Gürtel auf. »Schlag auf den Rücken.«

Britta wehrt sich. Sie versucht Heidi von ihrem Bett zu stoßen. Heidi ist doch bekloppt. Heidi ist sieben Zentimeter größer und stärker als Britta. Britta hat keine Chance.

Heidi bleibt auf dem Bett hocken: »Schlag!«

Britta muß tun, was Heidi sagt. Hinter dem Rücken von Heidi stellt sie sich breitbeinig auf die Matratze. Heidi krümmt den Rücken. Britta zieht den Gürtel durch die Luft. Der Gürtel knallt auf den nackten Rücken, ein Geräusch ähnlich dem nassen Waschlappen, den Tante Johanna den Mädchen beim Baden über den Rücken zieht, wenn sie Fisimatenten machen.

Heidi zieht die Luft durch die Zähne: »Noch mal.«

»Hau ab«, grollt Britta. Sie wirft den Gürtel Heidi vor die Füße und sich bäuchlings auf die Matratze, legt sich das Kopfkissen über den Kopf.

Heidi reibt sich den Rücken, derweil ihr Blick über die Betten schweift.

Lisa schließt die Augen. Heidi soll, um Himmels willen, bitte nicht an ihr Bett kommen. Wie Britta hätte auch Lisa keine Chance, sich Heidi zu widersetzen. Heidi ist stärker und haut zu, um zu kriegen, was sie will. Heidi entfernt sich. Sprungfedern ächzen, ein Plumeau knautscht. Heidi liegt im Bett. Lisa sucht den Traum dort weiter zu träumen, wo die Stimme von Heidi ihn beendet hat. Über die Erinnerung an die phosphorn leuchtenden Fußspuren schläft Lisa ein. Sie hört weder das verhaltene Weinen von Heidi noch die Schritte von Schwester Malwine auf ihrem Weg durch den Schlafsaal, zu einem der beiden an den Schlafsaal angrenzenden Zimmern, in denen sie oder Schwester Ursula, im wöchentlichen Rhythmus wechselnd, die Nächte verbringen, um in der Nähe der Mädchen zu sein.

Aber mitten in der Nacht sitzt Lisa mit geweiteten Augen im Bett, ihr Blick folgt einer weiß gekleideten Frau, die im Mittelgang an den Fußenden der Betten vorüberschwebt.

Schwester Malwine?

Die weißgekleidete Frau reagiert nicht. Sie schwebt über den Gang, vor und zurück, ohne das Tempo ihrer Schritte zu verändern, bleibt nicht stehen, stockt nicht im Schritt, hält auch nicht inne, sobald sie die Wand erreicht, schwebt, ohne den Rhythmus ihrer Schritte zu verändern. Schaut Lisa nicht an, schaut nur geradeaus, schwebt lautlos hin und her, in einer einzigen fließenden Bewegung ohne Anfang und ohne Ende.

Lisa ruft, schreit, brüllt, wimmert den Namen von Schwester Malwine. Schwester Malwine macht ihr angst. Fürchterliche Angst. Warum tut Schwester Malwine das? Wieso reagiert

Schwester Malwine nicht? Wieso hört keines der Mädchen ihre Rufe? Wieso wird kein Mädchen wach und erkundigt sich: Lisa, was ist mit dir?

Britta wirft sich in die Seitenlage. Steckt den Daumen in den Mund und nuckelt. Eine Sprungfeder quietscht. Holz knarrt. Und plötzlich ist die weißgekleidete Frau fort, löst sich am Fußende von Lisas Bett in Luft auf, und am Bett von Lisa steht Schwester Malwine im geblümten Nachthemd, ohne weißen Schleier, mit kurzen Haaren und schwört der weinenden Lisa, bei Gott, sie ist nicht im Schlafsaal umhergegangen, während sie die Hand von Lisas Stirn zurückzieht, als hätte sie sich verbrannt, zum Bett von Marion hastet, sie wachrüttelt und ihr befiehlt, Lisa in Decken zu wickeln und bei ihr zu bleiben, bis Schwester Malwine sich angezogen hat.

Im Krankenhaus fühlt Lisa sich wohl. Die Räume sind hell, und die Schwestern und Ärzte sind freundlich. Im Krankenhaus gibt es keine Vergehen, keine Bestrafungen und keine Beichte. Im Krankenhaus muß Lisa weder den eigenen Urin trinken noch täglich den Eßlöffel Lebertran schlucken, damit sie gesund bleibt, groß und kräftig wird. Im Krankenhaus muß Lisa nur jeden Morgen vor dem Frühstück der diensthabenden Krankenschwester einen Finger hinhalten, Daumen, Zeigefinger, Mittelfinger, Ringfinger oder kleiner Finger, das kann Lisa sich aussuchen, damit die Krankenschwester in die Fingerkuppe piksen kann, um einen Tropfen Blut von Lisa zu bekommen, der im Labor untersucht wird. Im Krankenhaus will Lisa bleiben. Im Krankenhaus ist es schön. Da wird gescherzt, vorgelesen, in den Arm genommen, zugedeckt, getröstet, auf Fragen geantwortet und viel gelacht. Im Krankenhaus ist Lisa etwas Besonderes. Da will jeder, daß es Lisa gut geht, sie sich wohl fühlt. Darum betet Lisa jeden Abend zur Heiligen Maria, Jungfrau voller Gnaden, sie soll machen, daß Lisa nie wieder gesund wird. Die Jungfrau voller Gnaden erfüllt Lisa diesen Wunsch nicht. Das verzeiht Lisa der Jungfrau Marie, ausnahmsweise. Schließlich darf, muß Lisa noch bleiben, zur Beobachtung.

Schwester Malwine freut sich, daß es Lisa besser geht, und sie auf dem Weg der Gesundung ist. Schwester Malwine kommt Lisa jeden Mittwoch besuchen. Sie bringt selbst gepflückte Kirschen, selbstgebackene Plätzchen, gute Laune und viele Pläne mit, was sie und Lisa alles unternehmen werden, sobald Lisa aus dem Krankenhaus entlassen wird.

Lisa hat Glück gehabt mit der Lungenentzündung, sagt Schwester Malwine bei jedem Besuch. Sie mag sich gar nicht vorstellen, was mit Lisa geschehen wäre, hätte Lisa nicht ihren Schutzengel gesehen. Die Weiße Frau muß Lisas Schutzengel sein, glaubt Schwester Malwine. Und Lisa glaubt es Schwester Malwine.

Aber Lisa ist traurig, daß der Schutzengel nicht zur Mutti schwebt, um sie an Lisas Krankenbett zu bringen. Das ist nicht die Aufgabe von Schutzengeln, erklärt Schwester Malwine. Die Mutti wird Lisa besuchen, sobald Lisa nicht mehr im Krankenhaus ist. Die Mutti muß viel arbeiten und hat selten einen freien Tag. Und da, wo sie arbeitet, das ist weit weg, und der Weg zu Lisa kostet die Mutti viel Geld, zuviel Geld für eine Stunde Besuchszeit am Tag. Soviel Geld verdient die Mutti nicht. Das kann die Mutti sich nicht leisten. Wenn die Mutti kommt, will sie schließlich den ganzen Tag mit Lisa verbringen.

Daß Tante Johanna bei ihrem Besuch zu Lisa gesagt haben soll, daß die Mutti Lisa nie mehr besuchen wird, weil sie kein krankes Kind haben will, das hat Lisa bestimmt falsch verstanden. Schließlich war Lisa viele Wochen sehr, sehr krank. Sie hat phantasiert, gar nicht mitbekommen, wie Schwester Ursula mit den Mädchen im Krankenhaus war, um Lisa zu besuchen. Lisa hat so viele Wochen mit einem Bein auf der Erde und mit dem anderen im Himmel gestanden.

Im Herbst steht Lisa, an der Hand von Schwester Ursula, auf der obersten Stufe vor dem Haupteingang des Krankenhauses.

Unten an der Treppe stehen die Mädchen in Zweierreihen, in Kittelkleidern und Strickjacken, und begrüßen Lisa mit einem Lied. Tante Johanna gibt den Takt, indem sie in die Hände klatscht.

Überraschung, Überraschung, kreischen die Mädchen und nehmen Lisa lachend in ihren Reihen auf. Los geht es, in Zweierreihen und im Gleichschritt marsch auf den Rummelplatz.

Mit dem Kettenkarussell fliegen die Mädchen in den Himmel. Sie kreischen, kichern und halten den Atem an. Fliegen ist schön. Sobald die Mädchen wieder den Boden unter den Füßen spüren, zerren und zupfen sie am Kleid von Tante Johanna und am Gewand von Schwester Ursula, quengeln, betteln, schmeicheln und bezirzen, bis Schwester Ursula sich erbarmt, das Portemonnaie aus den Falten ihrer Schwesterntracht hervorholt und eine weitere Runde auf dem Kettenkarussell spendiert.

Noch einmal lassen die Mädchen die Beine und die Seele baumeln, weiten die Arme und werfen die Köpfe weit zurück in den Nacken, um nichts und nichts anderes als den Himmel zu sehen. Sie vergessen die mitleidigen Blicke der Mütter, die ihren Kindern auf die ausgestreckten Zeigefinger hauen, wann immer die auf die Mädchen zeigen: Guck mal, Mami, Heimkinder.

Später naschen die Mädchen Zuckerwatte, stecken die Nasen in die mit gerösteten Mandeln gefüllten Papiertüten, beißen in rotgelierte Äpfel, lecken sich die Lippen und Finger nach Weingummi, Lakritzen, Zuckerstangen und Lebkuchen. Aber nur Lisa erhält von Schwester Ursula ein Lebkuchenherz, auf dem im weißen Zuckerguß geschrieben steht: Ich hab dich lieb.

Und bevor, in Zweierreihen antreten und ab marsch, der Heimweg angetreten wird, gibt es für alle noch eine Fahrt mit der Geisterbahn. Heidi ist im Gesicht ganz bleich und Britta vor Schreck stumm. Doch das Kreischen, Jauchzen und Lachen der Mädchen ist ansteckend. Sogar Schwester Ursula wirft den Kopf in den Nacken, daß der Schleier wie eine Fahne weht, klatscht in die Hände und lacht über ihr Erschrecken. Auch Tante Johanna lacht. Lisa sieht sie zum ersten Mal lachen. Daß Tante Johanna überhaupt weiß, wie das geht, das Lachen.

Für Lisa gibt es keine Extrawürste, erklärt Tante Johanna, das soll Lisa sich aus dem Kopf schlagen. Tante Johanna setzt das Messer an, um Lisas Lebkuchenherz unter den Mädchen aufzuteilen. Die Mädchen bedanken sich und laufen aus dem Speisesaal, rennen hinaus auf den Hof zum Spielen.

Lisa bleibt da, befiehlt Tante Johanna, und Britta zieht gefälligst die Nase aus Dostojewskis »Idioten« und erteilt Lisa Nachhilfe.

Muß das sein?

Das muß. Jeden Nachmittag, bis Lisa den versäumten Lehrstoff nachgeholt und den Anschluß an die Klasse gefunden hat.

Für jeden Tag Nachhilfeunterricht verlangt Britta, die Intelligenzbestie, von Lisa erstens jeden Nachtisch und jedes Stück Kuchen, das Lisa und die Mädchen mit dem Mittagessen für die Kuchenzeit am Nachmittag erhalten, und zweitens das Schlummerchen, das Lisa im Krankenhaus von den Krankenschwestern zum Abschied geschenkt bekommen hat.

Nein, Britta muß den Nachhilfeunterricht geben, ohne etwas dafür zu verlangen, sonst wird Lisa der Tante Johanna von Brittas Forderungen erzählen.

Na und, soll Lisa doch petzen. Britta wird es abstreiten. Und wenn Lisa nicht gibt, was Britta verlangt, wird Britta ihr den Lehrstoff eben falsch erklären. Dann bekommt Lisa schlechte Noten und von Schwester Ursula Stubenarrest aufgebrummt, und von Tante Johanna bekommt sie Schläge, mit dem Handfeger auf den nackten Hintern. Lisa weiß ja, wie weh das tut, oder? Und am Ende des Schuljahres wird Lisa sitzenbleiben und die Klasse wiederholen müssen, im schlimmsten Fall wird Lisa sogar eine Klasse zurückgestuft. Dann wird jedes Kind im Heim und in der Schule Lisa Doofmann, Doofmann und Sitzenbleiberin rufen.

Britta ist gemein.

Das kümmert Britta nicht. Lisa soll sich an die eigene Nase fassen. Schließlich ruft sie Britta bei jeder Gelegenheit Brillenschlange, und wie oft hat Lisa schon Brittas Brille versteckt, wo Lisa doch genau weiß, daß Britta ohne Brille blind wie ein Maulwurf ist. Endlich ist es an Britta, Lisa diese Gemeinheiten zurückzuzahlen. Das ist eine Genugtuung. Im Studiersaal hockt Britta mit angewinkelten Beinen neben Lisa auf der Bank, den Idioten aufgeschlagen auf den Knien, die Seiten keine Handbreit von der Nasenspitze entfernt, popelt in der Nase und wird nicht müde, Lisa das apokalyptische Schrekkenszenario auszumalen, das einsetzen wird, wenn Lisa nicht hergibt, was Britta fordert.

Für Lisa ist das von Britta ausgemalte Horrorszenario ebenso schlimm wie der tägliche Spießrutenlauf von der Schule zurück ins Heim, wenn sie, angeführt von einem der älteren Mädchen, in Zweierreihen gemeinsam mit den kleineren Mädchen durch die Stadt marschieren muß und die Schüler ihnen nachlaufen, sich ihnen in den Weg stellen und rufen: Heimkinder, Waisenkinder stehlen, lügen und betrügen.

Die Mädchen haben sich an die Beschimpfungen gewöhnt. Auch Lisa. Den Blick stur geradeaus, straft sie sie mit Mißachtung. Marion hat ihr und den anderen Mädchen das eingeschärft. Nicht auf die Rufe achten. Das Gegröle und Gefeixe ignorieren, bloß nichts darauf erwidern, weil es sonst in eine Prügelei ausartet, woraufhin sich die Eltern dieser Idioten, wie für so manch anderes, bei Tante Johanna oder Schwester Ursula beschweren werden. Und dann, gnade Gott. Die Strafe wird schmerzhafter sein als die Steine, die diese Idioten in den Pausen nach Lisa und den anderen Mädchen werfen, wenn gerade kein Lehrer in der Nähe ist.

Von den Steinwürfen brauchen die Mädchen Tante Johanna oder Schwester Ursula erst gar nichts erzählen. Die werden es den Mädchen nicht glauben und sie für diese unverschämte Lüge bestrafen. Aber Lisa kann Marion davon erzählen, auch von den Gemeinheiten, die diese Idioten den Mädchen über ihre Eltern ins Gesicht brüllen, sobald sie die Mädchen einmal in der Unterzahl erwischen und umzingeln. Dann sind die Mädchen verloren. Dann stehen sie von diesen Idioten umzingelt und halten sich die Ohren zu, um nicht zu hören, daß sie sowieso im Knast, auf dem Strich, in der Gosse enden werden. Die Hände schützen die Ohren vor dem Eindringen dieser Worte nicht. Dann drehen die Mädchen durch. Sie boxen, beißen und treten in ohnmächtiger Verzweiflung und blinder Wut, schlagen sich schubsend und boxend, beißend und tretend eine Lücke, um zu entkommen aus diesem Teufelskreis.

Marion kennt das. Als Marion so alt wie Lisa war, hat sie das auch schon erlebt. Das ist die Hölle. Nun, wo Marion fast erwachsen ist, trauen sich diese Idioten das nicht mehr. Und wenn doch, dann haut Marion zu, verbal und mit den Fäusten. Da kennt sie nichts. Da ist sie rücksichtslos. Gnadenlos brutal.

Diese Idioten sollen nicht denken, daß sie was Besseres sind, bloß weil sie bei den Eltern leben. Marion weiß genau, was hinter den weißen Gardinen im Elternhaus dieser Idioten vor sich geht. Die haben fast alle Dreck am Stecken. Da wird manch ein Bastard im Schoß der heiligen Familie erzogen. Marion kennt sich aus. Das weiß sie vom Franz. Sodom und Gomorrha herrschen hinter den weißen Gardinen. Da treibt es die Frau des Bürgermeisters mit dem Schlachter, weil sie mal einen richtigen Kerl braucht, der es ihr ordentlich besorgt. Beim Franz hat die alte Schlampe es auch versucht, bis er gedroht hat, sie anzuzeigen wegen Verführung Minderjähriger. Der Schornsteinfeger säuft, was die Flaschen hergeben. Und der Bäcker prügelt seine Frau und die zwei Blagen gleich mit. Aber wer ist es gewesen, wenn eine Fensterscheibe zu Bruch geht, irgendwo was vermißt und als gestohlen gemeldet wird?

Marion und Lisa wissen, wem die Schuld dafür gegeben wird. Auch die anderen Mädchen wissen es. Da können sie beteuern, wie, was und sooft sie wollen, daß sie es nicht gewesen sein können, weil sie ... Weder Tante Johanna noch

Schwester Ursula glauben den Mädchen. Und wenn schon die beiden den Mädchen keinen Glauben schenken, wer sollte ihnen dann glauben?

Die älteren Mädchen pflichten Marion bei. Und Lisa erfährt es am eigenen Leib. Sobald ein Kind aus der Klasse bei der Klassenlehrerin etwas als gestohlen meldet, sagt die Lehrerin Lisa vor der versammelten Klasse ins Gesicht: typisch. Da kann Lisa ihr Ehrenwort geben, bei Gott, der Heiligen Jungfrau Maria oder beim Leben der Mutti schwören, daß sie das Federetui, das Schulheft, den Radiergummi nicht gestohlen hat. An die versammelte Klasse gewandt, sagt die Lehrerin, schaut sie euch an, das arme Heimkind. Eine Diebin ist sie und eine Lügnerin obendrein.

Daß die Schläge mit dem großen Lineal auf die offenen Handflächen nicht zur Besserung beitragen, verwundert die Lehrerin kaum. Bei den Eltern. Nicht einmal weinen tut Lisa. Steht da vor der Klasse und verzieht keine Miene. Hat die Lehrerin so etwas Verstocktes schon mal gesehen. Verdorben bis in den hintersten Winkel des Herzens.

In der Gosse wird Lisa enden, wenn sie so weitermacht, prophezeit die Lehrerin und stellt Lisa als mahnendes Beispiel vor die versammelte Klasse, ohne das Corpus delicti bei Lisa gefunden zu haben. Das bedeutet gar nichts, spricht Lisa von Schuld nicht frei. Im Gegenteil. Kriminelle Klugheit. Da sind die Mädchen aus dem Heim doch unschlagbar. Eine schlimmer als die andere. Hopfen und Malz ist da verloren. Dabei gibt sich die Lehrerin so viel Mühe mit den Heimkindern. Vergeudete Mühe. Undank ist der Lohn. Asoziales Pack. Nein, der Lehrerin reicht es. Sollen die Mädchen sehen, wo sie bleiben. Die Mädchen sind dumm und bleiben dumm. Dumm wie Stroh.

Alles kann man Lisa auf den Kopf zusagen, daß die Mutter eine Schlampe ist, daß weder Tante Johanna, Schwester Ursula oder ein anderes Kind Lisa leiden kann, daß sie eine Last, ein unnützes Ding ist und den Staat viel Geld kostet. Lisa nimmt diese Worte zur Kenntnis. Diese Worte fliegen in das eine Ohr hinein und zum anderen wieder hinaus. Diese Worte haben nichts mit Lisa zu tun. Diese Worte beziehen sich auf eine andere Lisa. Aber daß jeder ihr nachsagen darf, dumm wie Stroh oder eine Sitzenbleiberin zu sein, das trifft Lisa. Das hat mit ihr zu tun. Allein schon der Gedanke daran läßt ihr Gesicht rot glühen und sie an den Fingernägeln kauen. Wenn jemand das zu Lisa sagt, dreht sie durch.

Lisa akzeptiert die Forderungen von Britta. Obendrein schwört sie, weil Britta darauf besteht, Tante Johanna kein Wort von Brittas Forderung zu erzählen. Aber Marion kann sie es erzählen.

Marion hätte Lust, Britta bei Schwester Ursula anzuschwärzen, aber dazu ist es zu spät. Lisa hat Brittas Forderung akzeptiert. Das gilt. Das ist Ehrensache und eine Sache zwischen Lisa und Britta. Da muß Marion sich raushalten, da kann sie Lisa nicht mehr helfen. Aber sicher wird Marion etwas finden, um Britta den Appetit an Lisas Nachtisch ein wenig zu verderben.

Jeden zweiten Tag überläßt Marion Lisa ihren Nachtisch. Den Nachtisch löffelt Lisa vor Brittas Nase, langsam und genüßlich schmatzend, damit Britta, dem einäugigen Vielfraß, der Lisas Nachtisch längst verschlungen hat, das Wasser im Mund zusammenläuft.

Die Ordnung und die Tagesabläufe sind wieder hergestellt. Schule. Mittagessen. Mittagsschlaf. Schulaufgaben. Spielen. Abendbrot. Schlafen. Streiten. Hauen. Vertragen. Ärgern. Neiden. Beichten. Beten. Beten. Beten. Beichten. Sich zurückgesetzt, ausgeschlossen, allein, verlassen, einsam fühlen. Kopfnüsse, Ohrfeigen, Ecke stehen, Stubenarrest. Bestrafung. Bestrafung. Bestrafung. Ausgelassenheit. Lachen. Streiche. Ferien. Schlittern im Winter auf Glatteis im Hof und Schneeballschlachten im Klostergarten. Ostereier suchen im Frühjahr. Naßspritzen mit dem Gartenschlauch im Sommer. Und im Herbst Gummitwist, Seilspringen und Rollschuhlaufen auf dem Hof.

Die Hölle auf Erden, das ist der Ort, an den man dich und die anderen Mädchen bringt. Die Tanten, die über euch herrschen, prügeln euch Mädchen grün und blau: für ein Widerwort, für ein Lachen, für einen nicht augenblicklich befolgten Befehl. Für einen Fleck in der Wäsche, der unter euren Anstrengungen in der Waschküche, wo ihr gekrümmten Rückens über die Waschbottiche gebeugt, trotz stundenlangen Rubbelns auf den Waschbrettern, nicht auszuwaschen ist. Für offene Verletzungen an den Händen, die wegen der ständigen Wascharbeiten im Winter unter der Kälte nicht verheilen wollen. Für die mit dem Messer zu dick geschnittenen Kartoffeln-, Möhren- und Kohlrabischalen. Für die Streifen im Fensterglas, die ihr beim Putzen hinterlassen habt. Für eine Staubfluse, die ihr beim Schrubben und Bohnern der Fußböden übersehen habt. Prügel auch für eure Erschöpfung, die euch über den Schulaufgaben einschlafen und euch morgens nicht aus den Betten springen läßt.

Und Prügel für dich, weil du die Windpocken bekommst, sechs Mädchen sich bei dir anstecken und die Tanten nun die Arbeit machen müssen, weil die gesunden Mädchen nicht in eure Nähe dürfen wegen der Ansteckungsgefahr. Die Wut darüber lassen die Tanten dich und die anderen Erkrankten spüren, wenn sie einmal am Tag eure Körper mit Salbe einreiben. Unter den groben Berührungen ihrer Hände platzen die Wasserbläschen auf. Die Salbe brennt in den offenen Pocken. Für eure Schmerzensschreie setzt es Prügel und Stöße, die eines der Mädchen gegen einen Bettpfosten schleudern.

Der Arzt, der gelegentlich nach euch schaut, kann die Platzwunde nicht mehr nähen. Zu spät, erklärt er und stellt euch Fragen, auch nach den blauen Flecken und Striemen auf euren Körpern. Die Mädchen schweigen. Du auch. Du hast den Mund zu oft aufgemacht, weißt, daß du dir nur die Zunge verbrennst. Das verhaltene Schluchzen der Kleinsten bricht euer Schweigen, macht euch mutig. Ein erster scheu und verschämt gemurmelter Satz, und eure Stimmen überlagern und überschlagen sich.

Das Unrecht auszusprechen tut euch gut. Auch wenn ihr nicht wißt, ob ihr dem Arzt glauben sollt, der eure wütende Verzweiflung besänftigt, indem er euch verspricht, der Sache nachzugehen. Glauben schenkt ihr seinen Worten erst, als eine Delegation, bestehend aus Männern und Frauen, unangemeldet das Heim inspiziert, sich von den herrschenden Zuständen überzeugt, die Tanten zum Teufel schickt und fünf Schwestern eure Erziehung übernehmen.

Statt putzen, bohnern und Wäsche waschen müßt ihr nun die leichten Arbeiten verrichten, Gemüse putzen, Tische decken, Geschirr abwaschen, und vor allem müßt ihr beten. Beten um Nahrung und Kleidung, beten, daß der Krieg bald zu Ende geht, beten um einen milden Winter. Eure Gebete helfen nicht. Nicht, soweit sie den Krieg und den einbrechenden Winter betreffen.

Manche Nacht liegt ihr wach, starrt mit aufgerissenen Augen Lichtreflexe in die Dunkelheit, während ihr dem Grollen der Flieger lauscht, das aus weiter Ferne euch in den Ohren vibriert und von dem ihr hofft, betet, wünscht, es möge nicht näher kommen.

Jede von euch hat den Krieg gesehen. Ihr vergeßt ihn oft, den Krieg, der meistens dort ist, wo ihr nicht seid. Aber ihr kennt ihn, den Krieg. Ihr wißt, daß Krieg ist und was Krieg macht. Auch an diesem scheinbar sicheren Ort spürt ihr die Auswirkungen des Krieges am eigenen Leib.

Das Wenige, das ihr auf den Körpern tragt, schützt euch nicht vor der klirrenden Kälte. Kleider sind Mangelware. Was nützen euch da die Kleiderkarten. Und die Schule in der nah gelegenen Stadt besucht ihr nur noch selten. Wenn ihr aber den weiten Weg dorthin geht, weil kein Fliegeralarm gegeben wurde oder die Schule unverhofft in den Besitz von Kohlen oder Brennholz gelangt ist, so daß wenigstens ein Klassenraum beheizt werden kann, dann erreicht ihr die Schule mit blauen Lippen, vor Kälte schmerzenden Füßen und Händen.

Die Lehrerinnen reiben euch Hände und Füße warm und fordern die anderen Kinder auf, daheim die Eltern um jedes

Kleidungsstück zu bitten, das sie entbehren können. Ihre Bitten haben Erfolg. Ganze Säcke mit Kleidung werden im Heim für euch abgegeben. Die meisten Kleidungsstücke sind zu klein, und die gestrickten Strümpfe und Socken sind für eure Füße zu groß. Das macht nichts. In die Socken steckt ihr Papier, und unter der Anleitung der Schwestern lernt ihr, wie aus zwei oder drei Kleidungsstücken eins werden kann. Schön sind die Sachen nicht, aber warm halten sie. Nur an Schuhen mangelt es. Die wenigen, die vorhanden sind, werden von allen getragen.

Auch du mußt deine Schuhe und deinen Kapuzenmantel teilen. Welches Mädchen auch immer deine Sachen trägt, stets erwartest du voller Ungeduld seine Rückkehr, um dein Eigentum noch am Körper des anderen zu inspizieren. Du ängstigst dich, daß der Mantel beschädigt, die Schuhe kaputt oder bis zur Brandsohle abgelaufen sein könnten. Aber deine größte Angst ist, daß die Schuhe dir zu klein werden und du dann Holzpantinen tragen mußt. Dann könntest du nicht mehr mit den großen Mädchen durch die verschneiten Felder und Wälder streifen, um mit dem Handkarren Holz einzusammeln, das ihr wegen der Kohlenknappheit so sehr benötigt, um wenigstens den Speisesaal zu heizen. Dann müßtest du, wie die Daheimgebliebenen, früh zu Bett und würdest nach euren Beutezügen, von denen ihr meist in nächtlicher Dunkelheit heimkehrt, keinen heißen Tee mehr trinken, der nur an den Sonntagabenden gesüßt auf euch wartet, weil Zucker knapp ist.

Es bedarf keiner zu klein gewordenen Schuhe, um dich von diesen stets lustig verlaufenden Beutezügen auszuschließen. Auch die größeren Mädchen dürfen nicht mehr nach Brennbarem suchen, als die Jungen mit weiteren Mädchen ins Heim eingeliefert werden. Die Schicksale der Neuankömmlinge ähneln euren. Eltern und Großeltern nach Bombeneinschlag getötet, verwundet oder vermißt. Mutter auf der Flucht verloren. Vater im Feldeinsatz getötet. Manche wurden sich selbst überlassen, in der Hoffnung, daß sie im Heim nicht verhungern oder erfrieren werden. Einige der Neuankömmlinge stottern, andere sprechen kein Wort, selbst ihre Schmerzensschreie sind lautlos. Der Krieg hat ihnen die Sprache geraubt. Und eine Angst teilen alle: die Angst vor Feuer.

Die Schwestern sind bemüht, Pflegestellen für euch Kinder zu finden. Aber nur selten gelingt es, ein älteres Mädchen oder einen kräftigen Jungen in einer Familie unterzubringen. Die Kleineren will niemand nehmen. Die Kleineren können nicht mit anpacken, die bedeuten nur zusätzliche Arbeit, die bleiben im Heim.

Da müssen Zimmer geräumt, Betten und Tische zusammengeschoben und Stühle und Schränke organisiert werden. Die vielen Neuankömmlinge bringen Unruhe unter euch Mädchen. Auch du willst nicht einsehen, wieso die Jungen die Arbeit übernehmen, die ihr Mädchen zur Zufriedenheit aller ausgeführt habt. Sollen die Jungen doch Schürzen tragen und still sitzen, Strohsterne basteln, Walnüsse mit Goldfarbe bemalen, die Löcher in den Handtüchern, Decken oder der Bettwäsche stopfen, Hosenboden flicken, Kleider, Röcke und Hosen umsäumen und aus aufgeriffelter Wolle Socken, Mützen und Schals stricken lernen.

Du verstehst nicht, wieso das Arbeiten sind, die nur von euch Mädchen und nicht von den Jungen ausgeführt werden können. Du willst Brennholz sammeln. Du hast im Sommer Pilze, Himbeeren, Brombeeren, Preiselbeeren gesammelt und Äpfel gestohlen. Und im Winter Brennholz gesammelt. Und du willst wieder Brennholz sammeln. Du willst nicht stricken. Du haßt es, still zu sitzen. Du haßt es zu stricken. Dein Glück, daß dir das Stricken mißlingt. Dein Gestricktes ist hart wie Holz. Da können die Schwestern, sooft sie wollen, dir befehlen, es aufzuriffeln und neu zu beginnen, bis sie die verlorene Mühe erkennen, dich vom Stricken erlösen und zum Schuheputzen abkommandieren.

Mit einer Schürze, die bis an die Fußknöchel reicht, hockst du an den Nachmittagen auf einem Schemel, vor einem Berg aus dreckigen Schuhen, deren Oberleder, vom Schnee durchnäßt, weiße Ränder und Kringel aufweisen, die trotz reichlich Fett und Spucke manchmal nicht weichen wollen. Du stopfst Zeitungspapier in die Schuhe, damit es die Feuchtigkeit aus dem Leder zieht, du fettest und bürstest, spuckst auf das Leder und polierst, bis sich dein Gesicht im Oberleder spiegelt, oft bis spät in den Abend, und wunderst dich, wieso der Berg Schuhe nur langsam schrumpft, es an vielem mangelt, nur nicht an Schuhfett und Zeitungen.

Die Schwestern können dir die Frage nicht beantworten, aber sie kommandieren Olga an deine Seite, die soll dir beim Schuheputzen helfen. Das ist ein Spaß.

Die weißen Ränder verschwinden, bevor ihr das Fett überhaupt aufgetragen habt. Die Bürsten fliegen über das Oberleder wie die Lacher aus euren Mündern, wenn ihr dem Unfug, den ihr euch beim Einfetten und Bürsten ausdenkt, Taten folgen laßt.

Mit selbstangerührtem Leim klebt ihr geknautschtes Zeitungspapier in den Schuhen fest, steckt Stecknadeln in die Schuhspitzen und Reißzwecken in die Schuhsohlen derjenigen, die ihr nicht leiden könnt. Die Ohrfeigen, die ihr für euer »niederträchtiges Verhalten« bekommt, sind zwar schmerzhaft, aber den Spaß wert, den ihr habt, und halten euch nicht davon ab, weiteren Schabernack auszuhecken, der, nun listig geplant, euch nicht angelastet werden kann und der glockenhell gelachte Schadenfreude unter denen auslöst, die von euren Streichen verschont bleiben.

Ihr näht Mantelärmel zusammen, sägt Stuhlbeine an, und in der Nacht vermauert ihr die Fenster im Erdgeschoß mit Schnee, daß sich am nächsten Vormittag jeder wundert, wieso es nicht hell werden will. Ihr stehlt Mostrich aus der Küche und bestreicht damit die Türklinken der Schwesternzimmer. Ihr schleicht auf den Dachboden, hängt euch aus den Dachluken und spuckt den Schwestern und Kindern auf die Köpfe und lacht euch die Bäuche weh, wenn die Köpfe in die Nacken fliegen und wütende Blicke das Dach absuchen, ohne euch zu entdecken.

In eurem Übermut schreckt ihr nicht davor zurück, die Speisekammer zu plündern, in der ihr kurz vor dem Weihnachtsfest allerlei Köstlichkeiten vermutet. Die Speisekammer ist verschlossen und nur von außen über eine Leiter durch ein halb geöffnetes Fenster zu erreichen, durch das nur du dich zwängen kannst, weil Olga zu groß für die schmale Öffnung ist. Beim Anblick der selbstgebackenen Stollen, Kuchen und Plätzchen, dem Eingemachten, den Würsten und Schinken läuft dir das Wasser im Mund zusammen. Du nimmst von jedem ein bißchen, daß es nicht auffällt, wirfst die Sachen zum Fenster hinaus in den Schnee, wo Olga sie einsammelt. Und obwohl Olga dich drängt, Plätzchen und ein klitzekleines Stück Stollen aus der Kammer zu stehlen, rührst du die Stollen, Kuchen und Plätzchen nicht an. Die sind für Weihnachten und für alle, verteidigst du deine Entscheidung jedesmal, während ihr die Spuren im Schnee beseitigt und die Leiter zurück in den Schuppen tragt, wo ihr auf dem Heuboden eure Beute mampft, derweil die anderen Kinder in den Betten liegen und im Schlaf seufzen oder reden und manchmal auch weinen.

Der Tannenbaum ist riesig. Viele Tage haben die Jungen nach solch einem Baum den Wald durchstreift, um ihn mit der Axt zu schlagen und mit vereinten Kräften den weiten Weg ins Heim, in den Speisesaal zu tragen. Ihr Mädchen habt die Strohsterne gebastelt und die Walnüsse silbern und golden bemalt, mit denen die Schwestern den Baum geschmückt haben.

Schön ist der Weihnachtsbaum. Wunderschön, raunt ihr, frisch gebadet in euren besten Flickenkleidern, unter Aufsicht einer Schwester, in Zweierreihen den Speisesaal betretend, um euch im Kreis vor dem Tannenbaum aufzustellen und Weihnachtslieder zu singen. Es riecht nach Lebkuchen, Kerzen, Tannengrün, Gänsebraten und Rotkohl. Abwechselnd tretet ihr,

Junge, Mädchen, Junge aus dem Kreis hervor, stellt euch vor dem Tannenbaum auf, um Weihnachtsgedichte vorzutragen.

Während ihr nach den Eßtischen zu euren Plätzen schielt, wo das Christkind seine Gaben für euch hinterlassen hat, fordert euch die Schwester auf, mit einem gemeinsamen Gebet dem Führer zu danken, der in dieser schweren Zeit es euch ermöglicht, dieses bescheidene Weihnachtsfest zu feiern, derweil draußen an der Front in bitterer Kälte viele mutige Männer für euch und eure Freiheit kämpfen, ihr Leben riskieren, um das Deutsche Reich erfolgreich vor den bösen Feinden zu verteidigen. Deren Kampf könnt ihr unterstützen, indem ihr immer ehrlich und gehorsam seid und stets tut, was von euch erwartet wird.

Als ihr endlich zu den Eßtischen laufen dürft, findet jeder an seinem Platz einen mit Lebkuchen, Plätzchen und Fondants gefüllten Teller sowie ein Paar Handschuhe, Strümpfe und einen Schal, die von euch Mädchen gestrickt wurden. Eure Enttäuschung bleibt stumm, ist euch nur an den Gesichtern anzusehen, während eure Blicke über die Tische schweifen, um die Gaben der anderen auszuspähen: nirgends eine Puppe oder ein Ball. Nichts, das zum Spielen geeignet wäre. Ein Mädchen schluchzt.

Die Schwester lächelt und stößt die Tür vom Eßsaal auf. Herein marschieren die Schwestern, schwer an den bereits geöffneten Paketen tragend, die Familienangehörige schon vor Wochen für Kinder, Enkel und Neffen schickten. Das ist eine Bescherung. Im Saal ist es mucksmäuschenstill. Die schweigende Erwartung, das bange Hoffen jedes einzelnen wird von den schrillen Freudenschreien derjenigen verdrängt, deren Namen von der Schwester aufgerufen werden.

Für dich wird es kein Päckchen geben. Die, die dir ein Päckchen hätten schicken können, von denen wurde dir gesagt, sie sind tot. Du kneifst dir in die Oberschenkel, um nicht zu weinen, und schluckst deine Traurigkeit hinunter, die wie ein Kloß dir im Halse sitzt. Du willst nicht, daß die anderen sehen, wie dir zumute ist. Du schämst dich.

Die Glückseligkeit der anderen tut weh. Ihre Freude ist laut, färbt die Gesichter rot und läßt die Augen leuchten. Auch deine, beim Anblick der von Hand genähten Puppen, geschnitzten Hampelmänner, Pferdchen, Kühe und Lokomotiven. Du vergißt deine Traurigkeit, bestaunst und bewunderst die Geschenke der anderen und hörst nicht, wie die Schwester deinen Namen ruft. Als du es hörst, schießt dir das Blut zu Kopf, weiten sich deine Augen, und du fragst dich erschrokken, was du nun schon wieder ausgefressen haben sollst.

Nichts! Der Opa vom Gutshof hat dir ein Päckchen geschickt und ein blau gestrichenes Fahrrad. Du umklammerst das Päckchen und streichelst das blaue Fahrrad und heulst, lachend, Rotz und Wasser, derweil die Schwester sagt, was für ein Glück du hast und daß es beinahe an ein Wunder grenzt, daß die Geschenke den Weg zu dir gefunden haben, wo doch der Absender die Geschenke an die Adresse des Kinobesitzers geschickt hat.

Ein Fahrrad, lachst du und weißt nicht, sollst du zuerst das Fahrrad ausprobieren oder das Päckchen auspacken. Die anderen schubsen und drängeln sich um dich und das Rad. Jeder will damit fahren, gleich hier im Saal um den Weihnachtsbaum.

Später, bestimmt die Schwester über dich hinweg, darf jeder das Rad benutzen. Sie scheucht dich und die anderen zurück an die Tische, wo die anderen Schwestern bereits das Weihnachtsessen auftragen. Klöße, Rotkohl und Gänsebraten. Eine willkommene Abwechslung zu den Steckrüben- und Kohlsuppen, zum harten Kommißbrot, dem Rübensirup und Kunsthonig, den Kartoffelgerichten, die nur noch mit Schale zubereitet werden, damit nicht das Geringste verlorengeht, und dem Löffel Lebertran, den ihr täglich schlucken müßt. Und während ihr die Gans zwar schmeckt, aber ihr Fleisch vergeblich in der Soße sucht, folgt dein Blick der Schwester, die dein Fahrrad aus dem Saal über den Hof in den Schuppen schiebt.

Den Nachtisch, Apfelkompott mit Zimt, überläßt du Olga. Du kannst es nicht mehr erwarten, dein Päckchen endlich auszupacken, und ziehst dich auf den Korridor zurück. Du willst allein sein. Willst ganz alleine die Schätze bergen, die der Gutshofopa zwischen alten Zeitungen für dich eingepackt hat. Eine alte Puppe mit neuen Kleidern, ein gebrauchtes Kartenspiel, selbstgemachtes Konfekt, ein Trainingsanzug und ein Brief. So viele Geschenke. Alle für dich. Die schönsten Geschenke auf der ganzen Welt für dich. Für niemand anderen.

Eine seltsame Wärme durchströmt deinen Körper, rötet dir die Wangen und läßt dich die Kälte vergessen, die dich auf dem Korridor umgibt. Du könntest heulen vor Glückseligkeit. Aber die Begeisterung der anderen Kinder, die dich gesucht und entdeckt haben und dich um deine Geschenke beneiden und sich doch auch mit dir und für dich darüber freuen, lassen dich das Weinen vergessen, machen dich zu einem selbstsicheren, zufriedenen, stolzen Mädchen, das ihnen gutgelaunt gewährt, die Geschenke anzufassen und zu bestaunen, bis du sie mit lachenden Blicken verscheuchst, weil du den Brief vom Gutshofopa alleine lesen willst. Schließlich hast du in deinem Leben nie vorher ein Päckchen, geschweige denn einen Brief bekommen. Später, versprichst du den anderen, wirst du ihnen den Brief zeigen. Vielleicht aber wirst du auch nur das eine und andere aus seinem Inhalt erwähnen.

Irgendwie ist es schön, ein Geheimnis mit jemandem zu haben, der dich teilhaben läßt an seinem Leben, dir von unbekannten Menschen erzählt, die ihn umgeben, und der dich wissen läßt, wie sehr er dich und das Leben auf dem Hof vermißt. Wunderschön ist es, jemanden zu haben, der wissen will, ob du dich gut eingelebt hast, ob die Kinobesitzer gut zu dir sind, du ausreichend zu essen bekommst, und der dich bittet, ihm hin und wieder zu schreiben. Das macht das Verlassenwordensein erträglicher, lindert das Gefühl der Einsamkeit.

Du liest den Brief, bis du jeden Satz auswendig aufsagen kannst, und nimmst dir vor, dem Gutshofopa gleich am nächsten Tag zu schreiben, um dich bei ihm für alles zu bedanken und ihm von deinem ersten Ausflug auf dem Fahrrad bei strahlendem Sonnenschein im silbern glitzernden Schnee zu erzählen.

Dumme Kuh und blöde Gans, schimpfst du dich selber. Warum hast du dich auf das Fahrradfahren gefreut? Wieso hast du immer noch nicht gelernt, daß es nie etwas wird mit allem, auf das du dich so sehr freust?

Im Schnee kann man kein Fahrrad fahren, wird dir von den Schwestern erklärt, die dir das Fahrradfahren verbieten. Wieso die Schwestern das Fahrrad benutzen dürfen, erklärt dir die Schwester nicht.

Und als ein Junge deinen Trainingsanzug bekommen soll, läßt die Schwester dich wissen: Mädchen tragen keine Hosen. Du haust der Schwester auf die Hände, greifst nach deinem Trainingsanzug, läßt ihn nicht los. Soll die Schwester dir doch die Finger brechen, dich grün und blau oder totschlagen, den Trainingsanzug gibst du nicht her. Immer mußt du alles weggeben, deinen Schulranzen, deine Schuhe, deinen Mantel, dein Fahrrad, dein Kartenspiel, deine Puppe. Selbst deine Briefe an den Gutshofopa werden von den Schwestern nicht abgeschickt, weil du dich darin über diese Ungerechtigkeiten beschwerst.

Du tobst, du willst nichts mehr weggeben, nie mehr, willst nicht mehr teilen. Du willst endlich einmal etwas behalten, das dir gehört, etwas besitzen, das ganz alleine dir gehört. Du beißt, kratzt und trittst die Schwester, bis eine weitere Schwester, von deinem Geschrei angelockt, sich deiner erbarmt und du den Trainingsanzug behalten darfst.

Die Dankbarkeit, die dafür von dir erwartet wird, verweigerst du. Du bist aufsässig, gibst Widerworte, tust ohne Androhung von Strafe immer seltener das, was von dir erwartet wird. Du bist wütend. Du kannst es nicht verwinden, daß die älteren Jungen das Fahrrad benutzen dürfen, aber du nicht. Deine Wut macht dich böse.

Aus der Küche stiehlst du das größte Messer, schleichst in den Schuppen und zerstichst die Reifen. Das reicht dir nicht.

Du zerschneidest die Reifen, zerfetzt sie, daß es unmöglich ist, sie zu flicken. Reifen und Schläuche sind Mangelware, das weißt du. Das ist gut so. Wenn du nicht mit dem Fahrrad fahren darfst, soll auch kein anderer damit fahren.

Eine Katastrophe, schimpfen die Schwestern und verhängen Stubenarrest. Sie verschließen das Spielzeug unter der Androhung, es so lange unter Verschluß zu halten, bis sich der Schuldige freiwillig meldet.

Du spielst die Empörte: Der, der das getan hat, soll dir nur in die Hände kommen. Durch den Fleischwolf drehst du ihn, krakeelst du und zeigst dich beleidigt, daß jemand es wagen konnte, dein Fahrrad so übel zuzurichten. Dabei genießt du es, zu beobachten, wie die anderen Kinder sich langweilen. Das ist nur gerecht. Aber deine Zufriedenheit währt nicht lange.

Mit dem einziehenden Frühling organisieren die Schwestern einen abgefahrenen Motorradreifen, mit dem sie die Fahrradfelgen füllen. Zwar steht der festgeklebte Gummi über dem Felgenrand, aber das Fahrrad kann wieder benutzt werden. Das ist das Wichtigste, sagen die Schwestern. Das siehst du anders. Bei der nächsten Gelegenheit beschließt du, die Fahrradkette abzumontieren und zu vergraben.

ES IST das erste Mal, daß du Lisa über die Ferien zu dir nimmst. Du hast keinen Urlaub. Du arbeitest in wechselnder Schicht als Serviererin in einer Gaststätte am Chiemsee, servierst Schweinshaxen mit Sauerkraut, Semmelknödel mit Hirschragout und tönerne Bierkrüge, aus denen das Bier überschäumt. Du wohnst in einem Zimmer über der Gaststätte, unter dem Dach. Und an den Tagen, wo du erst am Abend in der Wirtschaft servieren mußt, gehst du tagsüber mit Lisa zum Baden an den See. Da faulenzt du im Liegestuhl in der Sonne oder im Halbschatten des Sonnenschirms, derweil Lisa bis zu den Knien im Wasser steht, Sandburgen baut oder versucht, mit einem Eimerchen die winzigen, silbernen Fische zu fangen, die ihr um die Füße schwimmen.

Lisa ist pflegeleicht. Du mußt dir nicht überlegen, wie du sie beschäftigen kannst. Lisa kann sich gut alleine beschäftigen. Bereits seit Stunden versucht sie, Fische zu fangen. Sie klatscht in die Hände und jauchzt, wenn ein Fisch wieder knapp an ihrem Eimerchen vorbeigeschwommen ist, und sie wird nicht müde, den Fischen zuzureden, bitte, bitte endlich in ihr Eimerchen zu schwimmen. Nicht ein einziges Mal ruft Lisa nach dir, um dir etwas zu zeigen, oder kommt zu dir gelaufen, um dir zu erzählen, was sie Aufregendes im Wasser oder am Strand gesehen hat. Es scheint, als spüre Lisa, daß du nicht gestört werden, deine Ruhe haben willst.

Das gefällt dir, und es ärgert dich. Plötzlich willst du, daß Lisa etwas von dir lernt. Du kaufst Schwimmflügel, um sie das Schwimmen zu lehren. Sobald sie die Bewegungsabläufe beherrscht, die sie über Wasser halten, soll Lisa versuchen, ohne Schwimmflügel zu schwimmen.

Du legst deine Hand unter ihren Bauch und läufst neben ihr im Wasser, während sie, schwimmend, sich bei dir erkundigt, ob du die Hand unter ihrem Bauch auch bestimmt nicht wegziehen wirst. Du schwörst. Und Lisa schwimmt, schwimmt, wie ein Fisch im Wasser, schwimmt und lacht und schwimmt und bemerkt nicht, daß du zurückbleibst, nicht mehr auf gleicher Höhe neben ihr läufst. Als sie das Fehlen deiner Hand bemerkt, erschrickt sie. Sie vergißt die Bewegungsabläufe, schluckt Wasser und geht unter. Du bist gleich bei ihr, ziehst sie aus dem Wasser und führst die weinende Lisa lachend zum Strand.

Du hast gelogen. Sie ist untergegangen. Sie wäre beinahe ertrunken.

Du lachst. Lisa kann nicht ertrinken. Nie mehr.

Lisa weint.

Lisa hat gar keinen Grund zu weinen. Lisa soll sich freuen, sie kann nun schwimmen, mit den Fischen um die Wette schwimmen. Lisa wird nicht untergehen. Nie mehr. Nicht im Wasser, nicht im Leben.

Mitten in der Woche mußt du in die Badewanne. Du ahnst, weshalb. Während dir eine Schwester das Haar mit Schmierseife wäscht, wegen der Läuse, und dir mit dem Klistierball Seifenlauge in den After spritzt, wegen der Spulwürmer, fragst du dich, wohin die Reise gehen wird? Wie lange du dieses Mal bleiben wirst? Ob dich die Leute mögen werden? Ob du sie wirst leiden können?

Eigentlich ist dir das egal. Du bist froh wegzukommen. Selbst wenn es nur für eine kurze Zeit sein sollte.

Frau Hoffmann, die am frühen Morgen erscheint, um dich abzuholen, erzählt dir von deinen neuen Pflegeeltern, derweil du die Sachen anziehst, die sie in einem Koffer aus brauner Pappe für dich mitgebracht hat: Beamtenfamilie mit zwei erwachsenen Söhnen.

Unwahrscheinliches Glück hast du, will sie dich glauben machen, derweil du die Schnürstiefel schnürst, die dir mindestens zwei Nummern zu groß sind und in denen du dich weigerst, die Reise anzutreten. Du schämst dich, willst lieber in Holzpantinen gehen. Auch wenn du dann eine Blasenentzündung bekommst und beim Pinkeln vor Schmerzen heulst und diesen eklig bitteren Tee trinken mußt.

»Kommt überhaupt nicht in Frage. Wenn du nicht latschst, sondern die Füße ordentlich hebst, wirst du schon in den Schnürstiefeln laufen können«, sagt Frau Hoffmann und äußert ihr Unverständnis, wie man sich in dieser Zeit noch ein Pflegekind aufhalsen kann, dazu noch ein Mädchen, dazu noch so ein freches, uneinsichtiges, undankbares Mädchen, wie du eines bist.

Auf dem Weg zum Bahnhof siehst du die Zerstörung, die der Krieg in der Stadt angerichtet hat. Manch ein Straßenzug erinnert dich an ein Gebiß, von dem nur noch ein Backenzahn, ein Reißzahn oder zwei Schneidezähne überdauert haben, während die restlichen Zähne in Trümmern liegen oder als Ruinen emporragen. Du benötigst diesen Vergleich, um das in Worte zu fassen, was du siehst und was du nicht begreifst. Es riecht nach Mauersteinen und nach …? Es will dir nicht einfallen. Aber du kennst diesen Geruch.

Du reckst die Nase, schnupperst in den beißenden, bitteren Rauch der Kohleöfen, in denen alles verfeuert wird, was brennbar ist. Das ist nicht der Geruch, nach dem deine Erinnerung sucht. Hinter dem Rauch witterst du jenen Geruch, den du nicht benennen kannst: brennende Menschen, die schreiend wie lebende Fackeln durch die Nacht laufen. Das ist es, was du riechst.

Du bleibst stehen, schaust weg von der Erinnerung. Schaust in die Wohn- und Schlafzimmer, Küchen und Badezimmer eines Hauses, dem eine Bombe die Fassade weggerissen hat. Der Vergleich mit dem Gebiß will nicht passen zu dem, was du siehst. Aber Puppenstube. Eine riesengroße Puppenstube, mit Bildern an den Wänden, Teppichen auf den Fußböden, Kissen auf den Sofas, Töpfen auf den Öfen und Tellern auf den Tischen.

Da hat niemand überlebt, sagt deine Begleiterin Frau Hoffmann. Daß den meisten Bewohnern des Hauses durch die Druckwelle der Bombe die Lungen platzten, behält sie für sich. Das braucht sie dir auch nicht zu sagen. Wenn die Erwachsenen reden, vergessen sie manchmal, daß Kinder in der Nähe sind.

Frau Hoffmann greift nach deiner Hand, zerrt dich weiter, schnellen Schrittes zum Bahnhof. Das halbe Dach der Eingangshalle fehlt. Aber Züge fahren. Und Fahrkarten werden auch verkauft.

Wohin fahrt ihr?

In die Nähe eines der größten Flottenstützpunkte des großdeutschen Reiches. Schwedenschanze. Stralsund.

Du weißt nicht, wo Stralsund liegt und was das sein soll, Schwedenschanze? Aber das Wort gefällt dir.

Die Reise dauert. Einmal müßt ihr umsteigen. Je weiter ihr euch deiner neuen Heimat nähert, um so öfter bleibt der Zug auf der Strecke stehen. Militärzüge besitzen Vorfahrt. Panzer und anderes Kriegsgerät rollt an deinem Blick vorüber, gefolgt von nicht enden wollenden Zügen, in denen Soldaten sich auf den Sitzen und Ladeflächen drängen. So viele Soldaten. So viele ernste Gesichter. Manchmal winkst du. Manchmal erwidert ein Soldat deinen Gruß und lächelt.

Am frühen Nachmittag erreicht der Zug Stralsund. Die Luft riecht anders, nach Salz und Geräuchertem und nach etwas, was du nicht kennst.

»Das ist die Ostsee«, erklärt deine Begleiterin, die in den eng verschlungenen Gassen von Stralsund sich bei Passanten nach dem Weg zum Alten Markt erkundigt. Am Alten Markt sollen deine Pflegeeltern wohnen.

Das interessiert dich nicht. Ob der Ostsee groß ist, willst du wissen.

»Die Ostsee«, verbessert und erklärt deine Begleiterin, »ist ein Meer.«

Du zerrst an ihrem Arm, suchst ihren Blick. Ob du bitte das Meer sehen darfst?

»Das wirst du noch oft genug zu sehen bekommen«, erwidert Frau Hoffmann, derweil ihr Blick suchend über den von prunkvollen Giebelhäusern umstellten Marktplatz schweift. Da drüben. Der Backsteinbau mit den farbigen Butzenscheiben und der Gastwirtschaft im Erdgeschoß, das muß es sein.

In der Silvesternacht sitzt du mit Lisa im Zillertal auf der Holzbank vor einer Berghütte und versprichst, wenn Lisa größer ist, werdet ihr gemeinsam sämtliche Berge dieser Welt besteigen, den Watzmann, das Matterhorn, die Eigernordwand, und in einer fernen Silvesternacht werdet ihr mit brennenden Fackeln eine Schneepiste hinunterwedeln, ebenso rasant wie die Skifahrer da auf der anderen Seite vom Talkessel, die im Licht der explodierenden Feuerwerkskörper zum Klang der Alphörner auf ihren Skiern über die weißen Berghänge hinunter ins Tal preschen.

Dein Versprechen gefällt Lisa. Sie steckt die Hände in den Muff, den du ihr zu Weihnachten geschenkt hast, und seufzt.

Sie will nicht zurück ins Heim. Stets versprichst du, daß sie nie mehr dorthin zurückmuß, und jedesmal bringst du sie doch wieder dorthin zurück.

Das geht nicht so einfach. Das braucht seine Zeit. Du bist zwar ihre Mutter, aber das Jugendamt besitzt die Vormundschaft über Lisa. Im Namen des Volkes und zum Wohle des Kindes. Du mußt erst eine geregelte Arbeit finden, ein bißchen Geld sparen, damit du eine Wohnung bezahlen und Möbel kaufen kannst. Das, was du verdienst, reicht weder für eine Wohnung noch für das Lebensnotwendige, und Lisa will doch etwas zu essen und auch etwas zum Anziehen haben. Wenn Lisas Vater die mehrmals gerichtlich festgelegte Geldrente für Lisa zahlte, wäre Lisa schon lange bei dir.

Ist das wahr?

Du schwörst, das ist die Wahrheit.

Keine Mark zahlt er. Egal, wo er sich aufhält, ob in der Außenarbeitsstelle eines Gefängnisses oder in irgendeinem Kaff, wo er als Schweißer, Hauer oder Versicherungsvertreter sein Geld verdient. Stets verpflichtet er sich gegenüber dem Gericht, dir oder dem jeweiligen Vormund von Lisa von ihrer Geburt an bis zur Vollendung ihres sechzehnten Lebensjahres monatlich eine Geldrente von fünfundfünfzig Mark zu zahlen, beim zweiten Mal eine Unterhaltsrente von achtzig Mark und beim letzten Mal bis zur Vollendung ihres achtzehnten Lebensjahres Alimente von fünfundneunzig Mark. Außerdem wird er für jeden Lebensmonat monatlich die rückständigen Beträge begleichen sowie die Verhandlungskosten tragen, und er unterwirft sich der sofortigen Zwangsvollstreckung und bewilligt und beantragt die Erteilung einer vollstreckbaren Ausfertigung zu Händen des Vormundes. Keinen Pfennig zahlt er, weder an den gesetzlich vorgeschriebenen Vormund noch an dich.

Die Möbel kann Lisa pfänden lassen, die gehören ihm nicht, wird er Lisa ins Gesicht lachen, als sie ihm als junge Frau zum ersten und letzten Mal in der Wohnung seiner Lebensgefährtin gegenübersteht, um ihn mit der Vergangenheit zu konfrontieren. Weshalb er die Alimente nicht bezahlte, interessiert Lisa nicht. Warum er versuchte, ihr mit dem Messer die Kehle durchzuschneiden? Warum er versucht hat, sie zu töten? Das will sie von ihm wissen. Wieso?

Er lacht: Ihre Mutter ist schließlich auch keine Heilige gewesen.

Unbekannt verzogen, informiert der Poststempel auf der Zustellungsurkunde der Zwangsvollstreckung. Nach jedem Urteil.

Ein Liter Milch kostet siebzig, ein Brot achtzig, hundert Gramm Wurst neunundfünfzig Pfennig. Und eine Wohnung, die etwas besser ist als ein Loch, ohne Küche und Bad, mit einer Toilette in der Zwischenetage kostet zweihundert Mark. Im Monat verdienst du achthundert Mark, inklusive Trinkgeld. Die Kosten für Unterkunft und Logis zieht dein jeweiliger Arbeitgeber am Monatsende für den Folgemonat bereits im voraus ab. Für Zigaretten – wenn du mal wieder in die Luft gehen willst, greife lieber zur HB – gibst du monatlich mindestens dreißig Mark aus. Und die Kosten für die Nylonstrümpfe belaufen sich monatlich auf etwa sechzig Mark. Kein Tag vergeht ohne eine neue Laufmasche. Die Laufmaschen durch eine Kunststopferei ausbessern zu lassen käme teurer. Und dann die Fahrtkosten, um Lisa zu besuchen. Nicht immer findest du jemanden, der dir diesen Ausflug ermöglicht. Du besitzt keinen Führerschein. Du fährst mit dem Zug. Das geht ins Geld.

Was vom Lohn übrigbleibt, trägst du zur Sparkasse. Noch reicht dein Erspartes nicht, um ein Lokal zu pachten. In ein bis zwei Jahren wird es vielleicht soweit sein. Dann wirst du auf eigene Rechnung arbeiten, in deiner eigenen Wirtschaft. Getrunken wird immer. Das weißt du, ob in Zeiten des Krieges oder des Waffenstillstandes.

Besonders an den Freitagen wird getrunken. Freitag ist Zahltag. Da sitzt den Männern das Geld locker in der Tasche. Da hauen sie auf die Theke: Eine Runde für alle, auch für dich,

Schätzchen, Süße, du Traum schlafloser Nächte. Der falsche Ehering schützt dich nicht vor ihren Blicken. In ihren Gesichtern kannst du sehen, wie sie dich in Gedanken ausziehen und sich vorstellen, wie es wäre, da mit dir auf dem Tresen, vor dem sie stehend ein Bier nach dem anderen trinken und sich und dir die Welt erklären. In der Welt kennen sie sich aus. Politik machen sie auch. Wählen CDU, weil, geht es dem Unternehmer gut, geht es auch dem Arbeitnehmer gut. Noch eine Runde.

Freitags wollen die Männer die Maloche vergessen, die Knochenarbeit, die Streitereien mit der Mutter, die es doch nur gut mit dem Jungen meint, wenn sie ihn gängelt, wo sie doch schon den Mann im Krieg verloren hat. Freitags wollen die Männer sich entziehen, dem Gezänk mit der Ehefrau um das liebe Geld, das vorne und hinten nicht reicht. Am Freitag wollen die Männer vergessen, daß sie ein Rädchen im Getriebe sind, daß ihre Mütter und Frauen zu Hause mit den Kohlrouladen sitzen, auf den Mann und das Geld warten, und es andere Männer sind, denen das Schicksal es vergönnt, Geschichte zu schreiben. Freitags träumen die Männer, träumen von schnellen Autos und davon, wie Dustin Hoffman in der »Reifeprüfung« von einer Frau wie Anne Bancroft verführt zu werden. Der Alkohol hilft ihnen beim Träumen, hilft ihnen, ganze Kerle zu sein, frei zu sein, nach Hause zu gehen, wann und mit wem sie wollen.

Freitags kappen die Männer die kurzen Leinen, an denen sie unter der Woche von den Frauen gehalten werden. Und wenn das dunkle Timbre von Alexandra aus der Musikbox schallt, blicken die Männer in die Biergläser, fühlen sich verloren, verraten und verkauft, betrogen von den Frauen, vom Leben. Zigeunerjunge, Zigeunerjunge, wo bist du, wo stehen eure Wagen. Nur keine falsche Sentimentalität. Noch ein Bier und einen Schnaps. Mit dem Kamm wird die Elvistolle und das Selbstbewußtsein frisiert, und in den Hosentaschen kramen die Finger nach weiteren Groschen für die Musikbox. Marmor, Stein und Eisen bricht, aber unsere Liebe nicht.

Noch eine Runde. Freitags machen die Wirte einen Umsatz wie an keinem anderen Tag in der Woche. Das könnte klappen. Wenn du erst eine eigene Wirtschaft führst, wirst du Lisa zu dir holen, versprichst du. Dann ist sie auch älter. Wenn schon kein Mann dir zur Hand geht, kann Lisa dir wenigstens zur Hand gehen.

Lisa will und kann dir doch jetzt schon zur Hand gehen. Sie will nicht zurück ins Heim. Nicht für einen Tag und erst recht nicht für ein bis zwei Jahre. Bei dir ist es schöner. Andere Mütter bringen ihr Mädchen nach den Ferien auch nicht mehr zurück ins Heim. Warum du?

Weil die Mutti die Lisa nicht lieb hat, behauptet Tante Johanna.

Unsinn, faucht Schwester Malwine.

Tante Johanna redet dummes Zeug, tröstet Marion. Tante Johanna ist ein blödes, dickes, fettes, häßliches Huhn, das sich nicht am Leben erfreut und auf kleinen Mädchen rumhackt, weil sie mit ihrem Leben unzufrieden ist. Put, put, put. Es ist das letzte Mal, daß Marion Lisa zum Lachen bringt. Gleich wird Marion das Heim verlassen und den Franz heiraten. Und dann kommt auch schon bald das Baby.

Marion soll Lisa mitnehmen.

Das geht nicht. Marion und Franz gehen weit fort. Nach Süddeutschland. Franz hat dort eine Arbeit als Tischler und eine Wohnung gefunden. Die Fensterläden haben ausgeschnittene Herzen. So, sagt Marion, nimmt ein Blatt Papier und malt die Fensterläden mit den Herzen.

Marion soll versprechen, daß sie Lisa besuchen kommt.

Das kann Marion nicht versprechen. Wenn das Baby erst da ist, wird sie wenig Zeit haben. Und sie muß ja auch für den Franz das Abendessen kochen. Wenn der Franz von der Arbeit kommt, hat er mächtig Appetit. Die Arbeit ist schwer. Da muß der Franz viel essen. Marion kann dann nicht einfach wegfahren. Sonst fällt der Franz vom Fleisch, kann nicht mehr arbeiten, und dann haben sie kein Geld, nichts zu essen und müssen verhungern.

Verhungern soll Marion nicht. Lisa schlingt die Arme um Marion, klammert sich fest an ihr. Lisas Gesicht glüht. Sie weint.

Marion winkt nicht. Sie dreht sich nicht um, schaut nicht zurück. Marion hat nur Augen für den Franz. Dabei muß Marion doch wissen, daß Lisa aus dem Büro im Verwaltungstrakt den Schlüsselbund stiehlt, um in eines der oberen Zimmer zu gelangen, von dessen Fenster aus sie die Straße sehen kann. Das Fenster kann Lisa nicht öffnen. Aber sie klettert auf einen Stuhl, winkt hinter der Scheibe mit dem Taschentuch, auch noch, als Marion und Franz nicht mehr zu sehen sind. Lisa hofft, daß Marion noch einmal zurückgerannt kommt, für einen letzten Abschied.

Später versteckt Lisa sich im Aktenschrank, kauert im hintersten Winkel, die Beine eng an den Körper gezogen.

Der Pfarrer belehrt Lisa, daß es unrecht von Lisa ist, Marion zu hassen. Marion folgt dem Weg, den Gott für alle Mädchen vorbestimmt hat und dem auch Lisa eines Tages folgen wird. Marion wird dem Franz eine treusorgende Ehefrau sein und dem Kind eine liebevolle Mutter. So wie auch Lisa eines Tages ihrem Mann und ihren Kindern eine ergebene, alles umsorgende Ehefrau und Mutter sein wird.

Niemals.

Lisa soll Buße tun und beten. Dreimal das Vaterunser im Knien. Eine milde Buße, erklärt der Pfarrer, weil er die Enttäuschung verstehen kann, sagt er. Und am Sonntag in der Messe, mahnt der Pfarrer, soll Lisa laut mitsingen und nicht nur so tun als ob, sie soll aufmerksam und andächtig seiner Predigt lauschen und nicht mit den Banknachbarinnen tuscheln und kichern.

Die Frau hinter dem Ausschank ist von deinem Erscheinen überrascht. Sie hat dich erst für den nächsten Tag erwartet. Und wie du aussiehst. Deine Kleider. Diese Schnürstiefel. Was sollen die Leute denn denken?! Da muß sie sich ja schämen. Schließlich gehören sie, die Familie Gehren, zu den angesehensten Familien in der Stadt.

Sie ist froh, daß sie für dich überhaupt ein paar Schuhe bekommen hat, erwidert Frau Hoffmann.

Magdalena, befiehlt Frau Gehren der jungen Frau, die in der Küchentür stehend dich neugierig mustert, Magdalena soll deiner Reisebegleitung eine Mahlzeit servieren, und du sollst Frau Gehren in die Küche begleiten. Dort warten zwei Kartons mit Kleidern, die ihr Freunde und Bekannte für dich überlassen haben. Die Sachen sind zwar nicht neu, aber von bester Qualität. Irgend etwas von den Plünnen wird dir fürs erste bestimmt passen, sagt Frau Gehren in den Kartons wühlend, dir ein Paar Halbschuhe reichend. Später wirst du eigene Kleider bekommen.

So salopp und selbstverständlich hat noch nie jemand zu dir gesprochen. Das gefällt dir. Auch die neu besohlten Halbschuhe mit den schmalen Lederriemen über deinem Spann gefallen dir. Nur in dem geblümten Kleid, das Frau Gehren für dich aussucht, fühlst du dich unwohl. Daß du lieber Hosen trägst, behältst du erst mal für dich.

In der riesigen Küche mit dem großen Herd in der Mitte und dem Hauklotz neben dem Tisch unter dem Fenster mit Ausblick in den Garten drehst du dich im neuen Kleid um die eigene Achse, damit Frau Gehren dich anschauen kann. Etwas stört sie noch an deinem Aussehen. Stillstehen, befiehlt sie, drei Schritte zurücktretend, dich wie ein Bild betrachtend.

Ihre Stimme ist gewohnt zu befehlen. Das blonde Haar trägt sie aufgesteckt. Ihr Blick aus blauen Augen leblos, wie die Glasaugen einer Puppe. Ihr Blick lächelt nicht wie der Mund mit den schmalen Lippen. Sie fährt dir mit den Fingern durch das Haar, bringt ein bißchen Unordnung hinein. Jetzt gefällst du ihr.

In der Schankstube zeigt sich Frau Hoffmann über dein verändertes Aussehen entsetzt. Aber ein Mann in Uniform lacht dich freundlich an, derweil er dich in der Familie Gehren herzlich willkommen heißt. Von seiner Amtsstube gegenüber im Rathaus hat er deine Ankunft beobachtet, erklärt er, während du ihm die Hand reichst und einen Knicks machst. Da wollte er dich schnell begrüßen, damit du deinen neuen Vater nicht erst am Abend kennenlernst.

Aber zu ihr sagst du Tante Ella, fällt Frau Gehren deinem neuen Vater Gerhard ins Wort, der, von ihren Worten überrascht, ihr mit stummem Erstaunen dabei zusieht, wie sie deine Reisekleidung zu den restlichen Sachen in den Pappkoffer stopft. Den Koffer kann Frau Hoffmann wieder mitnehmen.

Das ist nicht vorgesehen, widerspricht Frau Hoffmann, eine Mappe mit Formularen aus der Aktentasche ziehend.

Das interessiert Frau Gehren nicht. Sie hat keine Verwendung für diese ollen Plünnen. Sie müßte sich schämen, dich in solchen Kleidern herumlaufen zu lassen.

Gerhard, dein neuer Vater, beendet den Wortwechsel, der zwischen den beiden Frauen zu eskalieren droht, indem er mit einem richtigen Füllfederhalter den Erhalt der Sachen quittiert und deine Ankunft mit seiner Unterschrift auf einem der Formulare bestätigt. Frau Hoffmann wird sicher Kinder kennen, denen sie die Kleider überlassen kann.

Frau Hoffmann lächelt versöhnlich. Bevor sie, von Gerhard begleitet, die Wirtsstube verläßt, ermahnt sie dich, dich dankbar zu zeigen und dich stets anständig zu benehmen.

Das soll nicht länger ihre Sorge sein, fällt Frau Gehren ihr ins Wort, wünscht ihr eine gute Heimreise und schließt hinter ihr und ihrem Mann Gerhard die Tür.

Magdalena soll in der Küche den Tisch für dich decken, befiehlt Frau Gehren, du hast doch Hunger, oder?

Und was für einen Hunger du hast. Aber das, was Magdalena dir auf den Teller gibt, derweil Frau Gehren die Kleider aus den Kartons holt, auf ihre Verwendbarkeit prüft und aussortiert, das magst du nicht. Das hast du im Heim jeden Tag gegessen. Pellkartoffeln und Quark.

Magdalena lacht. Sie gießt Leinöl über die Kartoffeln, reicht dir ein Salzfaß, nennt die Kräuter, die sie im Quark verrührt hat, und redet dir zu, wenigstens eine Gabel davon zu probieren. Wirst sehen, wie lecker das schmeckt, durch das Leinöl bekommen die Kartoffeln einen völlig anderen Geschmack.

Nussig schmeckt es. Zweimal muß Magdalena dir den Teller füllen, und sie würde dir auch ein drittes Mal den Teller füllen, doch Tante Ella bestimmt, du hast genug, sonst wirst du am Abend nichts mehr essen.

Sie befiehlt Magdalena, in der Schankstube nach dem Rechten zu sehen, derweil sie dir Kleider und Röcke, Blusen und Pullover reicht, die du anprobieren sollst. Was zu klein ist, fliegt zurück in die Kartons. Was zu weit oder zu lang ist, wird von Tante Ella mit Stecknadeln abgesteckt und soll später von Magdalenas Mutter Lore an der Nähmaschine für dich passend genäht werden.

Magdalena und Lore kommen aus Polen. Magdalena hilft im Haus, und Lore füttert das Vieh, wäscht und flickt die Wäsche. Jeder muß anpacken, wo es was zum Anpacken gibt, erfährst du auf dem Küchenstuhl stehend, dich mit kleinen Schritten drehend, während Tante Ella einen Saum nach dem anderen absteckt. Auch du wirst mit der Zeit deine Aufgaben bekommen. Das wird sich finden. Es gibt immer was zu tun. In der Wirtschaft helfen an den Wochenenden zwei Kellner. Unter der Woche ist es ruhig. Aber an den Wochenenden kommen die Ehefrauen und Mütter ihre Männer und Söhne besuchen, die mit ihren Schiffen in der Schwedenschanze ankern oder auf Rügen in den Lazaretten liegen. Ihr Jüngster, der Kurt, wird dich sicher einmal auf dem Motorrad mitnehmen und dir alles zeigen, wenn er das nächste Mal zum Hafen fährt, um Fisch zu besorgen. Dann wirst du die Kriegsschiffe und die vielen Marinesoldaten sehen. Die sehen hübsch aus in ihren Uniformen. Wenn der Kurt wüßte, daß du schon heute gekommen bist ... Das wird ihn ärgern, wenn er morgen kommt, um dich zu begrüßen. Er freut sich richtig auf seine neue kleine Schwester, lacht Tante Ella. Du versprichst, der Familie Gehren keine Schande zu bereiten, dich nicht allzuoft mit den Rugge-Zwillingen abzugeben, die zwei richtige Lausebengel sind, nur Unsinn im Kopf haben und die sicher in den nächsten Tagen vorbeischauen werden, um dich kennenzulernen. Schließlich wollen sie wissen, mit wem sie da in wenigen Tagen gemeinsam die Schulbank drücken werden. Bis es soweit ist, sollst du dich mit dem Haus und der Stadt vertraut machen, und bei allem, was du tust, sollst du stets daran denken, daß du nun Mitglied einer Familie bist, die zu den angesehensten Familien der Stadt zählt. Die Stecknadeln zwischen den Lippen schaut Tante Ella dich an. Ob du das verstehst?

Du nickst, obwohl du nicht weißt, was das ist, eine angesehene Familie. Du fragst, ob das Meer weit ist und ob du es an diesem Tag noch sehen darfst?

Magdalena soll dir ordentlich den Teller füllen, sagt Gerhard beim Abendessen. Auf dem Tisch liegt eine weiße Tischdecke, und neben den Tellern, den Gläsern aus richtigem Glas und dem Besteck siehst du die dazu passenden Servietten. Tante Ella erklärt und zeigt dir, wofür und wie eine Serviette genutzt wird, derweil Magdalena dir etwas auftut, das du noch nie gegessen hast. Was ist das?

Fisch!

Die Gehrens schauen dich an, wie du den Fisch anschaust. Daß du bisher weder einen Fisch gesehen noch einen gegessen hast, überrascht sie.

Und während du den Fisch kostest, von dem du bereits nach dem zweiten Bissen behauptest, daß Fisch dein künftiges Lieblingsgericht sein wird, erklären die Gehrens dir, welche Fischarten in der Ostsee leben, Dorsch, Heilbutt, Flunder, Aal, Sprotten, Plötze, Blei, Barsch, Zander, Hornfisch, Lachs, wie der Fisch gefangen wird und auf wie viele unterschiedliche Arten alleine ein Hering zubereitet werden kann: Salzhering, in Essig eingelegter Hering, gebraten oder gekocht ...

Hering wirst du bei ihnen derart oft zu essen bekommen, daß du ihn wahrscheinlich bald nicht mehr sehen kannst, scherzt Gerhard, die Serviette neben den Teller legend, sich vom Tisch erhebend. Er muß zu einer Versammlung. Bei seiner Rückkehr, verspricht er, wird er in dein Zimmer kommen, um dir gute Nacht zu sagen.

Du wischst mit der Serviette über den Mund, springst vom Stuhl, um Magdalena zu helfen, den Tisch abzuräumen.

Laß das, befiehlt Tante Ella, dir den Teller aus der Hand nehmend. Dafür ist Magdalena zuständig. Du gehst ins Bett. Du mußt müde sein. So viele Eindrücke. Zuviel für einen Tag. Zuviel für dich.

Bevor du, im Bett liegend, dir die Frage beantworten kannst, ob du es gut getroffen hast mit den Gehrens, fallen dir die Augen zu.

UNTER DER Aufsicht von Tante Johanna und Schwester Ursula betritt Lisa mit den anderen Mädchen das Gotteshaus, reiht sich in das Kirchengestühl, das den Frauen und Mädchen vorbehalten ist, in die vorderste Reihe, tut, als ob sie gemeinsam mit den Mädchen und der Gemeinde im Rücken zu Schwester Malwines Orgelbegleitung singt, während der Priester das Stufengebet verrichtet.

In nomine Patris et Filii et Spiritus sancti.

Amen.

Der Priester begrüßt den Altar mit einem Kuß, schwenkt das Rauchfaß und betet mit der Gemeinde das Kyrie.

Kyrie eleison, Christe eleison, und auf Erden Friede den Menschen, die guten Willens sind und mit deinem Geiste, amen. Ehre sei dir, o Herr, leiern die Mädchen und sitzen und knien und stehen und singen und sitzen und knien und stehen und singen und sitzen und knien und stehen und singen.

Die reinste Turnstunde, mault Heidi.

Lisa kichert, derweil sie beobachtet, wie Gabi, die nun an Marions Stelle die Aufgabe der Saalältesten übernommen hat, über den Mittelgang zum Chorgestühl der Männer schielt, wo Fritz, der Sohn vom Männerausstatter, einen zusammengefalteten Zettel zwischen Zeige- und Mittelfinger hält und Gabi mit kaum wahrnehmbarer Geste signalisiert, daß er diesen Zettel für sie im Gebetbuch hinterlassen wird.

O Jesus, all mein Leben bist du, ohne dich nur Tod. Meine Nahrung bist du, ohne dich nur Not. Meine Freude bist du, ohne dich nur Leid. Meine Ruhe bist du, ohne dich nur Streit, singt die Gemeinde.

Lisa findet das Lied doof. Sie tut nicht einmal so, als würde sie es mitsingen.

Elfriede mag das Lied auch nicht. Sie singt es mit verändertem Text: O Jesus, mein Tod bist du, ohne dich nur Leben. Meine Not bist du, ohne dich nur Nahrung. Mein Leid bist du, ohne dich nur Freude. Mein Streit bist du, ohne dich nur Ruhe.

Die Mädchen geraten aus dem Takt. Sie husten und räuspern sich, um hinter vorgehaltener Hand über den Text von Elfriede zu kichern, derweil Lisa sich fragt, wie Gabi es, unter den gestrengen Blicken von Tante Johanna und Schwester Ursula, anstellen mag, sich den Zettel von Fritz aus dem Gebetbuch zu holen. Sie wird Gabi nicht aus den Augen lassen.

Nach der Messe stehen die Mädchen in Zweierreihen auf dem Kirchplatz, müssen Knickse machen und lächeln und sich von einzelnen Mitgliedern der Kirchengemeinde Köpfe und Wangen tätscheln lassen. Britta läuft im Gesicht puterrot an, weil ein Mädchen, an der Hand seiner Mutter, den Zeigefinger auf sie richtend, sagt: Guck mal, Mami, die mit der Brille hat mein altes Kleid an.

Unterdessen bedanken sich Tante Johanna und Schwester Ursula bei den Gemeindemitgliedern für Kleider-, Sach-, und

Spielzeugspenden und beim Direktor der Sparkasse für die Übernahme der Kosten für das neue Garagendach.

Das ist die Gelegenheit für Gabi, in die Kirche zu laufen, um den Zettel von Fritz aus dem Gebetbuch zu holen.

Na, was haben wir denn vergessen, fragt Tante Johanna, als Gabi aus der Kirche kommt.

Wir haben eine Bußkerze zu Füßen der Heiligen Jungfrau Marie aufgestellt. Gabi schaut unschuldig. Wir haben nämlich furchtbar gesündigt, lächelt Gabi.

Tante Johanna weiß, daß Gabi lügt. Und Gabi weiß, außerhalb der Heimmauern wird Tante Johanna es nicht wagen, die Hand oder die Stimme gegen eines der Mädchen zu erheben.

Die Stimme und auch die Hand erhebt Tante Johanna im Studierzimmer, sobald sie eines der älteren Mädchen beim Abschreiben ertappt. Die jüngeren Mädchen sitzen auf der Bank und warten darauf, von Tante Johanna namentlich aufgerufen zu werden, um vor sie zu treten und ihr in eigenen Worten den Inhalt der Predigt wiederzugeben, die der Pfarrer stimmgewaltig von der Kanzel über die Köpfe der Gemeinde hinweg mahnend predigte. Die Älteren sitzen an den Tischen, die Köpfe über ein Blatt Papier gebeugt, und nagen an den Bleistiften, mit denen sie den Inhalt der Predigt aufschreiben sollen. Eine Seite. Und wehe, die Seite bleibt leer oder ist nicht vollgeschrieben. Dann muß das Mittagessen warten, bis die Seite beschrieben ist. Wenn es sein muß, bis zum Abendbrot. Eine Stunde haben die Mädchen für die schriftliche Zusammenfassung der Predigt.

Lisa steht vor Tante Johanna. Die Hände sind feucht. Die Erinnerung an die Predigt ist vage. Die Sätze bringt sie stammelnd über die Lippen, redet von Keuschheit, Tugend- und Lasterhaftigkeit, ohne die Bedeutung dessen, was sie da von sich gibt, zu verstehen, aber was Sodom und Gomorrha bedeutet, das versteht Lisa, dafür hat sie ein Bild, Fenster mit weißen Vorhängen, da muß sie an Marion denken und lächeln.

Tante Johanna gibt sich mit dem Gestammel zufrieden, aber sie ermahnt Lisa, sich in Zukunft die Worte des Pfarrers besser zu merken, und entläßt sie mit einer Kopfnuß aus dem Studierzimmer, wo das Kratzen der Füllfederhalter und Bleistifte für einen Moment den Ton angibt, bis Tante Johanna den Namen von Anna aufruft. Lisa zieht die Tür geräuschlos hinter sich zu und hüpft die Stufen zum Eßsaal hinunter. Die Predigt ist vergessen. Sie will hinaus auf den Hof, spielen. Sie hat die Tür zum Hof bereits geöffnet, da ruft Schwester Ursula sie beim Namen.

Was für ein Glück, daß Lisa ihr über den Weg läuft. Schwester Ursula wird in der kommenden Woche in einer der an den Schlafsaal der Mädchen angrenzenden Kammern schlafen. Dafür braucht Schwester Ursula das Gebetbuch und den Rosenkranz in der Kammer. Lisa ist so lieb und wird beides für Schwester Ursula in die Kammer tragen und dort auf den Nachttisch legen. Schwester Ursula ist nämlich in Eile. Sie muß zum Gebet ins Konvikt, dem Gebäudetrakt über der Küche, der den Nonnen vorbehalten ist und den kein normal Sterblicher betreten darf. Schwester Ursula ist bereits viel zu spät. Deshalb vertraut sie Lisa den Schlüssel zu ihrer Kammer an, nicht ohne sie zu ermahnen, den Schlüssel nicht aus der Hand zu geben und die Kammer sorgfältig zu verschließen, nachdem Lisa den Auftrag ausgeführt haben wird. Den Schlüssel wird Lisa ihr beim Mittagessen unaufgefordert zurückgeben. Schwester Ursula verläßt sich auf Lisa. Das ist ein Vertrauensbeweis von Schwester Ursula an Lisa. Darüber ist Lisa sich doch hoffentlich im klaren.

Soweit Lisa weiß, hat keines der Mädchen je eine der beiden Kammern betreten. Sie bedauert, daß keines der Mädchen sieht, wie sie den Schlafsaal durchquert, die Verbindungstür öffnet und den Schlüssel ins Türschloß von Schwester Ursulas Kammer steckt. Welche Geheimnisse wird sie in der Kammer entdecken?

Ein Kleiderschrank, ein Tisch, ein Stuhl und ein Nachtschränkchen neben dem Bett. Über dem Kopfende hängt ein Jesuskreuz an der Wand, gleich über dem Nagel beginnt die Dachschräge mit der eingelassenen Dachluke. Schwester Ursula schaut in den Sternenhimmel, wenn sie im Bett liegt. Die Vorstellung gefällt Lisa. Ihr Blick folgt den Sonnenstrahlen, die durch die Dachluke auf das Plumeau und den Fußboden fallen. Der Fußboden ist blitzblank wie die gesamte Kammer. Nirgends ein Staubkorn oder eine Spinnwebe. Lisa legt Gebetbuch und Rosenkranz auf das Nachtschränkchen.

Eigentlich müßte sie die Kammer nun verlassen. Aber wer wird schon wissen, wenn sie noch eine Weile bleibt? Schwester Ursula ist im Konvikt, die großen Mädchen versuchen sich an der Wiedergabe der Predigt, und die kleineren spielen im Hof. Wenn sie nichts durcheinanderbringt, wird Schwester Ursula gar nicht bemerken, daß sie ein bißchen rumgeschnüffelt hat. Die Tür vom Kleiderschrank quietscht, und Lisas Herz klopft. Sie hat ein schlechtes Gewissen. Der Kleiderschrank ist leer. Zwei Kleiderbügel hängen an der Kleiderstange. Auch das Nachtschränkchen ist leer. Selbst unter dem Bett liegt nichts versteckt. Lisa ist enttäuscht. Nichts gibt es in der Kammer zu entdecken. Nicht einmal ein Taschentuch. Nur das Gebetbuch und der Rosenkranz. Warum aber sind die Kammern stets verschlossen? Das muß Lisa den anderen erzählen. Vielleicht weiß eines der älteren Mädchen das zu erklären.

Sie dreht sich auf dem Absatz herum und blickt in das Gesicht von Heidi. Die grinst und schlägt die Tür zu. Der Schlüssel dreht sich im Schloß.

Lisa ist eingesperrt. Sie trommelt mit den Fäusten gegen die Tür, schimpft Heidi eine blöde Kuh und einen dreckigen Bastard, die sofort die Tür aufschließen soll.

Auf der anderen Seite der Tür wünscht Heidi Lisa, der blöden Schnepfe, eine angenehme Mittagsruhe und entfernt sich, läßt Lisa zurück in der Kammer von Schwester Ursula.

Lisa weiß, das gibt Ärger. Das ist ihre Schuld. Sie hätte den

Schlüssel nicht stecken lassen dürfen. Lisa dreht sich um die eigene Achse. Sie ist gefangen. Wie kommt sie aus der Kammer? Sie kaut an den Fingernägeln. Ruft um Hilfe, obwohl niemand sie hören kann. Außer zum Schlafen ist es den Mädchen verboten, sich im Schlafsaal aufzuhalten. Und sonntags halten die Mädchen keinen Mittagsschlaf. Lisa hat Angst. Angst vor der Bestrafung. Sie hat das Vertrauen von Schwester Ursula enttäuscht, ist unachtsam gewesen, nachlässig. Nie wieder wird Schwester Ursula ihr vertrauen, und die Strafe für Lisas Verfehlung wird grausam sein. Lisa weint. Das ist die Strafe vom lieben Gott, weil Lisa in der Beichte gelogen hat, während der Messe nur Unsinn im Kopf hatte und weil sie rumgeschnüffelt hat.

Da steht sie heulend in der Kammer von Schwester Ursula. Sie wagt nicht, sich auf das Bett oder auf den Stuhl zu setzen, geschweige denn irgend etwas zu berühren. Derweil rennt Heidi auf den Hof, um die Mädchen bei ihren Spielen zu ärgern.

Die Mädchen sitzen im Speisesaal und warten auf Lisa. Schwester Ursula erkundigt sich, ob eines der Mädchen weiß, wo Lisa ist?

Die Mädchen schauen sich an. Genau, wo ist Lisa?

Nur Heidi meldet sich. Lisa hat ihr einen Schlüssel gegeben, den sie Schwester Ursula geben soll.

Und wohin ist Lisa gegangen?

Hat Lisa nicht verraten, lügt Heidi.

Lisa soll ihr unter die Augen kommen. Schwester Ursula klatscht in die Hände und befiehlt den Mädchen, ausnahmsweise mit der Mahlzeit zu beginnen.

Die persönlichen Dinge wie Nachthemd, Handtuch, Unterwäsche in der Hand, steht Schwester Ursula am späten Nachmittag vor der geöffneten Tür ihrer Kammer und blickt überrascht auf die auf dem Fußboden sitzende Lisa.

Lisa springt aus dem Schneidersitz und fleht Schwester Ursula an, sie nicht zu bestrafen. Sie weiß, es war unrecht, den Schlüssel im Schloß steckengelassen zu haben, aber sie wußte doch nicht, daß Heidi ihr gefolgt ist. Lisa klammert sich an Schwester Ursulas Gewand, verbirgt das Gesicht im kratzigen, schwarzen Stoff, um den Kopf zu schützen.

Schwester Ursula schlägt Lisa nicht. Schwester Ursula steht wie erstarrt, zeigt keine Wut, sagt kein Wort, steht einfach nur da und schaut aus den dunklen Augen, die selten eine Gefühlsregung verraten, auf Lisa.

Dieser Bastard, zischt Schwester Ursula. Sie befreit sich aus Lisas Umklammerung, greift sie beim Handgelenk, zieht sie aus der Kammer, durch den Schlafsaal, die Stufen hinab, stürmt durch den Speisesaal, reißt einen Fensterflügel auf und brüllt in den Hof: Alle in den Speisesaal. Sofort!

Im Kreis aufstellen, befiehlt Schwester Ursula. Das Timbre ihrer Stimme ist dunkel wie die Farbe ihrer Augen: Heidi soll sich in die Mitte des Kreises stellen. Lisa auch. Nicht neben, vor Heidi soll Lisa sich stellen, soll der Übeltäterin von Angesicht zu Angesicht gegenüberstehen.

Heidi und Lisa schauen sich nicht an, blicken aneinander vorbei und durch die Körper der Mädchen hindurch, die mit gesenkten Köpfen um sie herum im Kreis stehen und von Schwester Ursula erfahren, wie teuflisch und hinterhältig, geradezu niederträchtig die Heidi sich gegenüber der Lisa verhalten hat. Die Mädchen wagen weder die Köpfe noch die Blicke zu heben. Jede kennt die Antwort, die Schwester Ursula auf ihre Frage von ihnen hören will. Was soll sie nun mit Heidi und Lisa anstellen?

Bestrafen, antworten die Mädchen unisono.

Und wer von beiden soll bestraft werden?

Die Mädchen werfen sich untereinander hilflose Blicke zu. Sie warten, hoffen, daß eine von ihnen wagt, den Namen auszusprechen, den Schwester Ursula hören will. Keines der Mädchen traut sich.

Schwester Ursula legt die Hand hinter das Ohr, sie hört ja gar nichts.

Die Mädchen schielen nach Schwester Ursula, um sogleich ihrem Blick auszuweichen, der überall zu sein scheint. Die Mädchen wissen nicht, wohin schauen, und wagen nicht zu antworten. Sie wissen, es wird ein Donnerwetter geben, und jede von ihnen wird Schuld daran tragen, gleichgültig, ob sie schweigen oder Antwort geben. Schweigen ist Gold. Sie spitzen die Ohren und lauschen den Schritten von Schwester Ursula, die den Kreis gegen den Uhrzeigersinn umläuft.

Nun, wenn niemand die Frage beantworten möchte, wer von den beiden bestraft werden soll, dann muß Schwester Ursula wohl die Entscheidung treffen.

Die Mädchen schweigen. Schwester Ursula entscheidet: Heidi muß bestraft werden. Und, was denken die Mädchen könnte eine gerechte Strafe für Heidi sein?

Elfriede laufen die Tränen. Britta kaut sich die Unterlippe blutig. Anna kratzt sich die Arme wund.

Feige Bagage, höhnt Schwester Ursula. Sie schlägt Anna auf den Kopf, ob sie das Kratzen wohl bleibenläßt! Nun, wenn keines der Mädchen den Mut hat, sich zu äußern, schlägt sie vor, daß Heidi für ihr hinterhältiges Betragen von Lisa, der Leidtragenden, bestraft werden soll.

Die Mädchen ziehen hörbar den Atem ein.

Hat eines der Mädchen etwas dagegen einzuwenden, erkundigt sich Schwester Ursula.

Die Mädchen schütteln die Köpfe, die Blicke gesenkt.

Die Hände hinter dem Rücken verschränkend, schreitet Schwester Ursula lächelnd den Kreis ab. Ihre Schritte knallen auf dem Holzfußboden. Eine Fliege summt gegen das Fensterglas. Schwester Ursula atmet hörbar die Luft ein und befiehlt: »Lisa, schlag Heidi.«

Die Mädchen raunen. Das Entsetzen steht ihnen und Lisa auf dem Gesicht. Sie schauen von Schwester Ursula zu Heidi, zu Lisa.

Das kann sie nicht, flüstert Lisa.

»Schlag sie«, wiederholt Schwester Ursula.

Lisa steigen die Tränen auf. Sie wimmert: Das kann sie nicht. Ihr Blick sucht in den Gesichtern der Mädchen nach einem Ausweg. Die Mädchen können Lisa nicht in die Augen sehen. Sie würden Lisa gerne helfen, sie können nicht. Keine möchte da stehen, wo Lisa steht. Was immer Lisa tun wird, die Mädchen werden es Lisa nicht nachtragen, aber Schwester Ursula werden sie dafür hassen. Keines der Mädchen wird das vergessen, das werden sie nicht verzeihen. Dafür soll Schwester Ursula in der Hölle schmoren.

»Schlag sie«, wiederholt Schwester Ursula, »das ist ein Befehl.«

Lisa ballt die Fäuste, stampft mit dem Fuß, schreit: Das kann sie nicht.

Schwester Ursula lächelt.

Heidi fleht Schwester Ursula an, Lisa die Strafe zu erlassen, sie hat doch nichts getan, Lisa ist unschuldig.

Schweigen soll Heidi, zischt Schwester Ursula, die Negerin hat zu reden, wenn sie gefragt wird. Schwester Ursula läßt die erhobene Hand sinken. Zum vierten und letzten Mal, Lisa, schlag Heidi. Lisa laufen die Tränen. Sie krümmt den Körper, preßt die Fäuste in den Schoß, windet sich. Das kann sie nicht.

Schwester Ursula droht: Weder Lisa noch Heidi, geschweige denn irgendein anderes Mädchen wird den Saal verlassen oder sich auch nur einen Fußbreit aus dem Kreis entfernen, bis Lisa Gehorsam zeigt, den Befehl befolgt, und wenn die Mädchen den ganzen Abend, die ganze Nacht, den ganzen nächsten Tag, die ganze Woche im Speisesaal stehen, sich in die Hosen machen und vor Hunger umfallen, ist das klar? Hat Lisa das verstanden?

Lisa hat das verstanden.

»Dann schlag sie.«

Sie will nicht, brüllt Lisa vorwärtsstürzend, Heidi entgegen.

Heidi soll es nicht wagen, sich zu wehren. Das verbietet Schwester Ursula mit erhobener Hand.

Lisa ballt die Hände zu Fäusten, boxt Heidi zaghaft in die Seite.

Fester, befiehlt Schwester Ursula.

Es tut ihr leid, wimmert Lisa, Heidi um Verzeihung bittend, und schlägt ihr die Faust in den Bauch.

Fester, ruft Schwester Ursula.

Fester.

Fester, schreit sie nach jedem Schlag.

Fester, brüllt sie, bis Lisa, sich und die Mädchen vergessend, im antreibenden Stakkato von Schwester Ursulas Fester! Fester! Fester! auf Heidi einschlägt, auch noch, als Heidi, am Mund und aus der Nase blutend, am Boden liegt und Schwester Ursula die rasende Lisa packt, sie von Heidi entfernt, sie im Schwitzkasten hält, bis Lisas geballte Fäuste erschlaffen.

Das hat Lisa gut gemacht, lacht Schwester Ursula, die Hände auf Lisas Schultern legend.

Lisas Atem rasselt. Das Herz klopft ihr bis in die Zungenspitze, treibt das Blut schmerzhaft durch die hervorgetretenen Adern im geröteten Gesicht mit den getrockneten Tränenspuren. Leere im Kopf. Leere im Blick. Müdigkeit. Lisa will schlafen. Nur noch schlafen. Der Kehlkopf, ein Nadelkissen, in das Millionen Stecknadeln stechen. Die Stimmbänder stehen in Flammen. Kein Wort bringt Lisa hervor. Auch Gähnen kann sie nicht.

Schwester Ursula lacht: Braves Mädchen.

DU REICHST Lisa ein Taschentuch, damit sie sich die Tränen aus dem Gesicht wischen kann. Du versuchst sie zu trösten mit Worten, die sie auffordern zum Durchhalten, Aushalten. Eine andere Art Trost zu spenden kennst du nicht, hat niemand dich gelehrt, eine Umarmung, eine Geste zärtlicher Zuwendung hast du nicht erfahren.

Du erklärst, du würdest sie gerne mit dir nehmen, nur kannst du das leider nicht. Dein Arbeitsvertrag ist rechtskräftig bis zum Ende der Sommersaison. Zehn Prozent der Tageseinnahmen darfst du einbehalten. Dein Lohn. Der reicht gerade mal aus, um dich am Leben zu erhalten, und ist viel zuwenig, wenn du bedenkst, was du dafür leisten mußt. Essen servieren, Biere zapfen, kassieren. Das Besteck, das du im Verlauf einer Schicht in einen Eimer wirfst, mußt du spät in der Nacht, nachdem das Restaurant zugeschlossen wurde, spülen, und einmal in der Woche mußt du den Fußboden im Restaurant schrubben. Dafür wird dir freie Unterkunft und Verpflegung gewährt. Arbeitsbedingungen sind das, wie du sie nur aus dem Osten kennst. Deshalb kannst du Lisa nicht mitnehmen. Das muß Lisa verstehen.

Lisa kann das nicht verstehen.

Das muß Lisa aber verstehen. Sie kann nicht mit zu dir. Da ist kein Platz, und Zeit hast du auch keine für sie.

Wieso nicht?

Das hast du doch gerade erklärt. Schweigend sitzt du neben Lisa auf der Parkbank. Wenn Lisa doch nur aufhören würde zu weinen. Wie du sie lachen machen könntest, weißt du nicht. Lisa bringt sich selber zum Lachen. Den Rotz noch in der Nase, die Tränen noch in den Augen, grinst sie: Heidi ist nun ihre Freundin.

Vogelzwitschern und Sonnenschein. Im Haus ist es ruhig. Es riecht nach frisch aufgebrühtem Kaffee. Richtiger Kaffee. Kein Muckefuck. Du schleichst die Treppe hinunter, an der Küche vorbei, wo Magdalena den Frühstückstisch deckt, in den Hof.

Der Schäferhund im Zwinger setzt zum Sprung gegen das Gitter und zum Bellen an. Pssst, legst du den Zeigefinger an den Mund. Der Hund spitzt die Ohren. Du sprichst beruhigend auf ihn ein, bis er, die Schnauze über den gekreuzten Vorderläufen sich dir zu Füßen legend, dich passieren läßt, um dir mit Blicken zu folgen, wie du am Zwinger vorbei den Garten betrittst.

Ein kleines Gewächshaus inmitten Gemüse- und Kräuterbeeten, umstellt von Obstbäumen, so weit dein Blick reicht.

Apfel-, Kirsch- und Birnbäume. Im Sommer wirst du jeden dieser Bäume erklettern. Keine Frucht wird vor dir sicher sein, träumst du baumelnden Beines im Geäst eines Kirschbaums sitzend. Du riechst den Frühling und schaust dir die Augen aus nach dem Meer.

Eine Katze miaut. Dein Blick folgt ihr zum Ende des Gartens, wo sie auf eine niedrige Pforte springt, kurz innehält, um über einen Feldweg die angrenzenden Grundstücke zu durchstreifen. Kirchtürme, Stadtmauern, Speichersilos, Backsteinhäuser mit spitzen Giebeln und Türmchen, umgeben von gelb blühenden Rapsfeldern, in denen versprengt einzelne Gehöfte liegen. So siehst du Stralsund. Nur das Meer siehst du nicht.

Beim Frühstück macht Tante Ella dir Vorhaltungen wegen des Risses in deinem Kleid, den du mit einer Hand zu verdecken suchst.

Wenn du eine Hose getragen hättest, wäre das nicht passiert, verteidigst du dich mit leiser Stimme.

Tante Ella reicht dir eine Tasse heiße Milch. Mädchen tragen keine Hosen. Mädchen klettern auch nicht auf Bäume. Das ziemt sich nicht.

Du schweigst und langst mit dem Finger nach der Haut, die sich auf der Milch bildet, um sie vom Finger abzulutschen.

Tante Ella haut dir auf die Hand, das tut ein Mädchen nicht. In Zukunft wirst du die Haut mit einem Löffel entfernen. Und sitz gerade, leg die Hände bei den Mahlzeiten auf den Tisch, zapple nicht auf dem Stuhl herum, schmatz nicht, sprich nicht mit vollem Mund und halte gefälligst die Beine still.

Eine gute Herrschaft. Frau Gehren meint es nicht so. Wirst schon noch sehen, tröstet Magdalena dich, derweil sie dir das Kleid zuknöpft, dich an die Hand nimmt, um dir im Hof die Tiere zu zeigen. Hühner, Gänse, Enten. Neben einem Taubenschlag ein winziger Schweinestall. Die zwei Schweine laufen vor dir davon, drängen sich quiekend an die Wand. Die müssen sich erst an dich gewöhnen, lacht Magdalena, dich aus dem Stall zum Hundezwinger führend, zu Harras. Mit dem hast du bereits Freundschaft geschlossen, läßt du Magdalena wissen, indem du die Hand durch das Gitter steckst, um Harras das Fell zu kraulen.

Der ist bissig, warnt jemand hinter deinem Rücken.

Das ist Kurt, stellt Magdalena dir den jungen Mann vor, der breitbeinig mit verschränkten Armen im Hof steht und dich mustert.

Und du mußt seine neue Schwester sein?

Du nickst knicksend und reichst Kurt die Hand.

Solltest du ihn noch einmal wie eine Klosterschülerin begrüßen, wird er Harras befehlen, dir erst ins Knie und dann in die Hand zu beißen.

Du kicherst und streichelst den Hund, den Kurt aus dem Zwinger befreit. Harras jault und bellt, tänzelt und leckt dir und Kurt die Hände.

Schon gewonnen, lacht Kurt. Jetzt bist du wirklich ein Mitglied der Familie. Herzlich willkommen.

Kurt ist achtzehn Jahre alt und im Lager der Hitler-Jugend. Wann immer es sich einrichten läßt, fährt er mit dem Motorrad zum Mittagessen nach Hause zu den Eltern. Da gibt es wenigstens was Anständiges zu essen. Kotelett mit Bratkartoffeln.

Wer von euch beiden wohl zuerst seinen Teller leer gegessen haben wird? Kurt natürlich. Zwar stopfst du das Essen in den Mund, bis sich die Backen blähen, um dann das Kauen zu vergessen, weil du dem Geschmack des Fleisches, der gebräunten Kartoffeln und den Zwiebeln nachspürst. Derartige Mahlzeiten hast du zuvor nie gegessen.

Und während du noch das Fett der Bratkartoffeln von deinen Lippen leckst, führt Kurt dich durchs Haus. Küche, Speisekammer und Badezimmer kennst du bereits. Aber das Wohnzimmer, das die Gehrens auch als Musikzimmer nutzen, siehst du zum ersten Mal. Dicke Teppiche schlucken das Geräusch deiner Schritte. Inmitten wuchtiger Möbel, umgeben von Büchern, hinter deren Buchrücken die Wände unsichtbar bleiben, bestaunst du neben Cello, Flügel und Geige auch eine Ziehharmonika.

Ob Tante Ella von dir verlangen wird, das Klavierspielen zu lernen?

Kurt glaubt nicht. In letzter Zeit denkt kaum einer in der Familie noch an die Musik. Früher haben sie jeden Abend musiziert. Tante Ella am Flügel. Gerhard am Akkordeon. Harald, sein älterer Bruder, auf dem Cello und er auf der Geige. Seit Harald in Italien an der Front ist und er selber bei der Hitler-Jugend, werden die Instrumente kaum noch in die Hand genommen.

Sollte Harald Glück haben und den Krieg heil überstehen, wirst du ihn kennenlernen, sagt Kurt dir, auf dem Globus in Haralds Zimmer zeigend, wo Italien liegt.

Bestimmt hat er Glück.

Bestimmt wird Harald Glück haben, wiederholt Kurt, die Zimmertür hinter sich schließend, er muß dich ja kennenlernen.

Das muß er unbedingt, grinst du, indem du, über das Treppengeländer rutschend, Kurt hinunter ins Erdgeschoß und über den Hof zur Garage folgst, wo er dir den Gehrenschen Fuhrpark präsentiert.

Das ist der ganze Stolz von Gerhard, lacht Kurt, den Kühler eines Minerva tätschelnd. Eine Spezialanfertigung von Erdmann und Rossi in Halensee.

Ist Halensee auch ein Meer, fragst du aus dem Minerva heraus, wo du hinter dem Lenkrad sitzend Auto fahren spielst.

Nein, das ist ein Stadtteil von Berlin.

Ist Berlin weit weg?

Kurt nickt. Er stülpt dir eine Ledermütze mit Ohrenklappen über und reicht dir eine Lederjacke. Die Kleidungsstücke gehören Harald und sind dir viel zu groß, aber für eine Spazierfahrt bei dem kühlen Frühlingswetter schützen diese Sachen dich besser auf dem Motorrad als die Strickjacke, die du trägst.

Aber du fürchtest dich, auf dem Motorrad mitzufahren. Kurt verspricht dir, langsam zu fahren, und wenn du deine Arme um ihn schlingst, kannst du nicht wegfliegen. Du krallst dich an seiner Lederjacke fest, und los geht es, im Schrittempo, durch die Gassen von Stralsund, zum Hafen, auf den Fischmarkt zu Fischer Mewe.

So viele Fische. Der Geruch raubt dir den Atem. Die Fische stinken. Du hältst dir die Nase zu, derweil Kurt, mit dem Finger auf die jeweiligen Körbe deutend, dir die Namen der Fische nennt, bis er vor einem Korb Krabben stehenbleibt, um dir zu zeigen, wie du die Krabben aus der Schale pulen mußt, bevor du ihr Fleisch essen kannst. Du magst nicht glauben, daß man so etwas essen kann, roh doch schon gar nicht, und weigerst dich, auch nur ein Krabbe zu probieren. Du ekelst dich. Kurt und Fischer Mewe lachen, derweil sie dir vormachen, daß man Krabben sehr wohl roh essen kann.

Igitt.

Roh schmecken sie sogar am besten, versichern sie, ohne dich weiter überreden zu wollen, wenigstens eine Krabbe zu probieren. Du beobachtest, wie Krabbe um Krabbe in ihren Mündern verschwindet, während sie in einem Dialekt, von dem du nur wenige Worte verstehst, über den Fischfang, das Wetter und die neusten Bewegungen an der Front reden. Du bist erleichtert, nicht weiter im Mittelpunkt ihrer Aufmerksamkeit zu stehen, und wendest dich dem Krabbenkorb zu. Du magst nicht glauben, daß die Tiere wirklich nicht mehr leben, und wartest darauf, daß eine der Krabben sich doch noch bewegt. Nachdem du lange geschaut hast und überzeugt bist, daß wirklich keine Krabbe mehr lebt, beschließt du, eine Krabbe zu probieren. Bei geschlossenen Augen und gerümpfter Nase. Das Fleisch ist zart und schmeckt. Lecker, rufst du und greifst schon wieder in den Korb.

Nur zu, lacht Fischer Mewe.

Und während du, eine Krabbe nach der anderen pulend, ihr Fleisch auf deiner Zunge zergehen läßt, verhandeln Kurt und Fischer Mewe über den Preis für die in der Gastwirtschaft benötigte Menge an Krabben, Heringen und Räuscherfisch.

Räucherfisch kann Fischer Mewe nicht verkaufen, auch an Kurt nicht. Den muß er abliefern. Aber sobald er den einen oder anderen Fisch abzweigen kann, verspricht er, wird er es Kurt wissen lassen.

Das ist ein Wort, das die beiden per Handschlag besiegeln, bevor Kurt mit dir auf dem Motorrad weiterfährt, Richtung Schwedenschanze.

Ob er auch nicht zu schnell fährt, erkundigt Kurt sich mehrmals bei dir.

Du verneinst zitternd, erst vor Angst, später vor Aufregung, und dann trommelst du mit den Fäusten auf seinen Rücken und brüllst gegen den Fahrtwind: Schneller, schneller, schneller.

Die Schwedenschanze dürft ihr nicht betreten. Kurt erklärt dir die Hafenanlage, deren Name weit zurück bis in die Zeit reicht, als Stralsund von Wallenstein belagert und dänische und schwedische Truppen halfen, die Stadt erfolgreich zu verteidigen. Du staunst über sein Wissen und über die Schiffe, auf deren Decks die Marinesoldaten zu den gebrüllten Kommandos der Offiziere exerzieren.

U-Boote, Zerstörer, Flugzeugträger, Segelschiffe und Kreuzfahrtschiffe, erklärt Kurt. Die meisten wurden in Saßnitz gebaut. Mit den Kreuzfahrtschiffen durften bis vor wenigen Jahren einfache Leute auf Kreuzfahrt gehen, nun werden die Schiffe wahrscheinlich für Transporte benutzt, sagt Kurt, genau weiß er das allerdings nicht. Seine Augen leuchten, als er dir die Namen der Länder nennt, vor deren Küsten die Kreuzfahrtschiffe einst kreuzten. Südafrika. Griechenland. Spanien. Arabien.

Nie zuvor hast du von diesen Ländern gehört. Du kannst dir weder vorstellen, wo diese Länder sein sollen, noch was an ihnen Besonderes ist, daß die Augen von Kurt so strahlen.

Weil in diesen Ländern vieles anders ist, die Menschen, die Religion, die Art zu leben, die Landschaft, auch das Wetter.

Zu Hause wird er dir die Länder auf dem Globus zeigen, verspricht Kurt, bevor ein Wachtposten der Marine euch befiehlt zu verschwinden.

Kurt wirft den Motor an und fährt mit dir zum Rügendamm. Die einzige Verbindung zur Insel Rügen und nach Schweden. Aber nach Schweden fahrt ihr nicht. Das geht nur mit der Bahn. Und rüber auf die Insel fahrt ihr ein anderes Mal, verspricht Kurt. Er muß zurück zur Hitler-Jugend. Er verfügt gerade noch über das bißchen Zeit, um mit dir am Geländer des Rügendamms zu stehen, auf das Meer und auf die Insel Rügen zu schauen und zu erzählen, was er dir bei eurem Ausflug auf der Insel zeigen wird. Die Ganggräber aus der Bronzezeit, die auf den Höchststand der Sonne zu bestimmten Jahreszeiten ausgerichtet sind. Die Reste der zerstörten Seebrücken, die in dem harten Winter vor zwei Jahren durch den Eisgang zermalmt wurden. Einfach so. Das war ein Schauspiel. Und natürlich mußt du die KdF-Anlage Prora am Strand von Prorer Wiek sehen. Irgendwann, wenn die fertig gebaut ist, sollen da zwanzigtausend Menschen zur gleichen Zeit ihre Sommerfrische verbringen. Im Moment aber weiß niemand, wann die Anlage fertig sein wird. Vor zwei Jahren sind die Arbeiter von der Baustelle abgezogen und zum Militär einberufen worden. Seitdem ist da nichts mehr passiert. Nun stehen da acht sechsgeschossige Häuser von je fünfhundert Meter Länge nebeneinander. Das ist gigantisch.

Zu gigantisch für dich, um dir das vorstellen zu können.

Das ist ungefähr zweimal so lang, wie der Rügendamm lang ist, erklärt Kurt, und der ist zweieinhalb Kilometer lang.

So ein langes Haus kannst du dir erst recht nicht vorstellen.

Kurt lacht. Dann muß er dir unbedingt das Seebad Saßnitz mit der Strandpromenade und dem Hafen zeigen. Früher sind die Eltern dort oft mit Harald und ihm zum Baden hingefahren. Das geht nun nicht mehr. Die Kurhäuser werden als Lazarette genutzt. Eigentlich ist die ganze Insel ein einziges Lazarett, lacht Kurt.

Sein Lachen gefällt dir nicht. Es ist ein trauriges Lachen.

Du ziehst eine Hand aus der Tasche der Lederjacke und hältst sie ihm wie eine gewölbte Schale unter die Nase.

Nun gefällt dir sein Lachen. Daß du Krabben hast mitgehen lassen. Wie hast du denn das gemacht?

Du errötest. Das bleibt euer Geheimnis, ja?

Kurt fährt dir mit der Hand über den Kopf. Du bist ihm eine.

Und während ihr Krabben pult, von denen du die Taschen der Lederjacke vollgestopft hast, fährst du mit den Worten von Kurt gemeinsam mit ihm auf dem Motorrad über die Insel Rügen, vorbei an rohrgedeckten Gehöften, Gutsherrenvillen und weiß getünchten Häusern mit hölzernen Vorbauten, deren Veranden und Balkone mit girlanden- und blütengeformten Schnitzereien verziert sind und Namen wie Villa Heimchen, Sanssouci oder Seemannsruh tragen. Du besuchst das Jagdschloß Granitz bei Putbus, das Wasserschloß Spyker, den Leuchtturm am Kap Arkona und die Kreidefelsen, die Wissower Klinken, den Königsstuhl und die Viktoriasicht, wo an manchen Tagen das Meer in der Farbe von frisch gesprossenem Blattgrün leuchtet. Capri des Nordens, lacht Kurt mit Sehnsucht im Blick, diese Worte hat Fontane der Effi Briest in den Mund gelegt.

Du kennst weder den einen noch den anderen Namen.

Effi Briest ist ein Roman, den Fontane geschrieben hat.

Und Capri?

Das ist eine Insel, die zu Italien gehört.

Da leuchten auch deine Augen.

Auf der Rückfahrt klammerst du dich an Kurt, scheust nicht den Körperkontakt, preßt dein Gesicht an seinen Rücken, schließt die Augen und lächelst. Du hast es gut getroffen mit den Gehrens. Und den Kurt, den hast du bereits in dein Herz geschlossen. Mit so einem Bruder, was kann dir da noch passieren?

LISA IST ein Zwilling. Ihr Zwillingsbruder hat sich wenige Monate nach der Geburt im Kinderwagen stranguliert. Lisa, die neben ihm lag, hat mit den Figuren gespielt, die an einem Gummi quer im Kinderwagen gespannt waren, dabei hat sich der Gummi gelöst, ist dem Bruder irgendwie um den Hals geraten.

Das ist deine Erinnerung. Eine Erinnerung, die Lisa traurig stimmt und ihr vermittelt, schuld am Tod des Bruders zu sein. Deine Erinnerungen sind meistens traurig und nie frei von Schuld. Trotzdem mag Lisa es, wenn du von früher erzählst, aus der Zeit vor dem Heim.

Deine Erinnerungen macht Lisa zu ihren Erinnerungen. Erinnerungen an jene Zeit, in der sie Windeln trug, am Schnuller nuckelte, das Sprechen und Laufen lernte. Wenn du nur öfter von früher erzählen würdest.

Du bist eine schweigsame Mutter. Du redest selten, und noch seltener sprichst du von vergangenen Zeiten. Und wenn du davon erzählst, wiederholst du die wenigen Erinnerungen, die du bereit bist, Lisa mitzuteilen, wiederholst sie, als müßtest du dich vergewissern und dich und Lisa überzeugen, so ist es gewesen. Genau so. Niemals erzählst du aus deinem Leben, bevor du mit Lisa schwanger gingst, nie erwähnst du die Zeit, in der du eine Frau, ein junges Mädchen, ein Kind warst.

Wo bist du groß geworden? Wo bist du zur Schule gegangen? Hattest du viele Freunde? Wieso hat Lisa keinen Opa und keine Oma, keinen Onkel und keine Tante? Wieso besteht die Familie nur aus dir und Lisa? Wo sind deine Eltern?

Tot.

Wo liegen sie begraben?

Das weißt du nicht. Es war Krieg. Lisa soll nicht so viele Fragen stellen. Du willst deine Ruhe, du bist müde, du hattest einen anstrengenden Tag.

NACHTS MÜSSEN die Fenster verdunkelt sein. Kein Lichtstrahl darf nach außen gelangen, dem Feind in der Luft signalisieren, dort ist Leben. Du hörst das Knattern der Flaks, das bereits beim leisesten Gebrumm der aufziehenden, feindlichen Geschwader einsetzt, die vom Meer kommend, über Stralsund hinweg, ins Innere des Deutschen Reiches fliegen.

Rostock ist eine der ersten Städte, wo die Bomben abgeworfen werden, versucht Gerhard dir deine Angst zu nehmen. Die Angst bleibt. Die Bomben werden bestimmt auch da fallen, wo du bist, in der Altstadt von Stralsund. Du weißt, die Bomben fallen überall. Die Flüchtlinge erzählen davon und noch anderes.

In manchen Nächten liegst du wach, hörst auf die Geräusche im, vor und hinter dem Haus, bis du eine Erklärung für sie findest. Trotzdem, deine Furcht weicht nicht. Dabei weißt du, kein Fremder wird ins Haus gelangen. Bis vor kurzem waren sämtliche Zugänge zum Haus und zur Gastwirtschaft über Nacht unverschlossen. Nun werden die Türen bereits am frühen Abend von Gerhard verschlossen und verriegelt, richtig verrammelt, wegen der Flüchtlinge.

Die Stadt ist voll mit Flüchtlingen, und täglich werden es mehr. Die meisten wollen weiter. In den Westen. Stralsund ist für sie Durchgangsstation, wo sie sich erholen und Kräfte sammeln für die Strapazen, die ihnen bevorstehen. Aber viele Flüchtlinge bleiben. Viele wollen oder können nicht mehr weiter. Die, die weder Schmuck noch andere Wertsachen zum Tausch gegen Nahrungsmittel besitzen, klopfen an die Türen, betteln um Nahrung, bieten ihre Arbeitskraft an für eine Mahlzeit. Jede Arbeit würden sie verrichten, im Haushalt oder auf den Feldern. In der Stadt wird eine Volksküche eingerichtet, wo die Flüchtlinge mittags eine warme Mahlzeit erhalten. Abwechselnd Kohl- und Steckrübensuppe.

Um weder den Neid der Nachbarn noch den der Flüchtlinge zu wecken, packt Tante Ella ihre schicken Kleider weg, kleidet sich wie eine Bauersfrau, und dir befiehlt sie, dich niemals mit einem Butterbrot außerhalb des Hauses zu zeigen. An Essen mangelt es nicht im Hause Gehren.

Daß dem so ist, dafür sorgt auch Harras, dessen Zwinger seit Wochen leer steht. Tag und Nacht streift Harras frei herum, bewacht die Beete, die Obstbäume, schlägt an und beißt zu, sobald die Hand eines Fremden nach den Früchten greift. Kaum ist etwas reif, ist es bereits von dir gepflückt und von Tante Ella eingekocht, getrocknet, gelagert oder eingetauscht. Alles wird verwertet. Die Regale in der Speisekammer biegen sich unter der Last. Mit ihren guten Beziehungen hat Tante Ella sogar Einkellerungskartoffeln organisieren können.

Die Angst, der kommende Winter könnte ebenso hart wie der zurückliegende werden, treibt sie hinaus aus der Stadt. Den ganzen Tag ist sie mit der Minerva unterwegs, fährt die Gehöfte der umliegenden Dörfer ab, um soviel Lebensmittel wie möglich zu organisieren. Daß sie manch einem Bauern Lügengeschichten erzählt, damit er ihr überhaupt etwas überläßt, na und? Jeder ist sich selbst der Nächste. Das sagt sie auch Gerhard, als es zwischen ihm und Kurt zum Streit kommt, weil Kurt Kohlen »organisiert« hat. Zu der Angst vor dem nahenden Winter stellt sich auch die Angst vor dem nahenden Feind ein. Lang kann der Krieg nicht mehr dauern, hörst du Gerhard immer öfter sagen, die Russen rücken näher.

Tante Ella besorgt Privatkleidung für Gerhard, dessen Kleiderschrank nur Uniformen kennt. Man kann nie wissen. Besser ist besser. Sie verpackt das Silberbesteck, Schmuck, Bilder, die feinen Kleider, sogar Bettwäsche und andere Dinge von Wert, verstaut es in wetterfeste Kisten, die von Kurt und Gerhard des Nachts im Garten, unter den Obstbäumen, vergraben werden.

Und eines Morgens sind Magdalena und Lore auf und davon. Verschwunden mit Lebensmitteln aus der Speisekammer. Einfach abgehauen, mitten in der Nacht. Tante Ella will das nicht verstehen: Die beiden hatten es doch gut bei ihr.

Nun, wo Magdalena und Lore fehlen, mußt du im Haus helfen. Tante Ella schont dich nicht. Du bist erschrocken über die Härte und Unnachgiebigkeit, mit der sie dich in die von dir zu verrichtenden Arbeiten unterweist und kontrolliert. Du verstehst nicht, wieso sie auf einmal so anders zu dir ist. Wer essen will, muß arbeiten! Das sagt sie dir und auch Kurt und Gerhard, als sie ihr zureden, dich zu schonen und wenigstens eine Stunde am Tag mit den Nachbarskindern spielen zu lassen.

Als du hörst, daß die Polizei Magdalena und Lore aufgegriffen hat, glaubst du, alles wird wieder wie früher. Aber Magdalena und Lore kommen nicht zurück. Warum nicht, fragst du Kurt in den einsetzenden Fliegeralarm. Er vertröstet dich: Dafür bist du zu klein, das verstehst du nicht.

Kein Tag vergeht, an dem die Sirenen nicht heulen und den routinierten Tagesablauf unterbrechen. Immer öfter findet der Schulunterricht im Keller statt, wenn überhaupt. Auf den kurzen Wegen vom Haus bis zur Schule und wieder zurück begleitet dich die Angst. Du kennst die Stadt nicht wieder.

Gerüchte brodeln, schüren die nervöse Unruhe. Mißtrauen und Angst sind allgegenwärtig. Soll man oder soll man sich nicht dem Strom der Flüchtlinge anschließen? Jeder versucht vom anderen zu erfahren, ob der etwas weiß, was er noch nicht weiß. Rommel, der Wüstenfuchs, soll sich dem Widerstand angeschlossen und Hitler aufgefordert haben, den Krieg zu beenden. In Moskau sollen 58 000 deutsche Kriegsgefangene in einer Kolonne durch die Straßen geführt worden sein. Paris soll von freifranzösischen und alliierten Truppen befreit worden sein, und Rumänien, das weiß jeder, das ist sicher, hat dem Deutschen Reich den Krieg erklärt. An den nicht enden wollenden Strom der Flüchtlinge hast du dich gewöhnt, aber die Anwesenheit des Militärs ist neu für dich. Auf Befehl des Militärs wird die Gastwirtschaft als Gastwirtschaft geschlossen. Das Mobiliar wird aus der Gaststube entfernt, Flüchtlinge werden dort einquartiert. Und eines Abends, weit nach Mitternacht, wirst du von Gerhard geweckt. Du kannst nicht länger bleiben. Zu gefährlich. Du mußt raus aus der Stadt, zu seinem Bruder aufs Land. Wenn der Krieg vorbei ist, werden sie dich wieder holen.

Du glaubst ihm nicht. Und Tante Ella sowieso nicht. Du bist eine Last. Ein unnützes Ding. Und Kurt, der dich im Beiwagen des Motorrads mit Decken umwickelt, damit du während der Fahrt nicht frierst, dem glaubst du auch nicht, nicht mehr. Du bist überzeugt, die Gehrens wollen dich loswerden, abschieben, dich deinem Schicksal überlassen. Du hast ihnen vertraut. Das tut weh. Weinen wirst du deshalb nicht.

Hat er euer Krabbengeheimnis verraten oder nicht, will Kurt von dir wissen.

Hat er nicht.

Dann mußt du ihm und seinen Eltern glauben. Sie werden dich holen, sobald der Krieg beendet ist. Egal, was immer auch passiert. Wirst du schwören, ihm dieses, sein Versprechen zu glauben?

Du möchtest die Hand zum Schwur erheben und lachen: Ja, ja, du schwörst, du glaubst ihm, du vertraust ihm, du verläßt dich auf ihn, du wirst seine Worte nicht anzweifeln. Aber dir fehlt die Sicherheit. Wenn sogar deine Mutter das an dich gegebene Versprechen nicht eingelöst hat, wie solltest du dann den Worten von Kurt glauben können? Aber die Eindringlichkeit seiner Worte verunsichern dich, und es fällt dir schwer, die Freude darüber zu verbergen, mit welchem Nachdruck er dir zu verstehen gibt, wie wichtig es ihm ist, daß du ihm glaubst.

In der Nacht kommt ihr zügig voran. Mit der aufgehenden Sonne erheben sich die Flüchtlinge von den Nachtlagern, setzen die Flucht fort, ohne gegessen oder getrunken zu haben, vermeiden den Blick zum Straßenrand, wo vereinzelt Menschen liegen, die sich nie wieder erheben werden. Bis zum Horizont reicht der Strom der Flüchtlinge. Hunderte. Tausende. Die wenigsten flüchten im Auto, in von Ackergäulen gezogenen Karren oder auf Traktoren. Die meisten sind zu Fuß. Alte und Junge, die Kinder an den Händen, das Wenige, das sie mitnehmen konnten, in Handkarren, in Bündeln auf dem Rücken oder in Koffern. An den Anblick von Flüchtlingen bist du gewöhnt, aber nicht an das Schweigen, das ihre schlurfenden Schritte begleitet und das auch dann nicht weicht, wenn der Flüchtlingsstrom sich in der Mitte teilt, um

Militärfahrzeuge passieren zu lassen. Panzerkolonnen, Flaks, NSU-Kettenkrafträder, Kradschützen und Kradmelder, Jeeps und Lastkraftwagen, besetzt mit Offizieren und Soldaten. In den Gesichtern der Soldaten spähst du vergeblich nach einem Lächeln. Das macht dir angst. Und Kurt fürchtet um das Motorrad. Was, wenn einer der Offiziere auf den Gedanken verfällt, es ihm unter dem Hintern weg zu konfiszieren? Er beschließt, auf die Nebenstraßen auszuweichen, dort im Strom der Flüchtlinge ist es sicherer, dort fährt kein Militär.

Der Hof von Gerhards Bruder liegt verwaist. Jeder, der zwei Hände und Füße besitzt, ist auf dem Acker. Kartoffeln und Rüben müssen geerntet werden. Auch ihr müßt helfen, nach einer herzlichen, aber kurzen Begrüßung, mit heißem Kaffee-Ersatz und dick belegten Butterbroten. Jede Hand wird gebraucht.

Kurt protestiert, er muß zurück nach Stralsund.

Der Onkel will nicht, daß Kurt fährt. Die Straßen sind überfüllt, und Kurt wird Stralsund erst im Morgengrauen erreichen. Das ist zu gefährlich. In aller Herrgottsfrühe seinetwegen soll Kurt fahren, aber nicht in der Nacht. Er wird ihm eine Bescheinigung ausstellen, daß er bei der Kartoffelernte geholfen hat. Für alle Fälle. Das wird anerkannt, hat absolute Priorität, erklärt der Onkel beim Abendbrot, wo du am Tisch einschläfst. Die körperliche Arbeit an der frischen Luft bist du nicht gewohnt.

Daß der Onkel dich in die Kammer trägt, die für dich vorbereitet wurde, erfährst du von Kurt, der dich in der Nacht weckt, um sich von dir zu verabschieden. Er wird dich holen, sobald der Krieg vorbei ist. Er küßt dich auf die Stirn und bittet Gott, daß er dich das Ende des Krieges unbeschadet überstehen lassen soll.

Das Fernsehen zeigt einen Durbridge-Kriminalfilm. Du liegst auf der Couch, die gleichzeitig auch dein Bett ist. Zigaretten, Aschenbecher und die Tasse Nescafé in Reichweite. Die Beine über der Armlehne des Sessels baumelnd, leistet Lisa dir Gesellschaft. Der Film fesselt ihre Aufmerksamkeit. Sobald du jedoch eine Bemerkung zur Spielhandlung machst oder sie aufforderst, dir die Schachtel Zigaretten aus der Handtasche zu holen, weil die Packung auf dem Tisch leer ist, vergißt sie den Film, dann konzentriert sich ihre Aufmerksamkeit vollständig auf dich. Sie versucht, diese Gelegenheiten, Kontakt mit dir zu haben, auszudehnen, auch wenn sie weiß, daß sich aus deinen hingeworfenen Sätzen kein Gespräch entwickeln wird. Sie genießt deine Anwesenheit. Sie fühlt sich wohl. Es tut ihr gut, daß du da bist, auch wenn du nicht wissen willst, wie sie den Tag alleine verbracht hat, ihr keine Fragen stellst, nicht mit ihr reden, ihr nicht zuhören magst. Sie weiß, du bist müde, erschöpft von der Arbeit. Sie weiß, du willst abschalten, den Tag, die Arbeit vergessen. Du willst deine Ruhe. Sie weiß auch, ohne daß du es erwähnen mußt, daß auch du es magst, wenn sie dir Gesellschaft leistet, stille Gesellschaft, unaufdringliche Gesellschaft.

Deine Einsamkeit wird ihr bewußter, je länger sie bei dir lebt, je mehr sie sich dir annähert, insoweit dein Schweigen es ihr ermöglicht, sich dir anzunähern. An manchen Abenden sehnt sie sich nach einer Annäherung von dir, wünscht sie sich, der Fernseher möge implodieren, damit du mit ihr redest, vielleicht auch mit ihr spielst, »Mensch, ärgere dich nicht«. Wenn Lisa die Flut der Fernsehbilder nervös macht und dein Schweigen unerträglich für sie wird, zieht sie sich zurück. Hoffend, daß du ihren Rückzug nicht bemerkst, ihn nicht vereitelst mit einer jener belanglosen Bemerkungen, deren unausgesprochene Bedeutung ihr befiehlt, in deiner Nähe zu bleiben, geht sie in das Zimmer, das ihr als Schlafzimmer und euch beiden auch als Küche dient. Vor dem Fenster auf der Küchenbank kniend, die Ellenbogen auf das Fensterbrett und das Kinn in die Hände gestützt, betrachtet sie den Sternenhimmel. Ob auf einem der Sterne ein Mädchen lebt, das wie sie in diesem Augenblick zu den Sternen schaut und sich fragt, ob es auf einem dieser Sterne ein Mädchen gibt, das wie sie zum Sternenhimmel schaut? Diese Vorstellung macht sie lächeln.

Wenn sie sich zu weit aus dem Fenster lehnt, fällt sie hinunter und ist tot.

Lisa merkt sich jedes Wort, das du sagst. Die Lehrerinnen in der Schule lehren sie Rechnen, Schreiben, Lesen und Malen, aber keine spricht so wie du. Du lehrst sie deinen Zorn auf die Welt, deine Wut auf die Männer, die dich mißbrauchten, versuchten, deine Persönlichkeit zu zerstören, seitdem du auf der Welt bist. Bereits der Akt deiner Zeugung war ein Mißbrauch an deiner Person. Du lehrst Lisa dein Mißtrauen, deine Angst, lehrst sie das Schweigen, das Alleinsein, die Einsamkeit. Du ermahnst sie, gerade zu sitzen, keinen Buckel zu machen, sich nicht zu krümmen, das Kreuz stets gerade zu halten, sonst wird sie nie einen Mann finden, der sie heiraten wird.

Manchmal, wenn Lisa sich deine Geschichten ins Gedächtnis ruft, wird sie unruhig. Hattest du ihr nicht beim letzten Mal erzählt, daß ihr Zwillingsbruder bei der Geburt gestorben sei, weil Lisa bei dem Versuch, vor ihm das Licht der Welt zu erblicken, ihre Nabelschnur um seinen Hals legte? Aber wieso solltest du lügen? Vielleicht bringt Lisa da was durcheinander, verwechselt oder vermischt deine Erzählungen mit etwas, das sie gesehen, gehört und gelesen hat? Nein, du hast es ihr zuvor so erzählt, das weiß Lisa sicher.

Sie besitzt ein gutes Gedächtnis. Sie erinnert Situationen, Gespräche, Gerüche, Empfindungen, Farben, die Zimmer, in denen sie mit dir gelebt, sich ein Bett mit dir geteilt hat. Das Leben an deiner Seite hat sie gezwungen, ihre Sinne zu trainieren, um sich zurechtzufinden, sich nicht zu verlieren in den ständigen Ortswechseln. Jedes noch so winzige Detail ist in ihr Gedächtnis eingebrannt. Nur fällt es ihr immer wieder schwer, die Erinnerungen in eine zeitliche Reihenfolge zu bringen. In den Jahren, bevor sie mit dir in diese Zweizimmerwohnung unter dem Dach eingezogen und endlich Kontinuität in ihr Leben eingekehrt ist, hat sie zu viele Städte gesehen, zu viele Menschen kennengelernt, zuviel erlebt. Sie hat gelernt, die Versatzstücke ihrer Erinnerung zu strukturieren, indem sie, von einem Erlebnis ausgehend, den Faden zu einem damit einhergehenden Ereignis knüpft. Dann weiß sie sicher, daß die Zeit, wo sie jeden Nachmittag auf dem Stück abgesperrten Strand unter freiem Himmel auf dem Rücken eines Pferdes unter der Anleitung der gut riechenden, stets lächelnden Pferdebesitzerin das Reiten lernte, auf jeden Fall vor ihrem Aufenthalt in den Bergen lag, wo du ihr das Dirndl geschenkt hast.

Das Dirndl besitzt sie nicht mehr. Das mußte sie zurücklassen, wie manch anderes auch bei einem der zahlreichen überstürzten Ortswechsel, manchmal mitten in der Nacht: schnell, schnell. Schnell, bevor Lisas Vater vor der Tür steht, um sie zu holen. Lisa weiß doch, was der Vater ihr antun wird!

Nicht einmal die Zigarrenkiste mit den Glanzbildern kann Lisa mitnehmen. Mit nichts auf dem Leib als dem Schlafanzug, darüber eine Hose, ein Pullover oder eine Jacke, verläßt sie an deiner Hand das Zimmer, die Wohnung, läßt Menschen und Dinge zurück, die ihr ans Herz gewachsen sind. Stets versprichst du, später, sobald sie in Sicherheit ist, wenigstens den Teddybär oder die Puppe zu holen. Du hältst diese Versprechen nie.

Wie war der Name der Stadt, wo Lisa das Dirndl zurücklassen mußte? St. Moritz? Berchtesgaden? Kitzbühel? Wie hieß die Insel, wo die freundliche Frau sie das Reiten lehrte? Norderney? Baltrum? Sylt? War das überhaupt auf einer Insel? Wie war der Name der Stadt, wo Lisa nach einem Streit Rudi, den Nachbarsjungen, zurücklassen mußte, ohne sich wieder mit ihm vertragen zu haben? Wie der Name des Stadtteils, wo sie Shari zurückließ? Shari, die erste und einzige Freundin. Shari, die von gleicher Statur wie Lisa war, mit der sie gemeinsam in deren großelterlicher Wohnung im Wintergarten die Nachmittage verbrachte, schweigend, lachend, träumend, Geheimnisse austauschend, unzertrennlich wie Geschwister.

Lisa durchquert die halbe Stadt. Sie hastet, sie rennt, trotz der Seitenstiche. Sie wünscht, fleht und betet, Shari möge zu Hause sein, im Wintergarten. Shari soll wissen, daß Lisa nicht mehr kommen kann, nicht, weil sie Shari nicht mehr mag, sondern weil sie woanders wohnt, weit, weit entfernt von da, wo Shari lebt. Bis zum Einbruch der Dämmerung sitzt Lisa auf den Stufen zum Wintergarten, sie wartet, weint und fleht: Bitte, Shari, komm, komm jetzt bitte nach Hause, bitte. Lisa weiß, ein zweites Mal wird sie den weiten Weg zu Shari nicht gehen können. Bereits am nächsten Tag wird sie die Stadt endgültig verlassen müssen. Der Vater hat sie ausfindig gemacht. Er ist bereits auf dem Weg, um Lisa zu töten.

Lisa hat dem Vater nichts getan. Wieso verfolgt er sie, zwingt er sie, die möblierten Einzimmerwohnungen, die Städte zu wechseln? Wie lange lebt Lisa an all diesen Orten? Wenige Tage, einige Wochen? Nie länger als ein paar Monate sind die Aufenthalte. Stets sind die Wohnungen in unmittelbarer Nähe zu deiner Arbeitsstelle, oftmals befinden sie sich im gleichen Haus. Ist Lisa zur Schule gegangen? Sie erinnert es nicht.

Aber wie sollte sie sonst in die fünfte Klasse gekommen sein, wo sie jetzt ist? Sie geht gerne in die Schule, auch wenn sie keine Freundschaften schließt. Sie weiß doch nicht, wie lange sie diese Schule besuchen wird. Sie will keine Freundin zurücklassen. Sie will überhaupt nichts zurücklassen, an dem ihr Herz hängt. Sie besitzt keine Puppe mehr und auch keinen Teddy. Sie verweigert die Annäherungsversuche der Mitschüler und deren Freundschaftsangebote, weist jedes Interesse an ihr, jede Aufmerksamkeit zurück, bleibt unnahbar, unerreichbar und sehnt sich nach nichts mehr, als dazuzugehören.

Der Hof von Onkel und Tante Gehren ist riesig, mit Feldern, so weit dein Blick reicht, mit Ställen für sieben Ackergäule, vierzehn Gänse und fünfundzwanzig Kühe, die zweimal am Tag gemolken werden, einer Scheune und einer Hundehütte, in der Hasso, der Schäferhund, wohnt. Du hilfst auf den Feldern und auch beim Melken der Kühe.

Niemand schenkt dir Glauben, als du verkündest, daß du melken kannst. Jeder glaubt, du schwindelst. So ein kleines Mädchen. Als du dir den Melkschemel greifst und dich an die nächststehende Kuh setzt, spürst du, wie alle darauf warten, daß die Kuh nach dir austreten wird. Du betest, daß du es nicht verlernt hast, das Melken, und greifst nach den Zitzen, ziehst, preßt und massierst und lachst, als der erste Milchstrahl unter dem Applaus des Gesindes und der Gehrens in den Eimer spritzt. Ihr Lob läßt dich lächeln. Und das Geschenk der Gehrens, das sie dir für deine Fähigkeit machen, läßt dich tagelang mit geschwellter Brust über den Hof und durch das Leben laufen. Die Gehrens schenken dir symbolisch die Kuh Luise, die fortan nur von dir und keinem anderen gemolken werden darf.

Die Gehrens vertrauen dir, verlassen sich auf dich. Auch Luise, die Kuh, vertraut dir. Manchmal peitscht sie dir den Schwanz um die Ohren, schaut sich nach dir um und bläst dir ein langgezogenes Muh entgegen, als wolle sie dich auffordern, nun melk mal ein bißchen schneller. Aber Luise scheint zu wissen, daß du mit deinen kleinen Händen mehr Zeit zum Melken benötigst als die Erwachsenen. Auch der Knecht, der die frisch gemolkene Milch in Milchkannen zum Dorfplatz fährt, wo sie mit den Kannen der anderen Bauern von einem Lastkraftwagen in der Früh abgeholt und am Nachmittag die Kannen wieder geleert abgeladen werden, wartet geduldig, bis du mit dem Melken fertig bist.

Du fühlst dich wohl bei Onkel und Tante Gehren. Dir geht es gut. Du darfst endlich Mädchen sein, so wie du Mädchen sein willst. Ein Mädchen mit schulterlangen Haaren, das Hosen trägt, über Zäune und auf Bäume klettert. Du bekommst gut und reichlich zu essen, mußt nicht so hart arbeiten wie bei Tante Ella und besuchst sogar regelmäßig die Schule. Eine Einklassenschule nach Alter gestaffelt.

Der Krieg ist weit weg. Nur das entfernte Brummen der Geschwader, das in manchen Nächten zu hören ist, erinnert daran, daß Krieg herrscht, und die Flüchtlingskinder in der Einklassenschule, deren Eltern auf den Höfen Arbeit und Unterkunft gefunden haben.

Die Dorfkinder meiden die Flüchtlingskinder, dich aber nehmen sie in ihrer Gemeinschaft auf. Schließlich bist du mit dem Onkel und der Tante verwandt, und das ist etwas anderes als die Dahergelaufenen. Dich holen die Dorfkinder zum Spielen ab, und dich weihen sie in ihre Pläne ein, die du bald mit ihnen gemeinsam ausheckst, wenn ihr euch am Nachmittag auf dem Dorfplatz trefft, wo ihr die leeren Milchkannen mit den Handkarren einsammelt, um sie zurück zu den Höfen zu bringen. Für jeden Schabernack bist du zu haben. Nur wenn es heißt: Flüchtlingskinder verprügeln, da machst du nicht mit. Die können doch nichts dafür, daß sie kein richtiges Zuhause mehr haben. Diese Worte hat Kurt dir eingeschärft. Du vergißt seine Worte, als es im Winter darum geht, den einzigen Hügel vor dem Dorf für eure Schlittenfahrten und Rutschbahnen vor den Flüchtlingskindern zu verteidigen. Da lieferst du dir Seite an Seite mit den Dorfkindern eine erbitterte Schneeballschlacht mit den Flüchtlingskindern, die in einen regelrechten Schneeballkrieg ausartet und deren Sieg ein für allemal euren Besitzanspruch an den Hügel klarstellt.

Als einer der Dorfjungen sich auf den zugefrorenen See wagt, um für euch herauszufinden, ob das Eis schon trägt, und er bei diesem Versuch einbricht, bis zu den Hüften ins Wasser sinkt und du ihn mit auf den Hof zu den Gehrens nimmst, damit seine Sachen trocknen und seine Eltern nichts davon erfahren, die ihn windelweich prügeln würden, da hast du auch einen wirklichen Freund unter den Dorfkindern gefunden.

An so manchem Winterabend trittst du in feuchter, beschmutzter und zerrissener Kleidung, den Schlitten im Schlepptau, den Heimweg an. Nie hörst du ein ermahnendes Wort von Onkel oder Tante Gehren. Nie wirst du gerügt oder bestraft, und nicht ein Mal wird dir gesagt, das tut ein Mädchen nicht. Vielleicht weil die Gehrens selber keine Kinder haben oder du von dir aus gerne tust, was die Gehrens von dir erwarten. Du hilfst, wo du helfen kannst.

Besonders in der Vorweihnachtszeit bei den Vorbereitungen für das Weihnachtsfest. Du hilfst die Gänse nudeln, sie zu rupfen und die Federn zu splissen, damit sie verkauft werden können. Du hilfst beim Brot-, Stollen-, Plätzchen- und riesige Bleche Streuselkuchenbacken und begleitest den Onkel auf dem Pferdeschlitten in den Wald, um den Weihnachtsbaum auszusuchen, den er mit der Axt fällt, nachdem er sich mehrmals bei dir vergewissert, ob es auch wirklich diese Tanne sein soll.

Anstatt gleich zurück zum Hof zu fahren, lenkt der Onkel den Schlitten ins Dorf vor die Dorfwirtschaft. Da steht ein Pferdeschlitten neben dem anderen, beladen mit Weihnachtsbäumen, derweil die Bauern in der Schankstube hocken, um den jährlichen Weihnachtsumtrunk zu halten. Spät am Abend mußt du, unter den vom Onkel mit schwerer Zunge gesprochenen Anweisungen, den Schlitten zum Hof lenken. Der Onkel ist zu beschwipst, um die Zügel halten zu können. Und obwohl er dich lobt, wie gut du die Pferde zu lenken verstehst, wirst du das Gefühl nicht los, daß die Pferde von sich aus wissen, wohin.

Am Tag des Heiligabends herrscht Hektik im Haus und auf dem Hof. Die Ställe werden ausgemistet und mit frischem Stroh ausgelegt. Im Haus wird geschrubbt, gefegt und gekocht. Kein Fremder, der zum Fechten den Hof betritt, wird an diesem Tag abgewiesen. Du hilfst, was und wo du helfen kannst, und wirfst jubelnd das Stroh in die Luft, als Kurt auf dem Motorrad in den

Hof einfährt. Er kann doch das Weihnachtsfest nicht ohne seine kleine Schwester feiern. Die Tante befiehlt: Zuerst einmal muß Kurt in die Wanne, ein heißes Bad nehmen und einen heißen Grog trinken, durchgefroren, wie er ist. Kurt hat ja ganz blaue Hände, und an der Nase ist der Rotz gefroren. Die Tante bringt literweise Wasser zum Kochen. Dir fällt siedendheiß ein: Du hast kein Geschenk für Kurt. Für den Onkel und die Tante hast du, unter der Anleitung einer Magd, einen Kranz aus getrockneten Blumen und Ähren gebastelt. Tage hat es gedauert, bis der Kranz fertig war. Du bist verzweifelt. Du willst Kurt etwas schenken und weißt nicht was. Der Onkel weiß Rat.

Auf dem Pferdewagen fahrt ihr ins Dorf, zum Schmied, in dessen Schmiede der Onkel, zwischen Schrott- und Ersatzteilen, nach etwas sucht, was er dir nicht verraten will, bis er fündig geworden ist. Er will nicht, daß du dich zu früh freust. Du schaust skeptisch, als der Onkel auf einen angerosteten Auspuff zeigt.

Über den soll Kurt sich freuen?

Und wie er sich freuen wird. In diesen Zeiten ist es unmöglich, einen Auspuff für ein Motorrad aufzutreiben. Fast unmöglich, lacht der Onkel. Natürlich müßt ihr die Roststellen mit Sandpapier abschmirgeln und den Auspuff danach mit einem weichen Tuch zum Glänzen bringen, bis eure Gesichter sich darin widerspiegeln. Dann aber könnt ihr ihn in Packpapier einwickeln, verschnüren und zurück zum Hof fahren, wo der Onkel dir hilft, den Auspuff unter deinem Bett zu verstecken.

Erst die Tiere, dann der Mensch, erklärt die Tante am Abend, als du mit ihr und dem Gesinde durch die Ställe gehst, um die Raufen mit Futter zu füllen. Dir ist feierlich zumute. Nur, wo bleibt Kurt?

Er wird schon noch kommen, versichert die Tante.

Als alle in der Stube vor der festlich geschmückten Tafel versammelt sind, ergreift der Onkel das Wort, um sich, auch im Namen der Tante, beim Gesinde und dir für die über das Jahr geleistete Arbeit zu bedanken. Seine Worte berühren dich. Du möchtest weinen.

Da wird die Tür zur Stube aufgestoßen, und herein spaziert der Weihnachtsmann mit einem prall gefüllten Leinensack. Nie zuvor hast du den Weihnachtsmann gesehen. Eigentlich glaubst du auch nicht, daß es ihn wirklich gibt. Aber da vor deinen Augen marschiert er in der Stube umher, um unter dem ausgelassenen Gelächter aller seine Geschenke zu verteilen. Du lachst, als er in den Sack schaut, ob er da wohl auch ein Geschenk für dich hat. Du kennst seine Stimme. Doch bevor du die Identität des Weihnachtsmannes mit deinem Dank für das Geschenk ausposaunen kannst, hat er die Stube bereits wieder verlassen, und der Onkel erinnert dich an dein Geschenk für Kurt. Mit seiner Hilfe holst du den Auspuff aus deinem Zimmer, um ihn Kurt zu überreichen, der bei deiner Rückkehr in der Stube sitzt.

Seine Freude über dein Geschenk ist echt. Immer wieder versichert dir Kurt, daß es eines der schönsten Geschenke ist, die er jemals erhalten hat, bis er dich drängt, doch endlich dein Geschenk auszupacken, weil er neugierig ist, was der Weihnachtsmann dir wohl gebracht hat. Filzstiefel! Mollig warme Filzstiefel. Zwar sind die Stiefel ein bißchen zu groß, aber mit einem zweiten Paar dicker Socken wirst du darin laufen können.

Dann wird das Weihnachtsessen aufgetragen. Knusprig gebratene Gänse, Rotkohl und Kartoffelklöße. Da wird zugelangt, geschmatzt und gelacht und geredet. Über die neusten Ereignisse im Dorf, über den Winter, der viel zu früh einsetzte und viel zu kalt ist, über die Not der Flüchtlinge und einzelner Familien im Dorf, über den Verlust von Vieh durch Diebstahl, wer an der Front gefallen und wer vermißt wird und daß der Krieg wohl nicht mehr lange dauern wird, wo die Franzosen und die UdSSR den Beistandspakt geschlossen haben.

Kein weiteres Wort will die Tante über den Krieg hören. Nicht an diesem Abend, andernfalls droht sie, wird es keinen Stollen und auch keinen Bohnenkaffee geben, wo sie doch die Bohnen extra für diesen Abend aufgespart hat.

Du weißt, die Erwachsenen werden später darüber reden. Wenn du und die anderen Kinder in den Betten liegen, nach der Mitternachtsmesse in der winzigen Dorfkirche, wo die Einheimischen im Chorgestühl auf den Stammplätzen sitzen, derweil die Flüchtlinge gedrängt bis an die Kirchenpforte stehen, werden sie bis zum Morgengrauen in der Stube beisammensitzen und diskutieren, sich mit besorgten Gesichtern beraten, wie, was vor dem nahenden Feind, dem Russen, zu retten ist. Und im Wissen darum, daß sie die Frauen vor dem Russen nicht werden schützen können, werden sie beschließen, die eigenen Frauen zu schwängern, damit sichergestellt ist, daß kein russischer Bastard das Licht der Welt erblickt.

WILL LISA jeden Tag Wasser aus der Leitung trinken?

Lisa liebt es, Leitungswasser zu trinken. Im Heim ist das verboten.

Es ist Besuchstag. Am See sitzt du neben Lisa auf einer Bank und wiederholst deine Frage. Das ist deine Art, Lisa zu fragen, ob sie mit dir kommen will. Du mußt ihren Verstand ablenken, mußt ihre Gedanken mit etwas beschäftigen, auf das Lisa sich freuen kann, damit sie dir nicht die Fragen stellt, die du fürchtest: Wohin wirst du sie mitnehmen? Wieso holst du sie nicht aus dem Heim, wie die anderen Mütter ihre Kinder aus dem Heim holen? Mit einem Koffer für Lisas Sachen. Dann kann sie sich von allen auch verabschieden.

Du fürchtest ihre Fragen ebenso wie ihre Reaktion auf deine Antworten, ihr Nein, wenn du ihr erklären mußt, wieso sie zwar mit dir kommen, aber nicht bei dir bleiben kann, zu fremden Menschen soll, nur für eine Zeit, eine Zeit, die du zeitlich nicht begrenzen kannst. Einige Monate werden es sicher sein. Vielleicht sogar ein halbes Jahr.

»Komm«, sagst du, Lisa bei der Hand nehmend, um sie zum Bahnhof zu führen. Ab heute darf Lisa soviel Wasser aus der Leitung trinken, wie sie will.

Sitzt Lisa erst einmal im Zug, wirst du ihr erklären, daß sie fürs erste bei fremden Leuten unterkommen wird. Im Zug kann Lisa nicht weglaufen. Sie wird weinen, enttäuscht und wütend sein, sie wird deinen an ihr begangenen Betrug spüren, sich von dir verraten fühlen, aber sie wird sich fügen. Sie muß sich fügen. Sie weiß nicht, daß dein Verrat ihrem und auch deinem Schutz dient. Du hast Angst um sie, um dich, erklären kannst du ihr das nicht. Wie sollte sie begreifen, daß du auf deinem Lebensweg in Fallen getreten bist, aus denen du immer noch nicht frei bist. Sie ist zu jung, um zu verstehen, daß ein Leben stets auch durch die vorherrschende politische Situation beeinflußt wird. Sie wird deinen Verrat vergessen, deine Erklärung glauben, mit der du ihre Entführung aus dem Heim rechtfertigen wirst. Sie muß dir glauben. Du fürchtest das Urteil, das sie über dich fällen könnte, später, wenn sie erwachsen sein wird. Du hast keine andere Wahl. Lisa auch nicht. Sobald der Zug fährt, wird Lisa gezwungen sein, deine Entscheidung zu akzeptieren.

SCHAREN VON Flüchtlingen passieren das Dorf. Sie wollen über die Elbe. Da kann der Russe nicht hin. Da sind die Amerikaner. Lieber zu den GI's als den Russen in die Hände fallen. Die Russen schießen auf alles, was sich bewegt, sie plündern, zerstören und vergewaltigen alles, was einen Rock trägt, egal wie alt. Barbaren ohne Gewissen, ohne Moral. Das sind keine Menschen. Das sind Tiere. Die Berichte der Flüchtlinge schüren die Angst im Dorf und auf den Höfen.

Nachts verschwinden die Männer mit Spaten und Hacke in den Wäldern, bauen unterirdische Bunker. Bis auf einige wenige Tiere, die wird der Russe ihnen doch sicher nicht nehmen, wird das Vieh geschlachtet. Kisten, Kästen, Truhen mit Wertsachen und Lebensmitteln gefüllt werden in den getarnten Erdbunkern versteckt. Menschen verschwinden über Nacht. Verstecken sich in den Wäldern oder schließen sich dem Strom der Flüchtlinge an. Auch die Familie deines Freundes ist eines Tages verschwunden.

Vor der Nacht seiner Flucht kommt er abends zum Hof der Gehrens, um sich von dir zu verabschieden. Seine Eltern wollen versuchen, das Ruhrgebiet zu erreichen. Das darfst du aber niemandem erzählen. Das soll euer Geheimnis sein. Wieso darf das niemand wissen? Er kann es dir nicht erklären. Die Eltern haben es ihm befohlen. Sie haben Angst. Angst um ihr Leben und um das seine. Niemand im Dorf soll davon erfahren. Die Eltern schämen sich.

Auch du schämst dich für den Verrat, den du an deinem Freund begehst. In der Nacht liegst du mit dem Onkel und der Tante sowie zwei weiteren Familien in der Nähe vom elterlichen Hof deines Freundes auf der Lauer, darauf wartend, daß sie endlich den Hof verlassen. Kaum hat die Nacht die Flüchtenden verschluckt, holen die Männer das zurückgelassene Vieh aus den Ställen, derweil du gemeinsam mit den Frauen alles aus dem Haus und vom Hofe trägst, was von Nutzen sein könnte. Im Morgengrauen ist der Hof deines Freundes ratzekahl geplündert, und die anderen im Dorf rätseln, wie die Familie das alles hat mitnehmen können.

Und dann ist er da, der Russe. Am frühen Morgen marschiert der Russe ins Dorf und übt Vergeltung für die Zerstörung seines Landes, den Tod seiner Volksgenossen, der Schande, die seinen Frauen und Kindern angetan wurde, indem er das tut, wovon die Flüchtlinge euch berichteten. Er mordet. Er plündert. Er zerstört. Er brennt nieder. Er vergewaltigt. Und er raubt dem Dorf die Männer.

Zusammengetrieben wie eine Herde Vieh, werden die Männer, alt und jung, unter scharfer Bewachung aus dem Dorf geführt. Auch der Onkel wird abgeführt. Die Frauen erfahren nicht, wohin der Russe die Männer entführt, für wie lange der Russe ihnen die Männer raubt, was der Russe den Männern antun wird. Im Laufschritt aus dem Dorf. Wer zurückbleibt, das Tempo nicht hält, wem die Kraft versagt, wer strauchelt, wer unter dem Hunger, dem Durst zusammenbricht, wird erschossen. Die Männer spüren das. Sie schauen nicht zurück, wenn ein Schuß fällt.

Der Russe beschlagnahmt den Hof von Onkel und Tante Gehren. Du und die Tante, ihr müßt auf dem Hof bleiben. Im Kuhstall müßt ihr leben. Das Wohnhaus beansprucht der Russe für sich. Euch ist es verboten, das Haus zu betreten. Ihr friert. Ihr habt Hunger. Die Erdbunker hat der Russe wahrscheinlich nicht entdeckt. Aber die Erdbunker könnt ihr nicht erreichen. Zu gefährlich. Jeder Versuch, sich vom Hof, aus dem Dorf zu entfernen, wird als Fluchtversuch ausgelegt. Dann wird geschossen.

Die Tante traut sich nicht raus aus dem Stall. Aber du. Du hast Hunger. Du weißt, der Russe hockt in der Stube und ißt. Du willst auch essen.

Du stehst in der Stube und schaust dem Russen zu, wie er ißt. Du sagst kein Wort. Was sollst du auch sagen? Der Russe redet eine Sprache, die du nicht verstehst. Und ob der Russe deine Sprache versteht? Dir knurrt der Magen. Der Speichel läuft dir im Mund zusammen. Du bittest stumm, mit den Augen.

Der Russe redet über dich. Ohne daß du seine Worte verstehst, weißt du, der Russe lacht über dich. Das ist dir egal. Du hast Hunger. Du willst essen. Aber du sprichst das nicht aus. Du schaust auf das Brot und die Wurst in der Hand des Russen.

Ein Russe schmeißt dir einen alten Kanten Brot vor die Füße. Bevor du dich danach bücken kannst, schnappt ein anderer Russe dir den Kanten lachend vor der Nase weg. Er hebt seinen Fuß, zeigt auf seine dreckigen Stiefel und dann auf den Kanten. Du verstehst: Wer essen will, muß arbeiten. Du ziehst ihm die Stiefel aus und putzt sie, putzt seine Stiefel, wie du nie zuvor einen Schuh, einen Stiefel geputzt hast. Der Russe ist zufrieden. Den Kanten aber bekommst du nicht. Den bekommst du, nachdem du auch die Stiefel der anderen geputzt hast. Das wird ein tägliches Ritual. Es rettet dich und die Tante vor dem Verhungern.

Der Russe duldet dich. Er lehrt dich, »ja« und »nein« und »bitte« und »danke« in seiner Sprache zu sagen, und erlaubt dir, dich im Haus und auf dem Hof frei zu bewegen. Du bist sein Haustier. Du amüsierst ihn. Du bist ein lustiger Zeitvertreib in der erschöpfenden Eintönigkeit dieses grausamen, sich dem Ende zuneigenden Krieges. Der Russe spielt mit dir, auch indem er dich provoziert. Das erfaßt du intuitiv. Aber du bist zu jung, um besonnen und klug auf seine Provokation zu reagieren, als der Russe den Schäferhund mit den Worten »Goebbel-Schnauze, du« vor deinen Augen erschießt.

Du wirfst dich dem Russen entgegen, trittst und boxt und beschimpfst ihn weinend, dich sämtlicher Kraftausdrücke bedienend, die du kennst.

Der Russe schüttelt dich ab wie einen Hund, einen lästigen Floh und hält dich auf Distanz mit seiner Waffe, deren Mündung auf dich zielt. Du weißt, wenn der Russe schießt, wird es dich nicht mehr geben. Dann bist du nicht mehr da. Dann liegst du da im Schnee neben dem Hund, und dein Blut wird den Schnee rot färben. Dann bist du tot. Das Totsein macht dir keine angst. Aber die unbegreifbare Selbstverständlichkeit, daß der Russe auf dich schießen kann, das ist dein Entsetzen. Du erstarrst. Du siehst seinen Finger sich um den Abzug krümmen, sein Blick, der dich fixiert, das Zucken in seinen Mundwinkeln und seine Lippen, die sich öffnen. Der Russe grinst.

Intuitiv grinst du auch.

Der Russe schießt. Mit einer schnellen Bewegung, die dir unendlich langsam erscheint, hat er die Hand mit der Waffe hochgerissen. Der Schuß knallt dir in den Ohren. Die Kugel verfehlt dich um ein Haar. Der Russe wirft lachend den Kopf in den Nacken und geht ins Haus, gibt den Blick frei auf die Tante, die in der Stalltür steht, die Hände vor dem Mund. Sie weint. Du stehst im Schnee und rührst dich nicht. Du begreifst nicht und fühlst eisige Kälte zwischen den Beinen. Deine Hose ist naß. Du hast dir in die Hose gemacht und hast es nicht einmal gemerkt.

Der Russe verläßt den Hof. Auf Befehl räumt er die Stube für seine Offiziere. Die Offiziere bewohnen die Zimmer über der Stube. Die Offiziere dulden dich und die Tante in der Kammer neben der Küche. Die Offiziere geben der Tante Nahrungsmittel. Dafür muß die Tante den Offizieren täglich zwei Mahlzeiten kochen. Es ist ihr erlaubt, von den Nahrungsmitteln zu nehmen, was sie für euch benötigt.

Die Offiziere richten im Dorf eine Kommandantur ein. Auf ihren Befehl werden vier Russen erschossen, die bei Vergewaltigungen erwischt wurden. Und die Dorfbewohner treiben eine der ihren unter Steinwürfen aus dem Dorf, nachdem die Offiziere ihr Haus bis an die Decke mit Lebensmitteln vollgestopft vorfinden. Die Offiziere teilen die Lebensmittel unter sich und den Dorfbewohnern auf. Und auf Befehl der Offiziere kehren die Männer ins Dorf zurück. Nicht alle. Aber der Onkel ist dabei.

Wo die Männer sind, die nicht zurückkamen?

Dafür bist du zu klein, das verstehst du nicht, sagt der Onkel.

Aber im Dorf wird gemunkelt: nach Rußland verschleppt. Gulag. Arbeitslager. Sibirien.

Die Offiziere verlassen den Hof, das Dorf, ziehen weiter. Westwärts. Ihre Panzer folgen. Täglich rollen die Geschütze durch das Dorf, ohne anzuhalten. Nur die Kommandantur der Russen, die bleibt.

Im Dorf hört man: Der Krieg ist zu Ende, das Deutsche Reich besiegt. Das Deutsche Reich gibt es nicht mehr. Genaueres weiß niemand. Im Dorf gibt es kein Radio mehr. Das hat der Russe mitgenommen, wie manch anderes auch das, was niet- und nagelfest war. Das Dorf ist auf Gerüchte angewiesen und weiß nicht, ob es die Gerüchte glauben kann. Der Führer tot? Unmöglich. Bestimmt ist der gesamte Führungsstab auf und davon, nach Südamerika mit Bergen von Gold. Sicher wird der Führer zurückkehren und den Russen vertreiben. Das Dorf bedarf dieser Hoffnung, um sich mit der Anwesenheit der siegreichen Besatzer abzufinden.

Die russische Kommandantur regelt das öffentliche Leben im Dorf. Die russische Kommandantur befiehlt die verspätete Aussaat auf den Feldern, die Registrierung sämtlichen Viehs sowie die Abgabe des Erwirtschafteten zum Nutzen der Allgemeinheit. Und die russische Kommandantur befiehlt ein zusätzliches Unterrichtsfach für euch Kinder: Russisch.

Ihr weigert euch, Russisch zu lernen. Ihr stört den Unterricht oder bleibt ihm fern. Den Russischlehrer könnt ihr nicht leiden. Die anderen Lehrer mögen ihn auch nicht. Niemand mag ihn. Wenn der Russischlehrer sich bei den Eltern über euer Betragen beschwert, schlagen die Eltern die Hände über den Köpfen zusammen, diese Rabauken. Sie versichern dem Russischlehrer, das wird nicht wieder vorkommen. Euch aber halten sie an, es nicht allzudoll zu treiben, derweil sie nach den Messern greifen, um das Vieh zu schlachten, das sie ohne Wissen der russischen Kommandantur in geheimen Verstecken halten. Ein Teil des Fleisches ist für den Eigenbedarf bestimmt, das restliche Fleisch verkaufen sie unter der Hand an die Heerscharen der Fechtenden oder tauschen es gegen ein Radio, Schmuck oder anderes.

Die russische Kommandantur befiehlt das Dorf in den Gemeindesaal. Das Dorf muß sich Filme anschauen: Baracken, von Maschendraht umzäunt. Gaskammern. Massengräber. Menschen, kahl geschoren, bis auf die Knochen abgemagert, in Sträflingskleidung, mit einem gelben Stoffstern da, wo das Herz schlägt.

Die Bilder erschrecken dich. Und die Worte des Kommentators machen dir angst. Vergast. Erschossen. Verhungert. Ermordet. Du verstehst die Worte, aber du begreifst ihren Sinn nicht. Das Dorf soll das mitzuverantworten haben? Wer, wo, was, wann, wieso? Der Onkel? Die Tante? Der Schmied? Jeder im Dorf, in den Städten, im ganzen ehemaligen großdeutschen

Reich soll daran beteiligt gewesen sein. Aber der Onkel und die Tante haben das Dorf doch nie verlassen. Und die Gehrens in Stralsund? Nie hast du sie über Juden reden hören, über Pogrome, Reichskristallnacht, Buchenwald. Warschauer Ghetto, Bergen-Belsen. Auch im Dorf hast du nie jemanden davon sprechen hören. Da sitzt du zwischen dem Onkel und der Tante unter den Dorfbewohnern im Gemeindesaal und verstehst nicht. Das Dorf schweigt. Das Gesicht vom Onkel ist versteinert. Die Tante weint.

Warum weint die Tante?

Das verstehst du nicht, dafür bist du zu klein.

Wann weinst du? Wenn du oder ein anderer dich verletzt, wenn dir etwas weh tut oder wenn du für etwas, das du wider besseres Wissen getan oder geduldet hast, das du oder ein anderer getan hat, von dem du weißt, daß es unrecht ist, zur Rede gestellt wirst und die Strafe fürchten mußt. Dann weinst du.

Kohlen gibt es nicht. Nicht im Dorf, nicht in der Stadt. Aber das Dorf besitzt Wälder. In den Öfen werden die Wälder verfeuert. In der Stadt verfeuern sie Schränke, Kommoden, Tische und Stühle. Alles was brennt. In der Stadt sind Hunger und Kälte allgegenwärtig. In der Stadt erfrieren und verhungern die Menschen. In der Stadt plündern die Menschen die Wohnungen Verstorbener. Stehlen alles, was das Überleben sichert. Viel ist es nicht. Und lang hält es nicht vor.

In Scharen strömen die Menschen aus den Städten ins Dorf. Die Züge sind voll. Die Menschen hängen an den Waggons, sitzen auf den Dächern der Züge, auf den Puffern zwischen den einzelnen Waggons. Fahrkarten werden weitergegeben, oder die Menschen fahren schwarz. Jeder will ins Dorf, um Lebensmittel zu kaufen oder zu tauschen. Selbst wenn der wenige Besitz nur für einen Rucksack Kartoffeln reicht. Wer nichts besitzt, bietet seine Arbeitskraft für eine Unterkunft und eine Mahlzeit an oder stiehlt.

Im Dorf werden Menschen erschossen, die beim Stehlen erwischt werden. Die Hunde sind scharf, laufen frei herum, schlagen sofort an, warnen die Bauern, die ihre Höfe Tag und Nacht bewachen. Das wissen die Menschen aus der Stadt.

Für eine Wurst oder ein Brot bringen sie dich um, warnen die Tante und der Onkel. Deshalb nie, und noch einmal, nie darfst du außerhalb des Hauses essen oder Essen bei dir haben. Auch nicht in der Schule. Und nie darfst du jemandem erzählen, daß es Vieh bei dir auf dem Hof gibt, die Speisekammer voll ist und du stets genug zu essen hast. Unter gar keinen Umständen. Verstehst du. Der Hunger verwandelt die Menschen in Tiere.

Das erzählt auch Kurt, der kommt, um sein Versprechen einzulösen. Er will dich mitnehmen in die Stadt. Zurück nach Stralsund.

Du willst nicht. Du willst bei dem Onkel und der Tante bleiben. Du willst nicht in die Stadt. Die Stadt macht dir angst. Du willst nicht verhungern. Willst nicht erfrieren. Bei dem Onkel und der Tante hast du es gut. Da fühlst du dich wohl. Da hast du deinen Platz. Im Dorf hast du deine Freunde. Du willst bleiben. Willst nicht fort.

Auch der Onkel und die Tante wollen, daß du bleibst. Bei ihnen lebst du sicherer.

Aber du mußt zurück nach Stralsund. Gerhard hat Ärger, weil er deine Kleider- und Lebensmittelkarten abholt und einlöst, obwohl du gar nicht in Stralsund bist.

Warum fahrt ihr mit dem überfüllten Zug und nicht mit dem Motorrad?

Es gibt kein Benzin, und das Motorrad mußte Kurt verstekken. Der Russe hätte es sonst beschlagnahmt. Das Motorrad ist ein Reichtum. Der Russe will nicht, daß Kurt oder ein anderer ein Motorrad, ein Auto, ein Haus oder sonst irgend etwas besitzt. Das ist wie bei dem Onkel mit dem Vieh und den Feldern. Niemand darf mehr etwas besitzen. Auch die Minerva und das Leichtkraftrad vom Harald hat Kurt verstecken müssen. Dem Harald geht es gut. Harald hat Glück gehabt. Er lebt. Er ist in Palermo im Gefangenenlager. Aber vielleicht kommt er bald nach Stralsund. Kurt hat da was munkeln hören. Der Harald wird die Stadt kaum wiedererkennen. Die Jakobikirche und ein Teil der Altstadt sind zerstört. Aber der alte Marktplatz und das Rathaus mit der Nikolaikirche haben die Bombenangriffe unbeschadet überstanden. Auch das Haus der Gehrens ist unversehrt.

Der Torbogen, durch den du vom Marktplatz aus den Hof der Gehrens betreten konntest, ist mit Brettern vernagelt. Den Hof und den Garten kannst du nur noch über die Küche erreichen. Und in der Fensterfront, der ehemaligen Gaststube, gibt es einen zusätzlichen Eingang. Den darfst du nicht benutzen. Die ehemalige Gaststube ist nun in vier Zimmer unterteilt. Da leben Einquartierte, vier Familien. Auch im Dachstuhl leben nun Einquartierte. Eine Familie und eine alleinstehende Dame. Und die Garage dient als Stall. Da wohnen zwei Schweine und drei Ziegen. Der Zwinger steht leer. Harras läuft frei herum. Er fällt jeden Fremden an, der versucht, den Garten oder den Hof zu betreten.

Dich erkennt Harras sofort. Du tätschelst und streichelst sein mattes Fell. Mager ist er geworden. Du kannst seine Rippen sehen. Aber wie Harras sich freut. Der Hund wird nicht müde, dir seine Freude zu zeigen. Nur Tante Ella zeigt keine Freude, dich zu sehen.

Hier wirst du nicht faulenzen wie auf dem Dorf, sind ihre Worte, als du sie am Frühstückstisch wiedersiehst. Sie reicht dir einen Schlüsselbund und befiehlt dir unter Androhung von Strafe, wann und wo immer du ein Zimmer verläßt, die Tür hinter dir zu verschließen. Und da du Kühe gemolken hast, wirst du morgens und abends die Ziegen melken. Die Milch bringst du gleich in der Früh zur Molkerei. Bis halb acht muß die Milch dort abgegeben sein. Das kannst du auf dem Weg zur Schule erledigen. Und nach der Schule holst du die Kannen wieder ab und bringst sie mit heim. Dann wirst du im Haushalt helfen und im Garten. Du wirst buttern, bis dir die Füße, aber vor allem die Arme schmerzen, und wehe, du läßt die Arme ruhn, daß die Butter grießelt, dann setzt es Schläge. Freitags schrubbst du die Treppe vom Hausflur und den Küchenfußboden. Und samstags fegst du die Straße vor dem Haus. Und wehe ...

Es setzt Schläge, Kopfhiebe, Ohrfeigen, Knüffe, wann immer du ihr über den Weg läufst, ohne Rücksicht darauf, wo ihre Hand dich trifft. Sie schlägt zu, egal, was sie gerade in den Händen hält. Ein falsches Wort, eine falsche Miene von dir. Nichts kannst du ihr recht machen. Dabei gibst du dir Mühe, auch wenn dir der Bauch, das Ohr, der Kopf schmerzt oder du Fieber hast. Dann heißt es: Stell dich nicht so an.

Du verstehst nicht, was in sie gefahren ist, und willst nicht glauben, was die Nachbarn sagen: Vor Kriegsende hat Gerhard vergeblich versucht, die Elbe zu erreichen, alleine, ohne sie. Nie mehr siehst du Tante Ella lachen. Stets hält sie die Lippen zusammengepreßt. Die Linien in ihrem Gesicht sind schärfer geworden. Wie mit Bleistift gezogen. Besonders um den Mund. Der ehemals hochmütige Ausdruck in ihrem Blick ist abweisend und kalt. Unnahbar.

Du störst sie. Sie will dich nicht. Du bist ein Esser zuviel. Und ißt für zwei, wirst dennoch nicht satt und mit jedem Tag dünner. Du bist ein undankbares Geschöpf. Wärst du bloß dort geblieben, wo du herkommst. Und du gibst auch noch Widerworte. Aber was kann sie schon von einer erwarten, die da herkommt, wo du herkommst.

Woher kommst du denn?

Bastard!

Onkel Gerhard bemerkt von alldem nichts. Onkel Gerhard arbeitet nicht mehr im Rathaus. Onkel Gerhard arbeitet nirgendwo und ist doch ständig unterwegs, kommt selten nach Hause.

Macht Schwarzmarktgeschäfte in Berlin, sagt Kurt.

Hurt rum, sagen die Einquartierten im Haus.

Wenn Onkel Gerhard dann doch mal nach Hause kommt,

streiten er und Tante Ella, auch mitten in der Nacht, daß du denkst, sie schlagen sich gegenseitig tot, du aus deinem Zimmer in ihr Schlafzimmer rennst, dich zwischen sie wirfst, sie anflehst, aufzuhören. Du kannst es nicht ertragen, wenn sie streiten. Ihre Streitereien sind bedrohlich, machen dir angst. Die Schläge, die Schelte, die Beschimpfungen von Tante Ella steckst du weg, aber wenn sie und Onkel Gerhard sich streiten, dann hast du Angst. Angst um dein Leben. Dann klopft dein Herz bis zum Hals, und du betest, daß sie sich nicht totschlagen, damit du nicht ins Heim mußt.

Es ist für alle eine harte Zeit, versucht Kurt dir ihre Streitereien zu erklären.

Muß Tante Ella dich deshalb so schlagen?

Lügnerin!

Hättest du doch nur den Mund gehalten. Die Schläge bist du gewohnt. Aber die Demütigungen sind neu für dich. Tante Ella stellt dich bloß, wann immer sich ihr eine Gelegenheit bietet. Die Bloßstellungen sind schlimmer als die Schläge. Die tun weh, gehen unter die Haut, verletzen dich bis ins Innerste, rauben dir deine Sicherheit, deine Würde, deinen Stolz. Sie scheint das zu wissen. Allen und jedem erzählt sie, woher du kommst und wieso es dich überhaupt gibt. Daß die Rugge-Zwillinge, so wie andere Kinder aus deiner Klasse, ihre Worte aufschnappen, wenn sie es den Eltern im Beisein der Kinder erzählt, scheint ihr gerade recht zu sein. Die Kinder brüllen dir ihre Worte entgegen, in der Schule, auf der Straße: Bastard. Zuchthaus-Kind. Tochter einer Nazi-Hure.

Mit Worten kannst du dich nicht wehren, aber mit Prügel. Du schlägst, kratzt, beißt, haust drauf, und einen der Rugge-Zwillinge trittst du volle Kanne in den Schritt. Der Tritt sitzt. Eine Woche muß der Zwilling das Bett hüten. Viel zu kurz, findest du.

Die Rugge-Mutter befürchtet das Schlimmste. Sie sitzt bei euch in der Küche und beschwert sich über dich vor der versammelten Familie, fordert für dein Verhalten eine Entschuldigung von dir.

Du willst dich nicht entschuldigen.

Dann mußt du ins Heim, droht Tante Ella.

Lieber ins Heim als eine Minute länger in ihrem Haus, bricht es aus dir heraus. Die Schweine und Ziegen bekommen nicht soviel Prügel wie du, und ein Ackergaul arbeitet auch weniger. Ihr bist du doch herzlich egal. Das einzige, was sie wirklich an dir interessiert, sind deine Essens- und Kleidermarken. Aber was hast du davon? Du heulst vor Wut und vor Schmerzen. Seit Wochen tun dir die Ohren weh, ständig mußt du die Stoffpropfen in den Ohren erneuern, damit die austretende Flüssigkeit dir nicht über den Hals läuft. Das kümmert niemanden. Das einzige, was interessiert: Hast du dieses gemacht? Jenes erledigt? Warum hast du das noch nicht gemacht? Niemand fragt dich, was du möchtest, was du willst, was das da mit deinen Ohren ist. Verdammt, du bist doch erst acht Jahre alt.

Die Rugge-Mutter schaut zu Boden. Tante Ella errötet. Gerhard haut mit der Faust auf den Tisch. Und du fällst um.

Unterernährung und fortgeschrittene Mittelohrentzündung, diagnostiziert der Doktor. Und die Blutergüsse an deinem Körper? Das muß er melden.

Gerhard und Kurt erklären dir, daß jemand kommen wird, um dir Fragen zu stellen. Beide schwören, daß du es besser haben wirst, daß sie und Tante Ella sich mehr um dich kümmern werden, und bitten dich, dem Jemandem nichts zu erzählen. Das schadete dem Ruf der Familie, schmälerte die Vorteile, die sie daraus ziehen und die ihnen sowie dir das Überleben erträglicher machen unter dieser Militärregierung, deren Auswirkungen niemand vorhersehen kann. Auch für dich würde sich die Situation verschlechtern. Wenn du dem Jemand erzählst, was vorgefallen ist, wird der Jemand sicher entscheiden, daß du in ein Heim mußt. Da willst du doch nicht hin, oder?

Du verschweigst und belügst den Jemand, der kommt, um mit dir alleine zu reden, erzählst ihm, daß es dir gut geht bei den Gehrens und die blauen Flecken an deinem Körper von den Rangeleien mit den Jungen aus der Schule stammen, die dich und die anderen Mädchen immer ärgern.

Tante Ella behandelt dich mit kalter Freundlichkeit. Sie schlägt dich nicht mehr und läßt dich auch nicht mehr so viel arbeiten. Nur für die Ziegen bist du nach wie vor zuständig. Sie achtet darauf, daß du ausreichend zu essen bekommst, daß deine Kleider in Ordnung sind, und besorgt Holzpantinen für dich, weil Schuhe nirgends aufzutreiben sind. Von den Einquartierten unbemerkt, läßt sie im Schutz der Dunkelheit Kurt und Harald eine Truhe mit Kleidung ausgraben, um eine von Gerhards alten Uniformhosen für dich umzuändern.

Die Hose darfst du tragen, wann immer du willst. Nur wenn sie dich mitnimmt, Nachbarn oder Freunde der Familie zu besuchen, und sonntags zum Kirchgang, wo sie die Orgel spielt, da will sie, daß du ein Kleid trägst, da besteht sie darauf. Ob ihr euch darauf einigen könnt? Du bist einverstanden.

Der Himmel über dem Bahnhofsviertel ist grau, grau wie die Häuser und der Asphalt. Auch die Kleidung der Fußgänger ist grau. Farben zeigen allein die Schilder und Leuchtreklamen an den Eingängen der Wirtschaften, an denen du mit Lisa an der Hand vorübergehst, bis du vor einer Wirtschaft stehenbleibst, die Tür aufstößt und Lisa hineinschiebst, ins Halbdunkel.

Es riecht nach Zigaretten, Bier und Parfüm. Die Musikbox spielt. Ein Mann und eine Frau tanzen eng umschlungen zwischen Tischen und Stühlen aus Holz. An einem Tisch sitzen Männer und spielen Karten. Am Tresen stehen drei Frauen, wie Lisa sie nie zuvor gesehen hat. Die Männer verstummen unter dem einsetzenden Gelächter der Frauen. Lisa bestaunt die Frauen. Frauen, deren Lippen in den verschiedensten Rottönen leuchten und deren Augenlider hinter dichten, dunklen

Wimpern bläulich schimmern. Diese Frauen sind anders als du. Diese Frauen trinken, tragen bunte Kleider und lachen laut. Du führst Lisa zum Tresen und bestellst eine Fanta für sie. Und während du dich mit einem Mann unterhältst, der dich mit einem Kuß auf die Wange begrüßt, suchen die Frauen das Gespräch mit Lisa, wollen wissen, wie alt sie ist und in welche Klasse sie geht. Sie schenken ihr einen Lippenstift, Bonbons und Groschen für die Musikbox, damit sie eine Musik auswählen kann, die sie mag.

Du hast Lisa nicht zum Musikauswählen in die Wirtschaft geführt. Lisa muß aufpassen, sich genau merken, was du ihr sagst, den Namen des Mannes, der dir die Wange geküßt hat, Hermann, und den Namen des Wirtes, Arthur. Wenn Lisa dort, wo sie auf unbestimmte Zeit leben wird, sich nicht wohl fühlt, die Leute nicht nett zu ihr sind, soll Lisa dem Wirt Arthur Bescheid sagen, daß er den Hermann anruft. Der Hermann wird sich dann kümmern, daß alles wieder in Ordnung kommt.

Wird Lisa sich an deine Worte erinnern? Wird sie tun, was du ihr sagst?

Lisa schwört, weil du es von ihr verlangst, sich an deine Worte zu halten, derweil sie, mit angespannter Miene, an deiner Seite durch die Straßen läuft. Sie muß sich den Weg merken, den du mit ihr gehst und den du nur dieses eine Mal mit ihr gehen kannst, damit sie die Wirtschaft wiederfindet, wenn es sein muß. Ihr Blick hetzt durch die Straßen über die Fassaden der Häuser, sucht nach prägnanten Merkmalen, die ihr Blick fotografieren und gemeinsam mit den Geräuschen und Gerüchen im Gehirn speichern kann, derweil sie die Richtungswechsel auswendig lernt: rechts, zweite Straße links, beim Milchmann links um die Ecke, Hausnummer 17, dritte Etage, linke Wohnungstür, Familie Hempel.

Wie hieß die Wirtschaft noch mal?

Zur Tränke.

Das ist Helene. Ihr Mann Wilhelm ist auf Arbeit. Lisa wird ihn später kennenlernen.

Lisa will Wilhelm nicht kennenlernen. Lisa will nach deiner Hand greifen, um dir zu signalisieren, daß sie weg will, fort aus dieser Wohnung, weg von dieser Frau, so schnell wie möglich. Lisa will nicht an diesem Ort bleiben, nicht auf unbestimmte Zeit, nicht für eine Minute, und schon gar nicht will sie ohne dich bleiben. Sie mag die Wohnung nicht, und Helene mag sie auch nicht. In ihr sträubt es sich. Daß die Haut sich im Nacken rötet und schmerzhaft brennt, ist nicht nur der Ausdruck von Widerwillen, auch die Ahnung einer Gefahr, die von diesem Ort, dieser Frau ausgeht.

Aber Lisa greift nicht nach deiner Hand, klammert sich nicht an dich, fleht nicht, sie von diesem Ort wegzubringen, sie bitte, bitte an diesem Ort nicht allein zu lassen. Lisa schweigt und rührt sich nicht. Sie ahnt, daß sie tun muß, was du willst, daß sie dir keinen Ärger machen darf. Sie weiß, daß du willst, daß sie bei Helene bleiben und Wilhelm kennenlernen muß, weil der Vater sie nicht finden darf. Da steht sie an deiner Seite in der Küche vor Helene und sagt kein Wort, bekämpft das Entsetzen, das ihr mit jedem weiteren Detail, den ihr forschender Blick aufdeckt, die Kehle zuschnürt und den Ekel schürt, den sie empfindet. Ekel vor dem Dreck auf dem Boden, dem Tisch, dem Herd, an den Fenstern. Ekel vor dem Schmier an den Möbeln und den Stäben des Gitterbettes, in dem ein Baby schläft, dem Fett an den Wänden, in der Luft, in Helenes Haaren, auf Helenes Haut, an Helenes schwitzender Hand mit den fleischigen, vom Nikotin vergilbten Zeige- und Mittelfinger, dem Dreck unter den Fingernägeln, Ekel vor Helenes Körpergeruch, vor diesem unter einer schmuddeligen Kittelschürze verborgenen massigen Leib, dem aufgedunsenen Gesicht, in das das kinnlange, glatte, dunkle, in Höhe der Ohren von Haarklammern gehaltene Haar in fettigen Strähnen fällt und das sich ihr bis auf Nasenlänge nähert, während Helene Lisa die Hand reicht, um sie zu begrüßen.

Wilhelm besitzt rote Haare und Sommersprossen. Er ist riesengroß, spricht mit lauter Stimme und ist selten in der Wohnung. Wenn Lisa ihn sieht, vermeidet sie, ihm nahe zu kommen. Wilhelm riecht nach Schweiß und sein Atem nach Bier und Schnaps. Lisa fürchtet Wilhelm. Seine Sprache ist derb und grob. Wilhelm strotzt vor Kraft und ist unberechenbar. Eben noch tritt er gegen das Gitterbett und schreit das Baby an, endlich die Schnauze zu halten, dieses Geschrei hält doch keiner aus, dann schlägt er Helene ins Gesicht, beschimpft sie eine fette Sau, eine dreckige Schlampe, bei deren Anblick jeder Mann das Kotzen kriegt, um im nächsten Augenblick die fleischigen Brüste von Helene unter der Kittelschürze hervorzuholen, ihr zwischen die Beine zu greifen, derweil er die andere Hand in eine der Brüste krallt und in die andere Brust beißt, das hast du doch gerne, du geiles Luder, sag, daß dein Wilhelm der einzige ist, der weiß, wie er es dir richtig besorgen kann. Helene kichert und stöhnt, reibt mit den Händen an Wilhelms Schoß und öffnet den Reißverschluß der Hose, während Wilhelm ihr die Kittelschürze über den Hintern und den Schlüpfer die Schenkel runterschiebt und Lisa anbrüllt: Sie soll verschwinden, wenn sie nicht will, daß er es ihr auch besorgt.

Lisa rennt aus der Wohnung, schlägt die Tür hinter sich zu, flüchtet in das Zimmer, das neben der Wohnung liegt und nur vom Treppenhaus zu erreichen ist und das sie sich, ebenso wie das schmale Bett, mit dem Sohn von Wilhelm teilen muß, diesem mageren, spitzknochigen Sohn, dessen Stimme so piepsig ist, wie alles an ihm, und gegen den sie sich jeden Abend vor dem Einschlafen, wehren muß, weil er seine knochigen Finger unter das Nachthemd von Lisa schieben will, weil sie das doch gerne hat und es für Lisa endlich an der Zeit ist, zu wissen, was sein Vater mit seiner Mutter in der Küche treibt. Lisa boxt, beißt, tritt und schreit, daß er sie nicht anfassen soll. Daß er sie anekelt, sie allein bei seinem Anblick das Kotzen kriegt. Wenn sie spürt, daß sie den Kampf gegen das Knochengerüst verlieren wird, läßt sie sich einfach aus dem Bett fallen, rollt sich auf dem Fußboden zusammen und verbringt die Nacht auf den Holzdielen, ohne Kopfkissen und ohne Decke, manche Nacht schlaflos, aus Angst, das Knochengerüst könnte sie auch auf dem Fußboden bedrängen.

Das Baby schreit. Helene stöhnt und brüllt, ja, gib's mir, und Wilhelm grölt, da, du fette Schlampe, da hast du's, du geiles Miststück.

Lisa will das nicht hören. Sie hockt mit angezogenen Beinen auf dem schmalen Bett, schließt die Augen, beißt sich in die Arme, hält sich die Ohren zu, bis die Oberarme zittern, sie den Druck auf die Ohren nicht länger ausüben kann, beißt sich in die Knie, läßt den Oberkörper vor- und zurückpendeln, um sich zu beruhigen. Sie fragt sich, ob das, was Helene und Wilhelm machen, ein Grund ist, in die Wirtschaft zu laufen, um dem Arthur zu sagen, daß er dem Hermann Bescheid sagen soll. Lisa weiß es nicht. Lisa hat Angst. Wenn sie wegläuft, kriegt sie von Helene eine Ohrfeige und von Wilhelm eine Tracht Prügel, die ihren Körper mit blauen Flecken übersät und ihr Gesicht anschwellen läßt.

Lisa will, daß du das weißt. Lisa will dir sagen, daß sie zurück will ins Heim, daß sie nicht bleiben will, wo du sie untergebracht hast, daß es überall besser ist. Daß sie kaum ißt, kaum schläft, daß sie kochen und einkaufen gehen, sich um das Baby kümmern und dem Knochengerüst das Essen kochen muß, Nudeln mit Tomatensoße, Nudeln in Margarine gebraten, Nudeln, Nudeln, Nudeln, über Wochen und Monate. Daß es neben Nudeln und Brot, mehr Staub in den Regalen und außer Bier, Schnaps und Margarine kaum etwas anderes im Kühlschrank gibt, der so dreckig ist, daß Lisa ihn nur öffnet, wenn es sich nicht vermeiden läßt. Daß sie den Besen nicht mehr zur Hand nimmt, um den gröbsten Dreck zu entfernen, weil Helene sofort demonstrativ auf den Boden ascht, die Füße auf den Stuhl legt und sie Prinzessin rufend darauf hinweist, daß sie da was übersehen hat, was sie doch sicher stören wird.

Daß sie diesen Dreck nicht mehr erträgt und auch nicht diesen Gestank, daß die Brutalität sie verzweifeln läßt und daß du mit den hundertfünfzig Mark monatlich viel zu viel Geld bezahlst, dafür, daß Lisa bei diesen Tieren leben muß. Das alles will Lisa dich wissen lassen. Lisa weiß aber nicht, wo du bist. Du bist irgendwo da, wo Berge sind. Eine Adresse hast du nicht hinterlassen. Lisa ist überzeugt, daß du sie nicht bei dir haben willst, daß du sie verlassen hast.

Helene reißt die Tür auf: Sie und Wilhelm gehen aus. Wann sie zurückkommen werden, wissen sie nicht, vielleicht am späten Nachmittag. Lisa soll dem Baby das Fläschchen machen, und wenn sie gegen Abend nicht zurück sind, soll Lisa auf der Küchenbank schlafen, damit jemand da ist, wenn das Baby brüllt.

Lisa weiß, Helene und Wilhelm gehen trinken, sich die Kante geben, wie das Knochengerüst das nennt, und Lisa weiß auch, daß Helene und Wilhelm danach streiten und sich prügeln werden oder sie windelweich schlagen werden, einfach so, weil sie gerade da ist, weil sie so blöd guckt, mit ihrem Blick alles um sich herum aufsaugt. Weil sie nie sagt, was sie denkt, weil sie die Nase hoch trägt, glaubt, etwas Besseres zu sein, weil sie eigenwillig ist. Obwohl sie tut, was von ihr verlangt wird, sich anpaßt. Weil sie nicht durchschaubar, nicht einzuordnen, immer freundlich ist, weil keine Gehässigkeit sie davon abhält, wenigstens ihren Platz bei Tisch von Krümeln zu säubern, ihn mit einem feuchten Tuch abzuwischen, bevor sie ihre Mahlzeit einnimmt, während sich um ihren Teller herum Zigarettenasche, verschimmelte Speisereste, Kronkorken und benutztes Geschirr von den Vortagen türmt und die Hand klebenbleibt an den auf der Tischoberfläche eingetrockneten Resten verschütteter Getränke und Rübenkrautklecksen. Weil sie nie weint, nie flehentlich darum bettelt, sie nicht zu schlagen. Daß Lisa nie um Liebe bettelt, das reizt die beiden bis aufs Blut, da vergessen sie sich, da könnten sie Lisa totschlagen: dieses eingebildete Blag, die ist doch nicht normal, die ist doch bekloppt, hat nicht alle Tassen im Schrank, minderbemittelt, eine Idiotin, wie sie im Buche steht, die gehört doch in die Klapse, zu den Irren, den Verrückten, die gucken auch so bescheuert wie Lisa, gucken, als gäbe es mehr zu sehen, als zu sehen ist.

Das Baby erwacht. Es weint. Lisa erwärmt die Milch auf dem Gasherd und plappert dem Baby beruhigend zu: Psst, gleich kommt das Fläschchen, nicht weinen, nicht schreien. Da ist es schon, das Fläschchen. Lisa setzt dem Baby das Fläschchen an. Das Baby will kein Fläschchen. Was will das Baby denn? Das Baby plärrt. Lisa singt. Das Baby brüllt. Lisa hebt das Baby aus dem Gitterbett, trägt es im Arm, läuft mit ihm auf und ab, singt, wiegt das Baby im Arm, und das Baby schreit. Lisa weiß nicht, was sie tun soll. Das Baby erhebt die Stimme wie zum Trotz, ob ihrer Hilflosigkeit. Das Schreien macht Lisa nervös. Der Magen zieht sich zusammen. Das Geschrei schmerzt in den Ohren. Lisa ahnt, das Baby hat Schmerzen, helle Schmerzen, stechende Schmerzen. Was soll sie tun? Das Baby schreit, brüllt, eine Stunde, zwei Stunden. Lisa weint, die Nerven liegen blank, sie hält das Baby hoch, nah vor ihr Gesicht, brüllt es an, befiehlt, fleht, bittet das Baby, ruhig zu sein, nicht mehr zu schreien, weil sie doch nicht helfen kann, nicht weiß, was zu tun ist. Das Baby schreit mit geballten Fäustchen und rotem Gesicht. Lisa schüttelt das Baby, brüllt, heult und fleht, es soll still sein. Das Baby schreit. Panik. Wieso ist keiner da? Wieso läßt man sie mit dem Baby allein. Wieso ist keiner da, der weiß, was zu tun ist. Sie will dieses Geschrei nicht mehr hören. Das Baby hat keinen Grund zu schreien. Lisa meint es doch gut mit ihm, will, daß es ruhig ist und am Fläschchen nuckelt, wieso kapiert das Baby das nicht. Sie haßt das Baby, haßt die Eltern, haßt alles um sich herum, haßt dich und sich am allermeisten. Das Blut schießt in den Kopf. Sterne blitzen in den Pupillen. Sie dreht sich im Kreis. Wo ist sie? Was tut sie hier? Wie kommt sie hierher? Sie schreit: Sei still. Sei endlich still.

Das Baby schaut Lisa an. Es schreit nicht, es wimmert nicht, es gibt keinen Laut von sich, schaut Lisa einfach nur an, aus diesen Augen, die sie nie zuvor so weit aufgerissen sah. In der Küche ist es mucksmäuschenstill. Lisa hört das Blut im Kopf rauschen und die Küchenuhr ticken. Wieso tickt die überhaupt noch? Bei dem Dreck. Der muß sich doch zwischen den Zahnrädern festgesetzt haben. Die Uhr dürfte gar nicht mehr ticken können. Und wie kommt das Baby auf den Küchenboden? Sollte Lisa ...?

Das Baby hätte tot sein können, brüllt Wilhelm. Seine Augen sind gläsern vom Alkohol, und die Farbe seines Gesichtes ist rot wie sein Haar.

Sie hat das doch nicht gewollt. Sie weiß doch nicht einmal, wie das passiert ist. Seine Fäuste treffen auf die Arme, mit denen sie versucht, den Kopf zu schützen. Wilhelm schlägt ihr die Faust in den Magen. Sie fällt zu Boden. Er tritt sie, greift nach ihrem Nacken, in ihre Haare, haut ihren Kopf auf den Fußboden, tritt ihr in den Unterleib. Sie blutet aus Nase und Mund. Sie robbt über den Küchenboden zur Tür. Sie muß raus. Raus aus der Wohnung. Wilhelm wird sie totschlagen. Wilhelm reißt sie hoch, wirft sie gegen den Türpfosten, schlägt die Fäuste in ihre Nieren. Sie hält die Hände vor den Magen, wimmert und strauchelt, erreicht gekrümmt die Wohnungstür, reißt sie auf. Er tritt ihr ins Kreuz. Sie fliegt gegen das Treppengeländer, geht in die Knie. Er tritt ihr in den Hintern. Kopfüber fällt sie die Stufen hinunter. Er geht ihr nach, tritt nach ihr, beschimpft sie, tritt sie über drei Stockwerke hinunter ins Erdgeschoß. Sie spürt die Stufen in den Rippen, den Kopf an Wand und Geländer stoßen, nur seine Tritte spürt sie nicht. Sie weint, wimmert, spuckt Blut und Magensaft. Sie muß die Haustür erreichen. Irgendwie. Die Haustür ist die Rettung. Sie hat die Hand bereits auf der Klinke, da packt er sie am Nacken, stößt ihren Kopf gegen das Holz. Sie fliegt auf den Asphalt, schürft sich die Haut an den Innenflächen der Hände und an den Knien auf. Sie spürt das Brennen, rappelt sich auf und rennt und rennt, ohne sich umzuschauen, rennt über die Straße, ohne auf den Verkehr zu achten, rennt, das Blut läuft ihr aus Mund und Nase. Sie sieht die entsetzten Gesichter der Fußgänger, sie rennt: geradeaus, beim Milchmann rechts um die Ecke. Wieso stößt die Zunge vorne ins Leere? Erste Straße rechts, zweite Straße links. Wie hieß die Wirtschaft noch mal?

WER BIST du denn?

Du gehörst zum Haus.

Er auch, lacht Harald, der dir am Morgen in der Küche gegenübersitzt. Du bist also seine kleine Schwester?

Du nickst und bestaunst seine Kleidung. Nicht ein Flicken hält den Stoff zusammen. Und das Leder seiner Schuhe glänzt. Die sehen aus wie neu. Wie kriegt er das hin?

Die sind neu, lacht Harald, italienische, handgearbeitet.

Harald ist dir sympathisch. Er hat ein nettes Lachen und weiß viel zu erzählen, von Italien, wo die Menschen mit Händen und Füßen reden, von seiner Freundin in Palermo und dem Handel, den er in Italien mit den Alliierten betreibt, deshalb kann er sich auch so schöne Sachen leisten. Harald spricht nie über den Krieg oder seine Zeit als Soldat an der Front. Und wenn Kurt dem Harald erzählt, wie die Nazis beim Einmarsch der Russen zum Fischereihafen flüchteten, wo sie sich im Speicher vom Kaufmann Reese verbarrikadierten, derweil der Reese auf dem Dach des Speichers bereits die weiße Fahne hißte, winkt Harald ab. Von alldem will er nichts wissen. Er will nicht in Stralsund bleiben, nicht unter den russischen Machthabern leben. Er will nach Italien zu seiner Freundin. In Italien fühlt er sich wohl. Da ist er auch besser versorgt mit seiner Malaria, die er aus dem Krieg mitgebracht hat. Außerdem ist das Klima in Italien besser.

Harald kann Stralsund nicht verlassen. Er muß bleiben, kann nicht zurück nach Italien. Die Russen verweigern ihm die Ausreise. Aber Harald glaubt, eines Tages wird er schon wegkommen aus Stralsund. Das schreibt er auch seiner Freundin in Palermo. Die Freundin antwortet ihm, ermutigt ihn, die Flucht zu wagen, und erwähnt die Dinge, die sie ihm mit dem nächsten Paket schicken wird.

Wenn die Pakete bei Harald eintreffen, sind sie geplündert. Auf Haralds Nachfrage bei der Post erklärt der zuständige Beamte, das machen die Russen. Als du Harald erzählst, daß die Tochter des Postbeamten in neuen roten Stiefeln zur Schule kommt, weiß Harald, es sind nicht die Russen, die seine Pakete plündern. Die roten Stiefel sollten ein Geschenk für dich sein. Die Stiefel sollst du auch noch bekommen, wirst schon sehen. Wie Harald in den Besitz der Stiefel kommt, verrät er dir nicht; das ist Männersache.

Aber die Stiefel passen dir nicht. Viel zu groß. Du schenkst sie Tante Ella.

Zweimal in der Woche fahren die Gehren-Männer mit dem Zug nach Berlin. Auf dem Schwarzmarkt tauschen sie Kartoffeln und Fleisch, das Kurt vom Onkel auf dem Land holt, die mit Wasser verdünnte Ziegenmilch, die ihnen die Molkerei zum Eigenbedarf beläßt, und Eingemachtes von Tante Ella gegen andere notwendige Dinge wie Stoffballen, Kleidung jeglicher Art, Werkzeug und Medikamente für Haralds Malaria.

Du erwartest die Rückkehr der Gehren-Männer stets mit Ungeduld und der bangen Frage, ob sie beim Handel auf dem Schwarzmarkt erwischt wurden oder ob sie heimkehren und dir etwas mitbringen werden. Die Gehren-Männer bringen dir immer etwas mit. Ein paar Schuhe, die du nur sonntags und zu besonderen Anlässen tragen darfst, damit sie länger halten. Schuhe sind Mangelware. Eine Hose, in der du die Bäume erklettern kannst, ohne daß der Stoff der Hose gleich reißt. Und einmal überraschen sie dich mit einer Apfelsine. Du verdrehst die Augen, ob des köstlichen Geschmacks, da sind die Gehren-Männer bereits wieder unterwegs, um in Stralsund ihre Geschäfte zu machen.

Gerhard organisiert zwei Fahrräder. Ständig ist jemand mit dem Fahrrad unterwegs, sammelt Beeren, Pilze, Reisig und späht nebenbei aus, wo es was gibt und was wo am notwendigsten gebraucht wird, um daraus persönlichen Nutzen zum Vorteil der Familie zu ziehen.

Die Molkerei beschwert sich, daß der Pflichtteil der an sie abzuliefernden Ziegenmilch zuwenig Prozente enthält. Tante Ella pariert die darin unterschwellig ausgesprochene Beschuldigung des Panschens: Woher die Prozente kommen sollen ohne Kraftfutter? Worauf die Molkerei die Genehmigung erteilt, die Ziegen auf den Wiesen am Bahndamm weiden zu lassen. Frechheit siegt, triumphiert Tante Ella ohne ein Lächeln. Und derweil die Ziegen sich am Bahndamm die Mägen vollschlagen, mähst du mit den Gehren-Männern die Wiesen mit der Sichel, um Heu für die Tiere zu haben.

Die Gehren-Männer schärfen dir ein, zu niemandem über ihr geschäftiges Treiben oder über die Schweine zu reden, die sie, ohne Wissen der Russen, in der Garage mästen. Ihre Ermahnungen sind überflüssig. Jeder in der Stadt mästet Tiere und treibt Tauschhandel. Die herrschende Not, der Mangel an allem zwingt sie dazu, läßt ihnen keine andere Wahl. Nicht alle sind bei ihren Geschäften so erfolgreich wie die Gehrens. Und wie du weiß auch jeder andere: Wird er erwischt, geht's ab nach Sibirien. Und diejenigen, die einen ordentlichen Beruf erlernt haben, sieht man nicht wieder. Die anderen, oft noch halbe Kinder, kaum älter als du, kommen nach Wochen oder Monaten aus dem Gefängnis, kahl geschoren, abgemagert und vorbestraft für den Rest ihres Lebens. Selbst die Kleinsten kennen das Risiko. Trotzdem hilft jedes Kind, wo und was es kann, weil es von der Mutter dazu angehalten wird, die fehlende Arbeitskraft des aus dem Krieg nicht heimgekehrten Vaters zu ersetzen. In den meisten Familien fehlen die Väter. Entweder sind die Väter im Krieg gefallen, im Gefangenenlager oder im Gefängnis, weil sie unter den Nazis schlimme Dinge taten. In der Schule reden die Kinder oft von den Vätern, an die sie sich vage erinnern und auf deren

Rückkehr sie an der Hand der Mutter am Bahnhof oft vergeblich warten, wo wieder ein Zug mit Heimkehrern eintreffen soll.

Ist ein Vater aus dem Krieg heimgekehrt, erzählt manch ein Kind, daß den Vater Alpträume quälen, daß er nachts schweißgebadet erwacht oder erst gar nicht einschlafen kann, daß der Vater sich nicht zurechtfindet in den herrschenden Verhältnissen, die so anders sind, als er sie gewohnt war oder erwartet hat, daß der Vater wie gelähmt zu Hause sitzt und es oft zum Streit mit der Mutter kommt. Und wenn ein Vater sich davonschleicht, sagt auch schon mal ein Kind: »Gut, daß der weg ist, ein Esser weniger.« Dann lachst du. Aber wenn ein Vater durchdreht und abgeholt werden muß, um in ein Haus für Bekloppte eingesperrt zu werden, verstummst du.

Kurt baut einen Anhänger für das Fahrrad und bringt dir das Fahrradfahren bei, damit du beim Organisieren helfen kannst. Ständig bist du auf dem Fahrrad mit dem kleinen Anhänger unterwegs. Weil Harald, Gerhard oder Kurt dich losschikken, um bei jemandem etwas abzuholen oder abzuliefern. Deine Touren sind nicht ungefährlich, aber jeder weiß, daß die Russen kinderlieb sind. Unter der Militärregierung hat es seit Kriegsende keine Übergriffe auf Kinder gegeben. Nur beim Anblick der jungen Mädchen und Frauen, da werden die Russen immer noch wild, sagt man.

Besser, du weißt nicht, was du da mit dem Rad durch die Stadt fährst. Dann brauchst du nicht zu lügen, wenn die Russen dich erwischen, sagen die Gehrens.

In der Stadt will niemand etwas mit den Russen zu tun haben, und um das Theater hinter dem Kniepertor, wo die Russen die Kommandantur errichtet haben, schlägt jeder einen Bogen. Auch du umfährst das Theater weitläufig, wenn du mit dem Fahrrad unterwegs bist: Johanniskloster, wo die mittellosen Alten auf dem Räucherboden in winzigen Kammern leben, die sie nur verlassen, um die Kochstellen auf dem Gang des Räucherbodens aufzusuchen, und wo im Erdgeschoß des

Klosters in den Bogengängen Holzverschläge für die Flüchtlinge errichtet wurden. Die Spielkartenfabrik am Kütertor. Die Knochenmühle außerhalb der Stadt Richtung Prohn. Die ehemalige Essig- und Konservenfabrik. Die Kaffeefabrik. Die Porzellan- und Kachelfabrik, aus der die Fayencen stammen, die in Kisten verpackt immer noch im Garten vergraben sind. Am Frankensportplatz vorbei, wo ehemalige Arbeitssportler den Platz instand setzen. Bald kennst du jede Straße, jede Gasse in der Stadt und jeden Schleichweg, der dich an den russischen Kontrollen vorbeiführt. Das gefällt dir. Das ist lustig. Das ist wie Versteckspielen. Und wenn du doch wider Erwarten auf einen russischen Kontrollposten stößt, benutzt du die Worte, die du bereits aus dem Russischunterricht kennst, dem du nun mit Aufmerksamkeit folgst. Du bist stolz, wenn du den Posten mit deinem Geplapper von deiner Fracht auf dem Anhänger ablenkst oder ihm auf dem Fahrrad davonfährst wie am Güterbahnhof in der Frankenvorstadt, wo du eines Abends einen offenen Kohlenwagen entdeckst, der unbewacht zu sein scheint. Du schiebst dein Fahrrad auf die Gleise, schichtest hastig die Briketts auf den Anhänger und fährst so schnell davon, wie die Last es dir möglich macht.

»Steu, steu«, brüllt ein Posten.

Du pedalst, was du kannst, drehst dich nicht um und betest, daß es bereits zu dunkel ist, um Zielscheibe für die Schüsse aus seiner Kalaschnikow zu sein, dir kein Reifen platzt und du das Tempo halten kannst. Das »Steu, steu«, sitzt dir im Nacken, und die Angst verleiht dir ungeahnte Kräfte.

Daheim empfangen die Gehrens dich mit Vorwürfen, die sie beim Anblick der Kohlen augenblicklich einstellen. Die Kohlen werdet ihr im Winter brauchen können. Nur eins mußt du Gerhard versprechen, derartige Diebstähle darfst du nie wieder begehen. Zumindest nicht alleine.

Von den Einquartierten unbemerkt, versteckt ihr die Kohlen im Keller, wo Kurt dir den Ofen zeigt, den er fertig gebaut haben will, bevor der Winter einbricht. Ein dickes, aufrecht stehendes Rohr, in das er unten ein halbrundes Loch geschnitten hat, wo im Winter ein Holzpfahl hineingeschoben werden soll. Oben ist das dicke Rohr zu, bis auf eine kleine runde Öffnung. Dort wird er das Abzugsrohr installieren, erklärt Kurt.

Du schaust skeptisch. Das soll funktionieren?

Zwar wird der Ofen die Hitze nicht halten, aber das Rohr wird sich erwärmen und eine unheimliche Hitze abgeben. Ihr werdet es in der Küche bullig warm haben, und die Einquartierten werden sich den Arsch abfrieren, grinst Kurt. Wirst schon noch sehen.

»Prügelst du dich denn gar nicht mehr?« will die Frau vom Amt wissen, die gekommen ist, um zu kontrollieren, wie es dir bei den Gehrens geht.

Was sollst du ihr antworten? Sollst du erzählen, daß die Rugge-Zwillinge dich in Ruhe lassen, weil sie keine Zeit mehr haben, dich zu ärgern, da sie ständig unterwegs sind, um für sich und die Mutter das zum Überleben Notwendige zu organisieren, seit der Russe ihnen das Haus und auch den Vater genommen hat, weil er ein hohes Tier unter den Nazis war, und sie von den Einquartierten nur auf dem Dachboden geduldet werden?

Da stehst du, bis auf die Unterhose entkleidet, und lächelst: Im Moment ist Ruhe. Durchgesetzt hast du dich.

Die Frau vom Amt lächelt nicht. Mit einem Blick auf Tante Ella stellt sie fest, daß du immer noch zu mager bist.

Aber du ißt für drei, und wachsen tust du schließlich auch, stehst du Tante Ella zur Seite, der die Worte zu ihrer Verteidigung fehlen.

Kannst dich wieder anziehen, befiehlt die Frau vom Amt. Sie wird veranlassen, daß du in der Schule Schwedenspeisung und Tante Ella für dich Bezugsscheine für Kleidung und Schuhe erhält. Ein Mädchen sollte nicht in Hosen herumlaufen.

Aber du trägst gerne Hosen. Und Schuhe mit Igelitsohle willst du nicht. Im Sommer schwitzen die Füße darin, und im

Winter frieren sie darin fest. Außerdem bietet die Igelitsohle keinen Halt bei Eis und Schnee. Da wirst du ausrutschen und dir womöglich die Knochen brechen. Das weißt du von Kurt.

Was für ein vorlautes Mädchen du bist. Du weißt wohl nicht, daß die Deutschen den Krieg verloren haben?

Und ob du das weißt!

SONNTAG vormittag fährst du mit Lisa im Zug zur Mutter von Hermann. Bei Markklößchensuppe, grünen Bohnen, Kartoffeln und Fleisch mit reichlich Soße sitzt ihr im Wohnzimmer am gedeckten Tisch, vor dem laufenden Fernseher, der das Sonntagskonzert überträgt, und wartet auf Hermann, der in der Wirtschaft beim Frühschoppen ist. An manchen Sonntagen wartet ihr mit dem Essen vergeblich auf ihn.

Wenn Hermann endlich kommt, hat er eine Fahne, und die Schüsseln sind leer bis auf den einen Teller Markklößchensuppe, den er löffeln muß, egal wie lang seine Fahne ist, da besteht die Mutter von Hermann drauf, sonst ist sie beleidigt und weint. Nach dem Essen liegt Hermann auf der Couch und schläft seinen Rausch aus. Derweil steht die Mutter von Hermann in der winzigen Küche und spült das Geschirr, während Lisa und du in den Sesseln sitzt und euch langweilt. Du hast es aufgegeben, der Mutter von Hermann deine Hilfe anzubieten. Das ist ihre Küche, und so alt ist sie noch nicht, daß sie die Küchenarbeit nicht allein bewältigen könnte.

Nach dem Essen würdest du mit Lisa gerne wieder nach Hause fahren, die Füße hochlegen. Aber du weißt inzwischen, daß es kein Leben ist allein mit Lisa. Und Hermann und du, ihr seid immer noch nicht verheiratet, und ohne das Einverständnis seiner Mutter wird es keine Hochzeit geben. An der Mutter von Hermann kommst du nicht vorbei.

Das weiß auch die Mutter von Hermann. Sie hat Hermann im Griff. Seit Jahren versteht sie es zu verhindern, daß du ihre Schwiegertochter wirst. Du bist geschieden und hast eine unehelich geborene Tochter, das ist unvereinbar mit ihrem katholischen Glauben. Ihr Sohn ist ein guter Sohn. Er hätte eine anständige Frau verdient. Eine Frau, die er kirchlich heiraten kann. Eine Frau, die von ihrem Hermann zu Recht im weißen Kleid vor den Altar geführt wird. Sobald sie spürt, daß ihr Hermann ihr zu entgleiten droht, braucht sie nur zu weinen und vom Krieg zu erzählen, der ihr den Mann und ihm den Vater raubte. Die Mutter von Hermann weiß, Hermann ist ihre wichtigste Waffe im Kampf mit dir um ihn.

Vertreiben kann sie dich nicht. Lächerlich ist diese Art des Kampfes, die aber gefährlicher ist, weil sie das Ziel nicht verfehlt. Trotzdem ist die Mutter von Herman ein Fliegengewicht. Du hast andere Kämpfe ausgestanden. Das braucht sie nicht zu wissen. Vielleicht ahnt sie es. Aber das interessiert dich nicht. Zwei bis drei Stunden mußt du mit Lisa in ihrer Wohnung vor dem laufenden Fernseher ausharren. Manchmal auch vier oder fünf Stunden, wenn sie dich einlädt, noch bis zum Kaffee zu bleiben. Sie ist beleidigt, wenn du sie auf der Zitronenrolle, dem Windbeutel und der Schwarzwälderkirschtorte sitzen läßt, die sie doch extra für dich und Lisa beim Bäcker gekauft hat.

Tu ihr den Gefallen, bittet Hermann dich. Sie soll sich an dich und Lisa gewöhnen, sich damit abfinden, daß es dich und Lisa in seinem Leben gibt.

Die Wohnzimmeruhr tickt. Der Fernseher läuft. Frühschoppen mit Werner Höfer. Sonntag für Sonntag das gleiche Programm. Hermann schnarcht. Der Wellensittich zwitschert. Und ihr schweigt euch an. Zwar stimmst du mit ihr darin überein, daß der Höfer keinen Persilschein hätte bekommen dürfen, aber sonst hast du ihr nichts zu sagen. Sie dir auch nicht, und Lisa hat sie erst recht nichts zu sagen bis auf: Sie will nicht, daß Lisa Oma zu ihr sagt. Das verbietet sie sich. Lisa darf sie Tante nennen, aber nicht Oma. Sie ist nicht die Oma von Lisa, weil Lisa nicht die leibliche Tochter von ihrem Hermann ist, selbst wenn der Hermann dich eines Tages standesamtlich heiraten sollte, will sie von Lisa nicht Oma genannt werden.

Ihre Worte brennen Lisa auf den Wangen. Sie spürt die Ablehnung. Sie hält die gewünschte Distanz und langweilt sich um so mehr bei diesen Sonntagsbesuchen. Das vom Fernseher begleitete Schweigen macht sie nervös. Sie will reden, will Fragen stellen, will lachen und spielen, will sich bewegen, will die Schränke und Schubladen erkunden. Jeden Sonntag erweitert sie auf ihre beharrliche Art das Terrain, das sie bereits erobert hat.

Im Durchgangszimmer steht Lisa vor dem Küchenschrank, auf dem der Vogelkäfig steht. Sie öffnet das Türchen und hält dem Vogel den Zeigefinger hin. Der Wellensittich hüpft auf ihren Finger. Lisa krault ihm das Köpfchen, derweil sie die Fragen beantwortet, die sie dem Sittich stellt. Der Wellensittich liebt sie. Nein, er liebt ihren Daumen. Er zwitschert, gurrt und schnäbelt mit dem Daumennagel, bis seine Pupillen klein, die Körner ihm aus dem Schnabel fallen und aus seinem Hintern eine milchige Flüssigkeit auf Lisas Handrücken tropft. Igitt, lacht Lisa, was ist denn das?

Durchfall, sagt die Mutter von Hermann, Bubi ist krank, nun laß ihn mal in Ruhe, du regst ihn nur auf.

Lisa setzt Bubi zurück in den Käfig und stöbert im und um den Küchenschrank herum, betrachtet die Tänzerinnen, Tiere und Kerzenhalter aus Porzellan und den anderen Tand, mit dem jede freie Fläche zugestellt ist. Sie nimmt die Gegenstände in die Hand, um sie besser betrachten zu können. Die Mutter von Hermann beäugt ihr Tun. Sie wagt es nicht, ihr Einhalt zu gebieten. Lisa schmeichelt ihr, wie niedlich die Sachen sind. Und die Postkarte? Wo kommt die her? Wer hat die Karte geschrieben?

Ach, die ist von der Mosel, Karlchen hat sie geschrieben, ihr Neffe, den sieht sie alle Jubeljahre mal, er müßte so alt wie Lisa sein.

Mit ihren Schmeicheleien, ihren Fragen überschreitet Lisa die von Hermanns Mutter gesetzten Grenzen. Sie ahnt, einmal erobertes Territorium kann ihr die Mutter von Hermann nicht wieder streitig machen. Zimmer um Zimmer pirscht Lisa vorwärts, öffnet Schranktüren und Schubladen, schaut, welche und wie viele Gegenstände so ein Küchen- und Wohnzimmerschrank beherbergen kann.

Du besitzt nur einen Kleiderschrank, für deine und Lisas Kleidung, und ein Sideboard, in dem die wenigen Handtücher, das bißchen Bettwäsche, einige wenige Fotos und deine Dokumentenmappe untergebracht sind. Das wenige Geschirr, die zwei Töpfe und die eine Pfanne, die du besitzt, stehen gemeinsam mit dem Besteck neben dem Zwei-Platten-Kocher auf dem schmalen Tisch an der Wand im Zimmer von Lisa, das dir und ihr auch als Küche dient.

Lisa wird mutig, sie entzieht sich dem Blick von Hermanns Mutter und betritt das Schlafzimmer. Die dicht gewebten Gardinen vor dem Fenster mit den Gummibäumen auf der Fensterbank absorbieren das Tageslicht. In diesem Zimmer also schläft Hermann, schläft im Ehebett neben seiner Mutter auf der Seite, wo einst sein Vater schlief. Auf dem Nachtschränkchen steht die gerahmte Fotografie des Vaters, zeigt ihn in jungen Jahren und in Uniform. Daneben tickt der Wecker. Auf dem Nachtschränkchen von Hermann liegt ein Stapel Groschenhefte: Geschichten aus dem Wilden Westen, Grusel- und Detektivgeschichten. Drei Hefte kosten eine Mark. Das weiß Lisa, weil sie bei Woolworth diese Hefte für Hermann kaufen muß, wenn er, was selten geschieht, bei dir übernachtet. Ein geblümter Teppichläufer umrahmt das Ehebett, verschluckt die Schritte von Lisa, derweil sie um das Ehebett herum, am Kleiderschrank und der Spiegelkonsole vorbei, zum Fenster geht.

Lisa will die Gardine zur Seite schieben und das Fenster öffnen. Sie wagt es nicht. Sie ahnt, das geht zu weit. Aber das Halbdunkel ist bedrückend. Sie hebt die Gardine an. Hinter den Gummibäumen strahlt der Himmel tiefblau und wolkenlos. Lisa läßt die Gardine fallen. Ihr Blick tastet sich durch den Raum. Soll sie einen Blick in die Schubladen der Spiegelkonsole werfen? Nein, die Geheimnisse der Möbel dieses Zimmers will sie nicht kennenlernen. Aber den Geigenkoffer, oben auf dem Kleiderschrank.

Lisa sitzt auf dem Ehebett und hält die Geige ans Kinn, so wie sie es jeden Sonntag im Fernseher beim Sonntagskonzert in den Nahaufnahmen sieht. Das Holz riecht süß. Sie setzt den Bogen an. Der Mißklang schmerzt in den Ohren. Die Geige ist verstimmt. Aber Lisa weiß, wie eine Geige gestimmt wird. Bevor der Dirigent den Taktstock erhebt, stimmen die Musiker ihre Instrumente. Unzählige Male hat sie in den Nahaufnahmen den Geigern dabei zugesehen. Sie muß nur an den Wirbeln drehen. Millimeter um Millimeter die Saite spannen, sich mit jeder behutsamen Drehung an den richtigen Ton herantasten, von dem sie weiß, wie er klingen muß. Gleich, nur noch den Bruchteil einer Wirbeldrehung, da ist er, der richtige Ton. Sie ist aufgeregt. Sie zittert innerlich. Ihre Hand zittert nicht. Konzentriert, die Sinne zum Zerreißen gespannt, spürt sie der Reinheit des Klangs, dem Vibrieren des hölzernen Klangkörpers nach. Ihr Gesicht glüht. Das Herz schlägt ihr bis zum Halse. Sie schließt die Augen, lacht ein stilles Lachen.

Sie will Geige spielen lernen, will spielen lernen, bis sie die Antwort darauf weiß, ob sie die Geige oder die Geige sie beherrscht, lacht sie im Wohnzimmer dir ins Gesicht.

Lisa spinnt, lachst du.

Und die Mutter von Hermann befiehlt Lisa, die Geige dorthin zurückzubringen, woher Lisa sie unerlaubterweise fortgenommen hat.

Bitte. Auf der Heimfahrt hört Lisa nicht auf zu quengeln. Sie will Geige spielen lernen.

Geigenunterricht ist teuer. Das kannst du nicht bezahlen.

Könnte Lisa nicht einmal in der Woche den Ford Escort von Hermann waschen und sich damit das Geld für den Unterricht verdienen?

Und wer soll die Geige bezahlen, auf der Lisa üben will?

Du könntest die Mutter von Hermann überreden, ihr die Geige zu schenken, zum Geburtstag oder zu Weihnachten. Die Geige wird doch nicht benutzt. Die liegt rum und verstaubt.

Die Geige gehört dem verstorbenen Vater von Hermann. Das ist ein Erinnerungsstück. Davon wird die Mutter von Hermann sich niemals trennen. Lisa soll sich das mit der Geige aus dem Kopf schlagen. Zu teuer. Viel zu teuer. Und jetzt kein Wort mehr davon.

Bitte. Du könntest es wenigstens versuchen, der Mutter von Hermann die Geige abzuschwatzen. Du kannst das. Du schaffst das. Etwas sagt Lisa, daß du das kannst.

Seitdem Lisa bei dir lebt, ist es das erste Mal, daß sie dich eindringlich um etwas bittet, dir anvertraut, daß es etwas gibt, was sie sich sehnlichst wünscht.

Kommt nicht in Frage. Das ist eine fixe Idee. Jahrelanger Unterricht, tägliches Üben. Das hält Lisa doch gar nicht durch. Dazu fehlt es ihr an Ausdauer, lachst du.

Lisa verstummt. Sie weiß, weiteres Drängen ist sinnlos. Sie schaut aus dem Zugfenster und denkt an den Ton der Geige. Du kannst ihr die Geige verweigern, aber die Erinnerung an den Ton wirst du ihr nicht nehmen können. An diesen Ton wird sie denken, wenn die Vor- und Rückwärtsbewegung ihres Oberkörpers an Geschwindigkeit zunimmt und ihr der Sinn für das Gleichgewicht abhanden zu kommen droht, wenn sie der Sehnsucht nachgeben will, sich aufzulösen, sich zu verlieren.

Am nächsten Sonntag, als Lisa aus dem Schlafzimmer ins Wohnzimmer stürzt und sich nach dem Verbleib der Geige erkundigt, lacht Hermanns Mutter, die hat sie dem Karlchen von der Mosel geschickt, der soll mal ausprobieren, ob er nicht vom Fußballspielen zum Geigespielen wechseln will.

DIE GESAMTE Insel Rügen ist militärisches Sperrgebiet. Im Hafen von Saßnitz liegen russische U-Boote und Kriegsschiffe vor Anker. Und am Kreidefelsen wird ohne Vorwarnung geschossen. Niemand außer den Russen darf die Insel ohne Passierschein verlassen oder betreten. Um einen Passierschein für die Insel zu erhalten, braucht es gute Beziehungen. Die besitzen die Gehrens nicht. Nicht mehr. Deswegen kann Kurt dir die Insel nicht zeigen.

Obwohl dir verboten wurde, auch nur in die Nähe des Rügendamms zu fahren, zieht es dich dorthin. Die Erzählungen von Kurt haben deine Neugier geweckt. Du willst rüber auf die Insel. Und eines Tages lenkst du das Fahrrad einfach auf den Rügendamm, pedalst drauflos, dem russischen Kontrollposten direkt vor die Kalaschnikow.

Wo du denn hinwillst?

Du hast keine Ahnung. Aber du erinnerst den Namen des Dorfes, in dem Fischer Mewe lebt, bei dem Kurt vor Kriegsende Fisch und Krabben kaufte: Nach Altefähr zu deinem Onkel!

Der russische Kontrollposten läßt dich nicht passieren. Aber in der Freundlichkeit, mit der er dir dein »Warum denn nicht?« zu beantworten sucht, witterst du die Möglichkeit, ihn umstimmen zu können. Ohne die Folgen deines Geplappers zu bedenken, erzählst du ihm unter Verwendung der dir bereits bekannten russischen Wörter eine herzergreifende Familiengeschichte, die ihn tatsächlich bewegt, dir den Weg freizugeben, dich den Rügendamm passieren zu lassen. Du verkneifst dir das Jubeln und pedalst und pedalst gegen den Wind, schnupperst das Meer und lachst mit den Möwen: wenn du das daheim erzählst.

Du erschrickst, als du das Ende vom Damm erreichst, wo eine russische Militärstreife dich in Empfang nimmt, um dich zum Hause deines Onkels zu begleiten. Dein Herz klopft. Was sollst du tun? Du weißt doch gar nicht, wo Fischer Mewe wohnt.

Du besitzt mehr Glück als Verstand. Als du an der Seite der Russen Altefähr erreichst, eilt dir der Zufall zu Hilfe. Denn als du, um von deiner fehlenden Ortskenntnis abzulenken, auf die Turmuhr der Dorfkirche zeigst, deren Zifferblatt nicht mittig, sondern an den Ecken des Turms angebracht ist, und du deine russischen Begleiter fragst, ob sie das nicht auch lustig finden, kommt Fischer Mewe dir auf der Dorfstraße entgegen. Onkel Mewe, rufst du und fällst dem Überraschten um den Hals.

Bücklinge, Heringe und für jedes Familienmitglied einen Fingeraal, einen Brief von Fischer Mewe für Gerhard, den du unter dem Leibchen hervorziehst, und eine Stange Süßholz, die dir einer der russischen Kontrollposten geschenkt hat. Das ist die Beute, mit der du von deinem Ausflug nach Rügen heimkehrst.

Die Gehrens sind entsetzt, daß du das gewagt hast. Und erstaunt, daß der Russe dich auf die Insel gelassen hat. Dann schimpfen sie. Das, was du getan hast, war gefährlich. In ihrer Schelte liegt die Sorge, was dir hätte zustoßen können. Nur Gerhard schweigt. Sein Blick ruht auf deinem vor Freude und Stolz geröteten Gesicht. Ob du dir das noch einmal zutraust?

Klar. War doch einfach. Die Russen sind gar nicht so, die sind nett.

Du weißt nicht, was du redest, sagt Tante Ella, Barbaren sind das.

Das ist Wahnsinn, protestieren Kurt und Harald, das ist viel zu gefährlich. Damit sind sie nicht einverstanden. Das lassen sie nicht zu.

Aber du fürchtest dich nicht. Wenn Gerhard will, radelst du gleich am nächsten Tag wieder hinüber nach Rügen. Du hast keine Angst.

Du schwindelst. Nur willst du das nicht zugeben. Die Gehren-Männer würden dich nicht fahren lassen. Du willst fahren. Dir zittern die Knie, als du am Rügendamm vom Fahrrad steigst, um den Kontrollposten lachend mit einem Handschlag zu begrüßen.

Pawel, Jurka, Wassili und Jegor sprichst du die Posten schon bald bei ihren Namen an. Sie schenken dir Süßholz, Kommißbrot und manchmal auch eine Schachtel Machorka-Zigaretten für Gerhard. Nur einmal noch rutscht dir das Herz in die Hose, als Pawel um den Fahrradanhänger geht und die Decke zurückschlägt, unter der die prall gefüllte Tasche von Gerhard liegt, die du zu Fischer Mewe transportieren sollst. Pawel tut so, als hätte er die Tasche nicht gesehen: Gut gebauter Fahrradanhänger.

Niemals fragt er oder ein anderer Kontrollposten dich, was du da auf dem Fahrradanhänger eigentlich transportierst. Nur die Nachbarn fragen dich das. Sie munkeln hinter deinem Rücken. Und manches Mal sagen die Kinder dir ins Gesicht: Russenfreundin. Das kümmert dich nicht. Sollen die rufen, was sie wollen. Ihr habt zu beißen. Bei euch gibt es Räucherfisch und in Gläsern eingelegte Heringe, wenn du von deinen Fahrten heimkehrst.

Und so schlimm sind die Russen nicht. Sie scherzen mit dir, bringen dich zum Lachen, und mit der Zeit vergißt du, daß du sie eigentlich als eure Feinde betrachten mußt. Du fühlst dich sicher und wirst übermütig. In deiner Unbedarftheit erzählst du stets ein bißchen mehr von Gerhard, Kurt und Harald und von Tante Ella, die so lecker kochen kann. Und dann lädst du die vier Russen ein, dich und die Gehrens doch einmal besuchen zu kommen, wenn sie frei haben. Kaum hast du die Einladung ausgesprochen, weißt du, das war ein Fehler. Jeder geht den Russen aus dem Weg. Niemand mag sie. Jeder meidet sie. Und erst recht will niemand den Iwan als Gast bei sich im Hause haben. Was hast du da angerichtet? Rückgängig machen kannst du die Einladung nicht. Eine falsche Adresse kannst du auch nicht nennen. Das gibt Ärger, mehr Ärger, als dich daheim erwarten wird, wenn du deinen Fehler beichtest.

Erst überlegen, dann reden, ermahnt Gerhard dich, sich die Hände reibend: Das ist gut. Das ist richtig gut, daß du das gemacht hast. Da könnte sich vielleicht was entwickeln. Er steigt auf den Dachboden, um die Bücherkisten nach russischer Literatur zu durchsuchen. Für jeden Fremden, der die Stube betritt, stellt er die Bücher von Gogol, Tolstoi und Dostojewski gut sichtbar in den Bücherschrank. Tante Ella will, daß die beiden Bände von »Krieg und Frieden« wieder aus dem Bücherschrank verschwinden, der Titel, das ist keine gute Idee. »Krieg und Frieden« bleibt, das wird dem Russen schmeicheln, davon ist Gerhard ebenso überzeugt wie davon, daß es sinnvoller ist, alles aus dem Haus zu schaffen, was sie offiziell nicht besitzen dürfen und der Russe auf keinen Fall entdecken darf, wenn er deiner Einladung denn folgen sollte.

In Begleitung eines Offiziers kommen Pawel, Jurka, Wassili und Jegor Tage später tatsächlich im Kübelwagen vorgefahren. Dem normalen Soldaten ist es verboten, sich in seiner Freizeit außerhalb der Kaserne zu bewegen, rechtfertigt der Offizier seine Anwesenheit. Ob ihr Besuch den Gehrens auch wirklich genehm sei, erkundigt er sich, schließlich sei ihnen bekannt, daß sie bei der Bevölkerung nicht gut gelitten sind.

Gleich wohlerzogenen Kindern sitzen die Russen bei euch in der Stube und bestaunen die Bücher, unter denen sie zu ihrer Verwunderung auch die Werke von Gorki, Puschkin, Tschechow und Turgenjew entdecken. Das schmeichelt ihnen, wie Gerhard es vorhergesehen hat, und ermöglicht kurzzeitig ein Gespräch über russische Literatur, das ebenso rasch wieder verstummt, wie es begann. Zwar sprechen die Russen ein passables Deutsch, aber die ungewöhnliche Situation macht sie ebenso befangen wie die Gehren-Männer. Ein Gespräch will sich nicht recht entwickeln.

Du spürst die Spannung, die über den ausgetauschten Höflichkeitsfloskeln liegt und die Gesprächspausen füllt und beschließt, dich davon nicht einschüchtern zu lassen, und plapperst unbedarft, als der Offizier von dir wissen will, wieso du so oft mit dem Fahrrad zu deinem Onkel nach Altefähr fährst. Zum Fisch essen. Fisch ist dein Lieblingsessen. Zwar kann die Tante Mewe nicht so leckere Fischgerichte kochen wie Tante Ella, die sie früher für die Gastwirtschaft gekocht hat, aber in Stralsund gibt es nirgends Fisch, und weil Onkel Mewe Fische angeln darf, wenn er sie nur nicht verkauft, fährst du eben zum Fisch essen rüber auf die Insel.

Du bemerkst den mahnenden Blick von Gerhard. Aber das Lachen der Russen bestätigt dir, daß deine Antwort richtig war. Und als Tante Ella mit Kaffee und frisch gebackenen Eierkuchen die Stube betritt und dazu ein Glas selbstgemachte Erdbeermarmelade serviert, ist das Eis gebrochen. Die Russen fallen über die Eierkuchen her, als hätten sie seit Tagen keine Nahrung mehr zu sich genommen. Nur den Kaffee aus selbstgerösteter Gerste, den rühren sie nicht an. Da rümpfen sie die Nase. Der schmeckt ihnen nicht. Aber die Eierkuchen! So was Leckeres gibt es in der Kaserne nicht. Ob sie davon vielleicht noch welche bekommen könnten?

Stapel um Stapel trägt Tante Ella frisch gebackene Eierkuchen in die Stube, bis die Russen satt sind und der Offizier das Gespräch auf die ehemalige Gastwirtschaft bringt, deren Räumlichkeiten er, zum Schrecken der Einquartierten, gemeinsam mit Gerhard besichtigt, bevor er sich mit seinen Soldaten von euch verabschiedet.

Gerhard kneift dir in die Wange. Du mit deinem vorlauten Mundwerk, lacht er. Nur Tante Ella ist außer sich. Sie hat kein Mehl mehr und keine Eier. Diese Barbaren müssen denken, wir leben in Saus und Braus. Was soll sie tun ohne Mehl? Gerhard packt sie bei den Hüften, wirbelt sie durch die Stube. Jetzt geht's aufwärts. Das hat er im Gespür. Das Mehl wird sich auszahlen.

Der Offizier informiert die Einquartierten, daß außer der alten Dame alle Familien in die Baracken am Stadtrand von Stralsund umquartiert werden. Er befiehlt Jurka, einen Sack Mehl in die Küche zu tragen, und den restlichen Soldaten, Tische und Stühle vom Lastkraftwagen abzuladen und das Mobiliar der Einquartierten aufzuladen, die in der Gaststube nachträglich gezogenen Wände einzureißen und den Raum mit den Tischen und Stühlen zu bestücken. Einen vollen Tag sind die Russen zugange, bis sie, ohne ein erklärendes Wort, am späten Abend davonfahren, euch ratlos zurücklassen.

Fast täglich kommen die russischen Offiziere nun zu euch ins Haus. Stets bringen sie Mehl, Zucker, Kartoffeln oder Milchpulver für die Küche und für dich eine Tafel Schokolade mit, die wie Sand auf der Zunge zerkrümelt. Die Russen hocken in der Gaststube, trinken und schwatzen und freuen sich wie Kinder, wenn Tante Ella ihnen, mit der Aufforderung, kräftig zuzulangen, eine warme Mahlzeit serviert. Wenn die Offiziere zu später Stunde in den Kübelwagen steigen, wißt ihr, daß die Nachbarn an den Fenstern stehen, um durch die Gardinen hindurch zu beobachten, was da bei euch vor sich geht.

Sie registrieren jeden Besuch der Russen und stellen euch vorsichtig Fragen, die ihr achselzuckend beantwortet, bis sie es aufgeben, Fragen zu stellen. Sie reden überhaupt nicht mehr mit euch. Sie grüßen euch nicht einmal mehr. Sie meiden euch. Mancher ist dabei, der einst stolz darauf war, ein Freund der Familie zu sein. In der Stadt spricht man über euch und Fischer Mewe. Dem hat der Russe sein Boot gelassen unter der Auflage, eine Hälfte seines Fangs an die Kaserne abzuliefern und die andere Hälfte ordnungsgemäß zu verkaufen. Keine Schwarzmarktgeschäfte, warnt der Russe. Fischer Mewe weiß, was passiert, wenn er die Warnung mißachtet. Aber den Fisch an Gerhard verschenken, das darf er.

Und die Nachbarn der Gehrens können reden, was sie wollen. Das ist Gerhard weniger lästig als die ständigen Besuche des Russen. Der Russe behindert die eingespielten Abläufe. So direkt unter den Augen des Russen müssen die Gehren-Männer ihren Geschäften mit Vorsicht nachgehen. Nichts darf mehr im Haus gelagert und versteckt werden. Dann muß auch noch eines der beiden Schweine geschlachtet werden, bevor es zu alt und sein Fleisch ungenießbar ist. Gerhard entscheidet, das Problem offensiv anzugehen. Er bestellt den Schlachter für den frühen Morgen, und den Russen lädt er für den Abend ein.

Gedärm wird gewaschen, Würste werden gestopft, Fleisch und Innereien zerlegt, Speckschwarten von Borsten befreit. Im

Waschkessel kocht bereits das Bauchfleisch, und im Ofen gart der Speckkuchen aus Brotteig, als die Offiziere in Begleitung ihres Kommandanten, um Stunden zu früh, bei euch in der Küche erscheinen. Die Spuren der Schlachtung sind noch nicht restlos beseitigt, und auch der Duft des Speckkuchens vermag den Geruch von geronnenem Blut nicht zu überdecken. Ihr versucht, euch den Schrecken nicht anmerken zu lassen, und tut, was getan werden muß, damit nicht das Geringste vom geschlachteten Schwein verlorengeht. Die Russen beobachten euer Treiben. Sie schauen in die Töpfe, lecken sich die Lippen und lassen sich von Gerhard in die Gaststube führen, wo du bereits den Tisch gedeckt hast.

Kaum haben die Russen Platz genommen, tischt Tante Ella auf. Wellfleisch, Leber, Blutwürste und Speckkuchen. Sogar eine Flasche Schnaps hat Gerhard organisiert. Die Offiziere knöpfen die Uniformjacken auf, schieben die Ärmel hoch und langen zu. Du sitzt kerzengerade am Tisch, die Stoffserviette auf den Schenkeln, die geschlossene Hand neben deinem Teller, wie Tante Ella es dich lehrte, und starrst auf die Münder der Russen, in denen der nächste Bissen verschwindet, bevor der vorherige hinuntergeschluckt ist, und von deren Lippen das Fett trieft. Nie vorher hast du jemanden sämtliche Manieren vergessend hingebungsvoller essen, ach was, fressen sehen wie diese Männer. Sie schmatzen und rülpsen, greifen mit den Fingern nach allem, was in Schüsseln, auf Platten und Tellern aufgetischt ist, und reden mit vollem Mund, ohne sich darum zu scheren, wenn ihnen dabei ein Brocken wieder aus dem Mund fällt. Sie erheben die Schnapsgläser auf die Kochkünste der Hausfrau, nastrowje, und der Kommandant erhebt sein Glas auf Gerhard, den er mit der Ankündigung überrascht, daß er die Gastwirtschaft ab sofort wieder betreiben darf. Bier, Wodka und Lebensmittel werden von den Russen gestellt, unter einer Bedingung, der Besuch der Gastwirtschaft bleibt ausschließlich den Soldaten der russischen Armee vorbehalten. Nastrowje.

Das kann Gerhard nicht akzeptieren.

Die Offiziere schauen irritiert, und der Kommandant erkundigt sich lächelnd: Wieso nicht?

Unter Höflichkeits- und Dankbarkeitsfloskeln erklärt Gerhard, daß er das Angebot zu schätzen weiß, sich geehrt fühlt, aber unter den vorgegebenen Bedingungen will er die Wirtschaft nicht betreiben. Das wäre der sich vorsichtig anbahnenden Freundschaft zwischen Russen und Deutschen wenig förderlich. Bereits jetzt schon reden die Leute über ihn. Russenpack, sagt ihm manch einer ins Gesicht. Das kann er hinnehmen. Aber seine Tochter, er zeigt auf dich, wird von den anderen Kindern gemieden, als Russenfreundin beschimpft. Er bedauert, aber er muß an seine Familie denken.

Der Kommandant schlägt mit der Hand auf den Tisch. Das Geschirr tanzt. Der Kommandant brüllt. Ihr habt den Krieg verloren, und er wagt es, sein Angebot zurückzuweisen! Sein Gesicht verfärbt sich. Er flucht und schimpft auf deutsch, auf russisch, droht Gerhard mit Kriegsgericht, Gulag, Sibirien. Er springt vom Stuhl. Der Stuhl fällt um. Er tritt nach dem Stuhl, sich den Weg frei, greift nach den Würsten und brüllt seinen Leuten zu, ihm zu folgen. Die Offiziere springen von den Stühlen, stehen stramm, folgen dem Kommandanten, der im Sturmschritt vorweg, die Würste in der Hand, die Gaststube verläßt.

Gerhard hat richtig entschieden, befinden Kurt und Tante Ella. Harald applaudiert. Ihm paßt es schon lange nicht, daß die Russen im Haus ein- und ausgehen. Endlich ist Ruh. Die werden nicht wiederkommen. Und früher oder später werden die Russen sowieso das Land verlassen.

Er soll nicht solch einen Unsinn reden. Was die Russen einmal haben, das geben sie nicht wieder her. Harald soll endlich begreifen, den Russen werden sie nicht wieder los. Nicht morgen, nicht nächste Woche, nicht in den nächsten Jahren, brüllt Gerhard, deshalb soll Harald versuchen, sich mit der Situation zu arrangieren.

Harald lacht trocken, mit dem Feind kollaborieren wie Gerhard, niemals.

Gerhard hebt die Hand.

Tante Ella, Kurt und du, ihr wollt nicht glauben, daß Gerhard den Harald wirklich ohrfeigt. Harald auch nicht. Die Hand an der Wange, starrt er Gerhard an.

Glaubt Harald wirklich, daß es ihm nichts ausmacht zu sehen, wie ein Freund nach dem anderen sich von der Familie abwendet, weil sie nicht nur so denken wie Harald, sondern ihm obendrein auch noch zutrauen, daß er ihre Schiebereien an die Russen verrät. Das gefällt ihm ebensowenig, wie die Russen in seinem Haus ein- und ausgehen zu sehen, als sei es ihr Elternhaus. Aber er läßt es sich nicht anmerken, er reißt sich zusammen, macht gute Miene zum bösen Spiel, weil er begriffen hat, daß es klüger ist, es sich mit den Russen nicht zu verscherzen. Auch die anderen werden es noch begreifen. Er jedenfalls versucht vorauszuschauen, das Überleben der Familie zu sichern, und dazu zählt er auch die Medikamente für Haralds Malaria.

Lieber krepiert er an der Malaria, als daß er den Russen in den Arsch kriecht, brüllt Harald, sich auf Gerhard stürzend.

Du wirfst dich zwischen die beiden, bettelst und flehst, sie sollen sich nicht streiten. Du hast Angst. Bestimmt werden die Russen euch spüren lassen, daß sie die Sieger und ihr die Verlierer seid und ihr das zu tun habt, was sie euch vorschreiben. Tante Ella sagt doch immer, das sind keine Menschen, das sind Barbaren, ohne Gewissen. Du willst, daß Harald und Gerhard sich wieder vertragen. Du willst nicht, daß sie sich wegen der blöden Russen streiten, weinst du.

Tante Ella nutzt deinen Verzweiflungsausbruch, um Harald aus der Stube in die Küche zu drängen.

Gerhard wirft einen Teller an die Wand. Schwer atmend starrt er auf die Scherben, derweil Kurt versucht, dich zu beruhigen. Und damit du dich beruhigst und Gerhard auf andere Gedanken kommt, erinnert Kurt daran, daß ihr zum Schlachter müßt, um in dessen Räucherkammer die Schinken und Würste zum Räuchern an die Fleischerhaken zu hängen.

Kein Russe betritt euer Haus. Keiner der Gehren-Männer wird verhaftet oder bei seinem geschäftigen Treiben hochgenommen. Es erfolgt weder eine Hausdurchsuchung, noch wird euch das Haus konfisziert. Es werden auch keine Flüchtlinge in der Gaststube einquartiert. Der Russe läßt euch in Ruhe. Es hat den Anschein, als wäre niemals ein Russe bei euch in der Stube gesessen, als hättet ihr keinen von ihnen je kennengelernt.

Gerhard traut dem Frieden nicht. Du mußt ihm schwören, sein Verbot zu befolgen, und auf keinen Fall zum Rügendamm zu fahren. Du ahnst, daß du bei Zuwiderhandlung mehr Schaden anrichten könntest, als Gerhard durch sein Nein bereits angerichtet hat.

Die Vögel fliegen gen Süden. Die Bäume werfen das Laub ab. Und morgens schimmert der erste Reif auf den Gräsern. Der Winter naht. In der Stadt suchen die Menschen fieberhaft Materialien aufzutreiben, um die vom Krieg beschädigten Häuser winterfest zu machen. Und auf dem Schwarzmarkt tauschen sie das Letzte, was sie noch besitzen, gegen wärmende Kleidung. Die Gehren-Männer haben vorgesorgt. Bei euch herrscht kein Mangel. Ihr besitzt warme Kleider, Kohlen und Holz für den Ofen, den Kurt gebaut hat, und ihr besitzt Mehl im Überfluß. Ihr habt zu essen, ihr werdet satt. Mit den Stoffballen, die die Gehren-Männer im Sommer organisierten, machen sie derart gute Geschäfte, daß sie auf dem Schwarzmarkt in Berlin sogar Korinthen und Rosinen erwerben könnten, wenn es sie denn gäbe, weil Tante Ella sich in den Kopf gesetzt hat, auch in diesem Jahr einen Weihnachtsstollen zu backen.

Du machst dich im Haushalt nützlich. Zur Schule gehst du nicht. Die ist geschlossen. Es fehlen die Öfen, und es mangelt an Kohlen und Holz. Die wenigen Bäume, die im letzten Winter vor Kriegsende nicht geschlagen wurden, werden bewacht. Selbst wer in den Besitz eines Holzscheines gelangt, kehrt oft nur mit Reisig oder Gestrüpp heim.

Die Nachbarn grüßen euch wieder. Und auch der eine Freund und andere Bekannte wagt sich in euer Haus, um zu erfahren, was das mit den Russenbesuchen für eine Bewandtnis hatte, und um Gerhard um den einen Gefallen zu bitten, wegen dem sie eigentlich gekommen sind.

Gerhard kommentiert diese Besuche nicht ohne Bitterkeit.

Auch die Rugge-Mutter erinnert sich wieder, eine enge Freundin der Familie zu sein, der sie ihre Not anvertrauen kann. Sie findet keine Arbeit. Ihr mangelt es an Essen und warmen Kleidern für sich, aber vor allem für die Zwillinge. Zwar sind die Jungs ständig unterwegs, und sie möchte nicht wissen, wie sie in den Besitz so mancher Lebensmittel kommen, aber es reicht nicht vorne und nicht hinten. Zuviel zum Sterben, zuwenig zum Leben. Und alles, was sie an Wertsachen besitzt, liegt in sieben Kisten vergraben im Garten. Aber wie soll sie an die Kisten kommen? In ihrem Haus, das ihr nicht mehr gehört, haben die Russen fremde Leute einquartiert. Den Einquartierten entgeht nichts. Sobald sie im Garten anfängt zu graben, werden die das sicher den Russen verraten. Trauen kann sie keinem von diesem Flüchtlingspack. Sie könnte heulen, wenn sie daran denkt, daß die Einquartierten spätestens im Frühjahr die Kisten entdecken, wenn sie den Garten umgraben, um Saat auszustreuen. Dann werden die Einquartierten sich auch noch ihren letzten Besitz unter den Nagel reißen. Dann besitzt sie gar nichts mehr, nicht einmal mehr Hoffnung. Die Kisten müssen ausgegraben werden, noch in diesem Winter. Deshalb ist sie gekommen, die Gehren-Männer um Hilfe zu bitten.

Wie sollen die Gehren-Männer das anstellen? Der Boden ist gefroren, und in einer Nacht sieben Kisten ausgraben.

Das zu schaffen ist unmöglich. Und selbst wenn, wo sollen die Kisten gelagert werden? Bei der Rugge-Mutter auf dem

Dachboden? Zu gefährlich. Die Einquartierten könnten die Kisten entdecken.

Die Gehrens besitzen doch auch einen Keller und einen Dachboden. Die Rugge-Mutter bleibt beharrlich. Auf jeden vorgebrachten Zweifel weiß sie eine Antwort und eine Erinnerung an alte Zeiten, an den einen und anderen Gefallen, den ihr Mann, wer weiß, wo er ist und wie es ihm geht, dem Gerhard erwiesen hat. Außerdem weiß sie genau, wo die Kisten vergraben sind. Ihre Jungs werden auch helfen. Zwar sind die mit ihren acht Jahren noch ein bißchen schwach, aber der Wille ist da, außerdem tun sie dann endlich mal was Sinnvolles. Und wenn auch du noch hilfst, schließlich bist du ein kräftiges Mädchen, müßten die sieben Kisten in einer Nacht doch zu schaffen sein.

Mit Spaten, Schaufel und Spitzhacke ausgerüstet, schleichen du und die Rugge-Zwillinge in der Nacht an der Seite der Erwachsenen in den Garten. An der Stelle, wo einst der Birnbaum stand, lockert Kurt mit der Spitzhacke für dich den gefrorenen Boden auf. Er schärft dir ein, nicht laut zu fluchen und ihm lieber Bescheid zu geben, wenn du mit der Schaufel nicht vorwärtskommst.

Die Erde wiegt schwer. Immer wieder mußt du die Schaufel absetzen, weil dir Arme, Hände und der Rücken schmerzen. Du hörst die Schaufeln in den Boden fahren und die Erde auf die Haufen fallen und schaust besorgt zum Rugge-Haus. Du hast Angst, daß euer Tun entdeckt wird, und stößt die Schaufel erneut in die Erde. Du schwitzt, keuchst und fluchst lautlos, bis du mit der Schaufel gegen den Deckel der Holzkiste stößt.

Dir ist, als hättest du einen geheimen Schatz entdeckt. Du schlägst die Hand auf den Mund, um deinen Jubelschrei zu ersticken, und gehst Gerhard und Kurt holen, damit sie die Kiste aus der Erde holen und zu euch ins Haus tragen.

Es ist eine Kiste mit Ölbildern. Der Deckel ist eingebrochen, und die Feuchtigkeit hat den Bildern bereits arg zugesetzt. Das war höchste Zeit. Noch sind die Bilder nicht ernsthaft beschädigt.

Dann schippst du das Loch wieder zu und trampelst die Erde fest. Die Einquartierten müssen nicht gleich in der Früh entdecken, was in der Nacht im Garten vor sich gegangen ist.

Um fünf in der Früh sitzt du an der Seite der Erwachsenen endlich in der Küche. Du hast Blasen und Schwielen an den Händen. Aber die Rugge-Mutter ist überglücklich. Nun hat sie was zum Tauschen. Den Zwillingen und dir fallen vor Müdigkeit die Augen zu. Doch bevor du endgültig in der Küche einschläfst, mußt du an dem Wein nippen, von dem die Rugge-Mutter zwei Flaschen aus einer Kiste hervorkramt, die sie den Gehren-Männern für ihre Hilfe schenkt.

Lisa?

Ja?

Du liegst auf der Couch und zündest dir eine Zigarette an, bevor du sie erneut bei ihrem Namen rufst, ohne ihr mitzuteilen, was du willst, das sie für dich tun soll. Du könntest die wenigen Schritte zu ihr ins Zimmer gehen, um es ihr zu sagen. Aber du willst, daß Lisa zu dir ins Zimmer kommt. Du willst, daß Lisa gehorcht. Du willst, daß sie kommt, wenn du sie rufst. Es provoziert dich, daß Lisa nicht mehr gleich springt, wenn du pfeifst. Lisa wird älter, sie entfernt sich, versucht sich dir zu entziehen, sich dir zu widersetzen. Du läßt sie gewähren. Du weißt, wie du sie gefügig hältst.

Lisa?

Ja!

Du lächelst über die Wut in ihrer Stimme. Sie wehrt sich, dir zu gehorchen. Selbst wenn sie brüllt, was willst du, wirst du sie mit deinem Schweigen hinhalten. Was du von ihr willst, wirst du ihr erst sagen, wenn sie zu dir ins Zimmer kommt und dir wutentbrannt gegenübersteht. Es amüsiert dich, sie im Zustand wütender Ohnmacht zu sehen. Sie, die sich gewöhnlich in deiner Gegenwart niemals wütend zeigt, die sich dir stets freundlich, ehrlich und aufmerksam gegenüber verhält, die dich sogar im Zustand schlechtester Laune mit ihrem Charme schmunzeln macht. Wo hat sie diese Gabe nur her? Sie, die funktioniert, wie du es willst, und die du doch nicht greifen, nur bedingt durchschauen kannst. Sie läßt dich nicht teilhaben an ihrem Leben, erzählt nicht, wie und mit wem sie die Nachmittage verbringt, während du bei der Arbeit bist, Hähnchen grillst im Wienerwald. Fragst du sie abends, ob sie sich etwas gekocht und zu Mittag gegessen hat, antwortet sie: Ja, Nudeln mit Tomatensoße. Sie erzählt dir nichts. Sie, die du gelehrt hast, deine Unterschrift zu fälschen, damit sie ihre Klassenarbeiten und Zeugnisse in deinem Einverständnis, mit deinem Namen unterschreiben kann, damit sie dich damit nicht mehr belästigt, läßt dich selbst in den lachenden Momenten der Unbedarftheit und Unbefangenheit Distanz und Fremdheit spüren. Sie, die niemals deine Nähe sucht, es vermeidet, dich zu berühren, niemals die Arme um dich legt, schämt sich neuerdings, an deiner Seite durch die Einkaufsstraße zu gehen. Das spürst du genau. Aber in dieser neuen, sündhaft teuren Boutique mit dieser Verkäuferin, die sich weigert, dir die Fuchsjacke zur Anprobe zu reichen, weil sie Kunden wie dich nicht zu ihrer Klientel zählt, ist sie es, die nach deinem Arm greift und dir hilft, deine Würde zu wahren, mit einem Lächeln und Worten, deren Schlagfertigkeit dich in Erstaunen versetzt und den Mund der Verkäuferin sprachlos aufklappen läßt, sich bei dir einhakt, dich aus der Boutique hinaus auf die Straße führt, wo sie dich nach Herzenslust über diese blasierte Verkäuferin schimpfen und mit ihrem Humor dich über die Situation lachen läßt. Woher weiß sie nur, sich so zu verhalten? Das macht dich wütend.

Lisa!

Ja.

Lisa lauscht in dein Schweigen, hinter ihrem Rücken. Sie wartet, wartet, daß du erneut ihren Namen rufst. Sie weiß, du wirst dir Zeit damit lassen. Und sie weiß, du wirst so lange nach ihr rufen, bis sie zu dir kommt. Aber sie macht keine Anstalten, ihren Platz zu verlassen. Sie kniet auf der Küchenbank, schaut aus dem Fenster und läßt den Blick über den Garten schweifen. Sie vergewissert sich, daß niemand sich dort aufhält, niemand sich an den Blumenrabatten zu schaffen macht, niemand über die Wiese mit den Obstbäumen läuft.

Lisa gestattet niemandem, sich in diesem Garten aufzuhalten. Sie hat den Garten mit einem Bann belegt, der es jedem Fremden unmöglich macht, ihn zu betreten. Der Garten gehört ihr alleine, ihr geheimer Schatz. Mit dem Garten teilt sie die Einsamkeit, die Stille. Sie kennt jeden Baum, jede Blume beim Namen, und wann immer sie den Wunsch verspürt, schwebt sie aus dem Fenster die vier Stockwerke hinunter in ihren Garten. Sie redet mit den Blumen, macht ihnen Komplimente ob ihrer Schönheit, ihres Duftes oder erkundigt sich, warum sie die Köpfchen hängenlassen, sie legt sich auf die Wiese und schaut durch die Baumkronen in den Himmel, während sie den Schmetterlingen befiehlt, zu den Rosen zu flattern und die Spinnenmilben zu fressen, unter deren alles überziehendem Gespinst die Rosen zu ersticken drohen. Sie schimpft mit den Ameisen, die Läuse endlich woanders anzusiedeln, nur bitte nicht mehr an die Blätter der Klematis, und sie fordert den Apfelbaum auf, sich zu erinnern und ihr von den Menschen zu erzählen, die Herzen in seiner Rinde hinterließen, lang bevor Lisa das Licht der Welt erblickte.

Lisa!

Ja?

Mit ihrem Ja stellt sich Lisa deinem Ruf entgegen, hält ihn von sich ab. Sie will deinem Ruf nicht folgen. Noch nicht. Sie rührt sich nicht vom Fleck und lauscht deinem Schweigen in ihrem Rücken. Es ist ein Ritual, ein Spiel, das du mit ihr und sie mit dir spielt, ein Machtkampf, den Lisa verlieren will. Du ahnst nicht einmal, daß sie dich gewinnen läßt, daß sie diejenige ist, die bestimmt, wie oft du sie rufen mußt, bis sie bei dir im Zimmer erscheint. Aus der vermeintlichen Niederlage erringt sie ihren Sieg. Das ist ihr Geheimnis. Sie läßt dich nach ihr rufen, so oft, wie sie es will, und antwortet dir so lange, wie sie benötigt, um die Wut freizulegen, die sie immer öfter gegen dich verspürt. Sie will, daß du weißt, daß es diese Wut gegen dich gibt, diese Wut, die sie bei keiner anderen Gelegenheit dir entgegensetzen und die sie nicht benennen kann.

Die Wut über deine Mißachtung ihrer Person, wenn du von der Arbeit heimkommend sie vor der Haustür antriffst, wo sie mit den Kindern aus der Nachbarschaft auf den Stufen hockt und ihre Süßigkeiten teilt, und du sie anbrüllst, sie soll verdammt noch mal nicht so freigiebig sein. Die Ohnmacht gegenüber deiner Ignoranz ihrer Bedürfnisse und Wünsche, wenn du dir zu Weihnachten eine neue Halskette kaufst und ihr ein von dir abgelegtes Goldkettchen schenkst, obwohl du weißt, daß sie Gold häßlich findet und sich ein Kettchen aus Silber wünscht. Die Verzweiflung über deine Beschuldigungen, sie sei eine Diebin und Lügnerin, wenn du Geld aus deinem Portemonnaie vermißt, das du verlegt hast und später wiederfindest, und die Wut darüber, daß du dich für deine Unterstellung nicht einmal bei ihr entschuldigst. Daß du sie nie fragst, nie Interesse zeigst, für das, was sie erlebt, fühlt, denkt und tut, daß du sie allein läßt mit ihrer Neugier, ihren Fragen, ihren Schwierigkeiten, sich einzufinden in die Welt. Daß du ihr die Schuld anlastest für ihr Dasein, das dich zwingt, dieses Leben zu führen. Das Entsetzen über die Bloßstellung, wenn du an ihrem Geburtstag, zu dem sie zum ersten Mal drei Mädchen aus ihrer Klasse zu Kaffee und Kuchen einlädt, ihr eine Buttercremetorte beim Bäcker bestellst, obwohl du weißt, daß sie alles, nur keine Buttercremetorte mag, und du sie vor den Mädchen ohrfeigst, sie mit dem Kleiderbügel schlägst und beschimpfst, weil es unmöglich sein kann, daß der Sitz des neuen Küchenstuhls einfach auseinanderbricht, sobald sie auf ihm Platz nimmt, und sie beschuldigst, vom Küchentisch auf den Stuhl gesprungen zu sein, bis sie ihn kaputtgesprungen hat, und du in deiner Wut die Mädchen nach Hause schickst, rauswirfst aus deiner Wohnung und Lisa schwörst, daß sie nie wieder einen Geburtstag wird feiern dürfen. Lisas Wut darüber, daß du jede Gelegenheit nutzt, sie vor anderen unmöglich zu machen, daß du ihr jede gute Eigenschaft absprichst, ihr gerade mal zugestehst, daß sie hübsch ist und die Butter wunderbar gleichmäßig auf die Brotscheiben schmieren kann.

Lisa?

Ja!

Das Blut schießt ihr in den Kopf, am Hals und auf der Stirn treten die Adern hervor, die Knie, die Hände und die Stimme zittern, und der Magen droht unter der Wut zu explodieren. Sie springt von der Küchenbank, stürzt in dein Zimmer und schreit dir ihre Verzweiflung, ihre Ohnmacht, ihre Einsamkeit, ihr Verlorensein entgegen: Verdammt, was willst du?

Du lachst, Lisa soll dir eine Tasse Nescafé machen.

Dein Körbchen ist mit Winterrüblingen, Rotfußröhrlingen und Stockschwämmchen gefüllt. Auch einige letzte Preiselbeeren, Schlehen- und Weißdornfrüchte sind darunter. Zwar haben die Früchte Frostschäden, aber Tante Ella wird sie irgendwie verwerten. Und im Rucksack von Gerhard liegt ein Hase, den der Förster ihm geschenkt hat. Du spürst die Anspannung von Gerhard angesichts des Kübelwagens, der bei eurer Rückkehr aus dem Wald vor dem Hause steht. Jurka sitzt hinter dem Steuer. Du willst zu ihm laufen, ihn begrüßen, aber Gerhard zieht dich durch die Toreinfahrt in die Küche zu Tante Ella.

Harald und Kurt sitzen in der Gaststube und trinken Tee mit den russischen Offizieren und dem Kommandanten, sagt Tante Ella, derweil sie den Hasen bei den Ohren packt. Immerhin haben sie den Tee mitgebracht. Aber verhandeln wollen sie nur mit Gerhard.

Verhandeln will der Kommandant nicht. Er bestimmt einfach: Der vordere Gastraum steht den Menschen von Stralsund zur Verfügung, der kleinere Nebenraum allerdings bleibt den Offizieren der ruhmreichen russischen Armee vorbehalten. Die ersten zwanzig Fässer Bier werden von ihnen geliefert. Alles Weitere muß Gerhard selber organisieren. Das dürfte für ihn sicher kein Problem sein. Es ist ihnen nicht verborgen geblieben, daß er und seine Familie, der Kommandant hält inne, sucht nach den richtigen Worten, über einen ausgeprägten Geschäftssinn verfügen. Die Offiziere lachen. Der Kommandant grinst. Warmes Essen wird nur auf Lebensmittelkarten ausgegeben. Tee und Kaffee kann Gerhard in der russischen Kantine kaufen. Soweit ihnen bekannt ist, sind derartige Dinge auch auf dem Berliner Schwarzmarkt schwer erhältlich. Passierscheine für Rügen werden für die ganze Familie ausgestellt. Sperrstunde für die Gaststätte ist Mitternacht. Eröffnung der Gaststätte eine Woche vor Heiligabend. Ist das ein Weihnachtsgeschenk? will der Oberst wissen.

Das muß gefeiert werden, akzeptiert Gerhard.

Der Kommandant grinst, und die Offiziere verlassen die Gaststube, um den Wodka kistenweise aus dem Kübelwagen zu holen.

Tante Ella ruft dich in die Küche, damit du Geschirr und Besteck in die Gaststube trägst. Sie hat an der Tür gelauscht und ein Pilzgericht mit Bratkartoffeln vorbereitet. Wenn die Russen ihnen keinen akzeptablen Vorschlag unterbreitet hätten, hätte sie die giftigen grünblättrigen Schwefelköpfe, die dir beim Sammeln der Stockschwämmchen mit in den Korb geraten sind, unter das Pilzgericht gemengt.

Hätte sie das wirklich getan?

Sicher.

Nie wieder eine Feier mit den Russen, stimmen die Gehrens überein.

Nichts haben die Russen an Eßbarem übriggelassen. Zweimal mußte Jurka in der Nacht zur Kaserne fahren, um Nachschub an Wodka zu besorgen. Die Russen haben gegessen, getrunken, gesungen, getanzt und fast das gesamte Mobiliar der Gaststube zerschlagen. Weniges davon ist zu reparieren.

Immerhin habt ihr jetzt genug Feuerholz, scherzt Kurt bitter. Wie die Gaststube in kürzester Zeit wieder auf Vordermann gebracht werden soll, weiß auch er nicht. Woher Stühle und Tische nehmen? Woher Gläser, Teller und Schüsseln? Vor dem neuen Jahr wird das nicht, prophezeit Gerhard.

Mit dem ersten Hahnenschrei sind die Gehren-Männer auf den Beinen, in der Stadt und in der näheren Umgebung unterwegs. Sie organisieren Tische, Stühle und Bänke sowie selbstgebrannten Obst- und Kartoffelschnaps von den Bauern und durchstöbern die Brauereien, von denen sie früher beliefert wurden, nach Restbeständen alkoholischer Getränke jeder Art. Sie verhandeln mit dem Kommandanten und erreichen, daß wenigstens eine der Brauereien die Genehmigung erhält, den Betrieb wiederaufzunehmen. Woher soll sonst das Bier kommen?

Aus Rostock oder Berlin.

Das rechnet sich nicht.

Und einen Holzschein hätte Gerhard auch gerne. Was ist eine Gaststätteneröffnung zur Weihnachtszeit ohne Tannenbaum?

Und für wen soll die zweite Tanne sein?

Privat, für die Familie.

Der Kommandant gewährt, was Gerhard verlangt. Das und die Lebensmittel, die seine Soldaten in die Gehrensche Küche tragen, soll er als kleine Entschädigung betrachten für den Schaden, den seine Offiziere angerichtet haben.

Unter den zwei offiziell geschlagenen Tannen liegen fünf kleinere Tannen. Eine davon tauscht Gerhard beim Fischer Mewe gegen ein paar fette geräucherte Aale ein. Die restlichen vier verschenkt er an die wenigen ihm verbliebenen Freunde, die wie er davon überzeugt sind, daß man sich mit den Russen arrangieren sollte, die zu ihm halten, ihn in seinem Tun bestärken und sich darauf freuen, demnächst wieder bei Bier und Korn zusammensitzen zu können, derweil die Nachbarn und manch anderer sich erneut von der Familie distanziert.

Da trennt sich die Spreu vom Weizen, sagt Gerhard, wenn er die Namen derjenigen erwähnt, die ohne Gruß an ihm vorübergehen. Wie die Ratten hocken sie in den Löchern, beobachten mißtrauisch, was im Haus vor sich geht, zerreißen sich die Mäuler, aber mangelt es ihnen an etwas, kommen sie gelaufen. Das sollst du dir merken, sagt er, da lernst du fürs Leben.

Seine Bitterkeit erschreckt dich. Aber schließlich steht die Eröffnung der Gaststätte bevor. Du putzt im und fegst vor dem Haus. Du fütterst die Ziegen, die zum Glück nicht gemolken werden müssen, da sie trächtig sind. Und du schmückst die Weihnachtsbäume mit den Silberstreifen, die von den feindlichen Fliegern während des Krieges abgeworfen wurden, um das deutsche Radarsystem zu irritieren, wie Kurt dir erklärt, der die Silberstreifen gesammelt und in einer Kiste aufbewahrt hat. Du läufst zum Bäcker, wo du die Kuchenbleche mit dem Streuselkuchen abholst, die du am Tag vorher zum Backen in die Backstube getragen hast, weil in eurem Ofen Stollen, Grau- und Weißbrote gebacken werden. Den Duft des Backwerks in der Nase, fällst du am Abend hundemüde ins Bett. Bevor dir die Augen zufallen, fragst du dich, ob außer den wenig verbliebenen Freunden der Familie überhaupt jemand zur Eröffnung der Gastwirtschaft kommen wird?

Wo kommen die alle her? Aus der Vorhut der Männer, die am Eröffnungstag der Gastwirtschaft einzeln oder in kleinen Gruppen den Schankraum betreten, hat sich monatelang keiner bei euch blicken lassen. Gerhard und Harald, die hinter dem Tresen hantieren, begrüßen jeden Eintreffenden mit Namen, derweil die bereits Eingetroffenen schweigend an den Tischen sitzen. Sie beobachten die Gehren-Männer, beäugen das Mobiliar und den Streuselkuchen, den du auf Blechen hereinträgst, und auch das Bier, das Kurt ihnen an den Tischen serviert. Das Mißtrauen steht in ihren Gesichtern. Wie hat der Gerhard das hingekriegt? Woher das Bier? Woher das Mobiliar? Und, wie kann die Ella Streuselkuchen backen, wo die eigene Frau daheim selten soviel Mehl organisieren kann, um einen Kanten Brot zu backen. Und wieso sind keine Russen da?

Ihr fragt euch, wo die Frauen bleiben.

In kleinen Gruppen treffen sie ein. Das Geschwätz der Frauen und das Spiel der Kinder bringt Leben in die Gaststube, und die Männer entspannen, vergessen ihre Vorbehalte. Zumindest für den Augenblick. Sie reden über den nicht nachlassenden Strom der Flüchtlinge aus den Ostgebieten, allein auf Rügen sollen es mittlerweile an die sechzigtausend sein. Sie sind sich einig, niemals eine schlechtere Zeit erlebt zu haben als in diesem ersten Nachkriegswinter, und schimpfen, im Westen unter den Alliierten bauen sie schon wieder auf und bei ihnen im Osten bauen die Russen immer noch ab, verschwinden immer noch Bürger, über Nacht oder am hellichten Tag, werden nach Rußland verschleppt. Dabei müssen die Russen die Deportierten doch ernähren. Wie wollen die Russen das machen? Haben doch selber nichts zu beißen. Das wissen die Männer genau, schließlich haben die deutschen Truppen in Rußland ganz schön gewütet. Mancherorts sollen die Russen sogar ihre Toten essen, tuscheln sie hinter vorgehaltener Hand, Barbaren.

Und plötzlich stehen die Barbaren in der Gaststube. Der Kommandant und der Oberst in Begleitung von vier Offizieren. Die Gespräche reißen ab. Auch die Kinder verstummen. Stille. Keiner wagt es, den Blick zu heben, die Russen anzusehen. Und niemand wagt, die Gaststube zu verlassen. Nur die Kinder starren die Uniformierten aus großen Augen an.

Als der Kommandant das Wort an die Gäste richtet, fängt ein Kind an zu weinen. Die Mutter bemüht sich vergeblich, es zu beruhigen. Der Oberst sagt etwas auf russisch, worauf die Offiziere in den Taschen ihrer Uniformen kramen, bis einer ein Bonbon zwischen den Fingern hält. Das Kind vergißt das Weinen und lacht. Der Kommandant nimmt seine Rede wieder auf. Er bittet die Gäste, das unangemeldete Erscheinen zu entschuldigen, man will auch nicht lange stören, nur die Gelegenheit nutzen, die Anwesenden wissen zu lassen, daß von russischer Seite der Wunsch besteht und alles dafür getan wird, daß sich die Beziehungen zwischen ihnen und der Bevölkerung freundschaftlich entwickeln, da man der Ansicht ist, längerfristig werden beide Seiten davon profitieren. Er wünscht einen schönen Abend mit einer Runde Freibier für alle und zieht sich in Begleitung des Obersts und der vier Offiziere in den kleinen Raum zurück, der an die Gaststube angrenzt.

Unterdessen servieren Kurt und du bereits die ersten Freibiere, die Harald und Gerhard bei geöffnetem Zapfhahn ohne Unterlaß in die Gläser fließen lassen, bevor auch nur ein Gast auf die Idee kommen kann, die Gaststube zu verlassen. Das Freibier erfüllt seinen Zweck. Auch die Kartoffelsuppe, die Tante Ella auf Kosten des Hauses in die Teller schöpft. Zwar ist die Suppe dünn und ohne Fleisch, aber sie sättigt und läßt die Gäste die im Nebenzimmer anwesenden Russen vergessen.

Du und Kurt, ihr zieht euch in die Küche zurück, wo ihr Pawel, Jurka, Wassili und Jegor vorfindet. Die Küche haben sie über die Toreinfahrt betreten. Und Pawel hat sogar ein Akkordeon mitgebracht. Schließlich, was ist eine Feier ohne Musik. Und vielleicht gibt der Kommandant oder der Oberst zu späterer Stunde noch den Befehl aufzuspielen.

Da sitzt ihr gemeinsam mit den vier Soldaten am Küchentisch und schlürft Kartoffelsuppe. Ihr freut euch mit ihnen über die Passierscheine, die sie nicht nur berechtigen, die Kaserne in ihrer Freizeit zu verlassen, sondern sich auch in der Gastwirtschaft aufzuhalten. Das haben sie nur dir zu verdanken, lachen sie, dir auf die Schulter klopfend. Ihr Lob macht dich verlegen. Du lenkst ab. Kurt soll den Globus holen. Du willst sehen, wo die vier zu Hause sind, in diesem Rußland, von dem du nur weißt, daß es um so vieles größer ist als das ehemalige Deutsche Reich und daß dort im Winter vor Kälte der Atem zu Reif gefriert.

Du staunst über die Entfernungen zwischen den in allen Himmelsrichtungen verstreut liegenden Orten, aus denen die vier Soldaten nach Stralsund gekommen sind. Und damit du verstehst, daß Rußland nicht gleich Rußland ist, zeigen sie dir Fotografien von Eltern, Geschwistern und Verlobten. Du betrachtest die fremden Gesichter und die ungewöhnliche Kleidung der abgelichteten Personen und siehst die feucht glänzenden Augen der Soldaten, als sie die Fotografien küssen und an ihr Herz drücken. Pawel greift nach dem Akkordeon, und Wassili, Jegor und Jurka singen. Die Melodien sind wehmütig, stimmen dich traurig. Du willst nicht traurig sein. Ob Pawel bitte schön auch lustige Lieder spielen kann?

Pawel kann. Der Rhythmus fährt dir in die Beine. Du wippst mit den Füßen, wackelst mit dem Kopf, klatschst in die Hände und strahlst, als Jegor dir vorführt, wie sie daheim in Rußland zu dieser Musik tanzen.

Auch Kurt hält es nicht mehr auf dem Stuhl. Er drängt die Soldaten aus der Küche in die Gaststube, wo Pawel das Akkordeon in voller Lautstärke erklingen und der Bariton die Gläser vibrieren läßt. Von der Musik angelockt, erscheinen auch die Offiziere in der Gaststube. Der Kommandant wirft dem Oberst seine Uniformjacke zu und legt einen Krakowiak auf das Parkett, den die Anwesenden mit stürmischem Applaus würdigen.

Am Heiligen Abend bist du bereits früh auf den Beinen, die Arbeiten zu erledigen, die Tante Ella dir aufgetragen hat. Du versorgst die Tiere, schrubbst die Treppe, die Fußböden im Haus, in der Toreinfahrt, obwohl dir bei der Kälte die Hände schmerzen, und führst den Pfarrer in die Stube, der gekommen ist, um Gerhard um einen Weihnachtsbaum für die Kirche zu bitten.

In all den Jahren war seine Kirche zum heiligen Fest nie ohne einen Baum, und seiner Ansicht nach sollte seine Kirche auch in diesem Jahr nicht ohne einen Weihnachtsbaum sein, sagt der Pfarrer, und Gerhard hat gleich zwei. Einen wird er doch sicher entbehren können. Der Herr im Himmel wird es ihm vergelten.

Sicher, lacht Gerhard, aber wie der Baum in die Kirche kommt, darum muß der Pfarrer sich selber kümmern.

Das hat der Pfarrer bereits getan. Vor dem Haus stehen drei kräftige Burschen und warten nur darauf, die Ärmel hochzukrempeln. Die Silberstreifen willst du aber wiederhaben. Das muß der Pfarrer dir versprechen. Erst dann schleichst du dich davon, in den Keller, um vier Gläser eingemachte Wurst zu stehlen, die du mit dem Fahrrad zu Fischer Mewe transportierst.

Am Kontrollübergang wollen dich die diensthabenden Soldaten nicht passieren lassen. Sie kennen dich nicht. Und du kennst sie nicht. Auch als du deinen Passierschein vorzeigst, geben sie den Damm für dich nicht frei. Sie drehen und wenden das Papier in den Händen, befühlen die maschinengeschriebene Schrift mit den Fingern und geben es dir zurück. Ihr Verhalten findest du seltsam. Du insistierst, bis schließlich ein Soldat zum Telefon greift und ein anderer dir in gebrochenem Deutsch eine Frage nach der anderen stellt, deren Antworten er dem Soldaten am Telefon ins Russische übersetzt, der sie ins Telefon spricht und du deine Vermutung bestätigt siehst, keiner der diensthabenden Soldaten kann lesen.

Sicher, die meisten von denen sind doch noch halbe Kinder, wann sollen die denn zur Schule gegangen sein, sagt Fischer Mewe. Du sollst mal nachrechnen, wie viele Jahre der Krieg gedauert hat, und dich erinnern, wie oft du in den letzten Jahren zur Schule gegangen bist.

Nicht oft. In diesem Jahr nur ein paar Wochen. Und im nächsten Jahr mit etwas Glück, wenn das Wetter mitspielt, es nicht zu kalt ist, wirst du vielleicht im Februar wieder die Schule besuchen, die dritte Klasse.

Daß du und die anderen Kinder versetzt werden sollen, findet Fischer Mewe nicht richtig. Außer ein paar russischen Wörtern habt ihr doch nichts gelernt.

Immerhin kannst du schon lesen und Geschäfte machen, protestierst du und stellst die vier Wurstgläser auf den Tisch. Die möchtest du tauschen gegen Fisch. Du hast nämlich kein

Weihnachtsgeschenk für die Gehrens. Ob Fischer Mewe das für dich macht?

Ein paar geräucherte Fische, fünf Gläser sauer eingelegte Heringe und einen geräucherten Aal, das wären ihm die vier Wurstgläser schon wert.

Ein faires Angebot, akzeptierst du, und ein leckeres Geschenk für die Gehrens, findest du, derweil du dich sputest, nach Hause zu kommen, und hoffst, daß niemand deine Abwesenheit bemerkt hat. Du hast Glück, auf dem Alten Markt stehen drei Lastkraftwagen, von denen die Russen als kleines Weihnachtsgeschenk für die Bevölkerung Kartoffeln und die von Tante Ella als Kälberzähne bezeichneten Graupen sowie Mehl und Milchpulver verteilen. Aus sämtlichen Gassen strömen die Menschen auf den Platz und stehen Schlange. Und da die Gehren-Männer bei der Verteilung der Lebensmittel darauf achten, daß niemand, der seine Ration bereits erhalten hat, sich erneut in die Schlange der Wartenden einreiht, betrittst du unbemerkt das Haus und versteckst dein Geschenk, legst dich aufs Bett und wünschst, bereits in der Küche zu sitzen, wo in dem von Kurt gebauten Ofen das Holz der demolierten Stühle glüht, ihr am Küchentisch versammelt Kartoffelsalat und Würstchen eßt, du dein »Draußen vom Walde komme ich her ...« aufsagst und die Gehrens mit den bei Fischer Mewe eingetauschten Fischen überraschst.

Lisa lebt überhaupt nicht in einer richtigen Familie. Lisa ist immer alleine, und wenn sie aus der Schule kommt, wartet zu Hause nicht die Mutter mit dem Mittagessen und fragt sie, wie es in der Schule war, ob sie eine Klassenarbeit zurückbekommen und sich mit den Kindern vertragen hat.

Lisas Mutter kümmert sich nicht, sagen die Nachbarskinder. Lisas Mutter geht arbeiten in einer Wirtschaft.

In einem Restaurant. Ein Restaurant ist keine Wirtschaft. In einer Wirtschaft wird getrunken, in einem Restaurant gegessen. Es ist Lisa wichtig, den Unterschied hervorzuheben.

Die Nachbarskinder interessiert der Unterschied nicht. Eine Mutter geht nicht arbeiten, nicht in einem Restaurant und nicht in einer Wirtschaft. Das schickt sich nicht. Dafür ist ein Vater da, die Kinder und die Mutter zu versorgen. Lisa aber hat gar keinen Vater.

Hat sie wohl.

Hat sie nicht. Deshalb lebt Lisa auch nicht in einer richtigen Familie. Eine Familie ohne Vater ist keine Familie.

Wieso reden die Nachbarskinder so?

Woher sollst du das wissen. Lisa soll nichts darauf geben. Dummes Gewäsch.

Lisa weiß nicht, daß die Eltern der Nachbarskinder ihnen verbieten, mit ihr zu spielen. Lisa ist kein Umgang für sie, auch wenn Lisa stets freundlich grüßt, wenn man ihr auf der Straße begegnet. Lisa ist ein Schlüsselkind. Lisa verwahrlost, genießt keine Erziehung, treibt sich rum, macht, was sie will, lügt und stiehlt bestimmt, ist frech, gibt Widerworte, ist aggressiv, ist doch klar, wo Lisa enden wird, weiß man doch. Nein, Lisa ist kein Umgang. Lisa ist asozial. Wie die Mutter. Was das für eine ist. Hat keinen abgekriegt, sucht immer noch. Eine Frau und Mutter in ihrem Alter, die geht abends nicht mehr aus. Wie alt mag die wohl sein? Über dreißig bestimmt schon. Und wie die sich ausstaffiert. Von was bezahlt die eigentlich die Kleider? Schöne Kleider. Wo hat sie die Kleider nur her? In der Stadt gibt es kein Geschäft, das derartige Kleider verkauft. Cocktailkleider. Richtig elegant. Ein Vermögen müssen die gekostet haben. Von was bezahlt die solche Kleider? Von dem, was die in der Wirtschaft verdient, kann die solche Kleider nicht bezahlen. Und, wo geht die nur hin in diesen schicken Kleidern? Für die Wirtschaft sind die nicht. Für eine Bar auch nicht. Zu teuer. Zu elegant. Eigentlich müßte man am Fenster stehen und schauen, wann sie in der Nacht nach Hause kommt. Und der Kerl, der sie hin und wieder besucht und manchmal bei ihr übernachtet? Gut, ist stets derselbe, aber bitte, was besagt das schon. Immerhin, das Nummernschild seines Wagens, der kommt aus einer anderen Stadt. Angeblich der Verlobte. In dem Alter. Und das seit Jahren. Nein, ist doch merkwürdig. Nach so vielen Jahren des Verlobtseins ist man nicht mehr verlobt. Nein, nein, komische Verhältnisse sind das. Nein, da will man nichts mit zu tun haben, und so genau wissen will man es auch nicht. Es reicht, was man von anderen hört und mit den eigenen Augen sieht. Den Rest kann man sich zusammenreimen. Es gilt die Kinder zu schützen. Wehe, wenn sich eines nicht an das Verbot hält und mit Lisa spielt, dann setzt es aber was.

Du weißt um das Gerede und spürst es am eigenen Leib, wenn du den Nachbarsfrauen auf dem Weg von und zur Arbeit auf dem Bürgersteig begegnest. Du spürst es an der Art, wie sie dich grüßen, derweil ihre Blicke dich von Kopf bis Fuß mustern, Mißtrauen und Abwehr signalisieren und Angst, daß du ihnen die Ehemänner wegnehmen könntest. Du spürst es an dem plötzlich einsetzenden Schweigen, wenn die Nachbarsfrauen schwatzend auf dem Bürgersteig stehen, kaum daß du an ihnen vorübergegangen bist. Du weißt, daß sie dir nachschauen, du spürst ihre Blicke im Rücken, und so manches Mal trägt der Wind dir den einen oder anderen Satzfetzen ans Ohr von dem Gerede, das einsetzt, sobald sie dich in angemessener Entfernung wissen. Wie sie sich ungeschminkt die Mäuler über dich und Lisa zerreißen. Das macht dich wütend.

Die sollen sich die Lippen schminken und die Klappe halten und schön vor der eigenen Haustür kehren. Wo kommen die überhaupt her? Wie haben die denn nach Kriegsende überlebt? Wie sind die an Kartoffeln, Mehl und Nylons, eine Tafel Schokolade oder an Zigaretten gekommen? Und wo waren denn deren unehelich geborene Bälger untergebracht, derweil sie jeder Arbeit nachgehen mußten, um sich satt zu kriegen und sich gleichzeitig nach einem Mann umzuschauen, der sie vor den Traualtar führt, damit sie den Balg aus dem Heim oder von den Großeltern holen und einen auf ehrbare Familie machen können. Feine Familien. Von wegen der Mann auf Montage. Sitzen tut der eine, weil er Fünfmarkstücke gestanzt hat, und der andere, weil er mit einer schwarz lackierten, aus Brotteig gebackenen Pistole freitags, am Zahltag, das Lohnbüro überfallen hat. Saubere Familien, in denen manch eine Mutter fast wöchentlich gegen eine geöffnete Küchenschranktür stolpert oder in der Badewanne ausrutscht. Tolle Familien, deren Wohlanständigkeit zusammen mit dem Mantel am Freitagabend von manch einem Vater an der Garderobe unehrenhafter Etablissements abgelegt wird. Scheinheilige Bagage. Haben doch alle Dreck am Stecken. Da kannst du doch nur lachen über deren Gewäsch. Tauschen willst du mit denen nicht.

Eigentlich ist es gut, daß sich das mit deiner Heirat so über die Jahre hinzieht. Da hast du wenigstens deine Ruh, kannst tun und lassen, was du willst, mußt keine Hemden bügeln und keine Socken rauslegen, brauchst dich vom eigenen Ehemann nicht Mutti nennen zu lassen und auch nicht für ihn die Selbstlose spielen, die du nicht einmal für Lisa bist. Lisa gehorcht dir aufs Wort, die hast du im Griff, auch wenn du nicht anwesend bist. Lisa tut, was du willst, auch wenn sie alleine ist. Und jetzt soll Lisa dich in Ruhe lassen mit ihren Fragen.

Im Neuen Jahr sind die Lebensbedingungen nicht besser. Deutschland, Deutschland ohne alles, ohne Butter, ohne Speck, und das bißchen Marmelade frißt uns die Besatzung weg. In der Stadt herrscht Chaos. Einbrüche, Mord und Totschlag sind an der Tagesordnung, für ein Brot, ein Karnickel, ein Glas Eingemachtes. Zwar gibt es Polizisten, aber da weiß der eine nicht, was der andere tut, und wenn ein Polizist mal weiß, was er tut, dann mischt sich der Russe ein. Die Menschen fürchten sich. Vor den Russen. Vor dem, wie es ist. Wie es noch werden soll. Sie haben keine Arbeit, nichts zu essen und besitzen kaum mehr als das Wenige, das sie auf dem Leibe tragen: Flickenkleidung, hundertmal ausgebessert und zu dünn, um den Körper vor der Kälte zu schützen. Der Hunger zeichnet die Menschen. Der Hunger läßt die Haut welken und die Menschen um Jahre altern. Manchmal erschrickst du, wenn du einen Bekannten der Familie in der Schlange vor dem Konsumladen anstehen siehst, ihn erst auf den zweiten Blick erkennst. Dann schleichst du an ihm vorbei zum Hintereingang des Konsums, um den Gutschein, der dir im Rathaus für die aufgeklebten Lebensmittelabschnitte ausgehändigt wurde, gegen Lebensmittel einzutauschen. Du mußt nicht in der Schlange stehen wie die anderen, die oft vergebens anstehen, weil es keine Lebensmittel gibt. Der Konsum sagt euch Bescheid, wenn Lebensmittel eingetroffen sind. Und damit die Schlangestehenden nicht murren, dich womöglich verprügeln, holst du die Lebensmittel durch den Hintereingang ab.

Du schämst dich, daß es dir so viel besser geht als den meisten. Du hast zu essen. Nicht üppig. Aber du wirst satt, und du besitzt ausreichend Kleidung, dafür sorgen Tante Ella, die alles verwertet, was ihr zwischen die Finger kommt, und die Gehren-Männer mit ihren Geschäften. Die laufen richtig gut.

Auch die Gastwirtschaft bringt einiges ein. Nicht am Tage. Da verirrt sich selten ein Gast herein und erst recht kaum einer von den alteingesessenen Bürgern. Aber abends kommen Gäste. Abends kommt der Russe und betrinkt sich. Keine Nacht mehr kommt Gerhard vor drei Uhr morgens ins Bett.

Kurt und Harald wollen ihm bei der Arbeit helfen. Das will Gerhard nicht. Er befürchtet, daß die beiden sich im Ton vergreifen, wenn die Russen betrunken sind. Dann sind die Russen unberechenbar. Dann lassen sie euch spüren, daß sie die Sieger und ihr die Verlierer seid. Dann zeigt der Russe, daß er die Deutschen haßt und ihm nicht verzeiht, wie sein Land verwüstet, seine Männer hingemetzelt, seine Frauen und Kinder geschändet wurden. Harald und Kurt sind zu jung, um diese Situation Nacht für Nacht souverän meistern zu können. Auch wegen der Frauen will Gerhard das nicht. Zuerst kommen die Frauen, von denen bekannt ist, daß sie einem unehrenhaften Gewerbe nachgehen. Aber mit zunehmender Not kommen auch die bis dahin ehrbaren Frauen der Stadt und die Frauen aus den Flüchtlingslagern, um sich in der Gaststube dem Iwan zu nähern. Gerhard weiß, daß sie nicht um des Trinkens willen mit dem Iwan trinken. Die Frauen erhoffen von den Russen Mehl, Kartoffeln, alles was hilft, ihren Hunger und den ihrer Kinder zu stillen, sie wollen überleben. Nacht für Nacht sieht Gerhard die Frauen in den Armen der Russen die Gaststube verlassen. Wie sollen Harald und Kurt, die beiden Heißsporne, ruhig bleiben, wenn selbst ihn dieser Anblick wütend macht. Aber er zeigt seine Wut ebensowenig wie seine Verbitterung darüber, daß die Gastwirtschaft das geworden ist, was sie ist, eine Russenkneipe, und daß bis auf wenige verbliebene Freunde die meisten Bürger der Stadt die Familie meiden. Daß die Lebensbedingungen schlechter statt besser werden, diese Entwicklung hat Gerhard nicht vorausgesehen. Die sind nur neidisch, erklärt er dir das abweisende Verhalten der Bürger, weil es euch gut geht, ihr zu beißen habt.

Der Lärm in der Gaststube und vor dem Haus schreckt dich manche Nacht aus dem Schlaf. Dann hüpfst du aus dem Bett zum Fenster. Auf dem Marktplatz siehst du die Frauen mit den Russen den Weg zu ihren Wohnungen einschlagen. Manchmal siehst du auch die einheimischen Männer an der Seite der Flüchtlinge mit geballten Fäusten aus den Gassen hervorpreschen, als hätten sie dort nur darauf gewartet, daß die Russen endlich die Wirtschaft verlassen.

Die Frauen kreischen, und du reißt die Tür deines Zimmers auf und brüllst: Die Russen werden verprügelt. Dann rennen die Gehren-Männer auf den Alten Markt und versuchen die Prügelei zu beenden. Die Männer sollen machen, daß sie wegkommen, warnen sie, die Russen schießen sonst. Ihre Warnung bringt manch einen zur Besinnung, von den Russen abzulassen und davonzurennen. Die Angst, verhaftet zu werden, überwiegt die Wut, daß die Verhältnisse ihre Frauen zwingt, sich zu prostituieren. Aber manchmal scheint diese Mahnung die Wut und die Ohnmacht der Männer nur zu steigern, und sie hauen drauf, bis die eintreffenden Polizisten die Kämpfenden auseinandertreiben und alle, die nicht die Flucht ergriffen haben, verhaftet werden, auch die Frauen. Du weißt, was das für die Verhafteten bedeutet. Es wird keine Untersuchung, auch keine Verhandlung geben. Keiner weiß, wohin die Verhafteten gebracht werden, aber jeder weiß, keinen von ihnen wird man wiedersehen.

Geschieht diesen Flittchen ganz recht, sagt Tante Ella. Um die Männer tut es ihr leid. Aber die Frauen, die haben es nicht anders verdient. Kein gutes Haar läßt sie an den Frauen. Was Tante Ella denn machen würde, wenn Gerhard nicht wäre und Kurt und Harald noch klein wären, fragst du sie einmal. Ihre Hand brennt auf deiner Wange. Bei der Mutter wirst du auch noch da enden, wo diese Frauen geendet sind. Bist ja bereits auf dem besten Weg. Wirst schon noch sehen, wohin dich der Umgang mit den Rugge-Zwillingen bringt.

Mit den Rugge-Zwillingen verabredest du dich zum Alteisensammeln, Kaninchenfallenaufstellen und einmal, um in einen Keller einzubrechen, von dem die Zwillinge ausgekundschaftet haben, daß dort Eingemachtes aufbewahrt wird. Die Kaninchenfelle liefert ihr bei der Stadtverwaltung ab. Was die mit den Fellen machen, interessiert euch nicht. Für ein Fell erhaltet ihr einen Gutschein über fünfzig Gramm Zucker. Ihr sammelt die Gutscheine. Einlösen könnt ihr sie nicht. Zucker gibt es nicht. Zucker ist Mangelware. Das gestohlene Eingemachte tauscht ihr in den Baracken am Stadtrand bei den Flüchtlingen gegen Zigaretten ein. Und die Zigaretten tauscht ihr wieder gegen eine Wurst.

Lügen nützt nichts. Gerhard ist bereits informiert. Jemand war bei ihm, hat dich beschuldigt, bei dem Diebstahl dabeigewesen zu sein.

Alles kannst du machen, wenn du meinst, daß du das machen mußt, aber laß dich nie dabei erwischen, sagt Gerhard. Neunundneunzig Mal geht es gut. Aber einmal erwischen sie dich. Du weißt, was dann passiert.

Das weißt du. Gerhard wird das Sorgerecht entzogen, und du mußt ins Heim.

Besser, du hältst dich von den Rugge-Zwillingen fern, mahnt Gerhard. Denen fehlt der Vater. Wenn die so weitermachen, wird es mit denen kein gutes Ende nehmen. Ob du dich an seine Mahnung halten wirst, überläßt Gerhard dir. Mit deinen fast neun Jahren bist du alt genug, zu entscheiden, was richtig ist und was nicht. Nur eins verbietet Gerhard dir: das Alteisensammeln. Weder auf den Ruinengrundstücken in der Altstadt noch auf den umliegenden Feldern, auch wenn ihr in der Schule für zwanzig Stück Alteisen einen Fleißgutschein erhaltet, den ihr gegen eine warme Mahlzeit eintauschen könnt. Das ist es nicht wert, sagt Gerhard. Er hat Angst um dich. Er will nicht, daß dir etwas passiert. Zu viele Kinder sind bereits beim Alteisensammeln auf Blindgänger gestoßen. Die Explosion hat sie getötet, ihnen die Leiber aufgerissen, Arme und Beine weggerissen oder andere schwere Verletzungen zugefügt.

Daß ihr auf Blindgänger achten sollt, hat euch in der Schule niemand gesagt.

Jetzt weißt du es. Wirst du dich an dieses Verbot halten, dich daran erinnern, daß es gefährlich ist, will Gerhard wissen? Wirst du ihm das versprechen?

Das versprichst du ihm. Aber seine Mahnung, dich von den Rugge-Zwillingen fernzuhalten, mißachtest du. Du triffst dich heimlich mit ihnen. Mit ihnen unterwegs zu sein ist aufregend und spannend. Sie trauen dir Dinge zu, von denen sie eigentlich glauben, daß ein Mädchen dazu nicht in der Lage ist. Das gefällt dir.

Die anderen Jungen tun das nicht. Die findest du langweilig und die Mädchen sowieso. Die rümpfen die Nase über dich. Wie du rumläufst. In diesen weiten Hosen und Pullovern von Kurt. Selbst in diesen schlechten Zeiten, wo es an Kleidung mangelt, muß ein Mädchen doch nicht so rumlaufen. Du bist kein richtiges Mädchen, tuscheln die Mädchen hinter deinem Rücken. Du findest sehr wohl, daß du ein richtiges Mädchen bist. Du hast lange Haare, die du, stets zu einem einzigen Zopf geflochten, nach vorn über die Schulter trägst, so daß er dir über die Brust fällt. Das findest du schick. Und außerdem sagen die Erwachsenen, daß du ein richtig hübsches Mädchen bist, auf das die Gehren-Männer später gut aufpassen müssen. Da lachen die Gehren-Männer: Du wirst schon gut auf dich selber aufpassen.

Du bist eigenwillig, ungestüm, besitzt einen unbändigen Freiheitsdrang, aber vor allem besitzt du einen eigenen Kopf. Du bist wenig zimperlich, kannst eine Menge aushalten, ohne gleich in Tränen auszubrechen wie die anderen Mädchen, die schon heulen, wenn sie sich bei einem Sturz ein Knie oder einen Ellenbogen aufschrammen.

Nur einmal kommst du in Tränen aufgelöst von einem deiner Streifzüge nach Hause, ohne die Ursache deiner Tränen benennen zu können. Tage später bricht es aus dir hervor. Im Hafen haben die Russen vor deinen Augen einen jungen Mann erschossen. Nur weil er gerannt ist. Vielleicht hat er was verbrochen. Das weißt du nicht. Den Toten haben die Russen mit Füßen bis zu einem der Stege getreten, wo früher die Getreideschiffe angelegt haben, dort haben sie ihn ins Wasser gestoßen. Dir haben sie mit vorgehaltener Kalaschnikow verboten, darüber zu reden und jemanden zu holen, der den Toten aus dem Wasser zieht. Dann haben die Russen dich weggejagt. Aber du bist ganz langsam gegangen, damit sie nicht auch von dir denken, daß du etwas verbrochen hast, und sie dich womöglich auch noch erschießen. Jeden Tag bist du zum Hafen geschlichen, um zu sehen, ob der Tote noch im Wasser liegt. Er liegt immer noch da. Sein Körper ist ganz aufgebläht. Keiner traut sich, den aus dem Wasser zu holen. Der muß doch bald platzen, wenn den keiner aus dem Wasser fischt. Der kann doch nicht im Wasser bleiben, weinst du, das kann der Russe doch nicht wirklich wollen.

Der Turnunterricht fällt aus. Die Turnlehrerin ist plötzlich verstorben.

Umgebracht hat sie sich. Aufgehängt, erzählen die Mädchen aus den höheren Klassen in der großen Pause. Die Mädchen strecken die Zunge raus, reißen die Augen auf, legen den Kopf schief. Daran ist nur der Ehemann schuld. Ein richtiger Frauenheld soll der sein. Das hat die Turnlehrerin nicht mehr ertragen. Der Ehemann sieht aber auch schnuckelig aus, kichern die älteren Mädchen und schielen hinüber zum Schulhof der Jungen, derweil ihre Hände über die Hintern streichen hinab zu den Beinen, um sich zu vergewissern, daß der Minirock auch kurz genug ist und die Nylons keine Falten werfen.

Lisa mag nicht glauben, was die Mädchen erzählen. Die Schuldirektorin soll sagen, daß die Turnlehrerin nicht gestorben ist.

Das kann die Schuldirektorin nicht sagen. Leider. Sie bedauert es. Lisa soll in die Klasse gehen, sonst versäumt sie noch mehr vom Unterricht, die große Pause ist doch lange schon beendet.

Lisa geht nicht zum Unterricht. Sie kann jetzt nicht lernen. Um das Entschuldigungsschreiben braucht sie sich nicht zu sorgen. Das wird sie selber formulieren und mit deinem Namen unterschreiben. Schließlich hast du ihr beigebracht, deine Unterschrift zu fälschen, damit sie dich nicht belästigt wegen solcher Nichtigkeiten wie Entschuldigungsschreiben, Klassenarbeiten, und Zeugnisse. Sie rennt die vier Treppen zum Dachboden hinauf, wohin sich außer ihr nie eine Schülerin verirrt, hockt sich auf die Stufen und weint. Sie hat die Turnlehrerin geliebt, so wie sie, bis vor kurzem noch, die neue Mathematiklehrerin geliebt hat.

Lisa findet die neue Mathematiklehrerin toll. Bei der strengt sie sich an, von der Fünf in Mathe wegzukommen. Ganze Nachmittage hockt sie am Küchentisch, über das Mathematikbuch gebeugt, und versucht sich die Aufgaben begreiflich zu machen. Zum erstenmal will sie diese blöde Mathematik verstehen. Sie probiert aus, jongliert mit den Zahlen, mit den Lösungsmöglichkeiten, bis sie die Frage, wie funktioniert diese Rechnung, beantworten kann.

Du amüsierst dich über ihren Ehrgeiz, ziehst sie auf, wenn du sie spät abends noch über das Mathematikbuch gebeugt vorfindest. Wieso tut Lisa sich das an? Das kapiert sie doch sowieso nicht. Das liegt in der Familie. Du hast das auch nie kapiert.

Deine Scherze verletzen Lisa. Um so mehr freut sie sich über die Eins, mit der die Mathematiklehrerin gleich die erste unter ihrer Aufsicht geschriebene Klassenarbeit bewertet. Lisa könnte heulen vor Stolz.

Sie heult vor Wut, als die Mathematiklehrerin mitteilt, daß sie diese Eins in der Gesamtbewertung nicht berücksichtigen wird, schließlich ist ihr bekannt, daß Lisa stets Fünfen und Sechsen geschrieben hat. Diese Eins kann unmöglich auf Lisas Mist gewachsen sein. Sicher wird sie bei der Banknachbarin abgeschrieben haben.

Aber die hat doch nur eine Drei. Na, dann wird Lisa wohl zur anderen Seite geschielt haben.

Die Turnlehrerin hätte Lisa so etwas Gemeines niemals unterstellt. Erst recht nicht vor der ganzen Klasse. Die Turnlehrerin war anders als die anderen Lehrer. Diese alten Lehrer, die mit strenger Miene den Klassenraum betreten und den Lehrstoff durchziehen, ohne darauf zu achten, ob er von den Schülerinnen verstanden wird. Am schlimmsten ist die Biologielehrerin, die von den Schülerinnen »Ameise« genannt wird, weil sie die Statur einer Ameise besitzt, ihr Körper viel zu dünn ist und ihr Hals viel zu lang für diesen großen Kopf mit dem runden Gesicht, dessen schmaler Mund niemals lacht und dessen braune Augen, von den Brillengläsern um ein Vielfaches vergrößert, ruhelos durch die Klasse schweifen, jeden Spickzettel entdecken und jedes Flüstern beenden. Das Gesicht der »Ameise« nimmt die Farbe ihrer Pickel an, als im Unterricht die Ameise durchgenommen wird, die Klasse in Lachen ausbricht, sich nicht einkriegen will vor Lachen, auch nicht, als die Ameise die gesamte Klasse zu Strafarbeiten und Nachsitzen verdonnert und sich mit einem Eintrag im Klassenbuch über das ungebührliche Verhalten der Mädchen beschwert.

Die Turnlehrerin war die Jüngste im Lehrerkollegium. Nicht einmal dreißig Jahre. Schön war sie mit ihren langen blonden Haaren und ihrem Lachen. Auf ihre Stunden haben die Mädchen sich gefreut. Lisa besonders. Nie hat die Turnlehrerin ein Mädchen bloßgestellt, auch nicht die dicke Susanne, die kein Rad schlagen und nicht über den Bock springen kann. Stets hat die Turnlehrerin den Mädchen Mut gemacht. Lisa hat sie gelobt und zur Seite genommen, warum Lisa nicht in den Leichtathletik- und in den Schwimmverein gehen will?

Nein, das ist nichts für sie. So schnell schwimmen oder laufen wird sie niemals können. Das schafft sie nicht.

Wie kann Lisa so etwas sagen? Das weiß sie doch gar nicht. Sie soll es versuchen. Lisa hat Talent. Sie besitzt ein gutes Körpergefühl, Ausdauer, und vor allem kann sie, wenn sie will, sehr diszipliniert sein. Das ist eine Eigenschaft, mit der sie es nicht nur im Sport weit bringen kann, sondern die ihr auch im Leben nützlich sein wird. Außerdem kostet es nichts, da wirst du es schwer haben, Gründe zu finden, um es Lisa zu verbieten.

Nie vorher hat ein Erwachsener so zu Lisa gesprochen, sie ermutigt, sich etwas zuzutrauen, ihr Eigenschaften zugesprochen, die wertvoll sind. Sie wischt die Tränenspuren aus dem Gesicht, stützt den Kopf in die Hände und lächelt, lächelt das Lächeln der Turnlehrerin, als Lisa ihr vom ersten Besuch im Leichtathletikverein erzählte.

Die Ziegen haben Nachwuchs bekommen. Fünf Zicklein. Sobald die Tiere die Milch der Ziegenmütter nicht mehr brauchen, werden zwei Zicklein gegen zwei Ferkel eingetauscht und die anderen zwei gegen Federvieh. Ein Zicklein behaltet ihr.

Du wärst gerne bei der Geburt der Zicklein dabeigewesen. Aber seit einigen Wochen gehst du wieder zur Schule. Einheitsschule heißt das nun. Es gibt kein Gymnasium mehr, nur noch eine Grundschule für acht Jahrgänge.

Die Lehrer in deiner Schule sind uralt. Sie prügeln euch mehr, als daß sie euch etwas beibringen, schimpfst du zu

Hause, wenn deine Hände schmerzen und du die Finger kaum bewegen kannst. Die Lehrer schlagen mit dem Rohrstock. Jeder Lehrer hat seine Art zu schlagen. Der eine schlägt auf den Rücken, der andere auf den Hintern. Aber der Erdkundelehrer ist der Schlimmste. Er sieht aus wie ein Schwein, benimmt sich wie ein Schwein, deshalb nennt ihr ihn auch »das Schwein«. Das Schwein schlägt den Rohrstock mit Vorliebe auf die Handinnenflächen, so lange, bis der Schüler weint.

Du weinst nicht. Du hältst die Schläge mit dem Rohrstock aus, bis der Lehrer aufgibt. Das ist dein Triumph. Ein zorniger Triumph. Die Schläge machen dich wütend. Die Schläge sind ungerecht. Und wieso schlägt das Schwein stets auf die Hände, wenn er im nächsten Augenblick euch befiehlt, Kräuter zu sammeln, die ihr in der Apotheke abliefern sollt? Einen Teufel wirst du tun. Da kann das Schwein dich auf die Handinnenflächen schlagen, wie er will. Du sammelst nur für die Familie.

Junge Brennesseln, Zuckerrüben, Sauerampfer und Bärlauch. Die Brennesseln werden von Tante Ella zu Brennesselsuppe oder Spinat verarbeitet. Aus den Zuckerrüben macht sie Rübenkraut. Den tauschen die Gehren-Männer auf dem schwarzen Markt. Die Gläser werden ihnen förmlich aus den Händen gerissen. Den Sauerampfer und den Bärlauch eßt ihr als Salat.

Das Zeug enthält jede Menge Vitamine, erklärt Tante Ella, die dich auch lehrt, auf den Wiesen und Feldern die Kräuter zu erkennen. Die Kräuter mußt du bei der alten Muhme von Gerhard abliefern.

»Spökenkiekerin« nennt Gerhard sie, nicht ohne Stolz. Von jedem Kraut kennt die Muhme die Heilkraft, weiß, wie es am besten zu verarbeiten und anzuwenden ist. Die Menschen in der Stadt schätzen ihr Wissen. Für jedes Wehwehchen weiß die Muhme ein Heilmittel. Für das Rheuma von Gerhard weiß die Muhme zwar kein Heilmittel, aber eine Tinktur zum Einreiben, die ihm die Schmerzen nimmt. Gerhard schwört auf das Mittelchen. Und du schaust der Muhme dabei zu, wie sie es extra für Gerhard herstellt. Ein Extrakt aus Spiritus und den ausgewachsenen Früchten der Rotbuche, der über Wochen in verschlossenen Flaschen ziehen muß und bestialisch stinkt, wenn er zur Anwendung reif ist und die Flaschen geöffnet werden.

Das Wissen der Muhme fasziniert dich. Die Rugge-Zwillinge sind vergessen. Statt mit ihnen umherzuziehen, nutzt du jede Gelegenheit, um die Muhme zu besuchen. Sie weiht dich in die geheimnisvolle Kraft der Kräuter ein und lehrt dich, wie du leichte Verletzungen mit Kräutersalben behandeln kannst. Dein neu erworbenes Wissen willst du daheim gleich bei den Gehren-Männern ausprobieren, indem du sie aufforderst, sich doch mal einen Splitter in die Finger zu jagen oder sich an einem rostigen Nagel die Haut aufzuschrammen.

Die alte Spökenkiekerin macht dich noch ganz verrückt, lachen die Gehren-Männer und versprechen dir, sollten sie sich verletzen, sich von niemand anderem behandeln zu lassen als von dir. Und dann bist du auch schon wieder aus dem Haus, sitzt bei der Muhme und lauschst den Sagen, Geschichten und Märchen, die sie euch erzählt und die dir einen Schauer über den Rücken jagen und dich, gefangen in der Märchenwelt, in der Dämmerung, oft mit banger Wachsamkeit, nach Hause laufen lassen. Da, das helle Knistern, ist das der Zauberstab einer Elfe? Und die Frau, die dort in der Gasse verschwindet, war das nicht eine Hexe? Das Wispern des Windes, ist das nicht das Kichern der Trolle? Und da, der Lichtreflex am Boden, sollte dort der mit Talern gefüllte Kupferkessel des Teufels vergraben sein? Und der geflügelte Drache auf dem Ziegel, hat der nicht soeben seine Flügel bewegt? Du witterst Geheimnisse, wohin du schaust, und wünschst nichts sehnlicher, als daß Merlin dir aus dem Dunkel einer Gasse entgegenkommt, um dich sicher nach Hause zu geleiten.

Von den Geschichten über Merlin kannst du nicht genug bekommen. Und wenn die Muhme dich in der Kunst des Kartenlegens oder der des Handlesens unterweist, unterbrichst du sie mit hundert neugierigen Fragen nach Merlin, dem berühmten Zauberer. Sein Wissen, seine Güte, seine Weisheit und Sanftmut berühren dich. Merlin lügt nicht und stiehlt auch nicht. Merlin hat das nicht nötig. Er wird von den Menschen geliebt und hat viele Freunde. Was würdest du darum geben, so zu sein wie Merlin.

Du trägst alle Eigenschaften, die Merlin besitzt, in dir, sagt die Muhme und schenkt dir ein schmales, von unzähligen Händen abgegriffenes Buch mit Geschichten über Merlin. Es ist dein erstes eigenes Buch. Ein Schatz, den du nie wieder hergeben willst und den du ständig bei dir trägst, auch in der Schule.

Hände auf das Pult, befiehlt der Erdkundelehrer. Du hast die Schulaufgaben nicht machen können, weil du Tante Ella im Garten hast helfen müssen. Für das Versäumnis will dich der Erdkundelehrer bestrafen. Aber du läßt dich nicht mehr schlagen. Nicht von Tante Ella und erst recht nicht von ihm. Er packt dich am Nacken und zerrt dich aus der Bank, derweil er den Rohrstock bereits auf deinen Rücken knüppelt. Du drehst durch. Du reißt ihm den Rohrstock aus der Hand und prügelst auf den Erdkundelehrer ein, bis du plötzlich den Stock wegwirfst und an deinen Platz zurückgehst, wo du die Konsequenz deines unerhörten Tuns abwartest. Aber wenigstens weiß das Schwein nun, wie weh das tut.

Schulverweis, droht der Direktor.

An der geschlossenen Stubentür lauschst du dem Gespräch, das der Direktor und der Erdkundelehrer mit Gerhard führen. Die Stimmen sind gedämpft. Du verstehst kaum ein Wort. Bis der Erdkundelehrer seine Stimme erhebt, um dir alle schlechten Eigenschaften anzulasten, die eine Schülerin besitzen kann, dich zudem eine durchtriebene Lügnerin nennt, eine respektlose, mit allen Wassern gewaschene Göre, mit der es ein schlechtes Ende nehmen wird.

Bevor der Lehrer die Prognose über deine Zukunft im Gefängnis oder Bordell, wo er dich bereits sitzen sieht, beenden kann, fällt Gerhard ihm ins Wort. Mit beherrschter, dennoch lauter Stimme fordert er den Lehrer auf, die Zunge im Zaum zu halten, sich im Ton zu mäßigen, sachlich und bei der Wahrheit zu bleiben, schließlich sei allgemein bekannt, daß er in seinem Unterricht gerne nach dem Stock greift, wenn ihm die Argumente fehlen. Harald und Kurt können das bezeugen. Auch sie haben die Wucht des Rohrstockes mehr als einmal zu spüren bekommen, und das liegt immerhin einige Jahre zurück.

Die Worte des Erdkundelehrers lassen dich die Fäuste ballen. Das Herz klopft dir bis zum Hals.

Kurt, der mit dir an der Stubentür lauscht, hält dich davon ab, in die Stube zu stürzen. Das ist es nicht wert, flüstert er, du sollst keinen Pfifferling auf die Worte vom Schwein geben. Das Schwein redet sich um Kopf und Kragen. Es wird um seine Versetzung an eine andere Schule ersuchen müssen. Kein Schüler wird es mehr respektieren, selbst wenn es sich einen zweiten Rohrstock zulegen sollte.

Du grinst. Den Zeigefinger an den Lippen, bedeutest du Kurt, still zu sein. Du willst hören, was da in der Stube gesprochen wird.

Ab sofort wirst du die Parallelklasse besuchen, teilt der Direktor dir mit, der dich zudem ermahnt, dich zu beherrschen und den Lehrern den ihnen gebührenden Respekt zu zollen. Damit will er für dieses eine Mal die Angelegenheit auf sich beruhen lassen.

Aber wenn ein Lehrer dich noch einmal schlagen sollte, wirst du dich wieder wehren, begehrst du auf.

Gerhard hat Mühe, sein Grinsen zu verbergen.

In diesem Fall wird er gezwungen sein, das Jugendamt davon in Kenntnis zu setzen, erwidert der Direktor ernst, die Konsequenzen sind dir ja sicher bekannt.

Du weißt nicht, was schlimmer ist, Heim oder die Nichtachtung, mit der die Lehrer dich bestrafen. Kein Lehrer erhebt den Rohrstock gegen dich, aber auch nicht ein Lehrer richtet im Unterricht das Wort an dich. Jeder Lehrer behandelt dich, als wärst du Luft. Da kannst du dich noch so oft melden und mit den Fingern schnippen, wenn ein Lehrer eine Frage an die Klasse richtet und du die Antwort weißt. Selbst wenn du die einzige bist, die sich meldet. Für die Lehrer existierst du nicht. Dagegen kommst du nicht an.

Du resignierst. Statt am Unterricht teilzunehmen, sitzt du an deinem Pult und liest die Geschichten über Merlin, bis du das Buch in- und auswendig kennst, die Geschichten rückwärts lesen könntest und bis eines Tages ein neuer Lehrer vor der Klasse steht, der dich auffordert, das Buch aus der Hand zu legen, bevor er gezwungen sein wird, es dir wegzunehmen.

Du reagierst nicht.

Lehrer Lühder wiederholt seine Aufforderung und auch die Drohung.

Du schaust den neuen Lehrer erstaunt an. Ob Herr Lühder sicher ist, daß er dich wirklich sieht?

Wieso sollte er dich nicht sehen?

Weil kein Lehrer dich sieht.

Mag sein, daß der eine und andere Lehrer eine Brille braucht, er jedenfalls sieht dich und auch das Buch in deinen Händen, und er fordert dich zum dritten und letzten Mal auf, das Buch wegzulegen, sonst ...

Setzt es was mit dem Rohrstock, sagst du.

Bei ihm wird nicht geschlagen. Er verfügt über andere Methoden, wenn es notwendig sein sollte, und du wirst die erste sein, die diese Maßnahmen kennenlernt, wenn du das Buch nicht aus der Hand legst.

Es sind nicht die Worte von Herrn Lühder, sondern der Tonfall, der dich aufhorchen läßt.

Der Lühder setzt sich für dich ein. Kein Lehrer übersieht dich mehr. Und Lühder warnt dich, jeden kleinsten Ungehorsam von dir werden die Lehrer dem Jugendamt melden. Also, streng dich an.

Das muß er dir kein zweites Mal sagen. Am Schuljahresende wirst du versetzt, trotz der schlechten Note im Rechnen und der schriftlichen Bemerkung, daß du einen wilden, unberechenbaren Charakter besitzt und zum Jähzorn neigst.

Du mußt lernen, deine Zunge im Zaum zu halten, sonst wirst du es im Leben schwer haben. Die Menschen suchen die Lüge, weil es sich mit ihr leichter leben läßt. Diesen Rat gibt die Muhme dir mit auf den Weg, als du sie zum letzten Mal besuchst und sie, ihren baldigen Tod vorhersehend, dich auf ihr Sterben vorbereitet, sich von dir verabschiedet. Gegen den Tod hilft kein Kraut und keine Träne. Aber gegen die Leiden des Lebens hilft ein bißchen Liebe, spricht sie dir ins Haar, derweil du sie umklammerst. Du weinst ohne Stimme. Was sollst du machen ohne die Muhme? Zu wem sollst du laufen, wenn du nicht weiter weißt? Zu Tante Ella? Du bist der Schandfleck der Familie. Und die Gehren-Männer? Kurt und Harald sind tagsüber beschäftigt, und abends treffen sie sich mit den Mädels.

WARUM heiraten du und der Hermann eigentlich nicht?

Wegen der Mutter von Hermann. Lisa weiß doch, wie die ist. Und nun soll Lisa dich in Ruhe lassen, du hast keine Zeit, du mußt zur Arbeit. Wenn es an der Wohnungstür klingelt, soll Lisa nicht öffnen. Niemanden soll sie in die Wohnung lassen. Am besten Lisa reagiert gar nicht. Und sollte sie zum Spielen auf die Straße oder in den Park gehen, soll sie sich von den Troll-Kindern fernhalten. Mit den Troll-Kindern darf Lisa nicht spielen, das verbietest du. Kein Wort darf Lisa mit denen reden. Die Trolls kommen aus dem Osten. Das sind Kommunisten. Von wegen offiziell ausgereist. Eine Familie mit vier Kindern läßt die DDR nicht einfach ausreisen. Die hat bestimmt die Staatssicherheit zum Spionieren in den Westen geschickt. Kein Wort spricht Lisa mit den Troll-Kindern. Ist das klar?

Was ist Staatssicherheit?

Ein Haufen perverser alter Männer ohne Gewissen und Moral, denen jedes Mittel recht ist, Menschen unter Druck zu setzen, damit diese Menschen das, was sie über ihre Freunde, Bekannten, und Arbeitskollegen wissen, an sie verraten.

Warum tun die Männer das?

Weil sie denken, daß sie nur an der Macht bleiben, indem sie die Menschen kontrollieren.

Haben die Männer die Trolls geschickt, um auch in der Bundesrepublik an die Macht zu kommen?

Bestimmt.

Und woher weißt du das?

Das weißt du eben. Das weiß doch jeder. Und nun Schluß. Mit den Troll-Kindern spricht Lisa nicht. Und wenn Lisa durch die Stadt streift, soll sie sich von niemandem ansprechen lassen, nicht von einem Mann und auch nicht von einer Frau. Wenn jemand ihr eine Frage stellt, soll sie weitergehen, nicht antworten, unter gar keinen Umständen. Sie soll nicht sagen, wie sie heißt, wie alt sie ist, wo sie wohnt, wer ihre Mutter ist. Auch nicht, wenn ihr Süßigkeiten oder Spielzeug angeboten werden. Und wenn jemand Lisa bittet, ihr zu zeigen, wie er gehen muß, um von hier nach dort zu gelangen, soll Lisa bloß nicht mitgehen, auch wenn ein Blinder sie darum bittet, ihn über die Straße zu führen, dann soll Lisa die Beine in die Hand nehmen und wegrennen, am besten gleich zu dir auf die Arbeit, da bekommt Lisa dann ein in der Friteuse knusprig gebackenes Viertel Hühnchen, wie sie es so gerne mag, und später kann Lisa wieder helfen, im Gefrierraum die Hühner zu salzen und mit Paprikapulver einzureiben, bevor du die Viecher, jeweils fünf an der Zahl, auf den Grillspieß schiebst. Hat Lisa das verstanden?

Lisa hat das verstanden.

Der Vater könnte der Blinde sein, der, hat sie ihm einmal die Hand gereicht, um ihn über die Straße zu führen, ihre Hand nicht wieder loslassen wird. Der Vater tut alles, um Lisa zu finden, sie dir zu rauben. Jedes Mittel ist dem Vater recht.

Lisa weiß auch, was der Vater ihr antun wird, wenn er sie dir geraubt hat. Sie versteht nur nicht, wieso der Vater nicht will, daß Lisa lebt. Wenn Lisa dich danach fragt, antwortest du, dafür ist sie zu klein, das versteht sie nicht.

Noch gibt Lisa sich mit deinen Antworten zufrieden. Später wird sie wissen wollen, wieso du über Menschen, mit denen sie sich anfreundet, Erkundigungen einholst, ob etwas gegen diese Personen vorliegt. Dann wirst du antworten, weil du dir Sorgen machst, nicht willst, daß ihr etwas Schlimmes widerfährt. Aber deine Antwort wird ihren Argwohn nicht vertreiben, ihre Fragen nicht beruhigen, wieso du deine Vergangenheit so vehement verschweigst, ihr nicht erklärst, wieso sie an deiner Seite eine Kindheit verlebte, deren Anderssein sie als Kind spürt. Später als junge Frau wird sie allmählich begreifen, daß sie sich ihrer und auch deiner Vergangenheit stellen muß, sich nicht weiter hinter ihrem Schweigen verstecken kann, das sie von dir übernommen hat, wenn sie zurechtkommen will im Leben.

Die Erinnerungen holen sie ein, lassen sie zweifeln und verzweifeln. Mit dem, was sie weiß, sucht sie zu erklären, Antworten zu finden, die auch den Vater entlasten. Vielleicht hattest du Schulden und mußtest die Wohnorte Hals über Kopf wechseln, weil du die Schulden zum vereinbarten Termin nicht zurückzahlen konntest. Dagegen spricht, daß du manchmal nur die Wohnungen, nicht aber deine Arbeitsstelle wechseltest. Sie schiebt die Versatzstücke ihres Wissens hin und her, verknüpft sie mit deinen Erklärungen, findet Widersprüche. Sie spürt die Widersprüche körperlich. Der Magen zieht sich zusammen. Sie stellt dir Fragen, wieder und wieder. Du erinnerst nicht, was sie erinnert, lässt du sie wissen, auch daß du nicht verstehst, was sie veranlasst, dir solche Fragen zu stellen, und du greifst sie an, sie sei nicht normal. Sie spürt, dein Angriff dient der Verteidigung, du weichst aus. Sie kennt dich, sie weiß, wann du die Wahrheit sagst. Und sie entdeckt deine Schwachstelle.

Kaum erwachsen, wird sie den eigenen Erinnerungen nachgehen. Wird sie an den Ort zurückkehren, wo Schwester Ursula und Tante Johanna herrschten.

Der Ort ist hell und freundlich und kaum wiederzuerkennen. Komplett modernisiert, sogar die Badezimmer sind lichtdurchflutet, sagt Schwester Ursula, die Lisa durch die Räumlichkeiten führt.

Tante Rosemarie ist gestorben. In der Hölle wird sie schmoren. Und Schwester Malwine ist aus dem Orden ausgetreten. Ein Jahr nach Lisas Verschwinden. Hat Schwester Ursula das Lisa nicht erzählt?

Schwester Malwine hat ein Restaurant eröffnet und lebt mit einer Frau zusammen. Britta, die Intelligenzbestie, hat Jura studiert, wollte Richterin werden. Die hat das durchgezogen, bis zum Mündlichen, Summa cum laude, danach hat sie sich betrunken, ist aufs Dach gestiegen, hat sich fallen lassen, berichten ihr die Mädchen, die sie ausfindig macht. Sie treffen sich zu mehreren. Lisa wundert sich, woran sich die eine erinnert, aber nicht die anderen erinnern, und wie unterschiedlich die Erinnerungen an ein und dasselbe Ereignis sind. Traurig sind die Erinnerungen. Sicher, bestimmt wurde gelacht, nur wann und worüber? Die Mädchen erinnern sich an jede kleinste Ungerechtigkeit, nicht aber daran, worüber sie gelacht haben. Haben sie wirklich gelacht, fragen sie lachend. Lisa jedenfalls kann froh sein, daß sie da rausgekommen ist, bevor die Pubertät bei ihr einsetzte. Die Hölle, sagen die Mädchen, sie lernen immer noch, sich nicht schämen zu müssen eine Frau zu sein, ja zu sagen zu ihrem Körper, ihrer Lust, zur Verführung, zur Sünde. Es ist nicht einfach, die eingebleute Schuld und Scham abzuschütteln. Alkohol hilft, die Liebe auch, wenn sie denn lieben können. Sie verachtet den, der sie liebt, sagt eine. Oder sie liebt den, der mit Füßen nach ihr tritt, liebt ihn, weil sie lieben will, fügt eine andere hinzu. Zu Kampfhunden dressiert, ergänzt eine andere. Die Mädchen lachen. Es fällt schwer, das Geliebtwerden auszuhalten. Sich oder einen anderen zu demütigen ist einfacher. Dabei befähigt sie der erfahrene Mangel an Liebe, zu sehr zu lieben. Zu irreal und mächtig ist die Sehnsucht nach Liebe. Wer ist fähig, soviel Liebe auszuhalten? Es fehlt das Maß, das Mittelmaß. Alle Liebe oder eins in die Fresse.

Die Offenheit, mit der die Mädchen reden, wird Lisa erstaunen und deine Wut darüber, daß sie sich für die Biographien anderer Menschen interessiert, aber nicht für deine.

Gerda soll sich sputen, wenn sie den Harald vor seiner Abreise noch sehen will, keuchst du, die Hände auf die Oberschenkel gestützt, nach Atem ringend. Seit der Harald mit der Gerda ein Geheimnis hat, spielst du für die beiden fast täglich den Postillon d'amour, läufst von der Wirtschaft zum Zahnarzt, wo Gerda ihrem Vater bei der Behandlung der Kranken hilft, und wieder zurück, aber nie zuvor mußtest du eine Nachricht so eilig übermitteln wie diese.

Gerda schlägt die Hände vor den Mund, nach Italien?

Du lachst ein Nein, nimmst sie bei der Hand, ziehst sie aus dem Behandlungszimmer. Für Erklärungen fehlt dir der Atem. Das ist gut. Da kannst du ihr nichts Falsches sagen. Schließlich weißt du nicht, inwieweit Harald der Gerda von seinen Gesprächen mit Gerhard erzählt hat.

Seit Monaten drängt Gerhard den Harald, sich eine vernünftige Arbeit zu suchen. Aber Harald ist unentschlossen. Also nimmt Gerhard die Sache in die Hand. Er hört sich in der Stadtverwaltung um. Schließlich hat Harald eine abgeschlossene Kaufmannsausbildung. Da muß doch was zu machen sein.

In der Stadtverwaltung herrscht Chaos. Im blinden Aktionismus hat der Russe nach seinem ruhmreichen Sieg die Stellen in der Stadtverwaltung mit denjenigen besetzt, die angeblich nie Mitglied der NSDAP waren, die aber auch von Verwaltung keine Ahnung haben. Wie bei der Polizei weiß dort die rechte Hand nicht, was die linke macht. Und was der Russe in der Stadtverwaltung macht, wissen beide Hände nicht.

Zudem sitzen in der Stadtverwaltung ein paar Köpfe, die es Gerhard nachtragen, daß er nach Kriegsende den ihm angebotenen Posten bei der Polizei abgelehnt hat: Er will nie mehr für ein System arbeiten, er zieht es vor, ein freier Mann zu sein. Wegen dieser Antwort ist Gerhard sogar im Gefängnis gesessen. Nur ein paar Tage zwar, um seine Antwort zu überdenken. Für Gerhard gab es nichts zu überdenken. Für Harald könnte sich Gerhards Standhaftigkeit allerdings nachteilig auswirken, bitten einige wohlmeinende Köpfe der Stadtverwaltung Gerhard zu bedenken. Besonders zu Beginn wird der eine oder andere versuchen, Harald Steine in den Weg zu legen. Wenn Harald sich der Schikane gewachsen fühlt, wird es sich aber irgendwie einrichten lassen. Und letztendlich, das wird Harald auch wissen, wird die Angst vor dem, was er und Gerhard über die angeblich nie bestandene NSDAP-Mitgliederschaft dieser Kleingeister wissen, sie ja doch vor Harald dienern lassen.

Aber Harald will nicht in die Stadtverwaltung. Zum Ärger von Gerhard weigert er sich, die Stelle anzutreten.

Harald hat eine Idee, die er umsetzen will, bevor ein anderer ihm zuvorkommt, und die er Gerhard auseinandersetzt, derweil du mit Gerda die Wohnstube betrittst. Überall beklagen die Holzvergaser die mangelhafte Auslastung ihrer Lastkraftwagen. Sogar im Westen. Holz ist Mangelware. Und Holz wird überall benötigt. Zum Wiederaufbau, für die Herstellung von Möbeln, zum Heizen. Gerhard hat doch gute Beziehungen zur Forstbehörde. Da müßte es doch ein leichtes sein, einen Holzbetrieb aufzubauen. Alles, was Harald benötigt, ist eine Kreissäge und eine Holzhackmaschine, ein bißchen Land mit einer Scheune drauf, um das Holz zu verarbeiten und es zu lagern, und natürlich die Genehmigungen. Die zu erhalten ist das Schwierigste. Aber wenn Gerhard seine Kontakte ...

Und wenn Harald auf dem Holz sitzenbleibt?

Die Gefahr besteht nicht, versichert der Holzvergaser, der Harald auf diese Idee gebracht hat und der an seiner Seite sitzt, um Gerhard die Effektivität eines solchen Betriebes aus seiner Sicht zu schildern. Wenn Harald das schaffen sollte, wird sich das unter den anderen Holzvergasern wie ein Lauffeuer verbreiten, dafür wird er sorgen, verspricht der Holzvergaser. Er und die Kollegen sind froh, wenn sie wissen, wo sie vorfahren können.

In der Wohnstube ist es still. Sämtliche Blicke sind auf Gerhard gerichtet. Gerhard schweigt. Gerda legt die Hand auf den Arm von Harald. Du beißt dir den Nagel vom Ringfinger ab. Und hinter Gerhard steht Tante Ella und drückt Harald die Daumen.

Seinetwegen, sagt Gerhard, soll Harald den Holzvergaser auf seiner Tour im Lastkraftwagen begleiten, sich vor Ort umschauen, wie so ein Betrieb zu führen ist. Derweil will er versuchen, die notwendigen Genehmigungen zu erhalten, die Maschinen zu organisieren und eine Scheune zu finden.

Keine Kreissäge. Keine Holzhackmaschine. Das sind die Antworten, die Gerhard auf seine Nachfragen erhält. Alles hat der Russe abmontiert und weggeschafft.

Aber hat der Russe auch alles nach Rußland transportiert?

Nicht alles, antwortet der Oberst. Manches wird auf dem Kasernengelände gelagert. Nur wo? Und ob sich eine Kreissäge darunter befindet? Da müßte man nachschauen. Wofür Gerhard die Kreissäge braucht?

Dem Oberst gefällt die Idee. Gemeinsam mit Gerhard denkt er sie konsequent weiter. Wenn die Fahrer mit leeren Lastkraftwagen nach Stralsund fahren, um das Holz aufzuladen, könnten sie auf diesen Leerfahrten ebensogut Lebensmittel und andere Lasten transportieren. Die Bevölkerung und die russische Armee würden gleichermaßen davon profitieren. Auf beiden Seiten würde sich die Versorgungslage verbessern. Die Armee wäre zufrieden, die Bevölkerung auch. Mit einem vollen Magen finden sie sich eher mit der Anwesenheit der Sieger ab als mit einem knurrenden Magen. Hat Gerhard diese Idee bereits dem Stadtkommandanten vorgetragen?

Gerhard wollte zuerst die Meinung des Obersts hören.

Das schmeichelt dem Oberst. Am Abend will er dem Stadtkommandanten, bei einem oder auch zwei Gläschen Wodka, davon erzählen. Aber viel Hoffnung will er Gerhard nicht machen.

Der Stadtkommandant erteilt die Genehmigungen. Das hätte ihn auch gewundert, grinst der Oberst. Und weil Harald noch mit dem Holzvergaser unterwegs ist, darfst du mit Gerhard und dem Oberst im Kübelwagen zur Kaserne fahren, um im Arsenal nach einer Kreissäge zu suchen.

Staunend und betroffen steht ihr zwischen Gemälden, Teppichen, Möbeln, Porzellan, Silberbestecken und Schmuck, Spielzeug, Kleidern und Pelzen, Werkzeugen, Industriemaschinen und kompletten Ladeneinrichtungen. Eine Rumpelkammer, angefüllt mit Gegenständen von unermeßlichem Nutzen. Gerhard ist sprachlos. Der Oberst flucht, Sauerei, derweil du einen Pelzmantel hochhebst, aus dem dir Staub und Schwärme von Motten entgegenfliegen. Bei ihm daheim erfrieren die Menschen im Winter, und hier vergammeln die Pelze, verrosten die Maschinen, die seine Leute daheim in Rußland für den Wiederaufbau dringend bräuchten, schimpft der Oberst in den Pelzen wühlend, um dir zwei einigermaßen gut erhaltene Pelzmäntel zu schenken. Für Tante Ella zum Dank für die herzliche Aufnahme in ihrem Haus und für das gute Essen, vielleicht kann sie aus den Pelzen noch was machen.

Bestimmt, sagst du und dankst ihm.

Unterdessen bahnt Gerhard suchenden Blickes sich einen Weg durch das Arsenal, schaut hinter die in ihren Rahmen belassenen, an- und übereinandergestapelten Gemälde, stöbert zwischen Mobiliar, in Kisten und Truhen, stolpert zwischen Holzspielzeug und Puppenbergen über Kabelstränge und entdeckt zwischen Schuhbergen, unter Teppichen verborgen, einen Metalltisch, auf dem eine Säge montiert ist. Die würde er haben wollen und ein paar Meter von den Kabelsträngen da. Ob das möglich wäre?

Gerhard soll zusammenlegen, was er braucht. Er wird dafür sorgen, daß es zu ihm geschafft wird, brummt der Oberst, zwei Soldaten herbeirufend, denen er seinen Befehl entgegenbrüllt. Noch im Laufschritt heißt es kehrt marsch, abtreten. Kurz darauf erscheint eine Kompanie Soldaten, um das Chaos im Arsenal zu ordnen und eine Bestandsaufnahme der vorgefundenen Gegenstände zu machen.

Viel Arbeit, berichtet Harald nach seiner Rückkehr. In den Betrieben, die er besichtigt hat, wird das Holz von Hand gehackt. Nirgendwo hat er eine Holzhackmaschine gesehen. Dafür müßte zusätzlich jemand eingestellt werden. Abgerechnet wird nach dem Gewicht des Holzes, das in Säcken verpackt auf die Reise geht. Das könnte sich lohnen, grinst Harald, hat Gerhard schon eine Scheune gefunden?

Keine, die nah genug liegt und leersteht. Aber Gerhard besitzt einen Acker gleich vor den Toren von Stralsund. Der Acker böte ausreichend Platz, um das Holz zu verarbeiten und es zu lagern. Und mit der Scheune, da hat Gerhard eine Idee.

Im nächsten Dorf kauft er einem Bauern dessen unbenutzte Scheune ab, läßt sie Brett um Brett abreißen, um sie Brett um Brett auf seinem Acker wieder aufzubauen. Und derweil er noch mit der Forstbehörde verhandelt, daß sie fürs erste dem Harald das Geld für das Holz stundet, transportieren bereits die ersten Pferdewagen die Holzstämme zum Acker.

Die Holzstämme werden zersägt. Die Holzkloben mit der Axt zerhackt und die Scheite sowie die Holzspäne zum Trocknen in der Scheune gelagert. Als die ersten Holzscheite über Nacht aus der Scheune verschwinden, stellt Harald einen Nachtwächter ein. Jeden Abend, bei Anbruch der Dämmerung, holt der Nachtwächter Harras aus dem Zwinger, um ihn bei Sonnenaufgang, sobald Harald in der Scheune erscheint, wieder bei euch abzuliefern. Um die Arbeit zu bewältigen, muß Harald schon bald drei Männer anstellen. Er bezahlt sie nach Stunden, um vorerst jedes Risiko zu vermeiden.

Das Geschäft mit dem Holz floriert. Der Holzvergaser hat Wort gehalten. An manchen Tagen fahren bis zu fünfzehn Lastkraftwagen vor die Scheune, um Holz aufzuladen.

Da manch ein Fahrer eine Genehmigung besitzt, das Holz auch in den Westen zu liefern, entwickelt sich nebenbei ein einträglicher, wenn auch illegaler Handel, von dem neben den Holzvergasern und den Gehrens auch die Forstbehörde, der Oberst sowie der Stadtkommandant profitieren. Nur erwischen lassen darf sich keiner. Das wissen vor allem die Holzvergaser. Sie verraten niemandem, wie sie die Sachen schmuggeln, Harald nicht und auch dir nicht. Da kannst du fragen, sooft du willst. Kein Wort kommt über ihre Lippen, nur ein Grinsen, derweil sie dir ein Bonbon, ein Stück Schokolade oder einen Groschen Westgeld schenken.

Geld versaut den Charakter, scherzt Gerhard, als er dich dabei überrascht, wie du das Markstück, das Harald dir an den Wochenenden für deine Hilfe gibt, zu deinen Ersparnissen in die Zigarrenkiste legst.

Das hast du dir verdient, widersprichst du. Schließlich mußt du dafür bei Harald jeden Nachmittag schwer arbeiten. Und es ist nicht die einzige Arbeit, die du machst.

Nach wie vor bist du für die Ziegen und die anderen Tiere verantwortlich. Füttern und melken. Den Stall säubern. Vor der Schule die Milch in der Molkerei abliefern. Nach der Schule Tante Ella im Haus und im Garten helfen und danach bei Harald die Sägespäne in Säcke abfüllen und die Säcke in die Scheune tragen. Der Holzstaub dringt in die Atemwege, verklebt dir die Augen und das Haar, obwohl du ein Kopftuch trägst. Jeden Abend mußt du in die Wanne, und oft kommst du erst spät ins Bett. Den fehlenden Schlaf holst du in der Schule nach, wo du während des Unterrichts regelmäßig einschläfst. Die Verweise der Lehrer bleiben ohne Folgen. Du bist nicht die einzige, die übermüdet im Unterricht sitzt. Jedes Kind wird von den Eltern eingespannt zu helfen, wo es kann, auch auf die Gefahr hin, daß es schlappmacht und umfällt. Ob es geschont werden muß, darüber nachzudenken kann niemand sich leisten. Auch die Gehrens nicht.

Niemand in der Familie bemerkt, daß du trotz ausreichender Mahlzeiten ein Strich in der Landschaft bleibst. Das ist normal. Keines der Kinder hat ein Gramm Fett auf den Rippen. Aber eines Morgens findet Tante Ella dich weinend im Bett. Du kannst die Beine nicht bewegen. Die Knie knicken ein, die Beine sacken weg, und du hast kein Gefühl in den Beinen. Auch als Tante Ella dich heftig in den Oberschenkel kneift, spürst du keinen Schmerz.

Die Wirbelsäule, sagt der Doktor. Er wird täglich kommen und nach deinen Beinen schauen. Das wird wieder, macht er dir und den anderen Mut.

Die Gehrens sind erleichtert. Harald bringt dir Bücher ans Krankenbett, Tante Ella das Essen, und Kurt kommt aus Saßnitz, der einzigen Stadt auf Rügen, die im Krieg bombardiert wurde. Dort hat er im Stadtteil Dwasieden, durch die Beziehungen von Gerhard, im Fischverarbeitungskombinat eine Stelle in der Verwaltung bekommen. Während du den Rogen in dich hineinlöffelst, den er dir mitgebracht hat, läßt Kurt dich wissen, daß er zukünftig nur noch an den Wochenenden nach Hause kommen wird. Unter der Woche wird er in einer der Baracken wohnen, die für die zahlreich von außerhalb kommenden Arbeiter in der Nähe des Kombinats errichtet wurden. Er hat nämlich die jungen Mädels entdeckt, die in der Fischverarbeitung arbeiten. Da muß er unter der Woche einfach in Saßnitz sein, um am Abend die Mädels kennenzulernen. Vielleicht ist ja ein Mädel für ihn dabei. Er sieht gut aus, kommt aus einer angesehenen Familie, und er besitzt ein Motorrad. Das besitzen nicht viele Männer. Vor allem kaum einer, der so jung ist wie er.

Der Russe wird ihm das Motorrad bestimmt unterm Hintern weg konfiszieren, kommentierst du seine Mitteilung. Du willst nicht, daß Kurt in Saßnitz wohnt, und auch nicht, daß er ein Mädel findet.

Um das Motorrad brauchst du dir keine Sorgen zu machen, grinst Kurt, dem deine Eifersucht schmeichelt. Wer ein Motorrad oder ein Auto besitzt, darf es nun behalten, klärt er dich auf. Nur Benzin ist immer noch knapp. Aber das sollte für ihn kein Problem sein, schmunzelt er. Das Benzin wird er sich einfach vom Russen holen, im Tausch gegen alles, was der Russe braucht. Er stellt dir ein weiteres mit Rogen gefülltes Glas auf deinen Nachttisch. Die Mädels warten, zwinkert er dir zu und schließt die Tür.

Du wirfst dich auf die Seite und tust, was du seit Tagen tust. Schlafen, lesen, träumen und die Tabletten schlucken, morgens, mittags und abends, die der Doktor dich bei jedem Besuch ermahnt, regelmäßig einzunehmen. Du genießt die Zeit des Untätigseins und bist enttäuscht, als du wieder stehen, die ersten Schritte gehen kannst und der Doktor dir erlaubt, wieder die Schule zu besuchen.

Nur schwer tragen darfst du nicht mehr, das verbietet er. Beim nächsten Mal könnte das mit deiner Wirbelsäule anders ausgehen, warnt er Harald.

Kurt nimmt deine Genesung und einen arbeitsfreien Tag zum Anlaß, das dir im letzten Kriegsjahr gegebene Versprechen einzulösen. Auf dem Motorrad bei blauem Himmel und Sonnenschein fahrt ihr nach Rügen. Endlich kann er dir die Insel zeigen. Zwar wird der Rügendamm noch von den Russen kontrolliert, aber ihr könnt den Damm passieren, ohne anzuhalten, um eure Passierscheine zeigen zu müssen. Passierscheine braucht ihr nicht mehr. Die Russen haben die Insel freigegeben, bis auf wenige Ortschaften. Stubbenkammer mit seinen Kreidefelsen kann Kurt dir nur in der Ferne zeigen. Militärisches Sperrgebiet. Auf dem Kreidefelsen steht ein Wachhäuschen, von dem aus der Russe das Gelände weitläufig überblicken kann. Auch das Gelände um die ehemalige KdF-Anlage Prora ist Sperrgebiet. Bis vor kurzem hat der Russe die Anlage noch genutzt. Nun werden die Häuserblocks zu Kasernen umgebaut.

Die neu gegründete Kasernierte Volkspolizei wird dort demnächst militärische Einheiten ausbilden, erklärt Kurt, derweil ihr auf dem Motorrad am Schmachtener See entlang zu dem an seinem östlichen Ufer gelegenen Ostseebad Binz fahrt. Früher besaß der See einen offenen, beschiffbaren Zufluß zur Ostsee. Ein perfekter Naturhafen, der die Boote der Fischer vor den Nordost-Stürmen schützte.

Du bittest Kurt anzuhalten. Du willst am Strand entlanglaufen, willst den Sand durch deine Finger rieseln lassen und Muscheln suchen.

Damit mußt du dich gedulden, bis ihr Baabe erreicht habt. Auf Rügen gibt es nämlich nirgendwo einen Strand, der weißer und feinsandiger ist als der von Baabe. 1905 wurde in Baabe das erste Damen- und Herrenbad eröffnet. Das galt damals als ziemlich verrucht. Du mußt dir vorstellen, daß bis dahin die Damen der Gesellschaft in einer Art Kutsche, die den Strandkörben da am Strand nicht unähnlich waren, von Pferden gezogen, zum Schwimmen ins Wasser fuhren, damit kein Auge sie leichtbekleidet erblicken konnte. Sobald die Kutsche im Wasser war, öffneten die Damen den Verschlag und stiegen über ein Treppchen ins Meer, um zu schwimmen.

Du lachst. Was Kurt alles weiß.

Kurt weiß noch viel mehr. Am Strand von Göhren zeigt er dir den größten Findling, den es in Deutschland gibt und der unweit der Strandpromenade im Wasser der Ostsee liegt. Irgendein Gletscher muß den Findling vor Urzeiten dort hingeschoben haben. Buhskam, den Gottesstein, nennen ihn die Einheimischen. Bis zum Krieg war es unter den Göhrener Hochzeitspaaren Brauch, sich nach der Trauung zum Buhskam übersetzen zu lassen, um mit einem Reigentanz dem Meeresgott zu huldigen. Wenn Kurt irgendwann heiraten sollte, will er mit seiner Braut auch auf dem Buhskam tanzen.

Aber vorher wird Kurt dir doch noch zeigen, wo er arbeitet. Du bist schon ganz neugierig und verspürst wenig Lust, noch ein weiteres Kurbad zu besichtigen. Außerdem ist es bereits

Nachmittag, und wenn ihr wirklich auf dem Rückweg bei Fischer Mewe in Altefähr vorbeifahren wollt, müßt ihr euch beeilen.

Der Fahrtwind zerrt an deinem Kopftuch. Die Sonne scheint dir ins Gesicht. Dein Blick fliegt entlang der Dünen, reicht über das Meer bis zum Horizont. Im wolkenlosen Blau des Himmels Möwenschwärme über Fischkuttern inmitten weiß schäumender Wellenkämme. Du hörst die Möwen lachen und riechst das Meer, Salz und Tang und Fisch. Das Leben ist schön.

Daß es ebenso grausam wie schön sein kann, das Leben, davon zeugt Saßnitz. Die Hafenanlagen zeigen noch immer das Ausmaß der Zerstörung, das die englischen und amerikanischen Bomberstaffeln zwei Monate vor Kriegsende in Saßnitz anrichteten. Achthundert Tote in einer einzigen Nacht.

Wie viele Menschen mögen in jener einen Nacht insgesamt ums Leben gekommen sein, fragst du Kurt im Kabuff, das er sein Büro nennt und in dem es nach Papier, Staub, Alkohol und totem Fisch riecht.

Tausende, antwortet Kletzin, der alte Buchhalter, sich hinter seinem Schreibtisch erhebend, um dich zu begrüßen, indem er dir die linke Hand reicht. Du bist also die kleine Schwester?

Du bejahst nickend, derweil dein Blick von seinem Gesicht über seinen rechten Hemdsärmel schweift, der mit einer Sicherheitsklammer an der Seitennaht seines Hemdes befestigt ist. Den Arm hat er im Krieg verloren, lächelt Kletzin und läßt das, was ihm von seinem Arm geblieben ist, im Ärmel wippen. Seit diesem verflixten Tag bemüht er sich, das Schreiben mit der linken Hand zu erlernen. Mühselig. Wenn Kurt ihm nicht so oft zur Hand ginge, würde er die Arbeit sicher nicht bewältigen.

Dafür lehrt Kletzin ihn jede Menge Tricks aus der Buchführung, gibt Kurt das Lob an ihn zurück. Du lächelst mit zusammengepreßten Lippen. Kein unbedarftes Wort soll aus deinem

Mund kommen. Aus Kurts Erzählungen weißt du, daß er sich bei Kletzin regelmäßig mit einer Flasche Schnaps revanchiert.

Kletzin trinkt gerne. Oft trinkt er einen zuviel und erscheint betrunken zur Arbeit. Das ist allen bekannt, auch der Betriebsleitung. Aber die ist auf Kletzin angewiesen. Und Kletzin auf den Schnaps, wegen des Kriegs. Das, was Kletzin erlebt hat, kann er nicht erzählen und auch nicht vergessen. Das muß er ertränken.

Na ja, lächelt Kletzin, lange wird er ja nicht mehr arbeiten müssen. Zwei, drei Jahre noch. Und nun muß er mal kurz aus dem Büro, seine Medizin schlucken, der abgeschossene Arm schmerzt.

Geht er jetzt trinken, fragst du Kurt, kaum daß Kletzin die Tür hinter sich geschlossen hat.

Kurt fährt dir mit der Hand durch das Haar und dirigiert dich zum Fenster. Da, sieh den Hafen und das Meer, darauf blickt er den lieben langen Tag. Das Gebäude rechts da ist die Fischverarbeitungsfabrik. Da werden die Fische von den Mädels verarbeitet. Entschuppt, gewaschen und ausgenommen. Da kommt der Milchner und Rogen her, den er dir manchmal mitbringt. Und die Schiffe, die dort vor der Fabrik im Hafen vor Anker liegen, das ist die Kutterflotte vom Fischverarbeitungskombinat. Sind noch nicht viele Schiffe, aber mit der Zeit werden es schon noch mehr. Und da, siehst du die Schiffe hinter dem im Wasser gelegenen Zaun? Das sind die kleineren Kriegsschiffe der Russen. Die größeren Schiffe ankern in Rostock und im Greifswalder Hafen. Greifswald ist der Flottenstützpunkt der russischen Kriegsmarine. Und schau, da links, der Leuchtturm am Ende der Ostmole. Den ganzen Tag könnte er aus dem Fenster sehen und die Arbeit darüber vergessen. Der Anblick des Meeres macht ihn träumen. Dann denkt er über das Leben nach, die Mädels, über dieses und jenes halt. Und manches von dem, was er denkt, läßt er einfach zurück auf dem Meer. Dann steht er wieder mit beiden Beinen sicher auf der Erde. Deshalb hat er den Schreibtisch auch vor das Fenster gestellt.

Erst werden die Fischer gefragt, ob sie für das Fischverarbeitungskombinat arbeiten, und wenn sie nicht wollen, werden die Boote einfach enteignet. Ist doch klar, daß kein Fischer sich traut, nein zu sagen. Also sagen sie ja und arbeiten für Lohn auf dem eigenen Kutter, bevor sie untätig an Land stehen und zusehen müssen, wie ein anderer mit ihrem Kutter auf Fang fährt. In Ordnung findet Fischer Mewe das nicht. Sein Boot bekommt das Fischverarbeitungskombinat nicht, da kann Kurt reden, wie er will. Das läßt der Iwan auch nicht zu, daß ihm das Boot weggenommen wird. Schließlich versorgt er die russische Kaserne mit Fisch. Und überhaupt, wie lange hat er reden und erklären müssen, daß der Russe nicht einfach mit dem Lastkraftwagen vorgefahren kommen kann, um ihm den gesamten Fang abzunehmen, kaum daß er mit dem Kutter im Hafen einläuft. Bis da einer von den Oberen verstand, daß er eine Familie zu ernähren hat und sie ihm entweder einen Teil des Fangs überlassen oder ihn mit Naturalien oder Geld entschädigen müssen. Was hat er jedesmal Salz und Wasser geschwitzt, daß der Russe nicht dahinterkommt, daß er noch auf See seinen Anteil vom Fang abzweigt, um sich und seine Familie durchzubringen. Und nun, da der Iwan begriffen hat, daß er ihm einen Teil des Fangs zum Leben lassen muß und es sich endlich wieder für ihn richtig lohnt rauszufahren, da sieht er nicht ein, daß er seinen Kutter dem Fischverarbeitungskombinat in den Rachen wirft. Nicht für das bißchen Geld, was die dafür zahlen. Was kann Mewe sich dafür kaufen? Nichts. Gibt doch nichts.

Eine Barbiepuppe, erklärt die Verkäuferin aus der Spielwarenabteilung, ist genau das Richtige für ein Mädchen wie Lisa. Heutzutage spielen alle Mädchen damit, die sind verrückt nach den Barbiepuppen und den schönen Kleidern, die es für die Barbies zu kaufen gibt.

Aber die Barbie kann die Augen gar nicht zumachen, und das lange, glatte, blonde Haar fühlt sich komisch an, das knistert und stellt sich auf, wenn Lisa mit den Fingern darüberstreicht. Lisa möchte das Schlummerchen haben, das sie hinter den Puppen mit den lächelnden Gesichtern im Regal entdeckt hat. Vergessen lehnt das Schlummerchen an der Regalwand und erobert das Herz von Lisa im Sturm: feuerrotes Wuschelhaar, Sommersprossen im Gesicht, Stupsnase und ein lachender Mund, der ein makelloses Gebiß zeigt, in dem der vordere Schneidezahn fehlt. Die ist süß, lacht Lisa.

Die ist häßlich und viel zu teuer. Fast vierzig Mark. Die Barbie kostet nur die Hälfte. Entweder die oder gar keine Puppe. Schließlich braucht Lisa ja auch noch ein paar Schuhe.

Im Sommer läßt Lisa die Barbie für fünf Minuten in der Regenrinne Badeurlaub machen und im Winter einmal über das in der Regenrinne zu Eis gefrorene Wasser schlittern. Die restliche Zeit des Jahres sitzt die Barbie mit aus der Hüfte steif ausgestreckten Beinen und aus der Schulter steif vorgestreckten Armen auf der Fensterbank und starrt aus großen blauen Augen auf Lisa, die aus dem Fenster gelehnt ihren Garten betrachtet oder in der Regenrinne mit Laub und Moos einen Stausee baut, auf dem sie die aus Streichhölzern und Bindfaden gebastelten Flöße fahren läßt. Manchmal fühlt Lisa sich durch den starren Blick der Barbie gestört. Dann setzt sie die Barbie mit dem Gesicht zur Wand. Blödes Ding. Oder sie schnappt die Barbie und setzt sie auf das Bett und sich davor auf den Boden.

Aug in Aug sitzt sie der Barbie gegenüber, mit ausgestreckten Beinen und steif vorgestreckten Armen. Sie will wissen, wie die Barbie sich fühlt, so steif und ungelenk. Die Augen weit aufgerissen, versucht Lisa es in dieser Körperhaltung so lange wie möglich auszuhalten. Auch als ihr die Arme schwer werden, die Beine einschlafen und es ihr in den Füßen kribbelt, bewegt sie sich nicht. Nur die Augen schließt sie, die brennen zu sehr.

»Lisa!«

Lisa hat diese Männerstimme doch irgendwo schon einmal gehört, oder? Sie reißt die Augen auf, starrt in das gemalte Blau der Barbieaugen.

»Lisa!«

Das Blut schießt ihr in den Kopf. Das Herz schlägt ihr bis zum Halse. Sie hört das Blut rauschen, jeden Herzschlag in den Ohren pochen und horcht doch nur auf das leise Klopfen an der Wohnungstür, von dem sie hofft, daß es sich nicht wiederholen wird. Vergessen ist der Schmerz in den Armen, das Kribbeln in den Füßen. Nicht bewegen, keinen Mucks darf sie machen. Sie ist nicht da. Du bist nicht da. Niemand ist da. Die Wohnung ist verlassen. Sie wohnt hier nicht. Du auch nicht. Niemand wohnt hier. Der Mann soll gehen. Soll weggehen. Und wenn du dem Mann wieder den Wohnungsschlüssel gegeben hast, so wie dem Fremden, der lächelnd die winzige Einzimmerwohnung im Parterre betrat, damals, wo war das noch? Selbst wenn. Der Mann kann die Wohnung nicht betreten. Lisa hat den Schlüssel von innen im Schloß steckenlassen. Der Mann kann nicht rein, auch wenn du ihn geschickt haben solltest, um nach ihr zu schauen. Wieso hattest du ihm den Schlüssel gegeben? Nie vorher hattest du jemanden geschickt, nach ihr zu schauen, und nachher auch nicht. Nein, nein. Der Mann kann nicht in die Wohnung kommen. Der Mann kann sie nicht wie damals schlagen, rechts, links, ins Gesicht, ihr die Wolldecke über den Kopf werfen, sie würgen, daß ihr schwarz vor den Augen wird. Der Mann soll gehen. Er darf nicht in die Wohnung. Sie will nicht, daß du wieder das Türschloß auswechseln läßt, um sie dann dennoch mitten in der Nacht zu wecken, weil vor der Wohnungstür Männer stehen, die mit dir reden wollen, derweil du ihr befiehlst, aus dem Fenster zu springen, dahin zu laufen, wo du ihr eingeschärft hast hinzulaufen, um auf sie zu warten, wenn genau das eintritt, was eingetreten ist. Der Mann soll gehen. Soll endlich gehen. Soll sie in Ruhe lassen. Er soll ihr nicht weh tun. Sie muß pinkeln. Und wieso kitzelt es im Hals? Es soll nicht kitzeln. Sie darf nicht husten, nicht schlucken. Der Mann könnte es hören.

Pinkeln darf sie jetzt auch nicht. Sie muß einhalten. Sonst weiß der Mann, daß sie da ist. Dann schlägt er die Tür ein. Wohin soll sie sich dann retten? Einen Sprung aus diesem Fenster würde sie nicht überleben. Am besten, sie atmet nicht, rührt sich nicht, denkt nicht. Steht der Mann noch vor der Tür? Ist er gegangen? Sind das seine Schritte, die sich da im Treppenhaus entfernen? Bestimmt tut er nur so, als würde er sich entfernen, und wartet, bis sie die Wohnungstür öffnet. Wie lange sitzt sie schon mit ausgestreckten Beinen und vorgestreckten Armen in nasser Unterhose auf dem Fußboden und starrt der Barbie ins gemalte Blau der Pupillen? Fünf Minuten? Eine halbe Stunde? Die Augen tränen. Jetzt weiß sie es. Die Barbie hat Angst. Die Barbie ist steif vor Angst. Deswegen hat die Barbie die Augen so aufgerissen.

Lisa muß herausfinden, ob der Mann noch da ist. Auf allen vieren, die Luft anhaltend, sie weiß genau, welcher Diele sie ausweichen muß, um das verräterische Knarren des Holzes zu vermeiden, kriecht sie aus dem Zimmer, den einen Meter durch die Diele zur Wohnungstür, preßt das Ohr gegen die Tür. Wenn der Mann noch da ist, wird sie ihn hören. Sein Atem wird ihn verraten.

Wo bist du? Wann kommst du von der Arbeit nach Hause? Warum kannst du jetzt nicht kommen? Wie lange hält sie das Ohr bereits an die Wohnungstür gepreßt? Ist der Mann gegangen? Ist er wirklich fort? Die Geräusche der Stille explodieren in den Ohren. Das Knacken des Holzes, das Rauschen der Wasserleitung in der Wand weiter unten. Nur von der anderen Seite der Wohnungstür dringt kein Geräusch. Kein Atmen, kein Rascheln der Kleidung. Da, die Tür der Nachbarwohnung geht auf, fällt wieder ins Schloß. Der Nachbarjunge springt die Stufen hinab. Der Mann muß fort sein. Der Magen schmerzt. Der Darm will sich entleeren. Das geht nicht. Sie kann nicht auf die Toilette. Die Augen tränen.

Auf allen vieren kriecht sie lautlos ins Zimmer zurück, zieht die nasse Unterhose aus, läßt sie auf dem Fußboden liegen, starrt der Barbie ins gemalte Blau der Augen, klettert geräuschlos auf die Küchenbank, lehnt sich aus dem Fenster.

Sie mußt atmen, braucht Sauerstoff und den Blick in den Garten. Der Mann ist bestimmt gegangen, er muß gegangen sein. Das Herz tut weh, immer noch viel zu schnell schlägt das Herz, das Herz kann nicht mehr lange so weiterschlagen. Sie muß in den Garten schweben, mit den Blumen reden, das Gras spüren, das unter den Fußsohlen kitzelt und sie lachen macht. Muß die Fragen vergessen, die du ihr nicht beantworten wirst, und die Angst, muß sich beruhigen, sich einreden, daß niemand ihr Böses will, nicht der Mann, nicht der Vater, nicht du, es gibt keinen Grund, daß jemand ihr Böses will, sie hat niemandem etwas getan. Das bildet sie sich nur ein, die Phantasie geht mit ihr durch. Was Lisa sich alles einbildet, was für eine verkommene Phantasie sie besitzt, wirst du ihr ins Gesicht lachen. Lisa kennt dein Lachen. Dein Lachen verrät, es ist nicht ihre Phantasie, die gewalttätig und hinterhältig und brutal ist.

Aber wer ist die Frau dort in ihrem Garten? Wie kann die Fremde es wagen? Lisa erlaubt niemandem, ihren Garten zu betreten.

Die Augen tränen ununterbrochen. Lisa springt von der Küchenbank. Der Darm will nicht länger warten. Sie greift nach alten Zeitungen, breitet sie auf dem Boden aus, geht in die Hocke, stützt die Ellenbogen auf die Oberschenkel und das Kinn in die Handflächen, schaut in das gemalte Blau der Pupillen der Barbie und ... halt. Lisa springt aus der Hocke, greift nach der Barbie, legt sie mittig auf die Zeitung, hockt sich über die Barbie und entleert ihren Darm. Sie schlägt das Zeitungspapier über ihr braunes Geschäft, umwickelt es seitenweise mit Zeitungspapier, verpackt es zu einem Päckchen, das sie in Geschenkpapier einwickelt und mit einer Schleife versieht. Dann trägt sie das Päckchen zur Küchenbank und wirft es zum Dachfenster hinaus in den Garten, der nicht mehr ihrer ist. So eine verdammte Scheiße.

HARALD hält sich an die Anweisung des Doktors und schont dich. Zwar mußt du nach wie vor die Sägespäne in Säcke abfüllen, aber du darfst keinen der Säcke mehr in die Scheune tragen. Es tut dir gut, weniger zu arbeiten. Die Zeit, die du dadurch gewinnst, ermöglicht es dir, wieder an den Straßenschlachten teilzunehmen, die eine Straße gegen die andere führt und die nicht nur ein Spiel, sondern bitterer Ernst sind. Die Siege und Niederlagen entscheiden darüber, welche Straßenbande das Recht hat, die Straße des Gegners zu annektieren. Oft werden diese Schlachten von euch derart erbittert geführt, daß Erwachsene eingreifen, weil sie befürchten, ihr schlagt euch gegenseitig tot.

Denen habt ihr es aber gegeben, erzählst du dann daheim, den Gehren-Männern stolz deine Blessuren zeigend.

Während der Erntezeit allerdings fallen diese Straßenschlachten aus. Da müssen die meisten Kinder bei der Ernte helfen. Kaum eine Familie kann es sich leisten, auf die Lebensmittel zu verzichten, mit denen die Bauern den Ernteeinsatz der Kinder entlohnen.

Du mußt nicht bei der Ernte helfen. Auf die Felder mußt du nur, wenn es in der Schule heißt: Kartoffelkäfer sammeln. Da sitzt du zusammen mit deinen Klassenkameraden auf dem von Ackergäulen gezogenen Fuhrwerk, das euch zu den Feldern bringt, und schielst zum Himmel, derweil der Biologielehrer euch erklärt, daß die Amerikaner aus Flugzeugen die Larven der Kartoffelkäfer über euren Feldern abwerfen, um der Volkswirtschaft zu schaden.

Die Furcht, die seine Worte bei euch auslösen, ist vergessen, sobald der Biologielehrer auf dem Acker jedem Schüler seine Kartoffelreihe zugewiesen hat, wo ihr die Käfer und Larven vom Kartoffelkraut klauben und in das verschließbare Glas werfen sollt, das ihr von zu Hause mitbringen mußtet.

Du rührst die Larven nicht an. Dich ekelt davor, sie anzufassen. Du sammelst nur die Käfer.

Aber du mußt auch die Larven einsammeln. Die Larven sind

gefräßiger als die Käfer, außerdem produzieren sie neue Larven, sobald sie sich zu Käfern entwickelt haben, erklärt dir der Biologielehrer, als er am Nachmittag die Gläser einsammelt, um die gesammelten Larven und Käfer zu verbrennen.

Es zischt und knackt, sobald die Insekten in die Flammen fallen. In deiner Phantasie hörst du die Käfer schreien wie die Menschen, die du im Krieg brennend durch die Straßen hast rennen sehen. Du überwindest deine Furcht vor dem Feuer und springst in die Nähe der Flammen, trittst jeden Käfer platt, der aus dem Feuer kullert und brennenden Leibes auf der Erde zu liegen kommt.

Ob euer Kartoffelkäfereinsatz die Volkswirtschaft vor größerem Schaden bewahrt, willst du vom Biologielehrer wissen.

Deine Frage findet er unpassend. Ebenso dein Klagen darüber, daß dir das Kreuz weh tut, als ihr im Frühjahr auf die Felder müßt, um Zuckerrüben zu verziehen und du durch das ständige Bücken dich bereits um die Mittagszeit vor Kreuzschmerzen kaum noch auf den Beinen halten kannst. Er schickt dich zurück in deine Reihe, du kannst unmöglich Kreuzschmerzen haben, Kinder haben noch kein Kreuz.

Der Doktor hingegen bescheinigt, daß du sehr wohl ein Kreuz hast und daß du mit diesem Kreuz keine schweren Arbeiten verrichten darfst und auch keine, die eine gebückte Körperhaltung erfordern. Der Lehrer erlaubt dir, dich auszuruhen, sobald du Schmerzen verspürst.

Die Pausen helfen nicht, die Schmerzen zu vertreiben. Und wenn nach der Arbeit der Lehrer an manchen Nachmittagen das Kartoffelkraut entzündet und jeder Schüler eine Kartoffel ins Feuer legen darf, muß das Flüchtlingsmädchen Rosalia deine Kartoffel für dich ins Feuer legen, weil du nur noch aufrecht stehen kannst.

Du magst Rosalia. Rosalia ist die einzige in deiner Klasse, die sich nie an den Straßenschlachten beteiligt. Rosalia ist anders als alle, die du kennst. Stets sanftmütig und unnahbar freundlich, erträgt sie den Hohn und Spott der anderen Kinder, ohne sich zu wehren. Das imponiert dir, macht dich neugierig.

An einem Nachmittag läufst du zur Klosterstraße, um an ihre Wohnungstür zu klopfen. In dem winzigen Zimmer, das sie gemeinsam mit der Mutter und der jüngeren Schwester bewohnt, bereitet Rosalias Mutter gerade auf den Herdplattenringen des Kanonenofens das Mittagessen zu: geröstete Kartoffelscheiben. Eine Pfanne besitzt Rosalias Mutter nicht. Und anstelle eines Kleiderschrankes stecken Nägel in der Wand, für das wenige an Kleidung, das unzählige Male geflickt, gestopft, mit anderen Stoffen ausgebessert und passend gemacht ist. Darunter eine Holzkiste mit dem, was sie bei der Flucht retten konnten: ein bißchen Geschirr, Besteck und Leinenwäsche, zwei Pferdedecken und ein mit Stroh gefülltes Kopfkissen für das Bett, in dem sie zu dritt schlafen. Vor dem Bett ein alter Tisch und drei Hocker. Über die Armut erschrocken, stehst du in dem winzigen Zimmer und weißt nichts zu sagen. Die meisten deiner Klassenkameraden leben in ärmlichen und beengten Verhältnissen, aber wie Rosalia lebt, das hast du bisher weder gesehen noch dir vorstellen können.

Tante Ella brauchst du nicht erzählen, in welcher Armut Rosalia lebt. Jeder ist sich selbst der Nächste, wird sie sagen und dich fragen, ob du nichts Sinnvolleres zu tun weißt, als dich um andere zu scheren.

Und Harald? Von der Hand in den Mund leben sie. Arbeit findet die Mutter von Rosalia keine, und betteln kann sie nicht. Sie vertraut auf Gottes Güte, sagt Rosalias Mutter. Er hat sie mit den beiden Töchtern von Ostpreußen bis nach Stralsund geführt, und er wird weiterhin seine Hand schützend über sie und ihre Töchter halten. Rosalia glaubt das auch. Aber du glaubst das nicht. Und du willst Rosalias Familie helfen. Du willst dich erkenntlich zeigen für Rosalias Hilfe auf dem Acker beim Zuckerrübenverziehen, wo Rosalia mehr als einmal zu dir in die Reihe kommt, um dir zu helfen, das vom Biologielehrer vorgegebene Arbeitspensum zu erfüllen. Kann Harald der Mutter von Rosalia nicht helfen?

So viel Mitleid darf er nicht aufbringen. Aber Harald hört dir wenigstens interessiert zu. Auch der Holzvergaser, der mit Harald, Kaffee trinkend, vor der Scheune sitzt, spitzt die Ohren. Er will wissen, wie alt die Mutter von Rosalia ist?

Jünger als Tante Ella. Und hübsch ist sie auch.

Versprechen kann der Holzvergaser dir nichts, aber vielleicht weiß er eine Möglichkeit, wie der Frau zu helfen ist. Seinem Nachbarn in Rostock ist kürzlich die Frau verstorben. Der Mann sucht dringend eine Frau, die sich um seine vier Kinder kümmert.

Aus Rostock erreicht dich ein Brief von Rosalia. Sie bedankt sich für deine Hilfe. Ihr geht es gut bei dem Nachbarn des Holzvergasers. Er wird die Mutter von Rosalia bald heiraten. Dann werden sie wieder eine richtige Familie sein.

Was hast du da angestellt, sagt Gerhard. Er macht dir keinen Vorwurf. Du hast ein großes Herz. Du kannst aber nicht jedem helfen. Was er dir damit sagen will: du darfst nicht enttäuscht sein, wenn dir jemand einmal nicht helfen kann oder will.

Daß du einmal fremder Hilfe bedarfst, kannst du dir nicht vorstellen. Schließlich lehrt Gerhard dich, wie du mit beiden Beinen fest auf der Erde stehst.

Das will Gerhard hoffen. Und nun steig' in den Wagen. Du darfst mit in den Wald. Gerhard muß Bäume markieren, damit die Holzfäller wissen, wo sie Axt und Säge ansetzen sollen.

Du streifst durch den Wald, sammelst Schwämme, pflückst Himbeeren und Brombeeren an den Stellen, die dir Paul, der Sohn vom Förster, als die besten Plätze zum Sammeln verraten hat. Die Heidelbeeren rührst du nicht an. Die sind noch nicht reif. Die wirst du an einem der kommenden Wochenenden pflücken, wenn du im Forsthaus übernachtest.

Es ist noch nicht lange her, da hast du dich geweigert, über Nacht im Forsthaus zu bleiben. Du fürchtetest dich vor Paul, dem Sohn des Försters, fandest ihn abstoßend. Mittlerweile siehst du die Pickel in seinem Gesicht nicht mehr, und daß er humpelt, dafür kann Paul schließlich nichts. Nun bist du gerne mit ihm zusammen.

Paul weiß viel über das Leben im Wald. Er weiß die Fährten des Wilds zu unterscheiden, kennt jeden Vogel bei seinem Namen, jeden Fuchsbau und jede Lichtung, wo bei Einbruch der Dämmerung das Wild zum Äsen erscheint. Oft liegt ihr nebeneinander im Gras, lauscht dem Rauschen des Waldes und beobachtet die Rehe, bis eine unbedachte Bewegung die Tiere fliehen läßt und ihr wieder mit voller Stimme rumalbert oder euch gegenseitig Fragen stellt, weil ihr neugierig auf den anderen seid.

Wieso kommt Paul eigentlich so selten in die Stadt?

Weil die Leute ihn mitleidig anschauen und die Kinder ihn hänseln, hinter ihm herlaufen, ihn Streuselkuchen oder Humpelbein rufen.

Warum wehrt er sich nicht? Wenn die Kinder sehen, daß er stark ist, lassen sie ihn in Ruhe, dann überlegen sie sich dreimal, ob sie ihn weiterhin hänseln.

Paul will sich nicht schlagen. Das findet er primitiv.

Das findest du auch. Aber es geht nicht anders. Dich haben sie auch stets gehänselt, weil du ein Pflegekind bist. Aber du hast draufgehauen, bis dir die Fäuste weh taten. Dafür hast du nun Ruhe.

Paul widerspricht dir. Er glaubt, die Kinder lassen dich in Ruhe, weil Gerhard ein angesehener Mann ist, mit dem es sich niemand verscherzen will.

Für die Erwachsenen mag das vielleicht gelten, aber die Kinder interessiert das nicht, und wenn Paul dir weiterhin ausreden will, daß die Prügeleien nicht geholfen haben, dir den nötigen Respekt zu verschaffen, wirst du nie wieder ein Wort mit ihm reden. Er prügelt sich doch nur nicht, weil er Angst hat, eins auf die Nase zu bekommen.

Er will dich nicht beleidigen, ehrlich. Und damit du ihm

nicht länger grollst, wieder gut mit ihm bist, gibt er sogar zu, sich vor einer Prügelei zu fürchten. Mit dem Humpelbein kann er ja nicht einmal weglaufen.

Aber anderen ein Beinchen stellen.

Im Schneckentempo rollt das Motorrad Richtung Stralsund. Schneller als zwanzig oder dreißig Stundenkilometer kann Kurt nicht fahren, will er dich und die am Tank befestigten, mit Schwämmen und Beeren gefüllten Eimer nicht verlieren. Trotz der geringen Geschwindigkeit fürchtest du, vom Motorrad zu fallen, so wie du dasitzt, zwei gefüllte Eimer umklammernd, ohne Möglichkeit, dich an Kurt festzuhalten.

Daheim mußt du Tante Ella beim Einwecken der gesammelten Beeren und Schwämme helfen, mußt im Garten auf die Obstbäume klettern, Äpfel und Birnen pflücken, auch die wenigen Früchte, die die Kirschbäume in diesem Jahr tragen. Keine Frucht darf übersehen werden. Der Keller und die Vorratskammer sind leer. Auch das versalzene Pflaumenmus vom Vorjahr ist bis auf wenige Gläser aufgebraucht. Die Brotstücke, die Tante Ella vor dem Verschließen der Einweckgläser dem Mus beimengte, konnten das von ihr irrtümlich beigefügte Salz nicht restlos an sich binden. Das Mus schmeckt schauderhaft. Ihr eßt es trotzdem. Nichts wird weggeworfen. Nur die Erbsensuppe, bei deren Zubereitung Tante Ella den Zuckertopf mit dem Salztopf verwechselte, weigern sich die Gehren-Männer zu essen. Da hungern sie lieber, sagen sie und erheben sich von den Stühlen, verlassen die Küche, lassen dich allein mit Tante Ella und der Erbsensuppe, die auch du zu essen verweigerst.

Dann bekommst du die Suppe eben am Abend wieder vorgesetzt.

Da sitzt du wieder mit verschränkten Armen am Tisch und rührst die Suppe nicht an. In einer Schale hast du Harras, den Hühnern und dem Schwein die Suppe vorgesetzt. Sogar die Tiere haben die Erbsensuppe verweigert. Wieso sollst du den Fraß dann essen?

Deine Antwort macht Tante Ella wütend. Sie schlägt dir diese Wut ins Gesicht, auf den Kopf, den Rücken, die Schultern, auf die Arme und Beine.

Was kannst du dafür, daß sie so blöd ist und die Suppe verzuckert, weinst du und beschließt, in Zukunft nur bei der Androhung von Schlägen bereits zu schreien, so wie Tante Ella schreit, derweil sie dich bei den Oberarmen packt und dich schüttelt: Du hast ja keine Ahnung. Du weißt ja nicht Bescheid.

Natürlich weißt du Bescheid. Tante Ella ist verzweifelt. Zwar mangelt es euch nicht an Nahrung, aber an Kleidung. Stoff ist Mangelware und auch auf dem schwarzen Markt nicht zu bekommen. Da hilft nur handwerkliches Geschick. Die Kragen an den Hemden der Männer werden von Tante Ella erst gewendet, dann kürzt sie die Hemden, um Stoff zu haben, aus dem sie neue Hemdkragen anfertigen kann. Das wiederholt sie, bis die Hemden zu kurz sind, als daß die Gehren-Männer sie noch in die Hosen stecken können. Dann mußt du diese Hemden auftragen, ebenso wie die alten Hosen von Kurt.

Dir ist das egal. Du fühlst dich wohl in dieser Kleidung. Die anderen Mädchen müssen nun auch Hosen tragen. Es gefällt ihnen sogar, wenn sie von einem Erwachsenen für einen Jungen gehalten werden. Das finden sie zum »Kaputtlachen«.

Tante Ella findet es entsetzlich, wie du und die anderen Mädchen ausschauen. Und warum mußt du auch noch so in die Höhe schießen wie eine Bohnenstange? Was sollst du nur im Winter tragen? Aus den Sachen, die du im letzten Winter trugst, bist du rausgewachsen. Sogar der Mantel ist dir zu klein. Und einen Mantel für dich werden die Gehren-Männer auch in Berlin nicht auftreiben können. Aber zwei Pferdedecken treiben sie auf. Die werden von Tante Ella blau eingefärbt, zugeschnitten, zusammengenäht und an den Rändern mit grober Spitze verziert. Fertig ist dein Wintermantel. Und Schuhe? Wo bekommt sie Schuhe für dich her?

Harald beruhigt Tante Ella. Bereits vor Monaten hat er die Form deiner nackten Füße mit einem Bleistift auf Papier nachgezeichnet und sie ausgeschnitten, damit einer der Holzvergaser anhand dieser Fußumrisse dir aus dem Westen ein paar Stiefel mitbringen kann. Manchmal brauchen die Männer Monate für eine Tour. Bevor der Winter einsetzt, wirst du die Stiefel haben. Da ist Harald optimistisch.

Du erträgst die Gereiztheit von Tante Ella nicht. Du gehst ihr aus dem Weg. Lieber hilfst du Harald im Betrieb als Tante Ella im Haus. Harald kontrolliert dich nicht. Er vertraut dir. Harald lobt dich, und er bedankt sich manchmal auch bei dir. Das Wort Danke scheint Tante Ella nicht zu kennen. Wenn sie dir etwas aufträgt, das du erledigen sollst, und du ihr antwortest, ist bereits erledigt, quittiert sie deine Antwort, indem sie eine Augenbraue in die Höhe zieht. Ihre Gegenwart ist dir unerträglich. Du nutzt jede freie Minute, um ihr zu entkommen, läufst zum Sund, legst dich ins Gras oder in den Sand nah am Wasser mit einem Buch in der Hand oder schaust einfach in den Himmel.

Du findest Gefallen am Alleinsein. Immer seltener verspürst du Lust, dich an den Straßenschlachten zu beteiligen, die nur zu oft in Diebestouren ausarten. Und immer weiß einer mehr als der andere. Welches Mädchen mit welchem Russen geht. Welches Mädchen ein Russenbalg bekommt und bei wem die Russenbälger abgetrieben werden können. Über alles und jeden wird hergezogen. Auch über die Gehren-Männer. Das kannst du nicht zulassen. Da haust du drauf. Wieder und wieder. Du bist es so leid.

Manchmal verbringst du Stunden am Grab der Muhme, erzählst ihr, was dir auf dem Herzen liegt, auch daß du seit geraumer Zeit die Schule schwänzt. Volle vier Wochen. Als es auffliegt, verprügelt Tante Ella dich derart, daß du ein paar Tage nicht auf deinem Hintern sitzen kannst.

In der Schule lacht keines der Kinder dich wegen deinem blauen Auge aus. Prügel kriegen sie alle reichlich. An irgend jemandem müssen die Erwachsenen ihre Wut darüber auslassen, daß der Russe das Sagen hat, scherzen die älteren Schüler.

Von denen erfährst du auch, daß eine Delegation aus der Kreisstadt Rostock nach Stralsund gekommen ist. Sie sollen FDJ-Gruppen und Pioniergruppen in der Schule aufbauen. Um mitzumachen, müßtest du im Turnsaal in Anwesenheit sämtlicher Schüler vor die fünf Erwachsenen treten, die erhöht auf einem Podest sitzen, und um deine Aufnahme bei den Jungen Pionieren bitten. Vor den anwesenden Kindern würden die Erwachsenen dich dann mit deinen Fehlern konfrontieren und darüber beratschlagen, ob deine charakterlichen Unarten der Gemeinschaft zugemutet werden können und du in die Gruppe aufgenommen werden sollst.

Die Vorstellung, vor dem Podest zu stehen und vor sämtlichen Kindern das aufs Butterbrot geschmiert zu bekommen, was du fast täglich von Tante Ella zu hören bekommst, ist dir ein Greuel. Und obwohl du weißt, daß bisher jeder Schüler aufgenommen wurde, befürchtest du, die erste zu sein, der die Aufnahme verweigert wird. Wie stündest du dann da? Der Respekt, den du mit deinen Fäusten und deiner Klappe dir bei den anderen Kindern verschafft hast, wäre zunichte gemacht. Das Spießrutenlaufen würde erneut beginnen. Nein, da können deine Klassenkameraden über das Aufnahmeverfahren feixen und sich über diese Prozedur lustig machen, wie sie wollen, du machst da nicht mit.

Du willst nicht, antwortest du, wenn dich deine Klassenkameraden auffordern, dich doch auch den Jungen Pionieren anzuschließen, und erklärst, daß du es abscheulich findest, wie jedes Kind im Turnsaal vor den anderen Kindern bloßgestellt wird. Außerdem hättest du dann noch weniger Zeit, als du sowieso schon hast. Jeden Nachmittag müßtest du freiwillige Arbeitsstunden für Aufräumungsarbeiten ableisten, für die du keinen Pfennig bekommst. Was soll daran freiwillig sein, wenn du die Stunden leisten mußt?

Diese Antwort gibst du auch den fünf Erwachsenen, von denen einer nach dem anderen dich ermuntert, um deine Aufnahme bei den Jungen Pionieren zu bitten.

Du denkst nur an dich und nicht an die Gemeinschaft. Du bist egoistisch, unterstellen sie dir. Zudem läßt deine Antwort erkennen, daß du wenig selbstkritisch bist und auch keine Kritik von anderen ertragen kannst. Da müssen sie sich wohl an Gerhard wenden und ihn bitten, auf dich einzuwirken.

Gerhard verteidigt deine Entscheidung. Ihm gefällt nicht, was er sieht. Das gab es doch schon mal. Erinnert das denn keiner? Liegt doch erst ein paar Jahr zurück. Ob BDM und HJ oder nun FDJ und Junge Pioniere, ihr sollt dem Einfluß der Eltern entzogen werden. Und wozu? Um eure Gehirne weichzukloppen. Das sagt Gerhard dir unter dem Mantel der Verschwiegenheit. Die fünf Erwachsenen aber läßt er wissen, daß du einen eigenen Willen hast und er einen Teufel tun wird zu versuchen deinen Willen zu brechen. Es gibt keine größere Freiheit, als eigenständig zu denken. Und wenn du bei den Jungen Pionieren nicht mitmachen willst, dann willst du eben nicht. Das möchten sie doch bitte schön akzeptieren.

Das wollen sie nicht akzeptieren. Sie drohen Gerhard, dir den Zugang zur Oberschule zu verweigern, wenn du nicht um die Aufnahme bei den Jungen Pionieren bittest.

Diese Drohung hätten sie nicht aussprechen dürfen. Gerhard ist außer sich. Er beschimpft sie, konfrontiert sie mit der Vergangenheit, beschuldigt sie, schlimmeren Druck auszuüben, als unter Hitler ausgeübt wurde. So hast du Gerhard noch nie erlebt. Und dann plötzlich ist Gerhard wie verwandelt. Sie sollen es wagen, droht er mit einer Gelassenheit, deren Kälte auch dich überrascht. Er erklärt die Unterredung für beendet und greift nach seiner Jacke, der Stadtkommandant erwarte ihn.

Niemand bedrängt dich weiterhin, den Jungen Pionieren beizutreten. Es gibt andere Methoden, dich zu ködern. Die in der Schule im Aufbau befindliche Schüler- und Wandzeitung zum

Beispiel. Das interessiert dich doch. Da könntest du mitmachen, auch ohne daß du bei den Jungen Pionieren Mitglied bist. Da könntest du Beiträge und kleine Geschichten schreiben.

Da machst du mit, engagierst dich, ohne zu merken, wie du jede freie Minute für die Zeitung opferst und mit jedem weiteren Artikel ein bißchen mehr von dem Gedankengut der Jungen Pioniere übernimmst. Als du es merkst, schmeißt du den Griffel hin. Du fühlst dich mißbraucht. Das ärgert und enttäuscht dich. Aber es kränkt dich auch, daß du von den Ausflügen ausgeschlossen bleibst, welche die Jungen Pioniere an den Wochenenden unternehmen. Wenn sie zum Zelten fahren, wärst du manches Mal gerne dabei. Auch die Uniform, die sie tragen, gefällt dir. Weiße Bluse, blaues Halstuch, schwarzer Rock. Das sieht schick aus.

Das finden die Eltern der Jungen Pioniere auch. Endlich sind die Kinder wieder vernünftig angezogen. Für Stoffe und Kleider müssen die Eltern oft Stunden in der Schlange stehen, um am Ende mit leeren Händen nach Hause zu gehen. Da zahlen sie gerne das Geld für die Uniform.

Dein Neid und Ärger verfliegen, als du von den Kindern hörst, wie sie auf diesen Ausflügen morgens mit der zum Gruß erhobenen Hand auf dem Zeltplatz zum Frühsport antreten müssen, wie die Lagerflagge gehißt wird und sie singen müssen und, und, und, gedrillt werden, wie ihnen eingeredet wird, daß die Deutschen wahre Untiere und die Russen die einzigen wahrhaft guten Menschen sind.

Da kriegst du die Wut. Da bist du froh, nicht dazuzugehören zu den Jungen Pionieren. Du hast mit eigenen Augen gesehen, wozu der Iwan fähig ist.

Lügen sind das, sagen auch die anderen Kinder. Aber wieso wird ihnen eingeredet, daß sie schlecht sind und der Russe ein Übermensch ist? Umerziehung nennen die Älteren bei den Jungen Pionieren das. Wieso erweisen sie sich als unwürdig, wenn sie etwas hinterfragen? Wieso sollen sie leugnen, was sie gesehen haben, wie die Mutter, die Schwester und auch die

Oma vergewaltigt oder erschossen wurden? Warum sollen sie lügen? Wieso vergessen, daß die Oma, die Schwester, die Tante aus Scham den Freitod wählten. Was sagen denn die Erwachsenen dazu?

Allesamt Überläufer, die da in der Regierung sitzen. Sind doch quasi alle mit dem Russen in Deutschland einmarschiert, einer wie der andere. Die sind doch bereits während des Krieges in Moskau von den Russen geschult worden für den Fall, daß die ruhmreiche Armee der Sowjetunion unter der Führung von Stalin den Krieg gewinnt. Und der Ulbricht? Was war das denn für eine Sache damals in Leipzig? Und bei den Moskauer Prozessen, wo sie sich gegenseitig als Staats- und Parteiverräter fertiggemacht haben, weil jeder als der bessere Kommunist dastehen wollte. Ulbricht, Pieck und Grotewohl. Bewährte Stalinisten, einer treuer als der andere, sagen die Erwachsenen und lachen bitter.

In den Gassen von Stralsund kursieren Witze über die Parteiführung, bis die ersten Verhaftungen erfolgen und niemand in der Bevölkerung noch wagt, auch nur einen Scherz über die neue Regierung zu machen.

Auch Gerhard ermahnt dich, vorsichtig zu sein bei dem, was du sagst. Es ist wieder soweit. Du darfst alles denken, aber sprich es nicht aus. Niemals. Weder auf der Straße noch in der Schule. Und erzähle keinem, was zu Hause bei euch am Tisch gesprochen wird.

Auch die anderen Kinder erzählen, daß die Eltern sie ermahnen, die Klappe zu halten. Du lauscht den Tischgesprächen und weißt nichts zu sagen. Du verstehst nicht, wieso die Gehren-Männer derart bitter über die Regierung und auch über die Russen sprechen. Ihr genießt doch nach wie vor nur Vorteile von den Russen. Und ihr seid immer noch eine angesehene und einflußreiche Familie, obwohl keiner der Gehren-Männer bisher in die neue Partei eingetreten ist.

Einmal Partei, nie wieder Partei. Das ist der Grundsatz von Gerhard, dem sich Harald und Kurt anschließen und der auch den führenden Köpfen im Rathaus bekannt ist. Trotzdem kommen sie zu Gerhard ins Haus und suchen das Gespräch mit ihm, wenn sie vor wichtigen, die Stadt betreffenden politischen Entscheidungen stehen. Sie schätzen seinen Verstand, seine Weitsichtigkeit und seine Objektivität. Gerhard versteht es, vor ihnen seine Ratlosigkeit angesichts der politischen Entwicklungen zu verbergen. Er nutzt seinen Wissensvorsprung über das, was im Rathaus beschlossen werden soll. Niemand weiß, daß er manchmal daran denkt, die Stadt zu verlassen, in den Westen zu flüchten. Einfach über Nacht zu verschwinden, wie manch einer anderer. Ärzte, Ingenieure, Unternehmer, Künstler. Leute mit Sachverstand und handwerklichem Geschick, die auch im Westen dringend gebraucht werden. Manche flüchten, weil sie im Westen für ihr verdientes Geld etwas kaufen können, aber vor allem, weil sie dort sagen können, was sie denken. Andere wiederum flüchten, weil sie sich nicht vom Plebs regieren lassen wollen oder die sozialistische Ideologie ihnen zuwider ist. Gerhard wagt die Flucht nicht. Er hofft auf Verbesserung der politischen Verhältnisse und damit auch der Lebensverhältnisse und engagiert sich in der Kirchenarbeit. Das ist seine Art, Widerstand zu leisten. Er weiß nicht, ob er über die Kraft verfügt, noch einmal von vorne anzufangen. Er hat viel erreicht in den letzten Jahren für sich, seine Söhne, für die Familie. Das alles aufgeben? Wieder bei Null anfangen?

Da hast du es richtig gut, beneidet dich Gerhard. Du gehst einfach zum Grab der Muhme und erzählst ihr deinen Kummer. Danach gehst du wieder für eine Weile leicht und beschwingt durch das Leben, vergißt sogar, daß deine Weigerung, den Jungen Pionieren beizutreten, dich zur Außenseiterin macht, du einen Freund nach dem anderen verlierst.

Die Aktivitäten, in die sie eingebunden sind, trennen euch. Die Gemeinsamkeiten nehmen ab. Auch zum Religionsunterricht erscheinen sie kaum noch. Nur die Älteren erscheinen regelmäßig wegen der bevorstehenden Konfirmation. Da bestehen die Eltern drauf. Da kann man ihre Kinder bei den

Jungen Pionieren noch so oft auffordern, den Religionsunterricht und den Gottesdienst zu meiden, weil die Religion nur den Reichen dient, um ihren Reichtum mit der Dummheit der Gläubigen zu vermehren, und ihnen erzählen, daß Religion Volksverdummung und mit dem angestrebten Sozialismus nicht zu vereinen ist. Aber das Geld und die Geschenke, die am Konfirmationstag dem Konfirmanden von den Verwandten überreicht werden, da kann, will keiner drauf verzichten.

Du glaubst zwar auch nicht an Gott, und auch die Demut und der Gehorsam, die der christliche Glaube die Menschen lehrt, ist dir zuwider, aber der Pfarrer der Gemeinde organisiert auch Fahrradtouren und Zeltlager an den Wochenenden oder in den Ferien. Da werden auch Lieder gesungen, Lagerfeuer gemacht und Spiele veranstaltet. Aber anders als bei den Jungen Pionieren unterstehst du keinem Zwang. Du kannst dich frei bewegen und frei entscheiden, ob du mitsingen und beten willst. Der Pfarrer sagt dir auch nicht, daß du dich als unwürdig erweist, ein Mitglied der Kirchengemeinde zu sein, wenn du fragst, woher denn die Frauen kamen, die die Kinder von Adam und Eva geheiratet haben, wenn Adam und Eva die ersten Menschen gewesen sein sollen? Dann rollt der Pfarrer nur mit den Augen, fordert dich auf, nicht so viele Fragen zu stellen, sondern einfach nur zu glauben und auf dem Harmonium zu spielen, damit ihr Kinder gemeinsam ein Lied singen könnt, oder er fordert dich auf, ihm zu helfen, die Naturalien und die Kleidung aufzulisten, mit der die Schwedische Kirche ihn versorgt.

Viel ist es nicht, was der Pfarrer zu vergeben hat. Ein Tropfen auf dem heißen Stein. Trotzdem stehen die Flüchtlinge Schlange. Oft kann der Pfarrer sie nur mit einem christlichen Trost zurück in die Baracken schicken. Die Flüchtlinge sind die Ärmsten unter den Armen. Wenn es Waren in den Geschäften gibt, fehlt es ihnen an Geld, um sie kaufen zu können.

Du hingegen rennst einfach zu Tante Ella, wenn du spitzkriegst, daß es irgendwo richtigen Bohnenkaffee zu kaufen gibt: 125 Gramm für zwanzig Mark, und Tante Ella drückt dir dann einfach vierzig Mark in die Hand und befielt dir, ein halbes Pfund zu besorgen. Wie du das anstellst, ist ihr gleichgültig. Ob du dich einreihst in die Menschenschlange oder dich an den Wartenden vorbeipirschst und bereits mit der gewünschten Menge Kaffee nach Hause läufst, bevor die Schlangestehenden registrieren, daß du nicht einfach nur aus kindlicher Langeweile um das Geschäft herumgestromert bist. Hauptsache, du bringst ihr den Kaffee.

Zwar besorgt auch Gerhard stets Bohnenkaffee auf dem schwarzen Markt in Berlin. Aber die Fahrten nach Berlin werden gefährlicher. Bereits in den Zügen werden die Reisenden kontrolliert. Wer nicht anhand von Dokumenten den berechtigten Zweck seiner Reise nachweisen kann, muß den Zug an der nächsten Station verlassen und umkehren. Wird jemand zum wiederholten Male erwischt, wird er verhaftet und eingesperrt. Die Gehren-Männer reagieren auf die verschärften Kontrollen, indem sie mit dem Auto bis zur letzten Bahnstation vor Berlin fahren, um dort den Zug nach Berlin zu nehmen. Das machen sie so, seit Gerhard einmal mit dem Auto bis nach Berlin reingefahren ist und aus diesem Trümmerhaufen einer Stadt nicht mehr hinausgefunden hat. Um das schöne Benzin hat es ihm leid getan.

DAS IST kein Menschenknochen, erklärt der Polizist.

Lisa hockt mit Markus am Rand der Kuhle und schaut auf den Knochen, den sie beide für den Oberschenkelknochen eines Menschen gehalten haben. Der Polizist hebt einen abgebrochenen Ast auf und stochert damit im Erdreich neben der Erdkuhle. Erde lockert sich, bröckelt ins Zentrum der Kuhle und legt weitere Knochen frei. Der Polizist greift nach den Knochen, befreit sie von Erde und begutachtet sie, um sie gemeinsam mit dem Ast zurück in die Kuhle zu werfen.

Da haben wahrscheinlich Zigeuner oder Polacken kampiert und einen Ochsen gebraten, lacht er, sich aufrichtend, die Erde von den Hosenbeinen abklopfend.

Lisa mag seinen Worten keinen Glauben schenken. Auch sein Lachen vermag die bedrohliche Phantasie nicht zu vertreiben, daß sie und Markus auf ein Grab gestoßen sind, womöglich eins aus dem Krieg. Sie richtet sich auf, dreht sich im Kreis, um die eigene Achse. Vereinzelte Stücke Mauerwerk, moosbedeckt, von Gras umwachsen, Kornblumen, Büsche, so weit der Blick reicht, Brombeersträucher, vereinzelte junge Birken, kaum größer gewachsen als sie. Und unter diesem Naturteppich, im Erdreich verborgen, über das gesamte Gelände verstreut menschliche Knochen. Das ist ihre Phantasie. Sie zieht die Kniestrümpfe hoch. Jeder spricht von einem Jahrhundertsommer, aber sie fröstelt.

Er soll weitergraben, bittet Lisa, wenn jemand auf dem Gelände kampiert hätte, müßte das doch zu sehen sein.

Nicht einmal die Überreste eines Lagerfeuers sind zu entdecken, sagt Markus.

Und Lisa ist sicher, bestimmt findet der Polizist noch einen Schädel.

Das glaubt der Polizist nicht. Er stemmt die Hände in die Hüfte und läßt den Blick über das Gelände schweifen. Wer weiß, wie lange die Knochen da schon liegen. Zehn Jahre, zwanzig oder dreißig Jahre.

Da war Krieg.

Der Polizist schaut Lisa an, als begreife er plötzlich die Phantasien der Kinder, die sie in die Wache stürmen ließen, um aufgeregt von ihrem Knochenfund zu berichten und darum zu bitten, daß einer mitkommt und sich das ansieht. Er sucht ihre Phantasie zu vertreiben, indem er ihnen versichert, daß dieses Gelände, seines Wissens nach, auch während des Krieges nicht als Friedhof genutzt wurde und daß es sich bei den Knochen wirklich um Tierknochen handelt. Und um Lisa auch den letzten Zweifel an seinen Worten zu nehmen, schlägt er vor, daß er mit dem vermeintlichen Oberschenkelknochen zurück zur Wache fährt, um ihn in der Gerichtsmedizin untersuchen zu lassen, damit ein Fachmann seine Worte von Amts wegen bestätigen und er seinen Bericht schreiben kann.

Aber den Bericht wird er nicht zu ihr nach Hause schicken, oder?

Nein, in drei Wochen kann sie auf die Wache kommen und den Bericht lesen.

Lisa will nicht, daß du von ihrer Unternehmung erfährst. Sie will auch nicht, daß du weißt, wo und mit wem sie sich tagsüber rumtreibt, wie du es nennen würdest. Du würdest ihr eine Menge Fragen stellen über Markus, täuschtest vor, teilhaben zu wollen an ihrer kindlichen Welt, nur um dann schlecht über ihn zu reden. Deine Worte nisteten sich ihr ins Hirn, und sie könnte sich dann nicht mehr mit Markus treffen. Kein gutes Haar würdest du an ihm lassen, an seiner Oma nicht, bei der er lebt, und an seiner Mutter auch nicht, von der nicht einmal seine Oma weiß, warum, mit wem und wohin sie abgehauen ist. Du würdest ihm die Schuld geben an ihrer Schweigsamkeit, ihrer Verstocktheit und auch daran, daß sie mit den neuen Schuhen und im Sonntagskleid versuchte ein Garagendach zu erklettern und dabei in ein Faß eingebrochen, und bis über beide Knie im Teer versunken ist. Du findest stets Gründe, weshalb sie sich von diesem Jungen oder jenem Mädchen fernhalten soll. Bisher hat sie deine Verbote stets befolgt. In deiner Abwesenheit tut sie, was du wünschst, und wenn du anwesend bist, versucht sie dir keine Last zu sein. In deiner Anwesenheit sucht sie jeden Anlaß zu vermeiden, der dich in deinem Zorn über sie veranlassen könnte, wieder den Mann zu ihr zu schikken, um sie ... Aber solange du nicht weißt, daß Markus existiert, kannst du auch keine Gründe finden, ihr zu verbieten, sich mit ihm zu treffen.

Mit Markus erkundet Lisa die Welt außerhalb der Stadt. Mit Markus radelt sie zum Kanal, um die Lastkähne passieren zu sehen, den Kapitänen zu winken und sich rufend bei ihnen zu erkundigen, woher sie kommen, wohin sie fahren und was ihre Ladung ist, derweil sie auf dem Uferweg radelnd mit dem

Lastkahn auf gleicher Höhe bleiben, bis sie vom Weg ausscheren und querfeldein hinauf zur Brücke radeln, wo sie die Räder gegen das Brückengeländer lehnen, sich um die Wette, wer ist der Schnellere, bis auf die Unterwäsche ausziehen, das Brückengeländer erklettern und Hand in Hand in den Kanal springen. Mit Markus kann sie mutig sein. Nur an die Lastkähne hängt Lisa sich nicht. Das sagt sie Markus vor jedem Sprung. Markus akzeptiert das. Seit er mit eigenen Augen gesehen hat, wie ein Junge von der Schiffsschraube erfaßt wurde, hängt Markus sich auch nicht mehr an die Kähne. Er will nicht, daß Lisa ihn zu Hackfleisch zerkleinert auf der Wasseroberfläche treiben sieht. Er will weiterhin mit Lisa die Welt erkunden. Er mag Lisa. Er kann sie ziemlich gut leiden, gesteht er ihr und schenkt ihr eine Schneekugel, in der eine Prinzessin einen Frosch küßt.

Vor drei Wochen hat Lisa Markus kennengelernt. Lisa saß auf den Stufen zum Hauseingang, und Markus hat sie einfach angesprochen. Mit dem Fahrrad hat er vor ihr eine Vollbremsung gemacht, den Kopf schief gelegt und sie angeschaut, als würde er ein Bild betrachten. Dann hat er sich vorgestellt, ihr seinen Namen genannt und ihr verraten, wie alt er ist, wo er wohnt und daß er zum Kanal fährt, ob sie Lust hat mitzukommen.

Sein Verhalten hat Lisa beeindruckt. Sie hat das Fahrrad vom Hinterhof geholt und ist mitgefahren. Seitdem verbringt sie viel Zeit mit Markus.

Markus sagt ihr nie wie die anderen Jungen, wenn die sich überhaupt trauen, sie anzusprechen, weil sie die Nase so hoch trägt, das hat Markus ihr verraten, wie Lisa die Dinge zu tun hat. Markus fragt Lisa, warum sie etwas so und nicht anders macht. Mit Markus kann Lisa ausgelassen sein, bis zur Selbstvergessenheit. Ihm vertraut sie. Ihn kann sie alles fragen. Markus tut nie, als wüßte er alles. Nur beim Thema Fußball, da macht ihm keiner was vor. Da kennt er die Namen der Spieler und Vereine auswendig, weiß genau, wer in welchem Jahr bei welchem Spiel in welcher Minute ein Tor geschossen hat.

Und wenn Lisa ihn fragt, was der Unterschied zwischen einem Waffenstillstand und einem Friedensvertrag ist, gibt er zu, daß er darüber noch nicht nachgedacht hat. Keine Ahnung, grinst er, und zusammen überlegen sie eine Antwort auf ihre Frage. Ein Waffenstillstand wird gebrochen, und ein Friedensvertrag für null und nichtig erklärt. Oder umgekehrt, ein Waffenstillstand wird für null und nichtig erklärt und ein Friedensvertrag gebrochen. Worte. Ist bestimmt beides richtig, einigen sie sich, wer den Frieden brechen will, der bricht ihn. Besonders mag Lisa an Markus, daß er über sie nachdenkt, sich in Gedanken mit ihr beschäftigt, auch wenn sie nicht da ist. Manchmal geschieht es, daß er sie Tage später an eine ihrer Fragen erinnert und sich erkundigt, wie sie darauf gekommen ist?

Das sagt sie nur, wenn Markus verspricht, es keinem zu verraten.

Daß Lisa ihn für eine Quasseltante hält, beleidigt Markus. Wenn Lisa nur antworten will, wenn er hoch und heilig schwört, will er ihre Antwort nicht wissen.

Lisa schweigt. Markus schweigt. Seite an Seite schieben sie die Fahrräder durch das Brachland. Das Gelände ist uneben. Die Senken und Erderhebungen erschüttern die Räder und bringen die Fahrradklingeln zum Klingen. In der Ferne heult der Motor eines Volkswagens auf.

Da fährt der Polizist, um den Knochen zur Gerichtsmedizin zu bringen, lächelt Lisa.

Markus lächelt nicht.

Glaubt Markus auch, daß die Knochen, die sie gefunden haben, Tierknochen sind?

Markus antwortet nicht. Er faß sein Fahrrad beim Sattel, um es über eine Bodensenke zu heben.

Lisa schnaubt und stampft mit dem Fuß. In Ordnung. Markus hat ja recht. Und jetzt, bitte, fangen sie das Ganze noch mal von vorne an, ja?

Markus grinst. Wie ist Lisa auf die Frage mit dem Waffenstillstand gekommen?

Weil sie nicht versteht, warum die Russen keinen Friedensvertrag mit den Deutschen machen. Der Krieg ist doch schon, sie zählt an den Fingern nach, seit dreiundzwanzig Jahren beendet. Das versteht sie nicht. Und wenn sie den Breschnew in der Tagesschau sieht, macht der ihr angst. Nicht einmal hat sie den lächeln sehen. Bestimmt will der seine Panzer nicht nur durch Prag, sondern auch durch deutsche Städte rollen lassen. Weshalb sollte der sonst noch eine Uniform tragen? Warum hängt der die nicht endlich in den Schrank? Von den deutschen Politikern trägt keiner eine Uniform, auch der Bundeskanzler Kiesinger nicht. Nicht einmal der Präsident von Amerika trägt eine Uniform, dabei ist der doch viel mächtiger, der besitzt viel mehr Geld und viel mehr Waffen als der Breschnew.

Markus erinnert Lisa daran, daß der Chef der Franzosen, Charles de Gaulle, auch eine Uniform trägt.

Lisa lacht, den Chef der Franzosen findet sie lustig. Den hat sie schon oft auf den Bildern in der Tagesschau lächeln sehen. Außerdem trägt der stets eine helle Uniform. Wenn sie den sieht, muß sie immer an Daktari denken und an den Schauspieler Louis de Funès. Der französische Chef macht ihr keine angst. Aber der Breschnew in seiner schwarzen Uniform. Und du sagst auch immer, daß der Iwan unberechenbar ist. Manchmal, wenn sie in der Nacht von dem Geräusch eines Flugzeuges erwacht, denkt sie, jetzt werfen die Russen Bomben ab. Jetzt wird wieder Krieg. Gleich ist alles kaputt, und alle sind tot.

Da steht Lisa mit aufgerissenen Augen vor Markus, sie will keinen Krieg, sie will nicht sterben, nicht hungern, nicht frieren, nicht flüchten müssen. Sie hat Krieg nie erlebt, sie weiß nicht, wie Krieg ist, aber durch das wenige, was sie von dir und Hermanns Mutter über den Krieg gehört hat, weiß sie, daß Krieg furchtbar ist. Sie will nicht, daß die Russen kommen und alles kaputtmachen.

Seine Oma sagt, das werden die Russen nicht wagen, die hätten viel zu viel Schiß vor den Amerikanern.

Die Vorstellung, daß der Breschnew mit schlotternden Beinen vor dem Nixon steht, gefällt Lisa. Markus hat es gut. Er kann wenigstens mit seiner Oma über seine Angst reden. Lisa kann nicht über ihre Angst sprechen. Sie ist überzeugt, daß du sie auslachen, sie wegen ihrer Angst aufziehen würdest.

Wieso glaubt Lisa das?

Weiß sie nicht. Kann sie nicht erklären. Es ist das erste Mal, daß sie von dir spricht. Ist so ein Gefühl.

Lisa soll sich aufs Fahrrad schwingen und ihm folgen. Er will ihr etwas zeigen, was er noch keinem Menschen zuvor gezeigt hat. Ein Geheimnis, das er mit Lisa teilen will.

Was für ein Geheimnis, ruft Lisa, ihm auf dem Rad folgend. Sie lacht über die Aussetzer in ihrer Stimme, wenn die Reifen über Unebenheiten rollen und sie ihre Stimme verschluckt. Was will er ihr zeigen? Was, was, ruft sie ihm zu, als er sich nach ihr umschaut. Die Angst vor dem Krieg ist vergessen. Markus strahlt, das Moor, er will ihr das Moor zeigen.

Ist das wirklich ein Moor?

Markus hält Lisa am Arm zurück, keinen Schritt darf sie weitergehen. Da, Lisa muß genau schauen, um den Übergang vom festen Boden zum Moor erkennen zu können. Das ist tückisch. Wenn Lisa da reintritt, wird er sie da nicht rausholen können. Dann kann er nur laufen, um Hilfe zu holen, oder er muß mit ansehen, wie sie untergeht.

Lisa weiß, daß ihr das Schwimmenkönnen im Moor nichts nützt. Im Fernsehen hat sie mal gesehen, wie so ein Moor einen Menschen verschlingt. Im »Hund von Baskerville« war das, glaubt sie. Aber da hat das Moor geblubbert und geschmatzt, und es war schwarz und nicht grün.

Markus erinnert Lisa daran, daß im Fernsehen alles Dunkle schwarz ist, derweil er wenige Meter entfernt im Gras ein loses Stück Mauerwerk entdeckt, das ihm geeignet scheint, um daran die Eigenschaft des Moors sichtbar zu machen.

Und während sie beide beobachten, wie das Moor sich langsam des Stück Mauerwerks bemächtigt, verleiht Lisa dem lautlosen Untergang des Steins mit ihrer Stimme ein akustisches Szenario aus Blubbern, Schmatzen und Schlürfen. Blubb.

Markus schüttelt sich. Er mag sich gar nicht vorstellen, wie das ist, wenn einer da reingerät. Lisa auch nicht. Allein der Gedanke daran erzeugt eine Gänsehaut. Und trotzdem, sie würde zu gerne wissen, wie sich das anfühlt. Sie geht in die Hocke und steckt die Hand ins Moor. Sie will wissen, ob sie diesen Sog fühlt, aus dem sich niemand ohne Hilfe befreien kann. Nichts. Sie zieht die Hand aus dem Moor, läßt den Daumen über die Fingerkuppen kreisen. Das fühlt sich an wie Schlamm und riecht, sie schnuppert und hält Markus ihre Hand unter die Nase.

Wie feuchte Erde, riecht gut, befindet Markus.

Lisa zieht Schuhe und Kniestrümpfe aus und schlägt den Rocksaum hoch, um ihn im Rockbund zu befestigen.

Was hat Lisa vor?

Sie will mit einem Bein im Moor versinken. Sie will wissen, wie sich das anfühlt.

Das soll Lisa schön bleibenlassen. Da macht Markus nicht mit. Das ist viel zu gefährlich.

Das glaubt Lisa nicht. Markus' Sorge ist Nahrung für ihren Übermut. Sie bleibt doch mit einem Bein auf der Erde stehen, und wenn Markus sie an den Händen festhält, kann überhaupt nichts passieren. Aber dieses Mal muß Markus versprechen ...

Hoch und heilig, beim Leben seiner Oma, schwört Markus, die Hände fest um Lisas Handgelenk geschlossen.

Lisa kichert, das kitzelt.

Bis zum Knie umschließt das Moor bereits ihr Bein.

Und, wie fühlt sich das an?

Kühl. Den Fuß kann sie nicht bewegen. Wie eingegipst. Das Moor drückt von allen Seiten. Schwere. Sie kann kaum richtig mit den Zehen wackeln. Das muß er auch gleich ausprobieren, lacht Lisa ihm ins Gesicht, als Markus die Hände von ihren Handgelenken löst, für den Bruchteil eines Augenblicks.

Das Lachen weicht dem Entsetzen. Lisa krallt sich an seinen Händen fest, zieht sich mit seiner Hilfe aus dem Moor, steht ihm gegenüber, schaut ihn an, die Panik noch in den Augen. Wieso hat er das getan?

Markus lacht, ist doch nichts passiert.

Er hat versucht sie zu töten.

Es war ein Scherz. Bitte Lisa ...

Er hat sein Ehrenwort gegeben. Nie wieder wird sie mit ihm reden, wütet Lisa, an ihm vorbei zum Fahrrad stürmend. Nie wieder, brüllt sie und fährt davon.

Wenn du ein Versprechen brichst, muß Lisa das hinnehmen. Dich kann sie nicht einfach stehenlassen. Sie kann einige Tage schmollen, aber die Bedürfnisse des Alltags zwingen sie, mit dir auszukommen. Aber auf Markus ist sie nicht angewiesen. Mit Markus muß sie nicht leben. Sie weigert sich, ihn zu sehen, verweigert ihm jedes Wort. Da kann Markus anklingeln, sooft er will, kann an die Wohnungstür klopfen und Lisa anflehen, mit ihm zu reden. Da ist sie hin- und hergerissen zwischen Sturheit und Sichgeschmeicheltfühlen, um sich für das Stursein zu entscheiden. Auch das Mädchen aus dem Nachbarhaus, das Markus schickt, damit sie Lisa sagt, daß es ihm leid tut, er sich bei ihr entschuldigen will und Lisa bitte runter auf die Straße kommen soll, weil Markus unten steht und auf sie wartet, muß unverrichteterdinge wieder abziehen, unter dem Arm die Mickymaus-Hefte und in der Hand die Schneekugel. Die Sachen soll das Mädchen Markus zurückgeben. Nichts will Lisa von seinen Geschenken behalten.

Lisas Konsequenz erschreckt das Mädchen. Wie kann Lisa so grausam sein? Markus ist der netteste Junge im ganzen Viertel.

Lisa ist nicht grausam. Wenn sie verzeiht, wird Markus sein Wort wieder brechen. Sie will sich verkriechen. Nur wo? Unter dem Handwaschbecken? Der Küchenbank? Da kann sie sich nicht verkriechen. Aber unter dem Wandteppich. Wenn sie das Ende vom Wandteppich hinter dem Bett hervorzieht und es quer über das Bett legt, hat sie ein halbes Zelt. Da hockt sie mit angezogenen Beinen auf dem Bett in ihrer Höhle, unter Seerosen umrahmt von Schilf, und schlägt die Zähne in die Knie. Den Weg zu Markus hat sie gekappt. Sie kann nicht zurück, nicht nachdem sie dem Mädchen die Geschenke von Markus gegeben hat.

Der Herbst kündigt sich mit einem Sturm an, der die Alten die Katastrophen längst vergangener Stürme erinnern läßt, und von dem sie behaupten, daß es der schlimmste Sturm in diesem Jahrhundert ist. Bäume knicken um. Dachpfannen fliegen von den Dächern, und auf der Turmspitze der Nikolaikirche knickt der Wetterhahn um. In den Straßen von Stralsund werden die Menschen von den Windböen einfach umgepustet. Und im Hafen brechen die Wellen meterhoch über die Kais, spülen vom Straßenpflaster, was notdürftig oder gar nicht gesichert ist, lecken an Mauern und Haustüren.

Vier Fischkutter werden vermißt, berichtet Kurt. Wenn die verloren sind, wäre das ein schwerer Verlust für das Fischverarbeitungskombinat. Aber so recht daran glauben mag er noch nicht. Oft laufen die Kutter bei stürmischer See einen schwedischen Hafen an und fahren erst wieder zurück, wenn sich der Sturm gelegt hat.

Doch weder die Schweden noch die Dänen melden über Funk nach Saßnitz, daß die vermißten Kutter in einem ihrer Häfen eingelaufen und die Mannschaften wohlbehalten sind. Nach Tagen bangen Hoffens und Wartens erklärt das Fischverarbeitungskombinat die Kutter und die Mannschaften für verloren.

Der Pfarrer läutet die Glocken und richtet eine Gedenkmesse aus, zu dem ganz Stralsund in der Kirche erscheint. Für dich ist es ein ungewohnter Anblick, die Kirche derart gut besucht zu sehen. Parteimitglieder, FDJ und Junge Pioniere. Sozialismus hin, Sozialismus her. Jeder will der ertrunkenen

Seeleute gedenken und den Hinterbliebenen sein Beileid aussprechen. Es hätte auch einen von ihnen treffen können. Die meisten der vermißten Seeleute kamen aus Stralsund.

Nach der Messe läufst du in deinen neuen Stiefeln zum Hafen. Die Stiefel sind dir zu groß. Beim Laufen stoßen die Zehen gegen die Watte und das Papier, mit denen du die Stiefel passend gemacht hast. Und damit der Schaft dir nicht um die Waden schlackert, hast du die Hosenbeine in die Schäfte gesteckt. Da siehst du zwar wie ein Russenkind aus, aber das stört dich nicht. Du weißt, die anderen Kinder beneiden dich um die Stiefel. Sie wollen wissen, wo du die Stiefel herhast. Daß dir die Stiefel einer der Holzvergaser aus Westdeutschland mitgebracht hat, verrätst du nicht.

Der Regen peitscht dir ins Gesicht, und der Sturm läßt dich gegen seine unsichtbaren Wände laufen. Willst du geradeaus, baut sich der Sturm vor dir auf und zwingt dich nach rechts. Willst du nach links, zwingt er dich, geradeaus zu gehen. Mit seinen Böen jagt dich der Sturm wie durch ein unsichtbares Labyrinth, bis du den Hafen erreichst und im Schutz eines Hauseingangs hinaus auf das tobende Meer schaust. Es ist das erste Mal, daß du einen derartigen Sturm erlebst. Zehn Tage hält der Sturm mit unverminderter Kraft an. Rüttelt an den Fenstern und Haustüren, trägt ganze Dächer ab. Er heult und pfeift und läßt es in den Ohren krachen. Sein Gesang ist dir unheimlich. Und seine Kraft ängstigt dich. Trotzdem zieht es dich täglich zum Hafen, um das Naturschauspiel zu sehen. Kampf der Giganten nennst du es. Wind gegen Wasser. Stets ist es das Wasser, das aus diesem Zweikampf als Sieger hervorgeht. Keine Böe vermag die Wellen auf ihrem Weg zum Land aufzuhalten. Die Wellenberge ducken sich unter den Böen. Gischt tanzt in der Luft, wird von den Böen in abertausend winzige Tropfen zerstäubt und als Gazeschleier über das Meer gejagt. Und dann brechen die Wellen doch wieder über den Kai. Du erinnerst die Seefahrergeschichten, die euch die Muhme mit Grabesstimme vorgetragen hat. Nie endeten diese Geschichten glücklich. Stets forderte das Meer seinen Tribut. Daß diese Geschichten keine Märchen sind, weißt du nun. Die ertrunkenen Fischer tun dir leid. Ertrinken, sagen die Erwachsenen, ist ein grausamer Tod.

Bis auf die Haut durchnäßt, läufst du vom Hafen zurück nach Hause, schleichst von Tante Ella unbemerkt auf den Dachboden, wo du Zähne klappernd dich deiner durchnäßten Kleider entledigst, um sie über dem Ofen der alten Dame zum Trocknen auf die Leine zu hängen.

Seit ihrer Einquartierung bei Kriegsende lebt die alte Dame in der winzigen Kammer, die damals provisorisch auf dem Dachboden errichtet wurde. Die lautlose Anwesenheit der alten Dame läßt euch vergessen, daß sie dort wohnt. Für euch ist der Dachboden ein vergessener Ort, der nur von Tante Ella genutzt wird, um das Salz dort zu lagern, damit es trocken bleibt. Bei einer unerwarteten Begegnung mit der alten Dame auf der Treppe erschrickt Tante Ella derart heftig, daß ihr eine Tüte Salz aus den Händen fällt. Das schöne Salz, jammert sie tagelang und schickt fortan dich auf den Dachboden.

Du nutzt diese Gelegenheit und schnüffelst zwischen vergessenem Mobiliar und verstaubten Bücherstapeln. Du entdeckst alte Schulhefte von Kurt und Harald und auch eine Ritterburg mit einer beweglichen Zugbrücke und die dazugehörigen Figuren: Ritter, Pferde und Burgfräuleins sowie von Motten zerfressene Kleider und jede Menge Spinnweben. Du schreist auf, als du mit dem Gesicht in ein Spinnennetz läufst. Die einfallenden Sonnenstrahlen haben es für deinen Blick unsichtbar gemacht. Dein Schrei lockt die alte Dame aus ihrer Kammer. So lernt ihr euch kennen.

Die alte Dame hat nichts dagegen, daß du den Dachboden erkundest. Sie verspricht, niemandem aus der Familie etwas zu verraten, und hilft dir eine Ecke des Dachbodens für dich herzurichten. Im Winter wirst du dich dort zwar wegen der Kälte nicht aufhalten können. Aber im Sommer ist es ein wunderbarer Ort zum Lesen und Träumen.

Ganze Nachmittage verbringst du auf dem Dachboden. Stundenlang lehnst du am Fenster und genießt die Aussicht über die Dächer von Stralsund, bis zum Meer. Du hörst die Möwen lachen und hinter deinem Rücken die alte Dame den Staub von den Bücherstapeln pusten, die sie durchstöbert, um die deinem Alter entsprechenden Bücher für dich auszusortieren.

Es ist wichtig, Bücher zu lesen, deren Inhalt du verstehst, erklärt sie und nimmt dir »Die toten Seelen« von Gogol aus der Hand. Das kannst du unmöglich schon verstehen. Dafür bist du zu jung. Du solltest etwas lesen, was deine Phantasie anregt, dich entführt in eine Welt, die du begreifen kannst. Ein gutes Buch zur falschen Zeit kann dir das Lesen verleiden.

Da sitzt du im Herbst in ihrer Kammer unter der Wäscheleine, neben dem Ofen und reist mit Jules Verne »In achtzig Tagen um die Welt«. Die Feuchtigkeit deiner nassen Kleider läßt das Fensterglas beschlagen. Unten in der Küche hörst du Tante Ella schimpfen, wenn sie dich schon mal braucht, bist du nicht da. Und die alte Dame sitzt dir gegenüber im Schaukelstuhl und riffelt die von Motten zerfressenen Pullover auf, die du auf dem Dachboden gefunden hast, um die Fäden miteinander zu verknoten und zu neuen Knäueln aufzurollen, aus denen sie dir einen Pullover stricken wird, derweil du, zum Klappern der Stricknadeln, dir beim Lesen vor Spannung die Fingernägel abbeißt.

Du wirst nie einen Ehemann bekommen, wenn du das Fingernägelkauen nicht sein läßt, ermahnt die alte Dame dich und fordert dich auf, statt der Fingernägel von den Nahrungsmitteln zu essen, die du aus eurer Vorratskammer für sie stibitzt hast. Die Lebensmittel rührst du nicht an. Die sind für sie.

Sie ist allein. Im Westen hat sie entfernte Verwandte. Ob die ihre Briefe allerdings bekommen haben, das kann sie nur hoffen. Mit der Post, das funktioniert ja noch nicht. Viele Briefe gehen verloren. Sie läßt das Gestrickte sinken. Wie und wo ein Brief verlorengehen kann, das täte sie schon einmal interessieren. Seltsam, in einer Nacht wird zerstört, wozu Generationen bedurften, es aufzubauen. Sie nimmt die Nadeln wieder auf. Antwort hat sie bisher keine erhalten. Sie wartet. Was bleibt ihr anderes zu tun? Außer dir kennt sie niemanden in Stralsund, und die karge Rente, die sie nun vom Staat erhält, reicht weder zum Leben noch zum Sterben, und sie ist zu alt, um etwas dazuzuverdienen. Wer braucht eine alte Frau, die nichts anderes leisten kann, als Pullover zu stricken?

Stricken, das kann sie. Die kompliziertesten Strick- und Farbmuster gehen ihr sogar bei geschlossenen Augen leicht und locker von der Hand. Dir wird schwindelig, wenn du ihr zuschaust, wie sie die Maschen aufnimmt und abhebt und mit den verschiedenfarbigen Wollknäueln hantiert, ohne daß sich die Fäden beim Stricken verheddern.

Tante Ella will auch so einen schönen warmen Pullover. Vielleicht nicht so einen bunten, aber warm soll er sein, und für die Gehren-Männer kann die alte Dame zudem Pudelmützen, Schals und Handschuhe stricken. Die Männer können warme Sachen gebrauchen, und die alte Dame die Lebensmittel sowie die paar Mark, die Tante Ella ihr für die Stricksachen zusteckt. Außerdem kennt Tante Ella eine Menge Menschen in der Stadt. Auch Kurt bringt stets Aufträge für sie mit, wenn er über das Wochenende aus Saßnitz nach Hause kommt. Als Tante Ella erfährt, daß die alte Dame aus Tilsit stammt und zweisprachig aufgewachsen ist, schlägt sie ihr vor, sich zusätzlich ein paar Mark zu verdienen, indem sie für die Russen als Übersetzerin arbeitet. Ihre Sprachkenntnisse werden gebraucht.

Das lehnt die alte Dame ab. Vor ihren Augen haben die Russen ihre Familie umgebracht. Ihren Mann, ihre Kinder und Enkelkinder, Schwiegertochter und Schwiegersohn. Keiner hat überlebt. Nur sie. Sie hat sich totgestellt. Sie weiß nicht, wie lange sie zwischen den leblosen Körpern ihrer Familie auf dem Fußboden lag. Sie hat weder Hunger noch Durst verspürt. Sie hat sich nur gewundert, daß es immer wieder Tag wurde.

Im Winter sitzt die alte Dame bei euch in der Küche, nah beim Ofen. Sie strickt und strickt und strickt, manchmal einen Pullover an einem Tag, wenn die Wolle dick ist. Die Wollreste hebt sie auf, um daraus Strümpfe, Schal und einen Muff für dich zu stricken. Du leistet ihr oft Gesellschaft. Du riffelst die alten Stricksachen auf und wickelst die Wolle zu Knäueln, dabei stellst du ihr Fragen nach ihrer Familie, nach ihrer Flucht aus Ostpreußen und nach ihren Verwandten im Westen.

Selten ist die alte Dame bereit, deine Fragen zu beantworten. Sie will vergessen, sagt sie, und ermuntert dich, ihr zu erzählen, was dich bewegt, wie du die Welt erlebst, die ihr fremd geworden ist. Du vertraust ihr Dinge an, die du Tante Ella niemals erzählen würdest. Tante Ella stellt dir auch keine Fragen. Und du weißt, wenn Tante Ella mit dir oder sich selber unzufrieden ist, wird sie das, was du ihr anvertraust, bei der nächsten Gelegenheit vor dem Erstbesten ausposaunen.

Das, findet die alte Dame, ist nicht nett von Tante Ella, auch daß ihr bei jeder Gelegenheit die Hand ausrutscht, sollte nicht sein. Aber sie sucht Tante Ella auch zu verteidigen, es gibt Menschen, die nicht sagen können, daß sie jemanden liebhaben. Vielleicht gehört Tante Ella zu diesen Menschen. Aber sie zeigt dir, daß sie dich mag, sich um dich sorgt. Schau dir nur den Wintermantel an, den sie für dich aus Pferdedecken genäht hat. Sie will, daß du es gut hast, daß es dir an nichts mangelt. Wenn sie dich wirklich nicht leiden möchte, hätte sie längst dafür gesorgt, daß die Behörde ihr das Sorgerecht für dich entzieht. Die Möglichkeit dazu hat sie allemal, versucht die alte Dame dich in deinen Litaneien zu bremsen, wenn du dich bei ihr darüber beschwerst, daß Tante Ella dich nie lobt, stets den Finger auf deine Schwächen legt und darin bohrt, bis der Haß auf sie deinen Verstand lahmlegt und du sie am liebsten umbringen möchtest. Die alte Dame läßt erschrocken die Stricknadeln sinken und droht dir mit dem Zeigefinger. So etwas darfst du nicht denken, mahnt sie, dich an die Verantwortung erinnernd, die auf Tante Ella lastet. Vom frühen Morgen bis in den späten Abend ist sie auf den Beinen. Sie verfügt nicht über die Zeit, in der Küche zu sitzen, um sich mit dir zu unterhalten, so wie ihr beide es tut.

Du genießt die Gespräche mit der alten Dame. Auch wenn es ihr nicht gelingt, dich zu überzeugen, daß Tante Ella dich sehr wohl leiden kann, und du weiterhin denkst, daß sie dich am liebsten aus dem Haus hätte. Du weißt, Tante Ella tut nichts, wenn sie keinen persönlichen Vorteil für sich daraus ziehen kann. Und du weißt auch, daß sie die alte Dame lieber heute als morgen aus dem Haus hätte. Nur zu oft hörst du sie in der Nacht mit Gerhard wegen nichts und wieder nichts streiten, auch über die alte Dame, von der sie will, daß Gerhard seine Beziehungen nutzt, damit sie woanders einquartiert wird. Was soll sie mit der Alten machen, wenn die krank wird, womöglich einen Schlaganfall bekommt? In dem Alter kann das jeden Tag passieren. Wer wird sich dann um die Alte kümmern müssen? Sie natürlich. Dabei hat sie genug um die Ohren, da soll Gerhard ihr wegbleiben mit christlicher Nächstenliebe.

Du bist sicher, daß diese Streitereien auch der alten Dame nicht verborgen bleiben. Sie benötigt nur noch wenige Stunden Schlaf in der Nacht. Manchmal schläft sie überhaupt nicht, döst zwischen Tag- und Nachttraum, aus dem sie bei dem geringsten Geräusch aufschreckt. In manchen Nächten hörst du sie auf und ab gehen. Die Zimmer sind klein und niedrig und die Wände dünn. Und die mit Stroh gefüllten Zimmerdecken tragen selbst den lautlosesten Schritt und jedes noch so leise geflüsterte Wort auch dem zu, für dessen Ohren es nicht bestimmt ist. Es sind auch die Wände, die dir zuflüstern, daß die alte Dame bald in den Westen ausreisen wird. Einer ihrer Briefe muß sein Ziel erreicht haben. Tante Klara drängt Gerhard, seine Kontakte zu nutzen, damit der Ausreiseantrag der alten Dame innerhalb kürzester Zeit genehmigt wird.

Du hilfst ihr beim Packen der wenigen Habseligkeiten, die gerade mal einen Pappkoffer füllen, der, von zwei Stricken gehalten, mit ihr zusammen von Gerhard zum Bahnhof gefahren wird. Beim Abschied kämpfst du gegen die aufsteigenden Tränen. Tante Ella hingegen schickt ein Stoßgebet zum Himmel. Die Kammer ist frei. Endlich kann sie ein junges Mädchen vom Land holen, die ihr im Haushalt und in der Wirtschaft zur Hand geht.

Der Einzug des Mädchens bedeutet für dich den Verlust deines geheimen Refugiums. Du meidest den Dachboden, so wie du auch jeden engeren Kontakt zu dem Mädchen vermeidest. Das Mädchen untersteht Tante Ella. Und bevor es dein Geheimnis an Tante Ella verraten kann, gibst du deinen geheimen Rückzugsort lieber auf. Von Tante Ella würde es Prügel hageln.

Prügel setzt es, als du in der Nacht beim Lesen eines der aus dem Bücherschrank heimlich entwendeten Bücher einschläfst und die brennende Kerze auf die Matratze fällt. Du erwachst von dem stechenden Geruch. Die Matratze glimmt. Der Qualm läßt deine Augen tränen. Die Angst vor einem womöglich ausbrechenden Feuer und der dir bevorstehenden Strafe lähmt dich. Dein Blick folgt der Glut, die sich gierig durch den Bezug der Matratze frißt. Du kannst nichts denken. Weißt nicht, was tun, und schlägst mit den bloßen Händen auf die Glut. Deine Hände können die Glut nicht ersticken. Eine Stichflamme lodert empor. Unter der Hitze der Glut hat die Wolle der Matratze Feuer gefangen.

Hilfe, brüllst und wimmerst du, unfähig, dich zu rühren.

Die Tür springt auf. Tante Ella schlägt die Hände vor den Mund und läuft einen Eimer Wasser holen. Harald reißt dich vom Bett, derweil Gerhard mit dem erstbesten Kleidungsstück, das ihm in die Hände fällt, die Flammen zum Ersticken bringt. Doch erst der Schwall Wasser, den Tante Ella aus dem Eimer über der Matratze entleert, verhindert ein erneutes Aufglimmen der Glut, bannt jede weitere Gefahr.

Gerhard schlägt dir rechts und links auf die Wangen, dann verprügelt er dich. Es ist das erstemal, daß er dich schlägt. Mit deinem Leichtsinn hast du die Familie in Gefahr gebracht. Das Haus hätte abbrennen können, wütet er.

Und obwohl seine Prügel dich kränkt, begreifst du sie auch als einen Ausdruck seiner Angst, die er um dich hatte. Was du ihm aber nachträgst, ihm nicht verzeihst, ist, daß er dich am nächsten Tag zwingt, zu der angesengten Matratze in den Handkarren zu steigen, mit dem er dich und das Corpus delicti zum Polsterer fährt. Unter dem Gespött der Leute brennt die Scham dein Gesicht rot.

Brandstifterin, zischt Tante Ella und bestraft dich zusätzlich auf ihre bewährte Art, indem sie dein unvorsichtiges Verhalten unter den Nachbarn, im Beisein derer Kinder, verbreitet.

Brandstifterin! Brandstifterin! Du ballst die Fäuste und haust drauf. Harald aber kannst du nicht verhauen. Daß er dich so nennt, dagegen weißt du dich nur zu wehren, indem du ihn ignorierst. Du weigerst dich, ihm zu helfen, redest kein Wort mit ihm, zeigst ihm die kalte Schulter, tust, als sei er Luft, um dich dann bei Kurt über ihn zu beschweren.

Als Junge ist ihm so etwas Ähnliches passiert, lacht Kurt. Monate hat es gebraucht, bis Harald ihn nicht mehr Brandstifter gerufen hat. Aber diese Demütigung, mit der angesengten Matratze durch die halbe Stadt gefahren zu werden, das ist ihm erspart geblieben. Daß Gerhard dich derart bloßstellen mußte ... Auch seine Drohung, sollte er auch nur noch ein einziges Buch in deinem Zimmer finden ... Da wird er ihn drauf ansprechen, sobald die Aufregung sich gelegt und so viel Gras über die Sache gewachsen ist, daß Gerhard darüber schmunzeln kann.

Die tröstenden Worte von Kurt überdauern nicht den Augenblick. Du schmollst, und nichts von dem, in dem du auch nur eine Spur Zucker vermutest, ist vor dir sicher. Im Keller machst du dich über das in Gläsern eingemachte Obst her. Manchmal löffelst du gleich zwei Gläser leer, manchmal nur ein halbes Glas. Das stellst du dann in die hinterste Reihe, damit weder Tante Ella noch das Mädchen dein Tun entdekken. Die geleerten Gläser spülst du gleich in der Waschküche aus und stellst sie einfach zu den leeren Gläsern ins Regal. Du stiehlst eine Flasche wilden Bienenhonig, die du in deinem Zimmer versteckst, und von dem du jeden Abend einen Fingervoll schleckst. Und von den zehn Pfund Zucker, die Tante Ella Gramm um Gramm für die Einmachzeit abgezweigt hat und in einer doppelten Papiertüte aufbewahrt, die sie vor deiner Gier nach Süßem ausgerechnet in deinem Kleiderschrank versteckt hält, entwendest du jede Nacht so viel, daß du, von allen unbemerkt, in der Küche Bonbons daraus machen kannst. Gerhard hat dir gezeigt, wie du es machen mußt: Butter und Zucker in die Pfanne und immer kräftig rühren.

Als die Zuckertüte halb geleert ist, bekommst du Muffensausen. Was, wenn Tante Ella zufällig in den Schrank schaut? Den entwendeten Zucker kannst du nicht ersetzen. Aber du könntest die Tüte aufblasen, mit Luft auf ihr ursprüngliches Volumen bringen. Dann schaut es zumindest so aus, als fehlt nicht ein Gramm Zucker. Du findest deine Idee genial, und es beeindruckt dich, daß die Luft auch dann nicht aus der Tüte entweicht, als du die Kleidungsstücke darüberlegst, mit denen Tante Ella die Tüte vor dir zu verbergen suchte. Du lachst. Aber du weißt, du wirst der Strafe nicht entgehen, und du fürchtest sie, je näher die Einmachzeit rückt.

Dann wollen wir mal, sagt Tante Ella, die Kleidungsstücke von der Tüte auf dein Bett räumend, um mit gespreizten Beinen und gespannter Rücken- und Schultermuskulatur den vermeintlich zehn Pfund schweren Sack aus dem Schrank zu heben. Unter der unerwarteten Leichtigkeit des Zuckersackes schnellen ihre Arme in die Höhe, torkelt sie rückwärts. Du ziehst die Bettdecke über den Mund, damit sie dein Gekicher nicht hört.

Du Miststück, brüllt sie, bereits mit Fäusten auf dich einschlagend. Von ihrem Gezeter und deinem Geschrei angelockt, stürzt Gerhard ins Zimmer, stellt sich zwischen euch, will wissen, was du wieder angestellt hast. Tante Ella heult vor Wut.

Gerhard lacht. Das hat Tante Ella selber zu verantworten. Warum muß sie den Zucker auch ausgerechnet bei dir im Zimmer verstecken, wo sie wie jeder andere im Haus weiß, daß du eine Naschkatze bist und auf der Suche nach etwas Süßem keinen Winkel im Haus unerforscht läßt.

Ein wenig Selbstdisziplin kann sie ja wohl von dir erwarten. Sie jedenfalls bedauert nicht, daß sie dich verdroschen und dir ein blaues Auge geschlagen hat.

Dein blaues Auge leuchtet in sämtlichen Blau-, Gelb- und Grünschattierungen und bringt den Oberst zum Lachen, als du im Beisein von Gerhard die Geschichte von der Zuckerlufttüte zum besten gibst. Er wird Tante Ella mit Zucker aushelfen, verspricht er und hält Wort. Sie bekommt einen Zentnersack Zucker und du eine Tüte Süßholz.

Strafe muß sein, zischt Tante Ella, das Süßholz konfiszierend, kaum daß der Oberst sich von euch verabschiedet hat.

IHR WERDET umziehen. Lisa soll zum Aldi laufen und Kartons holen, so viele, wie sie tragen kann. Große Kartons, am besten solche, die verschlossen werden können. In die Kartons soll sie die Dinge packen, die euch gehören. Kleider, Geschirr, Besteck, Handtücher. Nichts darf im Schrank zurückbleiben. Auch nicht in den Schubladen vom Sideboard. Die Sachen soll sie so in die Kartons packen, wie sie sie in den Fächern und Schubladen vorfindet. Die gepackten Kartons soll sie beschriften, damit du nach dem Umzug weißt, was in welchem Karton ist und wo es wieder eingeräumt werden muß. Am besten kauft Lisa einen dicken Filzschreiber im Schreibwarenladen und eine Rolle Klebeband, mit dem sie die Kartons zuklebt, damit beim Transport nichts herausfallen kann. Den Zwei-Platten-Kocher soll Lisa als letztes einpacken, zusammen mit den zwei Töpfen und der Pfanne. Um das Sideboard, den Kleiderschrank, den Fernseher und die Küchenbank mit dem Tisch und den zwei Stühlen wird Hermann sich kümmern. Die restlichen Möbel Couchtisch, zwei Sessel und das Bett von Lisa bleiben in der

Wohnung. Diese Möbel gehören dem Vermieter. Dein Bett kann der Hermann zum Sperrmüll bringen. Das olle Ding. Das kommt dir nicht in die neue Wohnung. Die gepackten Kartons soll Lisa im Korridor an die Wand stellen, nebeneinander und übereinander, wenn die Kisten nicht zu schwer für sie sind. Wirst du dich auf Lisa verlassen können?

Die Zigarrenkiste mit den Glanzbildern, das Monopolyspiel, die Schulbücher, das Poesiealbum und ihr Tagebuch packt Lisa in einen Senfgläserkarton zusammen mit anderen persönlichen Dingen, ein Ring aus dem Kaugummiautomaten, eine winzige silberne Dose mit einer Rose auf dem Deckel, die sie ebenso auf der Straße fand wie den Kettenanhänger aus Perlmutt mit dem roten Stein und den Kugelschreiber, dessen Schaft eine Frau im schwarzen trägerlosen Badeanzug zeigt, der verschwindet, sobald Lisa den Kugelschreiber auf den Kopf stellt. Das Eßbesteck legt sie in einen Waschlappen, und das wenige Geschirr wickelt sie so, wie du es ihr erklärt hast, Glas um Glas, Teller um Teller, Tasse um Tasse in Zeitungspapier, damit es nicht zerbrechen kann. Sie füllt Gewürzgurkengläserkartons mit Bettwäsche und Handtüchern und verliert sich in Erinnerungen beim Entleeren der Schubladen angesichts längst vergessener Dinge. Eine Muschel, die du ihr schenktest, um sie nach der Begegnung mit einer Feuerqualle von dem Brennen auf der Haut abzulenken. Ein getrocknetes Edelweiß auf einer Postkarte, die du ihr ins Heim schicktest. Eine Armbanduhr, die Lisa nie an deinem Handgelenk sah. Ein kleiner Stapel Fotografien, die entweder sie oder dich zeigen und unter denen sie vergeblich nach einem Foto sucht, das dich zusammen mit ihr zeigt. Du auf dem Rummel vor der Schifferschaukel mit einer Zuckerwatte vor dem Gesicht. Sie mit der frisch genähten Wunde an der Oberlippe, die sie sich bei der Fahrt mit dem Autoskooter zugefügt hatte. Du mit Hermann, der den Arm um deine Schulter gelegt hat. Sie als Kleinkind in der Badewanne mit shampooniertem Haar und einem Lachen.

Lisa erinnert deine Schläge mit dem Kleiderbügel auf ihre nasse Haut und ihr Erstaunen über deine rasende Wut, die aus heiterem Himmel auf ihren Rücken niederprasselte, ohne den Anlaß deiner Wut zu erinnern. Es ist die einzige Fotografie aus der Zeit vor dem Heim und auch ihre einzige Erinnerung an diese Zeit

Wie alt war Lisa? Drei Jahre, vier oder schon fünf Jahre? Ein Heim für taubstumme Kinder. Durchgangsstation, bis ein für sie entsprechender Heimplatz gefunden wurde. Transistorradio hören »Junge, komm bald wieder, komm bald wieder nach Haus ...«, in einem Zimmer mit Etagenbetten, das Lisa in den ersten Tagen kaum verläßt, weil die unartikulierten Laute der taubstummen Kinder sie erschrecken, sie sie nicht begreift und niemand sie ihr erklärt. Mit der Zeit aber lernt Lisa die feinen Nuancen in den scheinbar unartikulierten Lauten zu unterscheiden und zu verstehen, um gemeinsam mit den Kindern lachen zu können, beim Stelzenlaufen im Hof.

In dem Heim war es schön. Da wurde nicht geschlagen. Da gab es keine Erzieherinnen. In Lisas Erinnerung gibt es nur die taubstummen Kinder und sie. Die Kinder lehrten sie mit den Händen zu sprechen und die Musik zu fühlen, lehrten sie, den Körper danach zu bewegen, was sie fühlt, und nicht danach, was sie hört.

Die Erinnerung daran läßt Lisa durch dein Zimmer tanzen, vom Sideboard um den Tisch, an deinem Bett und dem Waschbecken vorbei, auf den Korridor, zum Kleiderschrank, dessen Türen sie weit öffnet. Sie faltet deine Pullover, Unterröcke, Büstenhalter und packt sie in einen Cornflakeskarton. Sie streift deine Röcke und Blusen von den Kleiderbügeln und kann der Versuchung nicht widerstehen, in eines deiner schönen Kleider zu schlüpfen, sich die Lippen rot zu malen, um vor dem Spiegel dich zu imitieren, bis ihr Herz einen Schlag außer der Reihe schlägt, ihr das Lachen in den Augen und um den Mund gefriert und sie vor ihrem Spiegelbild erstarrt. Wieso gibt der Vater nicht auf, sie zu finden? Wieso kommt er nicht jetzt, sie zu holen, um das mit ihr zu tun, was du sagst, das er ihr antun will? Wenn der Vater ihr gegenüberstünde, sie nur sehen könnte in deinem wunderschönen türkisfarbenen Cocktailkleid, das ihr bis an die nackten Füße reicht und dessen eingewebte Blumen dem Stoff eine Struktur verleihen, die ihn in den unterschiedlichsten Türkistönen schimmern läßt, er würde Lisa nicht töten wollen, das könnte er nicht übers Herz bringen, so schön, wie sie, seine Tochter, in deinem Kleid aussieht, obwohl es ihr viel zu groß ist. Wie schön mußt erst du in diesem Kleid aussehen, das dir bestimmt auf den Leib geschneidert ist, ebenso wie das schwarze Kleid, dessen schwarzes Spitzenoberteil in einen weit schwingenden Plisseerock übergeht.

Lisa würde dich gerne in diesen Kleidern sehen, ein einziges Mal. Sie wagt es nicht, dich darum zu bitten, ebensowenig wie sie es wagt, dir zu erzählen, daß sie deine Kleider hin und wieder aus dem Kleiderschrank hervorholt, um sie anzuprobieren, Dame von Welt zu spielen, sich vorzustellen, sie sei Prinzessin Gracia oder die Callas. Das ist die Welt, die Lisa mit diesen Kleidern verbindet. Diese Welt kennt sie aus dem Fernseher. Dort tragen die Menschen solche Kleider. Kleider, die nicht für die Arbeit in einem Restaurant gemacht sind und auch nicht für den Gang zum Supermarkt oder in die Wirtschaft.

Lisa weiß nicht, wann du diese Kleider trägst, ob du sie überhaupt jemals getragen hast und zu welchen Anlässen. Lisa weiß aber, ohne daß du es aussprechen mußt, daß du willst, daß sie so tut, als existierten diese Kleider nicht. Diese Kleider sind Fremdkörper in deinem Kleiderschrank und in dem Leben, das du führst. Fremdkörper wie die Schmuckstücke, die Lisa dich eins ums andere hat ins Pfandhaus tragen und nicht wieder einlösen sehen, weil du mit dem Geld die Miete für die jeweilige neue Wohnung für drei Monate im voraus bezahlen mußtest oder weil dein Lohn nicht reichte, um dir und ihr die dringend benötigten Winterschuhe zu kaufen. Schmuckstücke mit weiß, rot, blau und grün funkelnden Steinen. Armbänder,

Ringe, Uhren und Ketten für den Hals und für das Handgelenk aus weißen und schwarzen Perlen. Schmuckstücke von einer Schönheit, die Lisa in der Stadt noch bei keinem Juwelier in der Auslage gesehen hat.

Lisa heult Rotz und Wasser und weigert sich vergebens, als du sie mit dem letzten Schmuckstück, dem Paradiesvogel, zum Pfandleiher schickst, bei dem sie für dich erfragen soll, wieviel Geld er ihr auf den Paradiesvogel leihen würde, derweil du draußen auf dem Bürgersteig wartest, die Pfandleihe nicht betreten magst.

Wieso bringt der Vater dich in diese Situation? Hat er kein Herz? Wieso nimmt er dir alles, zerstört das, was du versuchst dir aufzubauen? Wieso treibt er dich mit ihr von einer Stadt in die nächste?

Was redet Lisa denn da? Was sind das für Fragen? Wie kommt Lisa darauf, daß der Vater sie dir wegnehmen will. Das Jugendamt ist schuld. Ja, das Jugendamt will, daß Lisa wieder ins Heim soll. Das Jugendamt läßt dich nicht in Ruhe. Das Jugendamt spürt dich auf, egal in welche Stadt du auch mit Lisa gehst. Lisa kann doch nicht vergessen haben, daß du sie aus dem Heim entführt hast?

Nein, das hat Lisa nicht vergessen, auch nicht, warum du sie entführt hast, weil der Vater sie gefunden, sie aus dem Heim entführen will, um sie ... Wie könnte Lisa deine Erklärung vergessen. An das von dir Gesagte wagt Lisa dich nicht zu erinnern. Nicht mehr. Du würdest sie eine Lügnerin nennen. Lisa fürchtet deine Schläge, deine Wut, deine Lügen, die du ihr in den Mund legst, fürchtet, daß du sie fallenlassen wirst, sie wieder ins Heim oder zu fremden Menschen muß oder du den Mann wieder schickst.

Lisa soll nicht so einen Unsinn reden und nicht so ein Gesicht machen. Nun wird alles anders, lachst du. Du hast alles geregelt. Das Jugendamt wird dich in Ruhe lassen. Niemand wird mehr versuchen sie dir wegzunehmen. Nie wieder braucht ihr in eine andere Stadt zu ziehen. Auch bei dem bevorstehenden Umzug werdet ihr die Stadt nicht verlassen. Die neue Wohnung liegt nur ein paar Straßen entfernt von der alten. Auf dem Weg zur Arbeit hast du dort vor dem Haus einen Umzugswagen stehen sehen. Da bist du gleich ins Haus, hast dir die Wohnung angeschaut und dir von den Vormietern die Adresse vom Vermieter geben lassen. So einfach war das. Für Lisa wird sich nicht viel ändern. Lisa wird weiterhin dieselbe Schule besuchen. Lisa wird sich nicht umstellen müssen, weder auf eine neue Umgebung noch auf andere Menschen, aber du. Im nächsten Jahr. Dann wirst du dir ein Mofa kaufen und jeden Tag in die Nachbarstadt fahren, um dort wieder die Schulbank zu drücken. Du wirst nämlich einen neuen Beruf erlernen, um nach bestandener Prüfung als medizinisch-technische Assistentin im Labor eines Krankenhauses zu arbeiten. Da freust du dich drauf. Das Kellnern bist du schon so lange leid. Dann wirst du auch mehr verdienen. Da könnt ihr euch dann auch mal was leisten, außer der Reihe.

Wirst du dann auch den Hermann heiraten?

Nein, Lisa weiß doch, die Mutter von Hermann ... Wahrscheinlich wirst du mit der Hochzeit warten müssen, bis die Mutter von Hermann unter der Erde liegt. Aber der Hermann wird öfter bei euch sein. Nicht jeden Tag, aber vielleicht jeden dritten oder vierten. Die Wohnung ist groß, besitzt drei Zimmer, eine Küche und ein richtiges Badezimmer mit einer Badewanne und einem Fenster zum Lüften. Die Wohnung bietet reichlich Platz, auch für Hermann. Vielleicht wird der sich das eine oder andere Mal in dem Zimmer, das du als dein Schlafzimmer einrichten willst, an den Dachschrägen den Kopf stoßen, so lang wie der ist, aber das wird der Hermann schon überleben. Ihr werdet eine richtige Küche besitzen und auch ein richtiges Wohnzimmer, mit allem, was an Möbeln dazugehört. Und Lisa wird ein eigenes Zimmer haben und sogar einen Plattenspieler. Dann kann sie endlich die Schallplatten abspielen, die der Hermann ihr immer aus seiner Stammkneipe mitbringt, wenn dort die Schallplatten in der Musikbox gegen neue ausgetauscht werden. Es wird zwar kein neuer Plattenspieler sein, der ist zu teuer, aber in der Musiktruhe, die Lisa bekommen wird, ist auch ein Radio eingebaut, da kann Lisa BBC hören und lernt nebenbei noch Englisch, aber das Beste an der Musiktruhe ist, daß Lisa zehn Schallplatten auf einmal auflegen und nacheinander abspielen kann, ohne daß sie jedes Mal die Schallplatte wechseln muß, das geht vollautomatisch, oder Lisa kann die Wiederholungstaste drücken und so oft ihr Lieblingslied hören, bis es ihr zu den Ohren wieder herauskommt. »Frag den Abendwind, wo das Glück beginnt ...«

Gerhard lehrt dich: Schau, wonach es den Menschen dürstet, besorge es dir und verkaufe es ihm. Und Gerhard sieht, die Menschen dürstet es nach Schnaps, Wein und Likören jeglicher Art, um das Elend zu ertränken. Er weiß, daß es diese Dinge kaum zu kaufen gibt. Aber er weiß, wie er an diese Dinge kommen könnte. Nur wo im Haus ist Platz, um den Alkohol herzustellen? In deinem Zimmer. Dort baut Gerhard eine gläserne Apparatur auf. Ein großer und ein kleiner Ballon, die er mit einem gekrümmt verlaufenden Glasröhrchen untereinander verbindet, nachdem er den größeren der beiden Ballons bis zur Hälfte mit Johannisbeeren und etwas Wasser angefüllt hat.

Jeden Morgen springst du aus dem Bett und schaust, ob sich die Johannisbeeren über Nacht in Wein verwandelt haben. Gerhard lacht über deine Ungeduld. Gut Ding braucht Weile. Zwei bis drei Monate wird es wohl dauern, bis der Gärungsprozeß eintritt. Du bleibst skeptisch. Doch eines Nachts fängt der Sud an zu gluckern. Blub, kracht es in die nächtliche Stille. Blub. Blub. Fortan blubberte der Sud ohne Unterlaß, Tag und Nacht. In manchen Nächten hindert dich das Blubbern am Einschlafen oder reißt dich aus dem Schlaf. Dann hockst du vor dem großen Ballon und staunst über die schäumende blubbernde trübe Flüssigkeit, in die sich der Johannisbeersud verwandelt. Die Gärung hat eingesetzt, erklärt Gerhard.

Für dich ist das Zauberei. Du erklärst dein Zimmer zur Hexenküche, und du bist die Hexe, die über ihren blubbernden und gurgelnden Zaubertrank wacht. Du magst den säuerlich muffigen Geruch, den der Gärungsprozeß freisetzt und der dein Zimmer erfüllt. Du vermutest, daß dieser Geruch nicht ganz unschuldig daran ist, daß du dich in letzter Zeit Morgens beim Erwachen stets leicht und beschwingt fühlst. Aber eines Morgens erwachst du mit Schwindel im Kopf, und als du aus dem Bett hüpfst, knicken dir die Knie ein, als wären deine Beine aus Gummi. Du brüllst um Hilfe. Nur zu gut erinnerst du die Lähmung in deinen Beinen. Du hast Angst. Du willst nicht gelähmt sein.

Gerhard lacht. Du bist beschwipst. Das ist alles. Er öffnet das Fenster und schickt dich in Kurts Zimmer, wo du deinen Rausch ausschlafen sollst. Am Abend erwachst du mit Kopfschmerzen. Du fühlst dich hundeelend und willst zurück in dein Zimmer, in dein Bett. Gerhard hält das für keine gute Idee, wenn du nicht zur Alkoholikerin werden willst. Der Gärungsprozeß ist so weit fortgeschritten und die Luft vom Alkohol so geschwängert, daß du jeden Morgen mit einem Vollrausch erwachen würdest. Die Ballons kann Gerhard nicht aus deinem Zimmer entfernen, die gläserne Apparatur darf nicht bewegt werden, sonst kippt der Wein, wird sauer und ist ungenießbar. Dann war alles umsonst. Besser, du schläfst im Zimmer von Kurt, bis der Gärungsprozeß abgeschlossen ist.

Als es soweit ist, steckt Gerhard das Ende eines Gummischlauches in den kleineren der beiden Ballons und bedeutet dir, das andere Ende in den Mund zu nehmen. Dir gebührt die Ehre, den Wein anzusaugen.

Du spuckst den Wein aus. Der Wein schmeckt nicht. Der ist sauer, beschwerst du dich, das Gesicht verziehend, derweil Gerhard das Ende des Schlauchs schnell in eine Flasche schiebt, damit nichts vom Wein verlorengeht. Das wird sich ändern. Je länger der Wein in den Flaschen liegt, um so schmackhafter wird er, versichert Gerhard, derweil er mit dem Holzhammer die gewässerten Korken in die Flaschen schlägt, damit sie luftdicht verschlossen im Keller gelagert werden können.

Die Produktion von Johannisbeerwein allein genügt Gerhard nicht. In der Garage baut er eine Destillationsanlage auf, um zu den Obstweinen auch Obst- und Kartoffelschnaps brennen zu können. Das Selbstgebrannte verkauft oder tauscht er in der Wirtschaft unter der Hand. Gerhard kann gar nicht so schnell brennen, wie ihm der Schnaps aus den Händen gerissen wird. Es spricht sich herum, daß seine Schnäpse sauber sind. Keine mit Methylalkohol oder Benzin gepanschten Schnäpse, deren Genuß einen krank macht und im schlimmsten Fall erblinden läßt.

Dir bleibt es ein Rätsel, wie die Erwachsenen so was trinken können. Du findest den Geschmack widerlich, und dir dreht sich jedesmal der Magen, wenn du die gegärten Früchte unter das Tierfutter mischst.

Eines Morgens mengst du dem Hühnerfutter ein bißchen zuviel von den Früchten bei. Die Hühner torkeln über den Hof, stolpern über die eigenen Klauen, laufen schaukelnd gegen die Hauswand, um sich dann mit aufgeplustertem Gefieder irgendwo hinzuhocken und der Dinge zu harren, die ihnen der Genuß des Futters noch bescheren wird. In ihrem Delirium laufen sie nicht einmal vor Harras davon. Sie bleiben hocken, wo sie hocken, lassen sich von ihm beschnüffeln und verdrehen unter den geschlossenen Lidern nur die Augen, als er mit Gebell von ihnen den ihm gebührenden Respekt einfordert. Die Hühner sind zu betrunken, um zu reagieren. Harras zieht sich mit eingezogenem Schweif in den Zwinger zurück, legt den Kopf auf die Vorderläufe und gibt einen winselnden Seufzer von sich.

Die brüten bestimmt Schnapseier aus, meint Kurt, der dich bereits im ganzen Haus gesucht hat. Er mahnt dich zur Eile. Schließlich ist er extra wegen dir gekommen, um dich abzuholen, für eine Woche mitzunehmen nach Saßnitz, gegen den Widerstand von Tante Ella. Sie braucht dich. Wie soll sie die anfallenden Arbeiten schaffen, ohne dich? Und was sollst du in Saßnitz? Kurt arbeitet. Da bist du tagsüber allein. Wer weiß, was du da wieder alles anstellen wirst, klagt sie auch dann noch, als du reisefertig in der Küche stehst.

Gerhard aber ist der Ansicht, daß du es dir verdient hast, in die Sommerfrische zu fahren. Eine Woche wird Ella auch ohne deine Hilfe zurechtkommen. Schließlich hat sie das Mädchen, und du bist alt genug, um allein am Strand spazierenzugehen. Basta, kein weiteres Wort will er mehr von Ella zu diesem Thema hören. Kurt soll den Beiwagen an das Motorrad koppeln. Sturm ist im Anmarsch. Da ist es sicherer, wenn du im Beiwagen sitzt.

Der Wind läßt deinen Schal flattern und kühlt dein vor Aufregung erhitztes Gesicht. Aber du frierst nicht. Auch dann nicht, als der Wind an Kraft zunimmt und er euch mit seinen Böen bombardiert und ihr nur noch im Schrittempo vorankommt.

Hoffentlich erreicht ihr Saßnitz, bevor der Sturm Orkanstärke erreicht, brüllt Kurt, sonst mußt du nämlich aussteigen und das Motorrad schieben.

Du lachst und kreischst, als eine Böe von der Seite gegen das Motorrad drückt, es trotz Beiwagen ins Schlingern bringt. Du erschrickst, aber du vertraust Kurt. Er ist ein besonnener Fahrer, und er wird alles tun, um jede Gefahr von dir abzuwenden.

Trotz der Verspätung, mit der ihr Saßnitz erreicht, nimmt Kurt sich die Zeit, dich mit dem eingezäunten Barackengelände vertraut zu machen. Er ist eh spät dran, da kommt es auf eine halbe Stunde mehr oder weniger nicht an. Im Kombinat kümmert es niemanden, wer wann kommt. Und was sollst du bei ihm und Kletzin im Büro? Da wirst du dich nur langweilen. Er stößt die Tür zur Baracke auf und läßt dich eintreten. Das ist eine reine Männerbaracke. Frauen ist der Zutritt eigentlich verboten, lacht er. Sechzehn Zimmer hat die Baracke. Acht Zimmer auf jeder Seite vom Gang. Der Waschraum und die Toilette befinden sich am Ende des Flurs. Normalerweise teilen sich zwei Männer ein Zimmer. Aber er hat darauf bestanden, ein Zimmer für sich allein zu haben.

Du weißt, wegen der Mädels.

Gar nichts weißt du, grinst Kurt, dich in sein Zimmer schiebend, wo er dich auffordert, von seinem Königreich Besitz zu ergreifen, dich wie zu Hause zu fühlen, um dich dann alleine zu lassen, nicht ohne dich vorher ermahnt zu haben, pünktlich um die Mittagszeit bei ihm im Büro zu erscheinen, damit er dich in die Kantine zum Essen ausführen kann.

Zwei verschließbare Spinde. Zwei Betten, eins unter dem Fenster, das andere an der Wand. In der Zimmermitte ein Tisch und drei Stühle. Nirgends ein Bild an den Wänden. Keine Vase auf dem Tisch. Kein Teppich auf dem Fußboden. Nur die Sachen von Kurt, achtlos im Zimmer verstreut. Überall Dreck und Staub. Sogar das Fensterglas ist trüb. Und nirgends entdeckst du einen Besen, Wischlappen, Eimer oder einen Schrubber. Das leihst du dir vom Pförtner, krempelst die Ärmel hoch und wischst und putzst und räumst, bis sämtliche Sachen im Spind eingeräumt sind, alles vor Sauberkeit strahlt.

Da stehst du, die Hände in die Hüften gestemmt, und betrachtest dein Werk. Du bist unzufrieden. Die Ordnung stört dich. Du holst einen Pullover aus dem Spind und wirfst ihn auf das Bett von Kurt. Das reicht dir noch nicht. Erst ein paar zusätzlich hingeworfene Socken vermitteln dir den richtigen Eindruck. Nun kannst du die Putzgeräte zurückbringen, dich beim Pförtner dafür bedanken und ihn bitten, dir zu erklären, wie du gehen mußt, um dorthin zu gelangen, wo Kurt arbeitet.

Da mußt du ganz um das Fischereikombinatsgelände herum, durch Saßnitz bis zum Hafen laufen und dich dort wieder beim Pförtner melden. Zwanzig Minuten wirst du wohl brauchen. Aber verlaufen kannst du dich nicht. Wenn du das Meer siehst, gehst du einfach nur am Strand entlang, immer geradeaus.

In der Kantine sucht Kurt nach einem Fensterplatz, von dem aus ihr den Hafen überblicken könnt. Trotz des zunehmenden Sturms liegen erst wenige Fischkutter vom Kombinat im Hafen. Die meisten befinden sich noch auf hoher See. Kurt ist zuversichtlich. Im Verlaufe des Nachmittags werden auch diese Kutter noch einlaufen. Normalerweise bleiben die Kutter eine Woche auf See. Jede vorzeitige Rückkehr bedeutet einen hohen finanziellen Verlust für das Kombinat. Und sollte wirklich ein Kutter auf See verlorengehen, wird eins von den kleinen russischen Kriegsschiffen auslaufen, die da im Hafen hinter dem Zaun am Pier liegen, um den Kutter oder das, was von ihm übriggeblieben ist, zu bergen. Was das angeht, ist der Russe hilfsbereit. Aber wenn du hier im Hafen seinen Schiffen zu nah kommst, wird er ungemütlich. Niemand darf das Gelände da hinter dem Zaun betreten. Es reicht schon, wenn du im Vorübergehen deinen Schritt verlangsamst, weil du dir ihre Schiffe wenigstens aus der Entfernung angucken willst. Dann richtet der Russe sofort die Kalaschnikow auf dich und treibt dich zur Eile. Das ganze Areal wird von ihm strengstens bewacht. Überall stehen Wachposten. Und jeder, der dem Zaun zu nahe kommt, ist in seinen Augen ein Spion. Wieso ißt du denn nicht?

Das Essen magst du nicht. Der Fisch schmeckt nach allem möglichen nur nicht nach Fisch. Das kriegst du nicht runter. Da ißt du Kurt lieber das Brot und die Wurst weg, die Tante Ella ihm für die Woche eingepackt hat, weil sie denkt, daß Kurt sonst verhungert.

Daß es nach nichts schmeckt, das schmeckt er schon gar nicht mehr, grinst Kurt. Aber am Abend wirst du reinhauen, da ist er sich sicher. Da wird er dich in Saßnitz zum Essen in eine Wirtschaft führen, wo die Wirtin über Kochkünste verfügt, vor denen selbst Tante Ella die Kochschürze ablegen und schwören würde, nie wieder einen Kochlöffel in die Hand zu nehmen.

Beim Verlassen der Kantine mußt du dich an Kurt festhalten, um nicht rücklings gegen die Tür gepustet zu werden. Pappe und Papier wirbeln durch die Luft. Ihr müßt die Mützen festhalten, damit die Böen sie euch nicht von den Köpfen reißen. Bei dem Wind kannst du unmöglich zurück zur Baracke laufen oder am Strand spazierengehen. Besser, du begleitest Kurt in sein Büro, setzt dich dort auf die Fensterbank und schaust hinaus auf den Hafen und das Meer. Es ist etwas anderes, das Meer von Saßnitz aus zu beobachten als vom Hafen in Stralsund. Hier siehst du seine ungebändigte Kraft. Hier ist die offene See. Hier gibt es keine vorliegende Insel, welche die Wellen abfängt. Hier brechen die Wellen ungehindert über die Kaimauern, überschwemmen die Ostmole und fressen sich durch den Strand bis hinauf in die Dünen.

Den ganzen Nachmittag hockst du mit angewinkelten Beinen auf der Fensterbank und betrachtest fasziniert das tobende Meer, derweil Kurt und Kletzin an den Schreibtischen sitzen und sich durch Zahlenreihen rechnen, bis eine Frau die Tür aufreißt: Die überfälligen Fischkutter haben im schwedischen Hafen Trelleborg Zuflucht gefunden. Kein Kutter wird vermißt. Keiner ist über Bord gegangen. Alle sind wohlauf.

Kann es eine bessere Nachricht geben, um den Feierabend einzuläuten? Zwar ist es ungewiß, ob ihr bei dem Sturm überhaupt das Barackengelände erreichen werdet, aber versuchen solltet ihr es. Notfalls müßt ihr umkehren und Kletzin Gesellschaft leisten, der es bei diesem Unwetter vorzieht, im Büro zu übernachten.

Der Wind spielt mit euch. Er schubst euch vorwärts und seitwärts, drängt euch rückwärts und zwingt euch auf der Stelle zu gehen, raubt euch die Stimmen und den Atem. Er fährt euch in die Kleider und schneidet euch kalt in die Haut, daß ihr zitternd mit den Zähnen klappert. Kurt drängt dich in die nächste Wirtschaft, die euren Weg kreuzt. Für ihn einen Grog und für dich einen Tee mit einem Schuß Rum und eine warme Mahlzeit.

Ein Bauernomelett kann die Wirtin machen, wenn du das magst.

Und wie du das magst. Du kannst nicht so schnell kauen, wie deine Hand die Gabel zum Mund führt. Als Kurt dich ermahnt, keinem Fremden zu erzählen, daß du Tee mit Rum getrunken hast, verschließt du ihm den Mund mit einem Bissen von deinem Omelett. Du weißt, der Rum ist geschmuggelt. Das braucht er dir nicht zu sagen.

Spät in der Nacht erwachst du im Zimmer von Kurt. Du bist unsicher, ob sein Schnarchen oder das Jaulen des Sturms dich geweckt haben. Du erinnerst, daß du nach dem Essen auf der Sitzbank eingeschlafen bist, derweil Kurt mit den Wirtsleuten Karten spielte, und daß er dich spät in der Nacht weckte und trotz des anhaltenden Sturms zum Aufbruch drängte. Du ziehst die Wolldecke bis unters Kinn und lauschst dem Regen, den der Sturm gegen das Fensterglas peitscht. Der Wind heult um die Baracke. Irgendwo in der Nähe läßt er ein Metallfaß über den Asphalt tanzen. Du lächelst. Du bist froh, ein Dach über dem Kopf zu haben.

Am Morgen findest du auf dem Tisch eine Nachricht von Kurt. Er bedankt sich für die Reinigung des Zimmers und läßt dich wissen, daß er dich um die Mittagszeit in der Kantine erwartet. Bis dahin sollst du machen, was du willst.

Und was willst du? Einen Stein, der einen Sonnenstrahl gefangenhält. So erklärte es dir Gerhard, als er Tante Ella einen Bernsteinring schenkte und du wissen wolltest, wieso der Stein so durchsichtig gelb ist?

Du läufst am Strand entlang, schaust dir die Augen nach einem Bernstein aus. Du findest Muscheln, Tang, Treibholz, unzählige Quallen, die der Sturm angespült hat, und triffst auf einen alten Mann, der wie du gesenkten Hauptes den Strand abläuft, um Bernsteine und Muscheln zu finden.

Wofür braucht er die Muscheln?

Die verarbeitet er zu Andenken. Früher hat er die Andenken im Sommer an die Feriengäste verkauft. Nun wird er die Andenken nicht mehr los. Kommen ja keine Feriengäste mehr. Nur die vom Kombinat kaufen manchmal ein Andenken bei ihm, bevor sie in die Ferien nach Hause zu ihren Familien fahren. Die guten Zeiten sind vorbei. Für Andenken haben die Leute den Kopf nicht frei. Überhaupt fehlt es ihnen an Zeit für Ferien. Die Feriengäste fehlen. Hast du dir die Stadt einmal angeschaut? Noch ist der alte Glanz zu sehen. Wie lange noch? Alles verfällt. Der Putz bröckelt von den Häusern, das Holz der Veranden wird morsch. Es fehlt das Geld der Feriengäste, um die Häuser in Schuß zu halten. Und selbst wenn einer das Geld hätte, um seinem Haus einen neuen Anstrich zu geben. Warum sollte er das tun? Weiß er denn, ob es ihm morgen noch gehören wird? Wer gibt ihm die Sicherheit, daß es ihm nicht enteignet wird, so wie sie es bereits mit den Besitzern der großen Kurhotels getan haben. Eine Schande ist das. Früher kamen die Feriengäste aus der ganzen Welt. Sogar aus Amerika. Und was für Gäste das waren. Industrielle, Politiker, Künstler, Professoren. Feine Gäste waren das. Die haben nicht auf den Pfennig geschaut. Von dem Geld, was er da im Sommer mit seinen Muschelandenken verdiente, konnte er seine Familie selbst noch im Winter ernähren. Und nun? Sommerparadies der Werktätigen. Er lacht. Nicht einmal mehr zum Kreidefelsen kann er, um nach Fossilienabdrücken zu suchen. Stehen da mit den Kalaschnikows, als ob jemand beabsichtige, den Felsen zu klauen. Manchmal denkt er, die Saßnitzer hätten damals, im April 1917, den plombierten Waggon, in dem Lenin und die anderen Revolutionäre aus dem Schweizer Exil über Deutschland und Schweden nach Rußland reisten, um dort das alte Regime zu stürzen, einfach in die Ostsee schieben sollen. Bestimmt wäre dann alles anders gekommen. Er jedenfalls ist sicher, daß das Schicksal es so gewollt hätte. Anders kann er sich die Tatsache nicht erklären, daß die letzte Fähre nach Schweden bereits ausgelaufen war, als der Waggon mit den Revolutionären in Saßnitz eintraf. Das war doch ein Wink mit dem Zaunpfahl. Die ganze Nacht stand der Waggon in Saßnitz. Na ja, er kann die Zeit nicht zurückdrehen.

In der Kantine sitzt Kurt mit mehreren Kollegen an einem Tisch. Er holt für dich einen Stuhl und stellt dich den Männern als seine Schwester vor. Das treibt dir das Blut ins Gesicht. Das macht dich verlegen und stolz. Und als einer der Männer scherzt, daß du da wohl ein richtiger Nachkömmling bist, lacht Kurt. Ein richtig hübscher Nachkömmling, der den Männern in wenigen Jahren die Köpfe verdrehen wird.

Du grinst und beugst dich über den Teller, um den Eintopf zu löffeln. Tante Ella hätte dich in dieser Situation bloßgestellt und erzählt, daß du ein Pflegekind bist, eins aus diesen Zuchtanstalten. Kurt hingegen hält zu dir. Er liefert dich nicht der Neugier oder dem falschen Mitleid der anderen aus. Dafür liebst du ihn.

Du schiebst deinen Teller beiseite, um Platz zu schaffen für den Tee, mit dem einer der Männer auf einem Tablett an den Tisch zurückkehrt. Eine Runde für alle, grinst er, indem er sich verstohlen in der Kantine umschaut und einen Flachmann aus der Jackentasche hervorholt. Die Männer rücken zusammen, bilden mit den Rücken eine kreisrunde Wand, die es den Umsitzenden an den Nachbartischen unmöglich macht, zu erkennen, was dort bei euch am Tisch vor sich geht. Und bevor sich einer von ihnen erheben kann, um seine Neugier mit einem Blick über die Schultern der Männer zu befriedigen, ist der Tee bereits mit einem Schuß Rum verfeinert.

Ob es den Rum auch in größeren Flaschen gibt, will Kurt wissen.

Wie der Vater so der Sohn, lacht der Mann. Mit den Gehrens wollte er immer schon mal Geschäfte machen. Aber in der Kantine will er mit Kurt darüber nicht reden. Da haben sogar die Tische Ohren. Warum kommt Kurt nicht am Abend bei ihm zu Hause zum Essen vorbei. Seine Frau macht den besten Labskaus auf ganz Rügen. Und sein Vater, lacht er dir zu, die schönsten Andenken aus Muscheln, die du jemals gesehen hast.

Daß sein Vater und du sich bereits kennen, überrascht alle.

Da hast du wieder einmal den richtigen Riecher gehabt, scherzt Kurt.

Deine Zufallsbekanntschaft mit dem alten Mann sorgt bei Tisch für den ersten Gesprächsstoff und auch für reichlich Gelächter. Ohne falsche Bescheidenheit kommst du der Aufforderung nach, soviel vom Labskaus und von den bereitgestellten Beilagen, rote Bete und eingelegte Gurken, zu essen, wie du magst, bis du nach dem dritten Teller dich mit geöffnetem Hosenknopf auf die Ofenbank legst, weil du dich nicht mehr rühren kannst, aber auch weil du spürst, daß der Gastgeber sich scheut, in deiner Anwesenheit über geschäftliche Dinge zu sprechen.

Du grinst, als er mit gesenkter Stimme sich bei Kurt erkundigt, ob er vor dir reden kann.

Du hast es faustdick hinter den Ohren, lacht Kurt und erzählt ihm, wie du damals einfach mit dem Fahrrad über den Rügendamm, in Begleitung der russischen Soldaten Fischer Mewe in Altefähr in die Arme gelaufen bist.

Davon hat er gehört. Nur hat er nicht gewußt, daß du, die Gehren-Tochter, das bist. Da hat er ja eine richtige kleine Berühmtheit bei sich zu Gast. Fast jeder kennt diese Geschichte. Er hat sie von seinem Bruder gehört. Sein Bruder ist Kapitän auf einem Kutter. Der kommt viel rum. Hört viel. Sieht viel. Und er schmuggelt den Rum literweise, trotz der Kontrollen. Jeder weiß das. Der Iwan auch. Aber finden tut der Iwan das Zeug nicht. Dem hat der Iwan schon den ganzen Kutter auseinandergenommen. Keinen Tropfen hat der gefunden. Nicht mal den Glassplitter von einer Flasche.

Wie der Bruder das macht?

Da lacht er. Das darf Kurt nicht persönlich nehmen, das kann er nicht verraten. Das ist ein Geheimnis. Bleibt alles in der Familie. Zahlt sich aus, eine große Familie zu haben. Ist ja schon wieder soweit, daß keiner weiß, wem er trauen kann. Aber die Möglichkeiten seines Bruders sind auch begrenzt.

Kaffee und Zucker kann sein Bruder nicht schmuggeln. Kommt er nicht ran. Auch nicht an Garn für Fischernetze. Dabei könnten sie gerade das Garn gut gebrauchen. Die Familie besitzt nämlich noch einen alten Fischerkahn. Aber ohne Netze nützt ihnen der Kahn nichts. Und an Netze ist kein Rankommen. Wenn Kurt da was machen könnte. Also zehn Flaschen Rum wäre ihm das schon wert.

Zucker und Kaffee sind kein Problem. Mit dem Garn oder gar einem ganzen Netz sieht es schwierig aus. Da kann Kurt nur versprechen, sich zu bemühen. Das ist ein Wort, das die beiden per Handschlag besiegeln und das sie nicht mehr erwähnen, nachdem sie einmal nach den Karten gegriffen haben.

Achtzehn, zwanzig, siebenundzwanzig, Re, Kontra, hallt es aus der Stube bis in die Küche, wo du der Gastgeberin beim Abwasch hilfst. Sie lädt dich ein, für die Zeit deines Aufenthaltes sie zu besuchen, wann immer du willst. Ach was. Am besten, du kommst gleich morgen zum Frühstück vorbei. Danach könntest du ihren Vater auf einem seiner Streifzüge begleiten. Da lernst du die Insel kennen. Er weiß viel zu erzählen und kann dir viel zeigen. Das ist doch nichts für ein Mädchen so alleine, den lieben langen Tag. Und wenn Kurt will, sie haben oben noch ein Zimmer frei. Die wenigen Tage bis zu deiner Abreise könntest du im Wohnzimmer auf dem Sofa schlafen. Da bist du ungestört. Im Wohnzimmer hält sich niemand auf. Das benutzen sie nur an Festtagen. Das wäre doch was, oder?

Kurt nimmt das Angebot begeistert an. Noch in der Nacht hilfst du ihm, seine wenigen Sachen zu packen, und am nächsten Tag zieht ihr ein. Zwar muß Kurt für das Zimmer ein bißchen mehr bezahlen, als ihm das Kombinat für das Barackenzimmer vom Lohn einbehält, aber dafür ist die Verpflegung besser.

Du verbringst die Tage bis zu deiner Abreise mit dem alten Muschelsucher. Während ihr über die Insel streift und die Strände nach Muscheln und Bernstein absucht, erzählt er dir von alten Zeiten, von der kaiserlichen Familie, die Saßnitz häufig zur Sommerfrische besuchte, von Gerhart Hauptmann, der seine letzten Lebensjahre auf Hiddensee verbrachte, und alte Sagen und Legenden, von denen du die eine und andere noch von der Muhme erinnerst. Du erfährst, daß die Kreidefelsen aus nichts anderem bestehen als aus abgestorbenen Algen, Muscheln, Seesternen und Korallen, deren kalkhaltige Schalen, Skelette und Panzer sich über Jahrmillionen abgelagert haben und zu Kreidefelsen geworden sind. Hin und wieder unterbricht er seine Erzählungen, um sich nach einem Bernstein zu bücken, den du nicht siehst, obwohl er dich fast mit der Nase darauf stupst. Abends in der Stube sitzt du neben ihm und schaust ihm dabei zu, wie er die Steine schleift und poliert und aus Silberdraht Fassungen für die polierten Steine lötet. Einen Bernsteinanhänger schenkt er dir beim Abschied, zur Erinnerung. Die Kette, schmunzelt er, mußt du dir von einem anderen Verehrer schenken lassen.

Daheim ist das Haus verwaist. Nur ein Kellner rückt in der Wirtschaft die Tische zusammen, legt Tischdecken auf und Bestecke und Teller, bereitet alles vor für das Totenmahl. Der Pfarrer ist verstorben, und die Gehrens sind zur Beerdigung. Kurt holt seine Reisetasche mit der Schmutzwäsche und den zehn Flaschen Rum aus dem Beiwagen. Um dein Gepäck könnt ihr euch später kümmern, aber der Rum ist in der Küche besser aufgehoben, grinst er und eilt mit dir zum Friedhof, wo ihr euch unter die Trauergemeinde mischt, um wenigstens noch das Ende der Grabrede zu hören, die der neue Pfarrer für den Verstorbenen hält. Jemand zieht dich an den Haaren. Du schnellst auf dem Absatz herum und läßt die Faust sinken. Was macht Paul denn hier?

Er wohnt nun in Stralsund bei einer Tante seines Vaters. Jeden Tag mit dem Fahrrad vom Forsthaus zur Oberschule und wieder zurück, mit seinem Humpelbein, das ist ihm zu weit. Deshalb wohnt er, nein, eigentlich schläft er nur bei der Tante. In ihrer Nähe hält er es nicht aus. Den ganzen Tag meckert und nörgelt sie an ihm herum. Nichts kann er ihr recht machen. Deshalb geht er nach der Schule gleich zu euch. Das hat sein Vater mit Gerhard so vereinbart. Der Alten ist es recht. Für sie bedeutet es, ein Esser weniger, und kümmern muß sie sich auch nicht. Nur die Bettwäsche muß sie wechseln. Selbst das ist ihr zuviel. Dabei braucht sie die Bettwäsche nicht einmal waschen. Das macht seine Mutter. Die ist gar nicht glücklich darüber, daß er in der Stadt wohnt. Ihr wäre es am liebsten, er käme weiterhin nach der Schule ins Forsthaus. Die Stadt sei zu gefährlich. Da könne ihm soviel passieren.

Die Erwachsenen werfen euch mahnende Blicke zu und bedeuten Paul, die Klappe zu halten. Du gibst Paul ein Zeichen, euch vom Friedhof zu schleichen. Auf dem Weg nach Hause erzählst du ihm von deinen Erlebnissen auf Rügen, von den Menschen, die du dort kennengelernt hast, und daß du zwar immer noch nicht auf dem Kreidefelsen gewesen bist, aber dafür nun einen Verehrer hast, der dir einen Bernsteinanhänger geschenkt hat. Du siehst, wie die Röte in Pauls Gesicht aufsteigt, und verkneifst dir, ihm zu erzählen, daß dein Verehrer uralt ist. Du findest es lustig, daß Paul errötet.

In der Wirtschaft finden sich die Trauergäste zum Leichenschmaus vom Pfarrer ein. Es wird gegessen, getrunken, palavert. Tante Ella, das Mädchen und der Kellner flitzen hin und her. Über dem Tresen fließt das Bier, und unter dem Tresen gluckert der Selbstgebrannte aus den Flaschen. Du willst helfen. Bei dem Trubel will Tante Ella das nicht. Sie hat alles im Griff. Sie schickt dich mit Paul in die Küche, ihr steht nur im Weg. Euch ist es recht. Ihr habt keine Lust, bei den Erwachsenen zu sitzen. Die tauschen Erinnerungen an den Pfarrer und den neuesten Klatsch und Tratsch untereinander aus. Und was du zu erzählen hast, interessiert nicht. Auch Gerhard nicht. Er hat kein Ohr für deine Erlebnisse auf Rügen. Angesichts der Rumflaschen, die Kurt in der Küche vor Gerhard auf den Tisch stellt, ist für ihn nur Pauls Ehrenwort von Bedeutung, nichts von dem, was er im Haus der Gehrens sieht und hört, an Außenstehende weiterzutragen. Paul schwört, kein Wort kommt über seine Lippen. Gerhard schaut skeptisch. Mit seinem Blick scheint er in den Kopf von Paul schauen zu wollen. Er muß sich auf ihn verlassen können!?

Das kann Gerhard, Ehrenwort.

Gut, dann wird Paul gleich morgen mit dir zu Fischer Mewe radeln, dem du ausrichten sollst, daß er ihn bald besuchen kommen soll. Er muß mit ihm über Fischernetze, Garn und anderes reden.

Auf der Fahrt zu Fischer Mewe will Paul wissen, ob du solche Aufträge von Gerhard oft ausführen mußt.

Müssen mußt du gar nichts. Dir macht es Spaß, und du kommst aus dem Haus. Zwei Fliegen mit einer Klappe, lachst du.

Sein Vater würde nie auf solche Ideen kommen.

Du grinst. Du weißt, daß sein Vater sehr wohl auf solche Ideen kommt. Schließlich versorgt er Gerhard mit Wild. Was dich wundert ist, daß Paul offensichtlich nichts davon weiß. Er scheint nicht die leiseste Ahnung zu haben, daß keiner, selbst sein Vater nicht, ohne Schiebereien über die Runden käme und daß sein Vater, wie viele andere, der Meinung ist, wenn der Staat nicht überall die Hand drauf hielte, blühte der Handel im Osten ebenso wie im Westen. Gerhard sagt das auch. Und wenn Gerhard das sagt, muß das stimmen. Du widerstehst der Versuchung, Paul die Welt zu erklären. Früher oder später wird er es auf die eine oder andere Art erfahren. Aber nicht von dir. Wenn es sein muß, bist du schweigsam wie dein Schatten. Das ist wichtig, daß du schweigen kannst. Das hat sich bewährt. Du weißt, daß sich die Gesinnung eines Menschen drehen kann wie der Wind. Du hast erlebt, wozu Mißgunst und Neid einen Menschen treiben. Du bist dabeigewesen, als die Provisorische Polizei euer Haus vom Keller bis zum Dach auf den Kopf stellte, weil Gerhard von der Stobe angeschwärzt wurde. Die guten Beziehungen von Gerhard haben ihn rechtzeitig gewarnt, und in einer Nacht-und-Nebel-Aktion habt ihr sämtliche Spuren beseitigen können. Die Provisorische Polizei hat das Haus verlassen, ohne etwas gefunden zu haben. Für die falsche Schlange aber ist der Schuß nach hinten losgegangen. Ob die guten Beziehungen von Gerhard nachgeholfen haben oder sie durch ihren Fingerzeig auf Gerhard sich selber verraten hat, weißt du nicht. Zumindest hatte die Stobe keine Zeit, das, was sie unmöglich besitzen konnte, da es das offiziell nirgends zu kaufen gibt, verschwinden zu lassen, als die Provisorische Polizei bei ihr zur Hausdurchsuchung erschien. Ins Gefängnis ist sie dafür gegangen.

Fischer Mewe ist nicht daheim. Er hat das gute Wetter genutzt und ist mit dem Boot in den Sund zum Fischen gefahren, erfahrt ihr von seiner Frau. Aber sie wird ihm ausrichten, daß er sich bei Gerhard melden soll. Euch würde sie gerne in die Stube bitten, aber leider hat sie keine Zeit. Sie muß Erledigungen machen. Euren Vorschlag, in der Stube auf ihre Rückkehr zu warten, hält sie nach einem Blick zum Himmel für keine gute Idee. Das Wetter schlägt um. Wind kommt auf. Für euch wird es besser sein, zurückzuradeln, bevor das Unwetter ausbricht.

Auf dem Rügendamm fährt euch der Wind in den Stoff eurer vom Schweiß feuchten Kleider, unterkühlt eure vom Pedalen erhitzten Körper, auf deren Rücken mit der nächsten Umdrehung der Fahrradketten der Regen prasselt, euch von den Haaren bis zu den Füßen durchnäßt.

Ihr laßt die Räder gegen die Hauswand fallen und stürzt vor Kälte zitternd ins Haus, in die Küche, wo ihr Fischer Mewe mit Gerhard und Kurt, Rum trinkend und Zigarren rauchend, am Küchentisch vorfindet.

Ob Fischer Mewe geflogen ist, wollt ihr von ihm wissen.

Das Wetter hat auch ihn überrascht. Und vom Sund ist es nicht weit zum Hause der Gehrens. Er hofft nur, daß das

Unwetter sich demnächst legen wird und er nicht bei euch übernachten muß. Seine Frau würde über die Nacht kein Auge zu tun aus Sorge, ihm könnte etwas zugestoßen sein. Wenn irgend möglich, will er noch am selben Tag zurück nach Altefähr. Das Wetter wird schon ein Einsehen haben. Mit Gerhard ist besprochen, was es zu besprechen gab. Das Fischernetz wird er besorgen und Kurt persönlich in Saßnitz vorbeibringen. Das macht keine Umstände, das macht er gerne, auch weil er lange nicht mehr in Saßnitz gewesen ist. Nur an Garn zum Ausbessern der Netze, da schüttelt er den Kopf, da muß auch er passen. Netze sind kein Problem, nicht für ihn, die hat einer unter dem Ladentisch verkauft, bis er verraten und hochgenommen wurde. Nun hockt der Iwan auf den beschlagnahmten Netzen. Da hat er leichten Zugriff, schließlich ist der Iwan ganz wild auf die sauer eingelegten Bratheringe, wie nur seine Frau sie zuzubereiten versteht. Nun aber genug der neugierigen Fragen. Macht, daß ihr aus den nassen Sachen kommt, sonst holt ihr euch noch einen Schnupfen.

Am Abend ist die Wirtschaft voll. Ihr sitzt in der Küche beim Abendbrot. Tante Ella ist unruhig, weil das Mädchen allein in der Wirtschaft bedient. Das kann nicht gutgehen, macht sie ihrem Ärger Luft. Überhaupt kommt sie mit dem Mädchen nicht zurecht. Sie ist aufsässig, gibt Widerworte und erledigt die aufgetragenen Arbeiten schlampig und mit Widerwillen. Richtig renitent ist die. Und wie die sich in der Wirtschaft aufführt. Allein wie sie die Hüften schwingt und mit den Augen klimpert, wenn sie Bestellungen aufnimmt oder Getränke an die Tische bringt. Dieses Luder. Mit jedem Hosenträger scherzt und neckt sie, egal wie alt der ist, und wie sie dabei die Augen verdreht, schamlos.

Gerhard unterbricht Tante Ella. Er will von diesen Geschichten nichts wissen. Die gehen ihn nichts an. Das ist die Angelegenheit von Ella. Wenn sie mit dem Mädchen nicht zurechtkommt, muß sie das selber regeln. Für diese Dinge hat er keine Zeit. Er will mit Kurt reden, muß wissen, wie sich die Dinge im Fischverarbeitungskombinat entwickeln, und er will Kurt wissen lassen, daß er gut daran getan hat, das Zimmer mit Familienanschluß zu mieten. Auch wenn es teuerer ist. Das Geld, das er an Miete mehr bezahlt, spart er im Endeffekt wieder ein, da die Ausgaben für das Abendessen entfallen. Auch wenn Tante Ella selten mit Gerhard einer Meinung ist, aber in diesem Punkt gibt sie Gerhard recht. Das hat Kurt richtig gemacht. Aber nun muß sie in die Wirtschaft. Das Betragen des Mädchens läßt ihr keine Ruhe, und du, sobald du mit dem Essen fertig bist, kommst nach, um ihr zu helfen. Das Mädchen kann dann abräumen und die Küche in Ordnung bringen. In der Küche ist das Mädchen besser aufgehoben.

IM SOMMER erträgt Lisa das Alleinsein in der neuen Wohnung nicht. Sie hockt sich auf die Stufen zum Hauseingang, wartet, daß irgend etwas geschieht, irgendwer, der sich ebenso langweilt wie sie, kommt, ihr Gesellschaft zu leisten. Ihr Blick folgt den Frauen auf dem Weg zum Supermarkt und den vorüberfahrenden Autos oder der Verrückten, die singend wie Hans Guckindieluft mit Riesenschritten, die Handtasche schwingend, erhobenen Hauptes auf dem gegenüberliegenden Bürgersteig Richtung Fußgängerzone läuft, am Friseurladen vorbei, wo hinter den großflächigen Fensterscheiben die Lehrmädchen den Frauen die Haare shampoonieren und der Friseur mit Schere und Kamm die Haare der Frauen schneidet, am Zoogeschäft vorbei, wo die Wellensittiche gedrängt auf den Käfigstangen hocken, die Meerschweinchen in Stroh gedeckten gläsernen Vitrinen mümmeln und die Zierfische in den Aquarien auf und ab schwimmen, an der Trinkhalle vorbei, wo die Besitzerin, verschränkten Armes am geöffneten Fenster über Bonbons und Lakritze wacht, die sie für zwei Pfennig pro Stück verkauft, bis zum italienischen Eisladen an der Ecke, dem ersten und einzigen in der Stadt, wo Lisa die Verrückte aus den Augen verliert.

Lisa mag die Verrückte. Jeden Tag zur selben Zeit geht die Verrückte diesen Weg. Die Verrückte ist harmlos, sie singt, schwingt die Tasche vor und zurück, schaut nicht rechts noch links, nur in den Himmel, grüßt nicht, spricht nicht, singt, singt immer dieselbe Melodie. Manchmal lacht die Verrückte auch, ohne den Gesang zu unterbrechen. Das ist lustig. Vielleicht ist die Verrückte gar nicht verrückt, denkt Lisa manchmal. Vielleicht singt die Verrückte, weil sie dann glücklich ist.

Wie kommt Lisa denn auf so einen Gedanken?

Weil sie es der Verrückten gleichtut.

Zumindest tut sie es das eine Mal, als sie auf einem ihrer Streifzüge nicht zum Fluß läuft, wo sich die Kinder aus ihrem Viertel zusammenfinden, um inmitten mannshoch gewachsener Sträucher Zigaretten zu rauchen, Bier zu trinken, die ersten Küsse auszutauschen und sich aus »Lady Chatterley« vorzulesen und dabei über die frivolen Textpassagen kichern und Witze darüber reißen, daß die Mutter das Buch im Wäscheschrank versteckt hält, sondern sie sich zum noch unbekannten Stadtrand mit den Neubauvierteln der Wiederaufbauprogramme, inmitten wild gewachsenen Brachlands, vorwagt. Bevor sie jedoch ihr Ziel erreicht, preschen die Kinder des Neubauviertels hinter den Büschen hervor, stellen sich hinter den Anführer und ihr entgegen, fordern sie auf zu verschwinden, sonst gibt's Dresche. Sie hat hier nichts verloren. Die Wut der Kinder erschreckt Lisa. Rückwärts gehend, die Clique und deren stockschwingenden Anführer im Blick, entfernt sie sich, Schritt um Schritt, bis sie sich in Sicherheit weiß, auf dem Absatz herum schnellt und es der Verrückten gleichtut, die Körperhaltung von Hans Guckindieluft einnimmt und, den Ton der Geige erinnernd, summend den Heimweg antritt, derweil sie eine unsichtbare Handtasche vor- und zurückschwingend, nicht rechts noch links, nur in den Himmel schaut, um plötzlich in Lachen auszubrechen.

Vielleicht sollte Lisa die Verrückte fragen, ob sie das Singen wirklich glücklich macht.

Wieso sollte sie?

Wenn Lisa so weitermacht, wird sie noch genauso bekloppt wie die Verrückte. Sie sollte die Verrückte verrückt sein lassen und wieder zum Training gehen. Wieso kommt Lisa eigentlich nicht mehr zum Training?

Wieso will die Nachbarstochter das wissen?

Will sie nicht, der Trainer will das wissen, er hat nach Lisa gefragt.

Das glaubt Lisa nicht.

Der Trainer hat ihr die Lust am Schwimmen genommen. In den Leichtathletikverein geht sie auch nicht mehr. Immer schneller, immer höher die Hürden, immer öfter zum Training, und wie beim Schwimmen nie ein Lob vom Trainer, stets nur die immer gleichen Ermahnungen: Das kann sie besser, schneller, ihre Technik muß sie verfeinern, sie soll sich anstrengen, soll nicht so ein Gesicht machen. Nein, da hockt sie lieber auf den Stufen vor der Haustür, schaut über die Straße, durch die geöffnete Tür des Versicherungsbüros, direkt auf den Schreibtisch vom Versicherungsmann, der sogar bei Regen zum Rauchen vor die Tür tritt und auch der Verrückten nachschaut. Oder sie streift durch die Stadt, geht zum Mittagessen zu dir ins Restaurant, solange du dort noch arbeiten wirst, ißt ein halbes Huhn und manchmal auch ein ganzes, hockt mit vollem Magen und baumelnden Beinen Spezi trinkend auf der Bank, schaut den Gästen beim Essen zu. Familien mit Kindern, von denen stets die Väter als erste und die Mütter als letzte den Teller leeren, weil die Mütter die Kinder ermahnen, die Gabel nicht mit der Faust zu halten, das Messer gefälligst richtig anzusetzen, sich mit der Serviette den Mund abzuwischen.

Sie beobachtet die alleinstehenden Omas, die ihre Hüte auch beim Essen aufbehalten und sich nach beendeter Mahlzeit mit einem kölnischwassergetränkten Taschentuch Gesicht und Hände erfrischen, derweil die alleinstehenden Opas, in kerzengerader Haltung, die Hände auf dem Tisch, den Blick geradeaus, wie erstarrt das Essen erwarten, das sie in ebendieser Haltung, mit dem gleichen starren Blick, verzehren. Lisa ahnt, daß die Opas etwas anderes sehen als das, worauf ihre Blicke gerichtet sind, daß sie in Gedanken weit, weit weg sind, an einem anderen Ort, in einer anderen Zeit. Sie schaut auch manchmal so. Hin und wieder möchte Lisa sich einfach zu einem Opa an Tisch setzen und ihn fragen, woran er gerade denkt.

So etwas gehört sich nicht. Das hat sie gelernt. So etwas ist unhöflich. Und weil Lisa nicht unhöflich sein will, springt sie vom Stuhl und hilft dir eine halbe Stunde beim Bedienen, indem sie den Gästen die Getränke an die Tische bringt, oder sie geht in den Gefrierraum und pfeffert den gerupften Hühnern die Gänsehaut ein.

Wenn Lisa keinen Appetit auf Hühnchen hat, kocht sie sich in eurer richtigen Küche auf dem neuen Herd Nudeln mit Tomatensoße oder kauft sich eine Tüte Pommes frites mit Mayonnaise, setzt sich auf eine Bank in der Fußgängerzone und sucht sich eine Person aus, die sie mit dem Blick begleitet, bis sie sie aus den Augen verliert. Lisa beobachtet die Leute, wie sie gehen, wie ihr Gesichtsausdruck sich verändert und wie zahlreich die Möglichkeiten sind, eine Handtasche zu tragen. Sobald Lisa den letzten Pommes aus der Tüte gefischt, sich mit dem Handrücken die Mayonnaise vom Mund gewischt und die Finger abgeleckt hat, taucht sie ein in die Massen, läßt sich treiben, an den Schaufenstern vorbei, in die Kaufhäuser, an den Warenregalen vorüber, was es alles gibt, was sie dir alles kaufen könnte, fährt auf der Rolltreppe hinunter in die Lebensmittelabteilung im Kellergeschoß und hinauf in die Damenabteilung: Blusen, Röcke, Hosen, Pullover. Du hast bald Geburtstag, und Lisa will dir etwas schenken, etwas Schönes, etwas Nützliches, etwas, was dich erinnert, daß es ein Geschenk von ihr ist. Zu deinem letzten Geburtstag hat Lisa dir eine Flasche Klosterfrau Melissengeist geschenkt, weil du über Schmerzen in der Herzgegend geklagt hattest und sie Angst hatte, dein Herz könnte aufhören zu schlagen. Vielleicht sollte Lisa dir den kurzärmeligen Pullover schenken, der einzige, den sie unter zahlreichen anderen an der Kleiderstange entdeckt, der ihr gefällt. Der Pullover würde dich gut kleiden. Den kann Lisa dir aber nicht schenken. Zu teuer. Und die anderen Pullover mag sie nicht leiden. Das Material fühlt sich rauh an, die Farben sind grell. Geschmacklos. Aber einen solchen Pullover könnte Lisa bezahlen, dafür reicht ihr Erspartes. Du würdest unmöglich aussehen in so einem Pullover.

Warum nimmt Lisa den Pullover, der ihr gefällt, nicht einfach mit? Das Mädchen, das dies zu Lisa sagt, ist auf die gleiche Schule wie Lisa gegangen, zwei Klassen höher, bis es auf Druck der Eltern, was soll sie weiterlernen, sie wird doch sowieso heiraten, die Schule verlassen mußte, um eine Lehre als Verkäuferin im Kaufhaus zu beginnen.

Wie meint das Mädchen das? Soll sie den Pullover etwa klauen?

Warum nicht. Wenn sie die Bluse bis oben zuknöpft, sieht niemand, daß Lisa den Pullover darunter trägt. Sie jedenfalls sieht es nicht. Und dem Kaufhausbesitzer tut der geklaute Pullover nicht weh.

Nein, lacht Lisa, mit den Händen über den Pullover streichend. Die Wolle fühlt sich weich an. Den Pullover kann sie nicht stehlen. Sie hat noch nie etwas gestohlen.

Lisa soll es sich überlegen, eine Woche ist das Mädchen noch in dieser Abteilung, danach muß sie in die Damenunterwäsche, bis dahin wird sie den Pullover im Auge behalten, dafür sorgen, daß keiner ihn kauft. Und sonst so? Was treibt Lisa? Wird Lisa in die Ferien fahren?

Ja, lügt Lisa, in zwei Wochen für drei Wochen nach Bayern zur Tante aufs Land. Da gibt es Pferde, Schweine und Hühner. Da wird sie reiten und schwimmen im See, wo es so winzige silberne Fische gibt, die ganz nah am Strand schwimmen. Und vielleicht schenkt die Tante ihr ja in diesen Ferien so eine kurze lederne Hose, wie sie die Buben in Bayern tragen.

Lisa lügt, ohne rot zu werden. Und sobald die Sommerferien vorbei sind, wird sie auch die Klassenkameradinnen belügen, ohne mit der Wimper zu zucken, wird sie von Ferien in Italien erzählen, bei der Tante mit dem italienischen Mann und den vielen Kindern, von Nudeln, die so lang sind, daß eine einzige Nudel den ganzen Teller füllt. Lisa wird das Blaue vom Himmel lügen, und jedem wird sie etwas anderes erzählen, von Ferien an der Nordsee, Ostsee, in Schweden, Frankreich und Jugoslawien, von zahllosen Sternen am nächtlichen Himmel, von bunten fliegenden Fischen, Delphinen, Feuerquallen und Elchen und nie zuvor gegessenen Speisen und, und, und.

Alle Kinder fahren in die Ferien. Nur Lisa nicht. Nicht im Sommer, nicht im Winter, nicht zu Ostern. Nicht einmal ins Freibad geht sie. Lisa schämt sich, daß sie nie in die Ferien fährt, daß sie keine Familie hat, keinen Onkel, keine Tante, keine Großeltern, die sie über die Ferien einladen, wie es die Verwandten der anderen Kinder tun, daß sie nie von Ferien erzählen könnte, würde sie ihre Ferien nicht erfinden, Lisa schämt sich, keinen Vater zu haben, der abends von der Arbeit zu ihr nach Hause kommt, schämt sich, im Heim gewesen zu sein, mit Steinen beworfen worden zu sein. Darüber spricht Lisa nicht. Sie kennt die Blicke der Kinder, weiß um deren Gerede, wenn es heißt, der oder die kommt aus dem Heim. Lisa will eine weitverzweigte Familie. Also erfindet sie sich eine. Dabei entwickelt Lisa geradezu einen sportlichen Ehrgeiz, sich genau zu merken, wem sie welche Feriengeschichte erzählt, sich exakt zu erinnern, welche Namen von Onkeln und Tanten und welche Ereignisse sie bei wem zum besten gibt, um im darauffolgenden Jahr mit ihren erdachten Ferienreisen an die Feriengeschichten anzuknüpfen, die sie im Jahr zuvor zum besten gegeben hat, ohne daß sie Orte und Namen verwechselt, ihr dabei ein Fehler, quasi eine Lüge in der Lüge, unterläuft, die sie als Lügnerin entlarven könnte. Daß jemand ihren Lügengeschichten auf die Schliche kommen könnte, hält Lisa für unwahrscheinlich. Keine ihrer Klassenkameradinnen wohnt in ihrem Viertel. Und keine von ihnen streift durch die Stadt, geht alleine auf die Kirmes, um Raupe zu fahren, ins

Jugendzentrum, um zu kickern, oder läuft wie sie alleine durch die öffentlichen Parkanlagen, um sich auf die Wiesen zu den Älteren zu setzen, die sich dort im Sommer treffen, um Joints zu rauchen oder eine Fünf-Liter-Flasche Lambrusco vom Aldi rumgehen zu lassen. Vom Wein trinkt Lisa nicht, und auch den Joint lehnt sie ab, auch wenn die Älteren sie deshalb necken. Da grinst Lisa. Und wenn die Älteren darüber reden, welches Mädchen mit welchem Jungen geht, wer das Abitur machen darf und wer nicht, wer von zu Hause abgehauen ist, wer in die Geschlossene eingewiesen wurde, weil er vom Horrortrip nicht mehr runtergekommen ist, wer an der Nadel hängt, wer sich umgebracht hat und wer von zu Hause ausgerissen ist, da wird Lisa hellhörig. Dann vergißt Lisa die Scham, da entsteht bei ihr eine Ahnung, daß es in den richtigen Familien manchmal nicht so harmonisch zugeht, wie sie es sich immer vorstellt.

Du bist noch zu jung, um deine Wirkung auf das andere Geschlecht zu kennen. In der Wirtschaft bewegst du dich noch mit kindlicher Unbedarftheit unter den Männern. Die Männer sehen in dir noch keine Frau. Sie sehen nur, daß du einmal eine Schönheit werden wirst, die womöglich die Herzen der Söhne bricht. Noch ist dein Körper kindlich, sind deine Bewegungen schlaksig. Noch weckt dein Anblick bei den Männern kein Begehren. Und ihre Blicke auf deinen Körper wecken bei dir noch keine Koketterie, Selbstgefälligkeit oder Scham. Die Männer sehen in dir das Kind und behandeln dich auch so. Für sie bist du ein Mädchen, das gerade eins und eins zusammenzählen kann. Sie übersehen dich, wenn sie bei Grog oder Bier mit einem Kurzen die Karten kloppen, Prognosen über das Wetter stellen oder abseits miteinander Geschäfte aushandeln. Sobald sich ihnen ein anderer nähert, wechseln sie abrupt das Thema. Und wenn ein Russe in der Wirtsstube erscheint, um eine weitere Bestellung für die Offiziere im Nebenzimmer aufzugeben, senken sie die Stimmen. Dich hingegen scheinen sie nicht einmal wahrzunehmen, wenn sie wichtige Neuigkeiten untereinander austauschen und du in ihrer Nähe vor dem Fenster lungerst und hinaus auf den Marktplatz schaust, tust, als ob du träumst, oder wenn du baumelnden Beines auf der Bank in ihrer Nähe sitzt und Löcher in die Holzdielen des Fußboden starrst oder die Anzahl der Maschen deiner Socken zählst oder in der Nase bohrend hinter ihren Rücken stehst und ihnen beim Kartenkloppen zuschaust.

Die Männer unterschätzen dich. Das ist dein Vorteil, den du erkennst und der dich mit Stolz erfüllt. Ohne daß sie es ahnen, überprüfst du jede aufgeschnappte Neuigkeit auf ihre Wichtigkeit, ob ihre Kenntnis den Gehren-Männern Vorteile bringen kann. Und als du im Nebenzimmer die russischen Offiziere reden hörst, daß sie ausgetauscht werden sollen, vom Stadtkommandanten bis zum Rekruten, weißt du, daß dies eine Neuigkeit ist, die für die Aktivitäten der Gehren-Männer weitreichende Konsequenzen haben wird.

Über Wochen fahren die Armeelastwagen mit russischen Soldaten zwischen Stralsund und Rostock hin und her. Die Gerüchteküche brodelt. Für die meisten sieht ein Russe wie der andere aus, und außer den Geschäftspartnern von Gerhard, die von ihm unter dem Siegel der Verschwiegenheit über den kompletten Austausch der Besatzer eingeweiht wurden, bemerkt kaum einer, daß es neue Gesichter sind, die nach und nach die Wirtschaft frequentieren. Zwar werden die neuen Offiziere vom scheidenden Kommandanten bei Gerhard eingeführt, doch seine unmißverständliche Erwähnung, daß die russischen Armeeangehörigen stets eine vortreffliche und kooperative Behandlung seitens der Gehrens erfahren und genossen haben, bewegen die neuen Offiziere nicht, sich von ihrer Reserviertheit zu distanzieren. Eine Annäherung scheint ausgeschlossen. Die neuen Offiziere geben mit ihrem Auftreten jedem zu verstehen, daß sie die Sieger sind. Auch das Freibier, das Gerhard an manchen Abenden auf Kosten des Hauses spendiert, hilft nicht, das Eis zu brechen.

Das, was die Offiziere umgänglicher werden läßt, sind die Kochkünste von Tante Ella. Da läuft ihnen das Wasser im Munde zusammen, lange bevor die Mahlzeiten vor ihnen auf den Tischen stehen. Da fallen sie drüber her wie hungrige Wölfe und können nicht genug davon bekommen. Und damit die Mahlzeiten üppig und schmackhaft bleiben, sind sie bereit, sich auf den einen oder anderen Handel einzulassen.

Mitgehangen, mitgefangen, triumphiert Gerhard. Und bald laufen die Tauschgeschäfte mit den neuen Offizieren ebenso routiniert wie mit den letzten. Mit einer Ausnahme: Der russische Kommandant ist unbestechlich, lassen die Offiziere Gerhard wissen. Das ist ein Hundertprozentiger. Er trinkt nicht. Er raucht nicht. Er liebt nicht. Er lebt nicht. Er besitzt nur noch einen halben Magen, ein kaltes Herz, eine träge Zunge und einen scharfen Verstand. Er hört und sieht alles. Und Gesetzesverstöße riecht er werstweit gegen den Wind. Sogar wenn er im Nebenzimmer der Wirtschaft auf seine Mahlzeit wartet. Er gibt sich unnahbar. Seine Tischmanieren sind mustergültig. Er führt die Gabel zum Mund, nicht den Mund zur Gabel. Er furzt, rülpst und schmatzt auch nicht. Und er positioniert das Besteck auf der rechten unteren Hälfte des Tellers, um zu signalisieren, daß er die Mahlzeit beendet und die Rechnung wünscht. Aber bevor er sich von seinem Fahrer im Kübelwagen zur Kaserne fahren läßt, äußert er gegenüber Tante Ella seine Zufriedenheit mit einem Kompliment über die eingenommene Mahlzeit, das sie lächeln macht.

Erwischt er einen seiner Untergebenen im angetrunkenen Zustand, kennt er kein Mitleid. Das wissen seine Offiziere und auch Gerhard. Dessen beiläufiger Hinweis an die Offiziere, daß das Zimmer von Kurt unter der Woche unbenutzt bleibt, wird von ihnen verstanden und angenommen. Regelmäßig übernachtet einer dort und manchmal auch mehrere im Nebenzimmer der Wirtschaft, um den Rausch auszuschlafen. Den Offizieren ist es erlaubt, die Nacht außerhalb der Kaserne zu verbringen, vorausgesetzt, sie fehlen nicht beim morgendlichen Appell.

Das dem nicht so ist, liegt in deiner Verantwortung. Du mußt die Offiziere rechtzeitig wecken. Gerhard weiß, warum er dich damit betraut. Du bist noch ein Kind, über dich werden die Offiziere nicht herfallen. Bei Tante Ella und dem Mädchen ist er sich da nicht so sicher. Da ist er vorsichtig. Da will er nichts riskieren. Da hinterläßt er in der Nacht für dich einen Zettel auf dem Küchentisch, damit du weißt, daß du in der Früh jemanden wecken mußt. Er verläßt sich auf dich. Du bist die erste, die auf den Beinen ist, und du fürchtest dich nicht davor, die Russen zu wecken. Nur manchmal werfen sie ein Kopfkissen oder eine Socke nach dir, wenn du in das Zimmer polterst und mit einem »Dobroe utro!« die Fensterflügel aufstößt, in die Hände klatschst und ihnen befiehlst, podjom, gospoda ofizery, poshalui k tschaju. Aufstehen, meine Herren Offiziere, und antreten zum Tee.

Dem Kommandanten bleiben die Übernachtungen seiner Offiziere in eurem Haus nicht verborgen. Bei einem Gespräch unter vier Augen erinnert er Gerhard im fehler- und akzentfreien Deutsch daran, daß seine Offiziere ohne ihre Frauen in Stralsund stationiert und daß auch sie, wie der gemeine Soldat, unberechenbar sind, wenn sie getrunken haben. Sollte es bei diesen Übernachtungen zu Belästigungen gegenüber denen im Haus lebenden Frauen oder auch zu Beschädigungen in der Wirtsstube kommen, wird er jede Verantwortung ablehnen müssen. Das habe Gerhard dann vor sich selber zu verantworten. Zur eigenen Sicherheit und der seiner Familie bittet ihn der Kommandant, das zu bedenken.

Gerhard beherzigt seine wohlwollende Ermahnung zum Bedauern der Offiziere. Sie wissen, daß es von Vorteil ist, es sich mit dem Kommandanten nicht zu verscherzen. Nach diesem mit Gerhard vertraulich geführten Gespräch sucht der Kommandant die Wirtschaft immer öfter nicht nur zu den Mahlzeiten auf. Er genießt es, mit Gerhard zusammenzusitzen und sich mit ihm in deutscher Sprache zu unterhalten. Schließlich ist er in Deutschland geboren und erst im Alter von elf

Jahren mit seinen Eltern nach Rußland ausgewandert, weil die Russen seinem Vater ein paar desjatine Land geschenkt haben, erinnert sich der Kommandant. Sein Vater war aktives Mitglied in der Kommunistischen Partei und ein armer Schlucker, der nicht wußte, wie er seine zwölf Kinder satt bekommen sollte. Wären sie in Deutschland geblieben, wäre die Hälfte seiner Geschwister sicher verhungert. So aber haben alle zwölf überlebt, eine gute Ausbildung genossen und einen guten Beruf erlernt. Vielleicht hat es den Geschwistern auch geholfen, daß sie der deutschen Sprache mächtig sind. Ihm jedenfalls hat es genützt, daß sein Vater stets darauf bedacht war, daß bei ihnen zu Hause deutsch gesprochen wurde. Er hätte auch gerne eine deutsche Frau geheiratet, aber das ist nun nicht mehr möglich. Das würde seiner weiteren Laufbahn beim Militär schaden. Und zurück ins zivile Leben? Womit sollte er sein Geld verdienen? Rußland ist ein armes Land. Ein zerstörtes Land. Dieser verdammte Krieg hat nicht nur viele Menschen das Leben gekostet, er hat Lebensziele zunichte gemacht, Biographien zerstört, auch auf der Siegerseite. Vielleicht kann Gerhard verstehen, daß er, wo jeder in der Kaserne weiß, daß er Deutschstämmiger ist, bei seinen Untergebenen Strenge und bei seinen Entscheidungen stets Vorsicht walten lassen muß. Deshalb, und das bittet er Gerhard zu verstehen, kann und darf er ihm keine Unterstützung für Geschäfte gewähren, die außerhalb des Gesetzes liegen. Sollte es Gerhard allerdings an etwas mangeln, das zu besitzen eigentlich legal, aber in den Geschäften nicht erhältlich ist, kann er mit seiner Unterstützung rechnen. Alles andere kann er nicht verantworten.

Tante Ella beobachtet mißtrauisch die freundschaftliche Annäherung zwischen dem Kommandanten und Gerhard. Ob deutschstämmig oder nicht, das interessiert sie nicht. Russe bleibt Russe. Mit Russen schließt man Geschäfte, aber keine Freundschaften. Es stört sie, daß der Kommandant für die Mahlzeiten nicht mehr wie gewohnt im Nebenzimmer Platz nimmt, sondern sich gleich bei ihr in der Küche niederläßt, als sei er ein vertrauter Freund der Familie. Doch sein zurückhaltendes Wesen sowie seine tadellosen Manieren und die Komplimente, die er ihr macht, stimmen sie mit der Zeit milder. Sie gewöhnt sich an seine Anwesenheit und an seine Erzählungen über das Leben in Rußland. Wenn der Kommandant, was selten eintritt, an einem Tag der Wirtschaft fernbleibt, fragt sie sich und jeden, der die Küche betritt, ob dem Kommandanten wohl etwas zugestoßen sein mag. Und als sie erfährt, daß der Kommandant im zivilen Leben ein studierter Biologe ist, vergißt sie ihre letzten Ressentiments gegen seine Person. Daß er studiert hat, das imponiert ihr. Daß ein Studierter ihre Nähe und das Gespräch mit ihr sucht, das schmeichelt ihr. Ein Studierter, das ist etwas anderes als Gerhard. Gerhard steht zwar mit beiden Beinen im Leben, aber gegen den Kommandanten ist und bleibt Gerhard ein Bauer. Auch wenn Gerhard »Doktor Schiwago« gelesen hat. Wann hat Gerhard denn das letzte Mal ein Buch in den Händen gehalten? Sie kann sich nicht erinnern. Der Kommandant hält jeden Tag ein Buch in der Hand. Oft sitzt er ganze Nachmittage bei euch in der Wohnstube, um die Klassiker der russischen Literatur in deutscher Sprache zu lesen. Die meisten dieser Bücher, die bei euch im Bücherschrank stehen, sind in Rußland nicht aufzutreiben, läßt er Tante Ella wissen. Und obwohl sie ihn regelrecht bedrängt, die Bücher mit in die Kaserne zu nehmen, zieht der Kommandant es vor, die Bücher bei euch in der Wohnstube zu lesen. Da fühlt er sich wohl. Das erinnert ihn an zu Hause. Und wenn Gerhard gegen seine längere und häufige Anwesenheit in der Wohnstube keine Einwände hegt, würde er gerne den Anschluß aktivieren und wieder ein Telefon bei euch im Haus installieren lassen, damit er für seine Offiziere jederzeit erreichbar ist. Selbstverständlich kann der Apparat auch von Gerhard benutzt werden.

Gerhard hat keine Einwände. Ein Telefon ist ein Privileg. Da nimmt Gerhard es in Kauf, daß er durch die häufige Anwesenheit des Kommandanten seine Geschäfte diskreter abwickeln muß, bis er bemerkt, daß der Kommandant, selbst wenn er etwas sieht und hört, stets so tut, als sei er blind und taub.

Er kann nicht anders, gibt er Gerhard zu verstehen, denn eigentlich ist er in der Kaserne und nicht bei euch im Haus, und Nachteile solltet ihr durch seine Anwesenheit nicht haben. Es genügt, daß seine Offiziere der Meinung sind, daß seine Anwesenheit ihnen Nachteile bringt. Sie wissen, daß er es nicht gerne sieht, wenn sie mit den deutschen Frauen anbändeln. Er weiß, daß für viele Frauen nach wie vor die Notwendigkeit besteht, sich in die Arme seiner Offiziere zu legen, aber er empfiehlt ihnen, sich dafür einen anderen Ort zu suchen. Unter seinen Augen kann er diese Art der Versorgung nicht tolerieren. Das ist auch im Interesse von Gerhard.

Mit dem Ausbleiben der Frauen gewinnt die Wirtschaft nicht nur ihren guten Ruf zurück, es gereicht auch dem Ansehen der Gehrens zum Vorteil. Auch wenn die Gerüchteküche über die ständige Präsenz des Kommandanten im Hause der Gehrens nicht abreißen will und böse Zungen munkeln, daß Tante Ella das junge Mädchen nicht wegen ihrer Widerworte und Faulheit zurück aufs Land geschickt hat, sondern damit sie ungehindert, unter den Augen von Gerhard, ihn mit dem Kommandanten betrügen kann.

Darüber kann Gerhard nur lachen. Was verstehen diese Kleingeister schon, beruhigt er dich und versichert dir, daß dem nicht so ist und du auf das Geschwätz der Neider nicht achten sollst.

Auch Kurt wiegelt ab, wenn er am Wochenende nach Hause kommt. Wie soll das möglich sein, fragt er dich. Du bist da, und auch Gerhard hält sich die meiste Zeit des Tages in der Wirtschaft auf. Der Kommandant fühlt sich alleine. Das ist alles. Seine Position in der Kaserne verbietet es ihm, Freundschaften mit seinen Untergebenen einzugehen. Er ist Autoritäts- und Respektsperson auch für die Bevölkerung. Schließlich repräsentiert er die Sieger. Und sogar mit dem Stadtkommandanten ist keine freundschaftliche Beziehung möglich. Jeder weiß, das ist ein Stinkstiebel, der allem und jedem Steine in den Weg legt. Es ist eine einsame Arbeit, die der Kommandant ausübt. Das hält kein Mensch lange aus. Kurt jedenfalls möchte für nichts auf der Welt mit dem Kommandanten tauschen. Er leiht ihm sogar an den Wochenenden sein Motorrad. Der Kommandant liebt es, damit herumzufahren, sich mit der Gegend vertraut zu machen. Fauna und Tiere der Region kennenzulernen. Natürlich profitiert Kurt davon. Der Kommandant versorgt ihn mit Ersatzteilen und Benzin für das Motorrad. Das ist doch was. Und der Kommandant fragt nicht nach, wie es möglich ist, daß das erst letzte Woche eingebaute Ersatzteil schon wieder ersetzt werden muß. Da lacht Kurt. Nein. Auf den Kommandanten läßt er nichts kommen. Für ihn gehört er mit zur Familie. Da können die Leute munkeln, was sie wollen. Und was ist verwerflich daran, daß der Kommandant das Weihnachtsfest gemeinsam mit euch feiern möchte? Warum sollte er an diesem Fest alleine in seinem Zimmer hocken? Schließlich ist es auch ein Abschied, da er bald wieder ausgetauscht wird. Und außerdem wird das bestimmt eine schöne Bescherung für jeden von euch werden.

Kurt behält recht. Die Geschenke, die der Kommandant an euch verteilt und die er euch bittet anzunehmen, beschämen euch. Kurt bekommt einen kompletten Satz Werkzeuge. Harald eine Holzhackmaschine. Gerhard eine komplett neue Destillieranlage. Tante Ella eine Perlenkette und du einen Puppenwagen mit einer richtigen Puppe. Woher diese Dinge stammen? Diese Frage stellt ihr nicht laut. Ihr wißt es. Aus dem russischen Arsenal. Dort würden sie eh nur verstauben. Bei euch sind sie besser aufgehoben. Ihr könnt die Dinge gebrauchen.

Nur du weißt mit dem Geschenk des Kommandanten nichts anzufangen. Über Jahre hast du von so einem Spielzeug geträumt. Nun findest du es doof, eine Puppe an- und auszuziehen und im Puppenwagen durch den Garten oder die Gassen von Stralsund zu schieben. Das ist langweilig, erklärst du Tante Ella, die sich darüber wundert, daß der Puppenwagen unbenutzt bei dir im Zimmer steht. Nur Gerhard wundert dein Verhalten nicht. Du hast zuviel gesehen und erlebt und nie gelernt zu spielen. Eigentlich hast du nie ein richtiges Kind sein können.

Die Tage zwischen Weihnachten und Neujahr hat Kurt Ferien. Er beschließt, bis zum Silvestertag zum Onkel aufs Land zu fahren. Du würdest ihn gerne begleiten. Seit Kriegsende hast du weder den Onkel noch die Tante gesehen. Es geht ihnen gut, das weißt du. Trotzdem willst du mit eigenen Augen sehen, was sich auf dem Hof verändert hat und was die Kinder im Dorf treiben, mit denen du dich gut verstanden hast.

Tante Ella verbietet Kurt, dich mitzunehmen. Nun wo das Mädchen fort ist, braucht sie dich im Haus, aber vor allem in der Küche für die Vorbereitungen zum Jahreswechsel. Ein richtig großes Fest wollen sie und Gerhard in der Wirtschaft veranstalten mit einer Zwei-Mann-Kapelle, die den hoffentlich zahlreich erscheinenden Gästen zum Tanz aufspielen soll. Die Formalitäten sind geklärt. Der Stadtkommandant hat seine Einwilligung gegeben, daß die Wirtschaft in der Silvesternacht ausnahmsweise bis zwei Uhr in der Frühe geöffnet bleiben darf.

Welches Versprechen oder welche Drohung der Kommandant hat anwenden müssen, um dem Stadtkommandanten diese Erlaubnis abzupressen, verrät der Kommandant nicht. Besser ihr kümmert euch darum, wie ihr die Versorgung der Gäste bewältigen werdet.

An Bier, Wodka und Selbstgebranntem mangelt es nicht. Aber was für eine Mahlzeit sollt ihr den Gästen auf welchen Nahrungsmittelbezugsschein anbieten? Tante Ella trifft die Entscheidung: Jeder Gast erhält eine Portion Russenei. Die kann mit ein paar Fettmarken abgerechnet werden. Und die drei halben Eier, die zu jedem Russenei gehören, sind ein Geschenk des Hauses.

Für dich bedeutet das, Eier und Kartoffeln pellen bis zum Umfallen. Du haßt es, Kartoffeln zu pellen, nun um so mehr, weil Tante Ella dir die Fahrt mit Kurt aufs Land verboten hat.

Da kann Tante Ella mal sehen, was sie an dir hat. Dem Mädchen hat sie für diese Arbeiten Lohn zahlen müssen, maulst du, aber für deine Arbeit kassiert Tante Ella jeden Monat fünfundzwanzig Mark vom Jugendamt.

Woher du das weißt?

Du hast die Überweisungsabschnitte im Küchenschrank gefunden.

Rumgeschnüffelt hast du.

Die Ohrfeige brennt auf deiner Wange. Tante Ella soll sich doch noch ein Dutzend Mädchen aus dem Heim holen. Da kann sie die Füße hoch und die Hände in den Schoß legen und bekommt noch Geld dazu, während die Kinder die Arbeit für sie erledigen. Dann kann sie endlich kommandieren, wie sie es so gerne mag, schreist du und machst, daß du aus der Küche kommst, bevor der Topfdeckel, den Tante Ella nach dir wirft, dich treffen kann.

Du weißt, daß du Tante Ella unrecht tust, aber du bist nicht fähig, dich für deine Worte bei ihr zu entschuldigen. Du schmollst den ganzen Tag, und sogar noch beim Abendessen bist du schweigsam. Gerhard merkt sehr wohl, daß es zwischen dir und Ella wieder einmal Streit gegeben haben muß, aber er fragt nicht nach. Dich irritiert die Freundlichkeit, mit der sie dich behandelt. Du traust ihr nicht.

Dieses Mal aber wartest du vergeblich auf ihre Attacke. Und entgegen deiner Annahme, den Berg Kartoffeln alleine pellen zu müssen, bekommst du unerwartete Hilfe von Harald. Er hat den Betrieb über die Feiertage geschlossen. Es gibt nichts zu tun. Die Holzvergaser sind bei ihren Familien, um gemeinsam mit ihnen die Feiertage und das neue Jahr zu verbringen. Und dir hilft er beim Kartoffelpellen, damit du schneller fertig wirst. Schließlich will er gemeinsam mit dir zur Kaserne fahren, um dort etwas abzuholen. Was dort abgeholt werden soll, kann Harald dir nicht sagen. Der Kommandant hat sehr geheimnisvoll getan und von einer Überraschung gesprochen.

In der Kaserne müßt ihr über eine Stunde warten, bevor der Kommandant Zeit hat und euch in Begleitung zweier Soldaten in einen Schuppen führt, wo vier Holzkisten darauf warten, von euch abtransportiert zu werden. Derweil die Soldaten die Kisten in euren Wagen verladen, nimmt der Kommandant Harald das Versprechen ab, die Kisten auf keinen Fall zu öffnen und sie so zu lagern, daß sie kein Feuer fangen können. An dem Grinsen von Harald und den anderen erkennst du, daß anscheinend jeder weiß, was die Kisten beinhalten, nur du weißt es nicht. Und auf deine neugierigen Fragen erhältst du nur ausweichende Antworten und die Aufforderung, nicht so neugierig zu sein.

Das ist Gift für deine Neugier. Auf der Heimfahrt versuchst du, Harald das Geheimnis um die Kisten zu entlocken, indem du in sämtliche Rollen schlüpfst, die dir normalerweise helfen, herauszubekommen, was du wissen willst.

Harald zeigt sich gefeit gegen deine Rollenspiele. Er spielt selber, und zwar den Ahnungslosen. Da kannst du ihn necken, deinen ganzen kindlichen Charme einsetzen, quengeln und die Beleidigte spielen, drohen, daß du nie wieder mit ihm reden wirst, wenn er dir nicht verrät, was in den Kisten ist. Harald ist zwar von der Bandbreite deines Registers beeindruckt, aber er bleibt dabei, er ist ebenso ahnungslos wie du.

Du bist sicher, daß Harald dich belügt. Ebenso wie Kurt, der, den Beiwagen voll mit Lebensmitteln sowie den besten Grüßen von Onkel und Tante, während eurer Abwesenheit daheim eingetroffen ist und Harald zur Hand geht, die Kisten im Stall unterzubringen. Du hörst die beiden miteinander flüstern und lachen und beschließt, in einem unbeobachteten Moment dich in den Stall zu schleichen und einfach eine Kiste zu öffnen. Dazu kommt es nicht.

Für den Abend will Tante Ella alles vorbereiten. Und dazu bedarf sie deiner Hilfe. Der Kartoffelsalat muß angemacht werden. Rote Bete in Würfel und Gurken in Scheiben geschnitten, Mayonnaise aus Eigelb und Öl angerührt werden. Und derweil Tante Ella auf sämtliche im Haus auffindbare Teller eine Kelle Kartoffelsalat schöpft, drapierst du drei halbe Eier darauf, die sie wiederum mit einem Klecks ihrer selbstgemachten Mayonnaise garniert. Zum Schluß wird jeder Teller mit fünf Gurkenscheiben in Fächerform und einigen Würfeln roter Bete verziert, bevor ihr sie in die Wohnstube tragt, wo sie niemandem im Wege sind. Danach schickt Tante Ella dich auf dein Zimmer. Du sollst versuchen, ein bißchen zu schlafen, damit du am Abend nicht zu müde bist und womöglich den Beginn des neuen Jahres verschläfst.

Ihre Fürsorge macht dich staunen. Das ist eine dir unbekannte Seite an ihr. Das macht dich mißtrauisch.

Hat Harald vielleicht von Tante Ella irgend etwas läuten hören, daß du etwas verbrochen haben sollst, von dem du nichts weißt, willst du von ihm wissen, als er dich am Abend weckt. Nein, lacht er, Kurt hat Ella den Rat gegeben, dich zu Bett zu schicken.

In der Wirtschaft ist kein Stuhl frei. Die Musikanten spielen. Die Gäste singen, schunkeln und tanzen. Gerhard zapft die Biere in Zehnerreihen. Und du holst die vorbereiteten Teller aus der Wohnstube, reichst sie durch die Durchreiche an Kurt und Harald, die sie den Gästen an die Tische bringen.

Aber ihr müßt auch irgendwann etwas essen, sonst fallt ihr noch um, mahnt Tante Ella und ruft euch einzeln in die Küche, wo auf jeden Gehren-Mann ein Teller russisch Ei mit einem gebratenen Kotelett wartet. Nur für dich brät sie extra einen Fisch. Den ißt du doch so gerne.

Du nickst und bedankst dich bei ihr dafür.

Das ist doch eine Selbstverständlichkeit.

Das findest du nicht. Aber du hast keine Zeit, dir über ihre ungewohnte Freundlichkeit Gedanken zu machen. Du schlingst das Essen hinunter. Auf dich wartet ein Berg Arbeit. Du mußt das Geschirr und die Teller spülen, die Kurt aus der Wirtschaft in die Küche trägt und auf dem Fußboden abstellt, weil nirgends mehr Platz ist. Und du mußt in der Gaststube helfen, ruft Gerhard, der in die Küche stürmt, Tante Ella um die Hüfte faßt, sie auf die Stirn küßt und im Kreis herumwirbelt, derweil er den Kopf in den Nacken wirft und lachend jubelt, das wird ein Bombengeschäft. Dann zieht er dich vom Spülbecken in die Wirtschaft, reicht dir ein vollbestücktes Tablett mit Getränken und schickt dich damit ins Nebenzimmer zu den Russen.

Da ist der Bär los. Der Harmoniumspieler hat Mühe, das Stimmengewirr zu überspielen. Die Luft ist verraucht und die Stimmung ausgelassen. Dich machen die vielen unbekannten Gesichter befangen, und daß die Offiziere die Gläser auf dich erheben, als der Kommandant dich als die Tochter des Hauses vorstellt, läßt dich erröten. Einer der Offiziere nimmt dich bei der Hand, um dir beizubringen, wie die russischen Männer daheim in Rußland mit ihren Frauen tanzen. Du entziehst ihm deine Hand. Du würdest gerne tanzen, aber du mußt helfen, Gläser und Teller zusammenzuräumen, erklärst du und verschweigst, daß Gerhard vermeiden will, Gläser und Teller zu späterer Stunde an der Zimmerwand zerbrechen zu sehen. Der Offizier tut sich schwer, dein Nein zu akzeptieren. Aber die Anwesenheit des Kommandanten verhindert, daß er insistiert und dich weiter bedrängt. Du gehst die Tische ab, räumst die leeren Teller zusammen und erkundigst dich bei einem Offizier, der soeben die Gabel auf den Teller legt, ob ihm das Russenei geschmeckt hat?

Er lacht. Hat das immer schon so geheißen oder erst seit Kriegsende?

Du kannst nur vermuten, daß es schon immer so geheißen hat, grinst du und machst, daß du zurück in die Wirtschaft kommst, wo Gerhard alleine hinter dem Tresen hantiert. Kurt und Harald sind verschwunden. Kein Wort haben sie ihm gesagt. Einfach weg sind sie. Und das so kurz vor Mitternacht, beschwert er sich. Denen wird er was erzählen, schimpft er zusammenzuckend, um dann wie jeder andere im Raum wie versteinert zu stehen, als das Donnern eines Kanonenschusses die Musikanten und den Lärm in der Wirtschaft schlagartig zum Erliegen bringt.

Krieg?! brüllst du hinter den Tresen rennend, um dich an Gerhard zu klammern, derweil die Gäste ihre Erstarrung abschütteln und aus der Wirtschaft rennen. Gerhard lacht. Das ist kein Krieg. Das ist ein Feuerwerk.

Da stehst du auf dem alten Marktplatz, offenen Mundes staunend, an der Seite von Gerhard und Tante Ella und bewunderst den bunten Funkenregen, den die Feuerwerkskörper am nächtlichen Himmel über euch versprühen. Aus allen Himmelsrichtungen strömen die Menschen zum Marktplatz, um sich das Spektakel anzuschauen, derweil Kurt und Harald mit zwei russischen Soldaten kreuz und quer über den Marktplatz rennen, um die Feuerwerkskörper aufzustellen und abzufeuern.

Das also war in den Kisten.

Damit hat er sich einen Jugendtraum erfüllt, gesteht der Kommandant. Bei jedem Jahreswechsel hat sein Vater ihm von den Feuerwerken erzählt, und damals als Bub hat er sich geschworen, irgendwann wird er ein Feuerwerk in die Luft gehen lassen.

WAS WÜNSCHT Lisa sich zu Weihnachten?

Einen Bademantel wie der weiße, dicke, flauschige mit der Kapuze, den Lisa dir im Schaufenster der Drogerie zeigt.

Der Hermann hat dir eintausend Deutsche Mark gegeben. Davon sollst du dir und Lisa etwas Schönes zu Weihnachten kaufen.

Du drehst dich mit geweiteten Armen vor dem geschmückten Tannenbaum, strahlst Freude, einen Silberfuchsmantel wolltest du immer schon besitzen. Ist der Mantel nicht schön? Warum sagt Lisa nichts? Gefällt Lisa der Mantel nicht?

Der Mantel ist wunderschön. Darin siehst du aus wie eine von diesen feinen Damen, über die das Fernsehen immer berichtet, lacht Lisa, dir verschweigend, wie fremd du ihr in dem Mantel vorkommst.

Das Geld von Hermann hat natürlich nicht gereicht, da mußtest du noch ein bißchen was drauflegen Aber was soll's. Du fällst in den Sessel, streifst mit deiner Wange über den Pelzkragen, eine von Lisa nie zuvor an dir gesehene Geste der Zärtlichkeit, greifst nach den Zigaretten, legst die Füße auf den Fußschemel, wirfst den Kopf in den Nacken, versinkst im Fell des Mantels und im weichen Leder vom Rückenkissen des Sessels, schließt die Augen und bläst den Zigarettenrauch zur Zimmerdecke, wo er im Licht der Kronleuchterkerzen aus braunem Plastik bläulich schimmert.

Lisa sieht dich zufrieden lächeln. Du siehst sie nicht. Lisa sitzt dir im Rücken, auf dem Zweisitzer, ihr Weihnachtsgeschenk übergezogen, ein dünner, grauer Bademantel ohne Kapuze. Auch wenn du die Augen öffnen würdest, könntest du Lisa nicht sehen, auch nicht die Verletzung, die Lisa hinter ihrem Lächeln zu verbergen sucht. Am Saum des Ärmels baumelt das Preisschild. Das hast du extra drangelassen, falls Lisa der Bademantel nicht gefällt. Woolworth. Sonderangebot. 19,95 DM.

Lisa zieht den Bademantel aus, faltet ihn zusammen, behutsam, legt ihn vor sich auf den Wohnzimmertisch auf das Tannenzweig-rote-Kerzen-Geschenkpapier, hockt bewegungslos in Unterhose und Unterhemd, das Kinn in die Hände gestützt und schaut auf das Preisschild, das, am Faden hängend, unterhalb der Tischkante baumelt. Deine Worte wollen Lisa nicht aus dem Kopf: eintausend Mark ... hast du noch ein bißchen was drauflegen müssen ... Im Kreisrund laufen deine Worte Lisa durchs Hirn, als suchten sie der Enttäuschung zu entkommen, die sich an ihnen festmachen will. Bei der Wahl des Bademantels hast du nicht einmal Lisas Wunsch nach der Farbe berücksichtigt.

Lisa grinst. Lisa wird ihre Spardose plündern, und mit den von Hermanns Mutter ihr geschenkten zwanzig Mark besitzt sie dann siebzig. Das wird ausreichen, um sich den Bademantel selber zu schenken, den Lisa dir im Schaufenster der Drogerie zeigte und den sie im Tannenzweige-rote-Kerzen Geschenkpapier zu finden gehofft hatte. Den Bademantel wird sie umtauschen müssen. Der ist zu groß. Gab es den auch in anderen Farben?

Du glaubst schon. Aber sicher weißt du, daß nur noch wenige am Ständer hingen. Muß Lisa schauen. Wenn es keine mehr gibt, hat sie Pech gehabt, dann muß Lisa sich eine Gutschrift geben lassen. Du ziehst den Silberfuchsmantel aus. Deine Augen lachen, am liebsten würdest du in dem Mantel schlafen, gähnst du. Hundemüde bist du, und der Sauerbraten, den du extra für Hermanns Mutter gekocht hast, weil sie am Heiligen Abend immer Sauerbraten ißt, liegt dir im Magen. An der Tür zu deinem Schlafzimmer drehst du dich nach Lisa um. Der Hermann wird nicht zurückkommen, er wird bei seiner Mutter übernachten, und bevor du es vergißt, in Zukunft, wenn der Hermann bei euch ist, soll Lisa sich was anziehen, sich nicht mehr in Unterhose und Unterhemd in der Wohnung aufhalten.

Wieso das denn? Lisas Stimme ist aggressiv. Ihr Blick hält dem deinen stand.

Das Lachen zieht sich aus deinen Augen zurück, weil du das so willst.

Wieso? Lisa insistiert, wieso verbietest du ihr das? Was soll das? Lisa will sich mit deiner Antwort nicht zufriedengeben, während sie gleichzeitig intuitiv erfaßt, dein Verbot muß mit den Veränderungen ihres Körpers zusammenhängen. Lisa schießt nicht mehr in die Höhe. Der Busen entwickelt sich, erste Härchen unter den Achseln und in der Scham. Dein Verbot weckt die Erinnerung an das Unausgesprochene, das über dem Befehl von Schwester Ursula schwebte, die Hände nicht unter der Bettdecke zu halten, und das auch die Fragen des Pfarrers in der Beichte begleitete. Hat Lisa unkeusche Gedanken gehabt, hat sie sich unzüchtig berührt? Dein Verbot läßt die im Heim gesäte, lang vergessene Scham aufkeimen, raubt Lisa die Unbefangenheit. Lisa ist zu jung, zu unerfahren, um aus deinem Verbot herauszuhören, was du ihr mitteilst, was du ihr auch über deine Erfahrungen vermittelst, und wiederum zu alt, um dir noch bedingungslos zu gehorchen. Lisa verlangt nach einer Erklärung.

Weil du das nicht willst, basta.

Weil du das willst, feiert Lisa keinen ihrer Geburtstage und lädt auch niemanden ein, sie zu besuchen. Wenn jemand klingelt, weil er Lisa sehen möchte, weiß sie sich nicht anders zu verhalten, als so schnell wie möglich einen Grund zu finden, um gemeinsam mit dem unerwarteten Besuch die Wohnung zu verlassen, besonders wenn der Besuch ein Junge ist. Der Hermann will keinen Jungen in der Wohnung sehen. Das regt den Hermann auf. Lisa weiß doch, wenn der Hermann sich aufregt, kann er einen Herzinfarkt erleiden.

Lisa will nicht, daß der Hermann stirbt, und tut das, was du eigentlich nicht willst. Lisa sperrt dich aus ihrem Leben aus, schließt dich von allem aus und sich im Badezimmer ein, wo sie vor dem Spiegel steht und die Veränderungen ihres Körpers betrachtet, der ihr ebenso fremd erscheint wie ihr Gesicht, bis sie erschrocken zurückweicht, weil für den Bruchteil eines Augenblickes nicht sie diejenige ist, die sich da im Spiegel betrachtet, sondern du. Vom kleinen Zeh bis in die letzte Windung ihres Hirns, mit all ihren Sinnen fühlt Lisa dich, wie du aus ihrem Inneren durch ihre Augen auf ihr Spiegelbild schaust. Ausgelöst durch eine unbedachte Bewegung ihrer Hand, die sie betrachtet, als sei das nicht ihre Hand. Lisa soll endlich aus dem Bad kommen, hört sie dich durch die geschlossene Badezimmertür rufen. Du lachst. Wie hübsch Lisa ist, was für eine schöne Frau sie einmal werden wird. Das haben schon damals alle gesagt, als du Lisa noch im Kinderwagen geschoben hast, auf die wirst du aufpassen müssen, die wird schnell unter der

Haube sein. Lisa weiß nicht, was sie unter der Haube soll, und auch nicht, ob sie sich hübsch findet, ob sie hübsch sein will. Hübsch als einziges positives Attribut, um sie als Person zu beschreiben, das reicht Lisa nicht.

KINDER gehören uns nicht. Sie werden uns für eine gewisse Zeit anvertraut, und wir tragen die Verantwortung, damit sie keinen Schaden erleiden, erklärt Melitta, warum sie dir die von Tante Ella auferlegten Arbeiten abnimmt und dich hinaus zum Spielen schickt.

Gerhard muß Melitta einstellen, weil Tante Ella sich ein Bein gebrochen hat. Mit dem Wäschekorb ist Tante Ella die Treppe zum Dachboden hinauf, hat eine Stufe übersehen, ist ins Stolpern geraten und rückwärts die Treppe hinuntergefallen. Nun thront sie vom frühen Morgen bis in den späten Abend gleich einer Königin in der Küche, das Gipsbein auf einem Schemel und erteilt Befehle an Melitta und dich. Dich ärgert das. Melitta hingegen nimmt ihre Anweisungen gelassen hin.

Melitta vermittelt Tante Ella stets den Eindruck, sämtliche Arbeiten so zu verrichten, wie Tante Ella es ihr befiehlt. Dabei folgt Melitta nur dem eigenen Kopf. Besonders beim Kochen. Was das anbelangt, ist Melitta, die Honigsüße, eine Zauberin. Als langjährige Verwalterin auf einem Gut in den Masuren hatte sie Gelegenheit, die Kunst des Kochens bis zur Perfektion zu erlernen. Der Gutsherr war selten anwesend, aber wenn er anwesend war, haben seine Gäste noch Tage später von seinen Banketts gesprochen, und nicht selten ist ein Gast bei Melitta in der Küche erschienen, um sich für die von ihr unvergleichlich zubereitete Pastete zu bedanken.

Wenn Melitta dir von den Banketts erzählt, siehst du ihre Augen leuchten und ihren Blick durch das Fenster hinaus auf den Gutshof in die Masuren fliegen. Dann wünschst du, daß sie bei euch glücklich wird und der Knochen von Tante Ella nie wieder zusammenwächst und der Ehemann von Melitta, den sie auf der Flucht verloren hat, niemals in der Stadt eintreffen wird.

Auch die Gehren-Männer bedauern, daß Melittas Anwesenheit nur vorübergehend sein wird. Mit ihrem ausgeglichenen Charakter, ihrer unaufdringlichen Art, sämtliche anfallenden Arbeiten im Hause zu erledigen, aber vor allem mit ihren Kochkünsten hat sie die Herzen der Gehren-Männer im Sturm erobert.

Nur das Herz von Tante Ella nicht. Hinter dem Rücken von Melitta stichelt sie, wie kindisch von Melitta, immer noch auf ihren Mann zu warten. Nach so vielen Jahren. Der hat doch längst eine andere und Melitta vergessen. Auch die Gehren-Männer bezweifeln, daß der Mann von Melitta noch kommen wird, aber die ständigen Sticheleien von Tante Ella ärgern sie, und so manches Mal drohen sie beim Abendbrot, wenn Ella nicht aufhört zu meckern, schickt Gerhard sie in die sibirische Steppe. Tante Ella stimmt zwar in das Gelächter der Männer ein, aber ihre Augen lachen nicht.

Du weißt nicht, wieso Tante Ella auf Melitta nicht gut zu sprechen ist, vermutest aber, daß die Sympathien, die die Gehren-Männer Melitta entgegenbringen, schuld daran sind. Du beschließt, Tante Ella aus dem Weg zu gehen, solange das Bein in Gips und Melitta bei euch im Haus ist. Gefährlich wie eine Tretmine, beschwerst du dich bei Paul über sie, weil du nicht weißt, bei welchem deiner Schritte sie explodieren wird. Sosehr du Melitta auch leiden magst, für den Frieden im Haus und für deine Haut, du zeigst ihm die blauen Flecken, denkst du, ist es besser, wenn Melitta bald das Haus verlassen würde.

Melitta aber bleibt auch dann noch, als Tante Ella der Gips abgenommen wird. Tante Ella kann zwar leichtere Arbeiten ausführen, aber ohne die Hilfe eines Stocks kann sie nicht gehen. Ihr Bedürfnis, Melitta endlich aus dem Haus zu haben, läßt sie hart gegen sich selber sein. Und sie schlägt dir, wann immer du in Reichweite bist, den Stock über den Rücken, weil sie dir die Schuld für das gebrochene Bein anlastet und dafür, daß Melitta im Haus ist. Wärst du daheim gewesen, hättest du den Wäschekorb auf den Dachboden getragen, und sie wäre nicht die Treppe hinuntergefallen.

Gerhard schlägt ihr den Stock aus der Hand und seine Hand ihr ins Gesicht. Wie kann Ella es wagen, dich zu prügeln wie einen Hund. Es ist dir eine Genugtuung, daß Gerhard sie endlich einmal dabei erwischt, wie sie auf dich einprügelt, auch wenn du ahnst, daß Tante Ella es Gerhard nicht verzeihen wird, sie vor deinen Augen geschlagen zu haben.

Das wirst du ihr büßen, prophezeit ihr Blick, während sie die Hand auf ihre Wange legt, wo jeder Finger von Gerhards Hand rot auf der Haut brennt. Du mußt ihr für alles büßen. Auch für so manchen Streit, der in den Nächten im Schlafzimmer zwischen ihr und Gerhard entbrennt. Gerhard beschimpft sie als eine eingebildete, blöde Kuh, die die Grande Dame hervorkehrt und dabei vergißt, wo und in was für einer Zeit sie leben. Und Tante Ella beschimpft ihn als einen alten, ungebildeten Bauern, den sie niemals hätte heiraten sollen. Klatsch, hörst du die Hand von Gerhard auf Tante Ella treffen.

Du läßt dir nicht anmerken, daß ihre Streitereien dich aus dem Schlaf reißen und dich ängstigen. Du suchst ihren Streitereien zu entfliehen, indem du dich unter der Bettdecke verkriechst und dir die Ohren zuhältst. Und wenn du am nächsten Morgen müde in der Küche beim Frühstück sitzt, wunderst du dich, daß Tante Ella sich nach so einer Nacht manchmal ausgeglichen und freundlich zeigt.

Dann humpelt sie trällernd durchs Haus, streicht dir sogar über das Haar. Aber bereits wenige Tage später regt sie sich über einen Fliegenschiß auf und macht sogar den Gästen in der Wirtschaft mit ihrer Unzufriedenheit das Leben schwer.

Ihr lernt mit ihren Stimmungswechseln zu leben. Die Gäste aber lassen sich ihr Gekeife nicht bieten. Die verlassen die Wirtschaft, kaum daß sie sie betreten haben, wenn sie sehen, daß Tante Ella bedient. Es berührt dich unangenehm, wenn du hörst, wie die Gäste über Tante Ella reden: Als wenn es eine Gnade sei, von ihr bedient zu werden. Alte Schreckschraube. Warum der Gerhard die geheiratet hat? So ein patenter Kerl, der hätte was Besseres verdient. So eine wie Melitta, die hätte der Gerhard verdient. Das denkst du auch manchmal. Aber wenn du die vergilbten Schwarzweiß-Fotografien betrachtest, die Tante Ella als junge Frau zeigen, dann glaubst du zu wissen, warum Gerhard sie geheiratet hat. Tante Ella war eine Schönheit.

Manchmal wenn du in das Gesicht von Kurt schaust, entdeckst du darin ihre Schönheit, die in ihrem Gesicht längst verblüht ist. Harald dagegen ist Gerhard wie aus dem Gesicht geschnitten, dafür besitzt er die Arroganz von Tante Ella. Wenn Kurt, der im Wesen eher Gerhard ähnelt, sich im Scherz über das Getue von Harald ärgert, schau einer an, bei unserem Graf Großkotz bricht die vornehme Ader durch, dann zieht Harald, wie Tante Ella, die Augenbraue in die Höhe und grinst.

Es erstaunt dich, wie selten Kurt und Harald trotz ihrer unterschiedlichen Charaktere sich miteinander streiten. Uneinigkeit zwischen ihnen erlebst du fast nie. Und beide stimmen mit dir darin überein, daß Tante Ella sich irgendwie verändert. Das sind die Wechseljahre, sagt Gerhard. Was das ist, will weder er noch einer der beiden Brüder dir erklären. Dafür bist du noch zu jung.

Tante Ella traust du dich nicht danach zu fragen. Aber Melitta. Die kommt nun dreimal in der Woche, um das Haus vom Dachboden bis in den Keller zu schrubben. Und an den Wochenenden hilft sie auch manchmal in der Wirtschaft. Melitta errötet, als du sie bittest, dir das zu erklären. Dann lacht sie. Wenn du das Wort bereits aufgeschnappt hast, sieht sie keinen Grund, dir es nicht zu erklären. Wechseljahre sind die Jahre, wo die Periode einer Frau nicht mehr regelmäßig kommt, bis sie irgendwann ganz ausbleibt. Dann kann die Frau keine Kinder mehr zur Welt bringen. Aber das dauert Jahre. Deshalb sagt man Wechseljahre.

Was die Periode ist, das weißt du. Einige der älteren Mädchen in der Schule haben bereits ihre Periode. Die nehmen dann nicht am Turnunterricht teil und tragen dicke Stofflagen in der Unterhose. Du hast auch schon das eine und andere Mädchen weinend nach Hause laufen sehen, weil die Stofflage nicht dick genug war und die Periode den Rock oder die Hose durchnäßt hat und jeder sehen konnte, daß sie die Periode hat. Du weißt auch, dass diese Mädchen sich vor den Jungen in acht nehmen müssen, weil sie Babys bekommen können. Aber wie das funktioniert, das weißt du nicht. Auch nicht, wieso die Wechseljahre Tante Ella noch unausstehlicher machen? Ob Melitta dir das vielleicht erklären kann? Das möchte Melitta nicht. Tante Ella wird damit nicht einverstanden sein, befürchtet sie, es ist ihre Aufgabe, dich aufzuklären. Das gibt nur unnötigen Ärger.

Dann soll Melitta fragen, ob sie dich aufklären darf, sagst du, sie allein lassend, weil du Tante Ella kommen hörst. An Melitta-freien Tagen ist sie umgänglicher. Wenn du dann noch das Glück hast, ihr zu begegnen, wenn sie gerade ihre guten fünf Minuten hat, kannst du eigentlich alles von ihr bekommen, worum du sie bittest, sogar eine silberne Halskette für deinen Bernsteinanhänger. Du mußt nur aufpassen, daß sie, wenn sie ihre schlimmen fünf Minuten hat, dir die Kette nicht wieder wegnimmt. Oder sie dich anfährt wegen nichts und wieder nichts, schlimmstenfalls dich zur Rechenschaft zieht, weil du in der Früh vergessen hast, eine frische Unterhose anzuziehen. Sie kontrolliert nicht nur, ob du dich regelmäßig wäschst, sondern auch, ob du täglich deine Unterhose wechselst. Was sollen denn die Leute denken? Stell dir vor, dir passiert etwas, und du mußt ins Krankenhaus, und die Leute dort sehen, daß du eine schmutzige Unterhose trägst.

Deine Unterhosen sind nicht schmutzig, die sind sauber, selbst wenn du sie zwei oder drei Tage hintereinander trägst, verteidigst du dich, das weißt du genau, schließlich schaust du dir jeden Abend deinen Schlüpfer an, seit sie dir das mit den schmutzigen Unterhosen einzureden versucht. Da, soll sie selber schauen, schimpfst du, ihr eine Unterhose reichend, da ist kein Schmutz, nicht einmal ein brauner Streifen, wie du es manchmal in den Unterhosen der Gehren-Männer siehst. Und du weißt auch nicht, was da in deiner Unterhose für ein Schmutz sein soll.

Pfui, erwidert Tante Ella, knüllt die Unterhose zusammen und verbannt sie in den Wäschekorb. Das verstehst du nicht, und niemand erklärt es dir. Melitta nicht, um Ärger mit Tante Ella zu vermeiden. Kurt nicht, weil es ihm unangenehm und er ebenso wie Gerhard der Ansicht ist, das ist Frauensache. Und die Mädchen, bei denen du dich erkundigst, reagieren empört, wie du so etwas fragen kannst. Nur die Frau von Fischer Mewe schüttelt den Kopf.

Wie kann Tante Ella dich mit solchen Worten auf Kommendes vorbereiten? Du bist doch noch viel zu jung. Und wie kann sie ein Wort wie Schmutz dafür benutzen? Du sollst dich um Gottes willen niemals dafür schämen, dann müßtest du dich ja schämen, eine Frau zu sein. Nein, das ist von Gott nicht gewollt. Das ist normal und gehört dazu, wenn ein Mädchen zur Frau heranreift. Und wo sie schon einmal dabei ist, dir deine Fragen zu beantworten, erklärt sie dir auch gleich, welcherart das Geheimnis zwischen einer Frau und einem Mann eigentlich ist, das im Bauch einer Frau ein Kind entstehen lassen kann. Du bist entsetzt. Niemals willst du ein Geheimnis mit einem Mann haben.

Wieso nicht? Mädchen, was ist los? Wieso weinst du denn?

Beim Onkel auf dem Hof hast du im Stall heimlich zugesehen, wie die Pferde und Kühe gedeckt werden. Das ist grausam und gewalttätig, wenn der Hengst die Stute oder der Bulle die Kuh besteigt. Jedesmal bist du nach dem Decken zu den Tieren gelaufen, hast sie gestreichelt und ihnen gut zugeredet, um sie zu trösten. Den Onkel aber hast du als einen Unmenschen beschimpft und geschworen, ihn nie wieder zu besuchen, kein Wort mehr mit ihm zu reden, derweil er über dein Entsetzen geschmunzelt und dir erklärt hat, so hat es die Natur nun mal eingerichtet, er kann es nicht ändern, er braucht die Kälber und die Fohlen.

Frau Mewe schmunzelt nicht. Sie wischt dir die Tränen aus dem Gesicht und sagt, daß der Onkel recht hat und du die Tiere nicht mit den Menschen vergleichen darfst. Wenn sich ein Geheimnis zwischen einem Mann und einer Frau anbahnt, passieren wunderbare Dinge. Da fliegen Schmetterlinge in deinem Bauch, da klopft dir das Herz bis zum Hals, da ist dir, als würdest du über dem Boden schweben, da, sie wirft die Hände in die Luft und läßt sie wieder fallen, um dir über das Haar zu streichen, ach, wie soll sie dir nur erklären, daß es etwas Wunderbares ist, was sich da zwischen einem Mann und einer Frau ereignet.

Du bemerkst das Leuchten in ihrem Blick und das Lächeln um ihren Mund, magst ihren Worten aber keinen rechten Glauben schenken. Wieso reden die Jungen dann so abfällig darüber? Und wieso rufen sie den Mädchen häßliche Worte zu für das, was ein Mädchen von einem Jungen unterscheidet? Und wieso machen sie sich über die Mädchen lustig, die ihre Periode haben?

Diese Jungen haben sicher noch nie ein Geheimnis mit einem Mädchen gehabt. Oder hast du Harald oder Kurt so über ein Mädchen reden hören?

Nie. Du hast aber auch noch kein Mädchen sich derart abfällig über das äußern hören, was einen Jungen von einem Mädchen unterscheidet. Du kicherst. Das ist gelogen. Manchmal, wenn die Jungen euch mit diesen Kraftausdrücken beleidigen, dann zieht ihr sie mit der Länge ihres Schniedels auf, damit trefft ihr sie, das scheint ihnen wichtig zu sein, schließlich prahlen sie stets, wer den längsten hat oder wer am weitesten pinkeln kann.

Da grinst Frau Mewe. Mädchen sind in vielen Dingen klüger als Jungen. Dahinter wirst du auch noch kommen, sagt sie, und ermahnt dich, den Heimweg anzutreten, damit du noch vor Einbruch der Dunkelheit zu Hause bist.

Gerichtsbescheide zur Erhöhung der Unterhaltszahlungen, Lisas Geburtsurkunde, Versicherungspolicen, Arbeitsverträge, Scheidungsurteil, eine Schwarzweiß-Fotografie von dir als junge Frau, ganz in Schwarz gekleidet mit einem weißen Schürzchen für die Wechselgeldtasche. Dein Gesichtsausdruck ist abweisend, als ob du nicht wolltest, daß du fotografiert wirst. Schön ist dein Gesicht trotz dem Ausdruck der Abwehr, vielleicht gerade deshalb. Wie schön wäre dein Gesicht, wenn du lächeltest.

Vergeblich sucht Lisa zwischen deinen Dokumenten nach weiteren Fotografien. Fotografien, die dich als Mädchen oder als Jugendliche zeigen. Du hast ihr zwar verboten, deine Dokumentenmappe auch nur mit dem kleinen Finger anzurühren, aber Lisa langweilt sich. Es regnet, und in der Wohnung gibt es nichts, dem sie deine Geheimnisse nicht bereits entlockt hätte, außer deiner Dokumentenmappe. Eine Verlockung, der Lisa nicht widerstehen kann. Wie oft hat Lisa die Schublade aufgezogen, ist ihr Zeigefinger über die in das Leder gestanzten Blumenmotive geglitten, und wie viele Male hat sie den Deckel der Mappe angehoben, um einen Blick auf das oben aufliegende Papier zu werfen. Nie hat Lisa es gewagt, sich deinem Verbot zu widersetzen, die Mappe aus der Schublade zu nehmen und deine Dokumente zu durchstöbern. Die Langeweile beflügelt die Neugier, verdrängt die Angst vor deiner Strafe, die auf Lisa wartet, solltest du entdecken, daß Lisa sich deinem Verbot widersetzt hat. Wie solltest du es entdecken? Du bist bei der Arbeit, und sobald wirst du nicht nach Hause kommen. Lisas Blick folgt den geschriebenen Worten, die zeitliche Abschnitte deines Lebens zusammenfassen, sie auf drei oder fünf Minuten Lesezeit reduzieren, mit Paragraphen rechtfertigen und mit Stempel und Unterschrift bestätigen, sachlich, ohne Zwischentöne. Nicht das Geringste über dich als Person, deine Gefühle, deine Hoffnungen oder Enttäuschungen. Nichts über dein Leben, das für Lisa deshalb um so mehr von Interesse ist, weil du dich darüber ausschweigst.

Wer war dein Ehemann? Wie und wo hast du ihn kennengelernt? Wie lange bist du mit ihm verheiratet gewesen, und warum bist du es nicht mehr? Was ist passiert, daß du nie seinen Namen erwähnst, nie von den gemeinsam erlebten Jahren erzählst, ihn aus deinem Leben schweigst, als hätte er nie existiert, obwohl du seinen Namen trägst. Lisa muß darauf achten, daß du ihre Schnüffelei nicht bemerkst, sie deine Papiere nicht durcheinanderbringt, und bevor sie weiterblättert, muß sie sich genau einprägen, wie die Fotografie auf dem obersten Blatt deines Scheidungsurteils liegt, damit die Fotografie, später wenn sie die Mappe zurück in die Schublade legt, sich exakt an der Stelle befindet, wo sie sie vorgefunden hat. Schließlich könntest du die Fotografie extra so positioniert haben, um zu kontrollieren, ob Lisa sich an dein Verbot hält. Versicherungsnachweise für deine Rente, ausgefüllte Anmeldeformulare diverser Einwohnermeldeämter, ein Schreiben der Deutschen Botschaft in Schweden, adressiert an eine Familie in Göteborg zu deinen Händen, datiert vom November 1954. Göteborg. Hast du den Namen dieser Stadt Lisa gegenüber jemals erwähnt? Nie, da ist Lisa sich sicher. Was hast du dort gemacht?

Das geht Lisa nichts an. Deine Wut trifft Lisa auf dem Rücken, am Kopf, in den Ohren und überraschend.

Wieso bist du da? Lisa hat dich die Wohnung nicht betreten hören. Deine Dokumentenmappe gleitet Lisa von den Schenkeln, die Dokumente fliegen über den Teppich. Du schlägst auf Lisa ein, brüllst Beschimpfungen gegen sie, greifst nach dem erstbesten Gegenstand, einem Kleiderbügel, und prügelst auf sie ein, außer dir vor Wut, und Lisa sagt nicht einmal aua, versucht nur den Kopf vor deinen Schlägen zu schützen, dir auszuweichen, ohne den Blick von deinem Gesicht zu lösen, verständnislos und entsetzt über das Ausmaß deines Zorns. Lisa begreift nicht, wieso die Mißachtung deines Verbotes dich derart die Beherrschung verlieren läßt.

Das letzte Mal, daß Lisa dich im Zustand einer solchen Raserei erlebte, war an deinem letzten Geburtstag. Auf den

Kopf hast du Lisa zugesagt, daß ihr gesamtes, über das Jahr angesparte Taschengeld nicht ausreichen würde, um so einen Pullover zu bezahlen, den sie dir zum Geschenk macht. Du bist in sie gedrungen, hast nicht nachgegeben, ihr Fragen zu stellen, bis Lisa dir gegenüber kleinlaut zugab, den Pullover gestohlen zu haben. Du hast Lisa den Pullover um die Ohren geschlagen, sie angeschrien, ob Lisa sich ihr Leben versauen will, ins Gefängnis will. Wie eine Wahnsinnige bis zur Erschöpfung hast du auf Lisa eingeprügelt, um am Ende atemlos, mit versagender Stimme ihr zu befehlen, den gestohlenen Pullover zurückzubringen. Lisa hat den Pullover, auf dem Weg zur Schule, in den ersten öffentlichen Mülleimer geworfen, der ihren Weg kreuzte, dich verfluchend, weil du im Recht, sie trotzdem ungerecht bestraft hast.

Nie wieder soll Lisa es wagen, deine Dokumentenmappe in die Hand zu nehmen, brüllst du atemlos mit heiserer Stimme.

Lisa grinst, grinst, als würden deine Schläge irgendeinen anderen treffen, nur nicht sie, derweil sie intuitiv begreift, daß sie mit diesem Grinsen dich zur Weißglut treibt, deine letzten Kräfte mobilisiert, zuzuschlagen, egal wo deine Fäuste sie treffen. Wie hilflos dich ihr Grinsen macht. Wenn du das nächste Mal die Hand gegen Lisa erhebst, wird sie sich dir mit diesem Grinsen entgegenstellen: Schlag doch.

Du läßt von Lisa ab, gehst in die Hocke, um deine Dokumente aufzusammeln. Du fluchst. Lisa schweigt. Ihr ist zum Heulen. Sie reibt sich den Nacken, der von deinen Schlägen schmerzt, während ihr Blick trotzig durch das Zimmer schweift. Sie vergißt den Schmerz, weil sie dort auf dem Fußboden, zwischen deinen Papieren, eine Schwarzweiß-Fotografie erblickt, die dich als junges Mädchen porträtiert. Daß du das Mädchen auf dem Foto bist, bezweifelt Lisa keinen Augenblick. Der gleiche leichte Silberblick, die gleiche Nase im gleichen ovalen Rund des Gesichtes. Nur deine Haare sind länger, nach hinten gekämmt, von Haarkämmen gehalten. Auch der Ausdruck deines Gesichtes ist ein anderer, verschlossen, zugeknöpft wie der schwere Mantel oder die Jacke, die du auf der Fotografie trägst und die Lisa an eine Uniform erinnert. Wie alt magst du gewesen sein, als diese Fotografie von dir entstand? Vierzehn Jahre oder sechzehn?

Zwei Jahrzehnte später wird Lisa die gleiche Fotografie aus der Hand eines Fremden entgegennehmen, der im selben Jahr, als sie diese Fotografie zum ersten Mal sah, mit klopfendem Herzen ebenjene Fotografie in einem unbeobachteten Moment aus deiner Kaderakte entfernte. Lisa wird die Fotografie betrachten und sich ebenso den Nacken reiben, wie sie es jetzt tut, während deine Hände nach der Fotografie greifen und du Lisa in die Küche schickst, damit sie dir eine Tasse Nescafé macht.

Der Zirkus ist da. Kinder und Erwachsene stehen gedrängt vor den gemalten Plakaten. Eine Seiltänzerin auf dem Seil. Ein Affe, der auf einem Löwen reitet. Die Erwachsenen erinnern sich, seit Kriegsende war kein Zirkus mehr in der Stadt.

Du läufst zur Mankeschen Wiese, um die Zirkustiere zu sehen, den Affen, die Pferde und Ponys, aber vor allem den Löwen.

Der Löwe ist alt und hat nur noch vier Zähne. Trotzdem solltest du nicht versuchen deine Hand durch das Gitter zu stecken, um ihn zu streicheln, warnt eine junge Frau, um deren Hals sich eine Schlange windet. Der Löwe ist wild und gefährlich und beißt jeden, der ihm zu nahe kommt, außer natürlich den Dompteur. Aber die Schlange, die kannst du streicheln, wenn du magst.

Die Schlange anfassen traust du dich nicht. Du würdest dich aber gerne ein bißchen umschauen, wenn du darfst, du hast noch nie einen Zirkus gesehen.

Nur zu. Mit einer weit öffnenden Geste ihres Arms, der durch den Körper der Schlange verlängert wird, lädt die Frau dich ein, dir alles anzuschauen.

Du läufst zu den Wohnwagen. Du bist neugierig, wie eine ganze Wohnung in so einem winzigen Wagen untergebracht sein kann. Ein Mädchen winkt dich herein. Sie würde dir auch die anderen Wagen zeigen, aber sie muß aufs Seil. Üben für ihren Auftritt in der Nachmittagsvorstellung, sonst wird der Vater böse. In einem Familienunternehmen, wie sie eines sind, kommt es auf jeden an. Vater, Mutter, Onkel und Tanten, Oma und Opa, Geschwister und jede Menge Cousinen und Cousins, lacht das Mädchen, mit einem rosaroten Schirm aus dem Wagen hüpfend.

Du folgst dem Mädchen, schaust ihm dabei zu, wie es die Stufen einer Leiter erklimmt und auf der letzten Stufe den rosaroten Schirm öffnet, wie sie einen Fuß auf das Seil setzt, auf den sie ihr gesamtes Körpergewicht verlagert, und wie sie dann, einen Fuß vor den anderen setzend, über das Seil läuft, tanzt, schwebt. Vorwärts und rückwärts, tippelnd, wippend, gleitend, die Beine zum Spagat grätschend, derweil der Vater vom Boden aus ihr die Kommandos zuruft und mit ihr schimpft, egal ob ihr ein Fehler unterläuft oder nicht.

Das ist zu ihrer Sicherheit. Das zwingt sie, achtsam zu sein, erklärt das Mädchen, die sich beim Abschied bei dir erkundigt, ob du in die Nachmittagsvorstellung kommen wirst.

Den Eintrittspreis bezahlst du von deinem Ersparten. Eine unruhige Erwartung liegt über dem mit Zelttuch abgeschirmten Rund aus Bänken, auf denen du mit den anderen Zuschauern dem Beginn der Vorstellung entgegenfieberst. Die Spannung entlädt sich in Lachsalven, als sich der Vorhang endlich teilt und ein Clown zu den Schlägen einer Trommel in der Manege über seine großen Füße stolpert. Vielstimmige Ausrufer des Erstaunens fliegen hinauf zum Zeltdach, unter dem Männer und Frauen in schillernden Kostümen durch die Luft fliegen. Und verwundertes Raunen umringt die Manege, in der die Schlange zum Flötenspiel der jungen Frau tanzt, der Löwe durch einen Reifen springt, die Ponys durch die Manege traben, auf deren Rücken ein Junge dem anderen auf die Schultern steigt, um eine menschliche Pyramide zu bauen, die bis an das Seil reicht, auf dem die Seiltänzerin auf einem Bein sich vor dem Publikum verbeugt. Die Zuschauer springen von den Bänken, und ein Sturm der Begeisterung bricht los.

Deine Hände brennen. Deine Augen leuchten. Du bist glücklich. Ein Leben im Zirkus, das ist es, was du willst.

Anstatt die letzten Tage in die Schule gehst du zur Mankeschen Wiese, um die Zeit mit den Zirkusleuten zu verbringen. Die wundern sich, deine Eltern werden dich doch sicher vermissen?

Tun sie nicht. Du bist ein Waisenkind, und wo du zur Pflege bist, schert sich keiner um das, was du machst, mit wem du dich wo und wie lange herumtreibst. Denen würde es nicht einmal auffallen, wenn du gar nicht mehr nach Hause kämst. Du glaubst selber, was du sagst, obwohl du weißt, daß es so nicht stimmt. Du hoffst, daß die Zirkusleute dich einladen, mit ihnen zu ziehen. Vergeblich.

Nein, du kannst nicht mit ihnen ziehen, antwortet der Vater der Seiltänzerin, als du ihn fragst, und schickt dich nach Hause.

Bis spät in der Nacht liegst du wach im Bett, stellst dir vor, wie du auf dem Seil tanzt, dem Löwen den Kopf in den Rachen legst, er sich auf einen Fingerzeig von dir aufrichtet, wie du dem Affen ein Taschentuch reichst, das er sich über das Gesicht legt, um dann aus dem Stand einen Salto rückwärts zu springen, und wie das Publikum dir am Ende der Vorstellung zujubelt. Bevor du einschläfst, beschließt du, die Gehrens zu verlassen.

Du wirfst die Schulbücher aufs Bett, stopfst Unterhemden, Schlüpfer sowie eine Hose und einen Pullover in die Schultasche, plünderst deine sämtlichen Ersparnisse aus der Zigarrenkiste und schleichst dich am Abend unbemerkt aus dem Haus, schwingst dich aufs Fahrrad und radelst zur Mankeschen Wiese, wo die letzten Zuschauer eben den Zirkus verlassen. Und während die Männer bereits die Manege abbauen, läufst du zum Gerätewagen, wo du dich unter einer Zeltplane versteckst und aufgeregt die Abfahrt erwartest.

Du lauschst dem gleichmäßigen Hufschlag der Pferde, die den Wagen über das Kopfsteinpflaster ziehen. Im Fenster siehst du die Häuser von Stralsund vorüberziehen. Hättest du einen Abschiedsbrief hinterlassen sollen?

Am Güterbahnhof werden die Pferde ausgespannt und die Wohnwagen auf die Flachwagen verladen. Du spürst das Setzen der Bremskeile an den Wagenrädern, das Anrucken des Zuges. Jetzt kannst du nicht mehr zurück. Ob die Gehrens dich vermissen werden?

Du kannst nicht bleiben, sagt der Vater der Seiltänzerin, als er dich am nächsten Morgen unter einer Zeltplane entdeckt.

Aber wie sollst du zurückkommen nach Stralsund. Du hast kein Geld, kannst dir keine Fahrkarte kaufen. Niemand wird dich vermissen. Du willst bleiben. Du kannst helfen, wirst alles machen, was man dir aufträgt zu tun, versprichst du. Wenigstens solange die Ferien dauern, flehst du und bettelst, bis der Vater der Seiltänzerin schulterzuckend vor deiner Beharrlichkeit kapituliert. Aber er will keinen Ärger. Wenn man dich sucht und bei ihnen findet, werden sie alle sagen, daß du am frühen Morgen gekommen bist, um dich umzuschauen. Das mußt du wissen.

Rostock, Schwerin, Magdeburg. Einen Tag hier, zwei Tage dort. So hast du dir das vorgestellt. Auch wenn du enttäuscht bist, daß du kaum mehr von den Städten siehst als die Straßen, wo ihr Kinder in Dreiergruppen frühmorgens nach eurer Ankunft die Plakate an die Häuserwände kleben müßt, damit die Bürger der Stadt wissen, daß der Zirkus da ist.

Wenn ihr mit den Leimtöpfen zum Zirkus zurückkehrt, ist die Manege bereits aufgebaut. Die Kinder müssen dann ihre Kunststücke üben, und du mußt helfen, Sägespäne in die Manege zu streuen, die Ponys zu striegeln, die Tiere zu füttern, die Käfige auszumisten und die Kartoffeln zu schälen für das gemeinsame Abendessen nach der letzten Vorstellung. Zu Beginn der Vorstellungen verkaufst du die von Hand geschriebenen Programmblätter an die Zuschauer. Und in der Zeit zwischen den Vorstellungen kassierst du von jedem Besucher, der sich die Tiere in den Käfigen ansehen will, fünfzig Pfennig. Abends beim Essen vor dem Küchenwagen wird der Ablauf für den kommenden Tag festgelegt. Jedem Kind wird vom Vater der Seiltänzerin seine Aufgabe zugeteilt. Und da keines der Kinder sich beschwert, beschwerst auch du dich nicht. Obwohl du abends neben der Seiltänzerin ins Bett fällst, zu müde bist, darüber nachzudenken, ob dir das Zirkusleben wirklich gefällt.

Die Kleine ist gut. Die arbeitet für zwei und kostet keinen Pfennig. So eine hat ihnen gefehlt. Die ist Gold wert, hörst du den Vater der Seiltänzerin zu seiner Frau sagen.

Die Worte schmeicheln dir ebenso, wie sie dich verletzen. Da hättest du auch bei Tante Ella bleiben können. Da gibt es wenigstens mittags und abends eine warme Mahlzeit. Schmekken tut es auch besser. Und überhaupt findest du das Zirkusleben gar nicht mehr aufregend. Seiltanzen üben darfst du nicht. Mit Tassen und Tellern jonglieren lernst du auch nicht. Und daß du den Kopf jemals in den Rachen des Löwen legen wirst, bezweifelst du mit jedem Tag mehr.

Was sollst du tun? Weglaufen? Wohin? Der Zirkus hat mittlerweile Dresden erreicht. Nach Stralsund würdest du irgendwie kommen. Aber die Gehrens vermissen dich nicht. Niemand ist im Zirkus erschienen, um sich zu erkundigen, ob du vielleicht ... Nicht einmal die Polizei sucht nach dir. Bestimmt hat niemand außer Tante Ella dein Verschwinden bemerkt, und die hält den Mund, weil sie froh ist, dich endlich los zu sein, du unnützes Ding.

Das tut weh. Da klopft dir das Herz bis zum Hals, schnürt es dir die Kehle zu, die von deinen Versuchen, die aufsteigenden Tränen hinunterzuschlucken, wie Feuer brennt. Du willst nach Hause und weißt nicht, wo dein Zuhause ist.

Als die Polizei zwischen der Nachmittags- und Abendvorstellung erscheint, um eine Personenüberprüfung vorzunehmen, versteckst du dich zwischen den Strohballen, anstatt den Beamten in die Arme zu laufen und sie anzuflehen, dich zurück zu den Gehrens zu bringen. Du fürchtest die Strafe, die dich erwarten wird, und wünschst gleichzeitig, daß die Gehrens sich um dich ängstigen sollen. Das Stroh pickst. Du rührst dich nicht. Atmest flach. Spähst durch das Stroh, beobachtest die Polizisten, von denen einer die Wohnwagen inspiziert, derweil die anderen die Zirkusfamilie auffordern, sich mit ihren Dokumenten in der Manege einzufinden, damit sie die Namen der Anwesenden mit denen auf der Anmeldeliste vergleichen können.

Du bist sicher, daß die Gehrens dein Verschwinden bemerkt haben, daß sie dich suchen, deine Spur aufgenommen haben. Du stellst dir vor, wie es sein wird, wenn sie dich finden. Sie müssen dich finden. Du kannst es kaum erwarten, von ihnen gefunden zu werden. Doch als Gerhard und Kurt am nächsten Morgen plötzlich vor dem Affenkäfig stehen, in dem du, auf Knien herumrutschend, den Boden säuberst, bist du von ihrem Erscheinen derart überrascht, daß du dich, wortlos grinsend, neben den Affen setzt, der die beiden interessiert betrachtet.

Du erwartest Vorwürfe, nicht aber die ruhige Sachlichkeit, mit der Gerhard sich erkundigt, ob du nicht deine Sachen packen möchtest, um mit ihnen nach Hause zu fahren. Trotz und Angst im Widerspruch. Der Affe drückt aus, was du fühlst. Er richtet sich vor den Gitterstäben auf und trommelt mit den Fäusten gegen seinen Brustkorb.

Du läßt Gerhard wissen, daß du nie mehr zu ihnen zurückwillst. Du willst beim Zirkus bleiben. Da mußt du zwar mehr arbeiten, aber niemand schlägt dich. Dir gefällt es beim Zirkus. Du willst nicht zurück. Nicht zu Tante Ella. Du haßt sie. Du willst sie nie wiedersehen, diese blöde Kuh. Deine sämtlichen Verletzungen und Demütigungen, die du von Tante Ella hast erfahren und wegstecken müssen, brechen aus dir hervor, verleiten dich, Dinge über sie zu sagen, die du bereits bereust, während du sie noch aus dir herausbrüllst, anschreist gegen das Kreischen des Affen, der im Rhythmus deiner erregt ausgestoßenen Sätze gegen das Gitter des Käfigs springt, mit gefletschten Zähnen Drohgebärden gegen Gerhard und Kurt richtet.

Sie ignorieren den Affen. Ihre Blicke sind auf dich gerichtet. Sie lassen dich reden, unterbrechen dich nicht und widersprechen dir nicht, auch wenn manches von dem, was dir über die Lippen kommt, sie beleidigt.

Als du nach Luft schnappend dich in eine Ecke des Affenkäfigs verkriechst, um die aufsteigenden Tränen aus den Augenwinkeln zu wischen, reicht Gerhard dir durch die Gitterstäbe ein Taschentuch. Der Affe reißt es ihm aus der Hand, legt es auf sein Gesicht, klatscht in die Hände und springt aus dem Stand einen Salto rückwärts.

Da mußt du lachen. Wird Gerhard dich bestrafen?

Hinter dem Rücken von Gerhard signalisiert Kurt dir ein Nein.

Gerhard öffnet die Gittertür, »komm«, sagt er, dir die Hand reichend, »wir fahren nach Hause«.

Der Affe kommt dir zuvor. Er greift nach Gerhards Hand, schürzt die Lippen und schmatzt einen Kuß auf den Handrücken.

Auf dem Weg nach Stralsund übernachtet ihr bei Onkel und Tante auf dem Land. Die beiden sprechen aus, was Gerhard dir nicht zeigt, wie froh sie alle sind, dich wohlbehalten wiederzuhaben.

Da sitzt du mit den Erwachsenen in der Stube und erzählst von deinem Abenteuer. Anfänglich zögernd. Du traust dem Frieden nicht. Kein Vorwurf. Kein »Was hast du dir bloß dabei gedacht?« Das Ausbleiben jeglichen Vorwurfs verstärkt dein schlechtes Gewissen. Du kannst nicht glauben, daß dein Vergehen ungestraft bleiben soll. Aber die Fragen der Erwachsenen weichen deine Zurückhaltung auf. Du erzählst von deinem Ausreißversuch, als wärst du von einer Reise zurückgekehrt.

So aufregend dein Ausflug in das Zirkusleben auch war, du bist froh, wenn du endlich wieder alleine in einem Bett schlafen kannst.

Die Tante streicht dir über das Haar. Weißt du eigentlich, was Gerhard und Kurt unternommen haben, um dich zu finden? Welche Sorgen und Ängste sie um dich ausgestanden haben? Nicht, daß du dir darauf etwas einbilden sollst, grinst Kurt augenzwinkernd, aber Gerhard ist explodiert, als er dein Verschwinden bemerkt hat. Gerhard brummt Unverständliches.

Du begreifst, daß Gerhard dir nie sagen wird, was du von ihm hören willst. Und du bist Kurt um so dankbarer, daß er, ohne es auszusprechen, dich wissen läßt, wie sehr du Gerhard ans Herz gewachsen bist. Sogar für Tante Ella empfindest du Sympathie, von der Gerhard dir berichtet, wie sie nachts weinend im Bett gelegen ist und darum gebetet hat, daß dir nichts Böses widerfährt.

Harald lacht über deine Abenteuerferien, wie er sich ausdrückt. Und Tante Ella empfängt dich wortkarg mit unbewegtem Gesichtsausdruck. Sie reißt sich zusammen, um nicht ihrem Impuls zu folgen, dir eine runterzuhauen.

Wüßtest du nicht, daß sie aus Sorge um dich weinte, würdest du ihr verkniffenes Schweigen als einen weiteren Ausdruck ihrer Ablehnung begreifen. Mit diesem Wissen aber hältst du es aus, neben ihr am Küchentisch zu sitzen, ohne daß ihr ein Wort miteinander wechselt. Auch du bist unfähig, ihr mit einer Geste, einem Wort entgegenzugehen, obwohl du ihr sagen möchtest, wie froh du bist, wieder daheim zu sein. Diese Worte wollen dir einfach nicht über die Lippen. Und du bist erleichtert, daß die zwischen euch herrschende Befangenheit von der Diskussion der Gehren-Männer übertönt wird.

Die reden sich die Köpfe heiß, mit welcher Begründung Gerhard die von ihm erstattete Vermißtenanzeige zurückziehen kann, ohne daß die Polizei oder das Jugendamt mißtrauisch werden, unangenehme Fragen stellen, nachforschen, ihm womöglich das Sorgerecht entziehen wegen Verletzung der Aufsichtspflicht. Schließlich bist du nur als Pflegekind bei den Gehrens.

Diese Folgen hast du nicht bedacht. Das tut dir leid.

Nein, du brauchst dich nicht zu entschuldigen, sagt Gerhard. Er muß sich entschuldigen, daß er dich nicht adoptiert hat. Er hat es vergessen. Schlichtweg einfach vergessen, daß du nicht seine Tochter bist.

Dein Gesicht nimmt die Farbe deiner Haare an. Ein Schmunzeln zuckt um den Mund von Gerhard. Du grinst. Endlich hat er ausgesprochen, was du lang ersehnt hast und was er nicht schöner hätte ausdrücken können.

Nachdem die Gehren-Männer sich auf eine Version geeinigt haben, von der sie überzeugt sind, daß sie jedem anderen plausibel erscheinen muß, versprichst du, dich an diese Version zu halten: Du bist zum Onkel aufs Land ausgebüxt, und der hat den Gerhard aus Ermangelung eines Telefons nicht gleich informieren können. Nachdem Gerhard dir den Schwur abverlangt hat, daß du auch vor deinen Freunden nicht mit deinem Abenteuer auftrumpfen wirst, verliert niemand mehr ein Wort über deinen Zirkusausflug. Aber jeden Abend schaut Gerhard in dein Zimmer, um sich zu vergewissern, ob du auch in deinem Bett liegst.

WER IST der Junge auf der Zündapp, der nach Schulschluß vor dem Schultor auf Lisa wartet? Andreas. Wie alt ist er? Sechzehn. Auf welche Schule geht er? Theodor-Heuss-Gymnasium. Und, wo hat Lisa den aufgegabelt? In der Eisdiele, grinst Lisa und beantwortet die weiteren Fragen der Klassenkameradinnen mit einem vielsagenden Lächeln.

Andreas der Dritte besitzt eine Unbeschwertheit und einen Humor, dem Lisa, die Unzugängliche, die Einzelgängerin nicht widerstehen kann. Und er besitzt einen Partykeller mit einer Langspielplattensammlung, die eine ganze Wand ausfüllt, David Bowie, Lou Reed, Hendrix ..., Musik, deren Harmonien in Lisas Frag-den-Abendwind-wo-das-Glück-beginnt-Ohren fremd klingen, eine Eisenbahnlandschaft, die fast den gesamten Fußboden seines Zimmers ausfüllt und in der eine Ritterburg neben dem Empire State Building unter der Golden Gate Bridge steht, umgeben von Bücherregalen, die sich unter der Last der Bücher biegen, Beckett, Faulkner, Ibsen, Tolkien, und eine Gitarre, die an der Wand lehnt, unter einem Poster von Che Guevara. Andreas ist der Jüngste von drei Geschwistern, und er heißt der Dritte, weil die Namen der beiden älteren Schwestern ebenfalls mit A beginnen, Annette und Angelika.

Mit Andreas dem Dritten spielt Lisa Bonny und Clyde auf der Zündapp, und mit ihm entdeckt sie eine Welt, von der sie bis dahin glaubte, sie existiere nur im Fernsehen: Theater und Museen. Wegen Andreas dem Dritten kommt Lisa an manchen Abenden um Stunden später nach Hause, als du es ihr erlaubt hast, ohne deine Fragen zu beantworten, wo ist Lisa gewesen, mit wem hat Lisa sich rumgetrieben, wenn Lisa so weitermacht, wird sie noch ...

Lisa läßt deine Visionen über ihre Zukunft über sich ergehen, ohne sich zu verteidigen. Zum einen Ohr hinein, zum anderen wieder hinaus gehen deine Worte und brennen sich doch unauslöschlich ein. Lisas Ohnmacht angesichts deines mangelnden Vertrauens entwickelt sich durch die Wiederholung deiner Beschimpfungen zum Haß auf dich, der sie blind macht für die Angst, die du um sie ausstehst. Lisa schützt ihre Welt. Andreas der Dritte bleibt ihr Geheimnis.

Mit Andreas kann Lisa sein, wie sie ist. Vor ihm kann Lisa zugeben, daß sie keines der Bücher kennt, von denen er beeindruckt ist. »Das Glasperlenspiel«, »Zen oder die Kunst, ein Motorrad zu fahren«. Andreas darf wissen, daß Lisa außer den Schulbüchern kein Buch besitzt, kein Musikinstrument spielt, daß sie nie in Urlaub fährt, daß ihre Familie nur aus dir und ihr besteht, daß kein Poster oder Bild die Wände ihres Zimmers zieren, daß es nichts gibt, an dem Lisas Herz hängt, nichts, das ihr Vorbild ist. Durch Andreas lernt Lisa, daß zu der Welt, in der sie mit dir lebt, tausend andere Welten existieren.

Vor seinem Humor kapituliert Lisas Trotz, schwindet das Gefühl, sich verteidigen zu müssen, wieso sie so wenig von der Welt weiß und er soviel mehr, obwohl er nur zwei Jahre älter ist. Mit ihm kann Lisa lachen über die Welt, über ihn, über seine Schwestern und immer öfter über sich, auch als er entdeckt, daß sie bei dem ersten, von ihm empfohlenen Buch bloß so tut, als würde sie es lesen, er die Gitarre an die Wand lehnt und sich zu ihr aufs Bett schmeißt, um von Lisa eingeweiht zu werden in die hohe Kunst, wie man ein auf dem Kopf stehendes Buch liest. Seine Art, ihre Unsicherheiten zu entdecken und anzusprechen, macht Lisa lachen. Und derweil die elektrische Eisenbahn mit den mit Puffreis, Lakritzschnekken und Mäusespeck beladenen Waggons durch das Zimmer kurvt, Annette im angrenzenden Zimmer die Musik bis zum Anschlag aufdreht, um mit James Brown »This is a man's world but it wouldn't be nothing without a woman or a girl« zu singen, schlüpft Lisa in die Rolle der Hauswirtschaftslehrerin und hält einen Vortrag, wieso diese hohe Kunst für die moderne Hausfrau unerläßlich ist. Runde um Runde kurvt die Eisenbahn, ohne daß die Finger nach Puffreis oder Lakritzschnecken greifen. Runde um Runde fährt die Eisenbahn unter dem Bett hervor, auf dem sie miteinander kabbeln und herumtollen, bis Andreas, auf dem Rücken liegend, Lisa in den Armen hält, sie anschaut.

»Verschossen bis über beide Ohren.«

»Du oder Annette?«

Andreas grinst. Look at you.

Lisa lächelt.

A man needs a woman.

Es ist das erste Mal, daß Lisa ihm körperlich nah ist. Das erste Mal, daß Lisa einem anderen überhaupt gestattet, sie zu berühren.

Baby, don't worry.

Ihre Sinne wittern Unbekanntes. Lisa fühlt Neugier und in der Anspannung ihrer Muskulatur die Bereitschaft, sich jederzeit aus seiner Umarmung zu lösen. Durch das T-Shirt spürt sie seinen Herzschlag, das Zittern seines Magens, die Hitze seines Körpers. Sein Atem bringt die Härchen oberhalb ihrer Oberlippe zum Vibrieren. Eine Fingerbreite trennt ihren Mund von seinen Lippen.

Do you know what I'm talking about?

Erschrecken. Verwirrung. Der erste Kuß, trocken, weich. The man that don't have a woman is lost in the wilderness. Überraschung über die Lakritzschnecke, die Andreas ihr zwischen die Lippen schiebt, und lachende Verwunderung, als er, Lisa an sich ziehend, seinen Mund ihrem Ohr nähert, das sich rot färbt unter seinen geflüsterten Worten, deren Schönheit Lisa berühren, sie lächeln lassen. Halb noch wünschend, er möge nie aufhören, ihr derlei Worte zuzuflüstern, sucht Lisa sich bereits boxend aus seiner Umarmung zu befreien, weil seine Frage, wieso sie stets die Stimme hochschraubt und wie eine Piepsmaus mit ihm redet, ihr unangenehm ist. Weil alle Mädchen in ihrer Klasse die Stimmen hochschrauben, wie Piepsmäuse reden, sobald sie mit einem Jungen sprechen oder ein Junge auch nur in der Nähe ist, verteidigt Lisa sich böse. Aber Lisa vertraut Andreas von Tag zu Tag ein bißchen mehr.

Andreas bedrängt Lisa nicht. Er versucht nicht, mit ihr zu knutschen, zu fummeln, ihren Busen zu berühren, ihr die Hose zu öffnen, um seine Hand in ihre Unterhose zu schieben, wie manch ein Mädchen aus Lisas Klasse bereits vom ersten Treffen empört oder kokett berichtet. Daß er das auch nach dem fünfzehnten Treffen noch nicht versucht, verunsichert Lisa und ist ihr doch auch wieder recht. Lisa ahnt, daß Andreas das auch machen möchte, und mag ihn wegen seiner Zurückhaltung um so mehr. Lisa weiß, sie ist nicht seine erste Freundin. Er ist keine Jungfrau mehr. Daß Andreas auf sie wartet, gefällt Lisa. Sie ist noch nicht soweit. Sie braucht Zeit.

Noch weiß Lisa bei der Begegnung mit einem Mann nicht die Herausforderung, das Versprechen in ihren Blick zu zaubern, mit allen Sinnen zu begehren, ohne den Verstand zu verlieren, ihre Phantasien an seinen zu entzünden, ihre Gier an seiner Lust zu sättigen und es zu genießen, im magischen Spiel des Verführens und Verführtwerdens in Flammen zu stehen. Baby let yourself go. Noch ist Lisa das Begehren fremd, fremd wie ihr Körper, der, bereits entwickelt, im Widerspruch zu ihrem kindlichen Denken steht. Lisa ist zu verunsichert, zu unerfahren, um seine Geheimnisse auch nur erahnen zu können. Andreas spürt das. Er besitzt das Gefühl für Zeitpunkte, für den Takt, den Rhythmus. Er sieht Lisas Verunsicherung, ihre Beschädigungen. Andreas läßt Lisa die Zeit, sich ihm anzunähern.

Deshalb darf er Lisa auch sagen, daß er es bescheuert findet, wenn sie wie eine Piepsmaus spricht. Das nimmt Lisa an. Da denkt Lisa drüber nach. Da horcht Lisa in der Klasse hin und auf dem Schulhof auf, schaut prüfend die Mädchen an, die nicht wie Piepsmäuse mit den Jungen sprechen, die gefallen Lisa, die haben was.

Als Lisa auf Andreas wartet, der schnell mit der Zündapp zum Supermarkt ist, um für die Mutter die Sahne zu holen, die sie am Morgen beim Einholen vergessen hat, leistet Lisa Annette und Angelika Gesellschaft. Sie schaut zu, wie die beiden sich zurechtmachen, wie sie sich vor dem Spiegel in Annettes Zimmer drehen und wenden, sich kritisch beschauen, um sich dann doch für einen anderen Rock, eine andere Frisur, einen anderen Lippenstift zu entscheiden. Von ihnen läßt Lisa sich vor den Spiegel schleifen und sich zeigen, wie sie sich die Augen schminken, die Haare kämmen und binden sollte, daß sie ihr nicht mehr so strähnig ins Gesicht und über die Schultern fallen. Die Schwestern dürfen Lisa sagen, daß sie ihr Gesicht nicht hinter den Haaren verstecken soll, daß Lisa hübsch ist und ihr Gesicht zeigen soll, ebenso wie die Beine, die Lisa stets in diesen häßlich weiten Hosen versteckt. Warum trägt Lisa keine Röcke oder Hot Pants? Warum zeigt Lisa nicht, wie schön ihre Beine sind?

Weil der Hermann sagt, daß ihre Beine häßlich sind, und bah wie häßlich Lisa ausschaut, daß Lisa so häßlich ist, daß sie nie einen Jungen abkriegen wird.

Der Hermann muß blind sein. Andreas der Dritte ist der beste Beweis, noch dazu ist der ziemlich wählerisch, was die Mädels angeht. Die müssen nämlich in ihrem hübschen Kopf auch ein funktionierendes Hirn haben. Wieso sagt der Hermann das zu Lisa? Das verwundert Annette und Angelika. Da werfen sie sich fragende Blicke zu. Das sagt der Hermann bestimmt nur so zum Scherz.

Aber Lisa kann darüber nicht lachen.

Der Hermann soll sich eine Brille kaufen. Das soll Lisa dem Hermann sagen. Der spinnt doch. Hat Lisa dir gesagt, was der Hermann ihr Gemeines sagt. Das sollte Lisa tun, das ist wichtig, daß Lisa sich dagegen wehrt.

Nein, da soll Lisa den Hermann nicht drauf ansprechen. Das verbietest du. Lisa weiß doch, der Hermann hat ein schwaches Herz, der regt sich dann auf und bekommt einen Herzinfarkt. Lisa will doch nicht, daß der Hermann stirbt, oder?

Nein, das will Lisa nicht.

Natürlich will Lisa das! Lisa wagt es nur nicht auszusprechen, bringt Andreas es auf den Punkt und Lisa zum Lachen. Ein Lachen, das unter der Wucht seiner weiteren Worte der Scham weicht. Das ist doch abartig, was da bei Lisa zu Hause abgeht. Wie kann der Alte so was sagen? Wie kannst du das billigen? Gut Lust hätte Andreas, dir und dem Hermann die Meinung zu sagen.

Das darf Andreas nicht. Du bist ihre Mutter. Auch wenn du von Lisa verlangst, die Gemeinheiten von Hermann unwidersprochen zu schlucken, die er bestimmt gar nicht so meint, so kümmerst du dich doch um sie. Zwickmühle. Schachmatt. Keinen Schritt vor. Keinen Schritt zurück. Lisa ahnt, daß sie gegen dich, deine Verbote, deine Vorgaben, das Leben zu leben, wird aufbegehren müssen, will sie ihre Vorstellung vom Leben verwirklichen. Lisa wagt den Vergleich zwischen dir und den Eltern von Andreas. Die leben ganz anders, als Lisa es von dir und Hermann kennt. Andreas Eltern fahren oft für ein Wochenende in die Berge, an die See oder Freunde besuchen, gehen ins Theater, in die Oper, ins Museum und schauen sich einen Film wie den »Letzten Tango in Paris« im Kino an, von dem auch die zwei großen A's schwärmen, den muß man gesehen haben. Marlon Brando ist zum Verlieben. Und überhaupt ist der Film allererste Sahne. Den schauen sie sich auch gerne ein zweites Mal an, damit Andreas und Lisa den auch sehen können. Mit ihren fast fünfzehn Jahren sieht Lisa zwar aus wie sechzehn, aber für achtzehn geht sie nicht durch. Der Kartenabreißer würde sie nicht einmal in die Nachmittagsvorstellung lassen, der Film ist nicht jugendfrei.

Das ist ein anderer Film als die Heimatfilme, in die du Lisa an manchen Sonntagnachmittagen schickst, wenn du mit Hermann alleine sein willst, weil du etwas mit ihm zu besprechen hast, und wo Lisa Rotz und Wasser heult, wenn auf der Leinwand, zum Ende des Films, Rudolf Schock am Grabmal seiner über alles geliebten Frau das Ave Maria singt und Lisa das Kino in der Überzeugung verläßt, so und nicht anders muß wahre Liebe sein. Daß Liebe vielschichtiger sein kann und das Begehren nur in einem Augenblick zwischen zwei Menschen harmoniert, davon vermittelt ihr »Der letzte Tango in Paris« eine Ahnung.

Da sitzt Lisa mit ihrem Lieblingseis neben Andreas, ohne zu bemerken, daß Schokoladenüberzug und Eis schmelzen, ihr auf die Jeans tropfen, derweil Lisa im Chaos der sich widerstreitenden Gefühl und Gedanken fasziniert auf die Leinwand schaut, wo die Schauspieler eine Liebe vorleben, deren Sinnlichkeit sie körperlich erfaßt, mit einem Gänseschauer nach dem anderen, deren Tragödie sie mit dem Verstand noch nicht begreifen kann. Wie kann der Brando mit der Maria Schneider schlafen, wenn er noch seine verstorbene Frau liebt, will Lisa von Andreas wissen, ohne ihm Raum für die Antwort zu lassen. Miteinander schlafen ist doch etwas Besonderes, etwas, was man nicht mit jedem tut, nur mit einem, und zwar mit dem, den man liebt. Lisa jedenfalls wird es nur tun, wenn sie einen Jungen wirklich liebt. Da wird dann die Welt zusammenkrachen und sich ihrem Blick völlig neu präsentieren. Alles wird anders, schöner, aufregender sein.

Wie kommt Lisa denn darauf?

Das muß doch so sein. Die Mütter von ihren Klassenkameradinnen sagen Worte wie kostbar, wertvoll und mahnen ihre Töchter, damit zu warten, genau zu prüfen, an wen sie sich hingeben, wem sie sich schenken, warnen, sich nicht wegzuwerfen und überhaupt am besten damit zu warten bis zur Ehe. Die meisten Mädchen in Lisas Klasse denken so. Neulich hat ein Mädchen geheult, keiner wird sie mehr heiraten, weil ihr im Sportunterricht das Jungfernhäutchen gerissen ist. Die hat sich vor Angst fast in die Hose gemacht, nach Hause zu gehen. Die Mutter hat der kein Wort geglaubt, unmöglich, so was ist nicht möglich, hat die getobt und die Tochter verprügelt. Nutte. Hure. Wenn das der Vater erfährt. Stubenarrest. Die Sportlehrerin hat sich die Mutter vorgenommen, hat der vor der versammelten Klasse erklärt, das passiert, selten, aber es kann passieren. Lisa lacht, und die Mädchen in ihrer Klasse, die es bereits getan haben, die lächeln geheimnisvoll, wenn man sie fragt, ob sie das Wunderbare in Worte fassen können. Einige Mädchen allerdings haben erzählt, daß es weh tut, daß sie sich danach irgendwie betrogen fühlten und sich gefragt haben, was daran bloß so großartig, so wunderbar sein soll.

Andreas soll Lisa sagen, wie das ist. Er hat es doch schon getan. Er muß ihr sagen, woran man merkt, daß der richtige Zeitpunkt gekommen ist, und was Lisa machen muß, um gut zu sein im Bett.

Das kann Andreas nicht. Da zieht er Augenbrauen und Achseln hoch, grinst, er ist kein Mädchen. Aber das, was Lisa darüber gehört hat, wie ein Mädchen im Bett zu sein hat, soll sie vergessen. Dummes Zeug. Das entwickelt sich, geht von alleine. Aber, was redet er ... Wenn Lisa es wissen will ...

Nein, Lisa will nicht.

Liebt Lisa ihn denn nicht?

Schon. Irgendwie, glaubt Lisa, mag sie ihn.

Der Haussegen hängt schief. Harald hat sich von Gerda getrennt, um mit ihrer fünfzehn Jahre jüngeren Schwester Ilse ein Geheimnis zu haben.

Du findest zwar auch, daß Ilse viel zu jung für Harald ist, schließlich ist die gerade mal vier Jahre älter als du, aber das allein erklärt nicht die Gereiztheit, die im Hause herrscht. Sogar Melitta kapituliert vor Tante Ellas Launen. Sie wirft ihr den Aufnehmer vor die Füße und schwört, keinen Fuß mehr in dieses Haus zu setzen. Und zack, brennt Tante Ellas Hand dir auf der Wange. Gerhard signalisiert dir mit abwehrender Geste, ihn nicht anzusprechen. Und mindestens viermal am Tag lauert Ilse dir auf, fängt dich ab, damit du für sie einen Brief an Harald überbringst. Der überfliegt die Briefe, um sie allesamt zusammengeknüllt in der Hosentasche verschwinden zu lassen.

Will er denn keine Antwort übermitteln?

Nein!

Wieso?

Niemand erklärt dir etwas. Ilse nicht. Kurt nicht. Auch Gerda nicht. Die bricht in Tränen aus, als du sie darum bittest. Sodom und Gomorrha, hörst du eines Nachts Tante Ella weinen und klagen, Ilse ist doch noch ein Kind. Gerhard brummt, wo die Liebe hinfällt, ist der Verstand im Arsch.

Nun weißt du Bescheid. Ilse ist schwanger. Und Harald will sie nicht heiraten. Er liebt sie nicht. Gerhard ist außer sich. Das hätte Harald sich früher überlegen müssen. Er insistiert,

Harald muß die Konsequenzen tragen. Er muß Ilse heiraten. Der Ruf der Familie steht auf dem Spiel.

Das interessiert Harald nicht. Er meidet Gerhard. Geht ihm aus dem Weg. Kommt Nacht für Nacht betrunken heim, fällt torkelnd ins Bett, aus dem du ihn manches Mal brüllen hörst, und wenn Gerhard sich auf den Kopf stellt, er heiratet sie nicht. Wer sagt ihm denn, daß er wirklich der Vater ist. Du hörst Tante Ella die Hände vor den Mund schlagen, Gerhard einen Fluch gegen die geschlossene Schlafzimmertür brüllen und Harald lachen.

Kurt schüttelt Harald und schlägt mit der Faust auf den Tisch, Harald wird Ilse heiraten. Er läßt es nicht zu, daß Harald den Eltern diese Schande antut, und wenn er ihn eigenhändig mit deiner Hilfe vor den Altar schleifen und ihn in den Hintern treten muß, damit ihm das Ja-Wort über die Lippen kommt.

Ja ist das einzige Wort, das Harald und Ilse bei ihrer Hochzeit miteinander wechseln. Ernst ist das Schweigen in ihren Gesichtern. Auch beim Brauttanz. Sie blicken aneinander vorbei, schauen die Gäste und sich nicht ein einziges Mal an. Dabei ist Ilse wunderschön, wie sie im weißen Hochzeitskleid in den Armen von Harald im Walzertakt durch den Saal kreist. Dein Blick folgt ihr bewundernd, um auf Gerda zu verweilen, hinter deren Rücken Ilse vorüberschwebt.

Bei ihrem Anblick ist dir nach Weinen zumute, wie sie von Verwandten umrahmt an der Hochzeitstafel sitzt und sich bemüht, gute Miene zum bösen Spiel zu machen. Du erinnerst das Leuchten in Gerdas Augen und das Lächeln um ihren Mund, wenn du ihr einen Brief von Harald überbrachtest. Du vermißt dieses Leuchten in den verstohlenen Blicken, die Gerda und Harald austauschen. Gerdas Blick ist dunkel und zurückgezogen. Haralds Blick ist getrübt.

Er schüttet den Alkohol in sich hinein wie Wasser. Weit vor Mitternacht ist er bereits so betrunken, daß Kurt ihn mit deiner Hilfe ins Bett schaffen muß. Als ihr in die Wirtsstube zurückkehrt, vermißt ihr Ilse. Anstatt die Hochzeitsnacht an der Seite von Harald zu verbringen, hat sie ihr Hochzeitsfest verlassen, ist in Begleitung der Eltern nach Hause gegangen.

Harald unternimmt keine Anstalten, Ilse aus dem Elternhaus zu holen, um sie bei euch im Haus einzuführen. Nicht am nächsten Tag und auch nicht am übernächsten. Erst ein Machtwort von Gerhard zwingt ihn, sich wie ein Ehemann zu verhalten und Ilse am Abend des dritten Tages zu euch ins Haus zu holen.

Ihr empfangt Ilse freundlich. Tante Ella ist optimistisch. Die gegenseitige Befangenheit wird sich in der Routine der häuslichen Abläufe verlieren. Ilse wird sich einleben, ihren Platz und ihre Aufgaben finden. Und mit ein wenig Glück findet Harald trotz der Wohnungsknappheit vielleicht bald eine eigene Wohnung.

Aussichtslos. Ebenso ein friedfertiges Zusammenleben mit Ilse. Dabei gibt Tante Ella sich jede erdenklich Mühe und erteilt Ilse täglich Lehrstunden in Haushaltsführung und Kochen. Ilse stellt sich stur. Sie mag nicht einsehen, daß diese Arbeiten zu ihren ehelichen Pflichten gehören sollen. Will ihr etwas nicht auf Anhieb gelingen oder findet sie den Ton von Tante Ella unangemessen, läuft sie weinend zu ihren Eltern, wo Harald sie am Abend wieder abholt.

Tante Ella verliert die Geduld. Ilse kann nichts, ist zu nichts zu gebrauchen. Nicht einmal Geschirr kann diese verwöhnte Göre abwaschen, ohne daß ihr dabei die Hälfte zu Bruch geht, beschwert sie sich bei Harald, bei dir, bei Gerhard. Stimmen schrillen. Fäuste hauen auf Tische. Türen werden geschlagen. Jeder streitet mit jedem.

Abend um Abend liegst du im Bett, lauscht dem Gezänk, das bis hinauf in dein Zimmer dringt. Du betest, daß Ilse wieder das Haus verläßt. Der im Haus herrschende Kriegszustand ängstigt dich. Statt sich mit dir zusammenzutun, spielt Ilse sich dir gegenüber als Erwachsene auf, behandelt dich wie ein kleines Mädchen, erteilt dir Befehle und nennt dich blödes Zuchthaus-Kind, wenn du nicht erledigst, was Tante Ella eigentlich ihr aufgetragen hat.

Du hältst deinen Ärger zurück aus Rücksicht auf ihren Zustand. Von Kurt weißt du, Schwangere sind nicht zurechnungsfähig. Die sind einfach nicht mehr normal, erklärt er dir.

Als Ilse dir mit dem Kochlöffel auf die Finger haut und dich einen nichtsnutzigen, verfressenen Bastard schimpft, gewinnt deine zurückgehaltene Wut die Überhand. Du beschimpfst sie, reißt sie an den Haaren, bis Gerhard dich packt und Ilse anfährt, sie ist die Letzte, die das Wort Bastard in den Mund nehmen sollte. Und eins soll sie sich hinter die Ohren schreiben, du bist Vollwaise. Und wenn ihr der Unterschied zwischen Vollwaise und Bastard nicht geläufig sein sollte, empfiehlt er ihr, sich schlau zu machen. Ilse bricht in Tränen aus und beschuldigt dich, den Streit inszeniert zu haben. Sie soll aufhören zu heulen, brüllt Gerhard, diese Nummer zieht bei ihm nicht. Und Harald fährt er an, so geht das nicht weiter, das ständige Hin und Her von Ilse, das Türeknallen, das Geschrei und Gezeter zwischen ihr und Tante Ella erträgt er nicht mehr. Eine Wohnung muß her. Harald soll sich kümmern.

Es ist Gerhard, der Himmel und Hölle in Bewegung setzt, mit seinen Beziehungen das Unmögliche erreicht und innerhalb kürzester Zeit eine Wohnung für Harald und Ilse findet.

Es ist ungewohnt still, als Harald und Ilse endlich aus dem Haus sind. Tante Ella ist friedliebend, wie du sie selten zuvor erlebt hast, und Gerhard findet sogar Muße, mit dir in den Wald zu gehen, um Morcheln und Waldfrüchte zu sammeln. Hin und wieder seufzt Tante Ella, wenn sie beim Essen auf den verwaisten Platz von Harald schaut. Wenigstens einmal in der Woche könnte er doch kommen, um mit ihnen zu Abend zu essen. Gerhard verneint kopfschüttelnd. Harald muß sich mit Ilse zusammenraufen. In ein paar Monaten vielleicht. Das braucht Zeit. Da kann ihm keiner helfen. Da muß er durch.

Und dann steht Harald eines Abends bei euch in der Küche, um seinen Platz bei Tisch einzunehmen. Keiner erkundigt sich nach Ilse, danach wie es Harald geht, ob es einigermaßen läuft. Die Löffel klappern an den Tellern. Harald löffelt still seine Suppe und verläßt die Küche, das Haus, ohne euch mitzuteilen, ob und wann er wiederkommen wird.

Am darauffolgenden Abend befiehlt Tante Ella dir, auch für Harald ein Gedeck aufzulegen.

Aber Harald hat doch gar nicht gesagt, daß er kommt.

Er wird kommen.

Harald kommt. Er kommt jeden Abend, und jeden Abend bleibt er länger. Manchmal übernachtet er sogar in seinem Zimmer. Im Haus verliert niemand ein Wort darüber. Es ist, als existierte Ilse nicht, als wäre Harald nicht verheiratet.

Beim gemeinsamen Essen beobachtest du ihn verstohlen, derweil du dir auf die Zunge beißt, um ihn nicht mit deinen Fragen zu bedrängen. Du ahnst, daß es an Gerhard wäre, ihm Fragen zu stellen. Gerhard stellt keine Fragen. Er scheint zu wissen, daß Harald früher oder später reden wird. Er weiß zu warten, bis das Elend eines Abends aus Harald hervorbricht.

Er erträgt das Leben mit Ilse keine Minute länger. Harald redet sich in Rage, schimpft über ihre Unfähigkeit, einen Haushalt zu führen, eine anständige Mahlzeit zu kochen, mit Geld umzugehen, über ihre Maßlosigkeit, ihre Launen, ihre Verweigerung, selbst die einfachsten Dinge zu begreifen, ihre Vergeßlichkeit. Nicht ein gutes Haar läßt er an Ilse. Gerhard läßt ihn gewähren.

Harald wirft die Serviette auf den Tisch, herrgott, es kann doch nicht so schwer sein, eine Suppe zu kochen, ohne daß das Gemüse anbrennt, Wäsche zu bügeln, ohne daß die Hemden gleich Löcher aufweisen, einen Schrubber in die Hand zu nehmen, ohne daß der Stiel entzweibricht oder der Aufnehmer sich in seine Bestandteile auflöst. Er schleudert das leer getrunkene Bierglas auf den Küchenboden, in was für eine Scheiße hat ... er blickt zum Kücheneingang. Gerda steht im Türrahmen. Atemlos. Verstört.

Harald muß kommen. Ilse hat Schmerzen.

Viel zu früh ist Ilse von uns gegangen, sagt der Pfarrer bei ihrer Beerdigung. Aber Ilse hat einen Sohn hinterlassen, in ihm wird sie weiterleben. Ilse ist in der Gewißheit gegangen, daß er leben wird, und die Liebe und Fürsorge, die sie ihm hätte angedeihen lassen, von den Menschen erhalten wird, die ihr nahestanden.

Wo soll der winzige Robert aufwachsen? Bei euch ist er am besten aufgehoben, wird nach langem Für und Wider im Einvernehmen mit Harald und Ilses Vater entschieden. Bei euch im Haus ist Platz, zudem ist Tante Ella nicht so alt wie Ilses Mutter. Tante Ella fügt sich dieser Entscheidung widerwillig, um dir bei jeder Gelegenheit den kleinen Kerl anzuvertrauen.

Anfangs stört dich das nicht. Du findest das Baby süß. Es ist aufregend, ihn in Begleitung deiner Freunde im Kinderwagen durch die Straßen zu schieben und jedem Erwachsenen, der sich erkundigt, ob das euer Brüderchen ist, zu antworten, daß Robert dein Baby ist. Über die mitleidigen Gesichter der Erwachsenen lacht ihr euch schlapp. Damit du dich auch weiterhin frei bewegen kannst, baut Harald dir einen Korb für das Fahrrad, wo du Robert hineinsetzen kannst. Bei schönem Wetter radelst du dann mit ihm zum Sund, zum Damm und einmal auch zu Fischer Mewe, um Robert die Welt zu zeigen. Mit der Zeit aber wird der kleine Kerl für dich zur Belastung. Er liegt nicht mehr still im Kinderwagen und betrachtet aus großen Augen, was um ihn herum geschieht. Er will beschäftigt werden. Er verlangt Aufmerksamkeit. Und wenn du dich nicht kümmerst, ballt er die Fäustchen und brüllt, daß du ohnmächtige Wut auf ihn bekommst.

Du traust dich nicht zu sagen, daß du es nicht in Ordnung findest, wenn Tante Ella sein Bettchen abends einfach in dein Zimmer stellt und Robert dich Nacht für Nacht aus dem Schlaf brüllt. Jedesmal läßt du eine Tirade von Flüchen los, derweil du ihn säuberst, neu wickelst, ihn auf den Arm nimmst, um ihn durch dein Zimmer zu tragen. Du summst oder erzählst mit leiser Stimme, bis er wieder einschläft. Nur wenn er sich gar nicht beruhigen mag, obwohl du bereits seit einer Ewigkeit mit ihm auf dem Arm durch das Haus läufst, weckst du Gerhard. Der ist vernarrt in Robert und eher als Tante Ella bereit, dir den Kleinen mitten in der Nacht abzunehmen. Und derweil Gerhard den kleinen Kerl durch das Haus trägt, bis er vom Brüllen erschöpft in seinen Armen einschläft, schlüpfst du zurück ins Bett und hoffst, daß die vorsichtige Annäherung, die du zwischen Gerda und Harald beobachtest, von Dauer sein wird, die beiden ein Paar werden und du endlich von der Verantwortung für Robert erlöst wirst.

Ob sie wieder ein Geheimnis mit Harald hat, willst du wissen, als Gerda kommt, um Robert abzuholen, ihn für ein paar Tage zu nehmen.

Gerda legt den Zeigefinger an die Lippen und lacht. Sie und Harald befürchten, daß das bevorstehende Fest deiner Konfirmation und die damit einhergehenden Vorbereitungen den kleinen Kerl unruhig machen und er mit seinem Geschrei dein Fest stören wird.

Da soll sie dich gleich mitnehmen, lachst du. Auch dich macht der Trubel nervös. Das Haus gleicht einem Bienenstock. Freunde und Nachbarn gehen ein und aus. Die Schneiderin kommt, um Maß zu nehmen für dein Konfirmationskleid aus dunkelblauem Stoff mit weißem Kragen. Und sogar der Onkel und die Tante werden anreisen. Derweil hängst du im Haus herum und weißt nicht, wie du dir die Zeit vertreiben sollst.

Die Frauen scheuchen dich aus der Küche und die Gehren-Männer aus der Wirtsstube, kommt nicht in Frage, daß du auch nur einen Handschlag rührst. Gerhard droht, wehe, er erwischt dich, wenn du bei deiner Feier in der Wirtsstube auch nur einem Gast das Glas oder den Teller füllst.

Du bist der Mittelpunkt. Alles dreht sich um dich. Da stehst du in deinen neuen Halbschuhen aus schwarzem Leder, die Gerhard dir aus Berlin mitbrachte, und wirst mit Geschenken überhäuft: Handtücher, Tischdecken, Bettwäsche, Geld. Ein goldener Ring von Gerhard und Tante Ella und eine goldene

Armbanduhr vom Onkel und der Tante. Die darfst du aber nicht beim Raufen tragen, mahnt die Tante. Du versprichst, auf die Uhr aufzupassen, damit sie dir recht lange erhaltenbleibt.

Von allen Geschenken ist die Uhr das Schönste, auch weil der Onkel und die Tante es dir überreichen, ohne dir vorzubeten, was für ein Glück du hast, von den Gehrens aufgenommen worden zu sein. Jeder Gratulant meint dich daran erinnern zu müssen, daß du ein Pflegekind bist. Trotzdem machst du deinen Knicks und bedankst dich lächelnd für die Geschenke.

Merkt denn niemand, wie peinlich dir ihre Worte sind? Wie sie dich erröten lassen, dir die Freude am Fest verderben und du fortlaufen möchtest, um nicht länger im Mittelpunkt stehen zu müssen.

Gib nichts auf ihre Wort, tröstet dich der Onkel, sie reden nur. Jeder meint es gut mit dir, sagt die Tante, ihm ihren Ellenbogen in die Hüfte stoßend. Du sollst dein Fest genießen, sollst dich nicht über die Äußerungen der Gratulanten ärgern, und auch über die Geschenke darfst du nicht traurig sein. Zwar stimmt die Tante dir zu, daß es eher Geschenke für eine Braut als für eine Konfirmandin sind, aber du weißt, wie schwierig es allein schon ist, in den Geschäften die Dinge für den täglichen Bedarf aufzutreiben. Undankbares Geschöpf, zischt Tante Ella, daß du überhaupt derart viel geschenkt bekommst, verdankst du nur dem guten Ruf der Familie.

Dann sind die Geschenke ja wohl eher für sie als für dich, erwiderst du und läßt sie stehen, um sie wenig später im Kreis ihrer Freundinnen lachen zu sehen.

Du begegnest diesen Freundinnen mit Mißtrauen, deren Ohren alles aufschnappen, um es unverdaut wieder auszuspukken, und deren Zungen, kaum daß sie Tante Ella den Rücken zugedreht haben, Gift und Galle versprühen. Weiß Tante Ella das wirklich nicht? Du weißt es. Gerhard weiß es. Er wird nicht müde, Tante Ella zu ermahnen, die Zunge im Zaum zu halten.

Tante Ella schlägt seine Ermahnungen in den Wind. Nur was Harald und Gerda angeht, kommt kein Wort über ihre Lippen. Da schweigt sie. Da weicht sie über Monate den Fragen der Freundinnen aus. Es beschämt sie, daß Gerda mit Robert einfach zu Harald in die Wohnung zieht, ohne mit ihm vor den Altar getreten zu sein. Eine Schande. Leben unter einem Dach wie Mann und Frau. Warum spricht Gerhard nicht endlich ein Machtwort?

Gerda und Harald sind alt genug. Wenn die beiden so leben wollen, sollten sie es tun.

Aber die Leute.

Haben die nichts anderes zu tun, als sich über Gerda und Harald den Mund zu zerreißen?

Wenn Tante Ella sich mit Gerhard unterhält, hast du gefälligst deine Klappe zu halten. Vorlautes Ding. Was verstehst du davon? Was weißt denn du schon?

Eine Menge. Nur behältst du dein Wissen für dich. Erzählst nicht, daß Kurt ein Geheimnis mit Libûse hat. Schweigst auch dann noch, als Tante Ella dir ins Gesicht schlägt, weil sie dich für die Diebin der Eier hält, die Kurt für Libûse stiehlt. Tante Ella bemerkt nicht, daß immer dann Eier fehlen, wenn Kurt im Haus übernachtet. Du hältst deine Klappe. Du hast Kurt dein Ehrenwort gegeben, nichts zu verraten. Tante Ella und Gerhard sollen nicht von Libûse wissen. Noch weiß Kurt nicht, ob Libûse diejenige ist, die er zum Traualtar führen wird. Er will sich seiner Gefühle sicher sein, will sich vor, hinter und neben Libûse stellen können, wenn er Tante Ella wird mitteilen müssen, daß Libûse ein Flüchtlingsmädchen ist.

An ihrem sechzehnten Geburtstag, verspricht Lisa, wird sie mit Andreas schlafen.

Das sind noch elf Monate. Das hält Andreas nicht aus.

Das muß er. Andreas sagt doch immer, daß Lisa aussprechen muß, was sie will. Lisa lacht, da kann er auch nicht mehr vom Gesetzgeber wegen Verführung Minderjähriger belangt werden.

Aber sie kennen sich doch schon so lange.

Sieben Monate, zwei Tage und vier Stunden.

Das Thema beschäftigt Lisa und Andreas, es geht ihnen nicht mehr aus den Köpfen, seit sie den »Letzten Tango in Paris« gesehen haben, und regelmäßig geraten sie darüber in Streit. Lisa fürchtet sich vor dem ersten Mal. Sie redet sich raus, sie fühlt sich zu jung, bittet Andreas, sie nicht unter Druck zu setzen, und ahnt intuitiv, daß ihr Bitte ihn überfordert, er sich bei jedem Streit ein bißchen weiter von ihr entfernt, bis der Streit zwischen ihnen eskaliert und Andreas nach der Schule nicht mehr vor dem Schultor auf Lisa wartet.

Da geht Lisa durch die Hölle. Lacht auf dem Schulhof, wenn eine Klassenkameradin ihr sagt, daß sie Andreas mit einem anderen Mädchen gesehen hat, und heult daheim, allein in ihrem Zimmer auf dem Bett unter dem schrägen Dach des Wandteppichs und reißt sich zusammen, sobald sie deine Schritte auf der Treppe hört, beseitigt die Tränenspuren, legt Unbedarftheit in den Blick und Zufriedenheit um den Mund, greift nach der Jacke und verläßt die Wohnung. Läuft ziellos kreuz und quer durch die Stadt, fährt mit dem Nahverkehrszug bis zur Endstation und zurück zum Ausgangsbahnhof, begleitet die Zu- und Aussteigenden mit Blicken und die Gespräche der Frauen mit den Ohren, die doppeldeutige Witze über das Eheleben reißen, die ihr die Melancholie vergiften. Da ist Lisa zum Kotzen. Da will Lisa, daß alle Erwachsenen aus ihrer Welt verschwinden, will die Notbremse ziehen und flüchtet doch nur in den nächsten Waggon, springt am Bahnhof als erste aus dem Zug, rennt über das Gleis, die Stufen hinab, raus aus dem Bahnhof, rennt am Fluß entlang, rennt und hofft, bangt, betet, wünscht mit jedem Schritt, atemlos, Andreas möge zurückkommen.

Andreas mußte zurückkommen. Er vermißt Lisa. Ihre Direktheit. Er hält es nicht aus ohne Lisas kruden Humor. Ihre Neugierde. Er will Lisa. Lisa fehlt ihm. Die Macht ihrer Stimme, mit der sie ihre Gefühle bis in die feinsten Nuancen moduliert. Und mit dem Miteinander-Schlafen, logisch ist ihm das wichtig, da kann er aber warten, bis Lisa sechzehn ist. Das hat Zeit.

Zeit für den ersten richtigen Kuß, auf den Lisa gleich den zweiten fordert, sich festsaugt an seinen Lippen, die sie nur wieder freigibt, weil sie nach Hause muß. Zeit, um sich vertraut zu machen mit dem Körper des anderen und dem Aufklärungsbuch, das Lisa von Annette geliehen bekommt. Nach so einem Buch wird Lisa hier in den Buchläden vergeblich suchen. Annette hat das in Amsterdam gekauft. Für die Familie. Sogar die Eltern haben darin geblättert. Vielleicht haben sie auch das eine oder andere ausprobiert, grinst Angelika. Die Mutter jedenfalls hat geseufzt, warum hat es solche Bücher nicht in ihrer Jugend gegeben. Da steht alles drin, was Lisa über ihren Körper, ihre Sexualität wissen sollte. Von A bis Z. Das soll Lisa am besten gemeinsam mit Andreas lesen, empfiehlt Annette, da wird er noch etwas entdecken, das selbst Casanova unbekannt war. Annette jedenfalls läßt keinen Jungen mehr an ihre Wäsche, der das Buch nicht bis zur letzten Seite studiert hat. Angelika auch nicht. Und während die Eisenbahn mit den puffreisgefüllten Waggons Runde um Runde durch das Zimmer kreist, liegt Lisa Seite an Seite mit Andreas bäuchlings auf dem Bett, um sich abwechselnd Seite um Seite vorzulesen, konzentriert, mit glühenden Köpfen. Lisa staunend. Andreas belustigt über die Illustrationen, die er mit ihrem Körper vergleicht. Alles normal. Und in natura viel schöner. Und derweil Andreas die aus dem Buch gefallenen Zeitungsausschnitte überfliegt, die seine Schwestern zwischen den Buchseiten aufbewahren – Demonstration gegen den Paragraphen 218, Mein Bauch gehört mir, Wer zweimal mit der gleichen pennt, gehört schon zum Establishment – und die sie mit Kommentaren wie »genau« und »Schwachsinn von Wichsern« versehen haben, überschlägt Lisa das Kapitel mit der illustriert beschriebenen Übungsanleitung zur weiblichen Selbstbefriedigung, um dann, nach einem spielerischen Kampf, auf Andreas' Drängen zurück zum Anfang des Kapitels zu blättern. Lisa scheut sich. Andreas soll das nicht lesen. Das ist Lisa unangenehm. Das sollte es nicht, sagt Andreas, legt sich bäuchlings auf ihren

Rücken, küßt ihren Nacken und liest das Kapitel vor, derweil Lisas Blick über die Seiten fliegt, seiner Stimme vorauseilt, die Sätze gierig aufsaugt, wortwörtlich im Hirn speichert. Lisa kichert, als Andreas am Ende des Kapitels vorschlägt, die Theorie gleich zu erproben. Bevor Lisa ihre Verlegenheit aussprechen kann, ist Andreas bereits auf dem Weg in die Küche, aus der er mit einem Beutel Teelichter zurückkehrt. Im Licht der flackernden Teelichter hilft er ihr, die Scham zu überwinden, sich zu entdecken, seine Berührung zu fordern, zu dirigieren, bis sie beide erschreckt innehalten, Andreas mit der Zunge eine Träne von ihrer Wange auffängt und Lisa ihn überwältigt an sich zieht: noch mal, diese Übung bitte noch mal.

Und dann macht Lisa mit Andreas Schluß, weil er im Augenblick seiner Erregung total ausrastet, als Lisa sich ihm erneut verweigert, die Scham mit den Händen bedeckend, sich lachend von ihm wegrollt, noch drei Monate und zwei Tage. Lisa ahnt, daß ihr Lachen Andreas verletzt.

Das ist ein Scheißspiel, das Lisa mit ihm spielt.

Für Lisa ist das kein Spiel, es geht um mehr, kann Andreas das nicht sehen, wütet Lisa und erschrickt unter der Heftigkeit, mit der Andreas sie bei den Schultern packt und schüttelt. Da reißt Lisa sich von Andreas los, läßt ihn im Regen stehen und läuft bei Sonnenschein nach Schulschluß vor ihm davon.

Andreas soll sie in Ruhe lassen. Sie will nicht. Er sieht sie nicht. Er liebt sie nicht. Er will nur das Eine: vögeln.

Ja. Ja. Ja. Und? Was ist dabei?

Nichts. Aber nicht mit ihr. Sie steht noch nicht zur Verfügung.

Andreas läuft Lisa hinterher. Drei Monate und zwei Tage. Lisa weist ihn zurück, ärgert ihn mit einem anderen, der schon ein Auto fährt. Forciert seine Eifersucht mit dem Erstbesten, der sie um eine Verabredung bittet, und küßt doch nur Andreas, wenn er sie abends vor dem Hauseingang abfängt, wissen will, wer dieser Idiot ist, mit dem sie ihre Zeit vertrödelt. Haut jedem anderen auf die Finger, der im Halblicht des

Kinos den Arm um ihre Schulter legt, verstohlen mit den Fingerspitzen ihren Busen zu berühren sucht, und liegt an ihrem sechzehnten Geburtstag neben Andreas.

Angeheitert und panisch. Angst, seine und ihre Erwartung nicht erfüllen zu können. Angst vor dem, was passieren wird, vor dem Desaster, das eintreten wird, das beide in ihrer Anspannung spüren und von dem keiner wagt, es auszusprechen, die Sache entspannt anzugehen, ein bißchen knutschen, es einfach zu verschieben, es läuft nicht mehr weg. Die Angst ist mächtiger als das Vertrauen. Und seine geflüsterten Worte, die Lisas Ohren glühen machen, können ihre Gedanken nicht verbannen. Das Feuer seiner Worte erlischt unter dem Gedankenchaos, das sich unter Lisas Schädeldecke zusammenballt, ein Berg aus Verboten, Unsicherheiten, Selbstzweifeln, Schuld, Scham, den Verletzungen, auch deinen, die dem Vergessen anheimfielen und die unter seinen verzweifelten Zärtlichkeiten ihr die Kehle zuschnüren, so daß Lisa glaubt, ersticken zu müssen, im Gesicht blau anläuft, die Bronchien rasseln unter ihren Anstrengungen zu atmen. Panik. Auch bei Andreas. Lisa stößt ihn weg, schlägt ihn, der sie beruhigen will, schleudert ihm ihre Verzweiflung ins Gesicht, gibt ihm mit brutaler Heftigkeit, die ihr den Weg zu ihm versperrt, die Schuld. Steht erschrocken. Die Hand vor dem Mund. Der Hals brennt. Entsetzen weitet Lisas Blick. Sie springt in die Klamotten, rennt weinend aus dem Haus, flüchtet vor Andreas, vor sich selbst, entsetzt, beschämt, nicht begreifend, was da mit ihr passiert. Sie ruft nach dir, brüllt deinen Namen, sucht Halt in sich und kann außer Verlorenheit nichts finden, schlägt sich die Fäuste am Baumstamm blutig, du sollst ihr sagen, sie ist nicht verrückt, du sollst Lisa sagen, sie ist normal, von dir will Lisa hören, alles ist gut, du mußt erklären, du bist die einzige, die Lisa erklären kann.

Kurt unterstützt dich bei den immer häufiger stattfindenden Gesprächen um deine Zukunft und bestärkt dich darin, dich auf eine Lehrstelle im Hotelwesen zu bewerben. Das, denkst du, könnte etwas für dich sein. Da kommst du in der Republik herum, lernst Land und Leute kennen. Das erscheint dir aufregend.

Gerhard aber will, daß du weiter zur Schule gehst, wenigstens die Mittlere Reife machst, vielleicht sogar das Abitur. Du sollst dir Zeit lassen, dir genau überlegen, was du werden möchtest. Aber du weißt eigentlich nur, was du nicht willst. Du willst nicht mehr zur Schule gehen.

Tante Ella ist die Aufregung um deine Zukunft unbegreiflich. Du wirst einen Mann finden, der dich heiratet, und Kinder bekommen, bis dahin kannst du ihr im Haus und in der Wirtschaft helfen. Um Kinder zu erziehen, einen Haushalt zu führen und einen Mann zu versorgen, dafür benötigst du weder das Abitur noch einen Beruf. Alles, was du dafür brauchst, hat sie dich gelehrt.

Wenn du heiratest, dann einen Mann, den du heiratest, und ohne einen Beruf erlernt zu haben, wirst du überhaupt nicht heiraten, fällt Gerhard ihr ins Wort. Darauf wird er bestehen. Tante Ella muß begreifen, daß die Zeiten sich geändert haben.

Was soll sich denn geändert haben? Kriegen die Männer nun die Kinder? Eine Frau braucht einen Mann und keinen Beruf. Eine Frau gehört ins Haus. Das ist ihre Meinung, die läßt sie sich von Gerhard nicht nehmen. Das war immer so, und warum sollte es ausgerechnet bei dir anders sein.

Du erträgst ihr Gerede nicht. Es bestärkt dich nur darin, die Schule mit dem Hauptschulabschluß zu verlassen und dir eine Lehrstelle zu suchen. Doch solange du keinen günstigen Bescheid auf deine Bewerbungen erhalten hast, kannst du nicht weg. Du kannst nur jede Gelegenheit nutzen, dich davonzustehlen, nach Altefähr zu fahren, die Mewes zu besuchen.

Dort findest du Ruhe. Die Mewes verwöhnen dich. Besonders Frau Mewe. Wenn du ihr im Haushalt zur Hand gehen oder etwas für sie erledigen willst, wehrt sie deine Hilfe ab, laß gut sein und die Seele baumeln. Du genießt es, bei schönem

Wetter hinter dem Haus auf der Bank zu sitzen, die Gedanken mit Blick aufs Meer schweifen zu lassen, deine innere Unruhe zu ergründen, derweil Frau Mewe im Garten arbeitet und Fischer Mewe seine Netze flickt, seinen Kutter repariert oder die Schiffsplanken scheuert. So ein Boot braucht mehr Zuwendung als eine Frau, lacht er, um im nächsten Augenblick zu fluchen, weil ihm etwas nicht gelingen will, und er dich heranwinkt, ihm zur Hand zu gehen.

Du hilfst nur, wenn er verspricht, dich auf die nächste Fahrt mitzunehmen hinaus aufs Meer.

Das kann er nicht. Zu gefährlich. Das Wetter ist launisch und unberechenbar und macht das Meer gefährlich wie eine Frau. Eben noch zärtliche Geliebte und mit dem nächsten Wimpernaufschlag ...

... eine Furie, die dich in den Abgrund reißen will. Du kennst seine Ausrede. Seit Jahren vertröstet er dich damit, aus Angst, du könntest über Bord gehen. Du insistierst. Du bist alt genug, und du kannst schwimmen, und du weißt, daß er auch eine Schwimmweste für dich hätte.

Wieso eine? Willst du denn nicht, daß Paul mitfährt?

Du zögerst. Seit Paul in Alexisbad die Lehrstelle beim Förster angetreten und nur noch jedes dritte Wochenende in Stralsund ist, verstehst du dich nicht mehr so gut mit ihm. Ständig meint er dich bevormunden zu müssen. Lieber wäre es dir, wenn du und Fischer Mewe alleine, ohne ihn fahrt.

Gerhard aber besteht darauf, daß Paul dich begleitet. Fischer Mewe ist nicht mehr der Jüngste, und du bist leichtsinnig und übermütig, da ist es gut, wenn ein vorausschauender Junge wie Paul dich begleitet.

Du brauchst keinen Aufpasser, trotzt du und packst doch deine Tasche, um gemeinsam mit Paul am späten Nachmittag nach Altefähr zu fahren, damit ihr am nächsten Morgen, fast noch in der Nacht, an Bord gehen könnt.

Halb Rügen müßt ihr umfahren, bevor ihr die offene See

erreicht. Paul läßt sich von Fischer Mewe das Navigieren nach dem Sternenhimmel erklären. Du hingegen hockst mit angewinkelten Beinen in Bugnähe. Im Licht des Halbmondes erscheint die Wasseroberfläche wie ein dunkler transparenter Teppich, auf dem silbern glitzernde Wassertropfen Fangen spielen. Es ist kühl. Dich fröstelt trotz Pullover und Rettungsweste.

Sobald die Sonne aufgeht, wird dir warm, versichert Fischer Mewe, derweil er den Kutter um das Kap steuert hinaus auf die offene See, wo er mit Pauls Hilfe das Netz auswirft. Du magst nicht helfen. Du willst die Nase in den Wind halten. Willst das Meer riechen, derweil du vom Leben träumst, das voller Überraschungen auf dich wartet, wie die Nebelbänke auf dem Wasser, uneinsehbar. Du siehst die Feuchtigkeit sich als Wasserstaub auf die Planken legen, spürst sie auf deiner Haut, sobald der Kutter in eine Nebelbank gleitet, die er ebenso unversehens wieder hinter sich läßt.

Da scheint es, als habe sich der Kutter mit Siebenmeilenstiefeln der dänischen Küste genähert. Das Wissen, daß du in deinem Leben dieses Land vielleicht niemals betreten wirst, stimmt dich melancholisch, und der aufkommende Wind beunruhigt dich. Solltet ihr nicht besser umkehren?

Fischer Mewe ist unentschlossen. Sein Blick schweift den Horizont entlang, prüft jede Wolke, derweil seine Nase die Böen wittert.

Plötzlich schweigt die Natur. Für die Dauer eines Atemzugs scheint die Zeit stillzustehen, die Erde sich nicht zu drehen. Kein Möwengeschrei, kein Windhauch, sogar die See scheint unbewegt.

So'n Schiet, flucht Fischer Mewe. Da bricht das Unwetter bereits über euch herein. Bevor Fischer Mewe das Netz ganz eingeholt hat, ist der Himmel schwarz, und der Wind läßt die Wellen Sturm laufen gegen die Bordwand. Fischer Mewe kämpft mit dem Steuerrad, versucht Kurs zu halten. Vor euch liegt die dänische Küste. Da steuert er drauf zu.

Was hat er vor?

Er will gar nicht erst versuchen, Rügen zu erreichen. Zu weit gegen den Wind. Die Faksebucht hinter der Insel Mön ist sein Ziel. Das wird ihm zwar Ärger mit dem Russen bringen. Aber er will nichts riskieren. Euch befiehlt er, euch hinzusetzen und gut festzuhalten.

Ihr befolgt seinen Befehl und beobachtet mit bangen Blicken seine Bemühungen, den Kutter auf Kurs zu halten. Was, wenn der Sturm zunimmt und Fischer Mewe den Kahn nicht mehr steuern kann?

Dann müßt ihr beten, daß ein Wal vorbeikommt, in dessen Schlund der Kutter Unterschlupf findet, bis das Unwetter vorüber ist.

Hoffentlich einer, der sich die Zähne geputzt hat, scherzt Paul vorsichtig.

Auch du hast Angst. Du erinnerst die Seefahrergeschichten der Muhme und die Worte der Erwachsenen, Ertrinken ist ein grausamer Tod. Doch bevor das Unwetter in einen Sturm mit orkanartigen Böen ausartet, erreicht ihr die Faksebucht, in deren Hafen ihr mit drei Kuttern vom Fischverarbeitungskombinat vor Anker geht.

Gegen den Sturm rennt ihr in nassen Kleidern an der Seite von Fischer Mewe über den Kai zum letzten Haus am Wasser. Da wohnt der Ebbe Jorgensen, den kennt Fischer Mewe von früher, den hat er zwar über ein Jahrzehnt nicht gesehen, aber bei dem werdet ihr unterkommen, für eine Nacht und wenn nötig auch für zwei oder drei Nächte.

Das ist ein Wiedersehen. Umarmungen und Schulterklopfen wollen kein Ende finden. Du weißt nicht, was die beiden Männer trunkener macht, die Freude über ihr Wiedersehen oder der heiße Grog, der auch euch vorgesetzt wird, derweil ihr noch die nassen Kleider auszieht, um sie an der Leine vor dem Kamin zum Trocknen aufzuhängen.

In der Nacht erwachst du vom Heulen des Sturms. In der Stube hörst du Fischer Mewe über eure Republik schimpfen.

Als du beim Frühstück von ihm wissen willst, worüber er in der Nacht geschimpft hat, lacht er, sicher hast du den Wind fluchen hören. Hör, wie er vielstimmig ums Haus wütet, am Dach und an den Fenstern rüttelt, durch Ritzen und Löcher pfeift. An Auslaufen ist nicht zu denken. Ihr müßt bleiben, das Nachlassen des Sturms abwarten. Einen Tag. Zwei Tage. Frau Mewe und auch Gerhard wissen, daß ihr in Sicherheit seid. Noch in der Nacht hat die dänische Hafenpolizei die Hafenleitung in Saßnitz darüber informiert, daß drei Fischkutter vom Kombinat und Mewes Kutter unbeschadet ihren Hafen erreicht haben. Ihr müßt euch nicht sorgen, daß jemand sich um euch sorgt, während ihr im Dorf auf Entdeckungsreise geht.

Viel gibt es nicht zu entdecken. Einige Wohnhäuser mit angrenzenden Lagerschuppen sowie einen Laden, an dessen Schaufensterscheibe ihr euch die Nasen platt drückt. Von den Waren, die ihr in der Auslage entdeckt, gibt es bei euch in den Geschäften nicht einmal einen Bruchteil zu kaufen. Wenn du doch nur Geld dabeihättest. Du würdest den Laden leer kaufen.

Paul meint, daß dir dein Geld wenig nützen würde, weil die Dänen eine andere Währung haben.

So ein Quatsch. Der würde dein Geld sehr wohl nehmen, weil er deine Mark nämlich einfach in Kronen umrechnen würde.

Paul glaubt das nicht. Du schlägst vor, in den Laden zu gehen und den Besitzer zu fragen. Das will Paul nicht. Der Besitzer wird euch nicht verstehen. Ihr sprecht deutsch. Er spricht dänisch. Russisch wird der bestimmt nicht verstehen. Du willst dich nicht streiten. Also lenkst du ein und verzichtest darauf, den Laden zu inspizieren, den ihr am zweiten Tag, nach Abflauen des Sturms, kurz vor dem Auslaufen in Begleitung von Fischer Mewe betretet, der dort Unmengen Tee, Kaffee, Zigaretten, Rum und Schokolade einkauft. Dein Grinsen reicht bis an die Ohren. Fischer Mewe bezahlt tatsächlich in eurer Währung.

Paul staunt und lenkt ab: Werden die Russen bei eurer Rückkehr die Sachen nicht konfiszieren?

Wenn sie das Zeug finden, bestimmt.

Die Zigaretten, die Schokolade und der Rum werden in einem Hohlraum hinter den Seitenplanken versteckt. Da kann der Russe lange suchen, bis er das Zeug findet. Tee und Kaffee hingegen verteilt Fischer Mewe auf zwei Gürtel, von denen er jeweils einen dir und Paul um den Brustkorb bindet, darüber zieht ihr die Pullover und Rettungswesten.

Werden die Russen euch nicht abtasten?

Das würde ihn wundern. Das ist wie Versteckenspielen. Er zerbricht sich den Kopf, wie er die Waren unentdeckt nach Rügen schafft. Und der Iwan zermartert sich das Hirn, wo er die Waren versteckt haben könnte. Auf das Naheliegende ist bisher kein Russe gekommen, grinst er, derweil er den Kutter aus dem Hafen steuert, um im Konvoi mit den anderen Booten heimzufahren. Jedenfalls, wenn ihr euch nicht verplappert, wird der Russe euch nicht mit dem kleinen Finger anrühren. Kein Wort soll über eure Lippen kommen, schwört ihr.

Ein Schwur, der eure Herzen bis zum Halse klopfen läßt, als ihr am Nachmittag die Zwölf-Meilen-Zone erreicht und drei russische Schiffe erblickt, die euren kleinen Flottenverband bereits erwarten, um ihn nach Saßnitz zu eskortieren. Fischer Mewe versichert euch, daß die Gürtel unter euren Pullovern nicht zu sehen sind. Kein Russe wird euch kontrollieren. Da wettet er seinen ollen Kahn drauf. Er kennt den Russen. Der Russe wird ihn und die Besatzungsmitglieder der anderen drei Kutter gleich nach dem Einlaufen im Hafen von Saßnitz zum Verhör mitnehmen und sämtliche Schiffe durchsuchen. Dich und Paul hingegen wird der Russe an Kurt, Harald oder Gerhard übergeben, ohne daß er euch eine Frage stellen wird.

Fischer Mewe kennt den Russen wirklich gut.

Still sitzt ihr im Wagen, den Gerhard durch Saßnitz lenkt. Noch fürchtet ihr, daß der Russe es sich anders überlegt und euch folgen wird, um euch doch noch zu verhören. Doch sobald die Stadt hinter euch liegt, ihr euch in Sicherheit wähnt, zeigt ihr Gerhard die Gürtel. Was sollt ihr damit machen? Gerhard grinst, da wird er wohl einen Abstecher nach Altefähr machen müssen. Sein Grinsen verrät, daß er die Gürtel nicht zum ersten Mal sieht. Da grinst auch ihr.

Frau Mewe macht drei Kreuze, als sie euch wohlbehalten wiedersieht. Glück habt ihr gehabt, daß sich von der Besatzung der anderen Schiffe keiner in Dänemark abgesetzt hat. Da hätte sie euch so bald sicher nicht in die Arme schließen können. Da wird der Russe unangenehm. Da verhört er die Männer tagelang. Das ist kein Zuckerschlecken. Da kriegen die Männer Wut auf den, der sich abgesetzt hat. Um ihren Mann sorgt sie sich nicht. Der weiß, was der Russe hören will, und außer einigen leeren Genever-Flaschen, vermutet sie, wird der Russe auf dem Kutter nichts finden. Das ist sicher. Und weil ihr nichts verraten, euch wie routinierte Schmuggler verhalten habt, schenkt sie Paul eine Tüte Tee für seine Tante und dir ein Päckchen Kaffee für Tante Ella. Das restliche Schmuggelgut sollte Gerhard mitnehmen. Er weiß, wo in Stralsund er es abgeben kann. In ihrem Haus darf es nicht bleiben. Sie kann nicht sicher sein, ob der Russe sich nicht vielleicht doch noch unangemeldet bei ihr einfindet.

Auf der Fahrt nach Stralsund könnt ihr die Worte nicht so schnell finden, wie sie euch über die Lippen wollen. Ihr fallt euch gegenseitig ins Wort, widersprecht und ergänzt euch, um immer wieder auf den Laden zu sprechen zu kommen, vor dem kein Mensch Schlange gestanden hat, und er war auch noch der einzige im ganzen Ort. Das ist es, was euch am meisten beeindruckt hat. Wieso gibt es in Dänemark alles in einem einzigen Laden zu kaufen, während bei euch in den vielen Läden die Regale leerstehen, willst du von Gerhard wissen, der den Wagen vor euer Haus lenkt.

Weil ihr die falschen Handelspartner erwischt habt. Später will er versuchen, es dir genauer zu erklären. Erst will er Paul bei der Tante absetzen und die Sachen für Mewes abliefern.

Das ist sicherer. In der Wirtschaft sind ihm zu viele Russen. Du steigst am besten schon aus und hilfst Tante Ella bis zu seiner Rückkehr in der Wirtschaft. Da ist ordentlich zu tun. Er wird nicht lange fortbleiben, verspricht er.

Tante Ella hat Kopfschmerzen. Und wo du nun da bist, kann sie sich in die Küche zurückziehen. Da ist die Luft besser. Ruhiger ist es auch. Dir hingegen wird ein bißchen Arbeit nicht schaden nach diesen Tagen des Faulenzens.

Du möchtest auf dem Absatz kehrtmachen und davonlaufen. Statt dessen fügst du dich. Lang wird Gerhard sicher nicht fortbleiben. Er weiß, die Wirtschaft ist gut besucht trotz der russischen Offiziere im Nebenzimmer. Er weiß auch, du kannst dich durchsetzen. Kein Gast wird es wagen aufzumukken, sobald du ihm erklärst, daß für ihn Zapfenstreich ist, weil er bereits zuviel intus hat und du ihn nach Hause schickst zu Frau und Kindern, den Rausch auszuschlafen. Da unterstützen die anderen Gäste dich, indem sie dem Trunkenbold auf die Beine helfen. Nur der Russe ist widerspenstig. Da können und wollen die Männer dir nicht helfen, da fürchten sie sich, weil der Russe über dem Genuß von Alkohol vergißt, daß er ein gesitteter Mensch ist.

Die russischen Offiziere lassen dich laufen. Aus dem Nebenzimmer zurück in die Wirtsstube und wieder ins Nebenzimmer, um ihnen die Flaschen zu bringen, die du gar nicht so schnell auf die Tische stellen kannst, wie die Offiziere sie leeren. Besorgt registrierst du den Zustand ihrer Trunkenheit und das Ausbleiben von Gerhard. Zwei Stunden bist du bereits in der Wirtschaft zugange, und Gerhard ist noch nicht zurück. Du läufst in die Küche, Tante Ella muß dir in der Wirtsstube helfen. Die Russen saufen wie ein leckes Schiff. Du schaffst es nicht alleine.

Tante Ella verflucht Gerhard und schimpft, du sollst dich nicht so anstellen, wenn sie das alleine geschafft hat, wirst du das ja wohl mit links schaffen.

Die Küchentür kracht hinter dir. Du könntest sie umbringen. Und im Nebenzimmer kracht ein Schuß.

Du rennst. Geh da nicht rein, rufen die Männer in der Wirtsstube. Aber da stehst du bereits im Nebenzimmer. Deine Hand klebt an der Türklinke. Dein Blick springt über Gläser und Köpfe zur Wand, wo eigentlich das Landschaftsbild hängen müßte, das Gerhard bei der Rugge-Mutter gegen Naturalien eintauschte. Nun liegt es auf dem Fußboden zwischen Scherben. Du siehst die Pistole in der Hand eines Offiziers und das Grinsen in seinem Gesicht: »Mit dem ersten Schuß!«

Die Erstarrung fällt von dir ab. Du explodierst. Du beschimpfst die Russen, ohne deine Worte zu bedenken, beschuldigst sie, alles kaputtzumachen, nennst sie versoffene Schweine, Dreckskerle und Idioten und brüllst, ob sie sich in Rußland eigentlich auch so benehmen.

Die Offiziere verstummen unter deiner Wut. Ihre vom Alkohol glasigen Blicke signalisieren Erstaunen und Belustigung, die der Offizier mit der Pistole zur allgemeinen Erheiterung in Worte kleidet. Da gibst du ihm mit der Kraft deiner Wut eine Ohrfeige. Daß du das tust, überrascht dich ebenso wie ihn. Erstaunt blickt ihr euch an. Bevor seine Überraschung dem Zorn weicht, daß du, ein Kind, ein Mädchen, es gewagt hast, ihn, einen Offizier der siegreichen russischen Armee, im Beisein anderer Offiziere zu ohrfeigen und er die Hand gegen dich erhebt, steht Gerhard neben dir, hält dich am Arm und den Offizier mit der Drohung auf Distanz, daß er diesen Vorfall wird melden müssen.

Seine Drohung macht auch den volltrunkensten Offizier nüchtern. Die Offiziere drängen sich um Gerhard, flehen ihn an, von einer Meldung beim Kommandanten abzusehen. Sie entschuldigen sich, versprechen, den Schaden wiedergutzumachen und sich in Zukunft bei ihren Feiern zurückzuhalten. Nichts anderes will Gerhard von ihnen hören. Er gibt ihnen Besen und Kehrschaufel und erklärt die Angelegenheit für bereinigt, sobald die Scherben beseitigt und der angerichtete Schaden beglichen ist.

Später ermahnt er dich, stets einen kühlen Kopf zu bewahren, dich von deiner Wut nicht hinreißen zu lassen. Dieses Mal hast du Glück gehabt. Beim nächsten Mal ist es dem Russen womöglich egal, ob er auf ein Bild oder auf dich schießt.

Die Pistolen-Ohrfeigen-Geschichte verbreitet sich wie ein Lauffeuer. Verantwortungslos von Gerhard, leichtsinnig von dir, entsetzen sich die Erwachsenen. Deine Klassenkameraden hingegen finden es richtig, daß du dem Offizier eine geknallt hast. Der Iwan soll wissen, daß ihr Kinder euch nicht vor ihm fürchtet. Der nimmt sich doch nur deshalb soviel heraus, weil die Erwachsenen vor ihm kuschen.

Ihr Zuspruch erfüllt dich mit Stolz. Fast täglich führst du einen ins Nebenzimmer, damit er sich das Loch im Gemälde anschauen kann, das die Kugel dort hinterlassen hat. Gerhard ermahnt dich, die Geschichte auf sich beruhen zu lassen. Du weißt nie, wessen Mund sie an welches Ohr weiterträgt. Wer soll sich dafür interessieren? Und wenn von offizieller Seite nachgefragt werden sollte, wirst du erzählen, daß du dir diese Geschichte ausgedacht hast, weil du dich vor deinen Klassenkameraden aufspielen wolltest.

Genauso erzählst du es der Frau vom Jugendamt, die wenige Tage nach dem Vorfall unangemeldet im Haus erscheint, um dich zu diesem Vorfall zu befragen sowie dir die üblichen Fragen zu stellen, die mit der Inspektion der häuslichen Gegebenheiten deiner Unterbringung einhergehen: ob du ausreichend Nahrung und Kleidung erhältst, ob du geschlagen wirst, wie deine schulischen Leistungen sind, ob du bereits einen günstigen Bescheid auf eine deiner Bewerbungen erhalten hast. Ihre Fragen sind kurz. Der Ton ist militärisch. Ihre Mimik wie versteinert. Nachdem du ihre letzte Frage, ob du zu der Pistolen-Ohrfeigen-Geschichte noch etwas hinzufügen möchtest, mit einem Nein beantwortest, befiehlt sie dir, die Stube zu verlassen. Es ist zwingend mit deinem Pflegevater unter vier Augen zu sprechen.

Gerhard besteht darauf, daß du bei dem Gespräch anwesend bist.

Die Frau gibt kein Zeichen einer Niederlage zu erkennen und erklärt, daß aufgrund von Hinweisen aus der Bevölkerung zu prüfen ist, ob eine weitere Unterbringung im Hause der Gehrens für deine Entwicklung von Vorteil ist. Zudem kann dein Berufswunsch nicht gebilligt werden. Die Berufe im Hotel- und Gastronomiebereich erfordern einen starken Charakter, um dem Laster nicht zu erliegen. Sie will nicht unterstellen, daß du über einen solchen nicht verfügst, aber deine Unbeherrschtheit, dein Jähzorn sind aktenkundig. Du läßt dir nichts sagen, gibst Widerworte und bist ein, wie soll sie es ausdrücken, ein Querdenker. Hopfen und Malz sind bei dir dennoch nicht verloren. Du bist jung und formbar. Und da du bis zur Erreichung deiner Volljährigkeit der Vormundschaft des Jugendamts unterstehst, wird dir empfohlen, dich um eine Lehrstelle bei einer landwirtschaftlichen Genossenschaft zu bewerben, zum Beispiel als Melkerin. Bei deiner Persönlichkeitsstruktur scheint ihr ein solcher Beruf geeigneter für dich zu sein.

Wie kann diese Frau sich anmaßen, deinen Charakter zu beurteilen und darüber zu befinden, was für dich das Beste ist? Nie zuvor ist sie dir begegnet, hat dich nie vorher gesprochen. Sie weiß nichts von dir. Wer ist sie, daß sie denkt über dein Leben verfügen zu können? Das willst du ihr entgegenbrüllen in ihr versteinertes Gesicht. Der Blick von Gerhard zwingt dich, auf dem Stuhl sitzenzubleiben, die Klappe zu halten, deine Wut hinunterzuschlucken, derweil die Frau ihn in Kenntnis setzt, daß die Entscheidung über die Fortsetzung der Pflegschaft in seiner Obhut ihm auf dem Postweg zugestellt wird.

Du weißt nicht, ob dieser Brief euren Briefkasten erreicht. Wenn du Gerhard danach fragst, brummt er, nicht zuzulassen, daß man dich ihm wegnimmt. Du ahnst, daß er Himmel und Hölle in Bewegung setzt, seine sämtlichen Beziehungen nutzt, um das zu verhindern. Und als Kurt sich unter der Woche einen freien Tag nimmt, um die Wirtschaft zu führen, damit Gerhard und Tante Ella in bester Kleidung gemeinsam mit dir aufs Jugendamt gehen können, wo von Amts wegen die notwendigen Formalitäten schriftlich festgelegt, abgestempelt und unterschrieben werden, weißt du, daß Gerhards Bemühungen erfolgreich waren. Endlich wird die Schnüffelei vom Jugendamt ein Ende haben.

Damit wären die Formalitäten erledigt. Die Beamtin setzt den Löschstempel auf das Papier, das Gerhard und Tante Ella unterschrieben haben, damit die feuchte Tinte aufgenommen wird und die Unterschriften nicht verwischen, und heftet das Dokument in deine Akte.

Du hast nicht genau verstanden, was die beiden unterschrieben haben. Du weißt nur, du darfst bei den Gehrens bleiben, und das Jugendamt wird nur noch einmal jährlich zur Inspektion bei euch im Haus erscheinen. Selbstverständlich kannst du dich jederzeit an das Jugendamt wenden, solltest du Probleme mit deinen Pflegeeltern haben, erklärt die Beamtin. Es gibt kein Problem, das nicht zu lösen ist. Sie wünscht dir alles Gute für deinen weiteren Lebensweg und schlägt deine Akte zu, noch bevor du die Tür erreicht hast. Du hältst die Türklinke bereits in der Hand, da gehst du zurück in das Zimmer.

»Liegt noch etwas an?«

Ja. Du traust dich nur nicht, dein Anliegen vorzubringen. Scham, Neugier und Angst führen einen erbitterten Krieg gegeneinander.

»Was ist denn noch?«

Die Ungeduld der Beamtin wird zur Verbündeten deiner Neugier. Deine Eltern. Wie heißen sie? Deine Mutter? Dein Vater? Ist es wahr, daß sie tot sind? Wie sind sie gestorben? Wo wurden sie begraben?

Die Beamtin legt ihre Hände auf deine Akte, als müsse sie das Papier schützen. Deine Fragen kann und darf sie nicht beantworten. Sie ist nicht befugt.

Einen halben Meter von dir entfernt gibt es schwarz auf weiß die Antworten auf deine Fragen, und du stehst sprachlos da, unfähig zu reagieren gegenüber dieser Willkür. Plötzlich bist du wieder das kleine Mädchen, dem eingebleut wurde, zu gehorchen, sich zu fügen, sich danach zu richten, was andere von dir erwarten, ohne daß dir das Recht gewährt wird, eigene Interessen zu haben. Vor dem Nein der Beamtin weicht dein Mut, auf die Beantwortung deiner Fragen zu bestehen. Du spürst den Wunsch, ihr deine Akte unter den Händen wegzureißen. Es ist dein Leben, auf das sich ihre Hände legen. Wer gibt ihr das Recht dazu? Du. Weil du dich umdrehen, das Zimmer verlassen willst. Aber du mußt dich nicht umdrehen. Gerhard und Tante Ella stehen hinter dir.

Du solltest nicht um die Beantwortung deiner Fragen betteln müssen. Es ist nicht recht, daß dir verweigert wird, was für andere Kinder selbstverständlich ist, die Namen der Eltern zu erfahren.

Sie ist nicht befugt.

Dann soll sie sich befugt machen, insistiert Gerhard. Von euch wird niemand das Jugendamt verlassen, bevor deine Fragen nicht beantwortet sind. Er legt dir die Hände auf die Schultern. Das nimmt dir ein bißchen von deiner Aufregung, die deine Haut an Armen, Hals und Gesicht mit roten Flecken übersät.

Die Beamtin befiehlt euch, auf dem Flur zu warten. Sie muß sich in deiner Angelegenheit an den Amtsleiter wenden.

Türen werden geöffnet und wieder geschlossen. Namen werden aufgerufen. Die Schritte der Aufgerufenen quietschen auf dem Linoleum. Ihr wartet. Wie unbequem längeres Sitzen auf einer Holzbank sein kann, scherzt Gerhard. Du kannst nicht lachen. Nicht einmal grinsen. Wissen Gerhard und Tante Ella denn nichts über deine Eltern?

Nein, über deine Eltern ist ihnen nichts bekannt. Das wenige, das ihnen damals zu deiner Person mitgeteilt wurde, reicht nicht, um deine Fragen beantworten zu können.

Dann sollen Gerhard und Tante Ella dir das wenige mitteilen, was sie wissen.

Einen Faden am Henkel ihrer Tasche entdeckend, weicht Tante Ella deinem Blick aus. Gerhard soll sagen, was ihnen über dich gesagt wurde, damals. Das ist ihr lieber. Soll er erzählen, welch ein Privileg, welch eine Ehre es für eine Familie mit Parteiabzeichen und erwiesener Treue zum Führer bedeutete, ein Kind wie dich in Pflege zu nehmen, ohne das Recht, dich adoptieren zu dürfen, weil du mit Erreichen der Geschlechtsreife in ein Lebensbornheim zurückgeführt worden wärst, um dich später mit deinesgleichen fortzupflanzen. Die Erinnerung an die Zeit des Dritten Reichs verschließt ihr die Lippen. Zu groß ist die Scham über das, was sie damals als Wahrheit gedacht und empfunden hat. Diese Wahrheit, die sie nach dem verlorenen Krieg unter den siegreichen Machthabern gezwungen war zu korrigieren. Was, wenn Hitler den Krieg gewonnen hätte? Was, wenn die Engländer oder die Franzosen die neuen Machthaber geworden wären oder die Japaner siegreich aus dem Krieg gegen die Amerikaner hervorgegangen wären? Eins weiß sie, Wahrheit ist relativ. Wahrheit existiert nur als eine Möglichkeit unter vielen. Nein, sie kann dir nicht sagen, was sie weiß. Sie schämt sich. Soll Gerhard dir erklären.

Aber die Stimme von Gerhard bricht nicht das Schweigen. Wieso redet Gerhard nicht? Gerhard ist verunsichert. Es ist gut und richtig, daß du die Frage nach deiner Herkunft stellst. Er wußte, eines Tages wirst du diese Frage stellen. Er glaubte, die Antwort habe noch Zeit. Das Erscheinen des Amtsleiters entbindet ihn von der Antwort. Nachdem der Amtsleiter ihn und Tante Ella fast freundschaftlich begrüßt und die Verzögerung mit einigen Telefonaten entschuldigt hat, die er in deiner Angelegenheit führte, bittet er euch in sein Büro.

Du mußt bedenken, in welcher Zeit du geboren wurdest, leitet er das Gespräch ein, und bei allem, was du erfahren wirst, bedenke, du hast das Glück gehabt, bei Pflegeeltern aufzuwachsen, die dir die Eltern zu ersetzen suchten, dir ein Zuhause gaben und dich nach der Stunde Null nicht einfach verstießen, dich deinem Schicksal überließen, wie es vielen Kindern deiner Art widerfuhr, weil ihre Anwesenheit im Haus keine Ehre mehr, sondern eine Schande bedeutete. Der Amtsleiter schenkt dir ein Lächeln und schlägt deine Akte auf.

Du spürst Hitze und Kälte auf deiner Haut. Deine Hände werden feucht. Plötzlich hast du Angst vor dem, was du erfahren sollst. Ungeheuerliches, Schlimmes muß es sein. Warum sonst würde Tante Ella die Hand auf deinen Arm legen, ihn drücken. Eine Geste, die dich erstaunt. Du bist unfähig, darauf zu reagieren.

Die Erklärung des Amtsleiters zu den Umständen deiner Geburt und darüber, was die Aktion Lebensborn, Himmlers Steckenpferd, bedeutete, Zuchtstätte für den Erhalt und die Ausbreitung der arischen Rasse, entfernen dich von Tante Ella, von Gerhard, von dem, was dich umgibt. Deine Mutter, eine der ersten Frauen, die sich freiwillig der Aktion Lebensborn zur Verfügung stellten, dem Führer ein arisches Kind zu schenken.

Du verstehst nicht. Du kicherst. Das geht nicht. Da muß ein Geheimnis sein zwischen einem Mann und einer Frau. Sonst funktioniert das nicht mit den Babys. Du weißt, wie Frauen genannt werden, die sich mit Männern zusammentun, ohne daß sie ein Geheimnis mit ihnen haben. Du wagst es nicht, dieses Wort in den Mund zu nehmen. Das ist gelogen. Kein Wort glaubst du dem Amtsleiter. Du erinnerst nicht die Gesichter deiner Eltern, aber du erinnerst dich, eine Mutter und einen Vater gehabt zu haben. Du erinnerst Sonne, die durch ein Fenster schien, den Holzfußboden und deine Haut wärmte. Den Geruch. Stimmen, Lachen. Fürsorge und Liebe. Und du erinnerst Spaziergänge. Du konntest bereits laufen. Du erinnerst dich genau. Ihr wart eine richtige Familie. Du lachst. Der Amtsleiter muß sich irren. Da muß ein Mißverständnis vorliegen. Dir wurde stets gesagt, deine Eltern seien tot.

Es liegt kein Mißverständnis vor. Der Amtsleiter irrt sich nicht. Deine Reaktion zeigt ihm, du bist vielleicht zu jung, die damaligen Ereignisse zu verstehen. Er will dir deine Erinnerung nicht nehmen. Von dem wenigen, was du erinnerst, sollst du das Gute in Erinnerung behalten. Aber es könnte sein, daß deine Erinnerung keine an deine Eltern ist. Die Weigerung deiner Mutter, dich der Obhut einer Pflegefamilie zu überlassen, könnte der Wahrheit entsprechen. Die Aktion Lebensborn unterlag strengster Geheimhaltung, befand sich sozusagen noch in den Kinderschuhen, und nur SS-Angehörige waren eingeweiht. Sicher ist die Flucht deiner leiblichen Mutter mit dir aus dem Lebensbornheim. Das geht aus der Akte allerdings nicht hervor. Da hat er ein wenig telefonieren müssen, um etwas über deinen Fall in Erfahrung zu bringen. Deshalb mußtet ihr so lange warten. Deine Mutter wurde mit dir aufgegriffen, und du wurdest ihr weggenommen. Bereits anderthalb Jahre nach deiner Geburt heiratete sie einen Mann, der nicht dein Vater ist. Aus Liebe oder auf Befehl, darüber könnte der Amtsleiter nur spekulieren. Viele Ehen wurden damals auf Befehl von Hitler geschlossen. Was er dir noch mitteilen kann, ist die Tatsache, daß deine Pflegemutter Kontakt zu Leuten hatte, die, wie soll er es ausdrücken, auf der Abschußliste standen. Genaueres kann er dir darüber nicht sagen. Aber er weiß, daß sie verhaftet wurde.

Du erinnerst diese Nacht, als sei es gestern gewesen. Wo hat man deine Mutter hingebracht?

Pflegemutter, korrigiert der Amtsleiter dich, wahrscheinlich ins Gefängnis, vermutet er. In deiner Akte steht dazu nichts vermerkt. In den letzten Kriegsjahren gingen viele Informationen über Kinder, wie du eines bist, verloren oder wurden erst gar nicht weitergeleitet. In diesem Fall, vermutet er, stehen diese Informationen über deine erste Pflegemutter nicht in deiner Akte, weil sie für deine Person nicht weiter relevant waren. Was in deiner Akte vermerkt steht, ist der Name und der Geburtsort deiner leiblichen Mutter, Benndorf. Dort hat sie mit dir nach ihrer Flucht aus dem Lebensbornheim bei deiner Oma Schutz gesucht.

Lebt deine Mutter noch?

Deine Akte gibt keine Auskunft darüber.

Und dein Vater?

Über ihn ist gar nichts vermerkt.

Nicht einmal sein Name?

Selbst wenn der Name in der Akte vermerkt wäre, dürfte er dir seinen Namen nicht nennen, aus Rücksicht auf seine Familie. »Sein Name, ach Mädchen, welche Bedeutung hat sein Name für dich? Du kannst absolut sicher sein, du bist rein arischer Abstammung.«

Und was hast du davon? Der Hinweis des Amtsleiters auf deinen rein arischen Stammbaum reißt alte Wunden auf. Zuchthaus-Kind. Was für ein Glück du hattest. Bastard. Wer weiß, was aus dir geworden wäre. Hurentochter. Unnützes Ding. Wirst noch da enden, wo deine Mutter endete. Du kämpfst zwischen Stolz, Scham, Verzweiflung.

Du bestehst darauf, den Namen deines Vaters zu erfahren. Mit welchem Recht wird sein Name geschützt und der deiner Mutter nicht? Du willst den Namen deines Vaters wissen. Auch weil du nicht glaubst, was der Amtsleiter dir über deine Mutter sagt. Verzweiflung. Ohnmacht.

Du willst den Namen deines Vaters wissen. Willst wissen, ob er noch lebt, willst aus seinem Mund hören, daß das, was deine Mündelakte über dich und deine Mutter aussagt, eine Lüge ist. Kann Gerhard das verstehen? Kann Gerhard dir nicht helfen?

Das kann Gerhard nicht.

Aber du mußt den Namen wissen. Was sollst du jetzt in deine Bewerbungen schreiben, wer deine Eltern sind? Sollst du lügen? Irgendeinen Vornamen für deinen Vater erfinden und deinen Nachnamen anhängen, mit dem Vermerk, daß deine Eltern im Krieg umgekommen sind und du deshalb ein Pflegekind bist?

»Untersteh dich, das zu tun«, mahnt Gerhard, wenn das herauskäme, könntest du die Lehrstelle verlieren, wegen Urkundenfälschung verurteilt werden, würdest ins Gefängnis kommen, müßtest handschriftlich versichern, daß du bereust, dich bessern, dich bemühen wirst, anständig zu bleiben, und er würde es trotz seiner guten Beziehungen nicht verhindern können, daß man ihm endgültig das Sorgerecht für dich entzieht.

In Stralsund auf dem Alten Markt, in dem kleinen Straßencafé an der Nikolaikirche, sitzt Lisa bei dreißig Grad in der Sonne und greift nach der Strickjacke, sie fröstelt. So viele Eindrücke, so viele Informationen, so viele Fragen.

Vielleich hätte Lisa den Vater damals bei der zweiten und letzten Begegnung ausreden lassen, sich den Dreck anhören sollen, den er im Begriff stand über dich auszuschütten, anstatt ihm das Wort abzuschneiden, um dich zu verteidigen, du habest sie aus dem Heim geholt, habest ihre Existenz nicht geleugnet. Sicher wäre ihre Spurensuche anders verlaufen, säße sie jetzt nicht hier. Nein. Es ist gut, wie es ist. Lisa ist erwachsen. Alles Wissen zu seiner Zeit. Die Jahre haben die Ecken und Kanten ihres Charakters gerundet. Lisa ist sanfter, auch in ihrer Wut. Lisa kann lachen. Zum Beispiel über den lang verflossenen Liebhaber, der sie vor dem Hintergrund des Holocaust von der Bedeutungslosigkeit deiner Biographie zu überzeugen suchte. Lisa ließ ihn einfach stehen. Sie hat es für legitim erachtet, sich über deine und die Biographie deiner Eltern den Ereignissen im Dritten Reich anzunähern, dessen Ausmaß und Tragik sie dadurch um so besser begreifen lernt. Auch deshalb, weil deine Eltern, die den Holocaust mit ermöglichten, schweigen, verschweigen und sogar die Tochter verleugnen, die sie zeugten.

Lisa knöpft die Strickjacke zu und bestellt sich einen weiteren Milchkaffee. Ihr Blick begleitet die Touristengruppen, die sich unter Führung der Fremdenführer vor dem Wulflamhaus versammeln, um dessen Schmuckfassade aus dem vierzehnten

Jahrhundert zu bestaunen. Ein Mädchen stürmt aus der Nikolaikirche an Lisas Tisch vorbei zur Mitte des Platzes, beschattet die Augen mit den Händen, derweil sein Blick über die Touristen schweift, bis es lächelnd die Hände sinken läßt und zielstrebig zu einer Gruppe läuft, sich zwischen die Erwachsenen drängt und die Hand eines Mannes ergreift, sich auf die Zehenspitzen stellt und ihm ins Ohr spricht. Eine Geste, deren Vertrautheit Lisa melancholisch stimmt und sie daran erinnert, als sie ihrem Vater das erste und einzige Mal die Hand gab. Wie alt war Lisa damals, zehn oder elf?

Lisa kichert. Sie schaut zu dir, zum Wohnzimmerschrank, zu ihm, von dem du sagst, daß er ihr Vater ist. Lisa sitzt auf dem Zweisitzer und du im Sessel ihr gegenüber, du schmunzelst, läßt Lisa nicht aus den Augen. Du hast Lisa auf seinen Besuch vorbereitet, hast sie instruiert, worüber sie reden darf und worüber nicht. Und er sitzt im Sessel, dir zur Seite und richtet das Wort an Lisa.

Lisa beantwortet seine Fragen, schaut dabei mehr dir als ihm ins Gesicht. Du bist ihre Sicherheit. Er ist der Fremde, der Vater, der ihr nach dem Leben trachtete. Das darf Lisa ihm weder sagen noch ihn nach dem Wieso fragen. Das hat Lisa sich eingebildet. Das hast du niemals gesagt. Woher Lisa das nur hat? So eine kranke Phantasie. Wenn der Vater Lisa fragt, ob Lisa bei ihm leben will oder ihn einmal besuchen möchte über die Ferien, weiß Lisa hoffentlich, was sie zu sagen hat.

Er fragt Lisa alles mögliche. Aber diese Fragen stellt er nicht. Lisa weiß nicht, versteht nicht. Will der Vater sie denn nicht töten? Wieso sitzt er ihr da gegenüber? Wieso läßt du ihn in die Wohnung, in ihre Nähe, und sie alleine auf dem Zweisitzer sitzen, anstatt dich neben sie zu setzen?

Lisas Blick schweift von ihm zu dir, als er fünfzehn Mark aus der Brieftasche nimmt. Die will der Vater Lisa schenken.

Dein Blick sagt, Lisa muß entscheiden, ob sie das Geld annehmen will.

Wie viele Süßigkeiten könnte sie sich für das Geld an der Trinkhalle kaufen? Lisa rutscht auf dem Hintern hin und her, läßt die Beine baumeln, schiebt die Hände flach unter die Oberschenkel, nagt an der Unterlippe, schaut auf die fünfzehn Mark in seiner Hand.

Der Vater lächelt. Und Lisa zappelt auf dem Sofa herum, streckt die Beine aus, zieht die Hände unter den Schenkeln wieder hervor, rutscht dabei über das Blumenmuster des Sofabezugs, Blume um Blume ihm näher, bis sie nur noch mit dem Steißbein auf der Sofakante sitzt. Lisa zögert. Sie bräuchte nur den Arm auszustrecken, dann hielte sie fünfzehn Mark in der Hand. Soviel Geld. So viele Süßigkeiten. Der Speichel läuft Lisa im Mund zusammen.

Lisa zieht den ausgestreckten Arm zurück.

Möchte Lisa sich denn nichts Schönes kaufen?

Lisa schweigt, verschränkt die Arme und zieht sich in die Rückenlehne des Sofas zurück.

Nein, sagt Lisa. Der Mut färbt ihr Gesicht rot. Sie blickt von ihm zu dir. Du lächelst. Lisa kann dein Lächeln nicht übernehmen, will keine gute Miene machen zu deinem Spiel.

Zweimal mußt du den Zug wechseln, bis du im Zug nach Merseburg sitzt. Kurt hat dir ohne nachzufragen das Geld für die Reise geliehen und die Telefonnummer vom Kombinat für dich auf einen Zettel geschrieben, da kannst du ihn anrufen, wenn dir danach sein sollte. Gerhard und Tante Ella hast du einen Brief hinterlassen, indem du sie bittest, dir deine Ungeduld zu verzeihen.

Was wirst du in Benndorf erfahren? Werden die Eltern deiner Mutter noch leben? Was willst du sie fragen? Alles über deine Mutter. Wie waren die Worte des Amtsleiters? Hat dein Vater gewußt, daß du von deiner Mutter getrennt wurdest? Bringst du da etwas durcheinander?

Die roten Flecken auf der Haut zeigen dir, du bist aufgeregt. Das ist nicht gut. Du mußt die Gedanken sortieren. Darfst die

Erinnerung an deine Pflegeeltern nicht mit den Informationen, die du auf dem Jugendamt erhalten hast, vermischen.

Beruhigen mußt du dich, wenn du entscheiden willst, wohin dein nächster Schritt dich führen soll, als du in Merseburg aus dem Zug steigst und dich am Fahrkartenschalter vergeblich nach dem Bus nach Benndorf erkundigst, weil es Benndorf nicht mehr gibt.

Ausgekohlt, erklärt die Fahrkartenverkäuferin, alle Einwohner wurden umgesiedelt, fügt sie hinzu, ohne daß du sie danach gefragt hast.

Wie sollst du denn nun die Eltern deiner Mutter finden?

Am besten, du gehst zum Pfarrer, rät die Fahrkartenverkäuferin, dessen Vater war Pfarrer in Benndorf, der wird dir sicher weiterhelfen können.

Das überzeugt dich. Der Pfarrer in Stralsund weiß über jede Familie Bescheid, auch wenn sie nicht in die Kirche geht.

Der Pfarrer ist nicht da, teilt dir die Frau mit, die auf dein Klopfen die Tür zum Pfarrhaus öffnet. Kann sie dir vielleicht weiterhelfen?

Ja. Nein. Du weißt nicht. Du bist gewohnt, wichtige Angelegenheiten mit Männern zu besprechen. Du willst mit dem Pfarrer reden.

Dann mußt du in der Stube warten. Der Pfarrer sollte bald zurücksein. Derweil wird sie dir etwas zu trinken holen, du hast sicher eine lange Reise hinter dir, und Hunger hast du bestimmt auch. Sie siezt dich, und beim Verlassen der Stube entschuldigt sie sich, daß sie dich ständig anschauen muß: Du erinnerst sie an jemanden.

Auch den alten Mann, der kurz nachdem sie dich allein gelassen hat, die Stube betritt, scheinst du an jemanden zu erinnern. Er nickt, als du dich ihm vorstellst und ihn fragst, ob er der Pfarrer in Benndorf war, derweil die Frau mit einem Tablett in die Stube zurückkehrt und dich auffordert, kräftig zuzulangen.

Die Aufregung verschließt dir den Magen. Und auf der Zunge liegen dir die Fragen. Doch der alte Pfarrer kommt dir zuvor. Er duzt dich, redet mit dir, als würde er dich seit langer Zeit kennen, stellt dir Fragen, will wissen, wie es dir ergangen ist, wo und bei wem du lebst.

Wieso stellt er dir diese Fragen?

Weil er zu wissen glaubt, weshalb du gekommen bist. Du trägst nicht nur denselben Namen, du besitzt auch eine große Ähnlichkeit mit deiner Mutter. Aber er möchte die Ankunft seines Sohnes abwarten. Der ist nur zur Fabrik gefahren, um das, na, er nennt es einfach mal Kirchgeld, in Empfang zu nehmen. Würden die Bergarbeiter und manch ein Arbeiter aus der Chemiefabrik sie nicht mit Naturalien und ein wenig Geld unterstützen, müßten sie am Hungertuch nagen. Sein Sohn kann dir sicher etwas über deine Mutter erzählen. Er ist mit ihr in Benndorf zur Schule gegangen. Er kannte sie gut, bis, na ja ... Richtig begeistert war sie. Von Anfang an hat sie an die Sache geglaubt. Über jeden hat sie die Nase gerümpft, der nicht wie sie bis in die achte Generation den Ariernachweis erbringen konnte. Und eines Tages war sie fort. Hat eine Stelle als Hausgehilfin angenommen. Etwa eineinhalb Jahr später ist sie mit dir auf dem Arm in Begleitung deines Vaters bei ihren Eltern in Benndorf auf dem Hof gestanden. Der Vater hat ihr die Tür vor der Nase zugeschlagen: Hure. Sie ist nicht länger seine Tochter. Damals ist deine Mutter mit deinem Vater zu ihm in die Pfarrei gekommen, ihn zu bitten, für sie bei den Eltern zu vermitteln. Er hat es vergeblich versucht. Deine Mutter hat das sehr verletzt. Wohin sie gehen würden, konnte oder wollte sie beim Abschied nicht sagen. Und was aus ihnen geworden ist, hatte er gehofft von dir zu erfahren.

Und dein Vater?

Diese Frage kann dir weder der alte noch der junge Pfarrer beantworten, der sich zu euch an den Tisch setzt. Sie haben deinen Vater nur das eine Mal gesehen. Luftwaffe. Ein Mann in den besten Jahren, um die Dreißig. Blond. Blauäugig. Seine äußere Erscheinung war eher unauffällig. Nichts Markantes. Erinnernswert war die Ruhe, die er ausstrahlte, bedächtig auch in der Wahl seiner Worte, als überlegte er dreimal, bevor er einen Satz aussprach.

Erinnert der Pfarrer seinen Namen?

Der alte Pfarrer verneint. Auch weiß er dir nicht zu sagen, wo der Name deines Vaters vermerkt sein könnte. Seines Wissens wurden die Namen der Väter von Kindern, wie du eines bist, in der Reichskanzlei des Führer-Hauptquartiers aufbewahrt. Aber sein Wissen basiert auf Gerüchten. Die meisten Akten sollen damals bei Kriegsende vernichtet worden sein. Er hat versucht mehr über die Aktion Lebensborn zu erfahren, weil es auch seine Gemeinde betraf, aber das war unmöglich. Du kannst nicht einmal sicher sein, daß dein Geburtsort wirklich der Ort ist, an dem du zur Welt kamst. Er weiß auch nicht, ob dein Vater, wenn es dir gelänge, ihn ausfindig zu machen, zugeben würde, dein Vater zu sein. Er würde es vielleicht abstreiten. Er wird Scham empfinden über das, was er damals aus Überzeugung tat. Viele schämen sich. Die wenigsten wollen etwas wissen. Schweigen ist Gold. Verschwiegen wird auch, daß die Frauen, die bei Kriegsende noch in den Lebensbornheimen aufgegriffen wurden, in den Lagern Sibiriens verschwanden, und man sagt, sie müßten dort den kommandierenden Offizieren als Huren dienen. Sogar die Kinder wurden deportiert. Und alle leugnen das, angefangen bei denen, die damals die Aktion Lebensborn unterstützten, bis zu den Russen. Jeder wird sagen, so etwas hat es nicht gegeben oder davon hat er nichts gewußt. Es ist ein Wunder, daß du die Informationen über dich erhalten hast.

Ist es nicht. Der Amtsleiter wußte, daß Tante Ella und Gerhard damals erfuhren, was für ein Kind du bist. Da konnte der Amtsleiter doch schwerlich lügen, wenn beide dabeistanden.

Du kannst nicht einschlafen. In Gedanken stehst du bereits in Begleitung des jungen Pfarrers vor dem Haus, indem die Mutter deiner Mutter mit der ältesten Tochter lebt. Bei der Auskohlung von Benndorf hat sie sich geweigert, in die neu erbaute Bergarbeitersiedlung von Braunsbedra zu ziehen, hat mit Sturheit und Beharrlichkeit darauf bestanden, in Merseburg bei ihrer ältesten Tochter unterzukommen, weil das näher am Grab ihres Mannes liegt. Daran kannst du ihre Sturheit erkennen. Viel Hoffnung solltest du dir nicht machen, aber vielleicht, wenn sie dich sieht, wer weiß, vielleicht wird dein Anblick ihr helfen, deiner Mutter zu verzeihen.

Du hoffst, daß der junge Pfarrer recht behält und der alte Pfarrer es sich über Nacht anders überlegt und euch doch zum Haus der Mutter deiner Mutter begleiten wird.

Nein, läßt er dich und seinen Sohn am Frühstückstisch wissen, er will nicht mit euch gehen.

Auch du zögerst. Du hast Angst vor der eigenen Courage.

Du solltest gehen. Trotz deiner Angst vor Ablehnung. Wenn du dieser Angst nachgibst, wirst du ein Leben lang vor deiner Angst davonlaufen. Und jeden Tag wirst du es bereuen, die wenigen Schritte nicht gegangen zu sein. Wirst mit dir hadern, nicht vor dem Holzzaun mit der darin eingelassenen Tür gestanden zu sein und den Türklopfer in die Hand genommen zu haben. Was kann dir passieren? Was kann dir ihr Nein anhaben? Was, wenn sie die Tür öffnet?

Du wünschst, die Person durch das Holz hindurch sehen zu können, deren Schritte sich von der anderen Seite nähern, um die Tür einen Spaltweit zu öffnen.

Der Pfarrer!

Die Tür schwingt auf, gibt den Blick frei auf eine alte Frau, die in dunkler Kleidung, mit vom Alter gekrümmtem Rücken, die Türöffnung füllt. Was will der Pfarrer bei ihr?

Er möchte ihr gerne jemanden vorstellen.

Sie schaut von dir zu ihm zu dir. Du erkennst dich in ihrem Gesicht, das bei deinem Anblick kein Mienenspiel erkennen läßt. Ihre Augen aber verraten sie. Im Blau ihrer Pupillen blitzt die Erinnerung auf.

Sie kennt dich nicht und will dich auch nicht kennenlernen.

Du bist ihre Enkeltochter.

Sie hat keine Enkeltochter. Mit einem Blick auf dich knallt sie die Tür dir vor der Nase zu. Verriegelt von innen. Sperrt dich aus aus ihrem Leben.

Du verlierst die Beherrschung. Deine Fäuste hämmern gegen die Tür. Du spürst deine Tränen und hörst dich brüllen. Der Schmerz in deinen Fäusten ist nichts gegen den Schmerz, den das Zuschlagen der Tür in dir freigesetzt hat. Du rennst an gegen diesen Schmerz. Er macht dich rasen.

Der Pfarrer greift nach deinem Arm, will dich fortziehen vom Zaun, vom Haus, zurück in sein Haus. Du mußt dich beruhigen.

Du stößt die Hand des Pfarrers zurück. Hämmerst mit den Fäusten gegen das Holz. Du willst dich nicht beruhigen. Jeder Holzsplitter, der dir unter die Haut fährt, schürt deine Raserei. Du zeigst deinen Schmerz über die Verachtung, welche die Mutter deiner Mutter dir mit dem letzten Blick entgegenschleuderte. Soll ganz Merseburg wissen, daß es dich gibt. Soll die Mutter deiner Mutter dich verleugnen, soll die ganze Republik verleugnen, daß es Kinder wie dich überhaupt geben kann. Du bist da. Du lebst. Du hast überlebt. Fünfzehn Jahre. Du bist ein lebendes Relikt aus einer Zeit, an die sich keiner erinnern will.

Du heulst, brüllst und schlägst um dich, bis du erschöpft innehälst. Sollen die Leute sich um den Pfarrer scharen und wissen wollen, wer du bist. Dein Geschrei wird Sorge tragen, daß sie noch über dich reden, wenn du bereits lange nach Stralsund zurückgekehrt bist. Mit ihrem Gerede werden die Dorfbewohner die Mutter deiner Mutter daran hindern zu leugnen, daß es dich gibt. Ihre Worte, ihre Blicke werden sie an deine Existenz erinnern, selbst dann noch, wenn das Kalben einer Kuh, die bevorstehende Ernte oder ein Grubenunglück wieder das Hauptgesprächsthema in der Stadt sein wird. Die Mutter deiner Mutter wird nie mehr vergessen, daß es dich gibt. Sie hat dich gesehen.

Das sagst du Gerhard und bittest ihn, mit dir in den Wald zu gehen, Morcheln zu sammeln, wie früher nach dem Krieg, wo

Gerhard dir auf manche deiner Fragen antwortete, dafür bist du zu jung. Du willst Gerhard bitten, dir genau zu erklären: Was war die Aktion Lebensborn? Danach willst du nie wieder über die Umstände deiner Zeugung reden.

WESHALB ist Lisa nach Stralsund gefahren? Wieso läßt Lisa die Angelegenheit nicht auf sich beruhen und findet sich damit ab, daß deine Eltern leugnen, deine Eltern zu sein, dein Vater keine Frage beantwortet, ihr mit rechtlichen Schritten droht und deine Mutter noch auf dem Sterbebett erklärt, nicht deine Mutter zu sein, dich verflucht, dir und Lisa die Pest an den Hals wünscht.

Lisa schweigt. Ihr Ohr färbt sich rot. Sie hört deine Verletzungen bluten, als sie dir mitteilt, deine Eltern leben. Deine Mutter in der Bundesrepublik, dein Vater in der DDR. Deine Stimme erinnert sie an die Stimme deiner Mutter.

Anfrage um Anfrage hat Lisa Information um Information zusammengetragen, in Archiven und auf Behörden, auf dem Postweg und über das Telefon sich über das Was, Wo und Wie unterrichtet. Über zehn Jahre nach dem Fall der Mauer weiß Lisa zwar eine Menge über den Lebensborn e. V., aber die Fragen, die dich und deine Herkunft betreffen, sind nicht weniger geworden. Im Gegenteil. Ohne die Einverständniserklärungen auf Akteneinsicht der betreffenden Person darf ihr kein Dokument ausgehändigt werden, auch deine Mündelakte nicht, die Lisa in Stralsund zu finden hofft. Lisa will versuchen Akteneinsicht zu erhalten, auch ohne deine Einverständniserklärung. Das Leugnen deiner Eltern kann Lisa nicht außer acht lassen. In deiner Mündelakte hofft sie Hinweise auf deine ersten Pflegeeltern zu finden. Die Zeit drängt. Wenige Jahre noch, dann wird das Schweigen endgültig sein.

Nix da, wird Robert sagen, ist nix mit weg, weg, weg, aus den Augen, aus dem Sinn.

Nein, antwortet die Pächterin der Gastwirtschaft im Wulflamhaus am Alten Markt, nach dem Krieg und zu DDR-Zeiten war das eine Apotheke, keine Wirtschaft. Nein, nach dem Krieg gab es keine weitere Wirtschaft am Alten Markt außer dem Hotel Goldener Löwe und dem Ratskeller im Rathaus, erinnert sich der Besitzer des ältesten Juweliergeschäftes am Platz. Den Ratskeller gibt es noch, das Hotel nicht. Dort, das letzte Haus vor der Külpstraße, das mit dem Gerüst vor der Fassade, das war das Hotel Goldener Löwe.

Nachdem sich die Besitzerinnen, zwei Schwestern, in den Siebzigern aus Altersgründen entschlossen, den Hotelbetrieb aufzugeben, wurde das Hotel als Tagungsstätte vom Staat der DDR genutzt, in dessen Besitz es auch nach dem Tod der beiden Damen überging. Zur Zeit wird es restauriert, weil es unter Denkmalschutz gestellt werden soll, hört Lisa einen Fremdenführer erklären, als sie das Rathaus verläßt.

Mündelakten aus dieser Zeit, falls sie überhaupt noch existieren, werden im Landesarchiv Greifswald aufbewahrt. Die Anfrage wird Lisa schriftlich stellen.

Lisa steuert das kleine Café an der Jakobikirche an, setzt sich mit dem Gesicht zur Sonne, bestellt einen Milchkaffee und steckt sich eine Zigarette zwischen die Lippen, ohne sie anzuzünden. Ihr Blick schweift über die parkenden Autos auf dem Alten Markt, kein Lada, kein Skoda, kein Trabbi, hinüber zum Wulflamhaus, wo die Pächterin der Gastwirtschaft die Schiefertafel mit den Menüangeboten des Tages an die Hauswand lehnt. Es ist das einzige Haus am Alten Markt mit Butzenscheiben. Aber im Wulflamhaus kannst du nicht aufgewachsen sein, auch weil das Haus über keine Einfahrt verfügt.

Historischer Reiseführer, alte Postkarten, notiert Lisa sich als Gedächtnisstütze. Vielleicht verfügten die Fenster des einen oder anderen Giebelhauses um den Alten Markt nach dem Krieg noch über Butzenscheiben. Du mußt jedenfalls in einem dieser Giebelhäuser mit Blick auf das Rathaus gelebt haben. In welchem?

Seit zwei Tagen ist Lisa in der Stadt, und nichts hat sie über dich in Erfahrung bringen können. Niemand weiß von einer weiteren Wirtschaft am Alten Markt, und niemand, der sich an dich erinnern könnte, erinnert sich an dich, weder die ehemalige Direktorin der Hansa-Schule noch die ehemalige Deutschlehrerin, die uralt, halb erblindet und fast taub die Fragen nach dir verneint. Und in den Kirchenbüchern von St. Nikolai, St. Jakobi und der Mariengemeinde, wo Lisa hoffte, den Namen deiner Pflegeeltern bestätigt zu bekommen, fehlt dein Name unter den Konfirmanden deines Jahrganges. Zwar hat Lisa persönlich keinen Einblick in die Kirchenbücher erhalten, da die Bücher nicht mehr an Fremde ausgehändigt werden, zu viele waren bereits vor Lisa da, die gleich ganze Seiten aus den Kirchenbüchern herausrissen, sobald sie gefunden hatten, wonach sie suchten, ohne an die zu denken, die ebenfalls Spuren suchen. Doch die Sekretärin vom Pfarrer der St.-Nikolai-Gemeinde hat für Lisa die Kirchenbücher nach deinem Namen durchforstet. Nichts. Kein Eintrag, weder in dem Jahr deines vierzehnten Geburtstages noch zwei Jahre zuvor und auch nicht zwei Jahre danach. Auch unter dem Namen Gehren nichts. In keinem der Kirchenbücher der drei Gemeinden wirst du namentlich aufgeführt. Das bedeutet, du wurdest nicht konfirmiert. Zumindest nicht in Stralsund.

Lisa versteht das nicht.

Die Kellnerin bringt den Milchkaffee, und Lisa greift nach den Streichhölzern, um die Zigarette anzuzünden.

Daß du den Namen deiner Pflegeeltern ihr gegenüber geändert hast, überrascht Lisa nicht. Lisa ist sogar davon ausgegangen. Auch daß du das eine oder andere Erlebnis deiner Kindheit beschönigst oder verfälscht hast, weil es nicht in das Bild paßt, das du von dir selber hast, auch das hat Lisa berücksichtigt. Aber daß du unter Umständen gar nicht konfirmiert worden bist, auf diese Idee ist Lisa nicht gekommen. Weshalb solltest du dir das ausdenken? Daß du evangelisch bist, das steht auf deiner Geburtsurkunde, daran gibt es keinen Zweifel.

Lisa muß noch einmal ganz von vorne anfangen. Aber wo soll Lisa anfangen? Wie kann Lisa deine Spur aufnehmen, wenn sie nicht einmal den Namen deiner Pflegeeltern kennt? Welche Informationen besitzt Lisa, und welche davon kann sie als gesichert betrachten? Wenn Lisa überhaupt irgend etwas als gesichert betrachten kann. Den Namen der Stadt. In Stralsund hast du gelebt, das ist sicher. Die Wirtschaft. Der Holzhandel. Die russische Kaserne. Im Stadtarchiv müßte Lisa nach einer Wirtschaft suchen, die vor dem Krieg und nach dem Krieg bis weit in die fünfziger Jahre, quasi durchgehend, eine Konzession besaß. Wenn Lisa diese Wirtschaft findet, kennt sie auch den Namen deiner Pflegeeltern. Gerhard oder Tante Ella werden sicher nicht mehr leben. Aber einer deiner Pflegebrüder könnte noch leben, und schließlich ist da noch Robert. Zwar hat die Sekretärin vom Pfarrer auch keinen Eintrag zur Taufe von ihm im Kirchenbuch gefunden, aber das will nichts heißen. Vielleicht wird Lisa im Stadtarchiv bei den Zeitungen fündig, schließlich war es damals üblich, Verlobungen, Vermählungen und Geburten in der Zeitung bekanntzugeben.

Sollte Lisa im Stadtarchiv vorstellig werden, soll sie sagen, daß sie auf Empfehlung der Sekretärin vom Pfarrer der Nikolaikirche kommt, dann wird man ihr mit Rat und Tat zur Seite stehen und ihr erklären, wie sie suchen muß.

Da sitzt Lisa vor verschnürten Akten, blättert durch vergilbtes Papier, liest Erklärungen, Anträge, Genehmigungen und findet nach Tagen endlich das, wonach sie sucht, eine Gaststätte, die vor und nach dem Krieg eine Konzession für den Ausschank besaß. Es ist die einzige Gaststätte in Stralsund, die durchgehend von 1819 bis 1958 in Familienbesitz war. Fast einhundertvierzig Jahre. Lisa möchte jubeln über ihren Erfolg, aber im Lesesaal ist Stille geboten. Lisa ist sicher, endlich den Ort und die Menschen gefunden zu haben, wo du deine Kindheit verbracht hast. Zwar befand sich die Wirtschaft nicht am Alten Markt, aber der Wirt, der in der Zeit von 1919 bis 1956 die

Wirtschaft führte, hieß mit Vornamen Gerhard. Das kann kein Zufall sein.

Ihr Herz klopft. Lisa möchte aus dem Stadtarchiv quer durch die Stadt rennen, um zu sehen, ob die Wirtschaft noch existiert und ob das Gebäude Ähnlichkeit mit dem Haus besitzt, dessen Räumlichkeiten du ihr detailgenau beschrieben hast. Sie widersetzt sich diesem Wunsch und fordert die Akten an, aus denen sie ersehen kann, ob dieser Gerhard Kinder hatte und ob eines dieser Kinder nach dem Krieg einen Holzhandel gründete und in den fünfziger Jahren Vater eines Sohnes mit Namen Robert wurde.

Ein bis zwei Stunden wird es dauern, bis eine Mitarbeiterin des Stadtarchivs die Akten herausgesucht haben wird.

Bis dahin einfach nur dasitzen und warten ist Lisa unmöglich. Sie nutzt die Zeit, um sich das Johanniskloster gleich neben dem Stadtarchiv anzusehen. Ein Rundgang durch das 1946 von einem Feuer zerstörte Kirchenschiff und den inzwischen verglasten Kreuzgang des ehemaligen Kapuzinerklosters, das bereits vor dem Krieg als Armen- und Altenhaus fungierte und jedem für den Obolus von einer Reichsmark ein lebenslanges Wohnrecht gewährte, treppab durch die Kellerräume des ehemaligen Klosters und treppauf an den von Eisengittern abgesperrten Zellen vorbei, in denen die Akten aus dem Stadtarchiv gelagert werden, und weiter treppauf zum Räucherboden, an dessen Längsseiten sich die niedrigen Kammern mit ihren Holzwänden und -decken aneinanderreihen, in denen die Alten wohnten, die sich ein lebenslanges Wohnrecht erkauft hatten. Das hohe, nach oben spitz zulaufende Gebälk des Dachbodens ist vom ehemals aufsteigenden Rauch der außerhalb der Kammern gelegenen Kochstellen schwarz geräuchert. Durch die riesigen Fenster der Giebelseiten fällt das Tageslicht herein und macht den Tanz der Staubkörner sichtbar. Eine Kammer, in der bis 1978 die letzte Bewohnerin über viele Jahre ganz alleine auf dem Räucherboden lebte, ist für die Blicke der Besucher geöffnet. Die Dame wollte den Räucherboden partout nicht verlassen, sie weigerte sich vehement, die Kammer gegen ein Zimmer im Altenheim einzutauschen, aus Angst, ihr Mann, sollte er endlich aus dem Krieg heimkehren, würde sie dann nicht mehr finden.

Lisa begreift nicht, dabei ist sie überzeugt, nie vorher logischer gedacht zu haben. Aber was heißt schon logisch. Eins und eins ergibt trotz aller Logik manchmal drei. Dann, wenn zwei Menschen ein Geheimnis miteinander haben, um eines Tages überrascht festzustellen, daß sie seit geraumer Weile eigentlich schon drei sind. Lisa lächelt.

Wieder und wieder spult Lisas Hirn die Fakten ab. Die Vornamen der beiden Söhne von Gerhard, Kurt und Harald, stimmen, das Haus, die Toreinfahrt, die Garage, der Hof, alles da. Du erinnertest so vieles, aber die Wirtin, die 1958 die Wirtschaft von Harald übernahm und als Kind im Hof des angrenzenden Grundstücks immer mit anderen Kindern spielte, die dort in dem Haus hinter dem Schuppen wohnten, erinnert sich nicht an dich. Gut, sie ist sechs Jahre älter als du, in der Kindheit ist das ein immens großer Altersunterschied, es könnte durchaus sein, daß sie dich damals gar nicht wahrgenommen hat, aber die Wirtin ist sicher, weder der Gerhard oder der Harald mit seiner Frau noch der Kurt hatten ein Pflegekind. Die beiden Söhne vom Gerhard hatten auch keine eigenen Kinder. Von einem Robert weiß die Wirtin nichts. Nein, Nachkommen gibt es da keine. Das weiß die Wirtin genau. Nein, von denen lebt keiner mehr. Sind alle verstorben. Und einen Holzhandel haben weder der Harald noch der Kurt geführt. Auch an ein Ölbild mit einem Loch von einer Pistolenkugel kann sich die Wirtin nicht erinnern. Als sie die Wirtschaft übernahm, hing in keinem der beiden Wirtsräume ein solches Bild. Über den Gerhard kann die Wirtin nichts erzählen, den hat sie eigentlich nicht richtig gekannt, der ist zwei Jahre, bevor sie die Wirtschaft vom Harald übernahm, gestorben. Manchmal hat sich der eine oder andere Stammgast an die alten

Zeiten mit Gerhard erinnert, damals, als die Nazis in den Räumen über der Wirtschaft ihre Versammlungen abhielten, und später, nach Kriegsende, wie die Pferde der Bauern auf dem Hof abgespannt und versorgt wurden, derweil die Bauern in der Wirtschaft ihre Geschäfte aushandelten. Ziegen, Schweine oder Karnickel erinnert die Wirtin nicht, als Kind auf dem Hof gesehen zu haben. Vielleicht waren die in der Garage oder im Schuppen, aber von den Tieren hätte sie etwas hören oder zumindest riechen müssen. Das Feuerwerk erinnert die Wirtin. Das war aber nicht am Alten Markt, sondern am Neuen Markt. Welches Jahr das war? Meine Güte, das liegt schon so lange zurück, über ein halbes Jahrhundert, nein das Jahr erinnert die Wirtin nicht, beim besten Willen nicht.

Wieso erinnerst du die Menschen, die Häuser, die Ereignisse in der Stadt, wenn es niemanden gibt, der sich an dich erinnert? Wo, verdammt, und bei welcher Familie, verflucht, bist du in dieser Stadt aufgewachsen? Woher stammen deine Erinnerungen? Sind es womöglich nicht deine Erinnerungen? Sind es Erinnerungen dir bekannter Menschen, die du zu deinen gemacht hast, so wie Lisa sich damals als Kind Ferien bei einer Armada von Verwandten ausgedacht hat? Aber wieso solltest du das tun? Die Fakten stimmen, sind unbestreitbar. Sogar den Holzbetrieb hat es gegeben, nur ist der Betrieb, den Lisa in den Akten des Stadtarchivs findet, nicht unter dem Namen von Harald, Kurt oder Gerhard eingetragen.

Holzbetrieb, Nachfahren des Gründers ausfindig machen, Ausrufungszeichen, notiert Lisa sich als Gedächtnisstütze und gleich darunter, erste Brauerei nach Kriegsende, Fragezeichen. Lisa hätte Lust, dich anzurufen, um dich mit den Ergebnissen ihrer Nachforschung zu konfrontieren. Lisa weiß, du wirst den Hörer nicht mehr abnehmen, nicht mehr zu sprechen sein für sie. Und wenn, fürchtet Lisa deine Antworten, mit denen du ihre Fragen unbeantwortet läßt und die auch sie zum Schweigen verdammen. Sie fürchtet deine Lügen, mit denen du ihr den Boden unter den Füßen wegreißt, sie dastehen läßt wie eine Schwachsinnige, sie fallenläßt, und nur dein Lachen, von tausend Echos reproduziert, begleitet sie bei ihrem Sturz ins Leere. Lisa hat keine Chance gegen dich, du bist ihre Mutter. Du bestimmst, diktierst, verschweigst und triumphierst auch dann noch über sie, wenn Lisa denkt, dich überlistet zu haben. Du würdest lachen, wenn du Lisa in diesem Augenblick im Café am Alten Markt sitzen sähst.

Da sitzt Lisa im Café, wie jeden Tag um diese Zeit, bestellt einen Milchkaffee und nimmt den mit Tesafilm verschlossenen braunen DIN-A5-Briefumschlag aus der Handtasche. Eine Mitarbeiterin des Stadtarchivs hat ihn ihr überreicht. Der wurde für Lisa abgegeben. Der Name des Adressaten fehlt. Die Mitarbeiterin beantwortete Lisas fragenden Blick achselzuckend. Sie kennt die Frau leider nicht.

Wieso hat Lisa diesen Brief nicht gleich geöffnet? Wieso zögert sie immer noch?

Die Kellnerin serviert den Milchkaffee. Lisa greift nach dem Teelöffel, benutzt den Stiel als Brieföffner, zieht zwei in der Mitte gefaltete DIN-A4-Seiten aus dem Umschlag. Unverständnis. Die Kopie einer ausgefüllten Karteikarte: Namen der Kinder. Tag und Ort der Geburt. Name der Mutter. Zwillinge?! Keine Angaben zu den Personalien des Ehemannes beziehungsweise des Vaters der Kinder. Keine Angaben zu Namen, Geburtsdaten oder Geburtsorten deiner Eltern. Nur der Vermerk zu einem der Zwillinge: »verstorben«. Personalausweis vernichtet. Und die Kopie eines Ermittlungsberichts über deine Republikflucht am 6. November 1954, der zehn Tage später über deine Flucht aufgenommen wurde: dein Name und Vorname. Dein Geburtsdatum und Geburtsort, dein Beruf, deine Adresse. Die Bezeichnung des Ausweises, der dir ermöglichte, die Republik offiziell zu verlassen, den du aber bei deiner letzten offiziellen Rückkehr in die DDR nicht wie üblich gegen deinen Personalausweis eingetauscht, sondern den du für deine Flucht von Saßnitz nach Schweden benutzt hast. Das Datum deiner Flucht. Deine Arbeitsstelle.

Wo organisiert. Grund der Flucht. Kurze Charakteristik deiner Person. Hinweise zu den im Haushalt verbliebenen Angehörigen. Unterschrift und Dienstgrad der Person, die deine Flucht meldete, VP Hptw.

Die Charakteristik, die der Volkspolizist Hauptwachtmeister handschriftlich vor fast einem halben Jahrhundert in knappen Sätzen über dich verfaßte, treibt die Frequenz von Lisas Herzschlag in die Höhe, läßt sie das Atmen vergessen, sie nach jedem gesetzten Punkt tief erröten. Vergebens sucht Lisa im Kuvert nach einer persönlichen Mitteilung des Absenders.

Lisa steckt die Kopien zurück in den Briefumschlag, blickt über den Alten Markt zum Wulflamhaus, wo die Wirtin das Rotbarschfilet mit Kartoffelsalat auf der Schiefertafel durchstreicht. Wie ist es möglich, daß in einer Hafenstadt Rotbarschfilet aus ist, fragt Lisa sich, in der einmal eingenommenen Position verharrend, auf die Schiefertafel starrend.

Mauerbau, Todesstreifen, Ulbricht, Honecker, landwirtschaftliche Produktionsgenossenschaften, keine Erlaubnis auf Privateigentum, auf Reisen in den Westen, Volkspolizei. Was hatte Lisa bisher mit der DDR zu tun? Der Osten war weit weg, es gab keinerlei Berührungspunkte. Dabei war die DDR Lisa näher, als sie es sich jemals hätte vorstellen können. Ihre Phantasie wird niemals an die Realität heranreichen. Die Realität ist perverser als ihre Phantasie. Lisa weiß, daß niemand, der über ein Vorstrafenregister verfügte, offiziell aus der DDR ausreisen durfte, schon gar nicht zum wiederholten Male, innerhalb mehrerer Wochen. Sie wünscht ihr Wissen über die DDR mit einem Fingerschnippen wieder auf Schlagwörterniveau zu reduzieren und diesen Brief nie erhalten zu haben. Plötzlich ergibt alles einen Sinn, die Ereignisse in ihrer Kindheit, auch deine Lügen. Lisa lacht. Nein, es war von dir nicht gelogen, wenn du ihre Frage mit dem ermahnend drohenden Hinweis beantwortetest: der Vater, Lisa weiß doch, was der Vater ihr antut, wenn er sie findet. Du hast einfach nur vergessen, das Wort Staat dem Wort Vater folgen zu lassen. Bist du deshalb für Lisa nicht mehr erreichbar? Hast du ihr deshalb nie die von ihr vorgefertigte Einverständniserklärung auf Akteneinsicht, die sie von dir erbat, um Einblick in die Lebensbornarchive zu erhalten, unterschrieben zurückgeschickt?

Lisa bezweifelt, ob du wirklich lachen würdest, wenn du sie am Alten Markt sitzen sähest. Zumindest weiß sie nun, 1954 hast du in dieser Stadt gelebt. Den Beweis hält sie in den Händen, schwarz auf weiß.

Das Haus, in dem du damals mit deinem Verlobten, dessen Eltern und den Zwillingen in der Zwei-Raum-Wohnung im ersten Stock lebtest, steht leer, wird nicht mehr bewohnt. Die Treppe zum Hauseingang ist abgetragen, die Eingangstür ist mit einer Kette gesichert, die Fensteröffnungen sind mit Brettern vernagelt, und im Putz klaffen Löcher, die das Mauerwerk freilegen. Die Bausubstanz der angrenzenden Häuser befindet sich in keinem besseren Zustand, aber diese Häuser sind bewohnt. Blumentöpfe stehen auf Fensterbänken, und Gardinen wehen gegen Fensterkreuze. Ein Fernseher ist eingeschaltet. Lisa könnte in den Häusern an die Wohnungstüren klopfen, sich erkundigen, ob jemand sich an dich erinnert, als Mieterin der Wohnung, als Alleinversorgerin deines Verlobten, dessen Eltern und der Zwillinge. Siebzehn Jahre warst du alt.

Lisa müßte nach Altefähr, nach Saßnitz fahren, die Erinnerung deiner ersten Fahrradtour über den Rügendamm bei den älteren Einwohnern erfragen. Sie müßte, könnte, sollte deinen Legenden nachgehen. Wessen Erinnerungen sind es, mit denen du jene Bruchstücke deiner Erinnerungen überschriebst, die du nicht erinnern wolltest. Angst und Scham ist der Boden, auf dem Lügen am besten gedeihen. Woher rührt deine Angst, deine Scham? Lisa ahnt es. Sie will es nicht wissen. Nicht im Moment. Deine Scham ist bei Lisa angekommen, reißt die Narben aus Kindheitstagen auf. Plötzlich fällt die Erstarrung von Lisa ab. Sie ist frei von Schuld. Sie trägt keine Schuld am Tod ihres Zwillingsbruders. Sie ist nie ein Zwilling gewesen. Lisa ahnt deine Verzweiflung, deine Einsamkeit, deine Hilflosigkeit und begreift, daß sie das wahre Ausmaß der Hölle, durch die du als Kind und Jugendliche gegangen sein mußt, weder wird nachempfinden noch begreifen können. Lisa weiß nicht, ob sie von dieser Hölle wissen muß, die du mit deinen Legenden überdecktest. Du hast versucht dich zu schützen. Du hast Lisa das Leben geschenkt. Du hast ihr das Leben gerettet, das der Vater ihr nehmen wollte. Die Zwillinge hast du nicht beschützen können. Auch nicht den, der überlebte. Das ist deine Achillesferse. Und Lisa? Wovor mußtest du sie beschützen?

Standesamt anschreiben, Fragezeichen. Zwillingsbruder ausfindig machen, Ausrufungszeichen. Totenschein, Todesursache, Fragezeichen, notiert Lisa als Gedächtnisstütze. Sie könnte diese Liste mit Ausrufungs- und Fragezeichen endlos weiterführen. Sie müßte wieder von vorne beginnen, um hinter deinen Erinnerungen deine Biographie zu finden.

Lisa ist müde. Sie will keine Fragen mehr stellen. Sie will nichts mehr wissen, jedenfalls nicht im Augenblick, schon gar nicht von fremden Leuten, über Ämter oder aus Archiven. Aber Lisa will die Spur von Robert aufnehmen, will den Bruder finden, von dem sie sich als Kind gewünscht hatte, ihn an ihrer Seite zu haben, um gemeinsam mit ihm den Hühnern die Eier unter dem Hintern wegzustehlen. Und Lisa will von dir etwas wissen, auch wenn sie deine Lügen und dein Schweigen fürchtet. War es recht von ihr, derart weit in die Intimsphäre deiner Biographie eingedrungen zu sein? Lehrt das Leben nicht auch Lisa, daß es manchmal besser ist, den schwarzen Mantel des Vergessens unangetastet zu lassen? Keinen der Vorwürfe gegen dich, die sie jahrelang in sich trug, kann Lisa im Moment aktivieren. Du hast versucht zu entkommen, dich zu befreien, zu überleben, du wolltest sie bei dir, in deiner Nähe haben, du wolltest Lisa nicht auch noch verlieren, du hast dir Unmögliches zugetraut und Lisa zugemutet, was dir zugemutet wurde. Trotzdem, Lisa bewundert dich, deine Kraft, deinen Überlebenswillen. Lisa maßt sich nicht an, andere Entscheidungen getroffen zu haben, wäre sie an deiner Stelle gewesen. Aber

Lisa fühlt sehr wohl das Recht, Erklärungen einzufordern, wo deine Lügen, dein Verschweigen sie gefangenhalten. Und Lisa weiß, sie wird sich mit ihrem Wissen dir gegenüberstellen. Nicht morgen, nicht übermorgen. Später.